MEMORY HOUSE

记忆坊文化

华灯之上

扣子 著

上

（全二册）

完结篇

江苏凤凰文艺出版社
JIANGSU PHOENIX LITERATURE AND
ART PUBLISHING

目录

第一卷　花里见

第一章
紫砂公道杯

　　深夜，乐有薇抵达洛杉矶。第二天早晨下起了雨，姚佳宁发来信息汇报，梅子代表村妇和家纺品牌签了合同，预付金下周到账，未来几年她们会忙于各类订单，收入有着落。

　　夏至通报了他那边的情况，专家们对藏家的三卷《古文今藏》鉴定无误。新上任的副总谢东风和藏家谈了一轮，藏家同意出让包括《古文今藏》在内的全部古籍，报价450万美元，要求不公开拍卖，让贝斯特拍卖公司代理寻找买家，并且只允许卖给国家。

　　谢东风正在拜访一名国宝级学者，想由他牵头，动员十几位老专家写个联名报告。乐有薇很振奋，《古文今藏》是中华史籍，理应归国。

　　午饭后，乐有薇走路去医院。脑科专家是白人，医疗大拿级别，网络上对他的普遍评论是很傲慢，三言两语就把病人打发走。从乐有薇和他的邮件往来来看，她认为并不是这样，但依然等了足足一个半小时。

　　脑科专家把乐有薇的影片挂起，先讲解如何看图，再按着她的头，对助理描述肿瘤位置和开颅手术的难度。他的结论是，核磁图片显示肿瘤和横窦关系密切，凭他开过上千个脑袋的经验，乐有薇的肿瘤和横窦粘连较重，需保留少量，以防止损伤脑干致持续昏迷，甚至变成植物人状态。

脑科专家语速很快，还夹杂着大量专业术语，乐有薇不完全听懂："所以伽马刀风险小些？"

脑科专家告诉她，并非哪个风险小选哪个，而是医生通过病人本身的情况，结合可能出现的病变，做出的最佳治疗方案。乐有薇的情况已经比较凶险，必须尽快治疗，控制病情恶化。

伽马刀在国内也是较为成熟的治疗手段，费用会低一些，但乐有薇不想让亲朋知晓，来美国度假是绝好的借口。她办理相关手续，依次去看耳鼻喉科专家做术前排查，再去做全身血管的供应分析。随后，她接到院方通知，治疗安排在17天后。

院方效率很高，比乐有薇预计的时间快，她猜这和脑科专家有关，毕竟他和光阴冢古董杂货店的女店主查蜜认识的那位曹博士是老熟人。不过，像乐有薇这类治疗，在脑科专家看来不值一提，院方另外为她组建了一个专家团队。

乐有薇查了主刀医师的资料，对方是42岁的法裔女性，被美国医学会评为全美最优秀的医生之一。

人事尽足，剩下的只能听天由命。走在去吃烤肉的路上，乐有薇想对每一个人打招呼，在美国，经常有人对她这样，她便一路打着招呼过去了。

逛完迪士尼乐园、大大小小值得一去的博物馆和寺院教堂，乐有薇去了秦杉推荐的亨廷顿图书馆。它是集藏书、艺术和园艺于一体的花园式博物馆，收藏有英国肖像画和18世纪的法式家具，更著名的是莎士比亚的早期作品、华盛顿签署的文件和雪莱手稿等稀世珍品，还包括一册《永乐大典》嘉靖手抄本。

乐有薇边看边和夏至交流，夏至继续分享《古文今藏》等藏书的进展，省博听说了此事，找上门来。副总谢东风这下不愁了，应该很快就能落实下来。

乐有薇不觉逛到流芳园，它是一座苏州园林，园中一石一瓦都由中国苏州的工匠打造，从江南运来，乐有薇把喜欢的细节都拍给秦杉看，还在木绣球树下自拍了一张照片，发到朋友圈。木绣球是她很喜欢的花，像大朵白云开满枝头。

6月是江家林的雨季，工人们都停工了，秦杉想趁在美国这段时间，跟江爷爷确定艺术馆的设计风格，他放下笔，到楼外花园走了走，细细回味乐有薇的一笑一嗔、一言一语，真想飞到她身旁。

乐有薇想过自驾游，但美国太大了，并且脑瘤症状日益严重，于是选择乘坐公共交通工具。黄昏时分，大巴经过金门大桥，她抢拍到几张意境绝佳的照片，发到家庭群里："世界知名景点逛起来！"

郑爸爸一眼认出："你到旧金山了！"

陶妈妈说："卫峰就在旧金山吧？"

乐有薇和卫峰没走下去，父母引以为憾，郑爸爸说："她在享受生活呢，就算跟卫峰再见一面，也没什么。"

乐有薇初到旧金山，住的是个小公寓，在露台上可以远眺旧金山艺术大学。在她21岁时，那是最大的目标。第二天，她换到大学附近的民宿，去校园散散步。某个闪念，她想起卫峰。

曾经是真的很喜欢他，那时青春青涩，欢笑泪水，都是心里的梦。时光过滤了负气，现在想起来，还是觉得他很好，但愿他正过着想过的生活。

贝克海滩是旧金山最热门的海滩，能看到金门大桥和马琳岬，乐有薇在这里待了一整天，然后按照她在地图上的标记，一座城市一片海，一站一站，漫游人间。距离伽马刀治疗只剩一周时，她到达位于佛罗里达半岛西岸的海港城市坦帕。

遥远的国内，郑好和相亲对象刚刚看完电影。对方是软件工程师，在研发一款机器人的控制系统，它将在物流分拣领域发挥作用。

工程师是郑好杂志社的人事大姐介绍的，前几天，郑好和他第一次见面后就跟乐有薇通气了。照片上是个圆胖眼镜男，乐有薇确定郑好看不上："怎么开窍了？以前打死你都不接受相亲。"

工程师其貌不扬，谈吐也俗，郑好对他没兴趣，他对郑好也不热络。昨天，工程师突然说某某大片上映了，问郑好要不要去看，郑好跟乐有薇说："你不在，我无聊，就当认识客户呗，我需要锻炼。"

乐有薇随口鼓励两句，接着观看赵杰主槌的司法房产拍卖会视频。公司每场拍卖会都会摄录，用于内部分享学习，她看出赵杰发挥平平。

今天上午，团队全员都去观摩了现场，黄婷说："小赵老师勉力做下来，在后台瘫了半天。"

姚佳宁说："一拍流拍了，他二拍承担了压力。"

程鹏飞说："还好法院调了底价，原告接受了，不然二拍也不行，买家这次捡大漏了。"

姚佳宁了解过官司的来龙去脉，被告的父兄去小区放话，说谁买这房子，就泼粪泼油漆。没人愿意花上几千万自寻晦气，是以一拍流拍了。

乐有薇问："所以这次是被狠人买去了？"

程鹏飞笑道："何止是狠人，根本是'狼人'，比狠还多一点。'狼人'

是开搬家公司的，全国连锁，手底下精壮汉子多的是，谁怕谁？"

乐有薇哈哈笑。这一趟出来，她自觉花钱如流水，回去就得两眼放光从头赚钱，玉器杂项是她的看家本领，不能荒废，冲击明清家具的目标也保持不变，平时还得设法多做司法拍卖，多攒点资历攒点钱。

公司司法拍卖的主力拍卖师是一男一女，柳成章和其他拍卖师轮值。男拍卖师以稳重著称，女拍卖师段晨雨是柳成章的徒弟，做派西化，但她长相大气，举止不让人感觉夸张，反而有一种洒脱气质。

姚佳宁打听到，段晨雨怀上二胎了，等她显怀后，将有很长一段时间远离拍卖场。这对乐有薇来说是利好消息，她推测本次法拍房没让柳老头上场，而选了赵杰主槌，可能是业务部想在年轻一代里面物色接替段晨雨的人选。

以赵杰的家庭背景，他不太愿意在不感兴趣的事情上太过劳心劳力，很难说以后还肯接受这种指派。乐有薇分析局势，想成为段晨雨的接班人，强敌环伺，其中包括凌云。

凌云主槌的第一场拍卖会，是为段晨雨代班。段晨雨重感冒，凌云临危受命，负责拍卖某集团股东的控股权。

凌云初登拍卖台，扛下来了，但疏漏很多，当时乐有薇自我评估，换成自己可能更糟，毕竟股份股权等条条款款是她的知识盲区。

乐有薇算起来，凌云有十几次司法拍卖会的经验，如果自己想接任段晨雨，坐上主力位置，现在就得开始做准备。

姚佳宁召开会议，总结上一阶段工作，并传达乐有薇的指示："玉器杂项得攒很久才够一场，有薇以后想多做点司法拍卖，一来团队都得有事做，有劳务费可拿，二来她能积累上台经验。我们作为助手，都得学习相关知识，分头准备起来吧。"

黄婷立即响应："公司这块业务多，每个月都有很多场。"

叶之南出现在门口，郑好脸一红，迅速挪开视线，不敢去回想在他办公室那一幕。程鹏飞要让座，叶之南说："你们聊你们的。"

姚佳宁给叶之南当过几年助手，并不拘谨，继续安排工作。叶之南倚在门边听，乐有薇去美国后，除了刚下飞机那次，再没和他联系。他按捺数日，直到看到她在朋友圈发出的新照片。乐有薇剪短了头发，是因为舍弃了一段感情吗？他不可忍受，在汀兰会所喝了一夜的酒。

自家兄弟把心掏出来给那女人了，她拿去炸了炸吃掉了。阿豹一瓶接一瓶陪着喝："你只做错了一件事：太由着她了。"

太多女人强求叶之南，他厌烦且无奈，不愿意那样对待乐有薇。阿豹说：

"那年她要是跟卫峰走了，你可能早就解脱了。"

"至少能看着她走。一条信息就一笔勾销，这算什么？"叶之南一拳捶在桌上，他又失了态，这已是最近第二次，上次在办公室，他迁怒了郑好。

姚佳宁讲完了，叶之南才不经意问一句："有薇在国外的事进展得怎么样？"

郑好害怕看他，低头说："江知行老先生不想出让藏品，乐乐想为他做个人作品专场，他也有顾虑。"

叶之南转身离开，拨打画廊老板张茂林的电话："今天见个面？"

张茂林年轻时是独立策展人，主要做中国和欧美之间的当代艺术文化展览，有次叶之南刚下拍卖会，听到张茂林找他的熟客请求合作。

张茂林想租用对方投资的一个酒店宴会厅，但租金没谈拢。该酒店对面有一座大厦，顶层多功能厅是贝斯特的产业，叶之南以友情价租给他使用。

后来张茂林的展做出影响力了，叶之南从吴晓芸手上买下多功能厅，打造成"天空艺术空间"，和张茂林一起做点事。

张茂林快人快语："我在纽约和伦敦都看过江知行的作品展，明天一早就去吧，我让助理买机票。"

叶之南问："这么急？"

张茂林拍拍他的肩，一笑而去："是你着急。"

张茂林是艺术圈人士，抵达纽约当天下午，朋友就帮他预约到了江知行的时间："明天下午三点。"

一看到江家的山庄规模，叶之南就知道没法谈了。这样富有四海的人家，好东西基本是出不来的。个人作品专场的希望也不大，毕竟江知行已经85岁，不想经受声名受损的风险，中国市场再大，他这辈子在画坛享有的艺术声望也够了。

秦杉和江爷爷在门廊上喝茶，商讨艺术馆风格，多半时候是江爷爷在讲，秦杉倾听。见到叶之南，秦杉一愣，起身道："叶先生，您好。"

江爷爷惊讶："你们认识？"

秦杉说："叶先生是小薇的师兄。"

秦杉穿着白T恤，站在绿荫下腼腆地笑，扑面而来的夏日气息。他对乐有薇的称呼是小薇，叶之南处变不惊："秦先生，幸会。"

秦杉推着江爷爷的轮椅，把叶之南和张茂林带进客厅。张茂林暗暗对叶之南瞪眼，早知你有这么熟的关系，我还去托人费什么劲啊。

叶之南奉上礼物，是一方明代宣德年制的铜卧狮镇纸，外加一只紫砂公道杯。公道杯价值不高，难得跟江爷爷收藏的一套紫砂茶具配成套，江爷爷看到杯身上有"二泉"落款，连称有心了。

邵二泉是清代紫砂名家，擅长镌壶铭，江爷爷的祖辈和他交好，获赠茶壶一把、茶杯数件。茶壶上的铭文是江爷爷祖辈偶得的诗句，邵二泉当着他的面刻上去，字迹秀美，刀口流畅，茶杯上也留下难得一见的落款。

江爷爷那位祖辈从小经商，不是舞文弄墨之人，一辈子就作过一句诗，此壶于他意义非凡。他好物众多，但这套茶具始终是心头好，传给了后人。

江爷爷少年离家，带走了茶具，可惜祖辈传到父辈时，其中的公道杯被打碎了。江爷爷七十大寿那年，接受过一家收藏网站的访谈，茶具出了镜，他说艺术没有门槛，哪怕祖辈一生只留下孤芳自赏的七个字，在他看来，同样是诗人。

"老来掌烛夜观刀。"叶之南看到了诗句，也看到那张照片里，独独缺了公道杯。

江家用得最久的家政主管姓乔，是广东顺德人，煲汤和甜品都很出色。秦杉帮乔姨拿进茶水和点心，张茂林见他在江家熟稔无拘，问："秦先生做哪一行？"

"建筑设计。"秦杉说完就走，没有寒暄的意思。江爷爷笑道，"我学生，老朋友的外孙，以前跟着我学园林景观。"

秦杉出去了："几位慢聊。"

叶之南带上张茂林，是想谈个人作品专场拍卖时多个筹码，张茂林是著名策展人，以他操作艺展的经验，花上半年到一年的时间做预展，足以把江知行推到国内艺术爱好者、收藏家和投资者面前。但听闻江爷爷兴建艺术馆的计划，叶之南尊重老人家："让更多人看到，对艺术家而言，是好过被个人或机构收藏。"

叶之南仪表堂堂，谈吐颇为不俗，艺术理念和江爷爷很合拍，且是江爷爷推崇的顾德生大师的关门弟子，张茂林则在当代艺术领域浸淫多年，江爷爷难逢知己，亲自带两人去看自己最偏爱的藏品，不时相视而笑，颇有些了然心底的惺惺相惜。

晚餐是在庭院里吃的，江爷爷的亚洲藏品助理KR也在场。叶之南问起秦杉，江爷爷瞅了一眼："别管他，他自己吃。"

叶之南顺着视线望去，落地窗内，秦杉正在工作。名利场上，利字当头，翻脸无情的货色，叶之南见得多了，但秦杉活得清简，长得清秀，神态也清朗，当真是美质良才。

叶之南摇摇头，驱赶着难言的酸意，谈起想为江爷爷办个人作品展，捎带着为他将来的艺术馆做个预告。江爷爷问："只是展出，不为拍卖？"

"好东西想让大家都看到。"叶之南说起天空艺术空间，江爷爷笑了："这个我知道，有薇提到过。我听她说，你们有个扶持年轻艺术家的计划。"

张茂林说："艺术家永远年轻。"

江爷爷大笑，叶之南和张茂林给予名不见经传的创作者以机会，让他们自由表达，且为他们提供展出场地，助他们广为人知，对此他很欣赏。

有的艺术家穷尽想象，创造幻想世界，江爷爷则在展现他生活的现实世界，叶之南认为两种都弥足珍贵。考虑到江爷爷在艺术界的地位，如果能为他举办个人作品展，他争取谈下歧园作为预展场地。

歧园是云州的文化名片之一，也是热门景点，艺术家希望自己的作品广为人知是很朴素的心愿，谈到最后，江爷爷欣然同意："好，我整理一批作品交给你们。"

江天又飞回美国了，司机帮他拎行李箱，他往花园一看，惊呆了，飞奔进屋，冲秦杉大喊："喂！"

秦杉从图纸上抬起头，江天问："叶带着人打上门了？"

秦杉一愣："啊？哦，不是，谈工作吧。"

下午，叶之南和张茂林到来后，秦杉就想告诉乐有薇，但拿起手机又放下，乐有薇在享受人生，他不想让她心情沉重。

江天去找乔姨要吃的。乔姨煲着汤，看着永远看不厌的粤语连续剧，小时候的江天和秦杉都跟着看了很多。秦杉转头看窗外，叶之南在告辞，正看向他，江爷爷招招手，他便合上笔记本电脑出去了。

秦杉眼中似有怜惜，这让叶之南困惑："秦先生，再会。"

秦杉说："两位再见。"

KR送叶之南和张茂林离开，秦杉推着江爷爷的轮椅回屋，既然都在美国，叶之南必然会去找乐有薇吧。他微微出神片刻，回到创作室，投入工作。

江天晃过来，愤愤然："乐说我会玩到70岁，我看他也不遑多让，道貌岸然一只狼。"

秦杉摇头："是豹子。"那种俊美又警觉的生物。

江天笑出声："金钱豹。还是你了解他啊，浑身上下充满铜臭味。"

偏见无处不在，秦杉不赞成他："叶先生是很好的人。"

乐有薇发朋友圈从不带定位地址，她发了几张照片，沙滩是白色的，海水也清澈，景象很美，秦杉只知道她这几天在佛罗里达州，问："这是哪儿？"

乐有薇说："克利尔沃特海滩，一度被评为美国最好的海滩。听说附近还有座无名岛，明天就去。"

入睡前下了一场雨，细雨绵密，云雀鸣叫着穿林而去，秦杉查看佛州天气，将近两千里外，大雨倾盆。

佛罗里达原为西班牙语，意为"鲜花盛开的地方"。在无名岛上，乐有薇住的民宿种满了鲜花，她用软件辨识它们，但有些对不上，她发给秦杉，秦杉大多数都认识，不认识的就直接说："我问问农学院的同学。"

清晨时，雨势渐弱，雨滴击打在玻璃窗上，乐有薇推开阳台的门，眺望沙滩上的金椰树。这些天她一路混迹海之滨，饱看最壮美的日落，落雨是另一番滋味。

房东老太太送来早餐，乐有薇和她分享花茶。房东老夫妇毕生没离开过这座海岛，他们的儿子做海产生意，会定期回来。这种一眼望到头的人生，搁在往常，乐有薇不可想象，她再喜欢大海，也受不了年复一年相看无言，但如今竟然觉得也很好。

伽马刀不能切除全部肿瘤，某天也许会再发作，不知道未来还将面临怎样的惊涛骇浪。脑膜瘤闹起来最疼的时候，乐有薇也会想万般皆虚妄，但天涯孤旅走这一遭，她相信生命自有其味。

中午雨停了，阳光铺天盖地。乐有薇涂了防晒霜，戴上帽子，再穿上防晒衣，全副武装地巡岛去。

岛上每一幢房子都色彩缤纷，各具个性，乐有薇拍了几百张照片，坐在岸边的树荫里，挑出拍得最好的和家人朋友分享，然后学习司法拍卖知识。

以往忙得不可开交，总盼着休假，但休假了，乐有薇越发感觉到工作的可贵。她为谁担忧、牵挂谁、想问候谁，都能借着工作压下去，以前可以，以后也可以。

草香浮动，乐有薇忙完往回走，沿路和人打着招呼。天放晴了，且赶上周末，登岛的人很多。

晚餐后，乐有薇坐在露台上看晚霞，巨大的轰鸣声响起。她向楼下望去，夕阳余晖还未收尽，有人骑着摩托呼啸而来。

车很帅，人似乎也很帅，黑衣黑裤，硬朗非凡。乐有薇站起来看，期待他的面容和身姿一样有看头。

男人长腿一撑，在小楼门前停下，乐有薇很是气恼。如果当年如今日，她对叶之南一见倾心，也许故事会有不同的走向。但也许在一起早已分开，正如她和卫峰或丁文海。

叶之南摘下头盔，抬头望，乐有薇穿得很简单，长及膝盖的白衬衫裙，短发更显飒丽。两人尽量避开彼此的眼睛，但这很难。

乐有薇跑下楼，叶之南心一咯噔，她很憔悴，瘦得很病态，仿佛五脏俱损，一张口就会呕出血来。他问："是不是在生病？"

乐有薇受不了叶之南这样看她，目光游离："前几天感冒，刚好。我没事，就是天太热，没化妆，显得气色不大好。"

叶之南心里锐痛，两人在情感上互相拉扯，乐有薇百般挣扎，太耗费心力了。他连找两天，几经打听，才找到这里，但在看清乐有薇的这一刻，他不再想什么求仁得仁了。乐有薇想怎样就怎样吧，能多在一起一刻是一刻，陪她开心点吧。

有针扎似的感觉在乐有薇心间弥漫，她对自己说过一万次，既已做出决定，就绝不反悔，但在这一刻，她才发现所有的坚定都建立在不和叶之南见面的基础上。当他站在面前，她依然不争气，依然想要恣意妄为地爱他。她忍着泪跑掉了："师兄等等我，我买了烟花和蜡烛，我们去海滩玩。"

回到房间，乐有薇装了一纸袋烟花蜡烛，再吞下一颗止疼药。近来头疼得频繁，她不无自嘲地想，放任自流，指的就是颅内出血吧。她哪有心力去爱谁，好好看看他，好好和他说说话，足矣。

海滩游客众多，乐有薇拎着纸袋，和叶之南并肩漫步。他不说话，她也不说，用帆布鞋踢着沙子，哼唱着Bob Dylan的《大雨将至》。叶之南想起慈善拍卖晚会那天，乐有薇用它作为散场曲：

> 我听见上万的耳语呼啸着，却无人聆听
> 听见一个人饿死了，无数人大笑着
> 我要回去了，在大雨降临之前
> 走进那黑色森林最深处的腹地
> 在那里有许多的人，手无寸铁

乐有薇总是有心人。刚才出来，她特意戴了祖母绿耳坠，叶之南第一时间就发现了。相识那年，乐有薇拎着家中旧物找他变卖，交完大学学费所剩无几，但她铭记在心，当年秋拍订了一只花篮送到现场。

叶之南责怪她瞎花钱，她笑嘻嘻："赚钱就是为了花钱。"

叶之南笑问："怎么赚的？"

乐有薇说："上个月参加知识竞赛，拿了第一。我成绩特别好，师兄忘啦？"

叶之南回赠乐有薇一部手机，是当时能买到的最贵的一款，作为对花篮的答谢。乐有薇很郁闷："我要多参加几个比赛。"

叶之南问："就为了回礼？"

乐有薇回答："对，回礼要送更好的。"

叶之南说："攀比是不好的，大家各自量力而行，好不好？"

乐有薇答应了："在我回礼之前，师兄不能再送我别的。压力大我有干劲，但是过大我就想骂人。"

叶之南就说："好，不送。"

第二年，乐有薇拿到期末考试的奖学金，送来一套黄花梨筷子，还搭配了筷托。筷托是很趣致的斑鹿，她盛赞雕工，说是在保利的一场小型专场上拍到的，捡了漏，以底价竞得："师兄等着看，肯定增值！"

叶之南许久不送乐有薇东西，等到11月她过生日，才送了这对祖母绿耳坠，很随便地丢给她："成色不太好，藏家专场的流拍货，你戴着玩。"

乐有薇立刻就摘下耳环戴上它。几年后，叶之南还见她戴过。两颗祖母绿很小，以乐有薇的收入，不必看重，他故意说："以为你弄丢了。"

乐有薇笑："怎么会？很好看也很好配衣服，郑好也喜欢，我买了一副差不多的送她。"

两人渐渐走到人少的地带，一艘游艇停在近前，乐有薇说："我们再往前走一点，免得惊到人。"

叶之南说："海上烟花才更好看，走吧。"

灯火已黄昏，叶之南驾着游艇出海。乐有薇在甲板上放起了烟花，心事起伏明灭。有些事说破可能溃败，但捂着只会又结成乱麻，必须狠心直面。从小，她尽力去除性格上的敏感，培养自己果断行事，不想前功尽弃。

乘船穿花，游艇泊在海中央。乐有薇心里好似鼓着海浪，她俯身看海，月光像被海面揉碎了，间或一漾，让她想起"李太白在当涂采石，因醉泛舟于江，见月影俯而取之，遂溺死"。

乐有薇喝光一支酒，才有勇气开口："师兄，在我心里，郑好不比你重要。"

如此星辰如此夜，叶之南心里溢满暖意，她其实不是因为郑好放弃他，更多的是为了她自己。有这句话就够了。

乐有薇静静地说："我们之间更多的是内部问题，是我没有能力负担和你的感情。我希望你不往肩上捡负担，自由自在过一生，我的余生该怎么度过，我也想好了。"

示弱是勇敢，甚至更勇敢，叶之南便也静静地听。多年来，他一直很想了解乐有薇，一直在努力，但乐有薇不给他机会。相识以来，多数时候，她是别人的女朋友，不方便也不愿意对他交心。

或者说，乐有薇本身就很难对人交心。她虽然交游广阔，但真正被她当成自己人的，也就寥寥几人。

郑好很平凡，个人资质有限，按部就班混日子，还懒于改善，叶之南观察到，乐有薇只跟郑好说点琐事，不对她交心，郑好心窍钝，懂不了，乐有薇懒得说。她对郑好付出真心，是出于回报，但两人完全不是一路人，若非从幼年形成的恩情羁绊，郑好应该进不了她的朋友之列。

在叶之南看来，乐有薇最要好的是夏至，但夏至性情高旷，几乎是出世之人，乐有薇一般不和他聊很烟火气的事。两人每次凑到一起，从艺术聊到文学，这个画家那个作家的，一聊就能聊几个小时，还意犹未尽，无暇聊别的。

乐有薇一向把心思藏得深，能对她的师兄如此交心大不易，却是在这痛别前尘时。叶之南叹息，太早就尝到世态炎凉的人，往往只依赖她自己，他多希望她的心不那么孤独，多希望能和她相知相伴，可她执意不要。

爱这种事情是有程度的，乐有薇始终爱自己更多一些，这是事实，她并不隐瞒："我的人生里，师兄真的很重要，可我太贪心了，什么都想要。遇上我，你很辛苦吧，对不起。"

不是每个人都会把爱摆在第一位，这一世，只有这样的缘分。乐有薇的意思很明确，叶之南尊重她的想法。乐有薇对他坦白，他也有话对她说："小乐，丁文海出轨，你和他决裂，我比他糟糕得多。"

乐有薇摇头："他对我是背叛。"

人人都说叶之南浪荡，但乐有薇一直知道，他有些所谓的女伴，只是业务往来认识的客户，是他的追求者。她也有很多，但人们会把这称为滥情。其实她只计较过陈襄和唐莎。

叶之南开启一支香槟，递给乐有薇，用很平常的语气说："在贝斯特最早的几年，我是名媛的入幕之宾。"

那是个炙热的夏天，叶之南19岁，被吴晓芸发掘，成为助她闯入上流社会的钥匙。如吴晓芸所料，男色比女色更有效，叶之南让贵女们感到惊喜，她们或明或暗地接近他。"你问我很抗拒吗，没有。那些男人，我轻易得到他们的女人或是他们的女儿，也被她们得到。"

资本原始积累都有很多不堪言说，乐有薇坐过去，从身后抱着叶之南，不言不语。

叶之南知道乐有薇在哭，每次她哭，都不让他看见。他的姣花软玉，竟然瘦了这么多，硌人。

贝斯特没几年就做得有声有色，叶之南不用再那样，但形成惯性，随意放纵，无可无不可。遇见心上人，才后悔不能把最好的自己留给对方。他说："那些事，我更改不了。小乐，该说对不起的是我，过去我那么脏，让你看到，伤了心，还承担了那么多污名。"

漫天风雨里，我是真心爱着你，乐有薇泪如雨倾。叶之南说出浪荡的根源，是在对她道歉，但他经历的那些暗夜时光，她听来心疼。她那么努力，希望有一天能为叶之南分忧，她实在听不得他这样说自己。名利场往往是欢场，总有这样那样的逢迎周旋，感情和性之于叶之南太易得，因为是他，她不觉得那有什么问题。

泪珠纷落，乐有薇尽力让自己的声音听起来很平静："我不在意那些。吴晓芸有次喝了酒说，有时必须自我物化才能获得机会，我也这样行动过。孔子说，吾少也贱，故多能行鄙事。我们就该死吗？师兄在我这里永远有道德豁免权，我认识的你很完美，像天上的月亮。"

灼热的酒气喷洒在后背，叶之南盯着大海看，它像个巨大的伤口。男欢女爱，对男人是欢愉，却被女人当成爱，自然会欠下情债如麻，他伤到一些人的心，也被一个人伤着心。乐有薇是命运安排来让他改变的人，是镜中花水中月，卫峰或丁文海都能和她有深远的情缘，偏偏不能是他。

乐有薇像是明白叶之南在想什么，说："我不是因为丁文海多好、我有多爱他，才跟他在一起。只是他让我觉得可以互相陪伴，各不干扰。我是错看了他，但在一起的那几年，我很轻松，有大把时间做事。"

乐有薇不想在爱情上花太多心思，她不认为也不需要和毕生至爱在一起。艺术家追求不朽，她追求广阔天地，无忧无虑，叶之南是能理解的，但多么遗憾。

这一生哪一瞬最好？是被乐有薇这样拥抱。叶之南渴望这诀别般的拥抱能再长久些，摸索着乐有薇的手，抚平她的手背，再把手指插进她的指间，十指相扣，对她说："小乐，你很喜欢雨天，经常听的歌也和雨有关，为什么？"

烛火摇曳，叶之南只想漫无目的地闲谈，和她多说说话。乐有薇静默片刻，声音轻如水中光影，风一吹就破碎："小时候总想着，如果那时有一场暴雨，可能那场火，就不会带走爸爸妈妈。"

那艘失了火的大船。叶之南哽住了。乐有薇说："那些年，我总在祈求雨，还害怕看到大海。但是这样太懦弱，我不想被情绪控制。害怕在亲戚家坐冷板凳，吃闭门羹，后来再难谈的客户，我都自发自觉地去磨；害怕演讲，后来赚钱都靠这张嘴；害怕大海，后来想要直挂云帆济沧海。一切让我害怕的，我都去克服掉，我接受自己活成这样了。"

像一棵树，对着自己抡起了斧头，砍掉枝枝杈，笔直向上长。光秃秃地直冲蓝天，但她自觉舒展。

叶之南沉默了很久，乐有薇抱了他很久，两手交握，脸贴在他后背上。她贪恋他太多，但只能到此为止了。

乐有薇做事目的性很强，每一件，都能给她的人生带来好处，但她的师兄不是，跟他在一起，她可能会失去从容的心境，会失去郑家。

怎么舍得再难为她，算了。叶之南终究松开乐有薇的手，他不能让自己成为她对抗的那个世界的一部分。

乐有薇起身，叶之南也站起来。头又在疼，乐有薇站定，眼睛半闭着忍受着。叶之南呼吸凝滞，她这副迷离的神态在侵蚀他的意识……

乐有薇低喘了几下，睁开眼，四目相对，夜浪一波一波涌上来，此时此刻，理应怀着温柔和哀伤，昏天黑地热吻……

如果明天就死，今夜尽欢又何妨。可是，这一步跨出去，就天差地别。在叶之南倾身之际，乐有薇飞一般逃走了："闹海去了。"

游艇上配备了救生艇、橡皮艇、潜水器和摩托艇，还有几名船工。叶之南负手而立，没跟过去。弯弯笑眼是心梢上的月牙，闹天闹海都随她。

想和她相守一生，无非是想好好爱她，但她选择放手，依她便是。不能相守，也能好好爱她，一切如旧。救生艇被人推下了海，乐有薇跳上去。叶之南站在风浪里，看着乐有薇飞起来，去征服大海。天上的星是夜的风铃，它们纷纷坠落在海上，清脆玲珑，像这些年响在耳间她的笑声。

海面升起了雾，像深深的雨幕，他就要看不见她了。人各有梦，也各有追梦方式，他不拦着，就此放生她，让她去往令她轻松的地方。但愿前路上，能有一人温暖她，不负她。

乐有薇回头看，叶之南在灯火里，也在她心上，往前看，烟波前路正无边。他栽培她，她因为他侥幸得到一片海，可她从未爱一个人比海深。以前她通过丁文海搁浅他，这次她想用自己的力量去克服，不出尔反尔了。

月上中天，乐有薇回到游艇上。叶之南在露天望台上坐着睡着了，手边是数个空酒瓶。他睡姿很端正，身后明月如灯，是入诗为画的一幕，可是乐有薇不会作诗，也不会绘画，倒是想起幼年时郑爸爸教过的许多诗词歌赋。

回忆如海浪般涌起，不可停歇。乐有薇捞过背包，掏出笔记簿，在纸上写下一行字，脑中闪过秦杉折过的小飞机。她撕下纸页，折成纸船，看着夜风把它吹到海上，瞬息就不见了踪迹。

月光落在叶之南脸上，乐有薇伸手抚摸他的脸，佛说，色即是空，可是美人如斯，参破太难。他带给她深重的情欲诱惑，她坐拢去，在他唇上落下一吻。

谁的人生没有遗憾呢，今生今世，再无遗憾。乐有薇起身而去，这只是个开始，此后人生，还有很多次难关，在等待着她跨过。

乐有薇把救生艇拴上游艇时，叶之南就听到动静了，她只敢等到夜深人静才回来，他不惊动她。他感觉到乐有薇坐近，她的呼吸渐渐热起来，吻印上来，他几乎要回应她，但他不能醒来。

有一行泪水砸落在叶之南的手背上，滚烫，他更加无法睁眼，乐有薇从来不让他看到她哭。他已足够明白，他和乐有薇是相爱的，此生已无憾。

乐有薇让船工操纵驾驶台，返回岸边。回顾多年苦辛，她时刻处在破局过程中，原以为艰难是各种公事，其实是勘破执迷，直至今日才得以解脱。

月落如霜，乐有薇踏上海滩，消失在闪闪的星夜。叶之南的梦里似有一曲微茫，《大雨将至》。乐有薇似乎想给他留几句话，但他没能找到，他因而永不得知，她写的是什么。

今夜扁舟来诀汝。再过几个小时，太阳将会升起，他仍将是她的师兄，如同当年在校园的初遇，她心无旁骛，他心地坦荡。

一念放下，万般自在。乐有薇像赶着两只羊似的，推着她一大一小的白色旅行箱去赶飞机，候机时收到夏至的信息："藏书被省图书馆买了，省里派了特警部队包了一个车厢，从北京运回云州，交接仪式下周举办。"

按照规定，大批特级文物不能用飞机运输。乐有薇在团队群里通报喜讯，群里一片欢腾，那可是《古文今藏》啊。

乐有薇重回洛杉矶，坐上机场通往市区的大巴。大巴上，满满一车各色人种旅客，不同的口音和语言混杂，常常让她听得偷乐出声，就要上手术台了，她反而比任何时候都放松了。

给家人留了一点钱，虽然少，也尽力了。做过一场很有成就感的慈善拍卖晚会，还和心爱的人互诉过真情，拥抱过，亲吻过，正正式式道别过，就算死在手术台，也好好地过了这一生。当然，大概率不会死，脑科专家说得很清楚，伽马刀技术很成熟。

从凌晨开始，乐有薇遵医嘱断食断水。次日上午，她住进医院，先抽血，再输液，接心电图和自动测量血压的仪器，这三项将贯穿整个治疗期。

秦杉和叶之南先后联系乐有薇，秦杉说："小薇，叶先生和他的朋友第二次来拜访江爷爷了，上次我没跟你说，但你说让我有话要说。"

叶之南发来很长一段信息，贝斯特拍卖公司和天空艺术空间将合作为江爷爷举办作品展，已正式签订合同。江爷爷是乐有薇的客户，叶之南想安排她的团队成员来美国一趟，他问："我接下来还有别的事，你的旅程哪天结束？"

伽马刀治疗做完不用住院，乐有薇想缓个几天看看情况："一周左右。师兄，能不能让赵杰团队参与进来？他在当代书画方面比我的团队更有经验，这次让他牵头，佳宁他们配合吧。"

叶之南把这条信息看了好几遍，乐有薇永远把工作排在第一位，这是头一次这样。他想着她那张唇色泛青的面容，她是应该再休息一阵。他拨打赵杰的电话，赵杰很兴奋："我就知道有薇会带我玩！"

郑好找乐有薇："我明天就飞美国啦，叶师兄说，我们先休整几天倒时差再去江家，你在哪里，我去找你！"

乐有薇回道："在迈阿密，马上就上船，跨大西洋航行。海上有时没信号，如果联系不上我，你别慌，等我回到陆地就去纽约，你有事就找佳宁。"相似的一番话她发去家人群——"下西洋喽。"

张茂林有一流的策展团队，他留在纽约和江爷爷磋商细节。叶之南告辞，出发去西雅图。那里有个老客户，本月中旬即将度过97岁大寿，他年年去贺寿。

老客户手上有一部毛抄①，叶之南盯了快十年。老客户子孙后代都在美国，第三代第四代已不识中文，那部毛抄在他们家被束之高阁，弄回国更有价值。

乐有薇回复秦杉："我和我师兄已经见过面，说清楚了。这几天要出海，可能不能及时回你的信息，别急。"然后她点开软件，听着有声小说睡着了。

医生唤醒乐有薇，得为她进行全身麻醉，以便装上伽马刀架子，然后输送氧气。

麻药打下去，乐有薇很快就不省人事。等她再次醒来，已是一个小时以后，架子已安装完毕，4个钉子被钉进头骨，法裔医生问："什么感觉？"

---

① 毛抄：即明末清初常熟毛氏汲古阁抄本。汲古阁主人毛晋，一生酷爱买书、刻书、抄书。包括毛晋本人在列，其子侄僮仆均擅长抄写书籍，且字体俊秀，端正严谨，加之其抄写的书籍多为宋元难得的本子，故为世人所珍视。

乐有薇说："有点疼，架子也很沉。"

下午五点，乐有薇进了伽马刀室，整个过程很安静，她再次睡着了。等她苏醒，已经出了机器，医生护士脸上都洋溢着笑容："你状态不错啊。"

乐有薇昏昏沉沉，感觉不出具体时长，似乎只是睡一觉的事。医护人员开始拆除伽马刀架子，两名护士按着架子，一名医生松着螺丝，她感觉骨头被拧得生疼。

第一个螺丝松动的时候，鲜血喷涌，乐有薇用手一摸，脖子上全是血。医生护士为她清理血迹，她昏了过去。

老客户依然不肯出让毛抄，叶之南放下寿礼，告别而去。明年此时，他还会再来。回国的飞机上，他梦见乐有薇了，她像一条濒死的人鱼，昏睡在冰天雪地的海滩上，周围一圈人弯腰呼唤她。他拨开人群喊她，她面色苍白，久久不醒。

这个梦让叶之南惊惧，飞机在云州降落，他联系郑好："到纽约了？你和有薇见面了吗？"

郑好说："叶师兄是不是也找不到她？她在海上没信号，我给她发了好多照片她都没回。"

乐有薇连郑好都没理会，看来不是在逃避她的师兄。海上那一夜，两人交了心，也放了手，她是想独自静一静吧。叶之南去拜访相关部门，为江知行在歧园办展，必须及早报备。

郑好怀着不安的心情逛博物馆，她对艺术品知之甚少，方瑶存心找她东问西问，想让她出丑，姚佳宁维护郑好："走，去那边看看。"

乐有薇让赵杰参与江爷爷的个展筹备，是在还人情，赵杰心知肚明。他只想独自赴美，不带自己的团队，方瑶却来找他："我学的是当代艺术历史与理论，对美国也熟！"

赵杰只得带上团队所有人，眼见方瑶和郑好过不去，他提出两拨人分开逛，但方瑶不干。姚佳宁搜了一大堆艺术评论套话，发到团队群里："你们几个新人背熟，方瑶只会这一套。"

方瑶奈何不了乐有薇，当然会拿她的朋友出气，偏生郑好是个温软性子。黄婷看不过眼："她要是真有能耐，前几天海关罚没资产拍卖会就不会弄砸锅了。连拍卖资格证都没有，也好意思上拍卖台？"

博物馆几站地外有个香料市场，郑好提议去看顶级的藏红花。藏红花在国外多用于料理菜肴，但在国内，人们更推崇它的药理价值，多用于泡水泡酒等保健养生。

方瑶不懂行，频频出丑，郑好扳回一城。她以前供职的杂志刊登过五星级酒店餐厅广告，是她撰写的软文，主厨和她聊过藏红花。

方瑶面子上挂不住，想拿店铺墙壁上的抽象画回击，岂知郑好记熟了姚佳宁教她的片汤话，洋洋洒洒说了一通。姚佳宁意有所指："艺术嘛，各有各的欣赏习惯，有的人喜欢跟人交流感受，有的人更愿意沉浸其中，用心体会。"

当晚，方瑶没和众人一起吃饭，她说她在美国有朋友。郑好向乐有薇显摆，没收到答复，她找秦杉："乐乐有两天没消息了，你那边呢？"

秦杉说："她也没回我，她说她在海上。"

叶之南持续地梦见乐有薇。梦中她气息奄奄，在沙滩上用树枝划拉自己的名字，她说爸爸给她取名，嵌了一个有字，是盼望她应有尽有。但是后来的她，总在囿于人情，四壁都是人情，把她钉在笼子里，她要寻来一把利斧，把它们都拆掉。

凌晨三点，叶之南独坐窗前，强烈的慌乱感使他无法入睡。他拨打乐有薇的工作电话和私人电话，都是关机状态，他试着找夏至："回国了吗？"

夏至弄到了一份明代永乐六年的奏疏，按公藏情况，明代奏疏流传至今有三千多件，但市场上几乎没有见过，从无记录。他向乐有薇报喜，乐有薇居然几个小时都无动于衷，这不像她，他莫名不安，翻来覆去睡不着，立刻回复："还在日本，老师有有薇的消息吗？我找不到她。"

叶之南想订最早的航班去美国，但这不该是一个安于师兄身份的人所为。他想再问问郑好，却担心引起她的恐慌。迟疑片刻，他去洗漱，然后迎着第一缕晨光，去赶早班机。

酒店自助早餐区，郑好迎上秦杉："这么早就来找我？我们有人起不来，我把她的早餐券拿给你。"

秦杉掏出手机："吃了面包。我们对一下信息。小薇给我发完这句就消失了，我心里很慌。"

郑好给他看自己收到的信息："她从迈阿密出发。"

迈阿密是世界上最大的邮轮港口，交通便利，秦杉自言自语："船上各方面设施都很成熟，没理由不能上网还关机。"

郑好也慌了："该不会是出什么事了吧，我没看到新闻啊。呸呸呸，我乱说的，肯定没事。不过她两个手机都关机了，很不对劲，以前她二十四小时开机。该不会是胆结石犯了吧？"

秦杉脸色大变："不是胆囊炎？那么严重了？"

那天在大学校园，乐有薇走路不时停下，肩背伛着，像在忍痛，还吃过一次止疼药。秦杉问她是不是生病了，乐有薇当时说："生理期。"

秦杉没好意思再问，但乐有薇曾经说，会说话有时是会说谎。所以当时她在骗他吗，他问："你知道她生理期吗？"

郑好顿觉尴尬，想想还是说了："你在想，她会不会疼晕了？她没这毛病啊。我们要不要报警？"

秦杉确定乐有薇在说谎，说："你去吃早餐，我来想办法。"

郑好给秦杉拿了一杯咖啡，秦杉找邮轮公司咨询，对方表示全程提供网络服务。他打去一个个电话查找游客乐有薇，但所有邮轮公司都拒绝透露客户信息。

秦杉揉着太阳穴使劲思索，乐有薇去迈阿密之前，身在克利尔沃特海滩。从地图来看，两地车程在五个小时左右，但飞行只用一个小时，她会选择后者吗？

秦杉联系了母亲生前的单位，想根据乐有薇的航班信息获得一些线索，意外被告知："没查到她去迈阿密。她上一次飞行记录，是从坦帕飞往洛杉矶。"

克利尔沃特海滩所属地区正是坦帕，秦杉找对方确定了具体日期，更觉严峻："她说从迈阿密出海了，但当天她飞去了洛杉矶。"

郑好惊叫："又去洛杉矶？她在那里待过好几天啊！"

秦杉立刻订机票，郑好问："你怎么找她？"

秦杉说："报警，同时一家医院一家医院找。"

郑好揪着心，想跟秦杉同去，秦杉担心乐有薇是因为跟叶之南摊牌，痛苦过甚才导致胆囊出问题，让她别急："我去就行。我对洛杉矶很熟。"

窗外阳光刺眼，室内人声不息，无一不在昭示着已从濒死的绝境，回到了人间。乐有薇转动着眼珠，头上的伽马刀架子已被拆除，她的脖子很僵硬，但不再有剧痛感。护士抓着她的手问话，确认她意识正常，通知了主刀医生。

主刀医生飞奔而至："我很不明白，为什么治疗后，你短暂清醒就陷入了昏迷，还落泪不止？我们不能放弃你。你梦见了什么？"

乐有薇梦见召开盛大的拍卖会，她精心准备，登场时，台下所有人齐齐离开，瞬时消失得干干净净，自己对着空无一人的会场，不明白是哪里出了错。

梦见叶之南自高楼坠下，她救不了他，也发不出声音；梦见郑好殉了情，陶妈妈哭到昏厥；梦见有人对她说："我从未忘记你。"梦里看不清他是谁，但她有统一答案，"情愿你忘记。"

乐有薇问："很多天吗？"

主刀医生说："这是第四天，剩下的三颗钉子都没怎么出血。"

主刀医生始终不解乐有薇昏迷的原因，治疗明明很符合预期，她把乐有薇作为特殊病例对待，交代得很详细：三个月后进行核磁共振复查，之后是一年的核磁跟踪，届时剩余的肿瘤稳定无异样，就停止随访，可以怀孕生小孩，但不能吃避孕药，里面有一种成分对肿瘤有刺激作用。

乐有薇谢过医生，医生说："每分每秒都有不幸的人在医院接受命运的审判，什么奇怪的病，突然得上的都有。记住，永远不要伤害自己。"

手机自动关机，乐有薇充了一会儿电，开机蹦出来一堆信息。全世界的人似乎都在找她，她捡了最紧要的回复："这几天海上信号差，师兄别担心。"

然后回："我很好，活蹦乱跳，你们三个放心。"

接着回："我要看奏疏照片！"

刚回复了夏至，秦杉的信息就来了："小薇，你是胆结石发作了吗？我在洛杉矶，找了三家医院。"

还好醒来了，再被秦杉找下去就穿帮了，乐有薇回道："你怎么知道我有胆结石？"

下一秒，秦杉打来电话："小薇？"

乐有薇听出秦杉的情绪，柔声说："没事了，手术做完了。"

秦杉问："你在哪里？"

乐有薇说："南加大医疗中心。"

秦杉说："我离那里不远，等我。"

同一个病区有个小男孩要做手术了，他才8岁，一头金发，可爱得只差一对翅膀。乐有薇抱了一箱冰激凌去他的病房，塞进冰箱："十几种口味，你慢慢吃哦。"

大多数时候，冰激凌对小孩子都是最有效的药，它能转移注意力，抚慰情绪。这是童年时患上胆囊炎后，郑爸爸送乐有薇看病时，一位女医生说的。

小男孩喊乐有薇"baby"，乐有薇蹲下来，他亲她的脸："I love you。"还问，"你为什么不对我说？"

乐有薇笑道："我没对任何人说过啊。"

小男孩问："为什么不说？"

乐有薇苦着脸："我太害羞了。"

小男孩拉着她的手说："噢可怜的人，那我再说一遍，I love you。等我病好了，就去找你结婚。"

乐有薇忍住泪水，亲吻着他。小男孩患的是恶性肿瘤，他做过开颅手术，但四个月后就复发了，视力下降几近失明。他的父母为他签署了器官捐献协议，他可能活不到长大结婚了。

生之艰难，死之残酷，谁都一样。医院门口，乐有薇待了片刻。秦杉跑来，夕阳穿过云彩和树荫，满目碎金，他一双满是血丝的眼睛对上乐有薇的目光，狠狠地把她按进了怀里。

大半个月不见，乐有薇瘦得可怕，脊骨的曲线硌着秦杉的手掌。他把她抱得紧些，再紧些，埋首在她颈侧，声音发颤："为什么关机？"

命贱又命硬，没那么容易死。乐有薇的手僵着，蜷成拳头，没去抱他："病床上行动不便，没充电。"

秦杉惊魂未定："为什么又回到洛杉矶？"

乐有薇说："在这里预约的手术，旅行结束，手术期到了，就又来了，怕你们担心才没说。胆结石手术留了三个小疤，你送的祛疤药又能用上了。"

秦杉的呼吸扫过她耳后，语气又心疼又气愤："不能再让人找不到。"

乐有薇嗯了一声，脱离他的怀抱。她一抬头，秦杉就发现不对劲，拂开她的头发："头上怎么也有伤？"

"太疼了，走路摔了，撞到墙了。"乐有薇拿开他的手，踮起脚，很轻地和他碰了碰额头，可怜巴巴地说，"求你了，别问了。我好饿，我们去吃东西吧。"

医院附近有家越南菜馆，乐有薇点了清淡的河粉，吃完饭，她把旅行箱寄存起来，和秦杉在街头漫步。

路遇一个乐队，乐有薇问："会唱《大雨将至》吗？"

年轻的主唱摇头，看看两人："亚洲人？"

乐有薇说："中国人。"

主唱吹声呼哨，拨弄琴弦，旋律响起，是《阿里山的姑娘》："我唯一会的中文歌。"

乐有薇随着节拍，踢踢踏踏地走着，身后传来荒腔走板的歌声："姑娘和那少年永不分啊，绿水常围着青山转。"

秦杉听得喜欢，乐有薇笑得豁然无忧，哼的仍是她想听的 *A hard rain's a gonna fall*。

我曾经走进伤心森林的深处

我也曾逃出十二块死寂海洋

我还曾走进一片坟墓

那坟墓仿佛有千万公里长

那大雨，那大雨

那大雨就要落下来

乐有薇和秦杉连夜飞往纽约，郑好很生气，要当面骂她。飞机上，秦杉睡着，时时惊醒看乐有薇，确认她还在，才敢再合上眼睛。

乐有薇这几天睡得太多，有时她听歌，有时默然看着秦杉的睡颜。他长长的睫毛投下两块小小的阴影，遮住了黑眼圈，这时候看着不像小老虎，倒像只乖巧的猫咪了。

早晨，飞机在降落，乐有薇去看舷窗外。疾病带给她一个警示，生命是有期限的。这道理她一直都懂，但鬼门关走过一遭，才有更深的体会，从此不念过往，只问前程。

第二章
宋代仲尼式鸣凤琴

    郑好等人住的酒店在时尚街区，紧邻景点，夜生活很丰富。秦杉把乐有薇送到酒店，郑好扑上来揍她："好啊，做手术都不吭声！我差点要报警了。"

    乐有薇照样用谎言解释头上的伤："我看你们去的那个屋顶酒吧很有意思，今晚再去？"

    秦杉说："我回去工作，晚上见。"

    乐有薇伸出手掌，秦杉和她击了一下。等秦杉走了，郑好说："他真的好喜欢你，你给他一个机会吧。"

    乐有薇说："男人乃身外物，赚钱乃分内事，先干活。"

    除了方瑶，两个团队的人会合，共同商议江爷爷个人作品展的执行细节。叶之南负责落实展出场地，张茂林负责制定策展方案。因为是纯展览，不涉及拍卖，乐有薇和赵杰的团队主要做些宣传工作。

    连吃了几天西餐，众人都说受不了，姚佳宁搜到一家中餐馆，是改良版，味道马马虎虎。

    宋琳把乐有薇喜欢的菜端到她面前，乐有薇说："一起吃，我吃东西不挑。"宋琳应了，没一会儿又把菜转过来了，乐有薇笑骂，"你第一天认识我？"

宋琳难为情，说了真心话。她去人事部交出差事由单，万琴奚落说全公司就数她、章明宇和郑好的命最好，还没转正，就能带薪公费旅游。

宋琳说是来工作，万琴哼笑："看清楚，我们是拍卖公司，纯办展对公司有什么价值？她做慈善上了瘾，也就叶之南拿着公司资源宠着她。"

最后这句话宋琳可不敢告诉乐有薇："万总说得难听，但我确实有点心虚。"

姚佳宁说："纯办展公司做过不少，阵仗更大的也有。她胡说八道，是在唬你。"

纯办展看似不能为公司带来营收，但它是很典型的维系大客户关系的行为，国内一定有不少艺术机构找江爷爷商谈办展，他最终为何会选了贝斯特？一来是时机对了，二来是叶之南和张茂林打动了他。

黄婷说："江知行是大收藏家，往来无白丁，他的藏品一件不出，但你把他伺候好了，他一高兴，就介绍几个有分量的藏家朋友给我们了，懂了吗？"

宋琳和章明宇齐齐点头，郑好说："我们不图眼下，谋在未来。"

赵杰补充说，他父亲赵致远说过，国内拍卖公司很多，藏家货主为什么和贝斯特合作？贝斯特必然先得做些树立公司品牌形象的事。叶之南代表贝斯特和张茂林合力搞的那个天空艺术空间，赵致远就很欣赏，它在推动艺术深入人心，培养大众基础，不在当下获利，但在未来会看到良性效果。

乐有薇说："视频网站早期也是纯免费，网民通过网站观看影视和综艺节目的习惯被培养起来了，就到收割利润的时候了。哪个行业都会有这样看似烧钱的行为，你们不用在意万琴说什么，她是行政人员，为公司主要创收的是我们做业务的。"

吃过午饭，方瑶还没来，手机还是关机状态。赵杰有点难堪："名义上放在我团队，别的我说了都不算。"

以方瑶的资历，海关罚没资产拍卖会原本轮不到她，赵杰郁闷："我逐字逐句地给她演示了几遍，但上台还有个心理素质问题，比如忘词、报错价、举牌看不过来……"

最低级的错误都犯，乐有薇讶然："难不成她以前只做过在线拍卖？"

赵杰说："不知道她在国外怎么样，但是在国内，有求于她父母的人太多了，她听不到几句实话。"

说不得骂不得，表现欲还强，乐有薇真同情赵杰，谁想承认自己带出这么一个徒弟啊。

一想到明天下午要去江家，赵杰很快高兴起来。乐有薇没再提及江家藏有徐渭人物图，那就是没有了，他自然不会再问，免生尴尬。

下午开完会，一群人浩浩荡荡地去附近的夜市吃烤肉喝果汁，方瑶仍不露面。宋琳说她大学时就有这样的同学，同性追捧，异性追求，身边热热闹闹，但有一点，她们看不上普通人，更不会和普通人做朋友，友谊是有阶层的。乐有薇晃着手机："也未必，江天说要带我们去酒吧，他请客。"

吃饱喝足，郑好摸着肚子说裙子要撑炸，女人们扎进路边衣服摊，试来试去。乐有薇帮郑好挑了一条大摆裙，自己选了西班牙式大红裙，裙子上的图案是酒盏花枝，郑好说："吊带款，能行吗？"

乐有薇被拆骨剔肉重获新生，连日来的阴霾一扫而光，她看着左上臂的刀伤："管他呢。"

江天发来一个地址，众人寻去，却是个有成人秀演出的小酒馆，里边人山人海，围看脱衣舞娘表演，郑好张望："呃。"

姚佳宁说："就当开开眼。"

程鹏飞等男性都很积极："来都来了，走走走。"

换上大红裙的乐有薇被众人齐声喝彩，都说有异域风情。秦杉跑进小酒馆时，乐有薇正在喝酒，做完治疗已有几天，抿上几口无碍。

男人们喝威士忌和白兰地，乐有薇就喝点红酒。红酒有新世界和旧世界之分，劫后余生，这是属于她的新世界。

小酒馆熙熙攘攘，音乐震天，乐有薇招手，秦杉挤过去。到了面前，他看清红裙子的款式——它凸显了乐有薇的身材优势，腰细得两手一掐就合拢，胸口雪样的白，晃得他情绪不稳，口中很渴。

中午吃饭时，乔姨做的甜品里有一道雪媚娘，又白又软又糯，秦杉吃得很爱惜，还想着这是那只小蝴蝶应该有的名字。这会儿见到乐有薇，他后怕不已，幸亏人多，这要是昨晚在洛杉矶，她身边只有他……

秦杉眼里是冒着光的爱意，赵杰虽然是第一次正面和他打交道，但当即就明白了："你也来一杯白兰地？"

换下的裙子被乐有薇团成一团装进购物袋，她让秦杉转过去："就你的包最大。"

秦杉把购物袋塞进背包，拿起乐有薇的红酒就喝，不敢多看她。乐有薇脸上带着酒热的红晕，别的男人都在看脱衣舞，他净想着亲他的雪媚娘，汗流浃背，不知该怎么熬下去。

章明宇拿来白兰地，被乐有薇抢去，秦杉正担心，她往酒里吹一口气，递给他，一双眼里似有醉意："我现在还不能喝烈酒，你也只能喝两口哦。"

秦杉听话照办，不多喝，乐有薇却像是要把自己往醉里灌似的，红酒一倒上，仰头就喝。她一直是有些草莽气的，酒越喝越豪气，但能跳，能笑，能跑，能变成小蝴蝶。

音乐太吵，郑好大声对秦杉说："她胆结石好了，可以喝！别担心！"

姚佳宁吼道："酒店走路就到，喝醉了你们男的接力背回去！"

台上的舞蹈到了火爆阶段，场内响起了*Lady Marmalade*，舞娘们邀请观众上台，所有人都向舞台挤去。

乐有薇一行都没被抽到，台上，男男女女贴身热舞，血脉偾张；台下，程鹏飞大展舞姿，乐有薇跟着他摇头晃脑，其余众人也随意蹦着。秦杉不会跳舞，急得抓耳挠腮，乐有薇拉过他："我教你。"

秦杉乖乖学，一不小心踩到乐有薇的裙子，下意识地去看她的伤疤，乐有薇满不在乎："痕迹是不是淡了很多？真好不了的话，就纹个大花臂，没人敢惹啦。"

江天带着两个洋妞来了，一个亚裔一个拉丁裔，一高一矮，都是丰乳肥臀型，乐有薇和他们大喝起来，这下郑好急了："再高兴也不能喝成这样！"

乐有薇振振有词："医生说了，能喝红酒。一口酒一口油，我要把自己养胖点，我现在才94斤，裙子都快挂不住了。"

舞蹈越来越香艳，音乐也越来越奔放，驻场的女歌手有一把魅惑的烟嗓，唱得懒洋洋的：

Touch of her skin feeling silky smooth
抚摸着她 肤如凝脂

color of cafe au lait alright
冰肌玉肤 滑腻似酥

Made the savage beast inside roar until he cried
让他心中的野兽把持不住

More-more-more
还要 还要 还要

秦杉不由自主地扯领口，好让呼吸畅快些，却更热了。他去拿冰块，被两个女孩子搭讪，一转头，乐有薇腰肢款摆，边跳边噘起嘴唇，隔空和郑好互亲。

郑好跳过去，乐有薇啪地亲了她一口，还嫌不够，一气亲了所有同事的脸，包括男人们。

秦杉气得抓起头发要往天上跳，他往那边挤，半天没挤过去，把冰块往桌上一顿，去找女歌手。这场面！不堪入目！这破歌！令人愤慨！小费一掏，女歌手挑逗一笑，唱起了《大雨将至》。

乐有薇对秦杉打了个响指。秦杉噘唇索吻，她得一视同仁，乐有薇大笑着，遥遥丢个飞吻给他。

叶之南进来时，乐有薇正和郑好搂搂抱抱，分喝一杯酒。暗光映照在乐有薇脸上，她笑得像一朵燃烧的花，整个人都很明亮，又野又疯。

有女人来调情，叶之南不理会，站到一旁静看乐有薇。穿红衣，喝大酒，她最适合这种盛装打扮，艳得像那天佛罗里达海边的云霞，从天边烧到了这里。

郑好不知在说什么，乐有薇笑得娇痴，又亲了她一口。秦杉挤上前，凑过脸，她照亲不误。叶之南看着他们，他原本也能是被她大大方方亲吻面颊的一个。乐有薇已经很久没在他面前笑成这样了，他让她太有压迫感了吧，不管爱不爱，她就是不想再那么过了。

乐有薇沉浸在新生的喜悦里，忽一抬眸，隔着几米左右的距离，叶之南正望着她。他没走近，她也没过去，两人目光交缠。叶之南站了一会儿，目不旁视地走了，这样的她是多么快乐。

此情难再，乐有薇鼻腔涌起酸涩感，放下酒杯："去卫生间，别跟来。"

秦杉盯住她，她脚下稳当，郑好也惊了："乐乐的酒量竟然这么好！"

女卫生间门口排着长队，乐有薇对着墙壁流泪，出来看到吧台边有个空位，她落座，要了一杯鸡尾酒。叶之南离去的背影像一把长刀，割得她心里疼，头上的伤口似乎也在隐隐作痛。

其实早在几年前，跟丁文海在一起时，就了断了缘分。如今已是新生，更不能反悔，那随手折就、写满心意的小纸船，已消失在夜空下的大海里。

"我已情多，十年幽梦，略曾如此。甚谢郎，也恨飘零，解道月明千里。"21岁下定决心出国那一年，最喜欢的宋词。

那晚月满肩头，亲手干掉了那个爱他的自己。不后悔，且快乐，乐有薇对自己说。有个外国男人坐过来，找酒保要了一杯B-52轰炸机，对她挑挑眉："Hey!"

男人英俊阳刚，身高超过两米，身上的衬衫被男男女女的手揉得皱巴巴，还留下若干口红印。乐有薇发笑，肌肉男总是受欢迎的，男人把B-52轰炸机推给她，佻达如公子哥儿："你的。"

乐有薇道谢，男人变出一朵玫瑰花，想插在她鬓边，又缩回手，嘟哝道："你是短发。"

在男人想把玫瑰花插进乐有薇胸口时，她扣住他的手腕。男人的肌肉非常紧实，她问："做哪一行的？"

男人挑眉："雇佣兵。"

乐有薇嘿哟一声："上次任务是关于什么？"

酒吧太吵，说话都是凑近用喊的，江天对亚裔美人说："挑个高层大玻璃窗，我会让你们知道我的厉害。"

郑好喝多了，脑子反应不灵敏，别人跟她说任何话，她都一脸笑，拉丁裔美人喊她Doll，摇着骰子问："要不要加入我们？"

郑好甜甜地应了，姚佳宁领会了半秒，表情变了。她把郑好拉到一旁，去和江天道别："时间不早了，江总，我们先撤了。"

拉丁裔美人拉着郑好说："我还能再见到你吗？"

黄婷抢着答了："当然。"

众人准备散了，乐有薇还没回来。秦杉东张西望，江天鼓励他："快去，今晚她是你的了。"

郑好脚下打滑，黄婷和宋琳搀着她，她揉揉眼睛问："乐乐呢？"

姚佳宁说："没事，男人去找她了。"

郑好也想去，头一歪，醉倒在黄婷怀里。

乐有薇和雇佣兵划拳，连输了三杯酒。酒保充满同情，递来一杯饮料，暗示她不含酒精，乐有薇和他相对笑得很疯。

秦杉拎着一支酒走来，梗着脖子，瞪着眼珠，像是随时会磕碎酒瓶，照准雇佣兵的脑袋来一下。乐有薇终于赢了一回，对他哈哈笑："哥们儿，把你眼神收一收。"

雇佣兵下一把又赢了，凑到乐有薇耳畔："今晚我会让你很快乐。"不等乐有薇回答，他冲秦杉挑衅地笑，勾住乐有薇的下巴要吻下去，乐有薇头一偏，秦杉脑弦绷紧，酒往地上一扔，打横抱起她就走。

风云突变，雇佣兵愕然，乐有薇在秦杉怀里对他摆手："我已经很快乐。"

秦杉气呼呼，乐有薇轻笑："疯够了，回酒店吧，放我下来。"

秦杉紧闭双唇，不理睬她，一路都有人在笑，乐有薇拍打着他："喂喂，我自己走。"

江天看过来，双手高举过头，竖起两个大拇指，祝福两人今晚爱河共渡。乐有薇拧着秦杉的胳膊："我没醉，让我下来。"

没喝醉还那样，差点被亲个正着知不知道，秦杉虎着脸问："真没醉？"

乐有薇说："没醉，走到酒店要好几分钟呢，你不嫌重啊？"

秦杉严肃地回答："不重，你现在才94斤。"

乐有薇笑得花枝乱颤，醉颜酡红，秦杉喉咙变得很干，心头的小火苗蹿向全身，他低头，呼吸喷在乐有薇眉心，乐有薇立刻把头拱进他胸膛。

肌肤相贴，体温在灼烧，秦杉往酒店走得飞快，越想越气。那孙子勾她下巴，她还笑，刚才她拧他的那一下还不轻，他要报复。他又低下头去，乐有薇头埋在他怀里，肩膀白得像杏仁，刚剥掉壳的杏仁，但或许是雪媚娘那样的口感……

秦杉张开嘴，咬了乐有薇一口。乐有薇浑身一麻，整张脸贴在他胸前，听着他的心跳声，不说话。

乐有薇和郑好住一个套间，秦杉轻轻踢了踢门，姚佳宁还没走，开门一愣："有薇也醉了？"

乐有薇问："郑好呢？"

姚佳宁说："在卫生间里吐着呢。"

秦杉问："小薇睡哪间？"

姚佳宁指了指："那边。"

秦杉把乐有薇摔在床上，活动着胳膊。房间只开了壁灯，乐有薇睁眼看他，他领口的汗水在发亮，眼睛沉在暗处，亮得像火在烧，局促地四下乱瞄，逃也似冲出房间："晚安。"

酒店走廊，秦杉把脑门磕在墙上降温，那首*Lady Marmalade*又回荡在耳边：

He sat in her boudoir while she freshened up
他坐在她的闺房里等她洗剥干净

Boy drank all that Magnolia wine
他将木兰酒一口喝干

Voulez vous coucher avec moi ce soir

今晚跟我睡吧

On her black satin sheets is where he started to freak
在她的黑色丝绸床单上 他准备要爆发了吗

乐有薇对着镜子，看清肩头那一排整齐的牙印。不让亲，小老虎很生气，咬得还挺重。

郑好吐了几回，连喝了两罐橙汁，酒醒了大半，摸进卫生间："乐乐，我晚上好像看到叶师兄了，我是不是喝醉了？"

乐有薇说："他是来了。"

郑好惊怔："真是他？那他为什么不加入我们？总不会是跟秦杉一样不会跳舞吧，不像啊。"

乐有薇卸着妆，淡淡地说："他对大家来说是上司，怕大家拘束吧。你的软件工程师呢？"

郑好絮絮说起她和相亲对象互视彼此为鸡肋，几天都不联系，一联系就是吃饭。让她费解的是，工程师不抽烟不喝酒，但身上气味难闻，她很排斥，连看电影都不想坐他旁边。前几天工程师又约她吃饭，她谎称有男朋友了，终止再了解下去。她问："乐乐，我是不是太感性了？"

乐有薇笑："是这个原因的话，我赞成你，身体会识人。"

大学时，乐有薇在那么多追求者里找了丁文海，很大程度就在于她的身体对他很喜欢，总想靠他近些。秦杉也是，刚才，她是能挣开他自己走，但他的气息很好闻。

乐有薇洗完澡出来，郑好坐在沙发上发愣，乐有薇盘腿坐下："有心事就说吧。"

郑好坦白了在叶之南办公室那一幕，她从未想过人竟然能软成一摊水，挣离叶之南的怀抱，耗尽了她最后的力气。她的腿发软，心里发酸，扶住墙缓了半天，但是身体每一个毛孔都在叫嚣，在怂恿她回去他那里。

郑好羞耻得说不下去："要不是有同事喊我，我可能……"

叶之南手段旖旎让人毫无抵抗能力是必然的，乐有薇问："所以你才决定去相亲？"

郑好满心苦楚："就在那天我想明白了，都这样了，他尽力了，我也尽力了。那么多女人都喜欢他，我这么平庸，再喜欢他也不值一提。我不能再向他示好了，我不想再让他烦我，以后不打扰他了。"

今晚，乐有薇完全看出，章明宇对郑好的那点好意，仅仅出于"郑好是头儿的朋友"，他对宋琳热情得多。反而是赵杰会关心郑好，或许是目睹过郑好的惨状，对她有几分怜悯。但赵杰在热恋，下午开会时，他手机不断跳出信息，全是他女朋友发来的自拍照片。

郑好问："秦杉比工程师还不能说，你不在场，他就随便盯个地方发呆，谁说话他都听不见，你是怎么找话题的？"

乐有薇说："听他说。"

郑好又问："他不主动说呢？"

乐有薇一笑："看着他，他会说的。"

郑好气馁，这是美人手段，她没法套用，而且乐有薇有高超的谈话技巧，想和谁谈得来，就能和谁谈得来。她聊起这几天的海外见闻："美国很不错，但身边没有认识的人，我就很慌。"

"再多感受感受吧。"乐有薇得知方瑶对郑好的一系列攻击，怒骂了好几声，"她也就敢趁我不在，逮你下手。你以后不要忍让，该骂就骂，温良恭俭让是对君子的，小人不配。"

冤冤相报没完没了，郑好突然后悔告诉乐有薇这些，乐有薇表面再占上风，方瑶也能有一百个办法让她吃暗亏。这世道跟方瑶那种人没法动真格的，她家有钱，天然就能聚拢一大群向着她的人，真要硬碰硬，法律舆论路人，谁也不会替你挨着，不如认栽走人。

乐有薇可不是能忍的性格："明天就见到她了，该说的我会说清楚，有事冲我来。她敢再犯，我照样打她。"

第二天一早，江天打来电话，声音惺忪："昨晚秦表现好吗？"

乐有薇乐了："他像个乘人之危的人吗，我可是醉鬼。"

江天失望："那我得教育他，对女人用点强，她们会更喜欢。"

把人吵醒谈工作，是江天的老毛病，乐有薇坐起来："说吧，什么事？"

郑好醒来时，乐有薇正要出门："江天约我谈广告片，我中午在他爷爷家吃饭，你们下午准时过去。"

昨晚两人谈到夜深，乐有薇没睡几小时，郑好怒了："他不能老把你当苦力用吧，一把腰刀就想套住你卖命一辈子吗？"

既然活过来了，就得继续赚钱，乐有薇带上门走了："你再睡会儿。"

江天早上和那两位美人分别，回爷爷家吃乔姨做的热汤面，乐有薇赶到时，他正对着笔记本电脑伤脑筋。

为广告片配乐的作曲家很出名，但江天越听越烦，他让乐有薇先看广告片素材："你感受一下，配乐是什么风格比较好？"

美术指导常伟亮搭的景气势恢宏，摄影师拍得也好，乐有薇被战争场面感动了，一问费用，惊到了："常老师是神人啊。"

江天很烦："作曲你帮我再想想。"

作曲家是美国人，对中国风的理解存在某种偏差，广告片画面很古典，但再用古筝和长笛来强调，就太过了。乐有薇把鼠标拉到中间段，让江天听："你听这一段，配上古宅的场景，会不会有阴森感？"

江天说："我就说吧，还得让创意人出马！背景音乐用交响乐行吗，会不会不协调？"

乐有薇随便搜了一段贝多芬的《第九交响曲》，江天听完，兴奋不已："可行！"

用雄浑的音乐诠释一生所爱，相得益彰。江天又找了几首乐曲听："有版权，不能直接用，是让他再试试，还是换个人？我急着发布。"

江天和作曲家签了约，花了钱，乐有薇给出建议，既然广告片会根据不同播放平台剪出不同时长的版本，而作曲家的作品有几段很不错，可以剪开穿插着用。但推广力度最大的那版广告片，务必拿出最佳版本。

江天走到一旁安排工作，乐有薇手指在空中虚弹，思索起来。广告片的情节简单，"离去会归来，相爱共白首"，百年一世，情深意长，她脑中闪过路晚霞的名字。

路晚霞生于音乐世家，从小在作曲家父亲的指导下学习钢琴，中央音乐学院毕业后，她为多部影视剧配乐，还给众知名歌手做过编曲。不仅是钢琴，路晚霞还长于多项古典乐器，既是作曲家，也是演奏家，在全球顶级的音乐场馆都做过现场表演。

十几年前，路晚霞为一部大热的古典主义历史剧做配乐，拿遍大奖，一举奠定了行业地位。那张原声大碟至今是国内乐坛的顶尖之作，乐有薇点开给江天听，江天叫好："我就要这人！"

乐有薇说："路晚霞，听说过吗，她和美国几大乐团都有合作。"

江天想了一阵："有印象，我读大学的时候好像看过她的演出。"他把路晚霞的音乐发去公司群里，得到反馈，"他们说她隐退了。"

乐有薇叹气："前年的事。她女儿在商场丢了，监控显示被人抱走了，可能是被拐卖，也可能落到更糟的地方。路晚霞当时在为一个体育赛事开幕式作曲，都快疯了。"

江天震惊："好惨！孩子找到了吗？"

乐有薇语气沉重："至今没有。没多久她的精神好像就出问题了，再没在公众场合露过面。她丈夫辞职，全国到处找女儿，路晚霞和他离了婚，应该在奥兰多隐居，有人在飞机上见过她。"

记者对路晚霞在机舱的状态用了四个字形容：状若疯妇。乐有薇很为她和她的家人难过。

江天深感遗憾，总部的同仁又给他推荐了几位作曲家的作品，他听下来，还是喜欢路晚霞的风格。她的乐曲里飘散着人文气质，简静安然，像田园牧歌，但在激昂处，又能体现出金戈铁马的气概，跟广告片会是最佳拍档。

乐有薇和路晚霞有过几面之缘。叶之南主槌过一场"盛世华音"世家珍藏古乐器专场，路晚霞拍得一张宋代仲尼式鸣凤琴，造型端庄浑厚，龙池上方刻有楷书"鸣凤"。

古琴传承几千年，现存的历代古琴中，有伏羲、灵机、神农、连珠、仲尼、师旷、落霞、蕉叶等琴式，路晚霞那张仲尼式又称夫子式，孔子曾经学琴于师襄，后以自己的理想研制琴式，被世人称为仲尼式。

路晚霞拍下那张宋代仲尼式鸣凤琴，找乐有薇经手办了支付手续，还请教过托运事宜，想送去她位于美国奥兰多的家。乐有薇为她办妥，她送来了谢礼。

路晚霞面孔秀婉，像个做学问的知识分子，但身材高大，穿大衣像俄罗斯女人，有着十二月党人的妻子那种凛然的高贵感。后来一问，她是有俄国血统，她的曾祖母是苏联歌唱家。

在那次拍卖会场，乐有薇见到了路晚霞的丈夫和女儿。她丈夫是律师，女儿小名叫宝儿，那时还不到6岁。

乐有薇很讨小孩子喜欢，宝儿说奥兰多的家是妈妈送她的生日礼物，因为那里有世界上最大的迪士尼乐园，还有哈利·波特的魔法世界。宝儿去过一次，喜欢得不得了，她妈妈就跟爸爸商量："我们在这里买个房子好不好？"

房子是宝儿挑的，是一座湖边城堡，她给乐有薇看过照片，她说新家和霍格沃兹城堡不一样，她更喜欢。

白色城堡很华丽，距今超过四百年历史，它第一代主人是某个商业大亨的情妇。宝儿说等她念完小学就去美国留学，但8岁时的早春，她去向不明。

江天让乐有薇帮忙请路晚霞谱曲，乐有薇觉得是强人所难，路晚霞精神遭受重创，才离群索居，不让人打扰，很可能无力再进行创作。江天说服了她："艺术家都有表达欲，不可能从此无声无息，只要外力带来正面作用，她就能再创作。"

乐有薇沉思片刻，觉得艺术可能真的是让路晚霞继续燃起热情，重新参与世界的方式。她和路晚霞不熟，但这件事，她想试试："难度很大，你得有备选。"

江天说："我会接洽别的作曲家。你的机票我来订，吃住玩全包。"

乐有薇和江天就广告片一事签过劳务合同，这个项目她会跟到底，请作曲家是分内事，何况还额外有把腰刀当酬劳，她说："明天去买礼物，后天就去。"

秦杉过来，问："你要去哪里？"

乐有薇说出广告片的事，但昨夜她身披轻纱入梦，秦杉赧于和她对视，只去看江天。江天误会了，敲着桌子说："乐，快告诉他，我给你钱了。"

乐有薇忽然想起来，那张宋代仲尼式鸣凤琴就是杉木制成，声音清雅纯正。她抬眼看秦杉："我问过研琴师，杉木制琴的优点是什么，他们说杉木稳定，香味明显，音色也细腻，还防虫蛀。"

秦杉立即补充："而且很稳定，不容易变形，振动性能也特别好。"

江天听了听，懂了："难怪他能跟你说得哇啦哇啦，你对木材懂得不少。"

乐有薇说："琴棋书画，琴排在第一位，我听过很多课。再说了，喜欢古乐器的人，家里能不弄点明清家具嘛，这都是一体的。"

秦杉对奥兰多很熟，他很小的时候就被母亲带去那里的太空中心参观，成年后也去过数次，他说："我想跟你一起去。"

乐有薇同意了，那座城堡尖塔和钟楼直冲云霄，是哥特式建筑与早期文艺复兴建筑的结合体，很值得秦杉了解。

江家林的雨季已结束，但农忙期又快到了，秦杉还要在美国待上一个多月。他向江爷爷告假三天，江爷爷大手一挥："去吧，多和女孩子接触接触，心情一好，创作思维就活跃。"

下午，方瑶最先到达江家门口。赵杰带着众人过来时，方瑶在讲电话："看到照片了吧，这种人家怎么可能看得上她，送她项链她还半天不接，不就想装成不贪财，图个大的吗？"

只有郑好听懂她在说乐有薇，怒喝："方瑶！"

方瑶冷眼看郑好，电话没挂，哟了一声："这不是你头像里穿的那条裙子吗？"

郑好被噎得傻眼，怎么办，她五短身材，衣服虽多，但穿得好看的就这几套。姚佳宁和黄婷互视一眼，都忍着气，这几天所有人都受够方瑶了。

赵杰说："进去吧。"

乐有薇和江爷爷的亚洲藏品助理KR向这边走来，方瑶走在赵杰旁边，离乐有薇团队的人远远的。

双方会面，KR和赵杰寒暄，乐有薇看出氛围不对，用眼神询问姚佳宁。姚佳宁给了她一个眼色，乐有薇心领神会。

一行人进了会客厅，KR去找江爷爷，赵杰负着手，悠然赏鉴藏品，不时和团队的人探讨。姚佳宁发来信息，三两句话就讲清楚了事由，乐有薇放下手机，直接对方瑶扇去一耳光。

大多数人对待不喜欢的同事多是沉默和疏远，乐有薇在大客户家公然揍人，超乎他们意料，场面异常尴尬。方瑶捂着脸，她做了防范，还是被偷袭了。

乐有薇跷起大拇指，指向惊愕的郑好，对方瑶冷冷地说："这是我姐，亲的，我这人气量小，下次再嘴贱，我照样扇你。"

乐有薇回头一看，门口，秦杉和点心师端着甜品和茶水呆在那里。乐有薇面无表情："是不是被我的骄横跋扈吓坏了？"

秦杉笑了，乐有薇立刻绽开笑颜，揉揉他的头，肩膀上还扛着他的牙印，那一口，真挺疼的。

姚佳宁和黄婷等人说着谢谢，去帮点心师的忙。再无人理会方瑶，方瑶跺脚跑了，和江天撞了个满怀。她喊道："江先生？"

江天辨认着泪汪汪的女人："你是哪位？"

方瑶说："我们在逸庭轩见过，那天你送乐有薇项链。"

江天说："哦，是你啊，谁惹你了？"

点心师走后，会客厅的人齐齐放松，郑好很担心："这是在别人家里，你忍到晚上再说嘛！"

"为什么要忍？上次在办公室那一拳，我就跟她结仇了。"乐有薇损人一千，自损八百，手心都红了。她真为方瑶感到庆幸，她大病初愈，力道不够，不然方瑶就被她当陀螺抽了。

姚佳宁也很庆幸，得亏她只说了方瑶挤对郑好，没说别的，不然乐有薇可能就抢凳子砸方瑶的头了。

赵杰叹道："我也想像你一样，能动手不跟她废话，但她那种个性，不会就这么算了。"

程鹏飞说："是她出言不逊在先，有薇，如果她再找你麻烦，我们都上。"

乐有薇满不在乎："债多不愁，她再跳，我就再施暴，总有一天能打服她。"她向众人介绍秦杉，"这人是江爷爷的嫡传弟子。采访一下，你是怎么想的？"

秦杉看懂了，是方瑶欺负郑好在先，他说："她是不对。"

乐有薇拍拍手："听到没有，她不对，就该有人告诉她，你不对。"

KR推着江爷爷进来，江爷爷笑道："这么开心哪？"

众人争先恐后地喊着江爷爷，秦杉伸过手，揉揉乐有薇的头，走了。昨晚要是那个雇佣兵亲到她了，她也能看到他骄横跋扈是什么样的。

赵杰作为负责人，向江爷爷和KR详细汇报了针对个人作品展的宣传方案，KR代表江爷爷提出了建议，乐有薇等双方谈完，聊起了新想法。

中午时，乐有薇和江天碰了碰传家宝征集令活动，电视台和今生珠宝品牌合作的第一辑纪录片将于月底播出，并在电视台的在线视频播放平台同步播出。乐有薇建议江天根据播出效果，追加制作一期"百年风雨情"特辑，邀请几对金婚老人聊聊他们的故事，拍摄地就放在江家林。

浩瀚时代，遍地宏大叙事，但普通人的悲欢离合，以物喜，以己悲，风雨共度，白头偕老，这样的故事总会有人关注。

江爷爷个人作品展是分批进行的，第一场不如就展出他那些关于江家林的作品，这样它和今生珠宝的广告片，以及传家宝征集令活动都能结合起来。

做名气不是一夕之功，得反复进行。乐有薇的提议得到江爷爷的认可，他同意在国内做个展，最终目的正是为了让个人艺术馆被更多人知道，慕名去看，从而拉动当地经济。

会议时间不长，后续阶段赵杰会随时和KR沟通，江爷爷还得接待两拨客人，便让KR带众人去看看他的收藏，一楼藏品向访客敞开。

江天和方瑶站在木廊下说话，所有同事都转头看乐有薇，但是碍于KR在场，无人开口。方瑶明摆着在告状，江天会买账吗？

方瑶抹着眼泪："我对她没恶意，就是不太喜欢她对有钱人的那副谄媚嘴脸。"

江天说："你父母有钱，她不照样欺负你了吗？"

方瑶说："我是女的，她在你们男的面前不一样。"

江天笑问："怎么个不一样？"

方瑶咬唇："我说了你不要生气。"

江天手一摊："她又不是我女朋友，我能生什么气？"

方瑶小声说："我们公司的人说她很会玩弄话术，还玩弄男人于股掌。"

江天一笑："这在我看来，是可以获得巨大社会成功的特质。"

方瑶怔住："不择手段向上爬，你也能欣赏吗？"

江天手指戳天："怎么就不能向上爬？天那么大，站得下你，也站得下她。"

方瑶柳眉倒竖，江天拍她屁股："大度点。"随后探身，嘴唇堵上她的嘴。其实只是想看她的反应，但方瑶马上勾住他脖子，热情地回应了。

所有同事又一起看乐有薇，这下麻烦了，江天要为方瑶撑腰了。KR习以为常："请。"

江天和方瑶亲了好一会儿，松开她，向乐有薇招手。乐有薇兴致勃勃："你们先看。"

众人走进收藏室，立刻被藏品征服。赵杰和姚佳宁等老员工都去过实力雄厚的收藏家府邸，但江爷爷毕竟是能创立个人艺术馆的大收藏家，又是艺术家，藏品从质量到规模都令人惊叹。

距离木廊几米远，乐有薇站定。江天撇开方瑶，慢悠悠地过来："吃醋了？"

乐有薇淡淡地说："她不是你喜欢的那一款。"

"她吻技不错，露西娅会喜欢。"江天伸出一根手指，在眉间划拉一下，比画齐刘海，"她念叨了一晚上中国娃娃。"

郑好和方瑶的共通之处仅仅是齐刘海和细长眉眼，但在那位拉丁裔美人眼里，大概像极了。乐有薇笑起来："祝你们玩得开心。"

再看方瑶，她因为乐有薇这个笑容变得不安，江天回头对她笑，她恢复成若无其事的神态，嘟着嘴继续自拍。

江天拍拍胸口："有我在，她不会找你麻烦了。等我甩了她，她就只会找我麻烦了。我牺牲大吧，路晚霞靠你了。"

乐有薇说："将来只要是你提分手，她就还会迁怒我。"不过她不在意，有只蛐蛐喜欢叫，喜欢跳，她挺乐意和对方闹一闹。

昨天，乐有薇看了方瑶主槌的海关罚没资产拍卖会录像，惨不忍睹。方瑶运好命好底蕴薄，如今惹到她了，运气该打折扣了。

方瑶又看向这边，乐有薇走过去。方瑶把手机塞进包里，做好应对措施，乐有薇手插裤兜，垂眼看着她。只要她摆出这副心怀鬼胎的样子，就能吓唬人，方瑶站去江天身旁："你想干吗？"

乐有薇忍笑不答，昂然走开。身后，江天说："宝贝，晚上想吃什么？"

方瑶的声音透着炫耀："有家法国菜很棒，我请你！"

乐有薇走进收藏室，KR已不在。江天爱玩，昨晚在酒吧，众人就看得真切，但他被方瑶从乐有薇眼皮子底下弄走了，这也太憋屈了，众同事想问又不好问，只有郑好能问："江天什么意思？"

乐有薇对团队成员说："她可能会因为我，给你们找不痛快。但让我忍，我还是忍不了，这仇还会结下去，连累到你们，我提前说句对不起。"

姚佳宁说："贝斯特又不是她家开的，她能怎样？你有火就发，我不怕她。"

赵杰摇头："我是管不了她，但她要真拿你怎么样，我陪你去找吴总。"

章明宇期期艾艾："头儿，你要不要通过江总再和她谈谈？"

乐有薇说："如果她向我道歉，那就谈吧。"

程鹏飞说："对，你供着她，她都能给你添堵。《南枝春早图》流拍了，欺负到头上了，不忍。有薇，没事，她敢找我麻烦，我就抽她。"

黄婷和程鹏飞为了推广《南枝春早图》下了大力气，她对方瑶也很火大，闻言点点头。

乐有薇笑笑，跟赵杰谈起墙上林风眠的仕女图。她团队的人都随和，她不要求他们像她一样，毕竟每个人对世界的认知不同，和它相处的办法也不同。

光是一楼的藏品，就让赵杰直呼精彩，他想象不出楼上几层是何等绝世奇珍："一楼就够做好几场拍卖会了。"

乐有薇倒是更明白江爷爷为何会兴建个人艺术馆，他有三个子女，一人在力学实验室，一人是昆虫学家，还有一人研究儿童肥胖症，都在从事和艺术无关的工作。到了江天他们第三代，职业就更五花八门了，有人繁育伶猴，有人待在一个管理暴力冲突的机构，还有人只喜欢待在农场里。

今生珠宝的主牌Dobel由职业经理人管理，江天说只有自己因为没出息，被迫继承家业，但他对爷爷的藏品也无动于衷。

江爷爷几十年的辛苦收寻，与其被子孙后代散落殆尽，不如建个艺术馆，广邀天下人共赏，这是某种意义上的"不朽"，艺术家追求千秋功名是很寻常的心理。

晚餐是在江家吃的，管家把众人领进一间宴会厅。乐有薇道谢，转头看去，没一个人动筷子，都在等秦杉。

乐有薇笑道："他说他在赶工，在厨房吃过了，吃吧。"

饭后，管家把众人送到门口，秦杉提着购物袋跑来，乐有薇和他约定后天在机场见："大部队后天就回国，明天我们去购物，你再忙一天。"

购物袋里是乐有薇在酒吧时塞进秦杉背包的红裙子。回到酒店房间，郑好说同事们都很惋惜，秦杉虽好，但江家才是真豪门。江天再浪荡也会娶妻生子，乐有薇被方瑶横刀夺爱，令人扼腕。郑好忍了又忍，才没说出秦杉的身世。

乐有薇问："他们就那么相信我能收服江天？"

郑好说："程鹏飞说，江爷爷很喜欢你，你优势很大。他把家业都交给江天，能不帮着找个贤内助吗，方瑶肯定入不了江爷爷的法眼。"

乐有薇说："我也很喜欢江爷爷。"

年长者有包容心不罕见，但江爷爷还有着少年人的探索心，哪怕乐有薇一些不大成熟的观点，他也能兴趣盎然地探讨。乐有薇跟他有过两番交谈，很能明白秦杉为何会不计报酬地在江家林一待就是两年。

郑好又说："他们还说，你这人是邪路子，既能不顾场合痛揍方瑶，还能和江天迅速谈妥，让他不介意你得罪了他的新女朋友。"

乐有薇听得很乐呵，她只对工作的执行过程谨慎，在人际关系上，她更依赖直觉，有时会用蛮力，但她选择相信这样是对的。郑好仍担心她被方瑶报复，但她云淡风轻："方瑶是公认的草包，报复手段厉害不到哪儿去，用不着怕，江天不会帮她对付我，我对他有用。"

多少暴脾气，多少怪人，都活得好好的。乐有薇在路晚霞的作品旋律里睡去，生命是有限的，她想去领略无限多的新鲜事。

第三章
CBD金融中心甲级写字楼

赵杰常来美国，地头熟，带着众同事去时尚卖场购物。乐有薇拉着郑好去秦杉介绍的古董市集，他的紫檀残件大多是在这一带收罗的。

在一家小店，乐有薇选中给路晚霞的礼物，是一只铜质平型香炉，日本匠人手工打造。香炉的颜色很特别，店主说是烧青铜色，上面刻有几只展翅飞翔的白鹤，很雅致。

店主为乐有薇搭配塔香，乐有薇选了几种有助眠功效的。女儿生死未卜，前夫四海寻访，她想路晚霞的睡眠可能不会太好。

众人大包小包，在店主推荐的一家日本料理店碰头，围坐着吃热腾腾的寿喜锅。章明宇满足地说不能跟江家家宴比，但已是在纽约最满意的一顿，赵杰则认为烤牛肉和炸物都很棒，值得他带女朋友专程来吃。

黄婷和程鹏飞都含笑不语，在贝斯特几年，他们目睹赵杰换了一系列女朋友。

赵杰对每一任都很认真，甜甜蜜蜜相恋，痛不欲生失恋，周而复始。下次再来这里，想必换了新人。

回酒店后，郑好说："赵杰长得不难看，还年轻，就没一个女的肯真心和他走下去吗？"

乐有薇说："女朋友都不是一般的好看，但他家的有钱程度一般。"

赵致远是鉴定大家，钱赚得是挺多，但他酷爱收藏，花得也多，不幸的是，赵杰也染上了这个"恶习"。美貌女孩会和他谈恋爱，但他一再把本该花在名车豪宅上的钱，拿去买一幅女朋友们看不懂的画，她们的耐心就不多了。

次日，乐有薇把众同事送上回国的飞机后，秦杉到了。昨天店主送小礼物，乐有薇选了和纸，塞给秦杉："给你折小飞机。"

飞机上，秦杉折着小飞机，乐有薇埋头学习金融法律知识，为进军司法拍卖做准备，然后放下平板电脑一通默念。

秦杉以为乐有薇在背法律条文，乐有薇说在换脑子，她和路晚霞几年不见，得想想该说什么。秦杉惊奇："我以为只有我会这样，见重要的人会打腹稿，不然我可能一句话也说不出来。"

以路晚霞的经历，想说服她重出江湖，难度非常大。乐有薇合上眼，又想了许久。她不是绝世高手，随便抄个家伙就能杀人于无形，口才是她打天下的武器，得随时打磨。

事情比想象的更难，两人摸索到了城堡，墙外只有一些来拍照的游客，敲门无人应声。

门上有个告示牌，用中英日三国语言写着"私人府邸，谢绝参观，请勿打扰"的字样。路晚霞在日本有工作室，为他们的殿堂级歌手制作过专辑，还参与过若干动画片和电影的配乐，很被日本乐坛推崇。

乐有薇说明来意，路晚霞没回复消息。但是没几分钟，有人来开门，打开一条小缝，是个中国女人："路姐说，谢谢你来看她，但她不会客。"

女人看起来不到30岁，口音和乐有薇认识的江西人很像，乐有薇试探着问："您是江西人吗？"

女人点头，自称是路晚霞的保姆，照顾她起居，整个城堡只有她和路晚霞两人。乐有薇递上礼物和点心："您给她试试香料，希望她能睡得好一点。"

女人道了谢，乐有薇想起姚佳宁送了她一支口红，谢天谢地，她顺手塞包里了，还没拆封，她掏出来给女人："在纽约买的，颜色很好看。怎么称呼您？"

女人收下口红，对乐有薇有些许耐心："我姓王。路姐状态很差，乐器荒废了，人一天天坐着，做不了事。她让我转告你们，叙旧免了，作曲办不到了，请回吧。"

乐有薇问："可以的话，我能加您吗？"

女人说路晚霞的手机也是她在看，找路晚霞就能找到她："你和路姐很熟吗？可我以前没见过你。"

乐有薇叹气："路老师不和外界沟通吗？"

女人也叹气："基本不和人打交道。"

女人对乐有薇面露好奇之色，乐有薇拿起手机，笑着说："我想和您直接联系，好吗？"

女人的网名叫粉兔子，乐有薇和她互道再见。门被关上，秦杉听到里面落了锁："王小姐可能会出来买菜，要么请人送上门，我们再等等？"

乐有薇摇头："我再想想，走，先逛一逛。"

城堡临着湖，墙面斑驳，外围野草疯长，被胡乱连根拔起，堆到墙边晒干。宝儿的梦想家园已成荒园，她父亲走遍天下去找她，母亲万念俱灰，坐困愁城，乐有薇一阵恻然。

路晚霞的朋友圈停在那年3月，乐有薇边走边看粉兔子的朋友圈。从转发的新闻来看，粉兔子文化程度不高，乐有薇连翻了几十条，果然看到粉兔子说："从15岁就再没摸过一天英语书了，英语好难学！"

太早中断学业的人，虽然和路晚霞拥有日常生活的亲近关系，但很难走进她心里，否则不会对路晚霞"一天天坐着"束手无策。当然，也许心理医生都会视路晚霞为疑难病症。

乐有薇走得心不在焉，秦杉盯住她脚下："小薇，坐下歇会儿，别摔着。"

在甘蔗林，乐有薇摔过跤，前两天还用摔倒解释头上做伽马刀治疗留下的伤，秦杉都有心理阴影了。乐有薇顺从地坐在草地上："我想我的，你玩你的。"

秦杉带上相机，走开去观看和拍摄城堡。乐有薇对着湖水，分析粉兔子说过的话。她猜测大多数人寻访而来，路晚霞都不理，但特意让粉兔子带话给她，所以粉兔子对她好奇。

然而，乐有薇和路晚霞并不熟，她想来想去，可能和宝儿有关。以前每次见面，宝儿都扑上来亲她，喊她乐姐姐，还说过要带她去城堡做客。

乐有薇再分析粉兔子说的另一句话："我以前没见过你。"

乐有薇同样没见过粉兔子，但粉兔子这话透露了很重要的信息，她和路晚霞很熟稔，见过路晚霞许多熟人。在国内的时候，粉兔子就是路家的保姆吗？路晚霞连亲友都隔绝，为什么偏偏带上她？

乐有薇想不出所以然，干脆不想了，回头看秦杉。城堡带给秦杉莫大的喜悦，跳起来看细节。她跑过去，让自己兴奋起来："我们把外围逛完，就回酒店休整，明天去迪士尼。"

秦杉说："太空中心也值得一去，但我只有三天假。"

乐有薇说："迪士尼玩两天，第三天去太空中心。"

秦杉不赞成："迪士尼两天玩不够，剩下那部分，我走了你自己去玩。"

乐有薇不干："一起来就一起走，留个念想，下次再来。"

城堡建筑特色鲜明，处处成景，两人欢喜赞叹，恨不能飞檐走壁看个痛快。逛着逛着，不觉天已黄昏，湖水闪着光，城堡和大朵白云倒映其间，打车去吃晚餐时，秦杉还恋恋不舍。

乐有薇也很喜欢这里："我想办法和粉兔子混熟点，我们下次再来。"

刚走进餐厅，杨诚打来电话，问乐有薇哪天回国，她又有好消息分享。乐有薇问："本月开发的甜品又评上第一了吗？"

杨诚上个月拿到顾客好评第一名，跟乐有薇讲过。她欢喜地说："你知道罗医生吗，我和他在一起了。"

乐有薇一下子就笑了出来："啊，你们！"

杨诚去江家林和学校谈爱心加餐那次，罗向晖在给孩子们义诊，互相认识了，当时就有一见如故的感觉，这一个多月增进了解，昨天定了情。

此时是国内的早晨，杨诚在上班的路上，她说在江家林遇见了人生的春天，这是乐有薇的慈善拍卖会带给她的。罗向晖也很感激这位未曾谋面的媒人，催着杨诚安排见面。

秦杉不知道乐有薇在聊什么，见她笑得舒畅，他跟着笑，乐有薇说："我下周回国就找你。"

挂了电话，乐有薇对秦杉说起杨诚和罗向晖相爱一事，秦杉高兴坏了："我就说罗医生很好。我一看到他，就很喜欢。"

乐有薇说："我对杨姐也是，第一次见到，就想和她当朋友。"

秦杉摸摸她的头："小薇，你也做了别人的加百列大天使。"

路晚霞闭门不见客，乐有薇满怀失意，但杨诚的喜讯鼓舞了她，她笑着说："回国就让我老爸养一棵，他养的薄荷特别好。"

秦杉诧异："你爸？"

乐有薇从魁星屏风说起，一直说到认下亲人，只瞒去患有脑膜瘤一节，秦杉听了说："小薇有家了，我们喝酒吧。"

喝完第二瓶酒，秦杉想到能一起去迪士尼乐园玩，想再要一瓶，乐有薇笑话他："哟，小子酒量很好吗？"

秦杉诚恳地说："我挺想喝的。高兴。"

第三瓶甜酒被乐有薇喝了大半，秦杉酒至微醺，跟她散步回酒店。第二天还得早起去迪士尼排队，刚过晚上九点，两人就互道晚安，回了各自房间。

乐有薇洗漱完毕出来，美术指导常伟亮联系她。他帮着打听了，路晚霞在国内时长居北京，她在顺义别墅区有个音乐工作室，做饭的小阿姨姓王，江西人。影视圈很多人都吃过小王阿姨烧的菜，又辣又咸，他们不明白路晚霞为什么坚持用她。

乐有薇自认没有让路晚霞另眼相待的地方，唯一的可能就是宝儿喜欢和她玩。她问："会不会是她女儿喜欢小王阿姨？"

常伟亮立即说："哎哟，我妹妹聪明！小王阿姨做饭一般，但她哄小孩很有一套。宝儿晚上不哭不闹，平时小咳嗽都没有，中间她回江西老家，有不少人想找她当月嫂。"

路晚霞会善待那些和宝儿要好的人，乐有薇似乎有了一点思路，但还找不到突破口。常伟亮索性打来语音电话，把他掌握的情况都说给乐有薇。

据知情人透露，路晚霞和她的律师丈夫工作都很忙，平时是奶奶接送宝儿上学放学。那段时间，奶奶重感冒，传染到宝儿，自发去顺义工作室住。

宝儿出事那天，律师出差在外，路晚霞从兴趣班接到宝儿。回家途中，宝儿着急上厕所，路晚霞开到附近的商场，宝儿拉开车门，冲向商场底楼的快餐店。路晚霞在路边停车，最多不过几分钟，就再也找不到宝儿了。

商场里回荡着寻人广播，警察也迅速赶来，但宝儿就此失踪，路晚霞崩溃了。乐有薇问："离婚是因为丈夫和婆婆指责吗？"

常伟亮说："好像是她提出来的。"

路晚霞精神恍惚，中断了所有工作，必须依靠药物才能入睡。一个晚上，楼道电井失火，蔓延到整层楼，但路晚霞睡死过去，被婆婆连拉带拽地弄到安全地带。

婆婆负重，原以为只是闪了腰，没想到痛得下不了床，紧急就医才查出是腰椎压迫性骨折。

火灾烧毁了家里的书房，文件和珍藏品都没保住。路晚霞提出离婚，她不想再成为丈夫和婆婆的拖累。

在无数的访谈里，路晚霞和她丈夫是情深意笃的一对，但宝儿失踪，他们无法再面对彼此。

律师妻离子散，满世界去找女儿，路晚霞被自责折磨得日夜难安，把自己禁锢在城堡里。她还活着，已是大不易，连人都不见，何苦再去强求她搞创作？乐有薇给江天打电话："短期内可能不行，配乐你还是找别人吧。"

入睡前，乐有薇忍不住想起当年的宝儿，娇嗲嗲地腻在她怀里，说她最喜欢的童话故事是《灰姑娘》。

灰姑娘在午夜十二点乘坐南瓜马车离开，她遗落了水晶鞋，王子因而找到她。律师能找到女儿吗，找到她的时候，她四肢还健全吗，还能穿上心爱的水晶鞋吗？乐有薇想到那些被人为弄成残疾的乞儿，再想到落入犯罪团伙之手的孩童，眼睛湿了。

在迪士尼乐园疯玩了一整天，从测试赛道上下来，乐有薇喘气不止，秦杉买来冰激凌："小薇，你手机在响。"

乐有薇摸出一看，业务部洪经理打了几通电话，她赶紧接起。洪经理老大不高兴："几个年轻拍卖师都在争，再找不到你的人，我就随便指派了。"

这次又是司法拍卖，时间在下周末。乐有薇一问，是拍卖天颜集团资产。上次拒了那个法拍房，这次态度务必端正，她狗腿十足："连滚带爬马上回国，您等着我的礼物哦。"

洪经理特意说是吴晓芸亲自点的将，乐有薇以为是句客气话，并不知吴晓芸在存心笼络，只因她能获得李冬明青睐。她对洪经理积极表态："收到资料就进入状态，保证完成任务。"

剩下的项目玩不了了，太空中心也去不成了，乐有薇很抱歉，秦杉不介意："你说的，留个念想，下次来。"

天颜集团的官司信息很细致，回纽约的航班上，乐有薇一一熟悉。邻座的秦杉忙着整理城堡照片，两人戴上耳塞，分头忙碌。

天颜集团是云州的老牌企业，今年3月，因拖欠债务，被债权人申请强制执行，以起拍价23.78亿的价格，打包拍卖天颜集团核心资产。

乐有薇翻阅资料，申请执行方是方瑶父亲的公司华达资产，他们应区政府的要求，对竞买对象的身份提出细化条件：竞买人必须是同类行业全国前20名，或与行业领先企业有合作关系，并承诺拍卖成交一个月内，在云州厂区恢复产品生产。

细化竞买者条款，在目前的司法拍卖中不多见，但此举无疑是为了保护本省知名品牌，同时把炒房客和资本运作等财务投资者拦在门外。

现实很残酷，3月那次拍卖，无人报名参与竞拍。法院被迫做出拆分细化，乐有薇的任务是拍卖天颜集团总部大厦，凌云负责拍卖天颜在工业园区的几块土地使用权及地上的房屋、建筑物、生产设备，另一名拍卖师邹嘉让则领到天颜46个商标的拍卖任务。

天颜集团总部位于金融中心5A甲级写字楼，大厦一共42层高，从33到42层都被天颜集团购得，且享有大厦二十年的命名权。

天颜大厦坐落于CBD，各方面都能比肩全球一流商务标配。秦杉忙完，眼角余光扫到乐有薇的平板，凑过来看："这个设计很厉害，也很难建。"

乐有薇拔下耳塞，没说话。资料显示，天颜大厦由灵海集团的子公司设计并承建，入围中国建筑工程钢结构行业工程质量最高荣誉奖。

秦杉很快看到，拍卖标的和他父亲的集团有关，他仔细看完，把平板电脑还给乐有薇，接着忙起他自己的设计。

乐有薇买了次日上午回国的机票，她把旅行箱丢到酒店，拉上秦杉去集市，采购回国送亲朋好友的礼物："要当搬运工哦。"

在给路晚霞买平型香炉的小店，乐有薇挑了几盒沉香，它们出自日本香堂。每选中一件礼物，她就在记事簿上勾去相应的名字。

上次吃饭闲聊，常伟亮自称是军迷，乐有薇问店主："您知道哪儿有军事用品店吗？"

店主指了一家，门面装饰得像战舰，乐有薇掀开门帘，秦杉蹦进去："看看有没有盔甲和宝剑。"

店堂不大，墙上挂着长矛、军帽和猎枪，墙角真的有几件盔甲，其中还有清代甲胄，乐有薇一眼看出只是仿制物。

盔甲穿在将士身上才威风，单看有点瘆人，秦杉却很好奇，前前后后地看，研究箭筒怎么佩戴。

乐有薇挑中了一架二战时期美军陆军M3望远镜，品相很好，还配有原装盒子。再一看，秦杉探头探脑，简直想钻进盔甲里试试，她用调焦轮对上秦杉的脸，观测了半天，小老虎小时候一定很活泼，她笑咯咯："现在像猫。"

秦杉说："我？"

乐有薇把望远镜装进购物袋，拿起放在桌上的记事簿。秦杉过来问："现在？那另外时候呢？"

乐有薇扮个鬼脸："小老虎。"

老虎会咬人，秦杉怪不好意思地去看记事簿，发现乐有薇勾去的名字是常伟亮，他疑惑："连他都有礼物？"

乐有薇在店堂里转来转去："他帮我打听到路晚霞的事。"

秦杉从购物袋里扒拉出望远镜，跟送他的放大镜也没差，他拉下了脸。常伟亮去过江家林，跟大姑娘小媳妇眉来眼去，还拧陈妍丽的腰，陈妍丽笑嘻嘻，背转身就露出厌恶神色。

乐有薇信手拿起一只弹夹把玩，秦杉直通通地说："我不喜欢他。"

乐有薇问："为什么？"

秦杉皱眉："全世界除了他母亲，可能都是他妹妹。"

此人眼神清明，张嘴伤人，可见是真不喜欢常伟亮。乐有薇笑着摇头，她也不喜欢男人管谁都搞哥哥妹妹那一套，秦杉不解："那你还精心挑礼物？"

乐有薇说："他的手艺是真好，得服。江爷爷也很看好他。"

柜台上有一盒勋章，图案各异，乐有薇翻找着，不时拿到胸前比画，当个胸针，或是改造成吊坠，都会很好看，她跟秦杉说："工作不是一个人做得下来的，不能奢求共事之人都合心意。看不惯，不喜欢，都不要紧，又不用一起生活，无非互相借个力。"

秦杉仍然拉着脸："道理明白，但是想想他喊你妹妹，就不高兴。"

乐有薇笑道："你喊的是小薇啊。"

连她被人喊妹妹都不爱听，更没办法想她是别人的女朋友、别人的妻子，秦杉苦恼得眉头紧锁。

乐有薇笑而不语，这个小老虎总要人哄，但一哄就好，让人很有成就感。她挑出一枚银质勋章，上面的浮雕图案是圣徒克里斯多夫背负耶稣过河，背后有一行小字：If you trust St. Christopher, you won't die in an accident. 直译为：如果你相信圣克里斯多夫，你就不会在事故中死去。

自从秦杉说起加百列大天使，乐有薇就去找来《圣经》阅读。克里斯多夫在基督故事里是外出旅者的守护神，她把勋章别在秦杉衬衫口袋处："护身符。"

秦杉扯着衬衫看勋章，美国很多教徒都把克里斯多夫奉为驾车时的主保，他看了又看，笑了又笑，小薇祈求他出行平安，这是母亲去世后，他最大的心愿。他在店里转着，想挑个回礼，乐有薇翻出一枚圣徒都德："我戴这个，你送我。"

都德是人生目标的向导、绝望者的守护神，为迷路之人指明方向。秦杉说："小时候和江天看过一部电影，《怒火救援》，小女孩范宁送给丹泽尔·华盛顿的那条项链就是都德。"

乐有薇拈着圣徒都德勋章细看，它背面有一行英文：pray for us，为我们祈祷。它比纽扣大不了一点儿，做成戒面似乎也不错，她放在手上比画了半天。

乐有薇涂了红指甲，勋章戴在指间，像戒指，秦杉看得入神，真想和她在一起，怎样才能让小薇愿意呢。

饭后，秦杉把乐有薇送回酒店。就要分别了，他舍不得走，也舍不得她走。乐有薇说："那……明天送我去机场？"

第二天天刚亮，秦杉就开着江天闲置的车来了，他在美国还得再待上一段时间，但乐有薇主槌的天颜大厦拍卖会，他一定会去。

乐有薇说这种拍卖会是平常任务，用不着去，秦杉摇头："玉器杂项拍卖会没看，很后悔，我不会再缺席你任何一场拍卖会。"

天颜大厦位于CBD最佳地段，盯上那幢写字楼的企业不在少数。乐有薇昨晚拿到最新资料，发现竟买名单里有灵海集团。她只好说："你爸的公司也参与了竞买，你不是不想见他吗？"

秦杉坚持要去："我想看不见，就能看不见他。"

只是小半幢写字楼罢了，灵海集团董事长到场的可能性微乎其微，乐有薇依了他："到时见。"

安检口，乐有薇扬手告别，秦杉抚过圣克里斯多夫护身符，目视她走远。乐有薇把圣徒都德别在手链上，走进人海里。

飞机上，乐有薇重看天颜集团的资料，然后观看《怒火救援》换脑子。达科塔·范宁演这部电影时还是孩童，可爱又纯洁，像个天使，乐有薇不由得又想起宝儿。宝儿学名叫靳欢颜，英文名是Smile，她说爸爸妈妈希望她永远快乐。

前特种兵大叔被雇来保护达科塔·范宁饰演的平塔，平塔被绑架，大叔为救平塔赴汤蹈火，以死亡完成人生救赎。平塔活下来了，宝儿也还活在世间某个角落吗？

乐有薇抵达云州当天，叶之南飞往英国伦敦。省博左馆长团队在谈一件元代青花大罐，他们一旦计划购买某件东西，需要做个市场的估价和有关方面的手续，左馆长找叶之南询问。

元青花瓷存世甚少，绘有人物故事题材的更是凤毛麟角。2005年，"鬼谷子下山"图罐在伦敦佳士得拍卖会上推出，举世震惊。左馆长意向中的这件图案是荆轲刺秦王，价值惊人。

拍卖行做估价是责任之一，叶之南带着鉴定专家飞抵伦敦，起草估价，做类比，把它的文物价值、学术价值和艺术价值等，写成说明提交给上面。

唐烨辰作为叶之南的好友，一同前往，得以亲眼见到元青花大罐，但它的去向是省博，他只有望洋兴叹的份。

谈完正事，唐烨辰提出入伙天空艺术空间："回云州我就去实地看看。"

餐厅外，唐莎不请自来。唐烨辰怒视她，叶之南说："我和她谈谈吧。"

交谈只是一句话的事，以前叶之南就说过，唐莎不听，他不介意一次次说："别找我，我给不了，我也不想要。"

想要的只有那一个，要不到，万事随意了。细雨蒙蒙的夜晚，叶之南走过街头，唐烨辰很恼怒："你和程约翰玩得不开心吗？"

唐莎说："哥哥，我带你去个地方。"

夜店里，几个阿姨辈的女人围着程约翰说话，从行头来看，她们可能在华人区经营连锁美容院。

有个女人看着是那群女人里的大姐，她对程约翰兴趣浓厚，程约翰也表现出一副坠入爱河的样子，含情脉脉，嘴角轻勾，仿佛随时会吻上那张文了唇线的苍老的脸。

唐烨辰背过脸去。叶之南气质清正，压住了风月感，程约翰是运动员出身，竟藏不住浮艳，薄幸锦衣郎，没有比这更恰当的形容。

唐莎问："哥哥，他和大姐二姐的男人有区别吗？你真觉得他能替代叶之南吗？"

唐烨辰默然，他伤害了他的妹妹。程约翰和叶之南的五官轮廓有点像，但叶之南的诱人之处在于没有媚态，他的英俊如春风徐来，唐烨辰想不出再过一些年，他会是怎样圆融无碍。

程约翰会玩，但新鲜感一过，他就和别的人一样没意思。唐莎说她就喜欢听叶之南谈论艺术，他长于品鉴，她听不太懂，但能感受到才华的魅力。叶之南细数风物流年的时候，是那些男人都比不上的，而且上流社会热衷的把戏，他都会玩。

唐烨辰无可奈何，妹妹虽然是草包，连大学都只上了一年就懒得再读了，但眼光好，还尊重艺术。可是叶之南态度鲜明，他帮不了妹妹，更不想因为妹妹胡闹，失去意趣相投之人。他说："程约翰没意思了，就换人。"

唐莎央求："哥哥，你帮我得到叶之南，我只要他。"

唐烨辰冷声说："我办不到。"

唐莎睁着一双通红的眼睛："从小爹地就教导我们，喜欢就去买，买不到就夺，总之，全力以赴就能达成心愿。"

唐烨辰说："爹地可以那样，我们还不行，而且我不主张这么野蛮。"

唐莎紧紧盯着他："妈咪说，大凡有所成的人，都离不开三分人事，七分天意。哥哥，你争取过吗？"

兄妹对峙，唐烨辰冷然不答，唐莎叹口气："算了，你工作忙，我去找别人帮我。"

找律师，找打手，一次次侮辱那人吗？唐烨辰只得说："我会想办法。他在做天空艺术空间，我想投资，你先做些了解。"

唐莎破涕为笑，窗外雨势更大，灯光艳影浮离。

回云州后，乐有薇忙着访亲会友，送出礼物。叶之南和夏至都在国外出差，常伟亮和卢玮则在各自剧组忙碌，乐有薇和杨诚及罗向晖医生见完面，想约齐染喝个下午茶，但齐染身在龙门石窟写生，还会再待上一段时间。

江知行个人作品展的前期工作正式展开，郑好等人归为宣传组，张茂林手下一组人员负责策展。

筹备办公室在天空艺术空间，郑好每天往返于贝斯特和那里，她还没下定出国决心，但叶之南让她做完这个项目，对艺术有更多了解再议不迟。

趁周末时，乐有薇跟郑好一起回了一趟家。郑爸爸一收到江爷爷所赠的清代腰刀，就拍了数张照片发给乐有薇，乐有薇到家的第一件事就是去看它。

腰刀被平放在书桌上，像个镇尺，郑好说："我还以为老妈会把它锁在柜子里藏好。"

陶妈妈说："那不能！猎人不都把老虎皮钉墙上吗，威风。"

郑爸爸和陶妈妈的分歧仅仅在于是挂起来还是摆起来，石头剪刀布，三局两胜，郑爸爸赢了，战利品就是要亮出来显摆的。

乐有薇回公司销假，路过茶水间时，何云团在和同事聊八卦，事关天颜集团，她站住了听。

"天颜"商标含金量大不如前，因此邹嘉让那场拍卖会只做线上拍卖，他只管管录入资料、设置时间和金额等琐碎事，但截至目前无人报名参与竞拍。

昔日年销售额突破10亿的集团，如今46个商标的评估价值只有区区四千万，且无人问津。据财经专家分析，盲目扩张是它衰败的最大原因。凌云那场也是在线上拍卖，但被方瑶抢了去，还申请改成跟乐有薇一样的线下拍卖。

此次拍卖正是方父的华达资产公司申请执行所致，天颜集团在华达资产有贷款，以商业地产抵押，早在去年，省高级法院就受理执行了双方的债务纠纷。乐有薇问："方瑶怎么说？"

何云团说："她说保证把厂房和职工宿舍那几块地弄出去。"

方瑶其实想抢乐有薇天颜大厦那场，但被吴晓芸回绝了，何云团笑嘻嘻："吴总是怎么说服她的就不清楚了。"

乐有薇回了办公室，她收到的评估报告书里显示，天颜厂区内除了主打产品的生产设备正常进行生产和维护保养之外，其他都处于闲置或停运状态，接盘者能图谋的只有土地使用权。

然而，工业用地有严格标准，以目前的底价来看，拍下地块建立新厂不合算，地理位置不佳，价格也偏高，不如直接去找政府招商部门谈别的地，拿到的优惠政策会更多。

乐有薇不明白方瑶为何要从凌云手上抢过来，不过，这次保证金收得高，就算又以流拍告终，也不至于让公司同事白忙活一场，就是凌云该郁闷了。

无论如何，三场拍卖会里，乐有薇拿到的是最好的一场，她想力争好好表现，早日成为公司司法拍卖的主力军，在办公室熟悉资料，夜里才下楼回家。

地下停车场，凌云和助手边走边谈，忽然看到乐有薇。助手嘿了一声："有薇剪了一个跟你差不多的发型。"

凌云不语，领到天颜集团的拍卖任务那天，她就盼着能和乐有薇打一场擂台，却被方瑶抢了，晦气。上车后，她透过车窗望去，乐有薇正在讲电话，笑如潋滟春光，是和秦杉通话吗？乐有薇的短发和自己的是同款，她什么意思？

电话是郑爸爸打来的，警方经过多日布控盘查，盗墓团伙悉数落网。鱼哥只是外围人员，他有个远房亲戚酒后吐露要干一票大的，鱼哥摸准时间，喊上几个哥们儿抄他们后手。

月黑风高，连恐带吓，盗墓团伙以为鱼哥等人是警察，卷走值钱的逃窜。鱼哥等人啃到一点骨头，但他们没有脱手渠道，只能在古色古香的场所"看相"，谁面相富贵，他们就找谁。

魁星屏风迟迟脱不了手，鱼哥老实了好些天，没再去柳溪书画院。警察从乐有薇提供的那几个纸箱上的品牌着手，调查鱼哥的社会关系，揪出了他那个远房亲戚。

那个盗墓团伙是初犯，警方顺藤摸瓜，抓出了一长串。

那座古墓是明代一个四品文官的，他家经商，颇有钱财。警方追踪到的随葬品里不乏紫檀浮雕如意、白玉雕福禄葫芦形笔洗、碧玉圆雕卧羊摆件等，满满一大箱，每件估值都在20万以上。

魁星屏风从材质到工艺都不俗，被市文物鉴定评估机构定位二级文物，警方正全力追击其余赃物。

郑爸爸和陶妈妈问过，警方保证鱼哥没有对乐有薇起疑，保护公民安全是他们的责任和义务，还提出要颁发见义勇为奖金。陶妈妈说："我和你老爸都说算了，就当给警察发点降温费，大热天查案子也不容易。"

没连累到家人和坤伯，乐有薇就放心了，她问："鱼哥本名叫什么？"

郑爸爸乐了："就知道你会问，我问了，他叫于强。"

鱼哥网名是呛水的鱼，乐有薇心悦诚服："学问人。"她转而给秦杉发信息："盗墓贼都抓住啦，警察说我和家里人都安全。"

郑好关心的是另一件事："赃物会送拍卖吗？"

乐有薇笑答："市博翘首以盼呢，价值高的能进省博。"

郑好提醒："要我说，见义勇为奖金不拿，总得要个证书吧。哪天还能借此向省博馆长邀个功，我听说叶师兄一直在跟她搞好关系。"

乐有薇眼睛一亮，给郑爸爸打电话，让他不忙的时候再去趟公安局。等到9月份，省博和兄弟博物馆就会召开明清家具联展第一次研讨会，她也会列席，届时"不经意"地透出此事。功劳要表，事情也要做，一场一场拍卖会都做好，大儒们才会看到她。

天颜大厦拍卖会前一天晚上，乐有薇独自在大厦顶楼看风景。这幢大厦一共42层高，城市历经多年变化，它周围高楼林立，乍一看已不突出，但它视野好，直面整片大海，仍有着绝版的地段优势。

很多企业家习惯把顶楼作为自己的办公室，登高望远，但天颜董事长空出顶楼作为活动场所，取名为云霄阁。高管们开会、见投资者、宴请业绩最好的销售团队，都在云霄阁进行。

这次拍卖会的场地即在云霄阁，乐有薇来过几趟。同事们都说，天颜的三场拍卖会本来都是线上拍卖，吴晓芸把这场定为线下，摆明了是帮秦望打广告。

天颜总部占据了大厦10层楼，价格很高，但它坐拥至尊海景，设计施工质量俱佳，想买的企业多。当然，能在短时间调动十几亿资金，且恰好有投资或办公需求的企业就有限了，报名的不过七八家公司，多数是金融和科技企业。

灵海集团参与竞买，释放了信号：大建筑商也青睐天颜大厦，说明它在建筑上的确品质很高。自从灵海集团官网发布公司动向，竞买的企业多了三家。

乐有薇出国期间，姚佳宁从慈善拍卖晚会的大学生志愿者里挑了两人，扩编了团队。新人帮着收集这数家竞买方的资料，乐有薇每天都在熟悉。拍卖场上有时会很混乱，拍卖师提前分析重点买家，更有利于把握拍卖会上的局势。

云霄阁中间有一张能坐48人的大桌子，乐有薇站在桌边，眺望海面上的白帆，这场估价为12.98亿元的拍卖会，是她从业以来价格最高昂的一次。

江天约乐有薇吃夜宵，发来餐厅地址："我刚让司机接到秦。"

乐有薇赶来和秦杉见面，两人都戴了勋章，江天立刻发现了，笑说是情侣款，秦杉很爱听，但乐有薇只说："护身符当然要戴着。"

秦杉看看乐有薇的短发，等它长长了，她还会再戴玉蝴蝶发卡吧，到时候他再多送几个款式，让她换着戴。

拍卖会定在明晚七点，下午五点开始有个冷餐会，乐有薇邀两人出席，但方瑶给江天物色了一位德国作曲家，刚好是明晚见面。

乐有薇聊起方瑶抢了凌云的拍卖会，秦杉问："她对凌云也这样？"

乐有薇说："无差别攻击嘛。江总啊，新女朋友这么喜欢搞拍卖，你不如叫她找父母开一家好了。"

东西抢着吃才香，光在自家地盘称王称霸有什么意思，江天大吐苦水，方瑶建议他开一家拍卖行，她把父亲公司的不良资产都交给他做。但她也有她的好处，江天留恋地说："我不想跟你讨厌的人走得太近，但她啊，天生名器，再给我点时间。"

这个说法很难听，乐有薇皱起眉。秦杉自然听不懂，乐有薇换了话题："小杉倒倒时差，明天睡到自然醒再找我，我一整天都在云霄阁。"

清晨，秦杉比乐有薇先到，两人分头行事，秦杉逛天颜大厦，乐有薇准备拍卖会，把拍卖词从头到尾再背几遍，所有资料也重新熟悉几遍。

十来亿的买卖，对企业家都不是小数目，他们也会对天颜大厦做足功课，但乐有薇不容自己出任何差错，每一次亮相，都是在树自己的牌子。公司不会根据她这一场的表现，就提拔她为司法拍卖业务的主力拍卖师，但首战告捷，下一场才来得更快些。

中午时分，现场的设备都已调试妥当，乐有薇召唤秦杉来吃外卖。秦杉带着两支冰激凌上来了，脸红扑扑的，淌着汗。

秦杉吃着冰激凌，在云霄阁左看右看，然后坐在露台的大阳伞下，跟乐有薇分享他拍的照片。单单是12米的挑高大堂，就有丰富的细节，16层以上特设南北面奇偶层错开式空中花园，也很耐琢磨，有几层楼的装饰画特别漂亮，他都发给江爷爷了。

在秦杉看来，天颜大厦的设计团队很优秀，随处巧思，建筑质量也好，物业管理也专业。乐有薇听出来，他对这幢大厦就跟对待路晚霞的城堡一样，只关注建筑本身，对他父亲并无兴趣。

冷餐会是下午五点开始，四点刚到，媒体记者就陆续来了，不时有花店员工送来大花篮。这次拍卖会是贝斯特公司行为，有专人搞接待，乐有薇和团队用不着时时盯着，黄婷去敲玻璃门："出来看！"

老友们都送了花篮，乐有薇看到秦杉订的，花朵主体是天堂鸟和西番莲，搭配着柚子花，配叶用的是散尾葵和栀子叶，既热烈又芳香。

郑好和赵杰等人开完江爷爷作品展的会议赶来，一走出电梯，郑好就问："什么花，好香！"

乐有薇说："柚子花。"

柑橘类的植物开花比大多数鲜花都好闻，这是乐有薇在康奈尔大学植物园的一大收获，秦杉知道她喜欢。

黄婷和程鹏飞都说："慈善拍卖晚会他没订花，这次学乖了。"

花篮上的贺词只有简单的几个字"顺利平安——秦杉贺"，他是担心再有人使坏吗？昨天下午，当乐有薇看到嘉宾名单里有唐莎时，就心生提防，但男人的心不属于她，她来了又能怎样？

嘉宾陆陆续续到达，乐有薇举着一杯甜酒，和几个嘉宾聊着天。秦杉逛完上楼，等他们都去拿食物，他让乐有薇吃点东西，乐有薇摇头："等拍卖会结束再吃。"

慈善拍卖晚会，乐有薇也是在庆功宴上才吃饭，秦杉问："为什么要饿着？"

午饭时，乐有薇只喝了一杯水，吃了半条巧克力，这样是为了避免意外。在拍卖会上打嗝，想上厕所，都会很尴尬。曾有一位兄弟公司的同行就因吃得太饱，会场所有人都听到他那一声刚劲又悠长的嗝，被传为业内笑柄。

那人的情绪受到影响，后半场草草收尾，就算成交额再惊人，人们记住的是他的饱嗝。虽然过上一阵子，那人自己也释怀了，还能自嘲，但同行们都说是前车之鉴。

贝斯特请来多家媒体，会后有个新闻发布会，因此竞买方都出动了高管，有的干脆是老板级别，可谓豪客云集。乐有薇从资料中熟悉了他们的长相，迎上去寒暄，转头看到飞际无限的老板舒意在找秦杉攀谈。

飞际无限是国内知名企业，从事电子、通信和自动控制技术研发，产品广泛应用于农业技术推广服务。舒意是公司创始人，她21岁在大学读书时，获得过科技创新奖，还没毕业就拿到风险投资创业，短短几年就从一家小公司发展到要购买半幢楼来办公的规模，而且她才28岁，前程似锦。

秦杉不太适应被搭讪，频频看向乐有薇和郑好，但她们都在跟人交谈。他对舒意说："不好意思，我不知道说什么。"

舒意团队的大多程序员都是闷葫芦，她不介意秦杉不能说，反正她挺能说。秦杉引起她的注意，自然跟他的外形有关，但也不那么重要，他最妙的是神态，对场内的一切都很好奇，兴趣高昂地看看这个，看看那个，像一台崭新的电脑，感知系统很发达，抓取，搜索，下载，存储，运行异常灵敏。然而走近他，他却只说："您说吧，我听着。"

舒意谈起她拍下这10层楼的计划，云霄阁保持不变，当个会客厅，但她想在最中间摆一张台球桌："你会打台球吗？"

"不会。"秦杉又去看乐有薇，乐有薇对他扬一扬手机，他拿起手机一看，乐有薇发来信息，"放松点，她公司主营飞行控制系统和无人机，你和她有话题。相信练习的力量，你自己说的。"

乐有薇被人围着，舒意不知道秦杉在看谁，秦杉问："你做的无人机，用于哪些领域？"

舒意说："我们主攻农业和畜牧业，这几年已经完成超过一万亩的无人机植保作业。"

舒意公司最赚钱的是飞行控制系统的研发和制造，但很难跟外行讲清楚。植保无人机使用成本高，目前推广难度大，既然秦杉感兴趣，她就具体聊了聊，今年春天，公司在内蒙古和四川等地，利用无人机飞播技术，为草原播撒草籽，缓解草畜矛盾。

秦杉说："还有助于草原生态恢复。"

舒意问："你对这一块也有了解？"

秦杉点头："我母亲也参与过无人机的开发。"

舒意来兴趣了："她在哪家公司？"

秦杉又去看乐有薇，舒意问："你在找谁？"

秦杉说："朋友。我想多了解一点无人机技术。"

舒意聊起公司这几年在澳洲和北美用无人机协助蜜蜂为果树授粉，她发现秦杉很善于倾听，领悟力也好，发问也在点子上，于是掏出手机："加我一下？"

冷餐会品质很高，颇有社交性质，乐有薇端着一杯香槟，一口未喝，聊完了一圈，朝这边看，舒意和秦杉在交换联系方式。

两人都笑得明亮，穿着也相似，都是白色T恤、牛仔裤、波鞋，看上去很般配。乐有薇踱过去："舒总，您好，这支酒不错，您试试看。"

舒意说："快开场了吧？"

乐有薇点头："准点开始。小杉，你有润喉糖吗？"

身后响起男声："我有。"

乐有薇转头，是近远生物的总裁苏远。苏远是医学博士后，他的近远生物从事医疗器械的生产和研制，在心脑血管疾病和肾病方面的医疗服务上颇有建树，乐有薇自从查出脑膜瘤，总想多认识一些医疗界的人物。

秦杉摸出润喉糖，塞进自己嘴里，等他们谈完再说吧。舒意好奇："你和拍卖师很熟？"

慈善拍卖晚会那天晚上，在幽暗的楼道，乐有薇说："你也是自己人。"于是秦杉愉快地回答："自己人。"

自己人，比朋友的分量重得多，但在舒意听来，不是女朋友或未婚妻，就不算什么。她看时间，还有一刻钟就开场了："你坐哪儿？"

秦杉指了指："员工席。"

舒意说："我助理堵车，赶不上了，你坐我旁边吧。"

秦杉左顾右盼，舒意又说："第二排空着不好看，好吗？"

秦杉说："好。"

舒意和两个熟人谈起来，秦杉落座，扭头去看乐有薇，她正和苏远谈笑风生，他起身走去："小薇，快开始了。"

乐有薇对苏远道声失陪，走向后台。姚佳宁让人送来了她的制服，熨烫得笔挺，秦杉投喂了乐有薇一颗润喉糖，回到座位。

苏远也在第二排就座，和舒意只隔了几个座位，两人都是有力的竞争者。开场前几分钟，第一排穿条纹衬衫的中年男人回了好几次头，不停地看秦杉。舒意问："你熟人？"

秦杉说："不熟。"

秦杉只知道对方是他父亲的助手之一，每年都陪他父亲去美国看他，有一次还试图和他说话，他直着眼睛走开了，但还能记起这人姓高，小时候他喊过对方高叔叔。

离开场只剩两分钟，秦杉站起来看全场，坐得满满当当，但叶之南、夏至和凌云都没来，第一排最中间的两个人他都不认识，发信息问郑好："Polo衫是谁？"

郑好问了姚佳宁，回道："省高院的领导，他右边是我们副总谢东风。"

晚上七点整，乐有薇拿着叶之南送的小木槌出场，她给圣徒都德护身符配了一条细细的链子，当成项链戴在制服里。

开场循惯例，是冗长的拍卖规则："本次拍卖依照《拍卖法》的有关规定来进行，采用有保留价的增价拍卖方式……"

乐有薇娓娓道来，音色悦耳，唐莎从入口处走进来，目光看向第一排，没找到叶之南，再环视一圈，仍不见人影，所以贝斯特员工言之凿凿的"他俩是真爱"不足采信。

叶之南前天就从英国回来了，昨天傍晚，唐烨辰去天空艺术空间谈合作，把唐莎带去了。

唐莎是在英国读的大学，虽然没读完，但谁在乎？唐烨辰说："阿莎学的是传媒艺术，想学习做展陈。"

叶之南和张茂林都没反对，另一个股东刘亚成也很买新伙伴的账："我有个助理在博物馆做过展陈设计，唐小姐跟她打配合，可以吗？"

昨晚饭桌上，叶之南言行如常，跟以前任何一次饭局上对唐莎的态度都没区别。唐莎才20岁，自觉年轻时尚，家里又有钱，叶之南却从头到尾都不把她放在心上，是不是早已有人占据他的心？她要知己知彼，先谋后动。

传闻都说，叶之南心里的人是乐有薇，为此，唐莎特意找人弄了一个嘉宾座位来试探。以贝斯特各方面的规格来看，他们很重视这场拍卖会，但叶之南没来，只送了一只花篮，上次慈善拍卖晚会，他也没有表态，看来他对乐有薇不过尔尔。不过，拍卖会没结束，他随时会来，唐莎决定熬到最后。

高特助、舒意和苏远等人对猎物展开围剿，咬得很紧。场内氛围最火爆时，秦望来了，全场的人都盯着标的物，只有他在看他的儿子。

老高跟了秦望几十年，进场后，他突然发现秦杉在后排就座，还和旁边的女人附耳轻谈，他火速通报："秦总，小杉在拍卖场。"

秦望在会议间隙看到信息，老高发来第二条："那女人是飞际无限的舒意，跟他穿情侣衫。"

秦望开完会，赶到云霄阁。门口的花篮很壮观，柚子花香浓郁，他走过去，又退回看了看，发觉站在外面的是凌越海的女儿："凌凌，怎么不进去？"

凌云支吾："秦叔叔好，我在等人。"

秦望看清凌云面前的花篮上写着："秦杉贺。"

入场后，秦望观察秦杉和舒意。舒意是北方大妞，性情豪爽，举牌动作幅度很大，她笑，秦杉也笑，跟她同仇敌忾。

下个月7号，秦杉就要过生日了，他25岁了。秦望看向舒意的眼神带着慈爱，也许这是未来儿媳，他知道舒意是很优秀的科技人才。

儿子再不认父亲，很多方面也随了父亲，秦杉学了建筑，也很能欣赏搞科研的女性。嘉宾区最后一排，秦望凝望舒意，他在外面再怎样，也没想过谁能取代妻子，即使吴晓芸找上阮冬青，他也不打算离婚，只怪冬青的性子太硬了……

妻子带着儿子出国后，逢年过节，秦望坚持去老丈人家里，但每次都被打出来，后来老丈人和丈母娘去了美国。

老丈人倒也没真的打秦望，但一个不打高尔夫的人，特地找老朋友要了一根球杆。每回秦望登门，老丈人都拎出球杆，往地上重重一戳，像个横刀立马的老将军，他还能再说什么吗？

年轻时的一个夏天，秦望得到设计云州国际机场的机会，每周都去拜访航空专家，开始是为了请教，后来是为了专家的女儿。最初他喊专家老师，是专家的学生，后来喊专家爸，是专家的女婿。航空专家61岁那年，失去了独生女儿，他失去了爱过的女人，秦杉失去了母亲。

秦望很快察觉自己弄错了，儿子喜欢的是台上的拍卖师。舒意和他说话，他礼貌地侧耳听，但目光不离拍卖师，每当舒意举牌，拍卖师看过去，秦杉都笑出花来。

秦望抱臂在胸，打量着乐有薇。乐有薇的长相是绮艳那一路数，但在台上收得好，表情仪态都很大方，竞买人频繁亮牌，还有电话竞投者，她眼到嘴都丝毫不乱，观察力和反应力都很敏捷，倒不是金玉一张皮而已。

秦杉发觉父亲来了，有一刹那的烦闷。他双手交握，竭力不去回想往事，但6岁时住过的小楼乍然在脑海里闪现，庭院里种了多种蔷薇科植物，有垂丝海棠，有很会攀缘的粉蔷薇，以及许多的国产月季。

国月枝条强劲，开着碗口大的红花，像一盏盏灯笼，光照四方。那里有着很不好的回忆，但此刻，秦杉只想到那些开在灿烂阳光下的花朵。

竞拍价上了12.8亿，举牌速度有所减缓，乐有薇一边报价，一边向拍卖台退去，做好敲槌准备，这个价格已经非常接近估价了。有几家竞买单位退出了竞争，舒意再次举牌，高特助也举了牌。

价格超过估价了，乐有薇手掌一伸："13.2亿有了，现在是13.2亿，16号出价13.2亿，请问还有加价的吗？"

乐有薇配合氛围，加快了语速，但加上了很多重复性话语，特意延长时间，再给客户多一点权衡和思考余地。苏远不负众望又举起了牌，但他的出价马上被电话委托席盖过，舒意和高特助也连番角逐，整个会场再次热烈起来。

乐有薇的目光在竞买人里穿梭，时刻调节场内气氛，把握拍卖节奏，秦杉看得紧张又带劲。他第一次对"瞬息万变"这个词有了深切体会，彻底能理解乐有薇为何喜欢她的工作了。无论台下的人身家几何，在这种场合，拍卖师是统帅，他们都在遵从她的号令，是她调遣的将士。

价格超过了14亿，远高于预期，苏远放弃争夺，舒意、高特助和电话委托席三方考量的时间也逐渐拉长。秦望对高特助微微点头，高特助再一次亮牌，出到14.4亿。舒意攥紧了号牌，乐有薇用关切的语气问她："16号已经出到了14.4亿，请问您还加价吗？"

价格已抬升到峰顶，舒意果真没有再举牌，乐有薇站到拍卖台上："14.4亿第一次，14.4亿第二次……"

秦杉想，视野是好，但站在42层楼看海未免太高了些。身旁的舒意出乎意料地举起了牌。

台下议论纷纷，舒意凑近秦杉："我觉得那么多4，太难听了。"

秦杉笑，14.6亿，好像也好听不到哪儿去。高特助回头看秦杉，又看秦望，乐有薇窥到他们的眼神交流，扫了一眼全场："14.6亿第一次，14.6亿第二次，14.6亿第三次，成交！"

小木槌轻轻落下，苏远朝舒意晃了晃大拇指，乐有薇笑道："恭喜19号！"

舒意胳膊肘碰碰秦杉："我打算重新装修，建筑师，靠你了。"

秦杉说："我没空。"

舒意啧一声："室内设计不费劲吧？"

秦杉摇头："我的方向是公共建筑。"

全场的焦点都在舒意身上，她旁边的秦杉也被关注到。姚佳宁和黄婷互换眼色，方瑶把江天撬走了，秦杉不会重蹈覆辙吧，等下庆功宴，得把秦杉抓走。

拍卖会一结束，姚佳宁就来找秦杉："我们有个庆功宴，吃日餐，一起去？"

舒意说："我今天花了这么多钱，后怕得很，你要不要请我吃饭？"

秦杉歉然："不好意思，我要去庆功宴。"

舒意大大咧咧地说："喂，不帮我做设计，吃饭也不赏脸？我们约明天吧。"

秦杉说："我明天下午回美国。"

舒意耸肩："好吧，回头联系。"

舒意潇洒地去找工作人员签字付款，姚佳宁说："鹏飞，你和秦先生先去吧，这里交给我。"

工作人员迅速地整理新闻发布台，乐有薇又在和苏远说话，秦杉走向那边，对程鹏飞说："我等小薇一起去。"

贝斯特众人欢送嘉宾退场，又有几个人在找乐有薇，秦杉站在稍远处看她，明天就飞回纽约了，他想多看看她。

秦望走到面前，秦杉才发现他，立刻往一边走，秦望喊他："小杉。"

秦杉不答，乐有薇一抬头，望见秦家父子在僵持，秦杉眼睛发直，一脸敌对状态。

苏远问："今晚刺激吧？我虽败犹荣，请我喝点东西，安慰我一把怎么样？"

乐有薇说："团队很辛苦，我等下得犒劳他们，改天行吗？"

苏远说："改天得是明天，不然就是在敷衍我。"

吴晓芸虽然没来，但派来了她最得力的助理。助理也注意到秦家父子了，不行，得把秦杉藏起来，不惊动他后妈的人才好，那帮人嘴里可说不出好话来。乐有薇有点着急，急于把苏远弄走："好，明天。苏总，我去跟秦总打个招呼。"

秦杉被他父亲逼得往大门疾走，但门外挤满了退场的人，他无路可逃。乐有薇跑向他，先笑对秦望："秦总，您好。"然后把她的私人手机递给秦杉："你手机没电了吗，你朋友打到我这里来了。"

屏幕上那一串数字，是乐有薇的工作手机号，秦杉会意，乐有薇是在为他解围。他按下接听键，大步快走，对手机说："我今天听了很多无人机知识，很好玩。吃完饭，我们散步回家，我讲给你听。"

天颜大厦配备多台高速双轿厢电梯，候梯时间很短。退场人潮里，秦杉回头，会场里，乐有薇在和秦望说话。他走向楼梯，继续对着手机说："小薇，你今天又特别好看。"

乐有薇对秦望说上几句感谢他百忙之中莅临会场之类的废话，有人过来和秦望打招呼，她趁机说了再见。

42层楼梯，秦杉慢慢走下去。到了一楼，他瞧见对面街上有个超市，过去买香槟，再去日本料理店，刚走到门口，乐有薇也到了。

秦杉和男人们开酒，郑好靠在乐有薇肩头悄声说："他们说看到秦总了。"

乐有薇没接话茬，不想让他们对秦杉抱有异样的眼神，但老同事兴许都猜出来了。

唐莎等乐有薇一击槌就走了，郑好搞不清唐莎跑来干吗，问："叶师兄怎么没来？"

拍卖会开场，叶之南没来，乐有薇分了心，险些忘词，进行到一半，她明确意识到他不会来，更觉失落。但不来也好，她心里还有波澜，面对他的眼神，可能疏误更多。她佯装轻松："他大部分工作都移交给谢总了，谢总来了啊。"

程鹏飞举起酒杯："本场跌宕起伏，精彩绝伦，叶总没来是他的损失，我们这帮看足了好戏的人碰一个？"

秦杉的机票是第二天下午，但策展组找他帮忙看看展陈草案，毕竟他最熟悉江爷爷的喜好，于是他把机票改签到夜里。

乐有薇觉得怪麻烦，但庆功宴散了，两人散着步，秦杉说他很愿意为江爷爷的事出点力，而且他很喜欢乐有薇这些同事："他们都对我很好，今天晚上格外好。"

乐有薇笑倒，秦家父子长得不怎么像，但秦望会找秦杉说话，且是同一个姓氏，还是同行，几个老同事很容易就猜出两人有关系。

今天秦望的装束很随性，黑T恤配工装短裤，比实际年龄显得年轻些，体型保持得也还行，高大健硕。成功企业家里有看头的少，他算一个，不算多帅，但很有男人味，女人们并不会因为他是有妇之夫就不去接近他，他自己也不收敛。

乐有薇上次听到秦望的绯闻，是在今年年初的年会上。好事者说吴总正宫地位可能不保，秦望外面那个女人是会计师事务所合伙人，纤秀白净，跟他前妻神似，两人来往一两年了，别的女人可没跟秦望这么久过。

这会是吴晓芸这两年显出老态的缘故吗？秦杉谈起无人机，乐有薇扔下一脑袋的杂绪，专心听了起来。

汀兰会所，叶之南看完天颜大厦拍卖会视频录像。乐有薇初次涉足司法拍卖，有不足，但整体表现比他预料的好，想来在领到这次任务之前，她就在做准备。他想找个方式提点乐有薇的不足，但她一定会回看视频进行自查自纠，让她自己看出问题吧。

阿豹送来了酒，惊奇地问："有薇假期没用完就回国了？"

工作第一，这是苦孩子本能的选择，即使遭受感情困扰，她也能迅速拔出来，一门心思去奋斗。叶之南喝着酒，这困扰是他带给她的，不去现场是他唯一能为乐有薇做的，他不能使她发挥不佳。

阿豹递上烟，叶之南拒了："九月底，波士顿那批藏品就回国了，我主槌。"

风月情债，付于大梦一场。往后，那些伤害自己身体、伤害她的事，都戒了。夏至团队在美国谈一件苏轼诗帖，那边已是早晨，叶之南打去越洋电话。

叶之南和左馆长几番合作，已有些许交情，他直告藏家："我们省博对诗帖很有兴趣。"

对方问得很详细，表了态。叶之南订了机票，飞往美国芝加哥。

秦杉把乐有薇送到门口，乐有薇和他击掌："明天见。"

阳台上堆满了从花篮上拆下的鲜花，乐有薇等秦杉的身影消失在拐角处，回屋卸妆。郑好趴在电脑前查看近远生物的官网，搜索苏远个人履历，她好像明白乐有薇和他交流半天的原因了。

苏远读的专业和卫峰重合，他的现在，是卫峰正在努力的未来。郑好不认为乐有薇对卫峰还没忘情，但她一向喜欢有真才实学的男人。

前几天，乐有薇和杨诚及罗向晖见完面，回来对罗向晖赞不绝口，说他满足了她对仁医所有的想象。

罗向晖斯文清瘦，苏远的长相比他周正点。苏远从商，气场足，往那一站，就是大国儒医的派头，但有一点美中不足，他今年37岁了。

郑好在网上搜了一圈，加了苏博士粉丝群，套到一手线报："有个交往多年的异国恋女朋友，前年分了手。"

乐有薇涂着秦杉送的祛疤药："他这两年闲着没恋爱吗？"

郑好说："你不也闲着？"

乐有薇笑嘻嘻："我好像没闲着吧。"

从去年春天算起，跟乐有薇走得近的男人有好几个了，但郑好坚定地认为，苏远是迄今为止的最佳人选。

乐有薇笑她："真善变，在美国你还让我从了秦杉，转脸看到新的，你就叛变了。"

郑好另有盘算："苏远白手起家，他的钱都是他的，你省心。秦家有吴晓芸，她会把你俩当成眼中钉，头大。"

早几年，有比苏远条件还好的男人追乐有薇，但乐有薇和卫峰分手后，选了丁文海。郑好和陶妈妈都想不通："文海本人是不错，但他爸身体不好，家在农村，负担重，乐乐以后又要受苦了。小时候吃了那么多苦头，为什么不找个有钱的一步到位？"

乐有薇说："钱可以自己挣，不用谁给。有血缘关系的大舅说变脸就变脸，萍水相逢产生感情的男人，就那么可靠吗？"

第二天上午，乐有薇和郑好赶去天空艺术空间，旁听江知行个人作品展的工作会议。秦杉话语不多，但建议都很中肯，乐有薇替他补充说明，配合无间。

会议结束，一群人准备去吃午餐，舒意打来电话："你下午几点的飞机？中午一起吃饭？"

秦杉回绝得很利落："在工作……晚上回美国，不，不用送。"

乐有薇在和策展团队交谈，秦杉看着她说："有人送我……对，女孩。"

舒意问："什么样的女孩？"

秦杉在想怎么回答，他起码有一千个形容词，舒意等不及，又问："她很喜欢你吧？"

秦杉说："是我很喜欢她。好，谢谢，再见。"

众人都看着乐有薇笑，郑好对乐有薇挤挤眼，那意思是，你今晚不是和苏远有约吗？

乐有薇抬头看秦杉，他很用心地倾听策展团队的构思，很认真地融入她的圈子，压根没想过她会不去送他。他每次都送她，他对她也这样笃定地相信着。她拿起手机发信息："苏总，今晚我要送朋友去机场，我们另找时间吃饭吧。"

苏远回复："送完找我，不见不散。"

叶之南和上级单位已经谈定，9月底到10月底用来展出江爷爷的第一批作品，当时正值国庆期间，歧园还会举办一系列花展。秦杉和策展团队商议下午去逛歧园，他对艺术展陈不在行，想去现场感受感受。

歧园很大，一池白荷开得美，逛完到了晚饭时间，姚佳宁提议去附近秀隐寺边上的馆子吃素食，环境好，汤羹也鲜美，秦杉对乐有薇说："下午我看到那家早餐店还开着。"

大部队奔向素食馆，乐有薇和秦杉去吃小吃。早餐店晚上也在营业，秦杉叫了甜汤和小馄饨，乐有薇另外要了雪菜炒毛豆和红烧花鲢鱼，和他分着吃。

饭后，两人慢慢悠悠地回歧园对面的停车场取车。路旁玉簪花和栀子都开着，不用等到回忆，当下就知道，这是好时光。秦杉回头看早餐店，那个清晨，他被乐有薇带来吃小馄饨，他第一次表白心意："小薇，我喜欢你。"

当时，乐有薇说过，没办法跟他在一起，但像现在这样，在嘈杂里谈天说地，走走坐坐，吃点便宜食物，什么都不买，这一天都好快乐。他真喜欢这里，下次回云州，他还要来吃。

乐有薇把秦杉送到机场："来回太赶了，飞机上戴上耳塞睡一觉。"

乐有薇回市区将近晚上十点，秦杉说："你也早点睡。"

乐有薇说："没那么早，和那个苏总约好了见面。"

秦杉意外："医疗器械也能拍卖吗？"

乐有薇坦言："有钱人都是潜在客户，我对他那行也有额外的兴趣。"

乐有薇对常伟亮的态度是"没准以后用得着"，秦杉问："医疗你以后用得着吗？"

乐有薇说："生老病死谁都免不了，谁能一辈子不和医生打交道？有备无患。"

秦杉登机时，乐有薇开到了回市内的机场高速，她感觉被人跟踪了。昨晚秦杉送她回家时，她就察觉街道对面好像有辆车一直不紧不慢地跟着，但回家得走过桥洞和小巷，十几分钟后，那辆车不见了。

当时，乐有薇以为是秦望想多看看儿子，没告诉秦杉。今天，从市内开往机场是晚高峰，车太多了，她没发现问题，但往回开，夜深了，车不太多，她又看到那辆车了。

乐有薇从后视镜观察，黑色代步车，半旧不新，扔在哪儿都不起眼，车牌估计是套牌。对方会是谁？不像是秦望。会不会是鱼哥的同伙？警方说过，涉案人员都被抓获了，但万一呢？

乐有薇连方瑶都想到了，她连揍方瑶两次，方瑶忍不了这口气吧？她拨打江天的电话，无人接听。

快开到酒吧时，江天才打过来，声音压得很低："我在卫生间，快说。"

乐有薇问："跟你新女朋友在一起？"

江天说："刚战完。"

酒吧门前停满了车，乐有薇停车时，暗暗偷看，黑色汽车缓缓开走了。

苏远很健谈，乐有薇原计划喝一杯，临时变成了喝一瓶。午夜时出来，代驾女司机等在门口，但乐有薇老疑心有人猫在暗处盯着她，被苏远看出："送你到家我再走。"

乐有薇没拒绝，苏远也喊了代驾，一路护送她回小区。这一次，乐有薇终于没看到黑色汽车。

到了小区门口，苏远下车："送你到楼下吧。"

乐有薇谢绝了："不用了，我们小区很安全，旁边就是派出所。苏总再见。"

苏远微笑："希望下次你对我本人有兴趣，而不是医学。"

乐有薇笑而不答，走出一段，回头看见苏远捎上了她叫的那位代驾女司机。这一幕若被郑好看到，苏博士的魅力值又得攀升两个点。

郑好早早睡了，乐有薇洗完澡，神经仍绷得紧，又分析了一遍。方瑶在热恋，可能顾不上她，但不能排除嫌疑，鱼哥同伙是危险分子，但从老家追到云州，还不就地痛下杀手，不太像犯罪团伙的作风。

乐有薇越想越费解，索性拿起平板电脑，点开昨天的拍卖会视频研究。她靠突击学习才勉力扛下天颜大厦的拍卖会，但疏误仍旧不少，改善的空间很大。

看到一大半，嘉宾席上晃过唐莎的脸，乐有薇心念急转，黑色汽车可能和唐莎有关，唐莎独自来拍卖场绝非心血来潮，而是在刺探。

若是唐莎，乐有薇倒不慌了，唐莎只要盯上几天就会明白，情敌的私生活很丰富，没空也无心和她抢男人。

乐有薇听着路晚霞的音乐睡着。江爷爷说过，艺术敏感度是可以训练的，她想对音乐多些感觉。但凡能活下去的品牌，就不可能只打一次广告，她直觉还会再去那座城堡。

第四章
伯爵夫人琉璃玫瑰项链

　　方瑶的拍卖会紧接着乐有薇的举办，很顺利地成交了。工业用地更改为农用地，被一家鲜花公司拍下，变更手续还在走流程，但已经是板上钉钉的事了。

　　鲜花公司的老板早些年是园艺师，在国外工作了多年，做到高管的位置。其公司实力强劲，是国际上众多金融或科技论坛的主要赞助商。园艺师从中学到经验，回国做了同类企业，急需扩大经营。

　　女朋友和朋友必须区别对待，整场拍卖会，江天都稳坐如山，忍住不玩手机，花篮香槟和庆功宴也都安排到位。

　　女朋友在拍卖场上是草包，但江天不大看得出来，反正拍出去了就是大获成功，比不上乐有薇这是必然的，他跟乐有薇说："你追求卓越，但她就是有舞台迷恋症而已。"

　　团队的人私下都说，江天对方瑶居然是有感情的，才会把爱出风头说得如此婉约。赵杰说这很正常，他的小演员前任们个个都有表演欲，随时随地能给他演上一段，哪怕只有他一人欣赏，她们也能兴奋。

　　乐有薇想到凌云。凌云说过："从小到大都爱出风头，报幕员、升旗手、领唱都是我，我就喜欢站在台前。"那时候，乐有薇还不能了解，凌云的弦外之音是——"我喜欢被人看到，喜欢被喜欢，喜欢被迷恋。"

严格来说，方瑶比上一场拍卖海关罚没资产时有长进。赵杰苦笑，方瑶找他开小灶了，让他从头到尾演示给她看，还请了两个朋友在旁边摄录，但赵杰没有表演欲，摄像机堆到面前，他烦得很。

拍卖会后，鲜花公司的老板利落地付款。连同郑好在内的团队新成员都很惊讶，没想到鲜花公司这么有钱，单位租些绿色植物，有人定期来养护，死了就更换，再加上庆典花篮，一年的利润能高到哪儿去？

乐有薇和秦杉讨论这个问题，秦杉为她解了惑，国外的大型鲜花企业，赚钱的主要方式是基因技术开发，通过研发新型植物，复制基因，输送到世界各地，年收入高达十几亿美金，赚钱速度让人震撼。

苏远也认识这样的人，在海南做热带兰花生意，每年出口的兰花种苗在一亿株以上，既带动了当地农户增收致富，也为国家创造了大量外汇。

宋琳惊叹："一亿株，那是什么概念！"

章明宇说："郁金香开遍全世界，这么说，荷兰一定很有钱。"

郑好和乐有薇对视一眼，两人有个关于荷兰的约定，一生之中，总有一个春天要留给荷兰。春天那么多，一生够不够用呢。

方瑶恋爱顺利，工作也顺心，乐有薇刻意和江天说说笑笑，方瑶横眉冷对，过来搂上江天就亲，但对乐有薇再无过分举动。乐有薇放下对她的猜疑，把跟踪者锁定为唐莎。因为鱼哥同伙没理由有一搭没一搭地窥探她，却迟迟不下手。

黑色汽车有时换成白色，有时是香槟色，跟踪时间也不固定，乐有薇抓不到证据，没法报警。车跟得不太近，她也没法突然来个急刹，借着交通纠纷跟他们正面会一会。

被人盯住的感觉很不好，苏远频繁地约乐有薇，乐有薇便频繁地赴约，于是跟踪者懒散了些，变成三天打鱼两天晒网的频率。

苏远很忙，但每天都会问候乐有薇，言语很平和。谁也不傻，你对他不热情，他能感受得到，因此他不曾对乐有薇挑明态度。两人每次见面只谈些公事和琐事，乐有薇很愿意和他聊天，他比她另一些有钱的追求者强。

那些人初次见面就气吞山河，拍出银行卡："别上班了，我养你！"还有人找乐有薇咨询艺术品投资，第二次见面就要给她看手相，要么直接抱上来。乐有薇躲开，他们还惊诧："都是成年人，怎么这么放不开？"

乐有薇形容苏远是一本自动翻页的有声读物，医学为主，历史和民谣为辅，知识点很丰富，她只管眨着崇拜的眼睛听他说。郑好说："再渊博也比不上叶师兄吧。"

乐有薇还没有真正放下叶之南，但他主动从她心上走下去，有时日没露面了，平时也不联系。乐有薇只能从夏至那里得知一星半点他的消息，夏至不主动说，她就不问。

郑好问："苏远怎么看待你？"

乐有薇撇嘴："贤妻良母。"

郑好捧腹："贤妻良母，他是怎么发现的？你连做饭都基本不会。"

乐有薇说："他说话，我给他续茶，喝汤时先舀给他，他夸我宜室宜家。"

乐有薇第一次听到这个词的时候还在想，她优点不少，对方眼光为何如此独到，这只是举手之便。但之后苏远又夸过她很多次，她怪同情苏远的，这都能感动，看来苏博士的生存环境有点恶劣啊。

郑好倒是理解苏远了，好模样的女孩自小被人追捧，都骄傲，像乐有薇这种千娇百媚，还肯做小伏低的不多，何况她还能扮成知己模样。苏远觉得两人交谈得很投契，其实乐有薇跟谁都能聊得来。

乐有薇对苏远兴趣乏乏，郑好暗觉可惜，可这没办法，乐有薇太容易得到男人的爱慕了。而且男人评价女人是贤妻良母，根本不是夸奖，就想着让女人服务于他和他那一家子呢。

卢玮担任女一号的电视剧杀青了，剧组举办了杀青宴，她自己也弄了一个庆祝会，生活助理余芳代她邀请乐有薇出席。

乐有薇带上礼物去卢玮工作室，慈善拍卖晚会让两人产生交集，但只是各取所需，目的已达成，卢玮还想着和她保持关系，很难说跟李冬明没有关联。

路上，乐有薇浏览沈志杰公司官网，了解到他已转型做高端综合休闲生意。6月中旬，乐有薇还在美国时，沈志杰的光城集团拿下绯云湖畔的一个废旧厂房，进行全面改造升级，打造成具有文化、娱乐、健身、餐饮和休闲等功能的综合性场馆。

十九年前，绯云湖是城中烂污之地，当时湖岸有大小企业一千多家，除了承接大量工业废水，还接纳周边几十万人的生活污水，污染严重。

市政府为了改善人居环境，提升城市形象，启动绯云湖综合保护治理工程，并充分发挥其有山有水、水湾相连的特点，建成开放式园林公园。李冬明主管农林水和民政，亲自担任绯云湖建设指挥部部长。

前后历时多年，绯云湖公园全部建成，被评为国家湿地公园，是李冬明的主要政绩之一。沈志杰拿到的废旧厂区，就在绯云湖边上，乐有薇很怀疑他转行是受李冬明的指点。

卢玮很偏爱白玉双鱼佩，把它挂在拎包上当挂饰，乐有薇一进门就看到了，更觉得弄回来无望，但秦杉亡母的旧物，被人如此珍惜，好像不算太糟。

江天和乐有薇谈过，等今生珠宝实现盈利，他会送秦杉股份，作为自己不讲义气的补偿。乐有薇能想到的，就是想办法敲开路晚霞的心门，秦杉特别喜欢那座城堡，她想带他进去参观，一件事一件事地补偿他。

电视剧的出品人一行走后，氛围好了很多。酒至半酣，卢玮工作室的几个新人都来了，乐有薇看到了今生珠宝广告片的男主角辛然。他本人比镜头里瘦得多，有一双流光溢彩的眼睛。

路晚霞出过个人专辑，还和好几个知名填词人合作过，乐有薇向众人打听她。卢玮虽没和路晚霞打过交道，但圈内人都听说过她家中惨祸，俱是惋叹。

许黎莉倒是见过小王阿姨，她原来的公司投资的一部电影找路晚霞做配乐期间，她去过路晚霞在北京顺义的工作室。当时宝儿已有4岁多，仍要被小王阿姨抱来抱去地哄睡觉。

交谈之下，乐有薇得知小王阿姨的网名"粉兔子"有个典故——路晚霞工作室墙上挂了一幅儿童画，署名是"靳欢颜，4岁画"。众人都夸宝儿有天赋，4岁就这么会画画，长大要当画家，宝儿指着画上的小动物说，小白兔是她自己，粉兔子是小王阿姨。

小王阿姨用孩子的童言稚语当昵称，一定和宝儿的感情很深，乐有薇问："什么样的粉兔子？"

许黎莉说："迪士尼那个班尼兔。"

Pink Bunny是迪士尼经典动物形象，许黎莉一说，乐有薇就有印象。余芳搜出班尼兔儿童保温杯的图片给她看："就是它，我们卢小姐去年买了一批捐给山区小朋友。"

回家路上，乐有薇又发现有辆车跟着她。等待绿灯转红时，她摇下车窗，远远地比个中指。

郑好在天空艺术空间见过唐莎，得知唐莎在跟人学展陈，这自然是增加和叶之南接触的手段，乐有薇搞不懂她还盯着自己干吗。

苏远又打来电话："忙完了，见个面？"

乐有薇推掉了，姚佳宁为她整理了公司和行业内重点司法拍卖视频，她回家边健身边看，想长点肌肉。

入睡前，秦杉发来信息："小薇最近会来美国吗？江爷爷有件私藏品，至交好友才给看，你有空来看吧。"

乐有薇问："我也能看到吗？"

秦杉帮江天谈下客户，连江爷爷都刮目相看，问他要什么奖励，他提出要求，想让乐有薇看看那件私藏品，江爷爷答应了。乐有薇大惊："江天谈不下的客户，你搞定了？"

秦杉得意地说："我本来没觉得多了不起，但你和江爷爷的反应一样，所以可能我是有点厉害，虽然我到现在也还稀里糊涂。"

乐有薇也糊涂了："客户是女人吗？"

秦杉说："一对情侣，英国人。"

乐有薇问："私藏品是什么？"

秦杉回道："江天说要给你惊喜。"

乐有薇和两个客户约好了次日见面，订了后天飞纽约的机票，她想看完私藏品，就去趟奥兰多那座城堡。

距离起飞时间太近，乐有薇没搜到特价机票，之前攒的积分所剩无几，她在公务舱和经济舱之间纠结了一下，选了经济舱。积蓄是棺材本，尽量不动，天颜大厦拍卖会的酬劳还没发下来，钱得省着花。

秦杉接机，乐有薇困得东倒西歪，他问："没睡好吗？"

乐有薇腰酸背疼，脖子也不舒服，边走边活动脖子："不好睡，我去酒店补一觉，醒了再找你。"

秦杉愣了一下，明白了："回国的机票我来买。"

这人7岁起就没再和父亲一起生活，外公外婆都是清贫的学者，且已退休多年，他能有多少钱？乐有薇嗔怪："你的钱不是钱？我睡一觉就恢复了。"

秦杉坚持："是我让你来的，我考虑不周。"

乐有薇摇头："不完全冲着你，我还想再找找路老师。"

上周，今生珠宝广告片发布，最长的那个版本，江天听从广告公司建议，将做成微电影形式，不日上线。

微电影剪出粗版，乐有薇看了一遍，在结尾处，她看到了自己的名字，署名为创意人。

江天请的新作曲家目前刚出完小样，不如路晚霞作品给他的感觉好，但在目前已是最优选择，方瑶劝过他，完美是没有尽头的。

微电影还在做后期工作，暂时上不了线，江天言语有憾，乐有薇想再去拜访路晚霞。

在江爷爷亚洲收藏楼的私藏室，乐有薇见到了司清德的作品《寒梅舞鹤图》，它是立轴绢本，尺幅不小，长有两米多，宽也有将近一米，画面主体是一棵照水梅，其下是雪地里的几丛荻草，茎叶干枯，一只丹顶鹤在以喙疏羽，她问秦杉："很像江家林河边那棵梅花，是同一个品种吗？"

河两岸的梅树株形各异，其中有一棵与众不同，枝姿呈伞状，枝干繁茂，很是特别，乐有薇当时问："长得像垂柳，也是梅花吗？"

秦杉说："梅花里边的残雪照水型。"

司清德工书法，长绘画，可惜流传下来的作品不多，大多数被国内外著名博物馆收藏。他绘制的这件《寒梅舞鹤图》是立轴绢本，尺幅不小，长有两米多，宽也有将近一米，是江爷爷的父亲年轻时从一位日裔藏家处购得，作为儿子12岁的生日礼物，还特意在河边种下了那棵照水梅。

江爷爷少小离家，带走的行李不多，其中就有《寒梅舞鹤图》，是以极为爱重，至交好友才能得见。

乐有薇自语："没想到司清德有花鸟图传世，古代书画爱好者都得疯了。"

乐有薇对古代书画鉴定是门外汉，但江知行是大收藏家，这件作品是伪作的可能性很小，况且卷末有题跋，落款是月山道人，还钤有好几方印，其中一方是沐氏珍玩，也证明它的贵重。

黔国公沐氏家族镇守云南长达280余年，富可敌国，府中藏有天下珍奇，书画名作上多钤有"沐氏珍玩"等印鉴，后流入民间，部分被各地博物馆所藏，皆是镇馆级别。秦杉说："江爷爷说，就是《鹿鼎记》里那个云南沐王府。"

乐有薇点头："你怎么知道我喜欢司清德？"

慈善拍卖晚会后，严老太等人回到江家林，有天秦杉在袁婶家吃饭，听到她们商量给卢玮和乐有薇回礼。梅子建议找卢玮的剧照为蓝本绣一件，秦杉问："给小薇的呢？"

严老太回答："郑好有次说她喜欢司清德的《春雪松柏图》。"

江天无法理解乐有薇的激动："爷爷都说了，一件不出，这件更没可能，你还不死心啊？"

司清德花鸟图很珍稀，有幸看到，便是分了一杯羹，乐有薇说："大饱眼福还不够吗？"

秦杉对江天说："就像人类发现了一种新的星辰，谁不想多了解一些？"

不能因它获利，就不能为之欢呼吗？人类不会觊觎星光，它存在，就是神迹。乐有薇笑道："小杉的口才越来越好啦，你帮他什么忙了？"

江天拿出一条琉璃玫瑰项链，款式很古典，花蕊是一颗精致的红琉璃，让乐有薇想到西洋油画里肤白肉软的贵妇。她们佩戴的，常常是这样华美繁复的饰物。

琉璃和瓷器一样，烧制时会自然生成变幻莫测的色彩，乐有薇把它戴在手背上，迎光细看。

玫瑰的红层次很丰富，从不同角度折射出深深浅浅的光，琉璃内部的小气泡像一个人的满腹心事。它们都是原料在锻造过程中形成的，仿佛能呼吸。

乐有薇涂了十指蔻丹，红琉璃在她指间宝光流动，秦杉口干舌燥，脑中闪过无数绮念，耳朵红了。

这条琉璃玫瑰项链的原主人是一个英国男孩，他的祖先克里安是一位首饰匠人，经营家族传下来的小作坊。他把琉璃煅烧焗制工艺和珠宝定制结合起来，受到贵妇们的追捧。

伯爵夫人钟爱玫瑰，伯爵找克里安定制项链，想送给夫人当礼物："她很神往王尔德童话《夜莺与玫瑰》里的那朵玫瑰，就要那样的。"

其实那是个讽意多过伤感的故事，说是有个年轻人找不到最美的红玫瑰送给心上人，在花园里哭泣。夜莺目睹了他的痛苦和心碎，深深感动，不惜顶着一根刺，唱了整整一夜，流尽鲜血，染红了一朵玫瑰。

年轻人拿着红玫瑰，邀请心上人跳舞，心上人却拒绝了，只因有钱人送了她珍贵的珠宝，珠宝比花值钱。年轻人愤怒地把玫瑰扔到大街上，玫瑰落入阴沟里，被一辆马车碾过。

克里安绘出项链的样式图，伯爵夫人很喜欢。可是当他交出第一件成品后，伯爵夫人却说玫瑰的红不是她心目中的红色，她想要书里提到的："玫瑰刺着了夜莺的心脏，她歌唱着由死亡完成的爱情，最后这朵非凡的玫瑰变成了深红色，就像东方天际的红霞，花瓣的外环是深红色的，花心更红得好似一块红宝石。"

克里安反复烧制，却一再被伯爵夫人遗憾地放回托盘。她要的是一朵至美至纯的玫瑰，它的红色，要像献祭般热烈而凄美。

一场疟疾夺去了伯爵夫人的生命，弥留之际她还在问："我的礼物好了吗？"

伯爵很生气，下令处死克里安，送他去天堂继续烧制，了却夫人心愿。克里安逃了，为免追杀，他改了名字，辗转各地。直到伯爵死去，他才过上安生日子，娶妻生子，从事平凡工作。

烧制琉璃很伤眼睛，不到50岁，克里安几乎快看不见了。他坐在自家小花园里，看到天边落日熔金，渐渐转为红黑色，渐渐沉落，想起这一生的苍凉，决心再试一次。

成品出来，妻女哭了。克里安不知道它是不是能让伯爵夫人满意的红，但在妻女看来，它足够的美。

克里安去世，这件琉璃玫瑰项链传给了女儿，女儿传给了儿子，一代代传承下来。城市举办艺术品展览会，男孩把它拿出来。人人都惊呼太美了，但他们追捧的是钻石、鸽血红、祖母绿等天然宝石，而不是琉璃。

男孩和女朋友不服气，把项链送到古董店寄售。项链的美再一次让人为之称道，但依然没能获得跟它匹配的身价。萝卜雕出花儿来，也只是萝卜，肯为工艺之美花大价钱的人太少了。

古董店给的收购价对琉璃而言不低，可它承载了祖辈毕生的心血，男孩不信它得不到更好的待遇。

然而，时代变了，琉璃工序复杂，烧制繁难，成本高，但卖不上价，市场没落了。小情侣一次次碰壁，在一家时尚买手店，江天和方瑶遇上了他们。

江天看得出这件琉璃玫瑰的好，它异常精美，不亚于纽约大都会博物馆的收藏品。他的出价比之前任何一家都高，但钱不是男孩最看重的，他认为它应该有真正的价值。

江天自认为很有诚意，男孩仍无动于衷："你们中国也有琉璃吗？"

方瑶说："当然有，我们至少在唐朝就有琉璃了。"

大唐高僧玄奘翻译的佛法里说，愿我来世，得菩提时，身如琉璃，内外明澈，净无瑕秽。这句话在中国流传很广，方母有不少信佛的朋友，方瑶听她们提过，但对着男孩茫然的蓝眼睛，她和江天翻译不过去。

江天把小情侣请到主牌Dobel总部，合同条款其清如水，谈判专家循循善诱，但他们仍不肯签字。

江天舍不得这东西，设家宴款待，搬出爷爷想办法。江爷爷学识渊博，可惜英国情侣对东方文化知之甚少，男孩说："我只看过你们的神话故事。"

秦杉一直默默听着，忽然冒出一句："那你知道《西游记》吗，那只神通广大的猴子。"

男孩哇哦一声："非常喜欢！"

女孩说："噢我爱他！"

秦杉又问："那你们知道他有个师弟叫沙僧吗？"

男孩笑道："话最少的那个，像你一样。"

外国人阅读的中国名著多是粗浅的缩略版，很多地方都被翻译一笔带过。

于是秦杉跟他们讲，沙僧是玉皇大帝跟前的人，因为失手打破一只琉璃盏，被贬下天庭，每七天承受一次飞剑穿胸之苦。

一个在中国家喻户晓，在世界范围内同样知名的神话故事，让小情侣相信，既然连玉帝都认为琉璃是很珍贵的东西，那么这几个中国人表现出来的欣赏，应该是真的。秦杉慢慢讲："在我们中国，有个词叫流离，跟琉璃是一样的发音。"

再有文化差异，中西方也总有些东西是共通的。一件琉璃，改变了一个人的命运，辛苦遭逢，流离失所，英国情侣祖辈的那位工匠如此，中国神话里的沙僧也如此，连他落难栖身的那条河，都被叫作流沙河，飞沙一样仓皇流逝，不可安身。

先前，江天想买下这条项链，推出复刻版，并承诺以那位工匠的名字命名，男孩也很心动，但商人天然就让人起疑，再情真意切，都像是谈判技巧。祖辈曾经得到过伯爵的赏识，却又如何？他的遭遇提醒后人，对你笑脸相迎的人，也可能露出狰狞面目。

男孩并不是非卖这件东西不可，他到处问询，更像是替祖辈抱不平。到了此时，他被沙僧的故事打动了，或者说，他被秦杉搞定了："我跟你们合作。"

寡言少语的人，把事情谈成了。江天拍着秦杉的肩："这家伙有时候挺神的。"

越巧舌如簧，越居心叵测，但秦杉不一样，他有双真诚的眼睛，让人们愿意相信，他是可信的。秦杉在边上傻笑，显然仍不明白他也能谈成业务。乐有薇揉一揉他的头："我去乾坤四海问一问，你是历代驰名第一妖。"

这句话出自《西游记》，秦杉乐得要翻筋斗："哪有孙悟空那么帅。"

两人在对听不懂的暗号，江天哼一声，乐有薇问："复刻版是下一季的主打品吗？"

琉璃制品在欧美市场式微，更不用说在国内，江天计划推出两个版本，红琉璃和红宝石各出一款，价位不同，琉璃款以工匠之名命名，克里安。

技艺如同双刃剑，能成就你，也能毁灭你，克里安的经历很残忍，但他启迪了方瑶。她打算去搜罗欧美首饰，回国做个专场。

午饭后，秦杉去工作，乐有薇对江天说："你没和你女朋友说小杉父母的事吧？"

江天说："他母亲去世的事？没说，我也是和你很熟了才说的。"

江天从乐有薇这里才得知吴晓芸是秦杉后妈，吃惊地问："就是我们在逸庭轩见到的那个？看着不好对付。"

江天答应不对方瑶说起秦家的事，但乐有薇知道这事藏不了多久。下次再开拍卖会，小秦会去看她，老秦会去看小秦，依然会让人浮想联翩。

如果秦望想把秦杉培养成接班人，吴晓芸为了儿子秦峥，和秦杉必有一争。江天拍胸脯："我给他出谋划策，我公司的律师也都很强悍。"

只要方瑶不去找吴晓芸挑事，乐有薇自信能想出解决之道。江天提醒她，秦杉的生日快到了，记得送礼物。乐有薇问："哪天？"

江天说："下周一。"

乐有薇庆幸自己毫不迟疑就来美国了，司清德的作品《寒梅舞鹤图》让她惊喜，她也想给秦杉弄点惊喜："我还想再去找路晚霞，得准备礼物，这次你带路，去个你喜欢的店！"

秦杉带乐有薇去他新发掘的古董集市。分别以来，他在工作之余学习拍卖知识，有时会开着车去外面转转。

欧美的古董店铺和摊位不像国内，对他们来说，一两百年内的东西都能称之为古董。还有些几十年的旧物被称为"vintage"，不怎么值钱，但时常能看到漂亮工艺，或是趣味之作。

一条街逛到一半，秦杉看时间，有家店下午三点才开门，溜达过去刚刚好。他说那家好像有好东西，但他眼力没练出来，谦虚地说："连我都觉得是好东西，那可能就是了。"

乐有薇笑他："有一种外行，看什么都是古董。"

贝斯特自打开张，经常有人捧来爷爷的爷爷的爷爷那一辈传下来的宝贝，里三层外三层地扒拉开来，就是个破烂的木枕头。平凡人家的日用品，再放上几百年也无甚价值。

乐有薇刚到贝斯特上班时，被人拉去看一口明代的大缸，那一带挖掘过明代的器物。

在货主的爷爷的父亲住过的老屋里，货主扒开厚厚几层稻草，乐有薇看到大缸，她拿根小木棍敲敲缸壁，货主心疼得一把抱住大缸，像抱着他90岁高龄颤巍巍的爷爷："小姐，你轻点。"

乐有薇诈出了货主的实话，他编了故事，大缸不是祖传之物，是他收旧货收回来的，但这缸年份好，正品，明代特征明显，保老保真，支持鉴定。

秦杉听入迷了："还是假话？"

乐有薇笑答："是真话。"

那口大缸确实是明代货，但它是和尚坐化之后用的，等于是瓷棺材，除非碰到有钱的信徒，不然谁都嫌晦气。找不着下家，货主花钱收回来，砸在手上了。

秦杉问："那他拿那缸怎么办？"

乐有薇说："养荷花。"

秦杉爱听，乐有薇就又给他讲了几段经历，她从业至今，这类故事三天三夜都说不完。

那家"有好东西"的店名叫"伊邪那岐"，门前的招财猫风铃叮当响，推开门，一只胖橘猫窜过，乐有薇和猫打招呼："Hi,tiger."

店主笑，他的猫有名字，叫菊水。乐有薇听不太懂日本人讲英文，两人用翻译软件沟通，乐有薇看到"菊水"两字，问："那个作战代号？"

郑爸爸酷爱看谍战剧和抗战剧，它们几乎是乐有薇和郑好成长的背景声。菊水是日军对冲绳海域的同盟国发动攻击的作战代号，店主见她有所了解，拉着她大侃世界军事。

乐有薇粗粗一看，店内并无太稀奇的东西，秦杉也没对哪件物品有特别的兴趣，他当成古董的"好东西"是工艺品，乐有薇想买件合乎他心意的礼物，犯了难。

自己以为的好东西只是一般东西，秦杉快快地去跟橘猫玩，店主错愕："菊水不理生人。"

乐有薇说："他俩是一伙的。"

秦杉和橘猫玩得起劲："我家也有猫，它叫妙妙。"

乐有薇问："妙妙，是个小母猫？"

秦杉给乐有薇和店主看妙妙的视频，是个憨态可掬的短毛猫，快5岁了，养在他外公外婆家里。乐有薇揪揪他耳朵："猫随主人，憨憨傻傻很黏人。"

店里的书堆天落地，大多是世界军事史，乐有薇知道得少，但扮成热切的听众，店主很受用。

在美国，少有顾客跟店主聊二战，但中国人对那段历史铭心刻骨，连乐有薇都能记得他们那几个将军和少佐的名字。到现在，她相信郑爸爸说的："抗战剧的最大意义就在于帮我们记得。"

乐有薇买下一只古董八音盒，它的主体是铜制，很有分量。拧动发条，旋律响起，小鸟扑闪着翅膀，一朵水晶做成的花瓣摇动着。店主特地关了灯，点亮蜡烛让两人看效果："是不是很浪漫？"

乐有薇很喜爱八音盒，秦杉懊恼，要是他比乐有薇先看到，就能买下来送她了："这首曲子很耳熟，是什么？"

乐有薇答道："*Somewhere my love*，《日瓦戈医生》的插曲，我有次在飞机上看过电影。"

苏远是医学博士后，乐有薇对医生好像真有额外的兴趣，秦杉正失落，下一秒，乐有薇就把他救活了，她在问店主："有礼盒吗？我要送人。"

秦杉立刻高兴了："送路老师的吗？"

乐有薇和店主混熟了，店主打开角落里的一扇柜子："都是别人寄卖的，喜欢哪件，给你特价。"

柜子里大多数东西都平平无奇，要么是二手奢侈品，要么是工艺品。乐有薇拿起一只紫铜鎏金银壶端详，秦杉看上了旁边的鎏金舞马衔杯银壶，一问价格，当场就要买。

乐有薇要去付账，秦杉拦着没让，这是他外公会喜欢的物件，他自己买。乐有薇夸他眼光好，这只银壶的原件是盛唐银器，器腹两面均锤出舞马衔杯纹，马颈系飘带，昂首扬尾，藏于陕西历史博物馆，是从不出境展出的国宝级文物之一。

秦杉问："为什么要叫舞马，它会跳舞吗？"

舞马一种经过专门训练，会进行杂技演出的马。每逢唐玄宗生日，宫里都会举行宴会和乐舞表演，他手下的梨园会选出年少俊美的乐工，为舞马表演时伴奏乐曲《倾杯乐》等。

舞马随着旋律节拍起舞，气氛达到最高潮时，它会用嘴衔起装满酒的酒杯，递到唐玄宗手中，为唐玄宗祝贺生日。

秦杉很难想出那场面，乐有薇说："它能当国宝，不光是艺术价值，还有文史价值。"

安史之乱爆发，唐玄宗出逃，宫廷舞马散落民间，其中一些被安禄山部下得到。一日军中有宴乐，舞马闻歌起舞，士兵误以为是妖马，将舞马活活抽死。

历史变迁，舞马技艺逐渐失传，仅以文字形式流传于世。1970年，此壶在陕西西安南郊何家村出土，是20世纪唐代考古最重要的发现之一，也是迄今为止，唯一能证明舞马衔杯祝寿的实物资料。

乐有薇赞叹银壶造型和工艺俱佳，秦杉买下银壶，开开心心地拍照给外公外婆看。

乐有薇仍没想出送秦杉的生日礼物，苦恼不已，秦杉却以为她心情不佳，送她回酒店的路上说："明天我抓紧工作，下午来接你，想带你去个地方。"

第二天上午，乐有薇翻出司法拍卖案例学习。脑膜瘤仍有残留物，但伽马刀属于精确放疗，如果运气够好，再活十年二十年都有可能。二十年或许是行大运，所以活着的每一天她都不想再浪费。

下午，秦杉准时带乐有薇去纽约北郊的远山寺，往来大多是佛教徒，两人顺着青石小路而上，很快到了主殿大佛殿。

远山寺是盛唐风格建筑，大佛殿正中供奉的是释迦牟尼坐像，周围被莲花看台上的万尊小佛环绕。秦杉讲解这尊木雕佛像是按唐代禅宗雕塑为蓝本，用香樟木雕刻而成，两人一边轻声交谈，一边逛去。

1967年，一对华人居士夫妇发愿筹建远山寺。九年后，大佛殿落成，远山寺开山，之后经过数年筹款营建，形成今日的模样。

出了大佛殿，即是观音殿，菩萨法相庄严。乐有薇没有宗教信仰，但是既然菩萨这样美，拜一拜又何妨呢。

秦杉学着乐有薇的样子，双手合十，拜了三拜，脑中晃过供奉于善思堂的自在观音像。那天在"传灯者"拍卖会上，他为观音而去，却为身边人魂不守舍。

乐有薇走走看看，天热，她只穿了小背心和牛仔裤，胸脯挺实，臀部紧翘，秦杉步伐放慢。少年时他和江天看武侠小说，那里边形容女性身材很爱用一个词：浑圆。当时他不解其中意，此刻方知这个词是巧夺天工的妙绝，看到了就想犯浑，他得离小薇远点。

寺院花木高壮繁茂，松柏树林浓密，乐有薇抬头，望见药师殿。秦杉在一旁说："上次你做完胆结石手术，就想带你来这里，没来得及。"

乐有薇仿佛置身于雨后清晨的玫瑰园，她快步前行，回头看，白色扶桑花蹭到秦杉头顶，他伸手拂过花枝，像个还在大学校园读书的少年，安静良善。那日在善思堂，他从天而降，那时她就在想，自己和他是多么不一样。

药师殿供奉着东方三圣：药师佛、日光菩萨和月光菩萨。殿中莲花座上是药师佛，他能使众生离苦得乐，解除病痛和灾害，又称消灾延寿药师佛，大殿两边的十二尊塑像是药师佛的弟子，按十二时辰排序。

寺内提供免费的礼佛用香，秦杉便只带了鲜花和水果，呈供于佛前。乐有薇去看两旁的楹联："三藐三菩提七千眷属难道修持上中下，一心一世界十二药叉分明佑护你我他。"她戴上墨镜，遮住泪眼，对秦杉说："我去趟卫生间，顺便取点香来。"

乐有薇去卫生间洗把脸，独自走过铺着石子的小径。蟋蟀在草丛里鸣叫，两旁是高大的树木，还有一座楼阁。她走近，楼阁是用杉木搭成的，底部用青石垫高，台阶被雨水泡出了苔藓。

登上楼阁，乐有薇眺望远处的山，近前的花，揣想在此处看花听雨别有风味。8月7日是秦杉生日，她想出要送他的礼物了。

乐有薇取了香，举着一大捧回去，看到秦杉在向僧人请教如何祈福，然后他在药师佛面前跪下去。

乐有薇点燃檀香，模糊的烟雾里，秦杉起身，供了一盏长明灯。菩萨低眉，微笑看他。

乐有薇走过去，秦杉只供了一盏灯，红纸上写着她的名字，她问："为什么不给自己供？"

认识乐有薇，就已被神佛护佑了，秦杉说："不能贪心。"

乐有薇又问："你对菩萨说什么了？"

秦杉注视着药师佛："希望乐有薇吉祥如意，无病无灾。"还有一句话，他在心里悄悄说了——以后多做善事，功德回向乐有薇。

乐有薇的心突然裂开了一条细缝，尽管她根本就不知道这条命哪天会被收走。

每到一座城市，除了博物馆艺术馆，乐有薇还喜欢逛寺院和教堂，她喜欢建筑物，郑好问过："不拜吗？"

佛说，远离颠倒梦想。但人们仍然在求名求财，求个肉身不灭，流芳百世。乐有薇不拜，她说她只跪双亲和黄金，刚才上香，她只是应个景，但在这一刻，她明白自己真的被保佑了。

秦杉问："小薇也供灯吗？"

乐有薇板起脸："不供。小杉，你不要把情感都放在一个人身上，有没有我，你都要活得很好。"

秦杉抓抓头，乐有薇再忙碌，也把亲朋放在很重要的位置上，对她的团队成员都抱着责任感，对他也是，无论何时，都很包容他，温柔待他，他说："那我再多供几盏吧，外公外婆、江爷爷、江天，还有郑好和叶先生。"

秦杉扳着手指算，他大学时尊敬的师长和合拍的同学，以及江家林的村人："对了，郑好的父母叫什么名字？"

乐有薇鼻子发酸，对叶之南，她总得把心硬起来，但对秦杉，她却止不住心软，说："不用了，我上过香了，祝所有我们关心的人都健康快乐。"

乐有薇露出笑容，声音甜得像蜜糖，秦杉高兴起来："逛完我们在寺里吃斋饭吧。"

去听晚课的路上，不断有僧人和秦杉打招呼，乐有薇这才得知，秦杉大学一年级时，由他的导师带队，对寺中建筑进行修补，所以对这里异常熟稔。

秦杉自称当时什么也不会，就负责扛仪器，给检测佛塔塔身斜度的导师扶杆子，僧人们送来红糖冰粉消暑，他回味无穷："放了葡萄干和白芝麻，很好吃。"

乐有薇喜欢那座楼阁，秦杉端着斋饭上楼，建设者当初栽种花木，就考虑过几十年上百年后的情形，楼阁的作用即是为了观赏四季植物。

在楼阁上，两人吃饭喝汤，说些闲适的话。等到寺院点起了灯，再慢慢往外走。乐有薇被寺中的一对宫灯吸引，远远望去如同星芒散天，珠光洒海。

走到近前，乐有薇仰头细看，它是鎏金器物，掐丝珐琅工艺，用金色云朵和流苏烘托，典雅又华贵，具有清代珐琅工艺鼎盛时期的气度。秦杉说是信徒赠予的工艺品，但在他眼里比一般宫灯更华丽，乐有薇解释这是鎏金的魅力。

乐有薇在草地上坐看宫灯，遥想古代的上元灯节，灯市千光照，花焰万枝开，她真想回去看看千家万户张灯结彩的景象。

鎏金器的灿丽感比黄金更添一层厚重，一阵风起，树叶哗啦响，灯光落下碎影，像远在彼岸的家。乐有薇看了多久，秦杉就陪她坐了多久，直到她按着他的肩膀起身："走吧。"

8月6号清晨，秦杉在酒店接到乐有薇，同往奥兰多。他初步完成了艺术馆的总平面图设计，江爷爷将会在8号组织第一次讨论会。

江爷爷的助理艾文托这些天在招聘人员，为秦杉成立跑外事的团队，8号带上项目经理和工程协理等人参与会议，秦杉只能和乐有薇在奥兰多待上两天。

飞机上，乐有薇睡着了，秦杉偷她的钱包，找到证件。乐有薇的身份证是大学时办的，秦杉看着照片笑，乐有薇抿着嘴的样子真可爱，真想认识那时候的她。再看她的生日，11月17号，好记。

秦杉拍下各种证件号，一下飞机就买了从奥兰多飞回云州的头等舱机票，乐有薇发觉了，拧他胳膊："我都买好特价机票了，退不掉。"

秦杉不为所动："你回去能睡得好些。"

时间太赶，两人没去迪士尼乐园，租了一辆车去城堡。乐有薇买了一只班尼兔玩偶，外加一罐面霜，想送给粉兔子当礼物，但粉兔子很歉意地发来信息，几天前，屋顶来了一窝浣熊，今天闹疯了，她临时出门请专业赶浣熊的公司，晚一点才能到家。

秦杉让乐有薇转告粉兔子，放几天重金属音乐试试："电钻特效那种。"

秦杉中学时，家里也被浣熊入侵，他起先认为小家伙们很好玩，但浣熊一家子太能折腾了，在屋顶地板开洞，咬坏家具，挖坑掘土掀草皮，无恶不作。

再一问邻居，浣熊是狂犬病毒的携带者，身上的寄生虫也多，只能弄走。

外公外婆使出十八般武器，诸如辣椒粉、牛至叶粉、土狼尿……最后还是噪声管用，浣熊妈妈忍无可忍，带着几只宝宝搬家了。

粉兔子大喜："那我马上回来，最怕跟外国人打交道了，比画半天还说不清楚。"

乐有薇和秦杉到了城堡，粉兔子还没回。乐有薇只见过卡通形象的浣熊，城堡外面，秦杉和她绕来绕去找浣熊，它们似乎藏在通风管道里，太高了，看不见。乐有薇想找棵好爬的树，看到一棵乌桕树，惊讶地道："树根都热得冒烟了！"

这棵乌桕树是斜着生长的，秦杉蹲下身查看，它表面没有洞孔，但往外散发着一团团烟雾，他说："内部在闷烧，得锯掉。"

粉兔子说家里没有电锯，只有菜刀，秦杉说："菜刀也行，让她快点回来。"

乐有薇见他脸色严峻："马上会被烧倒吗？"

秦杉抬头看城堡，不能让树倒塌，砸到里面的路晚霞，砸坏这美丽的建筑。

等了半个多小时，粉兔子跳下车，飞跑过来，乐有薇说："他说可能是被白蚁蛀空了，我们得紧急砍掉。"

粉兔子回屋，抓出两把菜刀，递给秦杉一把："辛苦你了。"

秦杉和粉兔子挥刀砍树，汗滴如雨，乐有薇关注树干的倒向，三人嘻嘻哈哈地干着活。秦杉像是回到江家林那个雨后清晨，泡桐树干被锯掉时，树叶纷飞似蝶舞。

树快被砍倒，乐有薇跑去托着树梢，小心地把它放倒，欢快地说："鲁提辖倒拔垂杨柳喽。"

秦杉笑了半天，跟乐有薇在一起永远是热闹的夏天。乐有薇折回来看，根部被白蚁掏空了，树干内部是豆腐渣似的木屑，粉兔子说脸上直发麻，乐有薇问："为什么会冒烟？"

奥兰多雨水少，秦杉问："前段下过雨吗？"

粉兔子说："今年邪门，下了几场，今天早上还下过。"

雨落下来，被蛀空的木屑在里头腐烂，产生了沼气，再加上持续高温，导致自燃冒烟，粉兔子抹把汗："我和路姐被你们救了一命，搞不好就被砸到了。"

三个人合作，把乌桕树扛到角落。乐有薇送上给粉兔子和路晚霞的礼物，粉兔子看到班尼兔，面露悲伤，轻声说："谢谢你。"再看八音盒，"我刚拿菜刀时，路姐刚醒，我说你们又来了，不知道她听没听进去。"

粉兔子把礼物捧回屋，隔了片刻，她出来："路姐说，谢谢你们，但她精神涣散，作不了曲。"

乐有薇再次吃了闭门羹："没事，就当来看看你。"

粉兔子看看那棵乌桕树："我过意不去。"

秦杉说："等下就让人弄走吧。"

粉兔子叹气："等他们来找我吧，我英语不好。路姐一整天都不说两句话，我学英语又慢，自学太难了。"

乐有薇仰起脸，去看通风管道："浣熊在那里吗？"

粉兔子点头："对，早上晚上乱窜，吵得觉都睡不好，电钻声音真的有用吗？"

乐有薇要过粉兔子的手机，录了一段英语，保存在她手机里。假如噪声对浣熊无效，就把这段录音发给专业公司的人，他们就明白她的意图了。

粉兔子连声道谢，主动说她叫王春萍，27岁，她只比乐有薇大几个月，但坚持让乐有薇喊她姐。别人都叫她阿姨，小王阿姨，现在变成姐了，她心情好。

乐有薇说："我英语很好，你以后再有什么事，随时找我，我录给你，你再发给别人。"

王春萍得给路晚霞做饭，乐有薇和秦杉道了别，秦杉很失望："第二次来了，我还以为这次能见到路老师。"

第二次就和路晚霞的保姆拉近关系了，已然很有进展，但乐有薇顾虑重重："路老师都说得那么明确了，我们再来找她，会不会是在打扰她？"

秦杉想了想："我不知道她会怎么想，母亲去世以后，我说不出话，但对世界有感知，很明白不能一直那样。"

乐有薇有点发愁："但她封闭了内心，谁也不见。"

秦杉停住脚步："她是艺术家，精神领域很宽广，封闭不了全部，只是需要重新开启的契机。"

广告片男主角辛然在录制一档综艺节目，今生珠宝的微电影想同步上线，江天听到反馈，深感遗憾："只能这样了，哪有十全十美的，以后再说吧。"

乐有薇说："下次再拍广告，就再来。"

湖边有棵巨大的枫杨树，乐有薇和秦杉坐在阴凉处谈天，云海映在湖水里。黄昏时，烟霞如烈火，两人连连拍照，待到天黑透了，才去找餐厅吃晚饭。

楼上，王春萍拿着笤帚赶浣熊给乐有薇看，乐有薇不断回头看屋顶跑来闹去的浣熊，秦杉只顾看她。

很小的时候，秦杉很想要个妹妹，弟弟也行，那样他就能像个大猫，衔着弟弟妹妹到处玩。乐有薇说明天会给他惊喜，但她来到身旁，带来欢声笑语，就已是最大的惊喜。

乐有薇和秦杉约在次日凌晨四点半会合，秦杉不懂为什么要起这么早，但还是照办。

门口大巴开来，秦杉才知道，乐有薇准备的生日礼物是乘坐热气球看日出。他大喜过望，心如群鸟齐飞，哗啦啦。乐有薇塞给他一个面包，自己也叼一个："生日快乐。"

两人上了大巴，秦杉靠着车窗睡着了，翘着唇，像个猫猫头。乐有薇揪起他两撮头毛，对准他拍了一张照片，坏笑着用软件添了两只猫耳朵，再打开手机通讯录，给他当头像。

集合地点到了，游客们闹闹喳喳，秦杉醒来，乐有薇说："预订得晚了，没订到两个人的，我们只能和大部队挤一堆。"

秦杉觉得人多更好玩，和她一起登上16人位的热气球，飞越清晨刚刚苏醒的奥兰多。从高空俯瞰迪士尼世界、森林、湿地和湖泊，当太阳升起的时候，壮观得像置身幻梦。全场欢腾，秦杉和乐有薇都在摄录，腾出一只手击掌。

飞行员升降了好几次，让游客观赏不同角度的风景，周围五颜六色的热气球都在升起缓降，笑闹声响成了一片。

日光穿过云层，给每个人都镀上了一层金边，乐有薇自拍，秦杉凑过去，日出时分最美的一刻，手机里留下两张甜蜜笑脸。

飞行员的技术很好，乐有薇放松得像飘浮在白云上，专心拍摄湖水上的波光。秦杉看看她，又看看天空，这是母亲去世后，他过得最快乐的生日。

完美的飞行结束，游客们享受到香槟和烤面包，还获得了飞行证书和纪念照片。乐有薇把赠送的明信片填给陶妈妈，秦杉则寄给自己，填的是他位于休斯敦的家庭住址："25岁第一天，小薇在身边。"

乐有薇接连发了几组视频给郑好，郑好赞叹风景好，还说这样的时候应该是两人相拥看日出。乐有薇说眼睛看不过来，且忙着拍照录视频："还有两个肉嘟嘟的小朋友，又哭又笑的，我一会儿看景色，一会儿看他俩，笑得肚子疼。"

两个卷毛小朋友都可爱得像天使，视频里，秦杉抱起小男孩去够新生的太阳，它沉甸甸得像近在指间。郑好发来一行字："真为他惋惜，如果他抱你，你不会推开吧，今天寿星最大。"

秦杉和外公外婆分享视频，兴奋地讲着这是哪里哪里，乐有薇回道："幼稚鬼玩得很高兴，大呼小叫的，想不到别的。"

郑好说："风月无边岂可错过良机，他也太慢热了吧。"

乐有薇心想秦杉才不慢热，他比谁都直接，回复道："慢热不好吗，其进锐者，其退速，想想江天。"

秦杉租了车，开往太空中心。车开到停车场，他扭头一看，乐有薇陷在副驾里睡得香喷喷。

天气热，乐有薇额角沁出汗珠，秦杉凑近，再凑近，连她脸上的绒毛都看得一清二楚，心动得不能自已。双唇几乎相接之际，乐有薇动了动，空气凝固了。

乐有薇歪着头接着睡，秦杉屏住呼吸，艰辛地把意识找回来，拉上遮阳帘。白得像香草冰激凌似的人，不能被晒化了。

乐有薇睡醒了，秦杉在画远山寺那对掐丝珐琅宫灯的内部结构图，他想做个去掉鎏金、镂雕和掐丝等工艺的简易版："以后挂在你阳台上。小薇玩会儿手机，我先把这一块画完。"

秦杉低头继续画，漆黑的睫毛轻轻闪动，乐有薇静静地看他一阵："这么复杂的灯也会啊？"

秦杉说："这个结构不难，不懂的就让大东师傅教我。"他给乐有薇看细节图，"看这里，上沿饰镂空围栏一周，下束腰也镂空，类似家具里常见的涤环板。"

秦杉头顶有个旋儿，像清白无辜的眼睛，乐有薇对着它吹了口气，笑着离开。

蒲公英飞了起来，毛茸茸的。

秦杉静止几秒，乐有薇去换门票，她的脚步声很轻，气息也很轻，柔软得像白纱。

幼时住在休斯敦，一日一日都是晴好的天，秦杉最喜欢躺在草坪上玩电动飞机，母亲哼着歌，把窗帘都换成白纱。

母亲送给儿子最多的礼物是航模，她所在机构正在研发单人飞行器，阳光很香，白纱在微风里荡漾，母亲说："我们下周又要试验，带你去参观！"

那是记忆里最好的，最好的时光，跟现在一样。

在太空中心，乐有薇看到各种太空船及火箭展览场，目不暇接："讲给我听。"

在火箭升空模拟室内，乐有薇也玩得大呼小叫的，秦杉说每当航空飞机发射升空前夕，会有几十万游客拥入，在附近露营，观看发射盛况。乐有薇神往不已："以后我们也来看！"

真高兴和她是"我们"，还拥有"以后"，秦杉开心得要命："当然要再来。"

乐有薇兴高采烈："下次时间充裕就来度假！把春萍也喊来。"

王春萍陪伴路晚霞，受制于英语不灵光，深居简出，乐有薇猜她也会喜欢迪士尼。

在太空中心玩了一整天，两人去海边餐厅吃饭，乐有薇提前订了一只红丝绒蛋糕。等秦杉许完愿，她吃一大半，秦杉吃一小半。连日来勤奋地摄入热量，她胖了三斤，还得再吃些，达到她的理想体重。

吃完生日宴，两人在海边漫步，夜宽广极了，也亮极了，星子擎着灯。有个亚裔女人挽着丈夫，丈夫抱着女儿，女儿拿着气球，说说笑笑地走过。乐有薇看着他们，她从前气盛，说要扬名立万赚大钱，但如果能顺风顺水，平凡安宁过一生，就是福分。

秦杉回纽约的航班更早些，磨蹭到广播响起，该去安检了，乐有薇摸摸他胸前的圣克里斯多夫勋章："下次见。"

真想听到她说明天见，秦杉张开双臂，抱了抱她："小薇，我这两天过得很开心。"

乐有薇说："我也是。"

走出一段路，乐有薇回头看秦杉，他在过安检，忽然也回了头，远远地挥挥手。

回云州后，乐有薇洗浴换衣服，出门和郑好吃午饭。等待上菜时，乐有薇整理在美国的照片，郑好看到她偷拍的秦杉睡相，吱吱笑："光添上猫耳朵哪够，我来加胡须。"

乐有薇抢过手机："吃你的沙拉！"

郑好在减肥，愁眉苦脸地吃鸡胸肉，肉柴得像在吃碎纸。江天召唤乐有薇，他跟方瑶分手了，想找人说话。

开车去今生珠宝旗舰店的路上，乐有薇发现自己好像又被人盯梢了，她把车开到辅路停下，尽管相隔还远，什么都拍不清，但她还是举起手机拍了一下。

江天准备了两扎橙汁，天颜集团拍卖会后，方瑶几次要求他喊来乐有薇，她觉得乐有薇得当面向她道歉。

乐有薇问："是为了我在你爷爷家打她那一巴掌吗？好说，她向郑好道歉，我就向她道歉。她在大都会博物馆，对郑好夹枪带棒。"

江天恼道："我最气她总跟你过不去，跟她谈分手了，她说分手就分手。"

江天气呼呼，乐有薇笑起来："为我闹别扭不合算。"

上次方瑶主槌天颜拍卖会，江天又是送花篮又是开香槟的，全是被方瑶要求的，不然他就得每天接送方瑶上下班。两害相权，他选了个只用花钱的。

当时，方瑶担心乐有薇不去现场，让江天去请："我们是一个大项目组的，她把天颜大厦拍出高价，我也完成任务的话，我们是双子星闪耀。"

江天明白自己被方瑶当成了打压乐有薇的工具，但那时他对方瑶食髓知味，忍了，但方瑶总想让乐有薇道歉，他不干。

乐有薇说："整个贝斯特的人都传说我被高富帅男朋友江总甩了，她还不知足？"

江天托腮："依我之见，你可以立刻从了秦，让整个贝斯特的人知道，是你甩了我。"

乐有薇笑笑，回到家，说起江天和方瑶分手，郑好恍然大悟："我就说这几天在天空艺术空间，她又看我不顺眼呢，原来是在闹分手。"

乐有薇警惕："她又挖苦你了吗？"

郑好忙道："那倒没有，不过公司有个男的这几天老接送她上下班，长得一般，个子也不高，佳宁说他有女朋友。"

乐有薇一问，那人叫钟泽康，他女朋友是他高中同学，谈了多年恋爱，但公司新员工里只要有富家女，钟泽康就去追，不过没人中他的计，方瑶看着也不像。

郑好不解："他女朋友也是我们公司的，这样都不分手？"

乐有薇说："要分早分了。"

男人没有自知之明的很多，跟你在一起心有不甘，总想去攀附别人，攀不上就缩回来；女人怕孤单，宁可活成他人眼里的笑柄，仍能自我安慰："她能干又怎样，还不是没人要，老娘可是有主儿的人。"

乐有薇倒时差，后半夜才睡着。她早出晚归，见完这个客户见那个，为年度秋拍揽业务，一直没跟叶之南见面。郑好参与江知行个人作品展筹备工作，倒是每天都能见着他。

歧园的史料馆有四个展厅，江知行个人作品展将占用其中一个展厅，叶之南带着策展组在天空艺术空间搭出相似的格局，进行预展，从搭景到展出作品的陈设，都亲自动手。

叶之南站在升降机里指挥摆放画作，他穿立领衬衫，站在光源下，像被打上了柔暗的滤镜，像个中世纪的贵族，郑好看得痴迷。

江爷爷的作品好归好，但郑好不明白叶之南为什么把它们看得那么重，对乐有薇说："他说是共同探讨，但我觉得他是在手把手教我们。"

乐有薇不认为叶之南对江知行的作品过于偏爱，他是个做事情的人，想为当代艺术做点事。她说："你没发现吗，师兄把工作重心转到天空艺术空间了。"

想念依然存在，但工作能填满一切。唐莎换了人跟踪，又被乐有薇发现了。这次她开足马力，猛然倒车，逼得跟踪者落荒而逃，但被她拍下数张较为清晰的照片，报了警。

唐莎怒骂跟踪者："你不是专业的吗？不是让你别跟太近吗？"

跟踪者很委屈，那女人估计是亏心事做多了，很狡猾，会把人引到对她有利的地方，然后伺机观察，还轻蔑地调戏他。他认为乐有薇是存心激怒他，如果他胆敢有跟踪以外的动作，乐有薇就能把他揪住。

叶之南回国有时日了，但他和乐有薇似乎没见过面。唐莎狐疑，也许自己弄错人了，叶之南心里的人不是乐有薇，而是陈襄。

贝斯特的内线说，陈襄曾经是叶之南的未婚妻，有且仅有这一位走到了谈婚论嫁的地步。唐莎找人查过，陈襄住在加拿大维多利亚的一所教会里，她决定把主要精力放在那边。但乐有薇这里还得再跟一阵，越避嫌，可能心里越有鬼。

业务部通知乐有薇领受新任务，拍卖37辆豪车。豪车是真豪，最便宜的也值好几十万，上千万的超级跑车超过半数。

这批豪车是法院不良资产的一部分，另外还有海内外的房产上百套，将进行线上拍卖，剩下的实物比如古代字画、当代书画、瓷器和古玩杂项、名表和珠宝首饰等，都是线下现场拍卖，贝斯特一众拍卖师都有主槌任务。

拍卖会被冠以"用之于民"的主题，拍卖款将用于改善公共设施，对高铁站、过街天桥和机场的楼梯进行改造，统一配备上下行电梯，方便负重的市民出行，还将在全省范围内打造方便残障人士的便捷通道……都是民心所向的举措。

乐有薇负责的那37辆豪车原本属于蔡晓禹的独子蔡哲。蔡哲在云州是个挺出名的纨绔子弟，因撞上高速公路护栏和市中心隔离带，上过几次新闻。

华彩窑炉是家族企业，当家人蔡晓禹被查，被冻结扣押了个人全部财产，还将面临漫长的监禁。雪上加霜的是，集团对赌失败，上市失利，须回购投资方的股权，加上投资款和利息，共计8亿人民币。

蔡晓禹被拘押，投资方把蔡家母子和亲属都告上了仲裁庭。蔡家母子既要为蔡晓禹的官司奔走，还得履行股东责任，但他们无力支付巨款，被迫出让股份还不够，蔡哲的37辆豪车也保不住了。

大案里连着大案，钱里套着钱，云州全城都在期待"用之于民"系列拍卖会。公司的鉴定师也开了眼界，按以往的经验，大多贪官收藏的古玩字画多为赝品，有的还假得很离谱，相当于美院新生在景区里现场作画，30块钱一幅的水平，但俞伯清等人雇了几个高人帮着掌眼①，好东西颇不少。

司法拍卖主力拍卖师石庆生本是豪车拍卖会第一人选，但赵致远说想让儿子也练练手，石庆生改而主槌名表专场。

洪经理喊赵杰签字认领豪车拍卖会，赵杰回绝了："我对车没兴趣，连驾照都懒得考，您也知道吧？"

慈善拍卖晚会和天颜大厦拍卖两场拍卖会让人看到乐有薇的潜质，她情感充沛，感染力也强，理应给予更多锻炼机会，但豪车拍卖会是大场合，喻晓实战经验丰富，发挥更稳定些。洪经理难以抉择，吴晓芸问："有薇做哪场？"

洪经理说："女人们的奢侈品多，首饰衣服鞋子包，要做好几场，我想让她负责两场。"

吴晓芸说："让有薇做豪车。"

豪车拍卖会定在绯云湖公园广场，露天举行，37辆豪车依次排开，面对所有老百姓现场拍卖，场面必然是人山人海。洪经理对乐有薇推心置腹，老板钦点她主槌最有排面的一场，可以说是隆恩，万望她珍惜。

拍卖师们纷纷道贺，这说明乐有薇被吴晓芸视为公司拍卖师里的门面了。乐有薇个人认为，从综合实力来看，喻晓比她强，气质温婉大方，样貌也更出色些，吴晓芸却没选她，乐有薇很怀疑跟天颜大厦那场拍卖会有关：秦望截住秦杉，被吴晓芸助理看出问题了，吴晓芸因此产生不太妙的联想，想再观测一回。

网上司法拍卖的豪车评估价经常比市场价低，甚至是"贱卖"，然而问题也多，不可能真有大便宜给你占。省高院和贝斯特双方综合考量，为这批豪车举办传统型的现场拍卖会，之前有为期一周的预展时间，竞买人可现场测评车辆。

乐有薇带着团队成员去看车，蔡晓禹为儿子买了停车场，如今停车场被查封，蔡哲的车整整齐齐地摆在那里落灰。

众同事拍着照片，乐有薇突然想，秦杉不和父亲相认也好，巨额财富总伴随着巨大的危险，如果支配金钱的能力不够，可能会被反噬。

---

① 掌眼：文物界术语，指由具备专业知识的鉴定人员对文物、艺术品等藏品的年代、材质、完残状况等进行鉴定的过程。

为豪车做评估的公司在省高院有备案,工作很实事求是,连某辆车"内饰破损不堪,主驾驶位座椅真皮开裂程度严重"都如实公告。程鹏飞对照着公示表查看汽车,最便宜的那辆是五年前的款,但公告显示"已经跑了18万公里",黄婷说:"怪不得便宜得吓死人。"

各方都很严谨,摆足了诚意,乐有薇约了江天,他在豪车领域是行家。

37辆豪车里,贵的那些江天大多开过,从性能到特点到心得,说得洋洋洒洒,没开过的他找朋友问一声,也都收到了真知灼见。

乐有薇对汽车了解不多,把江天和他朋友的话语都录了音。江天还提了个建议:"车不开也会有问题,官方评估报告是去年底出具的,有大半年了,你找行家再盘查一遍。"

乐有薇想请江天吃顿晚餐,方瑶来了,一见到她就怒吼:"他是我男朋友!"

乐有薇说:"不是前男友吗?"

"是什么都不关你的事!"方瑶冲过来要甩她耳光,乐有薇灵巧闪过,没回击。大部分人分手都分得拖泥带水的,没准这两人又能好得如胶似漆,她得给江天面子。

方瑶不甘休,又是一耳光扇来,被江天拿住手腕,推倒到沙发上就亲。乐有薇拎包就走,唐莎阴险,躲在暗处,方瑶多少是个坦率人,想要什么都明着要,她表示欣赏。

江天含住方瑶的唇,方瑶唔唔两声,投入地和他亲吻。显而易见,江天还是她的,她赢了。

乐有薇轻轻带上了门,江天下一秒就把方瑶推开了,他已看到方瑶锁骨边的吻痕,黑脸问:"是谁?"

方瑶哼道:"你别以为我不知道,你前几天也找别人。"

江天盯住她,咬着牙问:"我问你,他是谁?"

方瑶不说话,江天说:"钟泽康。"

方瑶没否认,也没回答。江天起身往外走,被方瑶从身后抱住:"对不起,我错了,你别去找乐有薇。"

江天甩开她:"我不找她。"

方瑶问:"你去找钟泽康?"

江天拉开门:"你走吧。"

方瑶怒了:"你也找过别人!"

江天手一指,把方瑶轰了出去:"你现在就走,马上。"

方瑶在走廊上站了片刻，确定乐有薇走远后，按了下楼键。江天因为钟泽康对她发火，说明他内心是在乎她的，她另找时间再来便是。现在她要去搞清楚，江天是怎么知道钟泽康的，她对天发誓，她和钟泽康只是喝多了有过一次。

乐有薇找洪经理汇报情况，申请再对37辆豪车做个检测，很快得到法院的反馈："我们会配合你们。"

随后乐有薇去江天介绍的一家车行，跟两个行家谈定合同。车不比其他拍卖物，好几万块起拍，还直接关系到人身安全，她得对从自己手上拍出去的东西负责。

工薪小百姓既想图点便宜，又想有点享受，竞拍豪车很正常，但万一出了意想不到的状况，打起官司既费钱又受折磨。还有的人可能惧于和国家单位对峙，迁怒于拍卖师。张帆张珊对乐有薇的报复，让她心有余悸，小心行得万年船，永远是真理。

乐有薇带上众同事，以及两个行家泡在车库里，细到"驾驶位车门下方，一道从前到尾的深度划痕，约12厘米长"都添加进公示里。

行家们盘查出了新问题，乐有薇把资料汇总，提交到业务部，业务部一一做出整改。被老鼠咬坏线路的那辆车被拖到修车厂，维修费花了三万多块，加进底价。

银耳羹在定时炖锅里炖了一下午，郑好盛出来给乐有薇吃，自己啃着黄瓜，幸灾乐祸地聊起方瑶。公司的人都在传她和钟泽康睡了，有鼻子有眼的，听说还传到江天那里了。江天拒绝跟方瑶复合，已找上了新欢。

乐有薇分析传闻是钟泽康自己散布的，想断了方瑶的后路。古往今来，都有男人设局套牢富家小姐，但方瑶不是善茬，据何云团传出的最新消息，方瑶在逼迫钟泽康道歉，承认他是捏造的，不然就让他辞职滚蛋，还扬言："我让你在云州也待不下去。"

乐有薇泡在车友论坛，了解最贵的那辆车的知识点。郑好起夜，乐有薇还没睡，郑好很无奈，这人从小就有一种很单纯的价值观，只要成绩够好，就能横着走，这种观念促使她在一条道上勇往直前，对待学习和工作都有自己的方法论："你的地位，由你的业绩带来，你就是自己的金字招牌。"

郑好认为乐有薇是对的，方瑶敢威胁钟泽康，但不敢对乐有薇放狠话。云州这么大，不归方家说了算。

"用之于民"主题拍卖会第一场拉开帷幕，秦杉和江知行艺术馆的项目经理等人回国了。

抵达云州是清晨，秦杉在酒店办入住，一回头，看到乐有薇走进大堂。

江天受秦杉所托，在云州为他物色了岩土工程师团队。江家林地理位置特殊，需要有专业人员负责地勘等相关工作，包括布地勘点、整理管理地勘报告等，等秦杉完成方案设计和初步设计，机电师等人也要跟进。

秦杉本计划先跟岩土工程师团队见个面，下午再和乐有薇相聚，但乐有薇提前来了，他喜出望外。

乐有薇还没吃早餐，秦杉带她去酒店边上的面包房吃东西，迫不及待地捧出送她的礼物，是几对耳环，长的，大的，造型夸张的。乐有薇掏出小化妆镜，放在耳边照着："都好看，你挺会买嘛，给别人买过？"

秦杉摇头："Eva和你有几分像，我看她挑过类似的。"

乐有薇眉一抬，秦杉接着说："她是江天交往得最久的一任女朋友。"

Eva是时尚买手，热爱收罗稀奇古怪的玩意儿，秦杉去她常去的设计师品牌店买到这些耳环。乐有薇挑出一副，用酒精棉片消毒，戴上了："最久是多久？"

秦杉说："那年春假到暑假，他们一直在一起。"

乐有薇笑起来："还真够久的。"

江天准备了接风宴，让乐有薇安排夜生活，乐有薇听说项目经理是西班牙籍华裔："那就在U&H酒吧，有弗拉明戈舞哦。"

早餐后，乐有薇去看同门邹嘉让主槌的瓷器和古玩杂项拍卖会，上座率很高。凌云和喻晓也都到场观摩学习，她俩是乐有薇竞争司法拍卖主力位置的主要对手。

邹嘉让这场平淡收场，成交率一般，多是收藏家和投资客买单，平民百姓纯粹是来看热闹的。柳成章对乐有薇耳语，这是必然的，很多人家在用不锈钢盘子或搪瓷碗盛菜，瓷器有多美，他们不感兴趣。

下午，乐有薇和同门师姐乔蓝结伴观摩公司司法拍卖第一人石庆生主槌的名表专场，场面算是火爆。腕表是能戴出去的东西，同等价格，普通人大多会选择它，而不是一只花瓶。

乔蓝是叶之南的徒弟，比乐有薇年长几岁，入行前在汽车网站工作过。乐有薇请教到傍晚，请她吃晚餐，放了江天的鸽子："我们直接在酒吧见吧。"

江天透露一条消息，早上乐有薇一走，秦杉就不见了，中午没和大部队吃饭，下午和岩土工程师团队见面时他才回来，问他去哪里了，他只笑不说话。晚上吃完饭，秦杉把碗筷一扔，又跑了。

江天和乐有薇约在U&H酒吧碰头："秦一整天都神神秘秘的，你把他喊来，我要审他。"

江天一行先进去，乐有薇在门口等了一刻钟，秦杉到了。他换了一身新衣服，白T恤配浅蓝色牛仔裤，像新雨洗过的春山。等他走到近前，乐有薇嗅嗅，发现此人不光是打扮了一番，他还、还喷了香水。

看来秦杉把今晚当成正式约会了，乐有薇好笑道："江天教你的？"

秦杉有点儿蒙，自己也嗅嗅："这不挺好闻吗，竹叶香。"

"你喜欢就好。"乐有薇手插裙兜，轻快地走进酒吧。竹叶香是好闻，不过秦杉不用香水更好闻，清新朗然，如潇潇风起。

秦杉懂了，乐有薇不喜欢他用香水，她自己也不用。但他马上发觉，今晚是来看弗拉明戈表演的，而不是像上次在纽约，台下的人也跟着乱跳，他失望得很。

乐有薇说晚上要去酒吧，秦杉一大早就跑去找舞蹈培训机构，跟着老师学跳弗拉明戈，太难了，难于上青天。他想起那天乐有薇和郑好跳的舞，比画给老师看，老师跳给他看，猜了一圈："是爵士舞，还有些踢踏舞的动作。"

秦杉勤学苦练，终于等到乐有薇召唤，撇下老师就跑，老师说慢着，从包里抓出香水就喷，还祝他今晚一举得手。

秦杉双脚踢踏踢踏，乐有薇看明白了，他是学跳舞去了。她说："我们换一家能跳舞的。"

秦杉高兴坏了，换到附近的迪吧，他跳得像模像样。乐有薇和他相对跳了一阵，几个年轻女孩过来，迅速和他俩打成一片。

江天看呆了："天哪，天哪！以前教你，你还说比格斗难。"他转头对乐有薇说，"把自己绊倒两次，再也不学了。"

秦杉说："是难，想着唐玄宗的马都会跳舞，我一定要学会。"

乐有薇笑得快从椅子上翻下去了，看来这家伙送给外公的那只仿鎏金舞马衔杯银壶没白买。

江天眨巴眼睛："唐玄宗的马？你俩怎么有那么多暗号？"

秦杉和乐有薇笑成一团，乐有薇在他头上比画兔耳朵："哪用专门去学啊，跳个兔子舞就好。"

秦杉喝了半杯威士忌，就开始说胡话，沮丧地说："不是猫了吗？"

乐有薇打开手机通讯录，秦杉看到自己的照片上有两只猫耳朵，正傻笑，乐有薇把他的名字改成秦妙妙，他抓抓头发，乐有薇嘴角笑痕更深，删掉妙妙，重新打字："妙妙是你的猫，不能重名。"

她真好看，还总是坏坏地笑，秦喵喵，好吧，那就秦喵喵吧。尤其酒吧此时的音乐是 *keep me high*，女声如娇吟，销魂蚀骨，秦杉盼着乐有薇像上次在纽约那样，挨个亲过众人的脸，但今晚郑好他们都不在，他的期待落了空，悻悻然去叫酒，转头就看到江天和其中一个女孩吻到一起。

女孩小脸大眼尖下巴，乐有薇问："真和方瑶分手了？"

江天摇着骰子，很气恼："但凡她睡个能看的有品的，我都能回收几天，她倒好，什么脏东西都往床上带，侮辱谁呢？"

钟泽康风评极差，样貌也普通，乐有薇晃着手掌试探道："那下次该扇她，我照扇不误哦。"

江天不在乎："扇吧，天下名器多的是。"

众人离开酒吧，江天和女孩搂搂抱抱，秦杉得倒时差，乐有薇不让他送，但他坚持喊出租车送她回家。

街对面，一辆黑色汽车悄无声息地开走。几任跟踪者都说，秦家大公子眼里只看得见乐有薇，乐有薇但凡有点头脑，就会死死抓住他，叶之南想从秦公子手里抢人恐怕没希望，而且他看起来也没有要抢的意思。

唐莎今夜亲眼看清楚了，他们此言不虚。她得飞去加拿大维多利亚，和那个叫陈襄的女人交交手。

贝斯特的员工说，叶之南和陈襄不知何故分手。之后，陈襄回到童年时生活的维多利亚小城，入了教会，穿黑衣，再无欢颜。夜机上，唐莎的感受难以自明。

江天一觉睡醒，昨晚在酒吧跟他一拍即合的女孩在梳妆打扮，她得回家换衣服再去上班，不能穿昨天那套，否则全部门的同事都将知道她夜不归宿。江天搂住她："上午请假，先去吃早餐，等商场开门我陪你去选。"

酒店就餐区，秦杉对江天说："那边的橙汁很好喝。"

江天张口就来："谢谢爸爸。"

秦杉第一次向乐有薇表白那天，江天说："她要是同意，我喊你爸爸。"

秦杉傻乐："小薇不是我女朋友。"

江天说："还不是而已。"

女孩去帮江天取餐，江天抓起秦杉盘子里的烤面包片吃："据我观察，你很有希望。"

秦杉的眼睛唰一下亮了："观察到什么了？"

江天说不出一二三四，但乐有薇昨天跟秦杉说话，脸上泛着柔光，眼睛不自觉地弯起，声音也软软的很甜腻，女人在她感兴趣的人面前都这样。他说："她对你有点不同了，你没发现？"

秦杉看不出乐有薇态度有变，从一开始，乐有薇就对他很好，并且能够宽谅他的无知和幼稚。

女孩端来橙汁，江天拿起就喝："具体也说不上来，反正你优势很明显，坚持住。"

秦杉问："我有优势？"

江天点头："多得很，脸皮厚，人也钝，熬得住。"

秦杉噢了一声，这叫优势？

女孩接口道："我听懂了，水滴石穿，是不是？"

江天语重心长："对，我女人是明眼人吧。但有一条，你得严防死守，别让她和她那位师兄经常见面，不然你这江山打不下来。"

叶之南和乐有薇不可能永远不见面，秦杉喝了一大口苦咖啡，愁人。

江天指指自己："你看我就知道了，情场上唯一的败绩，就是被叶打败了，你自求多福吧。"

Eva才是他的败绩吧，那个夏天，江天把头埋在膝盖里，泪如雨下。秦杉瞧着江天，女孩问他："你们在说谁啊，你叫什么名字啊？"

秦杉说："秦杉。"

女孩用手指在桌上划着："我叫费文婧，女字旁加个青。"但她不知道，秦杉记不住江天大多数女朋友的名字，江天说过，只要他把最贵的酒点上一打，女孩就会自动贴上来。

很久没见到江家林的孩子们了，秦杉上午和团队开完例会，去买零食和玩具，再找乐有薇："中午我们去吃广东菜吧。"

昨晚两人就约好了吃午饭，但乐有薇说夏至刚才联系她了："他要来找我，你先来我办公室喝茶。"

秦杉也想见夏至，打车去贝斯特。赵致远和赵杰并肩走出大楼，秦杉从出租车上下来："赵先生，您好。"

赵杰笑问："回国啦，来找有薇？"

秦杉点头，往大楼里走，赵致远转头看他："有薇男朋友？"

赵杰谨慎地回答："好像还不是。"

赵致远问："富二代吧？"

赵杰本想说秦杉可能是秦望的大儿子，把话吞回肚子里。吴晓芸另外几项生意，父亲也入了股，两人以利益结盟，走动得频繁，既然乐有薇没声张秦杉和秦望的关系，他就不给乐有薇找事，作为同事，乐有薇对他无可挑剔。

话说回来，这对父子关系瞒不了太长时间，秦望偌大家业，总得找个继承人。吴晓芸的儿子秦峥还在读高中，但秦杉子承父业，秦望不培养他，还能培养谁？

赵杰近来对父亲很有点意见，父亲明知他对司法拍卖没兴趣，上次强行让他主槌那套法拍房，这次"用之于民"主题拍卖会，古代书画本可以和当代合并一场，文房用品也能和古玩杂项合并，但赵致远和业务部协商，将其拆分开来，让儿子主槌当代书画及相关物件。

赵杰想不通："你干吗一定要我做司法拍卖？"

赵致远不悦："豪车你不做，你说你对汽车没感觉，当代书画又怎么你了？"

犯罪分子的古代书画尚有好东西，但当代书画几乎都是名流的敷衍之作，社交场上互相交换和吹捧所用，多半还写有"某某雅正""某某笑存""某某清鉴"等敬辞，怎么拍卖？

赵致远说："你那场文房用品居多，它们又没写名字，还多是好货。"

赵杰似有所悟，父亲也许是想请李冬明到场。如果李冬明对哪件物件有偏爱，下次父亲就能按图索骥送去了，李冬明收不收是一回事，父亲送不送是另一回事。

赵杰很气闷："晚上不回家吃饭了，我和娜娜去苏州吃面。"

娜娜说剧组很累，每天下了戏就瘫了，最近都半个月没约会了，赵杰喊来司机小贾，油门一踩，奔向位于邻市的影视基地。

秦杉一进门就又看到墙上的"每临大事有静气"，乐有薇给他倒茶："袁婶说严奶奶早就修复好了《瑞鹤图》，你下次捎来哦。"

夏至在欧美拜会了很多客户，乐有薇和他交换礼物，是她在美国做完伽马刀治疗就买好的日本香，香气纯正，长条香盒上是娟秀的楷书：云井。夏至送出的是一件汉代瓦当，装在四方盒里，它保存得很完整，称得上是全品，上面刻有"长乐未央"四个字。

瓦当是中国古建筑的重要构件，它是接近屋檐的筒瓦的瓦头，形状有半圆或圆形，表面多装饰有花纹或文字。它既能保护房屋椽子免受风雨侵蚀，又有装饰功能，秦杉对它不陌生。

夏至这件"长乐未央"是在伦敦一个拍卖会上拍得的，不贵，但寓意好，乐有薇喜滋滋地摆上办公桌，把沙漏靠在它背后当支撑物，连拍了几张照片，发到朋友圈里。

别人送礼物这么有创意，自己却只送了司空见惯的耳环，秦杉心里不是滋味。夏至是乐有薇的同袍，自己都被比下去了，叶之南是乐有薇的心上人，怎么办？

夏至近来周游列国，收获甚丰。三人在贝斯特旁边的餐厅吃午餐，夏至讲到专业时，乐有薇时不时对秦杉做补充说明。秦杉很懊恼，夏至在台上讲得好，在台下也能自如表达，他想自己还得继续练习和别人沟通，不能把外事都交给项目经理。

慈善拍卖晚会过后，乐有薇和夏至各忙各的，一直没见上面，吃完饭，三人换到二楼的咖啡座接着聊。

业务部门为夏至的秋拍筹集了不少好东西，但也有遗憾。一位老客户出让吴道子、李公麟和赵伯驹等人画作，夏至寄予厚望，赵致远带着人欣喜地扑去，但经过鉴定发现仅有赵伯驹一件是真迹。

另一名藏家收藏的无名画作是汴京水戏争标场面，有《清明上河图》的局部魅力，全图千余人，微小如蚁，但神情生动，姿态各异，图画左侧的粉墙上有楷书"张择端呈进"五字款。

赵致远率领的鉴定团内部有争议，有人认为是张择端早期作品，也有人认为是南宋人的摹本，但公认此等精细熟练的工笔画出自高手，赵致远请来鉴定大家一同鉴别，采纳了南宋摹本的结论。

画作被命名为《汴京水戏图》，作者佚名，立刻下去了好几个价位。赵致远叹息："没办法，总得为买家把好这道关。"

聊到半途，美术指导常伟亮来了，照常嬉皮笑脸的，管乐有薇叫妹妹，还拍秦杉的肩："大建筑师，好久不见。"

常伟亮刚和一部武侠电影签约，是清朝背景，有关血滴子的故事。电影换了7拨编剧，在做第16版剧本，如此没头没脑地折腾人，注定是烂片，常伟亮不急，但他去年接的历史正剧正式立项了，他要忙起来了。

电视剧主线是宋太祖赵匡胤的戎马一生，常伟亮想多了解朝代服饰、朝堂和府邸的制式，以及当时的习俗等。乐有薇昨天就跟夏至通了气，夏至说："让他来找我。"

宋代古画史料价值高，还时有精巧的建筑和家具可看，乐有薇拉上秦杉，一同去夏至办公室。

秦杉明天才回江家林，乐得和乐有薇多待一阵子，但他很容易就发现乐有薇和夏至之间非常亲厚，也非常默契。夏至为常伟亮讲述古画，乐有薇端茶倒水拿点心，夏至没往那边看，就能准确地接过茶杯，他说到某幅作品，乐有薇立刻能从她的资料库里把对应的图片翻出来。

秦杉一句话都说不出来了，乐有薇说他是自己人，但夏至是她的自己人里最要好的那个。他观察到，乐有薇和郑好之间虽然很亲昵，但她面对夏至，眼中无时无刻不带着笑意，是很喜欢很欣赏一个人才会有的目光。

乐有薇每次谈到齐染和杨诚时，眼中也有这种光彩。秦杉忽然觉得，郑好是乐有薇的亲人，但夏至、齐染和杨诚等人，才是她主动喜欢、主动选择的朋友。他甚至有一种感觉，乐有薇一定喜欢过凌云，凌云那样恶劣地对她，但她依然体恤凌云。

慈善拍卖晚会现场，夏至统共只和秦杉说了几句话，秦杉误以为他也不能说，油然生出亲近感。当晚，他查看夏至主槌的拍卖会，才明白人家口才很好，只不过在拍卖台下，他只愿跟看得上眼的人说话。

这次见面，秦杉意识到，在夏至心中，乐有薇也是他极其重要的朋友，他为常伟亮讲解一下午，只因受乐有薇之托。当他讲完，常伟亮请他吃晚饭，他恢复冷淡："不用了。"

夏至对乐有薇说声我走了就离开办公室，乐有薇一句都没留。秦杉更低落了，特别好的朋友才不用事事客气，乐有薇对他可没这样，他上次给她买张回国机票，她说下次一起旅行，费用归她，还强调了好几遍。

常伟亮招呼乐有薇："妹妹，我们去吃饭，大建筑师也一起。"

大建筑师双眼无神，呆滞得像是快睡着了，乐有薇记得他很不喜欢常伟亮，推辞道："我晚上还有事，下次带您去库房看具体细节，我们再约饭吧。"

送走常伟亮，大建筑师想出能为乐有薇做什么了："小薇，今年秋拍你那场，预展陈列台我来做。"

乐有薇笑着拍掌："那我们今晚去吃海鲜粥，喊上你团队的人一起。"

江爷爷赠送腰刀时托付乐有薇出面带团队和郭立川接洽，但月底就是豪车拍卖会，这些时日她必然很忙碌，秦杉不让她随行。饭后，乐有薇和团队成员聊到夜深，他在一旁补充。

第二天一早，秦杉和团队成员回江家林，下午一起去见郭立川书记，乐有薇全程连线，随时策应双方的沟通。

晚上回到善思堂，放下行李，秦杉跑去白潭湖，看望他种在湖畔的那枝蔷薇。出国前他嘱托小五代为浇水，小五一定偷了懒，但它活得不错，枝条齐发，形成了伞骨架般的株形，蔷薇不是娇气的花。

秦杉修了枝条，锄了草，坐在湖边沉思。他刚来江家林时，是江家在本地的远房亲戚为他跑前跑后地张罗，工人队伍都是对方找来的，一晃快两年了，他并没有多大长进，还得依赖乐有薇辅助，所以他必须坚持训练口头表达能力，早点和团队的人相处无碍。他很想当个让乐有薇欣赏的朋友，能像夏至那样和她交流。

赵杰负责主槌的拍卖会在即，赵致远登门去请李冬明。这次文房用品质量很高，笔墨纸砚不用说，单单是田黄石就有几十块，大块儿，漂亮极了，质量之高，没得挑。李冬明说没空，赵致远一走，他给乐有薇发信息："杂项不归你主槌吗？"

李冬明已经几次主动问话，乐有薇再搪塞就不合适了，但想到要去见他，她心怀抵触，散步去绯云湖公园踩点。

工作人员在广场上搭建拍卖台，乐有薇默念拍卖词，杨诚约她见面。上次天颜大厦拍卖会，正赶上杨诚去北京和男朋友罗向晖医生小聚，还特地订了花篮。

乐有薇赶去杨诚上班的云豪酒店，跟罗向晖的一位患者家属见了面。对方对其中一辆车很感兴趣，但比市场价便宜太多，他担心有隐患，想问问内部信息。

乐有薇详详细细地为对方做了介绍，他的心安定了，支付了竞拍保证金。杨诚忙完工作，来咖啡座找乐有薇时，对方已离开，乐有薇发着呆，杨诚问："有心事？"

乐有薇和杨诚称得上是倾盖如故，照直说了。杨诚在原单位没少见李冬明那种人，一听就明白，建议约在公开场合见面，面子给到了，大庭广众之下，李冬明不可能不顾脸面。

每周六下午，李冬明都会去少年宫给小学员辅导书法，当天中午，乐有薇赶去少年宫，就近找了一家路边小馆吃小菜。

同样是"用之于民"主题拍卖会，乐有薇主槌的是最好的那场，方瑶愤愤不平。江天不肯和她复合，乐有薇绝对添油加醋挑拨过，可乐有薇凭什么事业感情双丰收？

方瑶找上乐有薇团队的实习生，轻易问到乐有薇的动向，为之一喜。上次区区慈善拍卖晚会，李冬明都到场了，还欣然上台，这次拍卖会阵仗大，赵杰却请不来李冬明，乐有薇跟那老头必然有情况啊。

慈善拍卖晚会善款监管工作组人员都有秦杉的联系方式，方瑶拨打过去，对秦杉说："你追得千辛万苦的女人，在对糟老头投怀送抱哦。"

明天下午就是豪车拍卖会了，乐有薇把记事簿上已落实的工作一件件划掉，在小饭馆消磨到下午两点，踱去少年宫。

小学员们都想拿到本月的优胜证书，全力认真书写。乐有薇不请自来，李冬明很意外，喊上一名男老师："单老师对古玩也很有兴趣，一起聊聊吧。"

少年宫是老楼，院子很大，三人在凉亭里闲谈，单老师对古玩一点都不感兴趣，但知道李冬明是在避嫌。

一个两袖清风的退休官员，被打扮得朴素但还是很漂亮的年轻女人找过来，能不注意点嘛。单老师自认是李冬明的知心人，无论乐有薇说什么，他都接上几句，被旁人瞧见，只当乐有薇是他的学生。

乐有薇送出给李诗云的礼物，是几只手工发箍，花色都很好看，是她当小女孩时喜欢的小玩意。正待告辞，李冬明说他今天得给孩子们评赏，颁发奖状："崔老师请了病假，你帮着打打下手吧。"

乐有薇却之不恭，随他去辅导员办公室。办公室里还有一名男性工作人员，跟两人打过招呼，就知趣地背转身，专心看书。

乐有薇帮李冬明选出软笔和硬笔书法若干幅，李冬明看她一眼："站着多累，坐吧。"

乐有薇坐下，李冬明从鼓励奖写起，写到三等奖，他的胳膊和腿就贴过来了。正当乐有薇决意不忍时，秦杉突然跑进门。

办公桌是四角立柱，桌面底下无遮无掩，秦杉一眼看到两人并排而坐，乐有薇的裙子被撩到膝盖上，李冬明的裤管亲密地蹭着她的腿，面上却一派祥和，他写字，盖章，她把证书放在旁边晾一晾。

乐有薇来不及想秦杉怎么提前一天来云州了，如释重负地站起身，秦杉冲过来，拽着她的手就走。乐有薇抓过搁在桌上的包，回避了李冬明的眼神。

看书的工作人员没说话，身后的李冬明也没说话。乐有薇被秦杉拽到门外，她想挣脱他，他不放手，两人较着劲，一路走到院子里。

走出少年宫，顺着老街走了几百米，乐有薇开口了："小杉。"

秦杉脚步停住，看着前方，没回头。乐有薇看不到他的表情，但不用看，他肯定黑着脸。她语气平静："你看到我另一面了，还无条件理解我吗？"

秦杉紧紧攥着她的手，手心全是汗也不放开，他必须抓点东西，不然他会冲回那屋子，去踹那老贼。他刚才没踹，是清楚那是乐有薇认为用得着的人，她小心周旋着不发作，他只能忍。

街头人来人往，秦杉这才想到还抓着乐有薇的手，赶忙放开。是占据资源的人，把他们的资源握成了刀，他说："羔羊是无辜的，小薇，我还是无条件理解你。"

乐有薇心里暖意流动，但脸上淡淡的，语气也淡淡的："不无辜，去之前，我就知道他是怎样的人。"

秦杉是好人家养出来的孩子，那些晦暗和龌龊，他眼里放不下，也不能真正体会吧。他为乐有薇找了借口，但乐有薇不想让他委曲求全，何况委曲也求不到全。她干脆打开天窗说亮话，让秦杉知道她是什么货色："我以前就这样，我明白他们在做什么。"

初三时，外婆身体很差了，家里亲戚都让乐有薇读技校或职高，早点出去工作，长得漂亮，出路多，不一定要靠读书。乐有薇没听，以全市第六名的成绩考入重点高中。

迎新大会上，乐有薇代表新生发言，刚下来就被班主任喊到外面。教师节快到了，教育系统的领导要来学校视察，班主任特邀她和几名优秀学生向领导们介绍校园风貌。

乐有薇背熟资料，口齿伶俐地接待了领导一行。师长们都说，担任讲解的小功臣很辛苦，优秀学生们便也坐进了包厢。

筵席散后，教育局局长对校长说："是尖子生，要惜才啊，让她专注学业。"

高中三年，乐有薇学杂费全免，不用再去亲戚家坐冷板凳，也不用再让郑家父母半夜还在琢磨，对哪些红白喜事装傻，省下份子钱给她付学费。而摆脱困局，不过是靠着筵席上敬的那一杯杯可乐。

含羞带怯，掌中起舞，期待恩宠的角色，乐有薇无师自通，掌握了演法，在后来的人生里，她演过一次又一次。

大学一年级时，乐有薇在画廊打工，被很多人追求。有的人有家室，有的人有几个女朋友，也有中年离异者，不难看，找她买过几幅画，约她出去喝茶。

一壶茶还没喝完，男人就坐过来了，他的工厂做数控车床，服务于机械、石化和高速磁悬浮列车等产业，还有两个洗煤厂，身家还行。他说去年生过一场大病，对人生有了新感悟，生意交给合伙人负责，他想去澳洲休整几年，多陪陪父母家人。

男人的前妻和儿子移民加拿大定居，男人嫌那里冷，认为澳洲好，阳光海岸，气候适宜。他给乐有薇看他刚买的庄园别墅，在墨尔本，他说他喜欢孩子，想要儿女成群："你给我生几个。"

凭借一身皮肉就免去赚钱的辛劳，从此财务自由，享受生活，一世无忧，这样的捷径或许有，但一生漫长，变数何其之大。20岁就贪图安逸的人，是养不出筋骨的，也不可能有韧性。漫漫人生注定会有挑战的时刻，到时必然毫无招架之力。

俯首帖耳，等待被施舍，这日子乐有薇经历过，以后不想还这么过。她说："不好意思，我想读书。"

男人说："这个简单，生两个孩子就去欧美留学，顺便调养身体。"

他想要年轻健康美貌的女人改良下一代基因，你呢，真能忍受从20岁开始，就给没感情的男人当生育机器？如果你忍受不下去，孩子留下，你两手空空地离开？如果不想两手空空，你能获得多少？在商场摸爬滚打几十年的人，脑子里一把算盘，你凭什么以为自己玩得过他？

姿色是乐有薇的十八般武器之一，她不相信只凭着它就能一劳永逸，冷冷地离去："滕总，我想当猎人。"

无论男人女人，乐有薇有预谋地去接近他们，只为赚上几锭金子走人。把自己打包卖了，是迎向危险的未知，你不可能只从一个人身上就能得到所有东西。

被权贵揩点油，是乐有薇主动抛出去的诱饵，她当成无关痛痒的小麻烦，还极力告诉自己，人活着，都会受到程度不一的屈辱，她不比任何人金贵。午后的街头，她笑了一下："想从别人那里要点东西，不给点什么怎么行，小杉，我承认，我是在交换便利。"

大自然也有动物擅长伪装成诱饵反造杀机，生存本能罢了。秦杉想到陈妍丽，在江家林拍广告片时，常伟亮摸她几把，她只敢在背地里流露出嫌色。秦杉气愤，陈妍丽还拉住他说："算了，钱难赚屎难吃，不都这样吗？"

秦杉问："常伟亮也对你怎么样了吗？"

乐有薇摇头："他想从我这里得到资源，自然会收敛。那些自认为能带给我利益的人，才敢作威作福，但我没教他们做人，因为有所求。"

这条街不长，两人来回地走。阳光从树叶的罅隙里洒落，街边小店门口种了蔷薇，乐有薇注视着它。爸爸为她取名为薇，是他当兵时路过一户人家，蔷薇开成花墙，从二楼阳台纷披而下，如瀑布一般，带给他永生难忘的记忆。

爸爸妈妈约定，如果生的是女儿，就取名为薇。初中时，班里有男生嘲笑说这名字是寄生虫："蔷者，从墙，薇者，细小的草木，蔷薇意即依附而生。"

乐有薇不在意，但郑好气不过，跟那男生大吵了一架。男生没能和乐有薇考入同一所高中，拿成绩单那天，他向乐有薇表白被拒。

男生问："是记恨我挖苦你的名字吗？"

乐有薇说："没有，但我只喜欢明明白白对我好的人，不喜欢你这种贬低我的，别以为我能把贬低当喜欢。"

"薇者，细小的草木"，却能弥漫成爸爸心目中最盛大的春天。成年后，乐有薇经常被社会地位比她高的人占便宜，言语到举止都有，极偶然的时刻，她会想起那男生说："蔷者，从墙。"

别人都说乐有薇依附男人，但在她的认知里，男女在她这里都一样，都是供她攀缘的工具罢了。

当蔷薇盛放，蔷薇是引人注目的强者，它倚仗的是墙还是竹篱，都不重要，都沦为背景。

乐有薇很坦白："他们都是墙，我开我的花。小杉，我的道德观就是这么混乱，不想对你粉饰什么。"

秦杉静了静，一脸难过："可能是我太幼稚了，你认为我理解不了。"

乐有薇一愣："你是不食人间烟火的样子啊。"

秦杉说："现在学习东西的渠道这么多，我平时也会观察人情世故。"

本以为秦杉会质问，会失望，乐有薇心中起了波澜："你能理解？"

秦杉刚读大学那年，有个师兄的设计被导师夺走，师兄起诉对方，在学院闹开了。同学都支持师兄，但这件事以师兄向导师赔礼道歉，承认自己是污蔑告终，尽管人们都知道真相是什么。

乐有薇沉默良久："有次在陕西历史博物馆看到跪射俑，我就想，有时候，你得弯腰低头甚至跪下，才能发力，射出那一箭。"

前几年，秦杉同一专业学业最优秀的师姐，和学院里一位退了休的老教授结了婚。老教授拄着拐杖都走不稳路，同学却见怪不怪，都说很多男建筑师的二婚三婚对象都是自己的女学生，而且再婚占比很高。

秦杉为师姐惋惜，外公说："要学习理解人的局限性。"

秦杉故意问："包括我父亲吗？"

外公吹胡子瞪眼，背转手，走开了。秦杉是读中学时，才意识到母亲初去美国受了多少委屈，上班大楼车位不够，她被上司要求每天早上去给上司占车位。虽然工作时间是从上午九点开始，但母亲清晨六点半就得出发。秦杉说："所以我总是去学校最早的一个，总跟门卫玩。"

那时秦杉才7岁，且在人生地不熟的异国，乐有薇鼻子有点酸。秦杉母亲的同事大多是白人，种族歧视肯定免不了，他说："如果不是因为要养我，以她的性格，有的事就不忍了。"

后来外公告诉秦杉，不光是为了生活，母亲需要依靠一个平台做出成绩，才能打开局面。她在那家公司待了一年多，拿到了专利，去了她后来工作的地方。

秦杉打开手机，给乐有薇看母亲的成果，她主导的一款临空飞行器用于海洋监测及预报保障，另一款四旋翼飞行器至今在森林防火中应用广泛，还有一种可抛放式微型导弹诱饵，可探测防空雷达或来袭导弹的信息，用来保护战机。

如果命运能多给母亲一些时间，她就能创造更多价值。母亲去世之时，正在研制一种防空武器。外公找到她留下的资料，带队往下推进，前年才得以完成，依照女儿生前的心愿，提供给祖国。

该项远程防空导弹系统，是母亲在国内那所大学任教时就在研究的，它能同时拦截多个目标，有效压制敌军的空中力量，不让对方轻易进入中国领空。

阮冬青是勇士，若非天不假年，原可永不停息地摘取成就。秦杉说起她，双眼亮得像漫天的星，照亮了乐有薇整个人，她心底的一方小小天地也变得柔软了。她摇晃着秦杉的胳膊："小杉别生我气了，我带你去吃红糖冰粉吧。"

秦杉迷惑地问："是你受委屈了，我为什么要生气？"

乐有薇呆住了："……那你还半天不理我。"

秦杉说："很难过，不知道说什么。"

被人看到那么龌龊的自己，却被温柔对待，乐有薇全身心都很暖，撒娇道："不委屈，不准再为我找借口。"

乐有薇的头发长得快，快接近小女孩的童花头了，真像个妹妹。秦杉摸摸她的头："我不是在为你找借口。我知道小薇是在积蓄力量，但我会心疼。"

乐有薇心里有些东西在跳舞，像回到了在路晚霞那座城堡游玩的日子，黄昏日暮，对着大湖，观日影斜飞，看彩云升起。她不再去想对李冬明找补了，她不可能既想敲到好处，还能毫发无损，若有下次，将愈演愈烈。

秦杉把桌子底下的猥琐挑到明面上，李冬明不便再找乐有薇了，乐有薇神清气爽。她已逐渐强大，对方瑶掀了桌，也还留在公司，还得到本次最好的一场拍卖会，李冬明得罪了就得罪了吧，他应该捏不死她。

然而，秦杉竟然真能无条件理解某个人，乐有薇取笑他："小杉明明是很讲原则的人，应该生我的气。"

秦杉摇头："原则是用来律己的，不是用来约束别人的。"

大学时候，导师团队负责跑外事的人员，得跟政客商人厮混，也得做些不那么让自己喜欢的事。他们有时会紧张得发抖，手段也未必光明，姿态也不能时刻优雅，秦杉都见到过，但他和他们性格处境都不同，不能随意评断他们。

乐有薇带秦杉去了中午吃饭的那家小馆，要了两碗红糖冰粉。秦杉对邻桌点的桃胶炖牛奶好奇，也点了一碗，边吃边嘀咕："我还不食人间烟火？我特别喜欢。"

乐有薇问他为何提前一天来了，原来，秦杉找郭立川弄了一兜惜夏6号小白瓜，他记得乐有薇拍卖会当天会禁食，所以今天一大早出发，想吃完午饭再找她，让她吃到最新鲜的。

得知秦杉摸来少年宫的原因，乐有薇愤怒了："让你看到我的丑恶面目，方瑶就能让自己变得不丑恶吗？！"

秦杉看着她笑。小面包车停在路边，他从后座的塑料袋里摸出一只小白瓜，用刨子削了皮，留个小尾巴，递给乐有薇："村里人说这样吃得彻底，不浪费。"

乐有薇咬一口，秦杉满眼期待："好不好吃？"

小白瓜清香甘甜，靠近瓜瓢处很绵软，尤其好吃，乐有薇吃得咪溜咪溜："晚上让郑好也吃，还想让我老爸老妈都吃到。我寄几个回家吧。"

秦杉说："地址发给我，我让小五再买点。"

要不是刚才吃了甜品，肚子太饱，乐有薇还想再吃一个。秦杉从后座拿出一个纸盒，里面装有一副笔架，是用他那堆紫檀残件当中的几件拼凑做出的。

大东师傅说乐有薇给他看过样式，秦杉离开江家林去见江爷爷之前，选了这种，让大东师傅做了出来。

严老太托秦杉转交的《瑞鹤图》，他也带来了，还有巧克力香槟，这回买到一箱，整个团队都够喝了。秦杉给乐有薇看一件件礼物，满头大汗欢欢喜喜，乐有薇轻声喊他："小杉。"

秦杉把礼物都放回原位，应道："哎。"

乐有薇继续喊："秦喵喵。"

秦杉抬头："啊？哎。"

乐有薇也没什么要说的，就是想喊喊他。话都说开了，秦杉知道她所有的恶劣、所有的心眼了，她再不用伪装了。

秦杉却以为她还在惭愧，指给她看路边上百年的梧桐树："一棵树想成材，得在泥土里深埋，泥土里还会有虫子爬过根须。"

乐有薇心情好极了，把郑家地址发到秦杉手机上。秦杉把地址转给助手小五，让他买点小白瓜寄去，然后点开舒意刚发的信息："你还没到云州吗？"

乐有薇瞥见，噫了一声："她和你还有联系？"

秦杉给她看舒意的朋友圈，舒意养了两条大狗，朋友圈除了狗的照片，就是狗的视频，他笑道："它们很可爱，我点赞，她有时会和我聊几句。"

狗随主人，舒意的两条大狗很是漂亮神气。乐有薇把手机还给秦杉，紧了紧眼神："你对她说过，你有很喜欢的女人。"

有天舒意突然问："你们没在一起，那就是她另有所爱了？噢，可怜的人。"

可怜的人那么多，秦杉觉得自己过得很幸福，回答道："不可怜啊。"

才下午三点半不到，秦杉问："你接下来做什么？"

乐有薇说："去绯云湖广场试音效，完事了得请工作组吃晚饭。"

秦杉点头："那我去找舒小姐。前天就说好了，我来云州就找她。"

乐有薇掐着单肩包的带子，说："明天上午我还得彩排，你跟舒小姐把明天的午餐也约了吧，反正无人机种类多，你俩能从天上聊到海上。"

秦杉说："想跟她聊业务。她说认识几个收藏家，我想也许能介绍给你。"

乐有薇哼一声："我自己能谈业务，不用你帮我。"

秦杉困惑："不是你鼓励我锻炼的吗？"

乐有薇瞪他："你团队那些人，你都锻炼好了吗，跟他们说话一次能说一长串吗？"

秦杉承认："不能。"

乐有薇眉一扬："一个人的精力有限，先从本职工作锻炼起，懂吗你？"

秦杉乖乖地说："懂了。"

乐有薇笑笑："我去广场了，你去和舒小姐聊无人机。"

秦杉摇头："我回酒店工作，明天再忙一上午，下午去看拍卖会。"

乐有薇笑眼弯起，说："湖边风景好，你吃完晚饭，要不要去找我？"

秦杉说："要。"

乐有薇满意地去绯云湖广场，秦杉也满意地走了，不用等到明天，今晚他就能再见到小薇了。

乐有薇试完音效，彩排了两次。湖边餐厅多，她选了一家临着湖的，宴请工作人员。

团队里男人都被乐有薇喊来了，男人和男人更能打成一片。新人武轩一见乐有薇就认错，他被方瑶的狗腿套了话，透露了乐有薇的动向，如果乐有薇想动手，他将功赎罪。

亲自动手的乐趣，武轩不会懂。乐有薇说："明天她和我都有拍卖会，忙完再说。"

晚饭后，秦杉来找乐有薇。两人沿湖漫步，湖岸全是高层小区，秦杉被其中几幢吸引："那片不错。"

乐有薇竖个大拇指："你爸公司建的，开盘价很高，但是卖得很好。"

灵海集团很重视园林景致，会拿出大片面积植树建园，春有桃李，夏有绿竹，秋有金桂，冬有松梅，每一幢建筑的距离都比国家规定标准更宽，很强调私密感。乐有薇看过秦望的访谈，他说他喜欢拿自然景观好的地，建筑得配得上宝地。

乐有薇和丁文海看过不少楼盘，最喜欢的就是那个小区。当时乐有薇感叹过，建筑师出身的大商人很注重视觉美感，否则大可把每一寸土地都盖上房子。

丁文海对精装房满意得不得了，盘算着买它就不用再筹装修费，可是两人所有钱加在一起，就算只付首付，仍有十几万的缺口。

乐有薇眺望湖景："除了贵，这套房子没缺点。"想想又说，"贵不是它的缺点，是我的缺点。"

丁文海说："薇薇不可能有缺点，我去借。"

可惜借钱是世界上最艰难的事，开得了口的朋友大多没钱，有钱的通常开不了口。郑好出过馊主意："要不要问问叶师兄？"

乐有薇不想没完了地欠人情："那我还不如去找吴晓芸，找她家男人拿个内部折扣。"

乐有薇跟那套样板间无缘，跟丁文海也无缘。学院里搞行政的大姐撮合丁文海和副院长家的千金，他没能抵住诱惑。

两人分手后，乐有薇买的公寓在该小区对岸，也是灵海集团子公司开发的，是小户型，总价不高，才兴建不久，几年后才能交房。

乐有薇陷入回忆，安静下来，秦杉以为她担心秦望明天再度出现，而这是极有可能的。两人默默地走了一阵，前面很热闹，一大群人在跳广场舞，旋律喜气洋洋，乐有薇站到众人边上，模仿比画着，也跳起来。

跳最简单的舞，却越跳越开心，乐有薇在想，若能活到被人喊广场舞大妈的年纪，老也值得开心。脑膜瘤余党会听她的，再给她几十年时间吗？

做完伽马刀治疗有两个月了，也该换个活法了。秦杉对神佛祈求乐有薇无病无灾，乐有薇之所求也是这个，方瑶别想再看到她的丑恶面目了。

大妈们摇着手中的铃鼓，打着拍子，乐有薇转过身，对秦杉拍着掌说："我再也不去见李老头了。"

秦杉心中一宽，用力把她按进怀里。乐有薇揽着他的腰，心情极是畅快。生命中最好的时光终究是有限的，但这一时一刻，足够好了。但愿秦杉永远不用去遵守这社会通行的所谓生存法则，更无须屈从。

一位大妈的铃鼓脱手，砸到秦杉胳膊上，乐有薇笑着离开他的怀抱。秦杉把铃鼓还给大妈，回头看乐有薇。她娇盈盈看着他，脸上淌着汗，犹如晓露蔷薇，他脸上一热："送你回家？"

乐有薇的车停在广场对面的一幢商厦，坐上秦杉的小面包车，一起把他带来的东西都搬进屋。

秦杉咬着郑好塞的冰棍奔下楼，乐有薇站在阳台上目送他走远，然后回卫生间洗漱，涂祛疤药。左上臂的伤疤淡了很多，胆结石手术的创口也几乎看不见了。从今往后，她只想高高兴兴健健康康，活一天，美一天，在这珍贵的人间。

秋老虎猛烈，但人民群众看热闹的热情高涨，中午十二点，豪车准时开来，立刻被人围上。预展期已过，不能再上手，很多人隔着围栏拍照。

朋友们订的花篮陆陆续续到了，叶之南的生活助理童燕来了："叶总说，江知行个人作品展的模拟展出已经完成，想和你的庆功宴一并举行，可以吗？"

纽约酒吧一别，乐有薇再没和叶之南打过照面，同意了："今晚吗？没问题。"

秦杉提着花篮来了，花店员工找了一个显眼的地方摆上。秦杉一看，旁边是苏远的花篮，他马上把自己的搬起来，看了一圈，摆到杨诚罗向晖联名的花篮边。

广场上人来人往，不停有客户咨询，姚佳宁、黄婷和程鹏飞承担了大部分答疑工作。场地空旷，比室内场费嗓子，乐有薇得惜着点。

乐有薇安排秦杉坐员工席，不多时，夏至在秦杉旁边坐下，掏出耳塞戴上。秦杉问："你在听什么音乐？"

夏至说："没听。"

秦杉明白了，夏至不愿被人攀谈，他埋下头，继续研究建筑图。以他的资历，目前最多能当个主管建筑师，但江爷爷给予充分信任，让他担任艺术馆及景区的总建筑师，还配备了团队。连日来，他越发感到能力欠缺，频频向大学时的师长请教。

刘亚成来找夏至："下周的拍卖会，我看上这几件了，夏老师帮我讲讲？"

夏至拔下耳塞，扫了刘亚成的平板电脑一眼："下周三你早点到吧。"

自从刘亚成在天空艺术空间入股，夏至对他的态度好了几分，刘亚成捧着平板电脑笑呵呵地走了。

乐有薇最后一次彩排结束，来找秦杉："还没跟舒意见面吗？你晚餐可以去找她哦。"

秦杉心一沉，乐有薇说："这次庆功宴还有赵杰团队和策展组的同事。"

秦杉懂了，自己不是乐有薇的同事，不便出席，他说："我和舒小姐说了，我很忙，今晚我回酒店工作吧。"

乐有薇笑了："明天早上我们再去那家吃小馄饨和甜汤，还是换个地方？"

秦杉说："就去那家。"

开场前，豪车的原主人蔡哲和他母亲都来了，拍卖款项将用于冲抵他们的债务，他们很关心拍卖情况。

乐有薇走回后台，向蔡家母子看了几眼。昔日骄奢淫逸的人，呆坐在一隅，让她无端想起那个移居墨尔本的男人。

人心易变，商业也如此。如果当年乐有薇心一横，为那男人生儿育女，当个全职太太，有天男人生意失败，或另结新欢，她自己人到中年，被迫回到市面上，会是蔡母这等光景吗？荒废太久，自身的竞争力大不如前，打翻身仗会很辛苦吧。

是有人一路凯歌，养尊处优，但那不会是常态。入行后，乐有薇跟着同事去鉴别破产户的收藏品，若是平时不事生产的全职太太，无一例外都很崩溃。那时乐有薇就想，富贵和情爱，都是很无常的东西，一个人怎么敢全然依附于身边人的良心过生活？

骄阳似火，露天广场人头攒动，外围也站满了人。倒计时一刻钟，乐有薇换上拍卖师制服，她要活成自己的金字招牌。

这场拍卖会有警示意义，第一排都是要员，主要领导们致辞完毕，从特别通道离开。乐有薇作为拍卖师随后登场，拍到第三辆车时，她看到秦望匆匆而来。

秦望在后排的角落找了个位置，凌云挤过来，喊道："秦叔叔。"

秦望在人群里找寻他儿子，顺口问："你负责哪一场？"

凌云说："后天的奢侈品。"

秦望颔首，凌云想再说点什么，却不知从何说起，飞快地走开了。

豪车比乐有薇想象的更易脱手，只有四辆流拍。竞买人多数装束平平，应了程鹏飞事先的分析，朱门大户的少爷追求春风得意马蹄疾，不买二手货，工薪阶层和小老板才是竞买主力。

拍卖会结束，乐有薇和几个客户说着话，秦杉向那边走，听到有人说叶总在逸庭轩定了包厢云云，他心里发涩。江天说，得防着乐有薇和她的师兄见面，不然功亏一篑，可这是无法避免的。

"小杉。"熟悉的声音响起，秦杉直起了眼睛，很想避开，但左右都是退场的人，他干脆往回走，往空位处走。

秦杉被阮家人教育得淡泊名利，不图秦望什么，但乐有薇出现了，秦望有望把儿子争取回来了。他快走几步："你很喜欢乐有薇。"

秦杉停步，秦望一喜："我能帮你。她是个很优秀的拍卖师，我把贝斯特拿下来给你，她就不会再拒绝你了。"

多年不见，父亲依然不懂得尊重别人。秦杉整颗心都被失望漫过去，狠狠地说："不需要。"

说完这句话，秦杉拔腿飞奔。秦望愣住，然后笑了。儿子随了母亲，气性大，从6岁多就不喜欢和父亲说话。阮冬青去世后，秦望去美国看儿子，儿子瞪着他，从此不和他说一句话。这三个字，秦望等了十四年。

秦杉奔跑在车水马龙里，从6岁知道父亲有了外遇起，父亲就一直让人失望，还总想通过控制别人的事业达到目的。

母亲所在的实验室研究经费不够，父亲赞助了，后来，母亲提出离婚，父亲不肯，还威胁停掉赞助，连科室主任都来劝母亲："秦总说了会回归家庭，你能不能给他一个机会？"

父亲以为把母亲逼得无路可走，她就会妥协，默许他在外面花天酒地。国外那家研究机构肯接纳母亲，她带着儿子远走高飞，但何尝不是背井离乡？她原本可以在大学里教书育人，踏踏实实搞科研，但她的师长屈服于金钱。

秦杉混混沌沌地走着，一辆出租车揽客，他拉开车门，回了酒店。

第六章
纯银雕龙五头烛台

乐有薇送走采访记者，有几个竞买人还没走，逮着她又问了一通，才决定支付尾款。

实习生们在拆花篮，乐有薇回后台换上日常服装，拎上在美国时买给叶之南的礼物，以及他送的那支香槟王。她没舍得喝，中午得知晚上聚餐后，她让章明宇从办公室拿来了。

下班高峰期，广场一带行车缓慢，乐有薇放弃驾车，想走得远点再打车过去，她边走边给秦杉发信息："在哪里？"

秦杉回道："在酒店。"

乐有薇问："吃饭了吗？"

秦杉说："马上吃。"

父母打来电话，表扬乐有薇比天颜大厦拍卖那次发挥得还要好，乐有薇让他们等着收惜夏6号小白瓜，一路都没等到空车，她干脆和父母聊起来。

道路被堵得水泄不通，秦望坐在后座，无意间看到乐有薇。她拎着大瓶香槟，在人潮里走着，穿得很随意，黑色短背心，白色阔腿裤上绘有黑白简笔牡丹花，微风吹来，宽大的裤管贴在她小腿肚上，金色脚环闪亮。

这华美不羁的女人，是秦杉爱慕的对象。这些天，秦望看过乐有薇几次，私底下的她，既娇且骄，又媚又烈，是那种即使被车撞倒，还能爬起来，提着高跟鞋逃命的女人。冬青若像她这样，生命力顽强……

秦望从不同手下那里都听说了乐有薇和叶之南那点事，但师徒俩是不同的。人有功名心很正常，压住了不上脸是能耐，叶之南做得到，乐有薇相反，从拍卖台上下来，在这独处的时刻，她很松弛，顾盼间是一张写满了欲望的脸。

如果帮儿子把贝斯特拍卖公司弄来给乐有薇，乐有薇会高兴吧。但贝斯特是吴晓芸第一个上得了台面的生意，她看得很重，一想到要和她商谈，秦望厌憎心又起。也许他还不能心急，得再看看乐有薇到底对儿子有几分真心，是不是有本事帮他降服儿子。

乐有薇到达逸庭轩，叶之南和张茂林等人还没来。乐有薇和赵杰团队的人都是江知行个人作品展宣传组的，除了赵杰和方瑶，人都到齐了。

方瑶不想和乐有薇同席，这是想得到的，乐有薇估计唐莎也不会来。姚佳宁凑近说："小赵老师又失恋了。"

程鹏飞挤眉弄眼："他们说他在家哭。"

乐有薇想象那场面，乐得拍桌，黄婷赞叹："小赵总大情大性。"

乐有薇团队这桌和赵杰团队相隔两桌，姚佳宁悄声贡献了八卦，方瑶在上午的拍卖会上闹出了丑闻，她在现场亲眼见到了。

钟泽康手握他和方瑶的私照，要求成为正牌男朋友。前不久，双方撕破脸，方瑶家里花了一笔钱买断照片，具体金额不详。

钟泽康利落地辞职，返回原籍县级市，火速买了江景房，换了一辆好车。女朋友跟了去，但钟泽康已经搂上了新女友，21岁，肤白貌美大长腿，大学还没毕业。

分分合合多少次，这次是来真的，女朋友愤怒又惶恐，她被钟泽康拖到了31岁："这都是被方瑶害的！"

女朋友请人恢复了钟泽康遗留下来的破电脑。上午，方瑶主槌奢侈品拍卖会第二场，刚想介绍一只手拎包，画面上出现的却是她和钟泽康的亲密私照。

讨厌方瑶的人和讨好她的一样多，拍卖会工作人员多，谁都有可能是钟泽康女朋友的帮凶。现场众人纷纷掏出手机抓拍，方瑶将画面切换到正常页面，只说了一句："男欢女爱，谁没有过。"

奢侈品拍卖会第一场大获全胜，公司对方瑶这场也寄予厚望，可她丢人丢到姥姥家了，团队的人担心拍卖压力会转嫁给乐有薇，白天都忍着没说。

方瑶的反应让乐有薇肃然起敬，问："然后呢，没影响她发挥吧？"

程鹏飞说："之前漏洞百出，之后还是漏洞百出，只能说，她发挥稳定。"

乐有薇笑得山响，把桌子也拍得山响。方瑶对秦杉搬弄是非，郑好昨晚还问要不要对方瑶放手杀，乐有薇倒觉得方瑶无意间做了好事，懒得杀了。

叶之南一行到来，在门外就听到了乐有薇的笑声，他脚步一顿。自他在摩天轮上表明心意，就再没听过乐有薇在他面前这样笑了。

叶之南走进包厢，看向乐有薇。她坐在众人之间，像一颗发着光的珍珠，气色很好，不是噩梦里那搁浅在海滩上的人鱼了。

叶之南精神奕奕，比在纽约酒吧那次状态好得多，乐有薇的担忧少了些许，把礼物拿给他。礼物是产自日本香堂的一种线香，名叫深山月。她说："这个很好闻，送夏至的那种也不错。"

叶之南笑着接过，策展组带了酒，他随手拿起一支："这个就当回礼吧。"

乐有薇说声谢谢。策展组有个日裔人员，他们带来的都是清酒，这支酒是大吟酿，名叫一生幸福，很直白的祝福，她知道叶之南不是随便拿的。

程鹏飞开启香槟王，气氛欢快起来。江湖儿女，再见亦是朋友，叶之南平常地聊着策展，他跟着张茂林和策展组都学到不少，对乐有薇笑得暖意融融，像她19岁时遇见的那个师兄，只是亲切，不含情意。

逸庭轩的菜品保持高水准，连赠送的凉菜都很精彩，其中一道椒麻做法的莴苣丝赢得了集体好评。乐有薇拿起手机，想找江天帮忙订位，明天她就带秦杉来吃。

这个念头一起，乐有薇心里明白了很多，再看向叶之南，就有了不同的心情。终有一日，她不用再压制心绪就能和师兄交谈如常吧，如同和丁文海谈恋爱的时光，她身边是谁，就善待谁。

秦杉刚回到酒店房间，就收到乐有薇的信息："吃饭了吗？"他从地毯上爬起来，回道："马上吃。"

房间里有付费饼干，秦杉拆开一包。父亲说的话又响在耳边，接着他想起幼年时母亲对外公外婆诉苦的情景。当年不懂，但他都记得，母亲说："他自己把我心里的他杀死了，他别想再杀死我。"

结婚生子，经营家庭，让母亲感觉工作时间不够用，但因为爱着丈夫儿子，她愿意对时间做出分配。如果继续维系婚姻，母亲还得额外腾出很多时间，跟自己的情绪做斗争，可她明明对人生有更多追求。

父亲希望母亲对谎言麻木，任由他在女人堆里像野兽一样奔窜，而她永远是秦夫人，不会变。母亲对父母说，也许秦望一开始就是那样的人，但她不知道，既然知道了，就不能再骗自己了。

母亲说过："我和我喜欢的第一个男人结了婚，我以为是一辈子的事，但我不想要那样的一辈子。"

乐有薇去见那英挺的美男子，却把自己屏蔽在那扇门外了。秦杉嚼着饼干，他喜欢乐有薇，也以为是一辈子的事。在无边无际的梦里，他连乐有薇穿婚纱的样子都见过，梦里看不清面容，但他知道新娘是乐有薇，因为他在和她交换戒指。

妈妈，我想和小薇结婚。可她早已有了值得喜欢的人，在康奈尔大学校园，她说她要放弃他，其实她做不到吧。

他们在喝酒庆功吧，叶先生也喝到巧克力香槟了吗？秦杉打开冰箱，把里面的酒通通装进背包，带着他的小飞机，爬上酒店天台。

这样的心乱如麻，以前也有过一次。15岁时的深秋，秦杉徘徊在莉拉家门口，她在庭院里读叶芝的诗，她在窗前弹钢琴，她在露台吃水果……秦杉有话想对她说，可是不知怎么说，一次又一次在心底练习，却一次又一次不敢面对那张灿烂笑脸。

金发的莉拉，白裙恬净，语声悦耳，是秦杉在少年时遇见的天使。

那时秦杉想对莉拉说，你不要再跟吉森在一起，他不好。如今他想对乐有薇说，却不能说，因为叶之南很好。

想对莉拉说的话，没能说出口，酿成了永远的伤痛。酒店房间提供的小瓶朗姆酒很好喝，秦杉喝完两瓶，意犹未尽，拧开杜松子酒。

小飞机在天空盘旋着。那年深冬，母亲说周末去看特种机器人展会，秦杉高兴得睡不着觉，渐渐隐约听见父母在吵架。他们那阵子频繁争执，但每次儿子问起，父母都异口同声地说没有。

秦杉起床，看到楼下客厅里，父亲把母亲钳制在沙发上，面目狰狞，不让她走。秦杉跑下楼，被父亲推开。就是在那时，他想学武术，幻想自己是孙悟空，是哪吒，是沉香，是看过的书里所有非凡的英雄，那样就可以救走母亲了。

小飞机变成了两架、四架……无数架，黑压压的像在闹蝗灾。手机似乎在响，是小薇吗？秦杉去摸手机，很想对乐有薇说，他有个像托塔李天王那么不近人情的父亲，可他想当沉香。

乐有薇连发两条信息，秦杉都没回，他在跟他爸谈判吗？然而，就她掌握的那点信息来看，秦家父子的关系没那么容易修复。秦杉的电话无人接听，乐有薇正担心，苏远打来电话，说他在逸庭轩楼下。上午的时候，苏远很抱歉，他在广东出差，赶上雷暴天气，机场取消了多趟航班，他无法赶回来看她的拍卖会。这会儿在电话里，他说："坐高铁回的，陪我吃点东西？"

乐有薇往包里揣上两支巧克力香槟，对叶之南和张茂林道别，说她有点事先走。叶之南看着她背影，她穿得闲适，走起路来仙风鹤骨，是夜奔良人去了吗？

慈善拍卖晚会第二天，乐有薇迟迟不现身，叶之南发出信息："小乐在哪里？"

乐有薇不答，直接来了。

在你心上。他确定她在，那么无论她在谁身旁，只要她好，一切皆可。

张茂林给叶之南倒了一杯香槟，他举杯一笑，多少刻骨铭心，都付笑谈中。

大厦一楼光线柔和，乐有薇拿着两支巧克力香槟，递给苏远："我要去见朋友，他没回复我，我担心他处理不过来。"

苏远试探："很重要的朋友？"

乐有薇存心笑得很羞涩给他看，苏远便明白了，塞回一支香槟，举着自己那支，跟她碰了碰："有薇，加油。"

乐有薇跳进出租车，赶到酒店门口，本能地向楼上望。夜空漆黑，星星湛亮如泪光，一架小飞机傻乎乎地盘旋着。

某孩儿不开心了，去哄哄他。保安大开绿灯，陪同乐有薇上了天台。秦杉果然醉倒在角落，地上的酒瓶子东倒西歪，数一数，一二三四。

秦杉眼帘低垂，醉得很沉。乐有薇把随身的小手电筒放在一旁，坐近看他。酒量这么差，还动不动就借酒消愁。

灯光很暗，秦杉大半张面容湮在阴影里。秦望是开阔舒朗的大男人长相，秦杉的五官柔和得多，想必是他母亲生得很秀丽。

秦杉最好看的是眼睛，此刻皱着眉头睡觉，一脸稚拙相。乐有薇伸出手指，在他下巴上挠一挠，想到小老虎为她神魂颠倒，她很得意。

秦杉犹在梦中，睫毛翕动，咂了一下嘴，唇角翘起，像要亲吻的样子，乐有薇眼神变暗，咬咬唇，坐直了，捞过一只酒瓶。酒都是从冰箱里拿出来的，不冰了，还有些微凉意，她把手掌贴在瓶身，找回一丝神志。

秦杉仍闭着眼，突然吸口气。乐有薇目不转睛地盯着他看，他嘴唇微张，清了清嗓子，声音极低："Lila······"

乐有薇犹疑地靠近，秦杉的醉话嘶哑而干涩，但很清晰："Lila，from today on，I drive you home。"

莉拉，从今天起，我送你回家。

乐有薇不亚于被一盆凉水兜头浇下。秦杉又睡去了，剩下她独坐在星空下，灵魂出窍，跃上高空，奚落地看着自身。

一块古玉，跟货主磕几年，对方都不见得松口，她凭什么就敢断定，自己已完全占据了秦杉的心？

傲慢想法尽数坍塌，她和叶之南会面，激发的不是秦杉的醋意，而是唤醒了他记忆深处的遗憾。

Lila是谁，是秦杉倾慕的女人？是他踌躇难下的决心？乐有薇心头烦恶，决定报复秦杉一下，他醒来一定傻眼，傻眼就对了。

一番劳作过后，乐有薇把秦杉的手抬起，让他自己捂住脸，再给他拍了一张照，然后研究遥控器，把小飞机召回来，塞进秦杉背包。

走到大堂，乐有薇去找服务员："查查秦杉住哪间房，木字旁的杉。他在楼顶喝醉了，你们找两个人抬他回房间，不然他要被蚊子抬走了。"

走出酒店，苍穹的明月仍高悬，但有些事正在发生。乐有薇打电话问江天："你认识一个叫Lila的女人吗？可能是外国人，也可能是华裔。"

江天说："Lila？这种名字一抓一大把，我少说认识三个。"

秦杉心心念念的女人，是美人吧，乐有薇烦得很："漂亮的。"

江天想了想："有一个，很漂亮，是脱衣舞娘，墨西哥人。"

跳舞的啊，身材很棒吧，乐有薇问："是你朋友吗？"

江天嘿嘿笑："是我以前女朋友的小姨，真的很漂亮，也很辣，你认识她？"

此人一咏三叹，充满回味，根本是鸡同鸭讲。乐有薇挂了电话："我在追踪一件珍宝，听说跟她有关，但不是你说的这位。"

不问了，等秦杉自己坦白吧。乐有薇回家练字，用上了大东师傅做的紫檀笔架，把自己和郑好常用的毛笔都挂上了。

郑好回到家，乐有薇的脸黑成了锅盖，郑好问："跟苏博士吵架了？"

乐有薇说："不会有以后了，我暗示他，我另结新欢了。"

郑好直叹气："苏博士不比秦杉差多少。"

秦杉醉里梦里念叨着神秘的莉拉，乐有薇牙痒："可惜新欢一出手就是绝杀。"

那支名为一生幸福的清酒被郑好带回来了，乐有薇把它放进冰箱。叶之南珍惜彼此的付出，也尊重他自己的光阴，这让她对他稍微放心些。

相识七年，给过彼此最大的支持与爱护，熬过这段，未来一定会回到最融洽的时候。乐有薇用大象杯子喝着助眠牛奶，莉拉是谁，秦杉难以忘怀的女人？她眼眸渐冷，有些沮丧。

汀兰会所的专属包间里，叶之南坐在沙发上，双手枕在脑后，感受"深山月"的香气。

线香味道很澄明，像是皓月当空，洒落清辉，他心头很静谧。背负了累累情债，如今尝到爱而不得的滋味，也该受着。多年纠缠，有爱，也有碍，这样收场也好。

阿豹送来果盘小食："你不能光喝酒——"

他发现叶之南没有喝酒，叶之南不再需要借助酒来麻醉自己。阿豹落座，剥着开心果吃，他喝威士忌最喜欢配这个："见着有薇了？"

叶之南说："她状态很好。"

阿豹晒道："早说她是石头，心硬。"

乐有薇是烈火，你无法捧住一团火。今晚叶之南在逸庭轩包厢见到她，她的做派像个盐漕头领，鲜花美酒大鸣大放，她团队的人都像是她的小弟小妹，被她好好护着，叶之南彻底理解了她。

苦出身的人，控制欲强，什么都想巴在手上。乐有薇自小拥有的太少了，强烈的不安定感总跟着她，他退出，她就能多得到一些。她永远不会失去他，不会失去郑家三口，不会失去另一个爱她的男人。

"别的我不担心，就担心你孤独。"阿豹饮尽酒，放下酒杯走了。女人是没想头了，烟不抽了，酒也不怎么喝了，人生还有什么意思。

人生的本质就是孤独，到底还有几件想做的事，这日子打发起来，很轻易。叶之南又点燃一支香，门被推开，他以为是阿豹去而折返，一抬头，是唐莎。

唐莎刚从加拿大回来，她在那家教会候了几天，逮到陈襄了。陈襄说："他没碰过我，不要再来打扰我。"

叶之南拍拍沙发："进来吧，正好有话跟你说。"

唐莎在他对面坐下，但叶之南的开场白出乎她意料："你8岁那年，我就知道你。"

你不是前几年才认识我哥哥的吗，唐莎想。叶之南接着说："圣诞节，你父亲送了你一匹小马驹，你给它取名叫杨威利。"

唐莎睁大眼："是哥哥告诉你的吗？"

叶之南笑一声："当时你母亲在和我通话，她想去瑞士滑雪。"

唐莎反应不过来，记忆中她似乎跳跃着扑向母亲的怀抱，诉说她有多么喜爱那匹雪一样的白马，那时母亲在讲电话吗？她记不得了，毕竟是十二年前的事情了。

叶之南面容平和，看不出悲喜，只在说一件客观事实："我陪过你母亲。"

唐莎听懂了叶之南的意思，张口结舌，一张脸变得煞白。叶之南倒杯酒给她："这酒不错。"

他拆穿寒厉的真相，堵死她的妄想。唐莎眼泪迸出，拉开门跑走了。她飞驰在云州的深夜，冲去唐烨辰的办公室，只问一句话："你知道他和妈咪……你一直知道，是不是？"

唐烨辰的脸黑了，叶之南的话语像一记鞭子，抽打在他身上。他的妹妹令叶之南这般厌恶，让叶之南不惜把最不堪对人言的往事都抖搂出来。他遥望落地窗外的夜景，惊怒交织，继而是心疼："你放过他，也放过你自己。"

唐莎痛哭，每次她接近叶之南，哥哥都在制止，用眼神，用琐事，用别的男人，她以为……却原来……

清晨，秦杉醒来，头有点沉，他伸手去摸床头柜，没发现手机，坐起来看到背包搁在沙发上。

昨晚醉了酒，对怎么回到房间的一概不知。秦杉跳下床翻背包，找出手机的一刹那，他看到自己的双手，十个指甲鲜红，他蒙了一下，明白是乐有薇干的。

乐有薇偶尔会涂指甲油，秦杉见过。所以昨晚她来过？秦杉瞧着十指蔻丹，乐了半天。小薇很关心他，见了叶先生又怎样，她还是来找他了，还拉着他的手，拉了好一会儿。

手机没电了，秦杉充电开机，回复乐有薇昨晚发的信息："没和我父亲谈判，我跑了。"

乐有薇扫了一眼，手机搁一边，继续吃早餐。昨晚她走得早，没吃上逸庭轩的蟹黄汤包，郑好打包了两份，热一热，依然很鲜美。

秦杉没等到答复，把相同的内容又发了一遍。乐有薇手机一闪，屏幕上出现秦喵喵发来的短信。

郑好要笑疯了："喵喵？"

乐有薇放下筷子，顺手把秦喵喵改成小老虎。郑好笑着背诵陆游的诗："仍当立名字，唤作小於菟。"

——我家猫有名字了，以后它叫小老虎！

於菟是古时楚国人对虎的称呼，乐有薇把最后一只蟹黄汤包蘸醋吃了，郑好问："怎么不理他？"

乐有薇给她看昨晚在天台拍的照片，郑好看到秦杉那红艳艳的指甲，笑得喘不过气，乐有薇说："他可能会找你求救哦，你看着办。"

郑好挤挤眼："好好好，他得深刻反思，认真检讨。"

江知行个人作品展第一场于9月29号开启，正式进入倒计时阶段，郑好去天空艺术空间开宣传会，乐有薇去公司请假。客户殷姐给她介绍了北京熟人潘胜，对方手上有一批杂项出手，她想去北京看看货。

豪车预展第一天，乐有薇去了现场，殷姐得知她是拍卖师，互留了联系方式，乐有薇把她发展成客户。

昨天，殷姐帮亲戚家的孩子拍得一辆市场价过百万的车，以37万到手，她很满意，把客户的司机潘胜介绍给乐有薇。

秦杉等了一阵，仍没收到回复，老老实实地认错："酒入口很甜，大意了，以后争取不喝醉。"

短信显示已读，但乐有薇仍不理会，连电话都按掉了，秦杉被迫找郑好，郑好说："来乐乐办公室吧。"

秦杉去退房，前台人员看到他的指甲，眼神很微妙：这怕不是个变态。秦杉伸出手看了看，明灿灿的红，涂得很均匀，好看。

贝斯特地下停车场，吴晓芸和助理下车，乐有薇正在倒车，打个招呼："吴总好。"

吴晓芸和助理互视一眼，天颜大厦拍卖会那次，助理汇报秦望去了现场。但秦望事务繁忙，灵海集团无论拿多贵的地，他都没空去拍卖场。助理内心忐忑："秦总该不会看上有薇了吧？"

乐有薇很招男人喜欢，但秦望对女人的喜好很固定，他的女人们都纤小秀致，跟乐有薇完全不同。但兴许他换了口味呢？昨天，吴晓芸又指派助理去现场，助理窥探到惊人情报："秦总的大儿子在追有薇！"

吴晓芸惊问："秦杉？"

豪车拍卖会散场后，秦望主动找一个年轻人交谈，但没聊两句，年轻人就走了，像个跟父亲闹别扭的叛逆期少年。助理警觉起来，找人问到姓甚名谁，第一时间对吴晓芸做了汇报。

吴晓芸的本能反应是找乐有薇谈谈，又觉得枉然，傻子才会跟她合作，攀上秦杉，乐有薇就什么都有了。

助理说秦杉看着很单纯，更给了乐有薇摆弄的机会，吴晓芸冷哼，也许未来自己要对付的不仅是秦杉，还有乐有薇。她得抢占先机，想办法斩掉秦杉的帮手，但此刻在地下停车场见到乐有薇，她发觉找不出应对之策。

叶之南已淡出贝斯特，若打压乐有薇的事业，不再给她拍卖机会，她跳槽到任何同行业都有饭吃，还能吃得很不错。

地下停车场这一面，吴晓芸改变了主意，乐有薇是敌是友，取决于利益分配。局势还不明朗，她何必贸然树敌，等秦望出招，她再拆招。

秦杉开车去贝斯特，保安李俊拿出访客登记簿，他低头填着，李俊憋坏了，等秦杉进了电梯，他一通狂笑。

乐有薇办公室门开着，秦杉冲进来，郑好正踩着凳子挂严老太修复过的《瑞鹤图》。秦杉搭把手，越发觉得自己送的耳环不成样子。

郑好斜眼看他："知道错了？"

秦杉说："知道了。"

郑好问："错在哪里？"

秦杉懊恼："耳环太普通，得送特别的礼物。"

看来他的反思还不到位，一般人送耳环，乐有薇会收吗？这是男朋友才有的待遇。郑好鼓励他："耳环很好，送得对，要多送。"

秦杉开心得摇起了尾巴："记住了。小薇呢？"

郑好说："去北京出差了。"

秦杉傻眼了："啊？"

郑好瞧一眼这位悲情男子，摸出一小瓶洗甲水，教他用法："擦了吧，会让人笑话的。"

其实挺好看，也不影响画图，先欣赏几天吧，秦杉把洗甲水塞进背包，告别回江家林。

下午时分，乐有薇抵达首都国际机场，落地开机，接到秦杉的短信："小薇，我到善思堂了。"

这话跟莉拉说吧。乐有薇点开微信，看到殷姐介绍的北京客户潘胜连发了两条语音。她暗道不好，点开一听，潘胜临时有事，明天见不了，过两天再约。

客户大多很难搞，肯为你考虑的是极少数。乐有薇骂娘，潘胜明知道她身在云州，还约在第二天上午，摆明了是让人提前赶来，结果一下飞机就这样。

乐有薇回道："我刚到北京机场，只好自己逛了，大后天再见。"她原本可以只回一句好的，但她不想忍。大家都不容易，不代表你就能不讲理。

潘胜家住通州，乐有薇本来在附近订了酒店，索性取消订单，换到一家四合院民宿，步行可到雍和宫。

以前每次来北京，乐有薇最常去的就是几大博物馆和艺术场馆，上次在纽约远山寺，秦杉说他一回国就窝在江家林，将来忙完想上北京看雍和宫。

雍和宫下午四点半就关闭了，乐有薇在周边的国子监闲逛，一家手工铺子里，店员在木桌前用小缝纫机做布包，她买了一条烟粉色的长裙，店员送了一只零钱包。

步出店门，暮色转深，夕阳绝美，衬得对面的佛殿更为沧桑庄严，但镜头无法捕捉微妙的色彩变化，只能用眼睛去看。

秦杉的短信又来了："小薇到北京了吧？"

乐有薇不理睬，路边有一对卖水果的农民夫妇，女人背着背篓，里头是橘子，男人挑着担子，前头是一筐水果，有香梨和李子，后头的筐子里坐着两三岁大的小女孩，正玩着一个小布娃娃，乐有薇怅然想起路晚霞家的宝儿。

一家三口的日子很清苦，却是名利双收的作曲家渴望的温情。乐有薇买了橘子和李子，小女孩笑得甜甜的，多送她两个橘子。乐有薇把零钱包送给小女孩，拍下他们的背影发朋友圈："北京初秋。"

天色转为漆黑，乐有薇回到四合院。住客们围坐在院落的石桌边打牌，她和众人分享水果。再看手机，秦杉在加油站服务区上网，评论道："小薇出没了，说明看到我发的信息了，是故意不理我，我要想出为什么。"

慢慢想。乐有薇发出动态，只是想告诉他：喂，别急，我没消失。免得秦杉又跟她做伽马刀治疗那阵似的，连找几家医院。

周二上午，雍和宫的人不算多，乐有薇举着相机走走拍拍，秦杉仍会发短信汇报工作进度，她置若罔闻，吃完午饭就去图书馆查文史资料。

古董世界太浩瀚，乐有薇每天都在学这学那，但永远都是书到用时方恨少。客户潘胜之母是"铜鎏金"的代表性传承人，家里有很多铜银器，乐有薇想再突击多学点东西。

乐有薇从业至今，货主经常在初次见面时，拿出一件物什让她看，她说对了，货主会对她友好些，若说不对，接下来就只会敷衍了事。

客户凭什么把东西交给乐有薇代表的贝斯特，一看公司平台是否有信誉和公平，二看她的学识和能力。假如客户认为你是白痴，哪怕很缺钱，你也别想凭借一纸合同，就把贵重物品拿走。

潘母黎翘楚是工艺大师，学识不会差，乐有薇估摸考验少不了。两天后，潘胜把乐有薇约去他家："真不好意思，中午来家里吃顿便饭。"

潘胜和妻子都得上班，将由母亲黎翘楚招待乐有薇。乐有薇本想把黎翘楚约出来，但潘胜的儿子才1岁多，黎翘楚走不开。

潘胜是素未谋面之人，乐有薇心生提防，让郑好和她全程连线，一有不对劲就报警。她特意没洗头，换上宽松的T恤和牛仔裤，素着一张脸去潘胜家。当然，面对恶徒，扮丑未必有用，聊胜于无罢了。

潘胜爽约让乐有薇不快，对于这种不想太费心的人，送点水果是她的习惯。她在小区楼下水果行订了一箱水果，摸到潘家。

潘母黎翘楚接待了乐有薇。她年轻时是五台山脚下一家旅游制品厂的经理，设计研发佛教用品和旅游纪念品，提前办了退休手续，来京帮儿子带孩子。

黎翘楚很瘦小，发顶稀疏，气色不大好，她拿出果盘和茶招呼乐有薇。茶几上有个鼻烟壶，她说是朋友送她儿子的，找乐有薇问问市价。

乐有薇说得头头是道，黎翘楚又问了香炉，乐有薇再次通过考核，黎翘楚笑道："东西也认人。"然后才带乐有薇去书房看货品。乐有薇暗自庆幸，幸亏是杂项，如果黎翘楚拿古画考她，她这个三脚猫就现出原形了。

叶之南主槌古代书画十几年，也很少碰鉴定，每次他去拜访重点客户，都会带上鉴定专家。专家们都吃不准的，叶之南就得搬出他老师顾德生了。后来顾德生重病及至逝世，赵致远承担了重任，但他有时也得再找大师团把脉。

相较而言，瓷器在鉴定上稍微容易一点。乾隆朝的杯子、嘉庆朝的瓶子，三分钟看不明白，那就别往下看了，因为那都不开门。

再比如官窑，都是有章可循的东西。尤其是两百万以上的瓷器，基本上收藏界都有谱，它从哪里出来、被谁收藏、曾经在哪个拍卖会上出现过，如何如何，这都是定数，有迹可循，古代书画要复杂得多。

在书房，乐有薇看到满坑满谷的铜银器，以佛教摆件为主，外加一些烛台。她观看一对纯银雕龙五头烛台，每头烛台下方均镶嵌着一条龙，朝向四个不同方向，中间一头绕柱而上，柱子上镶嵌以手工捶叠而成的竹子，连接底座的部位錾刻着梅花图案。

乐有薇征得黎翘楚同意，从包里摸出放大镜，戴上白手套，翻到烛座底部的工匠标记和纯银标记，问："黎阿姨，您祖上有人在广州做过事？"

黎翘楚抬眉："哟？家里还真来人了。"

清朝康熙年间，朝廷撤除禁海令，实行开通海商政策，伴随着国际商业交往频繁，中国历史上最早的官方外贸专业团体——广州十三行应运而生。街区行栈作坊星罗棋布，能工巧匠辈出，黎翘楚一位祖辈当时远赴广州谋生。

1757年，乾隆皇帝宣布撤销原设的沿海各关，仅留广东的粤海关对外通商，广州口岸是清政府闭关政策下唯一幸存的海上丝绸之路。

每年五六月间，各国商船泊靠广州港，带来异地的工艺品、土特产和工业品，在十三行商馆卸货交易后，带走中国的丝绸、瓷器、茶叶和铜银器物，于九月到十月间乘风回归。这对纯银雕龙五头烛台便是出口欧洲的打样品。

烛台足有半米高，乐有薇拿起来感受，黎翘楚称过重，一只就有两千多克，祖辈还制作过同款的铜器，看上去更厚重些。

黎翘楚和乐有薇投缘，告知她的鎏金技艺来自祖上传承。清顺治年间，黎翘楚的祖先中举，迁居到山西任县长，从此在山西安居繁衍，子孙各自学艺，小有所成。黎翘楚曾祖父这一脉选择学习铜佛鎏金，传到了她这一代。

黎翘楚年轻时在县文物管理所工作，后来丈夫工作调动，她跟着去了市里，被旅游制品厂高薪聘当经理，从事设计和制作。黎翘楚生有一双儿女，她以前最遗憾的是子女都对祖传技艺没兴趣，但45岁时，丈夫病故，她只求子女平安长大就好。

这些东西留在后代手上，一不欣赏，二也不能感受到文化价值和艺术价值，所以黎翘楚想出手。乐有薇有几个问题想了解："您的子女和他们的配偶都支持您的决定吗？"

物品价值不高的时候，货主的子女后代可能懒得争，一旦价格高就会有争议。乐有薇目睹过好几起产权纠纷，她作为拍卖公司员工，和货主签订委托协议之前，必须确认对方是否合法地拥有被拍卖物的所有权。

黎翘楚表示儿女和儿媳都不会有异议，乐有薇问："您女儿结婚了吗，女婿怎么看？"

黎翘楚说："离婚了，我家东西都跟他无关。"

贝斯特做过几场海外回流中国出口银器拍卖会，乐有薇从资料库调出数据，其中一对清末广州十三行出口的立体龙纹纯银烛台拍出了两万多块，但重量只有黎翘楚那对的十分之一。她不动声色，拍摄她最感兴趣的物件，发给公司的鉴定专家。专家都表示："有一定风险，价格压低，可做。"

家里白天只有黎翘楚和小孙子，小孩见了乐有薇就笑，乐有薇把他哄睡了，瞥见黎翘楚在注射胰岛素，原来她是糖尿病患者。

乐有薇心里有点酸楚，拿着平板电脑坐到阳台上，跟团队开起电话会议。黎翘楚的货品以工艺见长，但都算不得名贵古董，想在秋拍上拍出高一点的价钱，宣传上得多花点心思，首先得把黎翘楚"铜鎏金代表性传承人"的身份打出去。

身后，黎翘楚也许听了许久，乐有薇回头时，她满眼是泪。乐有薇有几分尴尬，她向来知道，一口气出让这么多物件，八成是遇见人生大难，但没想到，黎翘楚的难题比她预想的更惨痛。

黎翘楚的女儿潘蓓在老家山西小城工作，通过相亲结婚生女，患上产后抑郁症。黎翘楚认为产后抑郁是谬论，大多数都跟男人袖手旁观、女人孤立无援有关。前女婿每天最多下班后哄几句女儿，孩子夜里哭闹，他翻个身又睡："你哄哄她。"

潘蓓想离婚，身在北京的黎翘楚和儿子潘胜都劝和不劝分，而今黎翘楚很痛心，若那时就离婚，兴许不会有后面的祸事。

许是妻子提出离婚，让男人有所反省，他尽量早些回家，还把母亲接来照顾妻女。潘蓓勤于健身，准备出去工作，不料婆母发现孙女似乎存在某种缺陷。

孙女快2岁还不会喊爸爸妈妈，只能发出很含混的单音音节，一家人都以为有的孩子说话晚，没有太在意。一个雷雨天，天上惊雷吓得婆母一颤，小区同龄的小男孩直往妈妈怀里躲，但孙女还在玩玩具，头也不抬。

一家人敲盆摔碗试探，感觉不妙，夫妻俩抱着女儿去医院检查，被医生证实孩子是先天性聋哑人。

双方家庭往上追溯，祖祖辈辈都没聋哑人，但基因玄妙，时常无解。潘蓓心如刀割，还遭受丈夫和公婆的指责，既怀疑她孕期不注意，又抱怨她生了孩子魂不守舍，否则能早点发现问题。

婆母建议把孙女送进福利院，这次，潘蓓坚决离婚。婆母服了软："我也是为你们好，你们还年轻，还能生。"

潘蓓找律师咨询离婚事宜，婆母对孙女越发不耐。潘蓓把离婚协议书拍到丈夫和公婆面前，男人表面不同意离婚，但背地里接受了父母安排的相亲。公公认为离婚也好，万一儿媳抑郁症闹自杀，更麻烦。

潘蓓和丈夫谈妥离婚条件，丈夫一次性补偿她50万，每月支付女儿抚养费，直至女儿成年。

前夫直到和新人谈婚论嫁，才坦白了婚史，新人接受了，但心里不忿，一个月三千块的抚养费更让她不甘，上门找潘蓓泄愤："你俩结婚，你只出了全套家具和电器，不到20万吧，连本带利还你50万，够厚道了！生个哑巴你还有理了，凭什么额外要抚养费？"

潘蓓和人合租，室友对她们在屋子里吵架有意见，潘蓓把新人喊去楼道："我女儿是我一个人的吗？一个月三千块很多吗？"

新人和潘蓓吵起来，孩子在室内哭闹，潘蓓要走，新人气冲冲地绊了她一脚。潘蓓从楼梯上摔下去，摔断了脊椎骨。

楼道里没有监控，新人拒不承认使了坏，还挖苦潘蓓有抑郁症，脑子不清楚，栽赃给她。

黎翘楚和儿子潘胜赶回山西老家，潘蓓脊椎损伤严重，瘫痪在床。医生说，配合良好的复健，潘蓓的身体机能会得到一定程度的改善，但康复希望渺茫。黎翘楚雇请老家的亲戚照料潘蓓，但请人既花钱又得不到尽心照顾，她决心变卖藏品，回山西照顾女儿和外孙女。

儿媳生了二胎，大的是女儿，刚上小学一年级，小的还没上幼儿园，她不同意黎翘楚回山西。一家人争执了几天，潘胜说服了她，才让乐有薇上门看货。

乐有薇默然，生活未必是越过越好的，黎翘楚因技艺被命运一时善待，但命运不给她安安生生颐养天年的机会。

等儿子儿媳都回家了，乐有薇和他们谈具体协议："大概想收到多少钱？"

黎翘楚早已算过账，立刻说："150万能行吗？"

乐有薇核算过，从理论来讲，这批货开到150万不离谱，但在没有目标大主顾的情况下，合同她得抠得精细些。黎翘楚也懂得市场需求小，想了一阵："到手120万也行。"

若这些都是古董，乐有薇就签了，但工艺品她不能冒险："我对估价不在行，跟我的同事商议过再联系您好吗？"

不拿自己的业余去挑战别人的专业，是乐有薇的原则，估价的事当然由专业同事去做。但在黎翘楚一家听来，这是在推诿了，潘胜想了想："那这样吧，收益方面，我先不做要求，就是授权给你去卖，我这边同时也找找人，这样可以吗？"

乐有薇说："这个不可以。我去找买主洽谈，当然是拿出最好的给对方看，您这边一定也是这样。万一两边都有意向，您是货主，您有拍板权，但我在买主面前就不好交代了。"

乐有薇翻出公司几个版本的委托拍卖协议，黎翘楚选了一种：签订意向合作合同，在半年期限内，独家委托给贝斯特拍卖。

业务部的同事应乐有薇之请飞来北京，对每件货品进行估价，定品相，乐有薇抽空去图书馆翻资料，为这批货的宣传工作做准备。

美往往得靠附加值才能被认可，黎翘楚的货品大多是自己和祖辈的个人设计作品，不算古董，哪怕那对纯银雕龙五头烛台精美得不似凡品，也卖不上价钱，除非被考证是大人物所用之物，价格才能翻上若干倍。

乐有薇有好几个客户，在挑选珍品时必定会先问一句："《石渠宝笈》收没收？"

得到肯定答案，他们才会感叹确实好看，再放心收入。乐有薇最喜欢这帮人，他们没几年就会把藏品放出来，让她再赚一道提成。

《石渠宝笈》是清代乾隆、嘉庆两朝编纂的宫廷收藏的大型文献，著录了历代书画藏品万余件，对后人全方位多角度研究中国古代艺术史提供了重要参考。但它只是鉴别清宫藏画的手段，并不能代替书画本身的鉴定，因为即使清宫藏书画也有赝品。

最初的清宫书画藏品大多来自明代宫廷收藏，但康熙皇帝对书法尤其喜爱，臣下纷纷进献古人书画，博取圣上欢心，自然夹杂了不少鱼目混珠之作。

理想情况下，黎翘楚的货品能拍出两百多万，但理想和现实是两码事。乐有薇决定把佛教用品作为主打，其次才是各类烛台。

佛教用品在国内的销路一直不错，连陶妈妈的同事都找过乐有薇留意古董摆件。那同事属鸡，工作一度很不顺，按照"大师"指示，得"请"回一尊铜制猴子摆件，还有具体要求："于巳时摆在办公桌左边十点钟方向。"

郑爸爸认为很无稽，但市场证明，转运器物好卖。黎翘楚的佛教用品大多是根据贵客需求设计制作的打样品，成本高昂，但相对不难找到买主。

看文史资料之余，乐有薇查起了路晚霞的访谈资料，权当休息。音乐人再出名，在名人范畴内算小众，网上关于路晚霞的讯息不多，但从旧杂志期刊里，乐有薇翻到很多篇她的访谈录。

时尚类杂志里，路晚霞作为成功女性，谈论事业和家庭关系；亲子类杂志里，她畅聊如何陪伴女儿成长；还有一本名为《乐海》的杂志很崇尚她的音乐作品。

在记者笔下，路晚霞和丈夫相爱甚笃，对女儿的疼爱更是溢在字里行间，乐有薇把看到的细节都记录下来。

图书馆邻近大马路，餐厅少，乐有薇坐地铁回住处。路边有家餐馆等位的人多，她估摸着好吃，提前下了车。

拿到的号牌是66号，前面还有17人，乐有薇和几只流浪猫玩起来。最小的那只很黏人，乐有薇摊开手掌，它就伸出小舌头舔；乐有薇挠挠它的肚子，它就躺着咯咯笑；乐有薇给它顺毛，它发出享受的呼噜声……

突然，小猫挣脱乐有薇，跑向同伴，藏在十来步开外瞧她。

再唤它，它却不肯过来了，莫非是感应到有人动了收养的念头？乐有薇惆怅，蹲下来拍它，在朋友圈发出一条动态："一只猫突然安静下来，在想什么？"转眼就看到秦杉的评论："想喂它吃小鱼干。"

乐有薇还是不理人。那天她逛雍和宫，在朋友圈发了若干图片，秦杉看得津津有味，还一一评论了，乐有薇也没理他。他发急，问郑好："我到底做错什么了，还没想出来，怎么办？"

郑好说："别急，乐乐可能在忙。"

秦杉很委屈："她不忙了，她在和猫玩。"

郑好问："你怎么知道？"

秦杉急得要命："她刚发了动态。这几天她发了那么多图片，我都评论了，但她一直不理我。"

郑好点开朋友圈，乐有薇最近一条动态是豪车拍卖会。她懂了，乐有薇在北京发的动态分了组，只对秦杉可见。

乐乐不是在和猫玩，她是在和你玩。郑好哈哈笑，再吊一吊秦杉的胃口吧："反正她发的，你看到了，你回给她的，她也能看到。好好工作，我找机会帮你。"

是豪车拍卖会那晚，乐有薇和叶先生见面后，仍想和叶先生在一起，所以对自己做了冷处理吗？秦杉想。但乐有薇明明去过酒店，还很关心某个醉鬼。他提着一颗黯淡的心，回了善思堂。

撇下工作跑去北京找乐有薇，她不会欣赏，秦杉自己也觉得不合适，等忙完现阶段工作就去找她，天大的误会，都当面说清楚。

乐有薇在图书馆泡了一上午，在一本旧杂志上，她看到路晚霞在市内的家。那是位于海淀区的一套学区房，为了迁就宝儿读书，路晚霞平时都住在那里。

路晚霞提供了室内图片，最大那间是书房，其次是女儿的房间和婆婆的房间，她和丈夫的卧室只能放下一张1.5米宽的床，她说睡觉的地方无须大，一家人待在书房的时间是最多的。

书房处处绿植，书柜里是夫妻俩的藏书，以及宝儿的成长记录。路晚霞和丈夫定期摄录宝儿成长过程中值得纪念的时刻，刻成光盘留存。

访谈文章里，路晚霞告诉采访记者，宝儿最喜爱画画，但在音乐上也有点天赋，她刚成为班里的领唱，将在元旦表演节目，她爸爸特地新换了一台摄像机。

书房离楼道最近，楼道失火让书房成为重灾区。美术指导常伟亮说过，书房被烧毁得不像样子，这一点，王春萍也向乐有薇证实了："书房里的东西都没留下来。有时候我想，要是路姐失忆了，是不是就不会这么痛苦了？"

乐有薇近来和王春萍联络密切，王春萍难得结识一个有能力也有意愿帮她处理琐事的人，每次乐有薇说上一段英文，让她放给打交道的外国人听，她都无比感激："我们江西的米粉特别好吃，下次见面我送你吃，你太好了。"

乐有薇让她别客气："我平时很少跟外国人打交道，就当练习口语了。"

王春萍对乐有薇信任有加，说了不少关于路晚霞的事。以前路晚霞爱美，勤于保养，衣服既多又漂亮，后来的她，每天只用清水洗把脸，床上堆满了衣服杂物，刨出一块地方就睡。

照理说，路晚霞在身边，王春萍遇事找她商量就好，但她一坐就是一整天，说不了两句话。在王春萍的照顾下，路晚霞看似正常，但王春萍对乐有薇说："看到路姐，我才懂得行尸走肉是什么意思，可我帮不到她。"

宝儿既是领唱，就会有合唱的同学，老师和家长里面，总会有人保留节目影像。乐有薇跟王春萍商量："我想去找宝儿当领唱的视频，但不确定是会刺激路老师，还是会让她好受一点。"

顺义工作室多是音乐类的资料，家庭图片视频都保存在家里的电脑里，路晚霞后来很后悔这样。宝儿失踪时，路晚霞刚换了新手机，里面的东西很少，她把仅有的照片视频转移到电脑里，王春萍陪她看过一遍又一遍："可能对路姐有用。"

女儿音信全无，丈夫漂泊不归，最值得保留的，或许唯有回忆。哪怕很痛苦，但旧时欢笑永不灭。乐有薇找去宝儿就读的小学，又是好烟又是好话，被门卫带去找宝儿当时的班主任。班主任随班升级，如今教四年级。

班里的家长还是那些家长，班主任在群里喊一声，很多家长都响应了，有人当即就从手机里翻出来，还有人说回家就发。

乐有薇对班主任千恩万谢，想请她吃晚饭，但班里的调皮孩子留堂，班主任得等学生家长赶来，一起批评教育。

小学放学早，乐有薇订了下午茶送去。晚上，宝儿的班主任又转发了几部视频："家长用专业器材拍的，文件太大了，我上传到网盘了。"

不仅器材是专业的，拍摄手法也是专业级，乐有薇看着视频里的宝儿，完全不敢代入去想，如果这是自己的女儿……

业务部同事终于做完估价，把黎翘楚的货品托运回云州，乐有薇和他们一起离京。

飞机准点到达云州，乐有薇赶到市内和郑好吃晚饭。"用之于民"主题当代书画及相关拍卖会下午已收官，郑好颇为不忿，居然被方瑶搞出了一个虚假繁荣。

这场拍卖会本是赵杰主槌，但被方瑶抢了。她的奢侈品专场拍卖会被钟泽康的前女友搅和了，她想通过赵杰这场拍卖会证明自己的实力。

关系户，惹人厌，但不宜得罪，业务部找赵杰商量："横竖不是重点场，给她吧。"

既然接下任务，就要做好，赵杰为拍卖会准备了数日，气得不想说话，但方瑶大言不惭："反正你也不喜欢司法拍卖。"还补一句狠的，"再说你刚失恋，状态不好。"

赵致远劝过儿子："她在台上表现差，丢的是她自己的人。她不介意被人当笑柄，你犯不着生气。"

众人都等着看方瑶笑话，但她竟然勉强应付下来了。但凡是有点名气的书画家作品都被拍走了，还有些未署名的画作也被哄抢了几回成交，这极可能是画家签约的公司在回收，毕竟流拍或贱卖不利于画家后续发展，保持声名不堕，画家的身价才能稳中有升。

几十件田黄石实打实都拍出去了，大多是藏家和投资客，有人一气拍了数件，且多半以底价拍走。若换个有经验的拍卖师，远不止这成绩。

全场成交额算是好看，方瑶耀武扬威，狗腿大吹特吹，拍卖会结束才几个小时，公司官网论坛关于这场拍卖会的资讯就多达几十条，清一色都在夸拍卖师。郑好纳闷："她真不知道自己是个什么东西吗？"

乐有薇说："想从她身上捞点好处的人，都不会对她说实话。"

郑好说："可我们都当面挖苦她了。"

乐有薇笑道："她和她的狗腿只会认为那叫嫉妒，是我们心里酸。"

转天是夏至主槌的中国古代书画拍卖会，它是"用之于民"主题拍卖会的压轴场，乐有薇依然提前到达，协助夏至团队接待客户。

刘亚成看上范宽的画和苏轼的字，跑到后台缠着夏至问了又问。开场前半小时，夏至把刘亚成轰出去，他要睡觉。

叶之南仍和刘亚成坐在一起，乐有薇和郑好等人则在员工席就座。两人都发现唐烨辰虽然来了，但和叶之南隔了若干个位置。场内的好事者眼睛亮了，叶总和唐家闹掰了？

这场好东西多，刘亚成和唐烨辰等人各有斩获。退场时，赵杰来找乐有薇："我们一起吃饭？"他说着，还看看郑好，显然是想拉上她，或者说，主要是为了郑好。

那天，方瑶抢赵杰拍卖会时，郑好等人正在开江知行个人作品展例会。方瑶不仅嚣张地踩到赵杰肩膀上，还一副撒娇的口吻，让他仔细给她讲讲拍品。

乐有薇努力了几年才上拍卖台，方瑶却能予取予求，郑好想起新仇旧恨，眼里不加掩饰地飞出了刀子，被方瑶逮了个正着："我怎么你了？"

乐有薇说过，对讨厌的人粗暴点、大胆点，多半时候其实并不会有可怕的后果。郑好冷冷地问："没人告诉你，你在欺负人吗？"

方瑶笑了："我们头儿失恋了，你就以为你有机会了？又矮又胖，土得就跟个地瓜似的。"

郑好一巴掌扇去，长这么大，她第一次揍人，没扇到，马上补一掌，又没扇到，被方瑶扇回来，郑好躲过，一脚踹到她膝盖上："你就欠收拾！"

方瑶怒了，又是一掌扇来，被赵杰拉开，一直拉着她的手腕拽向门外："你去准备拍卖会，我开完会教你。"

方瑶挣扎着不走，怒视郑好："我头儿自己都愿意把这场给我，轮得到你说话？"

别人忌惮方家有权有势，不便公然交恶，但已然如此，郑好不忍了："小赵老师不说，是他修养好。你在台上表现得蠢笨，还动不动就抢别人的机会，我看不惯，还说不得了？别人都是你爸妈，都让着你，我不想长辈分，我不让。"

方瑶压根没想到，连唯唯诺诺的郑好都敢讽刺他，可她实在不擅长用武力，又气又急，对赵杰吼道："你别拦着我！"

赵杰甩脱方瑶的胳膊，郑好对劝她算了的众同事说："跟她讲理有用吗？乐乐告诫过我一句话，你的文明和体面，只给匹配它们的人。像她这种人，下次再嘴贱，我会再揍她。"

赵杰先道谢再道歉："她讽刺你，也是因我而起。"

郑好拒绝赵杰请客吃饭，指指自己的嘴巴。她磕掉门牙后，一直想送他礼物，但一直没想出来。赵杰喜欢赵无极的画和杜尚的雕塑，她哪样都买不起，至于他喜欢的那几个设计师品牌服饰，郑好倒是买得起，但给不太熟的男人买那些不合适，这次就当还赵杰人情。

乐有薇拉上郑好和赵杰一同吃晚饭，赵杰失恋，工作也不顺，情绪很低迷，乐有薇和郑好一唱一和，哄得他笑了几回。

慈善拍卖晚会那会儿，赵杰说过要送乐有薇田黄石，这次，他让朋友在方瑶主槌的拍卖会上拍了一块，递给乐有薇："底价拍到的，你拿着玩。"

乐有薇推让再三，收下了。这东西不贬值，先放着，以后再回礼便是。饭后，江天联系她："新广告片粗剪了一遍，来看看？"

秦杉谈下的那件伯爵夫人琉璃玫瑰项链，复刻版是红宝石款，江天把它定为今生珠宝下一季主打新品，得到总部认可。

这次广告片由总部人员负责，还加大了投资，拟请好莱坞女明星莉兰达和中国男明星组成情侣档，江天前几天刚和当红小生白杨签完约。

新广告片和上次的广告片在风格上一脉相承，是一段荡气回肠的异国恋：战乱年代，城市遭到空袭，男人出生入死，攒到金钱，等到机会，目送大船载着他心爱的战地记者去往周全的远方。江水滔滔，一轮残阳落了下去，年轻的特工和战友守到最后一刻，殉了国。

时空流转，高楼拔地而起，女人结束高峰论坛演讲，提着裙摆奔跑。万人如海的街头，站岗的士兵站得笔挺，眼中流露出笑意，迎视跑向他的爱人，他依然一身戎装，她依然矢志不忘。

广告将在中美两地播出，从画面情节来看，是很被观众理解的那一类，广告词也直抒胸臆："今生今世，永不分离。"江天嫌这句太土了，广告公司正在修改，而且同样面临配乐问题。

江天推荐了好几位作曲家，Dobel总部盲选，认为路晚霞的作品气质最贴切，此外还有位英国作曲家的作品也很惊艳，总部正在和他的工作室商讨合作，但江天在工作上是完美主义者，始终还想再争取路晚霞出手。

上一个广告片，江天结清了酬劳，还额外封了红包，乐有薇打算部署完黎翘楚货品的宣传工作，就再去奥兰多找路晚霞。一方面，她想再赚点钱，另一方面，她和路晚霞一家同病相怜。

6岁的时候，乐有薇就在承受失去的滋味，那个生死未卜的小女孩，10月份就又要过生日了。

江天问："这回想让我怎么谢你？"

乐有薇简单地说了赵杰和方瑶的过节，谁当上司当得这么窝囊？何况赵杰又失恋了，她想安慰安慰他："我欠了他和他爸人情，能让他们也看看司清德那幅《寒梅舞鹤图》吗？哦，还有夏至，他是我们公司负责中国古代书画的主力拍卖师，我最好的朋友。"

她没有加之一，江天说："我还以为你最好的朋友是郑好。"

乐有薇说："她是亲人。但有多少人的亲人能是自己最好的朋友？"

江天有同感，他出生在大家庭，有数个表哥堂姐之类，虽是亲人，但不仅不是最好的朋友，连朋友都算不上，许多话没法跟他们说，也懒得说。以他所见，乐有薇和郑好有着难以割舍的情分，但她俩完完全全是两类人，若是成年后才相识，郑好只怕很难成为乐有薇的朋友。

江爷爷对赵杰印象不错，同意了，乐有薇跟赵杰一说，赵杰连发了几个惊叹号："有薇，谢谢你！"

江知行个人艺术馆才刚开始设计，藏品公开展览，将是几年后。乐有薇想让朋友们提前看到，虽然不是徐渭人物图，但司清德也很被艺术爱好者推崇，她总算能报答赵家父子在慈善拍卖晚会一事上帮的忙了。

回家后，乐有薇制定行程，但愿这次能进入路晚霞的城堡，让秦杉看到内部结构。冷战几天是怡情，但莉拉是谁、有多重要，得面对面地敞开了说。她允许秦杉有过去，但不允许他过不去。若是后者，她只能搁浅这段关系，今生今世，她不想要沉重的感情。

郑好通风报信："乐乐又要去美国了。美国向导，你把工作安排好。"

秦杉立刻问："小薇，我能和你一起去美国吗，不过我还得再忙几天。"

乐有薇快速对郑好飞了个眼刀，郑好满面笑容地接着，乐有薇越因秦杉那句醉语赌气，她就越看到呼啦呼啦的小火苗。

乐有薇回道："等你行程定了就告诉我。"

隔几分钟就按一次手机，眼睛都快等瞎的秦杉终于收到短信，他胸口滚烫，喊上小五去超市。啤酒五箱，卤牛肉五十斤，拿什么发泄，这喜悦之情！

夏至照例送来乐有薇帮他接待客户的谢礼，是一位当代画家绘制的《海错图》图卷。原书是清代画家兼生物爱好者聂璜绘制，描述了300多种生物，还记载了不少海滨植物，乐有薇极是喜欢，立即挂上墙壁。

乐有薇迁就秦杉的工作安排，五天后出行。赵杰正愁没地方散心，拽上他父亲赵致远提前去纽约。夏至跟他们关系不近，单独行动惯了，三方约定等乐有薇到了纽约，再一起登门去江家。

乐有薇召开会议，等到黎翘楚的货品入库，她会挑些最具品相的物件，请宣传部同事拍摄，再让团队众人力推。

艺术，艺和术是分不开的，黎翘楚提供技艺，拍卖行依靠话术，努力把它们都卖出去。众同事都很遗憾，如果那对纯银雕龙五头烛台的工匠是宫廷匠师，就能冠以"清代宫造珍玩"，拍出二三十万了，现在想卖十万，都得撞大运。大众看重的是实惠，追捧的是名气，至于美不美，向来见仁见智。

郑好以前陪同乐有薇看拍卖会，总会腹诽，一幅画那么贵，凭什么？其实她也知道，有时卖的是名头。画家很有名，人们就会多一点耐心去欣赏，越品越能看出好来，看不出也能认为可能是自己"欣赏水平不够"。而有些不知名的人字写得很好，画得也精，却卖不出价钱，无非是名气不到，这世界从来不公平。

郑好说："我去翻点史料，说不定能找到同款烛台，乾隆皇帝送给哪个外国使节的！乾隆的名头好用吧？"

如果真能跟乾隆皇帝捆绑在一起，乐有薇就不愁了。她认识的一位学者开过玩笑，说以康熙乾隆雍正为主角的电视剧铺天盖地，是皇帝中的名人，一集40多分钟，你算下电视台黄金时段一分钟广告费多少，50亿你都买不了那么多黄金段时间，何况每年还重播。就冲这种广告投入和这种知名度，跟清三代皇帝沾边的艺术品，就不可能不贵。

秦杉发来短信："我去加油站上网订两张机票，小薇别操心，交给我。"

乐有薇转账给他："江天报销哦。我要坐窗边。"

秦杉不收，乐有薇不高兴："两个选项：要么分头行动，要么我偷你的证件，回程我买了。"

郑好偷笑，乐有薇和秦杉之间那细小的暗流，在无声无息地滋长。等她哪天不见外了，秦杉才算真正走进她心里了。

第七章
胡桃木羽管键琴

秦杉订了当天下午五点从云州出发的机票，他清晨从江家林出发，乐有薇吃午饭的时候，他刚下高速公路。

云州国际机场在城市南边，秦杉将穿过半个城区。下着雨的天气，路况不好，乐有薇预定了送机服务。司机刚到贝斯特楼下，她手机响起，是秦杉，她接听："……小杉？"

那端很嘈杂，秦杉没有在第一时间说话，乐有薇连喊了几声，才传来他的声音，模糊得很遥远："小薇，我动不了……你到了机场等等我。"

乐有薇问："你到哪儿了？很堵吗？"

那头嘈杂声很大，车声、喇叭声和人声交织，似乎还有孩子的哭声，秦杉的声音几乎被淹没："堵，别走建新高架……"

电话断了。乐有薇喂喂两声，坐上汽车。路上，她一直没能再联系上秦杉，能拨通，但无人接听。她提醒司机："建新高架好像堵得不能动，您绕点路吧。"

司机说："知道！接你的路上就听说了，重大车祸，连环撞！"

乐有薇心一缩，秦杉动不了，她本能地理解成车动不了，其实是人动不了了？她再次拨打秦杉的手机号，仍然无人应答。

乐有薇手心攥出了汗："您、您还是往建新高架开吧。"

雨天路滑，交通事故频发，她竟忽略了这一层，心里惶急，司机看出来了："别急别急，说不定是在现场给人帮忙呢，没顾得上看手机。"

雨天行得格外注意，但路况太差了，建新高架上发生了七车追尾事故，尽管秦杉刹得及时，可他后面的车撞了上来。

左侧那辆车里，爆发出孩子的痛哭声："妈妈，妈妈……"

车内的小男孩血流披面，秦杉望见一双惊惶的黑眼睛，鲜血流到小男孩嘴边，他连声喊着妈妈。秦杉想开门抱出他，却惊觉自己双腿又麻又酸，虚软得无法动弹。

秦杉脑中的第一反应是给乐有薇打电话，乐有薇的声音响起，他说了实话，他说自己动不了。车窗外，小男孩哭叫着求救："救我妈妈，哥哥，救我妈妈……"

秦杉转头去看，手一抖，手机滑落下去，霎时斗转星移，他像一脚踏空，坠回10岁那年。在美国西部荒凉的公路上，他也曾这样无助地拍着车门，一遍遍地喊着妈妈。

汽车侧翻倒地，被卡车撞得变形，秦杉出不去，忍着痛向外看。四野茫茫，连路标都没有，他想起身砸开车窗，可他小腿上都是鲜血，再怎么用力，也站不起来。

报警电话里的女声说："请你告诉我尽可能准确的地点。"

秦杉哭着对电话说："我一步也走不了，请你们快来，救我妈妈，救我妈妈……"

当天是周日，母亲公司研制的某种动力飞机进行第二次试飞，秦杉闹着要去，母亲带他去试验场，中途要穿过一段人迹罕至的洲际公路，许久都看不到一辆过路车，救援车更是久等不来。

母亲伏在方向盘上，鲜血浸湿了头发。秦杉想着老师讲过的急救手法，忍受着腿上钻心的痛，拼命按着母亲的伤口。可是伤口那么大、那么多，他无从按起，眼睁睁地看着母亲的鲜血一滴滴流淌，生命也一滴滴耗尽，没人比他更明白"流逝"的含义。

终于有过路车出现，报了警。救援车到来，把翻倒在车身上的卡车弄到一边，从被压扁的汽车里救出秦杉和他的母亲。

当时，母亲已然去世，但医护人员都不忍心告诉眼前的小少年。在救护车里，秦杉被护士抱在怀里，像跌进了冰窟，冷得发抖。

墨西哥裔的医生语速快，口音也重，秦杉学会的英文不足以听懂他们交谈的全部内容，只依稀明白，他两条腿都断了。他们说："孩子，我们需要通知你的家人。"

秦杉拨打外公的电话，但已经说不出话了。外公外婆赶到医院，秦杉刚被推出手术室，他失血太多，衣服被血液黏住，医生剪开他的裤管，做完第一次手术。

护士向外公外婆通报情况，肇事的卡车司机吸食大麻，行驶中发作了，疑似出现了幻视，撞向了他们的车，当场死亡。

那么危急的情况下，母亲想到的是保护孩子，把危险留给自己。秦杉奇迹般地只伤到腿，幸免于难。

只是，秦杉没有办法再说出一句话。声嘶力竭地哭求，却没能唤来救星，要语言又有何用？

潜意识封上了声道，秦杉从此发不出声，也不想发声。他痛恨自己说不清准确方位，不然，救援车就能早一点找到他们了，母亲就还有救吧？

外公托人请来专家会诊，保住了秦杉的腿，失语却始终无解。心理医生说10岁的孩子每一分一秒都在忍受剧痛，看着母亲惨死在面前，且在荒无人烟的公路上耗时太久，精神遭受重创，只能从长计议。

看了很多心理医生，秦杉还是老样子，别人都说他是被吓傻了，但是学校的课程他都会，考得也好，美术爱好也都没丢，徒手就能画出精确度极高的线条。母亲还活着的时候，他就发过愿，以后要画许多的房子。

12岁的秋天，外公外婆从康复中心接走秦杉，他坚持做复健，得以正常行走。那个下午，他们路过一家健身机构，隔着玻璃窗，秦杉看到有人在练散打，滑步，侧踹，勾拳，一跃三尺高，他自顾地走了进去。

父亲扼住母亲的手腕，不让她离婚的时候，秦杉就很想学功夫了。孙悟空、哪吒和沉香，大闹天宫、闹海擒龙、劈山救母，无所不能，等他练到飞檐走壁，纵横千里，就能回天转地了，他要回到那时，救出母亲，带她穿过死亡的幽谷。

不说话的孩子不懂喊救命，学点功夫不受欺负，外公给秦杉报了格斗课程。学了两年格斗术，在跟人搏击时，秦杉也能发出几声呼喊了，外公外婆看到了希望。

第一次正式比赛，秦杉赢了两局，第三局，他败给一个17岁的黑人少年。

秦杉不气馁，这一年，他早已知道，孙悟空、哪吒和沉香，故国神话里非凡的英雄，他们在想象的尽头，在星辰之外。

比赛结束，外婆给秦杉擦汗。莉拉走来，用她当时仅会的中文说："你好。"

十多年了，秦杉缓慢地好起来，克服了对交通工具的恐惧，从事奔走四方的事业，还有了喜欢的女人，对她基本能做到顺畅地表达，可是当她呼唤他时，他给不了应答。

手机铃声在脚边接连响着，秦杉想弯腰捡起手机，依然力气全无。原来，他还是没能完全康复。在这相似的场景里，他再次被噩梦般的回忆裹挟，认识到这一点，他懊丧至极。

不行，一定要走出这困局。秦杉挣得满头是汗，努力探着小男孩的方向，伸过手："别怕。"

交警清出一条步行通道，医护人员跑过来，秦杉听到他们问伤者在哪里，放下心来，小男孩和他的妈妈都有救了。

医护人员半跪在地上，为小男孩止血，小男孩哭着说："叔叔，救我妈妈！"

交警发现了秦杉，他脸色苍白，眼睛半睁不睁，一额头的汗，好像受了伤，交警喊道："喂，喂！"

不能让乐有薇等得急，手机还在响着，秦杉费劲地睁开双眼："……我的手机，谢谢。"

交警快速确认秦杉的身体没有大碍，帮他把手机捡起来，按下接听，贴在秦杉耳边："报个平安吧。"

乐有薇急切地问："小杉，小杉，你、你怎么样了？"

秦杉眼中湿润："……我、我没事。"

乐有薇问："你受伤了吗，我来找你！我在路上了，就快到了。"

乐有薇声音抖得厉害，秦杉越发难过，他颤着手，从交警手里握住手机，手指无力，手机向下滑去，但终究被他卡在了掌心："小薇，我没受伤。"

乐有薇不信："一点事都没有吗？"

秦杉极力让自己恢复气力："没有。"

乐有薇仍不信："不要骗我！快说实话。要不我们视频吧，我要看到你才安心。"

你一双腿好端端的，没有断。秦杉在心里一遍遍地这样说，死死地盯住自己的双腿，一遍遍竭力为自己鼓气，让大脑执行指令，逃出10岁时的梦魇。

雨停了，秦杉的力气渐渐回来了。他看向外面，交通还未疏通，如果乐有薇赶来，得下车走很久，他说："不骗你。等下见面了，你就知道我没骗你。

小薇，我们机场见。"

然后他做了一个连自己也没有想到的动作，他亲了亲手机屏幕。

在车里又缓了几分钟，秦杉拉开车门，握住小男孩的手："你母亲不会有事。"

司机从后视镜看乐有薇，她眼里盈满泪水，强忍着不掉落，司机问："男朋友？"

乐有薇说："不是男朋友也不准有事。"

车停在路边，乐有薇拖着旅行箱往人最多的地方跑，等见着秦杉了，她要骂他，她连打九个电话他都不接，恶习，罪大恶极！

小男孩的母亲被抬上了担架，她受伤的部位是胳膊和腿，不会有生命危险。秦杉松了口气，突然听到一声呼唤："小杉！"

秦杉以为是幻听，乐有薇又喊了两声，他转过脸，看到乐有薇飞奔而来。

人海中，他们奔向彼此。

乐有薇一边喘气，一边从头到脚地看秦杉，还好，他真的没有事，他没骗她。她丢开旅行箱，抱住秦杉，他好端端的就好，她不骂他了。

秦杉低头，下巴蹭蹭乐有薇的头，然后把她整个人揉进怀里。乐有薇忽然有些失落，她以为秦杉会亲她。

交警来找秦杉，小面包车被撞得太厉害，他们得拖走。乐有薇留了郑好的手机号，让她善后。

两人拉着旅行箱，一起走下高架桥。秦杉表情凝重，一言不发。乐有薇以为他受伤了，停下来，让他坐在旅行箱上，捋起他的衣袖，胳膊安全无恙，她蹲下去，抓起秦杉的裤管，就像在江家林的甘蔗林，秦杉对她做的那样。

秦杉右脚脚踝处磕青了，破了皮，渗出血来，乐有薇很不满："受伤了怎么不说？"

秦杉说："不算受伤。"他想站起来，乐有薇按着他的肩膀，"伤口得贴上。"

乐有薇皮肤薄，有时穿旧鞋子都会磨脚，包里常备创可贴。她拿出几张，重新蹲下去，把秦杉的牛仔裤裤管卷起来，手一顿，继续往上卷，秦杉的小腿到膝盖处，伤疤累累，触目惊心，她再看左腿，同样伤痕密布。

乐有薇沉默着，贴上几块创可贴。秦杉一看，创可贴五颜六色，图案也充满童趣，长颈鹿驮着小白兔，斑点狗牵着大棕熊，他乐出声。乐有薇站起来："可爱吗？"

秦杉也站起来，笑着看她："可爱。"

乐有薇眨眼："那我呢？"

秦杉立刻说："更可爱。"

乐有薇冷笑："莉拉呢，是不是最可爱？"

再也不能像今天这样怯懦了，让这么可爱的小薇那么担心。秦杉答道："你最可爱。"话一出口，他反应过来，"你怎么知道她？"

乐有薇推着旅行箱向前，再走几百米就是地铁站，她冷着脸问："打那么多电话都不接，是不是报复我在北京不理你？"

秦杉面有惭色："不是。"他持住拉杆，缓慢地说，"旁边那辆车里，有个小男孩一头一脸的血，哭叫着喊妈妈，我就又发作了，动不了，说话也很困难。"

乐有薇没想到是这样，他为什么会说不出话？因为救不了孩子，无言以对吗？在江家林时，秦杉就坦陈过有表达障碍，她不忍再怪他了："其实比我以为的严重，对吗？"

秦杉见她眼圈红了，心里很痛："我不能还像今天这样懦弱，让你着急。"

乐有薇和他并肩走在雨后的马路上："被张帆猥亵，我很害怕，但我可不保证不会再有了，因为未来可能还会出现让我很害怕的事，你会认为我很懦弱吗？"

秦杉飞速回答："不会。"

乐有薇问："那么，你为什么要觉得自己懦弱呢？就因为是男人？"

秦杉不作声，眉心蹙起来，乐有薇知道自己说中了："想想你认识的男人们，都是无坚不摧吗？大家各有所长，也各有不足，明白吗？"

秦杉深深地看她："那你能告诉我，在北京为什么不理我吗？"

"莉拉，从今天起，我送你回家。"秦杉的醉语痛苦难言，乐有薇问："莉拉是什么人，你的初恋？"

秦杉吓一跳："是朋友。"

乐有薇呵了一声："念念不忘的朋友，很特别啊。"

秦杉点头："是很特别，因为她，我才重新开口说话。最早的时候，她是我的心理医生，那时我14岁。"

母亲去世，秦杉把责任归咎于自己，不懂排遣，导致失语。被莉拉治疗了一年多，他才开口说出一个完整的句子。巩固了一年后，他的话才稍微多了几句，但比起大多数人，他仍然寡言少语，直到遇见乐有薇，一切才不一样。

乐有薇不大明白："为什么会陷入自责？"

秦杉无地自容，他是怎么搞的，乐有薇的眼神让他想哭，他不能哭，忍住了说："我在那辆车上。如果我25岁，我可能就能救出母亲，当时她还有救。"

乐有薇的心猛地一敲，她听懂了，秦杉目睹了母亲惨死的过程。她低头去看他的小腿："伤、伤是那时落下的吗？一定很疼吧？"

秦杉摇头，刚才想起母亲，他都能忍住不哭，但他真受不了乐有薇这样看他，只想抱她亲她，跟她说，再也不让你为我担惊受怕。

这张脸清朗得惹人心碎，乐有薇摸摸他的脸："郑好也差点出车祸，我去抓她，腿软得摔倒了，只知道哭。我很怕她死，也怕自己会死，怕得要死。在死亡面前，人很难控制情绪，越关心，就越会害怕啊，那时候的小杉已经很勇敢了。"

秦杉全身的血液沸腾爆炸，猛然把乐有薇拽进怀里，乐有薇头一偏，吻落在她面颊上。

秦杉连呼吸都要停滞了，怕乐有薇怪他唐突，但乐有薇只说："你还想着莉拉，不能亲我。"

连江天都没见过莉拉，乐有薇是怎么知道的？秦杉问："小薇，你是不是误会了？"

相识十多年，秦杉对莉拉不只是病人和医生的情谊吧，乐有薇挣开他的怀抱，绷紧了脸："她在哪里，美国？"

秦杉说："目前在休斯敦，十月底去中东，至少待两年。"

乐有薇好奇："去中东干什么？"

秦杉解释："那里有很多人饱受战后综合征的困扰，莉拉和她的同事想去做些心理疏导工作。"

秦杉送的祛疤药，是莉拉合作的医疗实验室研发的，有的重度烫伤烧伤患者创面瘢痕很大，落下心理疾病，找莉拉做治疗。一般说来，植皮手术对于祛疤疗效会更好一些，但老人孩子希望通过涂抹，就能恢复到愿意出门的地步，减轻手术痛苦。

秦杉爱上了一位真正的天使，乐有薇理解他，她按捺住酸意："两年变数太大了，别错过了。不知道该怎么对她表白的话，我教你。"

秦杉呆了："表白？小薇，莉拉是我的心理医生，也是朋友，但我对她没有男女之情。"

那句"我送你回家"，是那般苦痛，此刻秦杉矢口否认，乐有薇有些糊涂了："是不敢喜欢，还是你没意识到对她的感情是男女之情？"

秦杉正色："小薇，我敬重莉拉，但不是男女之情。"

乐有薇问："你确定？"

秦杉回答："确定。"

只有你让我心动，也只有你让我想抱你，想亲你，想牵你的手，带你去看湖水和花朵。我只对你产生过男女之情。

乐有薇气鼓鼓地朝前走："骗人。"

秦杉拽住她的胳膊："小薇，我不骗你。"

乐有薇垂下眼睫："豪车拍卖会那天晚上，你喝醉了，我听到你说：'莉拉，从今天起，我送你回家。'"

秦杉愣住了。

乐有薇头扭向一边："不能直面对她的感情，只敢定义成朋友，久而久之，连自己都骗过了吧。"

秦杉急了："小薇，我不知道我喝醉后说了什么，你听我说。"

秦杉接受莉拉治疗的第二年，莉拉用尽了办法，终于在诗歌里发现契机。她带秦杉去唱诗班时，看到他经常神思飞远，无声默念。

莉拉是爱尔兰人，深爱同胞叶芝的诗，她为秦杉读英文诗，让他在心里跟着逐句翻译，训练他的表达能力。

莉拉音色很美，带给秦杉奇异的宁静，他默默地听着，在心里一字一句地翻译成中文。每个周末，他都会去莉拉的工作室。15岁的深秋，他路过一家咖啡馆，看到莉拉的男朋友吉森和别的女人拥吻。

秦杉以为是自己眼花，紧接着又看到好几次。他从莉拉工作室，走到她家门口，一路九公里，他想了又想，始终不知道该怎么说。

莉拉怀有身孕，孩子将在两个半月之后出生。每次见面，她都幸福地说起她的小吉森。

吉森推说年底工作忙，渐渐不来工作室接莉拉。莉拉肚子太大了，开车很不方便。一个小雨初晴的下午，她去找吉森，目睹被背叛的一幕，地面湿滑，她从单车上摔了下去。

莉拉失去了她第一个孩子，子宫壁也因此受损，医生说，她可能不能再生育了。

这一切原本是能够避免的，只要秦杉说出真相，又或者，只要他说一句："从今天起，我送你回家。"

在莉拉的病床前，秦杉说出了车祸后第一个完整的句子："让你恐惧的，你要战胜它。"

秦杉重新发声，包括莉拉在内的人都很振奋，莉拉微笑："放心，我会的。"

内疚感吞噬了秦杉，我不是在鼓励你，我是在向你道歉。这句话是你告诉我的，可是，让我恐惧的，我没能战胜它。

莉拉康复期间，秦杉按她的要求，读诗给她听。莉拉说："中国一定也有很多优美的诗。"

在外公外婆的书房，秦杉挑了若干古籍，一本一本地看，但是古汉语翻译成英文，难免失之韵味。若是文学素养高些，可能会好办点，但秦杉7岁就随母亲出了国，自问没有翻译得信达雅的能力，就选了一本现代诗选，那是外公很久以前买的。

秦杉捧着书，坐在莉拉床边，怀着巨大的愧疚，努力发出声音，先用中文读，再译出来，骆一禾的《先锋》就是那时记住的：

明日里
就有那大树长青
母亲般夏日的雨声

我们一定要安详地
对心爱的谈起爱
我们一定要从容地
向光荣者说到光荣

秦杉攥紧了旅行箱拉杆，遏制着心中的哀痛："莉拉出院后，跟吉森分手了。过了两年，她和别的人交往，结婚又离婚，一直没有孩子。小薇，莉拉很喜欢孩子，如果我说了，她至少有心理准备。可是，一句话的事，我都不知道该怎么说……"

从那天起，秦杉的表达一天天进步，还学会了开车和修车，但是莉拉的痛苦，并不能挽回。

秦杉眼中有泪，乐有薇明白对他那样重要的人遭受惨痛，他有多伤痛。她语气和缓："小杉，那不是一句话的事。我换位思考，也不知道该怎么说。"

秦杉不可置信："像你这么会说话的人，都不知道吗？"

乐有薇说："我和我师兄之间的感情，我永远不能对郑好说，也不知道该怎么说。莉拉的事，从何说起呢，说从今天起，我不上学了，每天接送你，直到你生下孩子？她会问你理由。理由呢，你怎么说？孕妇的情绪很重要，你不能冒险说实话。别说是你失语时的状态，就算到现在，换成是我，我都会认为很棘手。"

秦杉低声说："连你都觉得很难……"

其实不太棘手，但乐有薇明白重要的是宽慰他的心："有时候说了，别人却重归于好，过往不究，说的人就尴尬了。还有一种，她早就知道，但出于各种原因忍了下来，你一说，反而戳穿了她辛苦维持的体面，她还会偷偷埋怨你不懂事。"

秦杉困惑："伴侣出轨还能忍吗？"

乐有薇笑道："怎么不能？有些人认为分开更难过，会选择搪塞自己。还有人会因为自己的经济条件不好，因为彼此还有感情，想再给这段关系一个机会，这都是没准的。小杉，莉拉可能不能生育是很遗憾，但是现代医学这么发达，还有希望。"

莉拉领养了两个孩子，她很爱他们。平生第一次，对人诉说这难以启齿的哀凉，却得到了最体恤的理解，秦杉被暖意包围着："嗯。"

这些天以来的阴阳怪气，至此烟消云散。乐有薇吹一声口哨，莉拉是秦杉的憾事，不是白月光。她就知道自己的运气不至于那么坏。

醉里梦里呼唤的名字，为什么一定是爱人？也可能是母亲般的女人。乐有薇在最深的梦里，也会哭喊着爸爸妈妈。

通往机场的地铁站到了，乐有薇说："到了奥兰多，请你玩个遍"

乐有薇笑容无邪，秦杉说："在北京为什么生气不理我，你还没说。"

乐有薇递上手机，点开朋友圈："理没理你，自己看。"

秦杉连连翻看，原来乐有薇在北京所有的动态和图片，只他一人可见，他笑开了花："小薇，你在和我闹着玩啊。"

乐有薇望见秦杉的笑容越来越大，甚是满意。他打消了他对莉拉的误解，她投桃报李，想让他高兴。

他很高兴。

飞机上，秦杉送了乐有薇一张手绘卡片。蔷薇的盛花期是春天，但秋天也会零星开几朵，他从田埂上摘了一枝。夜晚，花枝映照在墙壁上，花影摇曳，他觉得很好看，把它画下来。

乐有薇很喜欢纽约远山寺那对宫灯，秦杉和大东师傅商量过仿制一对，他想把这枝蔷薇当成宫灯上的画屏图案。

水墨浓淡干湿，画花影最相宜，但秦杉只学过素描，对水和墨的比例调不对，想趁这次去纽约，顺便找江爷爷请教水墨技法。

乐有薇十分喜爱这幅素描，夹进书页里："回去就买画框，挂在我墙上。"

秦杉想到她办公室的挂画器："以后再多给你画些东西，挂满一面墙。"

乐有薇轻声答："好，挂满一面墙。"

夜深了，乘客们都准备睡觉，秦杉要帮乐有薇关掉阅读灯，乐有薇说："我睡觉习惯开着灯，会不会影响你？"

秦杉摇头，翻出眼罩，最普通的黑色款："小薇，晚安。"

情愫如春草初生，乐有薇看着秦杉。机舱夜灯很静，他戴上黑眼罩还挺勾人。

曾经秦杉沉默如一截深夜，如今说尽往事，如前生般的往事。乐有薇便也想起这一路的欢喜哀愁，直至今日在风雨后的街头，他跑向她。

做完伽马刀治疗，秦杉穿过阳光来赴约的夏天，也在心头浮现。江天想换掉那句"今生今世，永不分离"的广告词，乐有薇在记事簿上写下一行字，下了飞机，她就提供给江天。她不相信永不分离，但期盼一场如新生般的重逢。

——"难得你今生肯回来。"

秦杉攒了十几个问题，到了纽约，他去请教大学时的导师和专家，乐有薇则会同赵家父子和夏至拜访江爷爷。

KR把众人带进会客厅，江爷爷正在看书，随手将书搁在手边。夏至看清纸张和字体，问："这是万历版的吧？"

江爷爷一愣，微笑仁蔼："眼力不错嘛。"

交谈片刻，江爷爷让KR取来司清德的作品《寒梅舞鹤图》。绝世名作当前，赵致远看了又看，赞叹击节。

江爷爷留客吃晚饭，秦杉来找乐有薇，突然问："赵杰的父亲为人不太好吗？"

乐有薇回头看，赵致远和江爷爷相谈甚欢。秦杉却说："你说赵杰的父亲是鉴定专家，但江爷爷连收藏楼都没让他去。"

乐有薇和赵杰等人都去过亚洲藏品收藏楼第一层，在秦杉的帮忙下，她才得以去私藏楼看了《寒梅舞鹤图》。秦杉说叶之南和张茂林看过江爷爷所有藏品，这是极少数人才有的待遇，乐有薇问："包括你？"

秦杉说："不包括我，我以前对古玩兴趣不大。"

江爷爷平时很喜欢和鉴定专家谈天，但这次宁可把《寒梅舞鹤图》拿到会客厅，也不带赵致远去收藏楼，秦杉猜测江爷爷不喜欢此人。

乐有薇看不出来江爷爷对赵致远态度有异，但是晚上回到酒店，秦杉告诉她，江爷爷很欣赏夏至，想再切磋切磋，找她要夏至的联系方式。

赵家父子回国，夏至又去了江家："除了书画和善本，江老先生还有很多诰封、碑帖、印谱。有薇，我会在纽约再待上半个月。"

次日，乐有薇和秦杉飞去奥兰多。乐有薇总习惯先谋事，竭尽所能，但这次她对作曲抱有平常心，如果能见着路晚霞，让秦杉看看城堡内部，就超出她的期待了。

这次见面，乐有薇送给王春萍的是护肤品，送路晚霞的仍是老沉香，很清净的味道。她和那家香堂老板谈过，让他定期寄来。

宝儿和同学的合唱视频在光盘里，王春萍连同礼物一起拿进去，她打算做江西牛肉米粉给两人吃，若两人还不能进门，她就端出来。

湖边的枫杨树下，乐有薇和秦杉等了又等，心里都有些压抑。宝儿唱的那首《赋得古原草送别》太悲哀，在小学课本里，它只有前面四句：

离离原上草，一岁一枯荣。
野火烧不尽，春风吹又生。

悲怆的是后面的句子，谱成歌曲，用天真的童声唱来，反而格外荒凉：

远芳侵古道，晴翠接荒城。
又送王孙去，萋萋满别情。

王孙归不归？乐有薇从宝儿班主任处拿到视频那天，听得眼泛泪花。路晚霞看到女儿的影像，会不会情绪失控？

快一个小时后，王春萍含泪出来了："路姐很好，她让你们进去。"

乐有薇不敢相信："她很好？"

王春萍叹气："能哭出来是好事。"

城堡内部一如乐有薇预想的美丽，王春萍精力不够，但尽力把花园和家里打理得漂漂亮亮，连郁金香都种得别出心裁。

郁金香最常见的种法是种一大片，各种色彩铺成彩色地毯，一旦色彩搭配得不好，效果就不美观。但王春萍把郁金香当成点缀，这里冒出一朵，那儿冒出三朵，种得错落有致，她说像跳动的音符。

几年不见，路晚霞面色苍白，萎靡得厉害，一开口，只问："想让我作曲的是什么？"

王春萍惊住了，乐有薇也很错愕。她本以为，宝儿的影像能给故人带来一点安慰就足够，没想到能打破路晚霞心中的坚冰。

路晚霞表情很淡："你一趟趟地来，我要答谢你。"

乐有薇递过平板电脑，让她看新广告的素材片。它只有画面，配乐和配音都还没来得及完成。路晚霞的视线停在女人佩戴的琉璃项链上："它很美。"

乐有薇拍拍秦杉的肩，夸他有功。路晚霞从头到尾看了两遍，问："品牌是什么？"

乐有薇打开今生珠宝官方网站，路晚霞把先前的广告片也看完，指着新广告问："广告词呢？我想知道主题。"

"难得你今生肯回来。"乐有薇提供的广告词还在进行内部讨论，没有定下来，但比起"今生今世，永不分离"，她知道这句才可能打动路晚霞。

分离已成定局，回来才是期盼。路晚霞反复观看新广告片，默然不语。秦杉暗自焦急。片刻后，路晚霞关了广告片，对乐有薇一笑，依稀间仍是当年自得于技艺的顶级作曲家："我能作这个曲子。"

如今最珍贵的或许不是技艺，而是记忆，乐有薇是有心人，路晚霞愿以一曲相酬。

国内已是深夜，乐有薇联系不上江天，但路晚霞说合同和酬劳都不紧要："不嫌弃就留下来住几天吧，我看你男朋友很喜欢这里。"

秦杉不好意思地摸头，来别人家做客，应当守规矩，但城堡内部构造匠心独具，光是彩色玻璃窗投射的光彩就让人沉醉，他没忍住，进来没坐几分钟，就把室内上上下下左左右右都看了个遍。

两口之家从没这么热闹过，王春萍很欢喜："我去做饭！"

乐有薇说在旁边不远处的酒店订了房间，明天带着合同再来住。路晚霞做个请便的手势："宝儿邀请过你，随便看吧。"

乐有薇和秦杉轻手轻脚地出去，路晚霞靠向椅背，闭目小憩。若用植物形容，她是白色马蹄莲，高贵而伶仃。乐有薇心生忐忑，路晚霞精神很涣散，搞创作是能为她注入活力，或是形成压迫？她不敢多想。

城堡很大，秦杉没见过宝儿，但透过装设和摆件，也能明白路晚霞和她丈夫有多爱女儿。他们用全力打造出宝儿梦想的家，公主住在怎样的城堡，宝儿就住在怎样的城堡。

宝儿的卧室是最典型的公主房，粉嫩梦幻，被褥柔软得让人想扑上去酣睡。从地板到梳妆台都一尘不染，显然是王春萍每天都精心打扫。

墙壁上的相框里，一家三口的笑容美好得像童话，停在百花盛开的一刻。

秦杉说："如果当年死的是我，母亲也会像路老师这样难过吧。"

在秦杉的讲述里，他母亲性情坚韧，但刚极易折也是有可能的。乐有薇问："也会一蹶不振吗？"

秦杉想了想："母亲说过，人是有韧性的，以为万念俱灰，往往也能挺过去，比自己以为的更坚强。"

乐有薇下意识地摸额头，伽马刀的伤痕已淡去："记住你今天说的话，哪怕失去至亲至爱，也要好好活着。"

秦杉点头："母亲把生存的机会给了我，我当然要好好活着。"

乐有薇看着他的眼睛说："以后不管再发生什么变故，你都要做到。"

乐有薇此刻严肃得像对待工作一样，秦杉虽觉诧异，还是应承了："会做到。"

顶楼是路晚霞的收藏室，堆积着她心爱的藏品，最宽敞的一间全是乐器，乐有薇带秦杉看那件仲尼式鸣凤琴："我经手办的托运手续。"

漂洋过海，物是人非，那粉妆玉琢的小女孩，何时才能和父母重逢？秦杉抚过一把由槭木和云杉制成的大提琴，猛不丁看到一架很奇特的钢琴。

这架钢琴和秦杉熟知的钢琴不太一样，每个琴键上远离演奏者的一端都装有一个拨弦装置，乐有薇说它名叫羽管键琴，手指触键，拨弦装置上的鸟类羽毛管拨弦发音，在宫廷乐队被广泛采用。

羽管键琴流行于18世纪之前的西方，它的声音偏于金属的泛音，延音消失得很快。在它的基础上，人类发明了现代钢琴，才得以随心所欲地弹出对比鲜明的强弱音，羽管键琴逐渐作为古董而存在。

路晚霞这架有年头了，右侧有几处用烟头烫过的痕迹，秦杉连称可惜："这么大一块。"

再仔细看，固定在琴键末端的细长木条开裂很严重，乐有薇当场查资料，才知道它叫顶杆，是羽管键琴的核心。当琴弦被按动时，羽管或拨子会随着顶杆上升而拨击琴弦，拨击的刹那，制音器打开，琴弦震动发音。

所有木材都会受使用年限和原始建造品质而收缩开裂，中央供暖系统也会对它造成影响，秦杉说："烟疤没办法，顶杆我能替换弄好。"

路晚霞让秦杉想到了母亲，他想为她做点事。他从手机里翻出母亲的照片，那是一张纤细的面孔，细眉杏眼花瓣嘴，身量比路晚霞娇小得多，乐有薇看看照片，再看看他："你像你母亲更多些。"

146

羽管键琴是路晚霞父母送给她的成年礼物，由17世纪比利时键盘乐器私人制作者家族制作。著名摇滚乐队用它写出过名动天下的反战歌曲，烟疤是乐队主唱留下的。

路晚霞年轻时很喜爱它，但羽管键琴表现力狭窄，渐渐被她束之高阁。买下城堡后，她把富有纪念意义的藏品都运来，那时就发现顶杆出了问题，但琐事缠身，顾不上它，经年累月，它越发残损。

路晚霞和王春萍都以为两人是恋人，秦杉每次听到都很甜蜜，他觉得乐有薇大概是出于礼节才没澄清，他是舍不得澄清。

王春萍做的牛肉米粉很美味，秦杉吃完就往琴房里跑，他想趁着这趟在城堡，把所有问题乐器都修了。王春萍悄声说："真会找男人。"

乐有薇挑眉："哦？"

王春萍说："我奶奶说，找男人就两条，心好，身体好，别的都是虚的。"

几年前，家里把王春萍从北京喊回老家，他们给她说了一门亲，她年纪不小了，该完成人生大事了。王春萍瞧瞧面前的小矮个男人，再瞧瞧他抽着烟看短视频的嘴脸，一扭身去省城打工。

王春萍在北京当过月嫂，回省城也很抢手，攒下了一点钱。后来，路晚霞工作室烧饭打扫卫生的阿姨跟着女儿移民了，急需人手顶上，她义无反顾地回了北京。在所有雇主里，路晚霞待她最和善，宝儿和她也很亲昵。

宝儿出事后，王春萍接受路家的嘱托，跟来奥兰多。出国前，她突击参加过英语口语培训班，但说不好几句话，还经常听不懂，心里很慌，但想想宝儿还在流浪，她不能让自己慌。

羽管键琴是黑胡桃木材质，花纹也别致，世界顶级名车的内饰和钢琴多以它为主料。秦杉查到奥兰多的古董集市所在，拉上乐有薇出门寻找木材。

秦杉庆幸羽管键琴是黑胡桃木，这种木材砍下五十年就分不出年代了，他能修得天衣无缝，跟原有的样子浑然一体。

乐有薇问："五十一年能当五百年用吗？"

秦杉说："能。"

乐有薇严重感到自己对木材知识掌握得还不够，问："你怎么连这个也知道？"

秦杉回答："我们有一门课程叫'树木年代学'。"

在古董店，秦杉找到一辆很破旧的婴儿车，拆了它，羽管键琴顶杆就能换上新的，还能打制一只琴凳。

路晚霞还有件古琴桌边缘有破损，它是杉木所制，乐有薇抓出一个很大的首饰箱："够不够用？"

秦杉说够用，但另外搬了几只杉木抽屉，放到婴儿车里，它们是从五斗柜里拆出来的。

在另外一家店，两人买了木工工具。付账时，乐有薇拿来两副手套："要爱惜自己的手。"

小街很窄，汽车只能停在路口，乐有薇抱着首饰箱，秦杉推着婴儿车，不时回头看她。乐有薇明白他在想什么，但想想脑中残留的肿瘤细胞，她暗叹一声。昨天在琴房谈及生死，她想对秦杉坦白，可这是私隐，她说不出口。

前几天，乐有薇预约了核磁共振时间，月底回国就能去做，但即使复查结果正常，也不意味着她从此无病无灾。母亲之死让秦杉封闭内心长达几年，她怎么忍心告知他病情，让他承担她所承担的忧惧？

婴儿车可能会刺激到路晚霞，两人在湖边把它拆成木板。晚风送来花香和乐声，路晚霞在城堡里调音。她大概是许久不碰乐器了，听上去很不顺畅。

昨天乐有薇和江天交流过，路晚霞找感觉需要时间，多久不好说，并且不确定她是否拿得出让人满意的作品，Dobel总部和那位英国作曲家的合作也得推进，这样才不误事。

王春萍为乐有薇和秦杉各收拾一间卧房，床品散发着清香，奥兰多的阳光好，王春萍很喜欢晾晒床单被套，蓝天下像一面面大旗："路姐不说话，我总得多找点乐子。"

秦杉把露台布置成工作间，乐有薇在楼上房间看佛教类资料，窗外对着几排松树。

国内，本年度秋拍时间定了，乐有薇那场安排在12月初，包括黎翘楚货品在内的物件都已展开宣传。黎翘楚自己也在使劲，前几天，她回到山西老家，拜会了密痕法师。密痕法师是大德高僧，黎翘楚和他走动了几十年。

密痕法师担任山西慧宁寺住持时，黎翘楚修复过寺院里的大佛。她问乐有薇："你的拍卖会，我请他现场为佛教用品开光，会不会好卖一些？"

黎翘楚那批货只是秋拍上的一部分，乐有薇建议把佛教用品单独拿出来做专场，地点定在歧园旁边的秀隐寺。

秀隐寺香火很盛，每逢初一十五就人山人海，春节和每年的佛教节日也是盛事。乐有薇查看寺院的安排，下半年有几个重大佛教节日，她让团队成员去和秀隐寺接洽，如果密痕法师愿意来云州，应能促成这场拍卖会。

秦杉听闻黎翘楚之女潘蓓的遭遇，很是惋惜。黎翘楚为佛祖重塑金身，晚

148

年却这样悲苦，女儿不良于行，连那小小的聋哑儿，也将辛苦一生。

乐有薇和黎翘楚交谈时，暗暗质疑过信仰的必要，但按黎翘楚的说法，今生命中注定要受难，她做善事，结善缘，是在修来世。

秦杉说："莉拉说过，信望爱可以用来抵抗内心虚弱。"

乐有薇不敬鬼神，姑且一听，但黎翘楚和高僧交好，让乐有薇对佛教用品专场有了莫大信心。若能在盛大节日做现场拍卖会，给多灾多难的人带去一些心理慰藉，想想也开心。

乐有薇团队成员拜访秀隐寺方丈，双方达成共识。秀隐寺中有几件法器是至宝，年深月久有不同程度的残损，其中还有一件青铜器，方丈想委托黎翘楚修缮。

黎翘楚问："在寺院里拍卖物品没问题吗，不会遭到非议吗？"

方丈说："正好相反。"佛教本身从不反对拍卖，为了兴办公益慈善事业，很多寺院都举行过义拍活动，他亲自为这场佛教用品拍卖会命名为"吉光照"。

乐有薇更是解了黎翘楚的惑，中国最早的拍卖行为，就出现在魏晋寺院里，唐朝初年流行"唱衣"，即拍卖圆寂僧人的僧衣等私人所有物。

密痕法师感念秀隐寺方丈相助，将送来一尊唐代青铜鎏金观音，供奉于秀隐寺。开光仪式暨"吉光照"佛教用品专场拍卖会定在农历九月十九，由密痕法师亲临主礼。在这之前，他会对黎翘楚那批货进行开光，当天所有在场观礼的信众都能参与竞拍。

乐有薇找黎翘楚要到唐代青铜鎏金观音的图片和信息——观音菩萨立于莲华之上，头戴三叶花冠，面庞丰腴，胸前佩饰璎珞，衣纹自然垂卜，左手托浮屠，右手做施无畏印，体态婀娜，造型生动。

秦杉放大看图片，数了数："是九级浮屠，不是七级，为什么？"

乐有薇答不上来，拧他胳膊："干活去。"

秦杉很开心："小薇也有被我问住的时候啊。"

乐有薇一脚踢来，秦杉扑棱棱地跑走了。乐有薇埋头查资料，凌云做"传灯者"拍卖会那回，她挑剔凌云发挥不佳，轮到她自己，才发现佛教实在博大精深。

中午下楼吃饭，乐有薇一蹦一跳："夏至帮我找到资料了，我讲给你听！"

羽管键琴是路晚霞当年的成年礼物，秦杉很谨慎，修好了古琴桌，才着手琢磨它，先把音板结构和发声原理都了解透彻。

傍晚，两人结束各自的工作，去镇上闲逛。小镇人口少，但咖啡馆有十来家，乐有薇总在其中一家买咖啡，因为老板随和又热情。

这片区域不是旅游热门地，少有人来，老板娘选的咖啡豆品质好，机器也很先进，乐有薇算过账，他们入不敷出。但是没关系，在老板眼里，老板娘做的咖啡独步天下，他每天喝三杯，从18岁喝到57岁。

乐有薇在店里喝一杯，再打包一杯，可惜王春萍喝不惯咖啡，路晚霞神经衰弱，也不喝咖啡，不然她每天还能多支持几杯。

回到城堡，天已黑透，琴声模糊怅惋，乐有薇捧着咖啡，随着旋律踢踏踢踏，秦杉手指飞舞，配合着琴声，她问："学过钢琴？"

秦杉说："学过几个月，没天赋，就算了。"

乐有薇问："你在弹路老师弹的曲子吗？"

秦杉说是瞎弹的，被乐有薇拆穿："不对，手势还挺熟练，是什么？"

秦杉回答："《小星星》。"

乐有薇扑哧笑："很适合你啊。"

都怪小时候太贪玩，只学会这个。秦杉可不好意思告诉她，他弹的不是那首广为人知的儿歌，其实是莫扎特的《小星星变奏曲》。他伸过手指，在乐有薇肩头弹着，她痒得直笑，但没有躲开。

路边纷乱变换的灯影映在秦杉脸上，满天的星星都不见了，都落进他的眼睛里。乐有薇的心跳有些不稳，笑着说："修好羽管键琴，弹给我听。"

乐有薇软语温存，笑得娇美，秦杉心神激荡，极想低头亲过去，但乐有薇在喝咖啡，咬着吸管。他抬头看天空，真想和小薇在一起，小薇什么时候愿意呢。若有天梦想成真，他也想去造一座七级浮屠。

从城堡到镇上走上一个来回，不知不觉又是十几公里。郑好第一次从运动软件上看到乐有薇走了几万步，惊吓地问过："你今天去跑半马了？"

乐有薇说："没有，我和秦喵在散步。"

夜幕低垂，天空是深蓝色的，星星和星星叮叮当当，摇来晃去，秦杉也摇来晃去，弹完了莫扎特的《小星星变奏曲》。乐有薇揉乱了他的头发，她决定再给自己一点时间，好好想想未来。

夏至和江爷爷成了忘年交，他在江家住下了，废寝忘食地和江爷爷谈论书画。江爷爷收藏的古籍也很丰富，花上几年时间都看不完，最让夏至惊喜的是，江爷爷藏有一部明抄本的《高氏裁衣录》。

《高氏裁衣录》最早的作者是一位姓高的裁缝，生卒年月不详，从内容来看，他生于唐朝灭亡后的五代十国时期，到了宋太宗中期还很活跃。

年轻时生逢战乱，高裁缝谆谆告诫子孙："再苦再难的年代，人也得吃饭穿衣，这行不愁没饭吃。"

高裁缝为后周和北宋的达官贵人做过礼服和常服，他勤学，记录了他去权贵府邸的所见所闻，图文并茂，细节翔实。这部书籍在他家代代相传，每一代都会添入自己所处时代的流行制式，让家中年轻人重新誊写，以便往下传承。

明高宗年间，高裁缝的后人中了举，入朝为官。此人膝下只有两个女儿，早早嫁了人，祖传手艺到这一辈失传了。

这位后人当到了三品官，辞官归故里时已是老者，请人誊写父辈传下来的《高氏裁衣录》，并亲笔撰写了题记。几十年前，江爷爷在拍卖场以底价拍到它。

几百年光阴，书籍破损不堪，只有百余页勉强能看，但它对北宋初期的服式记载得详细，除了常见的男女公服、常服和儒生服等，连女子的荷包、粉扑和例假带都做了描绘。

"用之于民"主题拍卖会前后，常伟亮又找夏至请教过几回，得知夏至时常去日本淘书，他说："别人说唐宋在日本，我是不服的。"

常伟亮担任美术总监的那部历史剧，主线是宋太祖赵匡胤的一生，这部残书对他将大有裨益。夏至询问能不能影印一份，江爷爷问其缘由后，同意他拿给常伟亮参考。

常伟亮联系乐有薇："妹妹！我每次想请夏老师吃饭，他都拒绝了，送他东西他也不要，还说他只是受你之托，你支个着吧，我怎么谢他？"

乐有薇说："我们夏老师性格就是那样。我替您道谢吧，您的事就是我的事，您不用操心。"

常伟亮说："那敢情好！我给妹妹的谢礼已经安排上了！"

常伟亮给出的算得上是大礼，他刚拿到历史剧前十集的剧本定稿，黎翘楚的货品里有16盏烛台，他都会买走。

晚饭后，乐有薇喊秦杉下楼散步，顺带向黎翘楚报喜。有常伟亮助力，再加上"吉光照"佛教用品专场拍卖会，黎翘楚的货品至少能卖掉大半了，她的手头能宽裕些了。

黎翘楚计划把女儿和外孙女安顿好，就只身赴云州修缮秀隐寺法器，乐有薇建议不如举家搬到云州。她有个老客户开了连锁推拿医馆，是云州特殊教育学校的定点就业机构，等聋哑儿长到四五岁，就送去学习，掌握跟别人沟通的技能，再大些就能学手艺了。

孩子凭本事吃饭，自给自足，将来还能照顾妈妈。黎翘楚明白乐有薇是为她着想，但云州是大城市，各方面花销大。

乐有薇并未多劝："大城市花销是大，但就业机会也多，您再考虑考虑。"

天色转暗，大风吹过，松涛阵阵，雨丝迅疾而落。乐有薇一直想看风雨琳琅的城堡，只感觉人间好极了，活着好极了。秦杉拉着她的手，在雨中奔跑起来。

回到城堡，秦杉还不舍得放开手。乐有薇拿出毛巾给他擦头发，发现他后背湿透了，赶他走："你赶紧洗澡去，别感冒。"

窗外雨声哗哗，浴室里水声哗哗。秦杉背靠着紧闭的门，刚才擦头发的时候，他很想亲乐有薇。她躲开都不行，躲开他就抓回来，她生气也不管了，他就是想亲她，乐有薇气得把他嘴唇咬破，他也要亲，就这么想亲她。

江爷爷的个人作品展主题为"浮云游子意"，进入密集宣传期了，宣传组全体成员忙得四脚朝天，但赵杰发掘的咖啡店很棒，大家每天都能喝到香浓的咖啡。

方瑶又谈上恋爱了，男朋友大学刚毕业，当年高考是某市理科状元，方家父母很满意，连方瑶也慈眉善目了些。

郑好说："开会我坐最东端，她坐最西端，她别想打我，我也别想打她。你在城堡怎么样？"

窗边是似乎永远不会停歇的雨幕，空气很好闻，乐有薇闻了半天，下楼找秦杉，他专心给顶杆抛光："春萍姐说中午吃烟笋烧肉！"

秦杉穿的T恤很宽松，乐有薇居高临下，从领口处隐约望见他胸口线条，她看了一会儿，回复郑好："风雨大作，我与狸奴不出门。"

郑好大笑，赵杰问："有薇说什么啦？"

郑好大方地递过手机，赵杰想想秦杉的模样，再想想这句诗，跟她一起笑。章明宇凑过来看，感受不到笑点。赵杰对郑好说："陆游这人很有意思，同一天他写'我与狸奴不出门'，还写了一首更有名的。"

郑好马上说："铁马冰河入梦来。"

十一月四日风雨大作，陆游写了两首诗，既有人间烟火的温暖，也有雄心壮志的悲怆。赵杰对她笑："爱国爱猫不矛盾。"

方瑶撇撇嘴，在她看来，两人无异于打情骂俏，但郑好既矮胖且笨拙，普通得乏善可陈，连章明宇都看不上她，何况是赵杰，郑好不可能勾搭到手。

业务部交给赵杰一个新任务，拍卖明星何攸之的资产。赵杰婉拒，洪经理说："上午开会，赵总很看好你在司法拍卖领域的潜力。"

业务部拟定赵杰接替即将停职回家待产的段晨雨的工作，成为司法拍卖的主力，其余拍卖师轮值。赵杰回家问父亲："你明知道我只想做好当代艺术，为什么一定要我搞司法拍卖？"

赵致远修剪兰花，怡然自得，明星何攸之藏有大量当代书画，其中不乏赵杰欣赏的名家，所以他才对洪经理提了一句。公司司法拍卖业务多，赵杰承担一部分是好事，既能多些实战经验，也不妨碍他平时做当代艺术拍卖会。

公司有五六人是段晨雨职位的主要争夺者，赵杰自认不比其中任何一位更优秀，他不想胜之不武，赵致远问："方瑶对你讲过公平吗？"

赵杰无话可说，赵致远还有句更戳心的等着他："她能抢走你的，能抢走夏至的吗？她想主槌古代书画，你看公司答不答应。"

若不想被人取代，就只能不断地训练提高自己。父亲是为儿子着想，可是当代艺术在司法拍卖上的占比很低，大部分时间精力都得花在自己不感兴趣的事情上，赵杰心里很不好受，扭头出了门。

娜娜已是别人的女朋友，赵杰无人诉说，也无处可去，回了天空艺术空间。画廊最近在展出陈丹青和何多苓等人的作品，都很有看头。

宣传组的办公室竟还亮着灯，赵杰伸头一看，郑好还在加班。郑好的强项是历史和古诗词，对当代艺术了解得不多，厚厚的画册和评析扛不动，每天都留在办公室学习到很晚。

自己唾手可得的机会，却是他人拼命争取的，赵杰坐下来，拿起一本画册。郑好看出他有心事，从冰箱里取出一瓶可乐，放在他面前："好女孩挺多，总会过去的。"

赵杰拧开可乐："问你一件事。有人给你找了个好差事，你知道他是为你好，可你更想维持现状，做好手头的事，你会怎么选，是辜负他，还是辜负自己？"

郑好吃惊："你怎么碰到跟我一样的难题了？"

于是本该是郑好安慰赵杰，变成赵杰为她分析出国利弊。开导郑好的同时，赵杰解开了自己的迷惘，他不接受司法拍卖主力的任命，但明星的资产拍卖会值得一试。

赵杰被拟定为段晨雨的接班人，可见自身掌握的资源也算一种实力，乐有薇闷着气，越发想把"吉光照"佛教用品拍卖会做好。

秦杉上楼喊乐有薇吃饭，乐有薇在刻苦学习，额前滑落一缕头发。他百爪挠心，既想帮乐有薇撩起，又想亲她，更想在撩她头发时就亲她，他站在门边，衣角都捏皱了，仍克制不住，今天一定要亲到她。

乐有薇抬头，看向秦杉："郑好说，她下了决心，明年出国留学。"

乐有薇在说正事，秦杉走过来，但不敢走太近，杵在几步外。乐有薇很感喟，比起情爱，她更期盼郑好能找到一份倾力投入热情的事，那会是内心真正的归属，是失魂落魄之时，仍能支撑着不倒下去的所在。

秦杉问："就像路老师作了一段很棒的乐曲？"

再哀婉的旋律，路晚霞弹奏时仍意兴飞扬，乐有薇借机说："小杉要记得，人生在世，用于爱和相爱的时间不多，更多的时候是陪伴，工作很重要。"

秦杉不明白她为何突然说这些："小薇，你怎么了，为什么总对我说这些？"

乐有薇说："想到路老师和她丈夫，有感而发。如果你是他们，有未卜先知的能力，知道和一个人只有很短的缘分，到最后会很惨烈地分开，你会选择开始吗？"

秦杉心一颤："我只给母亲当了十年儿子，可我永远是她儿子。"

乐有薇眼睛发红，凝望秦杉："想回到那时候，抱抱你。"

秦杉小声说："……现在也可以抱啊。"

乐有薇走来，慢慢环住秦杉的腰，再慢慢把手插进他指间，十指相扣。刹那间，无数烟花在秦杉眼前炸开，这个拥抱如此完美，他不能再贪求更多。

乐有薇轻声说："失去任何人，都得好好活着，不能一直伤心，不能再说不出话，小杉做得到吗？"

秦杉紧紧抱着她："我跟你说话。你说的，我什么话都能跟你说。"

乐有薇忍住泪："如果……如果我在忙呢？"

秦杉说："那我也去忙。"

做胆结石手术时认识的小老太，从确诊脑瘤至今，已是十一年。乐有薇心存希望，自己可能也能活上很久，她决定保守秘密，让秦杉过一段轻松的日子，不让他的心过早地压上巨石，等到也许复发那天，他不得不知道的时候再说。

将来再回忆起来，只有甜蜜幸福，没有悲哀，没有阴影。乐有薇盼着这样的时光足够漫长，漫长到仿佛永远不会有离散。

雨声中，一枝蔷薇开在臂弯里，就这样抱了仿佛一生那么久。

秦杉修好了羽管键琴的顶杆，去找路晚霞。路晚霞在二楼的工作室，那里放置着她的工作乐器。

走到楼梯口，秦杉听到极淡的古琴声。路晚霞穿了一件杏粉色长衬衫，很柔美，但弹奏时如山一般沉静有威仪，他听得眼眶发热，神思逐渐飞远。

王春萍送来下午茶，也悄然聆听。路晚霞弹完一节，问："什么感觉？"

王春萍说："很静，像老家的早晨。"

路晚霞把它加到广告片里，王春萍低低地啊了一声，画面上是缓缓沉落的夕阳，她以为旋律更悲伤些才好。路晚霞又问她什么感觉，她照实说了，路晚霞淡淡地笑，秦杉说："我觉得特别好。"

路晚霞看着他："哦？"

人们面对痛苦处境，各有各的感受，以秦杉的个人体验，是无可奈何萦绕心头，时时割心裂肺却哭不出来，他说："诀别之际，有的人闷着一口血。"

窗边雨滴凝在树叶上，路晚霞得遇知音，问："你失去过吗？"

秦杉点头，路晚霞问："失恋？"

秦杉答道："失去母亲。"

路晚霞眼中流露出歉意和伤感，秦杉想起乐有薇在慈善拍卖晚会上当众剥开伤口的模样，他也勇敢直言："母亲带我去看飞行器试飞，路上发生了车祸。"

路晚霞静默许久，以平淡的口吻说："我本来跟宝儿说好了，等她病好了，就带她去放风筝。"

秦杉走近两步："您去看心理医生好吗，可能会有帮助。"

路晚霞断然说："这是我自己的问题，没人能帮我。"

秦杉落座，恳切地说："我认为母亲离世是我造成的，不能原谅自己，失语了几年，是心理医生治好了我。"

活在自我世界，不关注外界，不和时代勾连，仿佛就能锁住回忆，永远住在不曾失去的岁月里。路晚霞又沉默了，王春萍说："难怪觉得你话很少，心理医生真厉害。"

秦杉摇头："她只是让我重新开口，但我面对小薇，能说很多。"

路晚霞幽幽地叹息，爱是再造之恩，具备摧毁的力量，也具有重建的能量，自己却已不能够。

宝儿被人拐走，丈夫体谅路晚霞，但公婆都受不了，指责路晚霞身为女人，应以家庭孩子为重。路晚霞注视秦杉，他有一双关切的眼睛，她问："以后你俩生儿育女，谁会放弃事业，照顾家庭？"

又被误会了，秦杉听得甜蜜，顺着话畅想了一番："我和小薇都很喜欢自己的事业，都不会放弃，但是会有偏重。"

路晚霞笑笑："孩子需要陪伴，至少有一方得牺牲很多时间。"

秦杉笃定地说："那么，是我。"

路晚霞和王春萍一起问："为什么？"

秦杉说："我想多陪孩子成长，想当个好父亲。"

秦杉读大学第一年时，导师教导过他，建筑业极为看重资历，可以说是中老年行当。建筑师接触的业务投资都不会太小，多数决策者都不会选择一个25岁的建筑师设计摩天大楼，小住房倒是有可能，成功往往来得很迟。

路晚霞沉思不语，宝儿失踪后，她一直活在痛悔里，很长时间内，她认可了公婆的说法：若把放在事业上的时间，拿出来照顾女儿，就不会让女儿着凉闹肚子，也就不会给坏人可乘之机。

秦杉瞧着她瘦削的侧影，心中怜意大起，一句一句地说："夫妻是互相扶持互相分工的，不一定非得是女人牺牲。我认识一个叫郭立川的人，他太太在农技站培育瓜果，他放弃投行工作去她身边。"

王春萍问："他现在做什么？"

秦杉说："乡镇公务员。"

路晚霞一怔，桌上是她随手记下的乐谱，秦杉在边角处写下莉拉的联系方式："您试试吧，您有康复的希望。"

路晚霞没有去看那行数字，问他："久病成医？"

路晚霞的背脊挺得笔直，气质与她戴在腕上的青玉手镯十分吻合，既坚硬又脆弱，秦杉说："您比第一天见到的时候，开始愿意交流，脸上也有了笑容。"

遭遇相仿的人懂得彼此的难处，路晚霞笑："对我也有话说，难得。"

秦杉直言不讳："我心疼您。"

路晚霞对秦杉微笑，他把心里的苦水舀给她看，只为让她好起来，还又推了推那张乐谱："请您一定考虑。"

秦杉去吃饭，路晚霞上楼，去收藏室看羽管键琴，久久无言。往事隔山隔海，雪亮地呈现于眼前，等待着被音乐召唤。

"我母亲主导的系列产品，被运用于海上搜救、高楼消防和电力勘测工程领域，世界上很多人因此受益，他们不知道她是谁，但我知道，永远以她为傲。"秦杉的话语在耳边回荡，路晚霞拿起一把曲项琵琶，它是一位老友所赠，沿袭古法制作而成，宝儿总说它的头部像勺子。

"凡有井水处，皆能歌柳词"，只要宝儿还活着，还有记忆，等她成年，也许有天会找回来，妈妈永远都在。

楼下的音乐或悲沉或清狂，有时像雪夜琵琶声，幽冷而辽远，有时像在播

156

鼓和吹号角，气势汹汹。秦杉制作琴凳，乐有薇放下资料和他闲话片刻。

刘亚成把他的海岛取名为绿岛，源自他少年时听过的《绿岛小夜曲》。去年春天，左佩玲馆长登岛迎接《蒙马特女郎》，刘亚成请了一个管弦乐团表演，摇头晃脑陶醉万分："我但凡会弹琴，我就是少年天子。"

世间所有文学都在音乐里，乐有薇当时还不明白，现在她知道刘亚成是对的。当秦杉用羽管键琴为她弹《小星星变奏曲》，她也想重复这句话，一百遍。

雨停了，两人去镇上买咖啡，路过杂货店，秦杉进去买防水材料，他想给路晚霞做只风筝。做完琴凳和风筝，他们就告别。乐曲可以通过网络传递，但路晚霞能不能交出合适的作品，已不那么重要。

琴凳很简单，但秦杉做了好几天。清晨半睡半醒，乐有薇似乎还听到锯木声。有天吃完早餐，秦杉做出了琴凳，乐有薇坐下来感受，他双手背在身后，喜洋洋地一递："给。"

是一艘帆船，秦杉用那天买的几只杉木抽屉做成的。时间赶，他来不及做成乐有薇头像那种九桅宝船，而且那么精雕细琢，他目前的手艺还达不到。他向乐有薇保证："我会学的。"

人生到此，想要什么，得到了什么，又失去了什么，乐有薇抱着帆船，心口又酸又胀，眼睛很热。呆立几分钟，她跑下楼，去厨房找王春萍借打火机和油。

城堡外，乐有薇在湖边找个背风口，嚓一声，火苗燃起。帆船被点燃，火越烧越大，她蹲在地上专心地看。

火光映在乐有薇脸上，她出了汗，汗珠从鬓边滴落，秦杉看得心乱，挪开几步，蹲得远些。

帆船被烧成黑灰，乐有薇站起来看它："每年都做条船给我，可以吗？"

秦杉也站起来："好。"

乐有薇问："烧了它，你不生气吗？"

秦杉不介意："送给你了，就属于你。"

乐有薇说："是你起早贪黑偷偷做出来的，真的不生气吗？"

秦杉说："你做事有你的原因。"

乐有薇抬头看他："不能没有原因吗？"

秦杉笑看她："也可以啊。"

乐有薇泪意飞沙走石，上前几步，狠狠地抱住秦杉。秦杉一晃眼，望见她满眼是泪，他心一疼，她把头埋在他胸前，泪流不止。

秦杉手忙脚乱，捧着乐有薇的脸，用手掌为她揩泪，泪很烫，像他的心。认识以来，他没见过乐有薇哭，被张帆侵犯时她没哭，慈善拍卖晚会上她说起叶之南，也只有泪光一闪而过。他不知道怎么安慰她，只能喊她的名字："小薇，小薇。"

乐有薇一双泪眼望着他，情海无边，苦海无涯，眼前人是来接她的渡船。她呜咽道："说你喜欢我。"

第一次表白那天，秦杉送出玉蝴蝶发卡，被拒绝了，这回他得到允许，喉头一哽："小薇，我喜欢你，特别喜欢。"

乐有薇流着泪，吃吃地笑了："那你——追追看。"

秦杉一喜，继而忧郁起来。他没追求过女孩，不懂怎样才能让她满意，但他会学的。

如何知道一只猫安静时在想什么，现在乐有薇知道了。不过，秦杉更多时候还是像小老虎，忽闪着眼睛，毛乎乎地抓着她的手，跟她五指交叉："还想牵着，像上次你抱我时那样。"

那就好好牵着。天空风雷激荡，风声像雨声般盛大，又一场雨只怕要来了。两人牵手回城堡，琴声遥遥相迎，乐有薇说："想在18岁认识你，22岁也好。"

18岁和卫峰相恋，22岁和丁文海相恋，如果认识的是秦杉，不知道是还在一起，或是早已分开。

秦杉不改初衷："我还是想，在你6岁就认识你。"

6岁时的乐有薇总在想，如果爸爸妈妈乘坐的是郑和宝船，会不会平安归来？后来在图书馆见到更多气派的古船图片，她痴愣良久，还扫描下来，夹在书页里。16岁读高中时有了奖学金，每年爸爸妈妈祭日，她都会买一只木船烧掉，怕他们不能脱离水中。

乐有薇这么想，就这么跟秦杉说了。秦杉把她的手抓得再紧些，以后她父母的祭日，他都陪着她度过。

路晚霞的进度比预计的快，已完成初步编曲，乐有薇听完，想说点什么："路老师……"

但是说不出别的话。真正的高人宝刀久藏，一出鞘还是技惊四座。

路晚霞笑了一下："状态还不行，但是有了新感悟。"

其实，乐有薇更希望路晚霞拥有音乐之外的美满生活，而不是牺牲凡俗幸福感换来创作体验，但是对于如今的路晚霞，音乐里才有无限神秘的可能。乐有薇不确定她能走出内心千万重困局，但这段音乐让人看到生机。

王春萍把乐有薇和秦杉送出门外，三人约定等路晚霞精神状态好些，就一起去迪士尼乐园。

雨将下未下，湖边白鹭飞过，王春萍往回走，一抬头，看到城堡顶楼的窗户上，悬着一只风筝。

秦杉用做帆船的边角料做风筝骨架，防水布被剪成太阳花的形状，因为宝儿的学名叫靳欢颜，照片中，她有着阳光般的笑容。

雨水落在风筝上，路晚霞久久看着，远去的，高飞着，我们的人生充满遗憾。

秦杉给乐有薇也做了风筝，藏在后备厢，唰一下拿出来，是最平常的蝴蝶风筝，但乐有薇很喜欢，系在后视镜上。

一路上，蝴蝶在风里飞扬。在迪士尼玩得尽兴，出来后，乐有薇一恍神，仿佛望见路晚霞家的宝儿，明知不是，她仍跟着小女孩走了一段。

女儿失踪了，路晚霞的心气也散了，还能活着，是因为心里还残存着不灭的希望吧。若宝儿不幸早已遇害，她还能撑下去吗？最恐怖的是未知，太消耗心力，但谜底未曾揭开，就还有希望。

当晚在酒店餐厅吃东西，乐有薇收到路晚霞的邮件。路晚霞认识一个名叫小粟野柏的日本乐师，他从事丝弦乐器打谱、演奏和教授工作，路晚霞和他互为知音，结为至交。

小粟野柏今年65岁，未婚，膝下无子无女，自他出现手抖的毛病，无法再继续演奏，工作重心转移到复原古乐器上。

小粟野柏门下弟子或被别的株式会社请去，或转了行，仅剩两人跟着他。他曾经想把自己珍藏的乐器无偿赠送给路晚霞，路晚霞不接受无偿，提出购买，但她刚制定赴日行程不久，宝儿失踪了，这件事就此搁置下来。

今天下午，路晚霞写去邮件，得到小粟野柏的答复："我相信您会为我的藏品提供最好的去处。"

小粟野柏的藏品包括元代朱致远制仲尼式"沧海龙吟"琴、明潞王制"中和"琴、南宋连珠式"南风"琴、宋代螭龙纹玉笛等，以及一把唐代螺钿紫檀五弦琵琶的复刻品。

当今传统民族乐器琵琶只有四弦，敦煌壁画飞天仙女所弹奏的五弦琵琶现已失传，唯一的传世孤品藏于日本奈良的正仓院，相传是唐玄宗和杨贵妃赠送给日本圣武天皇的礼物，是公认的举世奇珍。

小粟野柏搜集正仓院唐代琵琶的完整数据和资料，严格按照原型工艺制作，历时两年复制成功。它通体紫檀木，施螺钿花纹，梨形共鸣箱，虽是复制品，也弥足珍贵。

令人痛惜的是，虽能按照绘画石刻原样复制，但音乐家们至今未能破解定弦方法，仍然难现千年前的大唐琵琶之音。

历史传承过程中，声音最易缺失。路晚霞亲手拨动过那件复原琵琶的琴弦，乐声悦耳，但它目前所用的是钢弦，古代琵琶弦可能是由蚕丝或动物肠衣等自然材质构成，声音之谜的破解，绝非朝夕之事。

以路晚霞目前的精神状态，她缺乏搞研究的心力，遂向小粟野柏提议将藏品送上拍卖场，所得收入成立基金会，供更多音乐人投入解译。

音乐无国界，小粟野柏同意了，他只提了一个要求，希望藏品去处稳定，不要继续在尘世辗转奔波。在音乐人手里也可，在公馆也可，将来他想念它们的时候，还能再去看看就更好了。

邮件的最后，路晚霞告知小粟野柏的联系方式，并写道："请转告秦先生，我很喜欢那只风筝。将来他空闲了，请帮我修缮城堡。"

秦杉坐在对面喝柠檬水，乐有薇简直想把他抛举一下。她坐过去，啪地亲上秦杉的面颊："小杉越来越厉害了，帮江天和我都谈到业务啦。"

明明是乐有薇自己打动了路晚霞，秦杉一个劲傻笑，忍不住也亲亲她的脸："小薇，我喜欢你。"

这话每天都想说，说很多次，但是秦杉一低头，看到乐有薇在联系叶之南："师兄师兄你在哪里？"

还没等秦杉有更多情绪，乐有薇一边打字向叶之南通报情况，一边跟秦杉解释，小粟野柏的藏品都是绝品，他要求"藏品去处稳定"，所以最好是收入公馆。这不是自己一个拍卖师能办到的，她想让叶之南去问问左馆长等人。

叶之南正在协助波士顿美术馆把那批馆藏品运送回国，月底他就要主槌拍卖会了，乐有薇得当面跟他详谈此事。订机票时，她问："要不要跟我去趟波士顿？我想看宋徽宗和阎立本的画。"

波士顿美术馆收藏的宋元画作数量在全美排第一，秦杉说："要去。"

乐有薇又要去见叶之南，秦杉发觉，自己竟然不像豪车拍卖会那天那么糟心了。他抬手摸了摸被乐有薇亲过的面颊，自从和她牵手，两人都知道，有些事是不同了。

第八章
螺钿紫檀五弦琵琶

　　唐莎思索了数日，飞抵波士顿找叶之南。她想明白了，祖辈的发迹，不知有多少龌龊的勾当，自己的清白不过是在父母的荫蔽之下。叶之南和她母亲有过一段往事又如何，母亲是聪明人，聪明人会选择永不揭破。

　　酒店门口，唐莎截住叶之南。她一气喝光苦咖啡，心一横："我还是想要你。妈咪一定不会说什么，她也没法说什么。她不说，爹地就没意见。"

　　叶之南眼中灼着寒光，定定地看着她："唐莎，是我不想要你。在我眼里，你只是烨辰的妹妹，我对你不可能有别的感情。"

　　这番话，在最初相识时，叶之南就说过。然而，只要是人，就有价码，唐莎点燃烟："要怎样你才肯？"

　　不被爱，说出来残忍，但这女人如跗骨之疽，叶之南不想再和她有一丝一毫的纠缠。19岁的他低过头，33岁的他不肯了，他起身："不可能。走了。"

　　这人很懂得平衡跟各路女人的关系，哪怕在同一场合，那些对他青眼有加的女人，都会认为自己才是他眼里最特别的一个。但今天他把话说到绝路，唐莎明白，他心里有人。

　　唐家是多少男人都想攀附的云梯，唐莎熄了烟，碾了一碾，叶之南心里一定有人。先弄清楚那个人是谁，再弄死。

乐有薇和叶之南约在一家意大利餐厅见面谈事，她一进来，叶之南就知道她恋爱了。她和丁文海刚恋爱那年的生日，也像现在这样轻松自在，从内而外散发着光彩。

乐有薇把来龙去脉都讲了一遍，除了古乐器和那件唐代螺钿紫檀五弦琵琶复制品，小粟野柏还有几十件尺八。路晚霞和小粟野柏能成为莫逆之交，也因最初相识时，她的尺八吹奏水平折服了小粟野柏。

尺八是中国传统乐器，是吹管笛箫类的一种，因它长度为一尺八寸，故称尺八。在隋代和唐代，尺八是宫廷乐器，并经由当时的日本遣唐使东传日本，至今日本正仓院还保存多种唐制尺八。

宋代开始，民间的箫和笛等乐器逐渐取代了宫廷雅乐尺八的地位，但它一直被日本人传承和发展。

20世纪70年代，美国人海山将尺八从日本传至美国，于是国际研究领域习惯性地把它归为日本民族乐器。而在它的故乡中国，几乎被遗忘，乐有薇也是因为年少时和郑好练字，在诗书上看到苏曼殊的一句"春雨楼头尺八箫"，才知道这种乐器的存在。

昨天，乐有薇刚到波士顿，收到了小粟野柏亲自回复的邮件。小粟野柏致力于复原古乐器，对壁画和岩彩产生浓厚兴趣，这半年他住在格里姆斯附近，有两个弟子陪同。他们近来很忙，10天后将会稍事休息，欢迎乐有薇前去面谈。

格里姆斯位于内华达州，美国50号公路北侧，是个考古遗址，山上有众多绘有图画的大圆石，是八千多年前当地居民的文化遗物，深具神秘韵味。

乐有薇计划和小粟野柏初步谈过，再把情况反馈给叶之南。按她的估计，虽有路晚霞引荐，但想达成合作，恐怕下一轮就得有尺八演奏家等音乐人同行。

前天，看到乐有薇的信息后，叶之南和省博左馆长通了气，等乐有薇和小粟野柏见完面，他就去找省交响乐团和民族管弦乐团等机构协商。

乐有薇谈完公事告辞，叶之南看着她离开，没有相送。唐莎的痴缠使他厌恶，他不能使自己成为这样的人。不当恋人，乐有薇就没有心理负担，交谈自如，来去也自如。爱他，让她痛苦，不如看她和别人好好过。

楼上最角落的位置坐着唐莎，乐有薇离开，叶之南还那样深情地望着她，他心里的人竟然真的是她。

慈善拍卖晚会上，叶之南放任别人攻击乐有薇，唐莎以为，一个男人爱你，就不舍得让你身陷流言中，但如果他本身就不在意流言呢。

如果能少爱他一点，是不是就不会这么痛苦？初相识，是去年深冬，欲雪的夜里，唐莎初来云州第二天。唐烨辰让手下的人为妹妹接风，唐莎嫌那帮人无趣，找酒店门童打听云州最有意思的夜店，对方推荐了Tequila。

Tequila的DJ是唐莎同乡，音乐很对唐莎的胃口，她纵舞尽兴，结交了一大帮朋友。

午夜时分，众人喝酒玩骰子，一群警察从天而降。全体人员被带去派出所，唐莎配合做了尿检，和一众失足女锁在一间屋子。

雪落了下来，然后叶之南来了，那是唐莎第一次见到他。

唐烨辰在电话里说："我还在跟国外开会，我让阿南捞你，他叫叶之南。"

叶之南这个名字，唐莎以前就听过。母亲关心唐烨辰在内地的业务，唐烨辰说："叶之南很帮我。"

唐莎没想到，叶之南竟是个极为英俊的男人，穿衣风雅漂亮。

雪落苍茫，唐莎身穿短到大腿根的紧身裙，外罩貂皮披肩，冷得起了鸡皮疙瘩。叶之南脱下大衣，披在她身上："走吧。"

车疾驰在深夜，叶之南把唐莎送到酒店。唐莎靠在房间门上，整张脸深深埋进大衣，深深感受他的气息。

唐莎身材火辣，总穿被唐烨辰抨击为"衣不蔽体"的服装，但在分局，叶之南没多看她一眼，他用大衣罩住她，她颤巍巍的胸脯、结实的大腿，都被遮挡得严实。

唐莎对叶之南好奇，她大哥和她同父异母，根本不来往，她二哥性子冷，她父亲常年缺席，她最熟悉的男人都不是叶之南这样的。

叶之南不是唐莎交往过最帅的男人，也不是最狠厉的男人，但他是对她最冷的一个。用"冷"这个字，其实不准确，绝大多数时候，他都是笑若天开的。

如果得手了，就能放下了吧，但未能如愿，爱已成痴。唐莎始终没归还那件大衣，有些时候，她不着寸缕，把它当成盖毯，如同得到他的拥抱。

她渴望被叶之南真切地拥入怀中，那个落着雪的深夜，他带她走向汽车时，拂去她肩头的雪花，已是两人最接近的一次。

好事者录过慈善拍卖晚会的视频，唐莎发给唐烨辰。乐有薇不比别的女人更美，至少不如陈襄美，她想不明白，叶之南为什么偏偏爱她。

唐烨辰快速看了视频，那女人瑰丽又风尘，第一次见面是在香港佳士得拍卖场，唐烨辰本来没注意到乐有薇，但乐有薇频频回头，叶之南看了过去。

女人乌发红唇，是一枝野蔷薇，唐烨辰见过太多这类女人，也包括男人。他们自命不凡，野心勃勃，接近他，不为得到他，只想捞点资源借个火。

他们深明规则，并愿意承担后果，男男女女都是他们的工具和桥梁，也有真心，但显然只留给少数几个人。

他们也不做入豪门的梦，那意味着要忍受很多，但他们要金钱、权力，也要自由，什么都要。有的会选个温良之人泊岸，或者携钱财浪荡江湖，这世界永远不缺少可供欢愉的年轻肉体，浪子形容的从不只是男人。

唐烨辰不介意被他们捞走一点什么。他喜爱艺术，艺术用来探索精神的深度和广度，贱人用来探索人性的深度和广度。他们那汹涌的欲望和蓬勃的锐气，让他甘愿为之买单。

唐烨辰的特助斌伯追过乐有薇，有一次，唐烨辰听到斌伯对人说起，叶之南有个女人是小母狼，直来的，唐烨辰因此知道，乐有薇对某些男人具有莫大的吸引力。

比起艳光四射的大美人，乐有薇不值一提，但她自负又自我的劲儿异于常人。通过慈善拍卖晚会视频，唐烨辰看出来，童年经历造成乐有薇很独，她一无所有，因而一无所惧，对人对己都能下狠手。因为最坏的后果，不会比幼年更差。

唐烨辰对乐有薇有了忌惮，跟唐莎说："你不准去招惹她，她会先弄死你。"

电话那头，唐莎一呆："哥哥，我家有钱有人，她斗不过我。"

别人对乐有薇和叶之南的关系，用的是一个"跟"字，但从视频来看，恐怕错了，她没让叶之南得到她，叶之南才格外念着。唐烨辰也自负，但只能认输："哪个暴徒没有一身狠劲？我劝你不要轻敌。你要不到阿南的，认了吧。"

唐莎大哭起来，唐烨辰把手机拿开一些，过一阵，唐莎陡然止哭，恨声问："你从来就不想真正帮我，是不是？"

唐烨辰说："他不是一件艺术品，阿莎，我没办法拿下来给你。"

唐莎冷笑："我早该知道你不会帮我。哥哥，你可以把他当成展览品欣赏，但我要的是收藏品。"

电话挂断。再打过去，唐莎关机。唐烨辰颓然看向对面的灯光，眼睛红了。人们说，钱和权势就是一切，但也有人不那么想。

第二瓶烈酒见了底，包厢里的灯光趋于幽魅，叶之南渐渐意志涣散，脑海里不由自主地勾勒出乐有薇的姿影。下午在街边，他远远地望着她，她微微扬起脸，对秦杉笑着，他们手牵着手。

一片望不到边际的黑暗里，叶之南摸向桌上的威士忌，开启了第三瓶，放任自己回到摩天轮上，回到那夜辽阔的海域。第三瓶过半，他的意志越发涣散，在迷梦里流连忘返。

浑身血脉跳动，连有人走近的脚步声都听不太清楚，叶之南好像看到乐有薇走来，在他脚边坐下，她眼中盈满情意，手心覆上他的手背，一寸一缕抚着他……

唐莎坐在地毯上，仰着脸看叶之南。他双眼轻闭，左手搭着沙发扶手。她伸出右手，试着覆在他左手上，他没有移开。

叶之南的体温滚烫，烫得唐莎浑身如同着了火。她慢慢抚摸着他，从指间到腕间，两指解开他的袖口。叶之南的气息更加火热，突然反手抓住了她的手。

唐莎吓了一跳，但叶之南仍没睁眼，面上是无可辩驳的情动。唐莎任他用指腹摩挲她的掌心，她着迷地看着他，光影明暗，愈发衬得他倜傥动人，她的心怅然不已，坐得更近些，用面颊贴上他的手背。

一种奇特的困倦和渴望，一起从叶之南身体深处升起来。唐莎的手被他突然一拉，紧接着，她半个身子被叶之南拉上沙发，跌靠在他双腿之间，转瞬就被他箍进怀里。

唐莎脑中瞬间空白，这个场景她幻想过千万遍，她搂住他的脖子，献上红唇。叶之南气息急促，捧着她的脸、她的头发，吻了下来。

在距离饱满红唇只有几厘米的地方，叶之南忽地蹙眉，钳住唐莎的下巴。唐莎的红唇落空，叶之南指节发力，力道大得让她吃痛，他睁开眼，眼中漾着迷离的欲望，极压抑地看了她几秒钟，松开手，向后靠去。

这酒不对。残存的意识里，叶之南如是想。当他的手背触碰到一把卷发，把他的小乐扯进了怀里，但是近在咫尺，他闻到香水气味。这个人，分明不是小乐。

小乐不用香水。她是谁？

叶之南急躁地扯开衬衫领口，一边让身体透气，一边极力收拢心神，探过手，摸到桌上的雪茄盒。

一盏壁灯幽幽地亮着，唐莎心头钝涩，叶之南明明蓄势待发，为什么停住了？她倾身，再次逼近他的唇，谁料到，叶之南伸手一挡，正好甩在她脸上。

唐莎捂脸，叶之南双眼紧闭，眉头皱得很紧，是在调整心绪了。他都这样了，竟还能自控，她想占有他，比预想的更艰难。

在那家意大利餐厅，看到叶之南把乐有薇用过的杯子捧在手心，唐莎哭了。待她冷漠至极的人，竟也会灼热地爱着别人，爱得和她一样无望。

为什么两个失意的人不能互相安慰呢？

箭在弦上，他却隐忍不发，不肯拯救她的渴求，该死的，怎么办？

蓬松卷发把女人的脸衬得娇小紧绷，她嘴唇娇丽，正热情地缠着他……叶之南快速点了一根雪茄，毫不迟疑地戳上手腕，把自己从迷梦里拉出来。

唐莎心里又痛又恼，坐在叶之南脚边，低头哭了。他对她何等挑衅，宁可如此，也不就范。

烟头很烫，压住了心火，叶之南深吸几口，陷在沙发里。唐莎想再凑过去，他垂眸看她，目光停在她被卷发半掩的面颊上，又似乎在看很远的地方："是你啊，唐莎。"

唐莎怔怔不语，叶之南移开目光，一双长眉像锋利的新月，她莫名怕得紧，想走开两步，双腿一软，跌坐在地，索性不走了。

叶之南坐直了些，双眼眯起，唐莎想，这才是真正的他吧，她泪意涌动，咬咬牙："你能不能，能不能……"

她性情执拗，玩得放肆，但用这种方式放倒叶之南，已是难堪，更直接的话，她说不出口。

你能不能像对待别的女人那样，对我？

唐莎抬手擦掉眼泪，凶狠又倔强地瞪着眼前人："我不信你会为她孤独终老，你还会有别的女人，为什么不能是我？"

叶之南恍然未觉，对她无动于衷。唐莎哀痛愈甚，再也承受不住，伏在他膝盖上，眼泪涌出，哭到浑身发抖。

长指一弹，火星熄灭，叶之南俯身，把那一头被他错认的长卷发捋到唐莎耳后，温和地说："唐莎，人在感情上，不要委屈自己。耐心些，会有真心待你的人。"

唐莎如获生机，呜咽道："我只要你。"

叶之南起身："对不起，唐莎，我做不到，别再执迷了。"

药力功效强劲，叶之南忍着胃里的翻江倒海，走向卫生间。唐莎待在地上没动，颤声问："你跟那些女人都可以，为什么不能和我？"

她没能等到回答，卫生间的水声响起。叶之南吐了一阵，捧起冷水浇在脸上，镜中人脸色阴霾，双眼通红，身体的念想，略过不提。

小乐，生命里有那样的幻境时刻，就当你来过。

叶之南走回沙发，当着唐莎的面，倒掉剩下的小半瓶酒，就倒在地毯上，一言不发地离去。昨日种种昨日死，那所有的女人早已是从前。

雕花木廊狭长曲折，叶之南从春色无边的幻境，回到了熙攘人世。唐莎有钱，能买通这里所有人，但不能买通全天下。

楼下，叶之南当街而坐，唐莎在窗边看他。冰桶里的冰块尽化成水，她一咕噜灌下去，浑身的干渴感却没能减轻半分。

叶之南倒掉酒，是在警告她：一个千金大小姐，何至于此。但对她冷若冰霜，他又何至于此？她的家世强过太多人，她本人也是被公子哥儿和明星追捧惯的，但他执意不要她。

童燕在一家药店买到催吐药物，叶之南饮尽，抬眼看楼上。唐莎迅速隐在窗帘后，他笑一声，上了车。若被她用强得到，岂非可笑。

羞愤似藤蔓，勒得唐莎喘不过气，她两眼带刀，泪珠滚滚。

波士顿美术博物馆展品丰富，乐有薇和秦杉逛完仍意犹未尽。乐有薇是第一次看到《五色鹦鹉图》和《历代帝王图卷》，虽说艺术是全人类共同的财富，但是本国的杰作在他国闪耀，感觉不大好。

小粟野柏所在的格里姆斯考古遗址是美国50号公路的一站，乐有薇计划先飞到旧金山，然后租车自驾游，从太浩湖前往格里姆斯。

50号公路被公认为世界上最孤独的公路，全长一千多公里，人烟稀少，沿途有许多印第安人部落和文化遗迹。飞机上，乐有薇在纸质地图上勾勾画画，把自己和秦杉想看的地方都圈起来，她懂花钱会张罗，半分不让秦杉操心，秦杉安安心心地被她带着玩。

到了旧金山，两人在酒店休整了一天，先去租车，再去购买户外用品。50号公路横穿快马递送区，很荒凉。

乐有薇买完给小粟野柏等人的礼物，去户外店找秦杉。秦杉挑挑选选，热得一头汗，乐有薇放下东西，出门去旁边的咖啡店买冰咖啡。

排队的人很多，乐有薇订了咖啡，找个座位坐下，挑选明天的酒店。在野营小木屋和度假酒店之间，她选了昂贵的后者。路晚霞的配乐被Dobel总部采用，江天给她支付了好处费，豪车拍卖会的提成也到账了，她又有钱啦。

冰咖啡做好了，乐有薇去取，一个白人女孩突然冲过来，重重一撞，乐有薇手中的冰咖啡飞溅四散。

白人女孩将高跟鞋往乐有薇面前一顿："擦干净！"

鞋面溅上了咖啡渍，但白人女孩从神态到语气，无不让乐有薇感觉她是在寻衅，她以为是种族歧视，争辩道："是你冲撞我在先。"

白人女孩不理，跺了一下脚："舔干净！"

白人女孩的同伴有男有女，当中还有几个亚裔面孔，齐齐围上来。乐有薇掏出纸巾，蹲下为白人女孩擦鞋，在对方想一脚踩到她手的时候，她抓住对方的脚踝一掰，把对方掀翻在地。

白人女孩摔得四仰八叉，乐有薇站起来，擦拭自己包上溅到的痕迹，发觉白人女孩和同伴齐刷刷地看向一个地方。乐有薇顺着视线看去，唐莎被迫从店里走出来。

这几天，唐莎无法再接近叶之南，她恨到极点。乐有薇对叶之南拿捏作态，还和别的男人双宿双飞，叶之南依然爱着她，凭什么？！

蟑螂终于从阴沟里爬到了明处，乐有薇冷冷地问："在国内派人跟踪我，在国外找人羞辱我，你只会这种下三烂的小把戏吗？实话说，我有男朋友了，不是你喜欢的那个人，别再把我当眼中钉。"

唐莎身高有一米六八左右，穿上高跟鞋比乐有薇略高，她自矜于身份，抬抬下巴，冷然不语。同伙里有个华人女孩一脸走狗相，替她发声，讥笑道："又老又穷，神气什么呀？"

快27岁，很老吗？乐有薇第一次听人这么评价她，啼笑皆非："你敢看着我的眼睛再说一遍，你就活不到我这岁数。"

华人女孩和唐莎同龄，刚到20岁的样子，脸鼓鼓的，很青春。乐有薇看看她，再看看唐莎，她们就那么有自信卒于27岁以前？她笑着说："年轻这个词，不搭配着有为，不搭配着貌美，值得一提吗？"

唐莎恨心大作，但路人都围拢了来，她不便动手："信不信我能让你在整个行业都混不下去？"

乐有薇打开唐莎的手，趾高气扬地走了："哦，那我就去找你喜欢的男人帮我，怎么样？"

咖啡店排着长队，乐有薇去街对面买了两瓶水。以前江家林的孩子喊秦杉哥哥，但喊她阿姨，她有点介意，只因她对秦杉有着当时还不自知的好感，但年龄其实没什么可怕，她很喜欢她的27岁，不愿意回到贫寒窘困的18岁。

回到户外店一看，秦杉在和一个亚裔姑娘说话，姑娘挺漂亮，两人聊得挺投机。

乐有薇气腾腾，横着走过去，从中一杠，把两人撞开。秦杉T恤汗透了，巴在身上，乐有薇在他腰上一拧："这么热啊，冰的给你。"

那眼神姑娘懂了：想什么呐，有女朋友的没发现啊。姑娘走到一边，秦杉拧开瓶子就喝，咕咚咕咚，喝得精光。

一口气能吹一瓶水，狂吻时亲得人喘不过气，他还能一笑再继续亲，乐有薇转怒为喜："果然年轻气盛。"

秦杉摸不着头脑："什么意思？"

秦杉和姑娘交谈时用的是英语，乐有薇回头去看那姑娘："不是中国人？"

秦杉说："日本人，她和老板交流有点问题，就问我。"

乐有薇说："哟呵，对所有人都没表达障碍了啊。"

乐有薇眼一眨，睫毛像牙，会咬人，秦杉不明白她为什么生气："她也要去50号公路。"

乐有薇呛声："50号公路每年游客一千八百万，你管得过来吗？"

乐有薇信口雌黄，秦杉信以为真："啊，有这么多吗？"

乐有薇打发他去帮日本姑娘，从柜台里挑出一条指南针项链，指南针归自己，项链归秦杉，把他的圣徒克里斯多夫勋章拴起来。

秦杉戴上项链觉得方便多了，乐有薇拽着链子，恶声恶气："秦喵喵。"

秦杉朝她舞舞爪爪："嗷呜。"

秦杉租的是越野大车，乐有薇和他轮流开。最孤独的公路有最壮美的风景，一路上奇景不断，云彩更是变幻出奇丽的色彩，前方还永远有大得惊人的落日和月亮。

距离跟小粟野柏约定的时间还有好几天，两人慢慢开，慢慢看。行驶时乐有薇把秦杉在城堡时给她做的蝴蝶风筝绑在后视镜上，野餐时绑在包上，如大旗迎风作响。

前方是法伦海军航空基地，秦杉把餐布铺上，食物和饮品都摆好，一回头，乐有薇靠着车身睡着了，蝴蝶风筝在她身后飞着。

乐有薇昨晚被蚊子叮了，左脸上有个小包，白玉微瑕，更添妩媚。童年那只小蝴蝶飞走了，心里的小蝴蝶在身旁，秦杉的脸越凑越近，心也越跳越快，乐有薇故意睁开眼睛，他吓得往后一倒，乐有薇忽然搂住他的脖子，亲了上去。

嘴唇刚一碰上，秦杉就呼吸不畅，没法掩饰身体真诚的反应。乐有薇亲亲他的嘴唇，再亲亲他的睫毛，小指头勾他喉结闹他，他那一声带着轻叹的喘息声，让她听得咯咯笑。

这个傻瓜，呆着，愣着，嘴巴闭着。乐有薇说："被你的心跳声吵醒了。

我饿了。"

秦杉一骨碌起身，去给她拿吃的，走开两步，冲口而出："小薇，我特别喜欢你。"

乐有薇眨眨眼："还有呢？"

秦杉说："想和你在一起。"

乐有薇问："即使有天我会离开你，即使你会很痛苦？"

秦杉想起她那位未婚夫，心一酸："不能和你在一起，现在就痛苦。"

好好相处，不留遗憾。乐有薇站起来，在他唇上啄了一下："我也想和你在一起。"

像是行走在沙漠里，一场大雨落下，秦杉听到了神谕，犹在梦中："你不是说，让我追你吗？"

乐有薇捏捏他的脸："你不是一直都在追吗？不过我觉得，恋爱不是追的，是谈着谈着处出来的。"

吃着晚餐，欣赏边城日落，耳鬓厮磨。乐有薇在礼品商店买了一堆烟花，秦杉喜欢蝴蝶，她也买了，那种放在地上点燃，就能旋转着飞起来的小蝴蝶。

有花有星有月亮的夜晚，牵手看烟花，入夜露营，帐篷很宽敞，乐有薇钻进自己的睡袋里，拱到秦杉旁边躺着。

女人像宝石一样璀璨，男人像宝石一样坚硬。秦杉亲亲她的嘴唇，再亲亲脸："毛毛虫晚安。"

毛毛虫在清晨变成蝴蝶，沙漠里，秦杉仰头看模拟训练的战机，妈妈，小薇说她愿意。

乐有薇拍了很多战机照片，分享给军迷常伟亮，上车温习岩彩资料。下一站就到格里姆斯了，她想和小粟野柏有更多话题。

格里姆斯向东走，是小镇尤瑞卡，19世纪它是盛极一时的矿城。小粟野柏和他的弟子住在小镇上，乐有薇想休整两天，在约定之日去拜访他们。

车突然左右摇晃，秦杉停住车，左前胎似乎破了。乐有薇放下平板电脑，也下车去看。

地面上散落着尖利的石块，左前胎侧面被扎破，迅速漏气瘪下来。秦杉拿出随车千斤顶，搬下备胎，乐有薇去摆放故障车警告标志牌，发觉地面上除了石块，还有若干不易察觉的长钉，她正想着会有更多的车遭殃，一辆吉普车也缓缓停下了。

乐有薇放下告示牌走回车边，吉普车上跳下两个男人，一人打开后备厢，另一人跑向路边撒尿，对她吹口哨："Hey,girl!"

此人看着有墨西哥血统，秦杉换下左前胎，乐有薇拿着它在地上滚着，没理睬他。

墨西哥人的同伴是黑人，走过来大声找秦杉借工具，秦杉在换备胎，让乐有薇拿给他。

乐有薇应了一声，黑人猛然从腰包里掏出一瓶液体泼来。自看到地面上的长钉，乐有薇就有所警觉，黑人走来，她陡生不妙之感，丢开轮胎，身子一矮，硫酸溅到轮胎和车身上，顿时剧烈反应，气味刺激，她大喊："报警！"

汽车里有一键报警装置，秦杉飞快地按下。黑人一记重拳挥向乐有薇，乐有薇躲过，秦杉跑来，跟他斗起来。

黑人足有一米九多，乐有薇看了一下，秦杉没吃亏，她跑去换车胎，他们有备而来，得尽快逃离。

秦杉拳风既快又猛，追问黑人为何袭击乐有薇，黑人置若罔闻，秦杉往死里揍他。乐有薇一抬头，却见墨西哥人摸出了枪，她的心瞬间缩起来："当心枪！"

秦杉一分神，被黑人用肘弯抵住了咽喉，按在车身上，与此同时，秦杉掐住了黑人的脖子。两人互不相让，身后，墨西哥人拉开保险栓，但黑人又高又壮，把秦杉遮住，后背留给了同伴。

墨西哥人把枪口对准乐有薇，乐有薇往里躲，车门开着，秦杉的背包在后座，她伸手去够，里面有美工刀。

枪响了，打在左边车灯上，乐有薇大喊我没事，匍匐在地扔出扳手，砸在黑人腿上。趁黑人抬脚的空当，秦杉拧他的脖子，连着身体倾轧用力，把黑人的脑袋狠命撞向车身，磕得他头破血流，鲜血顺着下颌滑落。

墨西哥人对乐有薇的方向连开几枪，都被乐有薇借助车身躲了过去，她用脚脖子勾过工具箱，抓到什么砸什么，虽不能威胁到墨西哥人，但能形成干扰。

秦杉以黑人为盾，往车背后退。黑人缓过来，照准他太阳穴轰来，秦杉疼得连头也抬不起来，又和他交起手来。

乐有薇盼着能有一辆过路车，但这是全美最孤独的公路，人迹稀少。以她这几天的经历，有时一天能有几十辆车，有时几十公里只有她和秦杉，堪称无人区。

秦杉一人对付两个，其中一人还有枪，形势危急。乐有薇把两人的包都背在身上，抓着美工刀向黑人划去，黑人小腿挨了一下，秦杉钳制住他，枪响了。

秦杉右胳膊中了一枪，仍死死顶住黑人，竭力把他往死里打。他少年时在格斗班有个师父是泰拳高手，早年在黑市打拳，在这搏命的关头，他回想起师父私下自练的招数，对黑人砰砰砰劈头盖脸地打下去，下手极黑。墨西哥人又是几枪，都被秦杉躲过，黑人替他挨了一枪，正中肩头。

　　秦杉拳脚交加，乐有薇一刀戳进黑人眼睛里，黑人痛号，枪又响了。秦杉胸口中枪，血喷溅出来，乐有薇眼里满带戾气，和他对视一眼，两人一起扑向墨西哥人。

　　秦杉忍痛，踢飞了墨西哥人的枪。乐有薇把对方绊倒，抓起地上的千斤顶，使劲砸墨西哥人的头，没砸中，反被墨西哥人扑在身下，连挨了好几拳。秦杉爬起来，踢上墨西哥人的脸，乐有薇挣扎着脱离了墨西哥人的控制。

　　鲜血从秦杉指缝里渗出，他晃了一晃，倒了下去。墨西哥人去捡枪，乐有薇抢起千斤顶砸上他的后背，墨西哥人一个趔趄，秦杉断断续续地说："小薇，对不起。"

　　他没力气保护乐有薇了，乐有薇摇摇晃晃地站起，就算死在这里，她也得战斗到最后一刻。她拼力跑向墨西哥人，解下背包砸向他，同时伸腿去绊墨西哥人，无论如何，不能让墨西哥人再拿到枪。

　　墨西哥人倒地，乐有薇捡起千斤顶，死命砸他。那边，秦杉摸到扳手，对着黑人的后脑砸下，黑人两眼一翻，跌倒不动了。

　　墨西哥人抓到乐有薇的腿，乐有薇倒地，她那点功夫不够用，被墨西哥人抓着头发一下一下砸在地上，呕出血来。

　　秦杉一步一挪，抓着扳手，砸到墨西哥人的手腕，墨西哥人松开手。乐有薇够不到墨西哥人的头，用千斤顶砸他的腿骨，直到他膝盖冒出了鲜血，她想再砸他的太阳穴，但抢不起千斤顶了。

　　四人都躺在地上，秦杉呼哧喘气，乐有薇挪去扶他，他满身是血，睁不开眼，努力向她伸出手："小薇，我爱你。"

　　乐有薇的眼泪纷乱地落在秦杉脸上，想低头亲他，他晕过去了。乐有薇遍体生疼，仰脸望天空，云彩高速流动，秦杉说过，会为妈妈好好活着，现在，他得为小薇活下去。

　　缓了一阵，乐有薇挣扎着起身，把两人的背包捡回来，通通背上，里边是手机和可证明身份的证件。然后她联系最近的医院，确定他们过来的方向，双方相向而行，她再打报警电话："他们有枪，请快点来。"

　　前胸极疼，乐有薇想抱起秦杉，抱不动，她使劲，还是抱不动。她急得大哭，她是怎么了，秦杉很瘦，他不重，她撑着一口气，抱两步歇三步，往对方的车那边去，却看到底盘在漏油。

乐有薇就地放下秦杉，挪回墨西哥人身边。她本想去捡枪，可是害怕走火伤到自己，也怕打死人，面临监禁——虽然应该不会，但她的余生一天都不想浪费在监狱里。

乐有薇对墨西哥人的太阳穴连踢几脚，弄晕了他，再把他和黑人的样貌和车牌号都拍下来。她第一反应是发给夏至，但江天比夏至入世，适合处理棘手之事，她把照片和定位地址都发到江天手机上："尤瑞卡附近，他俩开枪打中了秦杉，作案动机不明。"

国内是深夜，江天在睡梦里。假如走不出这里，至少有人知道他们是怎么死的，并且有能力追索真相。

越野车在十几步开外，但对此时的乐有薇来说远得像在海的那一边，她胸前又闷又疼，回车上拿出睡袋，把秦杉抬上去，拼尽全力，连拖带拽，回到越野车边上，再把秦杉拖上后座。这一系列动作，花费了她大半个小时，她心惊胆战，生怕那两人醒来。

越野车身被硫酸腐蚀了一大片，乐有薇快速换好车胎。后视镜上的蝴蝶风筝还在飘扬，她拽到手边，用记号笔写上SOS，再去对方车那边，在车窗上写了一行英文"They're 2 murderers"。

"这是两个杀人犯。"乐有薇手心满是秦杉的血，在这行字后面按上几个血手印。对方的驾照不在车上，她不敢近身去找，便取走他们行车记录仪的存储卡。车座上有一只手机，她一并拿走，抬袖擦擦嘴边的血迹，明晃晃地露出牙笑了。

秦杉衣衫染红，昏迷不醒，座位也被鲜血浸湿。乐有薇驾车前行，途中，她力气全无，把车停到路边，一头栽倒在方向盘上。

之前车内的一键报警起到关键作用，赶来的警察看到蝴蝶风筝，加速而来。

乐有薇在医院苏醒，护士告诉她，子弹贯穿了秦杉左下肺，医生们正在争分夺秒地做手术，警察等在门外。

乐有薇想坐起来，没能办到，她被打断了两根肋骨。医生为她做了治疗，上了胸带固定，她请求护士："请让警察来找我。"

警察赶到现场时，墨西哥人已经醒来，他的腿骨被砸碎，寸步难行，向过路车车主求救，哭诉遭遇了抢劫。车主想救助他，却望见车身上的"They're 2 murderers"，疑心起来。正交谈着，警察赶至，连人带现场的枪支及其他物证都带走。

墨西哥人咬定是打劫未遂，由于秦杉的武力水平出乎意料之高，才被迫开枪。乐有薇和警察交换信息，确定了黑人泼向她的是浓硫酸，心下通透，把所有事都串联起来。她前脚才嘲讽唐莎年轻但不貌美，后脚就被泼浓硫酸，她想不出还有谁会对她下这种手。

树敌虽多，但千里追索施以毒手，唐莎是最大的嫌疑人。乐有薇把自己拿到的手机和行车记录仪存储卡交给警察："他们想毁我容貌，我认为可能和唐莎有关，但她家非常富有，一定给够了封口费，建议你们调查凶犯最近的社交关系。"

警察离去："愿主保佑你们。"

护士帮忙拿来手机，乐有薇发出信息，让叶之南另外找人去拜会小粟野柏："后续工作都拜托师兄了。"

乐有薇基本不推脱工作，尤其是这种规格的工作，叶之南感觉有异，打来电话。乐有薇按掉了，她气息很弱，不想让叶之南担心，继续发信息："秦杉和人打架，在医院，我得照顾他。"

叶之南应承了："好，别担心，都交给我。"

乐有薇摸出化妆镜照了照，整张脸青紫难辨，肋骨也疼。下个月就是"吉光照"佛教用品专场拍卖会了，她没法主槌，恳请业务部洪经理让别的拍卖师代劳。洪经理奇了："这可是你自己征集的东西。"

乐有薇说："我也舍不得，但是男朋友为我打架进医院了，伤得很重，等他好了，我得去他家负荆请罪。"

洪经理发来笑脸符号："要见家长了，恭喜恭喜！你有没有推荐人选？"

"传灯者"拍卖会是凌云仓促上马，但完成度不错，这次有半个多月的准备时间，她肯定能做得更好，乐有薇回道："首选凌云，如果她拒绝就找乔蓝或邹嘉让吧。"

乔蓝和邹嘉让都是叶之南的徒弟，机会当然要留给同门。洪经理贴心地说："我来安排，祝你男朋友早日康复。"

乐有薇为拍品做了很多案头工作，都转发给洪经理，但正如她所料，凌云拒绝了，拍卖工作交给了乔蓝。

秦杉的手术做了三个多小时，护士告知手术成功，患者生命体征稳定，但尚未脱离生命危险。乐有薇被护士推去找医生，主刀医生介绍说，如果子弹再向内偏半寸，伤及主动脉和心脏，秦杉就无法保命。

秦杉被送进重症监护室，他还需要渡过由肺挫伤、肺内出血引起的肺部感染和胸腔内感染，以及伤口切口感染等一系列难关，等他转危为安，才会被转入普通病房。

秦杉的手机没设密码，乐有薇翻找通讯录，想通知他外公外婆，却看到自己的名字是"小薇小可爱"，再放大看头像，是一只甜品"雪媚娘"。

在秦杉心里，某人居然是这么个圆滚滚白胖胖的形象，乐有薇看得一笑，眼泪却流下来。秦杉什么时候管她叫小可爱的？等他醒了就问他。他一定得醒来。

秦杉经常联系的人很少，乐有薇很容易找到外公。外公名叫阮宏朗，秦杉和他分享过50号公路的美景。

乐有薇没勇气和秦杉的外公外婆通话，吃了止疼药，斟酌再三，发出文字："阮爷爷您好，我是小杉的女朋友小薇，我们途中遇袭，小杉中了枪伤。医生刚做完手术，小杉在重症监护室，我很抱歉通知这么糟糕的消息。"

足足过了一刻钟，乐有薇才等到外公的回复："小薇辛苦了，在哪家医院？我们赶过来。"

乐有薇把医院地址发过去，让护士推她回病房睡觉，她得尽快恢复体力，不能让老人忙得团团转。

第二天一早，护士帮忙请的护工到了，暂时只请到一位，但秦杉还没醒，还罩着呼吸机。

上午，警察又来了。黑人承认是受雇于人，雇主在暗网上和他们谈定交易。雇主供出一个华人女孩，但对方在逃，乐有薇问："是唐莎吗？"

警察说："她叫邢佳清，我们正在追踪。你在第一时间指出唐莎是嫌疑人，她已被限制出境。"

乐有薇摇头："我没听过邢佳清这个名字，我认为她是受了唐莎的指派。"

外公外婆走进病房，刚好听到乐有薇对警察铿然表态："他们最好庆幸我不会开枪，但我会学。"

外公找警察了解案情，乐有薇对二老内疚到极点："对不起，是我连累小杉了。"

外婆头发花白，老得很有气质，秦杉说过，她是翻译家。尽管很揪心，但她仍然先宽乐有薇的心："是恶人作恶，你别太自责。"

外婆越通情达理，乐有薇就越害怕秦杉醒不过来，风烛残年的老人早早失去了独生女儿，她不能让他们失去唯一的外孙。外婆安抚她："相信他，他会好的，我们家的孩子很坚强。"

乐有薇转过头，悄悄哭了。外婆没再说什么，轻拍她的手背，出去了。

乐有薇看着输液管，一滴一滴，都是眼泪，都是活力。她多少次死里求生活过来了，只要秦杉能活下来，她就什么都不怕。

凌晨，江天扑进门。他先去看秦杉，但秦杉在重症监护室，他看不着。再看乐有薇，她的脸肿得他认不出来，还看着他嘿嘿笑，因为她是第一次看到江天红着眼圈。

江天也嘿嘿笑，他也是第一次看到这样的乐有薇，说时迟那时快，给她拍了一张照。乐有薇大怒："删了，我翻脸了。"

"就看看，我就自己看看。"江天越看越乐，乐有薇举起拳头，他跑了，"我去找阮爷爷聊案情，我们得请律师。"

警察两次找上门，唐莎都咬牙不认，让他们找她的律师。律师告诉唐莎，这是刑事案件，不好收场，唐莎说："如果你对律师费不满，我会追加。"

律师说："我尽量，但这不只是钱的问题。"

唐烨辰赶来美国，责备唐莎太鲁莽："早跟你讲过，你想弄死她，会被她先弄死，为什么不听？"

布下天网，乐有薇居然还能逃脱，唐莎恼火："她奚落我，得付出代价。"

唐烨辰冷声道："你毁了她，阿南只会更心疼她，离你更远。"

唐莎恨得牙痒："我就想让他疼。我不信他永远那么高高在上！"

爱意成痴，执念成魔，唐烨辰失望透顶："从现在开始，你什么都不要说了。我会为你请最好的律师。"

专家查房，确认秦杉的各项生命体征均趋于平稳，可以转到普通病房了，乐有薇和外公外婆悬着的心放下了。

外婆推着乐有薇的病床去看秦杉，秦杉肺部和肋骨受创严重，上身缠着胸带和纱布，身上还插着各种导管。

呼吸机罩住了秦杉半张脸，乐有薇呆呆地看着，秦杉眼角嘴边的血迹干涸，比她脸上的瘀伤重得多，她让外婆帮忙把病床挪后，脸挨着秦杉的上臂偷偷哭了。活着就好，从此大风大浪，都只当小打小闹，她再没怕的了。

唐家律师找来，外公去接待他。外婆对乐有薇轻言细语："小杉就是这样的，路人被欺负，他看到也不会袖手旁观，不是因为你，他才这样，而且……"

乐有薇将脸藏在臂弯里哭，听到外婆说："你给了他保护你的机会，填补了他对他妈妈的遗憾。"

乐有薇无声痛哭，外公回来了："我和他们的律师谈过，他一直在暗示我，呵。"

乐有薇又想哭："可我很怕唐家再报复小杉和你们。"

外公说："不怕。你是当事人，按你的意愿来。"

乐有薇在病床上躺了片刻，让自己的情绪看起来正常后，会见了唐家律师。对方是白人，体面帅气，颇有金牌大状的风采，然而唐家再有钱，也不能轻易干预司法。

唐家律师说明来意，乐有薇听懂了暗示，笑得很柔和："让正主来。"

唐家律师俨然看到希望，翩翩离去。他奉命办事，向乐有薇和外公传达了条件：翻供，让警察查到邢佳清为止，你们活了，也给唐莎一条活路，钱不是问题。

邢家人一定也被唐家威逼利诱了，邢佳清有很大概率替唐莎扛事。乐有薇想得头疼，外婆让她去睡觉："别担心老年人受不住，我们经历的风雨多了，身体虽然有点基础病，心理可比你强悍得多，你是伤员。"

外公喝着酽茶："小薇是小杉叫的，我们叫你薇薇好吗？"

乐有薇强颜欢笑："好，爸爸妈妈也这样叫我。"

江天去找律师了，乐有薇想给秦杉请护工，但外公外婆说自己看护才更放心，两人换班轮流照顾秦杉。

乐有薇一睡醒就去看秦杉，外婆说秦杉刚才醒来了，问小薇好不好，听到她没事，他笑了一下，才闭上眼睛。

外婆以为秦杉又睡着了，但过了一会儿，他说："让她别怕，我好着呢。"

外婆说："所以我们哪会怪你？他那么喜欢你。"

乐有薇终于能吃下一点东西了，外婆和她谈天，夸她父母会取名字，还说秦杉有天欢天喜地说："我认识了一个女孩，她很亲切，知道我想说什么，还能把我想说的都说出来。她声音好听，长得美，名字也好听，我想和她说话。"

乐有薇一问时间，是在陈贝拉家见第一面的时候，她听得可美了："他对我一见钟情啊。"

唐烨辰来找乐有薇，直奔主题："你要多少钱？"

乐有薇把病床摇起，平视唐烨辰："你认为令妹的自由值多少钱？"

唐烨辰说："你可以开价。"

乐有薇说："唐总为了令妹的自由来找我，我说生命是最重要的，你一定不反对。秦杉为我差点丢了命，你觉得我能开价吗？"

律师对秦杉和乐有薇家里都做过调查，唐烨辰瞧着乐有薇："据我所知，秦杉还有个同父异母的弟弟，他继母精干老辣，你对付她不容易。秦望也未必认可你，不如跟我合作，拿到实实在在的利益。"

乐有薇微抬下巴，问："唐总，你肯给一百亿吗？"

乐有薇显然是拒不合作，唐烨辰很疑惑："那你为什么要求律师让我来？"

乐有薇笑着说："想当面告诉你，唐总，我瞧不起令妹。"

这女人目光如电，声音也冷，唐烨辰很不悦："是你羞辱我妹妹在先。"

乐有薇一怔："她在国内就找人跟踪我，你不知道吗？"

唐烨辰也是一怔，乐有薇摇头："我羞辱她，算我嘴毒，但她心毒。我被她跟踪、被她挑事，就该忍着吗？凭什么？我回嘴，就活该被毁容吗？"

唐烨辰坐近些："阿莎是太偏执了，但我希望你再想想，借此机会一劳永逸才更理智。拿了钱，未必会让你失去秦杉，你对他一定有办法，但是自己手上有钱，再做很多事就更有底气。"

乐有薇静下来。如果他们有两把枪，她和秦杉都完了。无论是一个亿、十个亿，还是一百亿，她都无福消受。做完伽马刀治疗她就说过，余生只想要扬眉吐气。除了死神，她不受任何人的戏弄和威胁。

一念既起，乐有薇越发强硬："我的存在本身，就碍了唐莎的眼。惹了她的嫌，她就对我下重手。我把罪责都咬在邢佳清身上，令妹就会放过我吗？她说不定连我师兄都恨上了。唐总，令妹是恶人，你管不住她，不是吗？"

唐烨辰心知她是对的，但谁叫唐莎是他的至亲："只要她不面临终身监禁，她出来还会对付你。以她的情况，判不到那么严重，但她的怨气会积得更深，为什么不趁现在各让一步？"

乐有薇针锋相对："我就喜欢现世报。她将来报复我，是将来的事，起码在她的监禁期，我很安全。她想弄死我，我得把她关进笼子。唐总，你是我，你也会这么干。"

唐烨辰盯住乐有薇，乐有薇也盯着他。去年在香港佳士得拍卖会会场，两人第一次打照面，乐有薇就对唐烨辰充满探究，他有一双冷意森然的眼睛，后来才知道，那遗传自他的母亲。

那女人当了几十年如夫人，可知心志过人，她养出来的儿女绝非善类。今日这一面，注定是得罪整个唐家了，但乐有薇甘愿承担后果。

唐烨辰起身，声音低沉，像刀锋一样："乐小姐，人做错了事，会付出代价。我妹妹有错，但你今天也做出了错误的决定。"

他挑明会让乐有薇付出代价，乐有薇不受他的威胁："你尽管来，我见招拆招。"

唐烨辰寒着脸走了。慈善拍卖晚会上，乐有薇长袖善舞，向全场恶人挥出暴雨梨花针，今天她召唤他来，就是为了扔他一脸针，还笑得成竹在胸："我会请律师，下次请和我的律师谈。"

护工进来给乐有薇递水吃药，乐有薇把病床摇下去，躺平，对着天花板，长长地吐出一口气。曾经笑言，只跪双亲和黄金，但那天在50号公路上，她第一次对苍天跪下了，只求秦杉活下去。

外婆来了，乐有薇简短地说："谈崩了，我讨厌他们有权有势还为所欲为，不能忍。"

警方为乐有薇安排了律师，但以唐家人的风格，得聘请更强大的律师。江天正在接洽更多律师，这几天择优选用。外婆说："法治社会，她别想全身而退。"

秦杉醒了，外婆把乐有薇推去他病房。一见面，两人就你看我，我看你，又哭又笑。秦杉还在输液，把手伸向乐有薇的脸，以拭泪般的手势轻轻摸着，乐有薇说："喵。"

秦杉很虚弱，乐有薇不让他多说话，她把这几天发生的所有事都仔仔细细地告诉他。对郑好和爸妈，乐有薇只说秦杉生病了。小粟野柏那边的事都移交给叶之南团队了，叶之南和小粟野柏会过面，对方很友好，但想取信于人，还得再谈几轮。

两张病床并排，乐有薇攥着秦杉的手指，放在唇边亲着、蹭着，小声说："是我不好。你夸我口才好，会说话，可这次是我祸从口出。"

秦杉鼻子酸得厉害："不是你的错。"

乐有薇内疚至极："我选择和唐家死磕，他们一定会报复我，你也逃不掉。小杉，我不怕，可是想到你和外公外婆，我很怕。"

秦杉说："不是你一个人的选择，我也不放过她。不要怕，再可怕的事，一家人一起面对。"

乐有薇哭了。秦杉抬手抚着她的脸，说："这几天一直梦见你。"

在重症监护室，秦杉梦里的乐有薇是白衣观音的样子，出现在他和母亲经过的公路上。车祸到来时，她翩然拎起那条路。

卡车没有撞上来，母亲开着车向前，儿子继续欢歌。在试验基地里，秦杉看到漫天的飞机，纷纷化成蝴蝶，有一只落在他肩膀上。他对母亲说，想带它回家，耳畔却传来嘈杂的人声："指标正常。快醒了吧？"

自从叶之南对唐莎直言陪过她的母亲后，唐烨辰和他就生出了罅隙。明明秘不可宣，为什么要说穿？但是为了唐莎，唐烨辰只能来见他。

叶之南惊痛无言，那天，乐有薇第一次按了他的电话，不肯接听，竟是因为刚死里逃生。

唐烨辰说："乐有薇对我有敌意，但对你不同。阿南，你替我和她再谈谈。"

叶之南的脸色沉下来："她怎么说？"

乐有薇每句话都是鞭子，唐烨辰苦笑："她和秦杉的家人都坚持诉诸法律。她可能是太过自信，以为她能得到秦家所有。"

江爷爷只对叶之南说过秦杉的外公是老友，叶之南问："他父母是什么人？"

唐烨辰很惊讶："他父亲是秦望，你不知道？"

叶之南忽然明白，前些日子吴晓芸对他说了一些莫名其妙的废话，竟不是废话。他问："你出多少钱？"

唐烨辰碰了壁，心里对价码做出了调整："3亿。"

叶之南笑得很嘲讽："只是你几件艺术品的价钱，令妹的自由价值不高。"

叶之南从未用这种神色对唐烨辰说过话，唐烨辰顿时有些气恼。前年，他投资了一家光电子公司，公司规模不算很小，可全员共同创造的年利润总额也才5.3亿元。他说："对于绝大多数人，这都是能改变一生命运的价钱。"

叶之南淡淡地问："你见过秦杉吗？"

刚才得知秦杉的身世，叶之南因而明白他恬淡的气质从何而来。阮家世代是读书人家，出过大学士，也做过高官，人们所求的功名利禄，没什么是秦杉祖上不曾经历过的，那些不过是人生的幻影。他值得乐有薇倾心，乐有薇势必会为他和她自己讨个公道。

叶之南看起来不肯配合，唐烨辰的语气里带了哀恳："阿南，阿莎是我唯一的妹妹。"

叶之南说："谁不是父母家人的宝？有薇父母去世得早，她叫我一声师兄，我得担起这个称呼。况且这件事因我而起，烨辰，我没脸去说。"

唐烨辰难得软弱："阿莎一旦坐实罪名，会判得很重，假释有难度。阿南，帮帮我。"

叶之南问："你舍不得让你妹妹失去自由，乐有薇和秦杉就该死吗？唐莎偏执，那就报复我，为什么要迁怒他们？"

长成这样的男人就是会惑乱人心，唐烨辰理解妹妹为他发狂，他以一种悲伤古怪的眼光望着叶之南，幽幽地问："你就……那么喜欢她？"

叶之南不答，唐莎是唐烨辰唯一的妹妹，乐有薇是他唯一想要的女人，是他遥远的、秘密的、不可侵犯的玫瑰。

唐烨辰看过慈善拍卖晚会的视频，乐有薇对叶之南有情，昭然若揭，叶之南发话，她肯定听。

唐莎的希望尽系叶之南一身，唐烨辰上前两步，揽住他的肩："阿莎是太过分了，对你、对他俩都是。我爹地一定会教训她，我也一定加倍补偿乐有薇和秦杉，你帮我带句话行吗？"

叶之南一双眼睛清冷如月："唐莎应该被绳之以法，承担作恶的后果。"

唐烨辰逼近一步："可你应该知道，得罪我爹地，会是什么后果。"

叶之南无所谓地笑了笑："冲我来。"

唐烨辰也笑笑："那就抱歉了。阿南，出了拍卖场，我不用听你的。"

他是一定会对付乐有薇和秦杉了。叶之南重重拂开他的手，大步离去："别叫这个名字，我一直不喜欢。"

当年，陈襄叫过这个名字，郑好听到后整张脸煞白，失态逃走，乐有薇追上去。叶之南转头看陈襄，再温婉的女人，也有小心思。

从餐厅出来，叶之南打出电话，他想去医院探望乐有薇和秦杉，但拨出几个数字，按掉了。回首这一路走来，他惹的情债给乐有薇添了那么多麻烦，还给她和秦杉带来九死一生的祸事，他没脸见他们。

曾经以为，有能力好好爱乐有薇，但倘若两人相守，唐莎的报复手段必然更凶残。异国街边，叶之南心里痛楚难当。乐有薇舍弃他，是何其正确的决定。她因他遭受了太多风雨，他唯有用余生偿还。

乐有薇和秦杉是在去拜访小粟野柏的路上出的事，叶之南订下最早一趟回国机票，他得物色一流的专家团，力争拿下那些乐器。

对于有的藏家，并不是你一进门就封你为财神。很多人不缺钱，有的人还不在乎钱。前几天，叶之南跟小粟野柏交谈时，就发觉小粟野柏更在乎对方的学识，既要敬业，也要专业，他信服你，价钱和去处就由你说了算。

去往机场途中，叶之南收到乐有薇的信息："师兄，因为秦杉的伤情，我得在美国多待一阵，不能赶回国参加江爷爷作品的开展仪式了。你的波士顿藏品拍卖会我也去不了，师兄多保重。"

叶之南盯着"保重"看了又看。乐有薇拿着手机有些迟疑，想追加一句"注意安全"，还是算了。唐烨辰应该去找过叶之南了，叶之南会知道事情的原委。

如果唐莎身陷囹圄，唐烨辰极可能跟叶之南反目。唐莎也极可能因爱生恨，化身为魔鬼，一旦她逃脱法律制裁，叶之南必会遭到报复。乐有薇担心他，但她不能说得太明显，免得叶之南愧疚。她知道他会。

秦杉躺在病床上看资料，乐有薇走过去，依恋地握住他的手。唐家人要来就来吧，她是会反击的，绝不能让他们再伤害到秦杉。

秦杉一天天康复，乐有薇肋骨上的伤也好多了，但还不能坐直，下地也只能直挺挺地走动。外公外婆把两人换到一个大的套间，他们在里间睡，乐有薇和秦杉在外间，手拉着手睡着。

下雨的夜晚分外香，窗户开了半扇透气，乐有薇梦见秦杉。在梦中他还是小男孩，六七岁大，穿着小短裤玩割草机，只是个背影，但乐有薇知道是他。

梦里不知是何处，依稀有棵玉兰树，白色大花如灯笼，草地上还有一种奇妙的花朵，有粉色，有白色，还有苹果绿色。

小男孩长大了，跑来喜欢她。乐有薇在梦里笑，醒来发觉秦杉在轻抚着她的脸。

护士为秦杉输液，乐有薇把两人的病床都摇起来，给秦杉拿水吃药，秦杉突然靠近亲她，像一只轻啄的鸟，把她当成一棵生了病的树。

乐有薇嘴唇含住秦杉的唇心，舌尖描绘着他的唇形，秦杉乱了呼吸，不由得张开了嘴。

乐有薇很轻柔地深入，跟秦杉唇舌交缠。秦杉口中津甜，脑子有些昏沉，原来这样才叫亲吻啊，他横冲直撞地吸吮乐有薇的舌，力度很重，乐有薇被他吻得浑身发软，轻哼出声。

秦杉以为把她弄疼了，想停下来，但乐有薇的手从他腰间移到了脖子，更用力地咬他的嘴唇，他明白了，她喜欢他这样。

越吻越深，等到终于能放开彼此，秦杉的心一跳一跳的，这个吻绵密又甘甜，他第一次懂得什么叫满口噙香。

乐有薇的嘴唇被亲得亮亮的有水光，秦杉满眼爱意："小薇真好看。"

乐有薇觉得这人就是个瞎子，这是她人生中最丑的时候，面部、四肢和肋骨上都有伤，脸上的瘀伤退了些，转为更难看的青黄色，她每天都在热敷。

昨天傍晚，乐有薇偷偷去做脑膜瘤复查，今天下午拿到结果，显示肿瘤由2.7厘米×2.3厘米变成了2.1厘米×1.9厘米。正如术前专家们说的，伽马刀是精准放疗，肿瘤90%会停止生长，或很缓慢地缩小。她反馈给主刀医生，医生祝贺她，这是个很好的结果。

但无论是开颅手术还是伽马刀，都不可能拿掉或消灭所有的肿瘤细胞，乐有薇称不上是完全治愈，但只能遵医嘱，一年后再做复查。她决定忘记这些，就像在50号公路上，她飞车赶往医院，忘了天地，忘了自己，一心一意只想着一件事：让医生比死神更快看到秦杉。

她做到了。

秦杉的额头顶着乐有薇的额头，无限爱恋，无限温柔："小薇，我收回原先的话。"

乐有薇问："哪句？"

秦杉说："我以为你是江天女朋友，我说，不能和朋友争抢。其实我做不到，就算是和死神，我也想争抢你。"

乐有薇后怕至极："我希望永远不会有下次，但是万一……你不要再管我，自己逃命去。外公外婆老了，膝下不能无人。"

秦杉的眼圈顿时红了："我怎么可能不管你？"

乐有薇说："小杉，我问你，如果他开枪打中我，我死了，你怎么办？"

秦杉眼里闪着泪光，乐有薇接着说："要好好活着，明白吗？要让我含笑九泉懂不懂啊？"

秦杉不说话，乐有薇生气了："让你放下我，你说做不到，这件事必须做到。我死了，你也要好好活下去，像我从没出现过一样。快点答应。"

乐有薇眼中蕴满伤感和期盼，秦杉心有隐痛，紧紧抱住她。最骄横跋扈的她，他也见到了，很爱。他说："好好活着，我听你的，你也要听我的。"

乐有薇慢慢笑了，亲亲秦杉，很快被他占据主动，左手揽着她的腰，侵入她口中掠夺厮磨。他着迷于此，一次次拉着女朋友开练，两个人的嘴唇都亲得肿起来。

邢佳清落网归案，但死咬是自己和乐有薇有过节，乐有薇认出她正是在旧金山咖啡店讥讽她"又老又丑"的华人女孩，对警察说："我确定她是唐莎的走狗，请你们去调取那家店的监控。物证面前，我想她会说实话。请转告她，她敢包庇唐莎，以后我就只做一件事，杀了邢家人，有谁我杀谁。"

警察不会如此转告，但他们听懂了乐有薇的决心。监控面前，邢佳清吐出了实情，供出主谋是唐莎。

唐莎被指控犯有教唆他人谋杀的罪名，也被逮捕关押，等待进一步审查。月底，她将接受一场拘留听审。出于对受害者人身安全的考虑，乐有薇和秦杉不用出席。

律师怀特受江天的托付来找乐有薇，他打过很知名的官司——华裔留学生被旅美企业家性侵，各方因素都对留学生不利，是他扭转了局面，为留学生讨回公道。

乐有薇和怀特交谈完毕，叶之南的生活助理童燕来了，转交礼物："叶总说，向秦先生致歉。"

秦杉说："被那样的人纠缠，叶先生以前就很受罪吧，他真倒霉。"

喜欢一个心有所属的人，有人如舒意，大方爽然地挥手作别，她的人生无限宽广，情爱只是一方面，她知道未来会有惊喜等着她；有人如郑好，自苦自伤但与人无害；有人如唐莎，怨毒地走向毁灭和自毁。然而，不论是郑好或唐莎，明明都拥有很大一块天。

乐有薇叮嘱道："燕子，麻烦你转告我师兄，让他别自责，我和秦杉会让唐莎罪有应得。"

童燕告辞而去，乐有薇和秦杉打开礼物。叶之南送给秦杉的是一只珐琅镇纸，独角异兽形，通体饰深浅蓝釉鳞甲纹，兽首和四肢均为黄金，下承紫檀木座，应为清宫御制品，秦杉爱不释手，想放在工作台上。

异兽玲珑机巧，才三厘米高，但眉眼和鬃毛都刻画得很细腻，秦杉举着乐有薇送的放大镜观看，问："是独角兽吗？"

乐有薇说："它叫獬豸。"

獬豸是神话传说中的瑞兽，《晋书·舆服志》记："獬豸，神羊，能触邪佞。"意指人们发生冲突和纠纷时，獬豸能用独角指向无理的一方，甚至将之抵死。

在古代，獬豸是执法公正的化身，秦代执法御史戴的帽子又称"獬豸冠"。直至清代，御史和按察使等监察司法官员都戴獬豸冠，穿绣有獬豸图案的补服。

秦杉懂了："西方人也认为，独角兽的角能够压制任何道德败坏的事情。"

外公外婆称赞叶之南有心，乐有薇再看叶之南给她的礼物，是一块欧泊石。它是天然宝石，主色调是深蓝色，乐有薇说像夜空，繁星点点，秦杉却说像海洋，船只如织。

乐有薇手一顿，它的花纹的确更像一小块海洋，为她和叶之南留住了那一晚在海上共度的时光，也为她压惊，从此他退守一方。她摆弄着欧泊石，拍下照片发给叶之南："真好看，海面升起风帆，谢谢师兄。"

叶之南微笑，那段感情成为回忆，镶嵌在生命里，化作永恒。往后，但求她安好。

吴晓芸来汀兰会所赴约，叶之南很少主动找她，所谈无非是公事，这次也一样。

叶之南提出转让他在贝斯特拍卖公司的全部股份，职位也辞去。吴晓芸说："怪不得别人都传你和唐烨辰在闹矛盾，他们把你逼到这一步？"

吴晓芸以为叶之南了断和贝斯特的瓜葛，是去唐家赌个前程，但恰恰相反。她听完缘由，笑一笑："老秦大儿子长大了我还没亲眼见过，怎么样？"

叶之南说："跟有薇是一对璧人。"

唐烨辰必会报复乐有薇和秦杉，也算为己除害，吴晓芸想看好戏。但很显然，叶之南不帮唐烨辰以致引火上身，贝斯特恐遭牵连。她同意了叶之南的要求："我尽快出具公告。你月底的拍卖会，要不要采取措施？"

唐烨辰公务繁忙，还得为唐莎的官司奔忙，雇人在波士顿馆藏品拍卖会上搞点小破坏，不是他的风格。叶之南放下咖啡离开，从今以后，步步杀机，直至被逼到缴械投降，一如唐烨辰吃定某个企业时，常常是介入最晚，但持股比例最高。

有什么关系呢，唐烨辰要来就来，风刀霜剑叶之南都接着，明枪暗箭也得接住。只是，相交多年，竟会走到交恶的一天，多么可惜。

吴晓芸在汀兰会所的包间里坐了很长时间，窗外渐渐下起雨来，她叫了酒。十四年前的初夏，少年叶之南语意坚决："我只填了艺术相关的专业。"

吴晓芸沉下脸："让你填财务，为什么不填？我要你帮我。"

叶之南那时是少年人口味，喝着一个小牌子的铁罐酒酿，吴晓芸拿过来，尝了一口，甜得很，她笑话几句，叶之南不计较她的态度："你想做拍卖公司，财务是你的强项；拍卖，是我的方向。"

吴晓芸逗一逗时年19岁、刚刚结束高考的他："男人就是男人，有担当。你主外，我主内，是这样吗？"

叶之南看定她："不是，我想做拍卖，是兴趣所在。"

吴晓芸大他八岁，那年早已做了母亲。她说："你想清楚了，财务学精了，是能赚大钱的。"

少年叶之南漫不为意："财务学精了，就能卷走你所有钱；拍卖学精了，在你被人卷走所有钱后，还能靠一张嘴，零成本挣回来，你想清楚了。"

吴晓芸被逗笑，想一想，依了叶之南。会计师多过拍卖师，她请帮手容易，但形象好的拍卖师一将难求，这是实情。

当年吴晓芸只觉得叶之南在讲俏皮话，隔了十四年光阴，她才悟出那时叶之南散漫语气的背后，是认认真真地想成为和她肩背相抵的同行者：经济是命脉，你扣在自己手上，我专司狩猎，人在，江山在。

叶之南给过吴晓芸一个一无所有的少年的诚意，她当时没有领会到，后来叶之南收起真心。她对叶之南设防，叶之南也只给她恒温，不够暖和，但既不会让她冻僵，也不会让她被灼伤。

雨停了，吴晓芸喝尽一杯烈酒。贝斯特是她用于掘金的武器，当她放下武器擦汗时，叶之南是唯一一个她不用担心他就势抄起武器袭击她、独占宝藏之人。十四年来，到了今天，她才真正相信他，她内心有愧。

赵致远来了，听完整件事，他的第一反应是："贝斯特可是个聚宝盆，谢东风做事有章法，之南不用操心就有大把进项，你确定他没别的意思？"

人生能有几个人，跟你相处十四年，一搭一唱，联手打下江山，从不计较利益分配？唯有叶之南。吴晓芸说："他还能有什么意思？贝斯特是我的，也是他的，唐家要打压他，当然会选贝斯特下手，他和贝斯特彻底切割，是在保我。"

吴晓芸自信她听懂了整件事的真正原因，叶之南和乐有薇有情，但总有更高的枝头值得去攀附，叶之南选了唐莎，乐有薇选了秦杉，但这两人私下藕断丝连，唐莎无法容忍，才对乐有薇下了手。

乐有薇是聪明人，如果接受三个亿，她和秦家及阮家的缘分就到了头。那家人眼里掺不得沙子，就爱认死理，乐有薇越表现得视金钱如粪土，在他们心里的地位就越高。

更何况，一个豁出命保护你的男人，还是富家子，长得也干净好看，哪个女人肯为了三个亿就把他卖了？卖了也落不着好，乐有薇让唐莎吃了苦头，唐莎一出来，第一个要对付的还是她，第二个就是叶之南了。

吴晓芸想在贝斯特内部做个股份转让，公司富家子女多，会很愿意收购叶之南的股份，她打算预留一点，用来奖励优秀员工。赵致远认为光是官方网站公告动静不够大，不如搞场拍卖会，再请上一些同行同仁和记者，吴晓芸答应了。

赵致远把股份转让拍卖任务交给赵杰，赵杰吃惊之余，抗拒主槌："爸，我在忙江知行作品展，你让我歇一下不行吗？"

赵致远说："行啊，你把当代艺术都移交给方瑶，好好歇歇，跟你妈学学画。"

赵杰震惊："爸？"

赵致远喝着茶，叹口气："我劝你以司法拍卖为主，你不听，现在我只能明说了，'用之于民'那次，方瑶尝到甜头，想接任你的担子。"

赵杰怒了："爸！就算我能忍，你也不能忍。就她那水平，当代艺术交给她负责，绝对弄得一团糟。"

这茶不错，赵致远淡淡地说："我不负责公司业绩。"

赵杰很生气："你是副总，你有股份，你不盼着公司业绩好吗？当代艺术交到那种人手上，那叫暴殄天物！"

赵杰的母亲从画室出来："你俩怎么又吵起来了？"

赵母是赵致远的第二任妻子，是他在大学当教授时的学生，他把妻子哄走："我们男人的事，男人自己解决。"随后他坐回来，给赵杰倒茶："谈谈吧。"

赵杰拒绝交谈。赵致远剥个橙子给他，语气软和下来："你喜欢艺术，跟着你妈学点工笔、水墨都好，油画也行，当代艺术那些……呵。"

赵杰瞪起眼，赵致远把话说得更狠些："当代艺术也配叫艺术？"他拿起赵杰的平板电脑，点开图库，一幅幅划拉过去，手绘线条拙劣，连调色都依托于电脑，人物比例完全失调——大得失真的眼睛、尖得离奇的下巴、长得可怕的小腿，加上五彩缤纷的头发，它们叫艺术？

赵杰说："也是风格。"

赵致远丢来一幅画，是用成百上千只蝴蝶翅膀拼贴而成的，雇几个心细手稳的农妇就能办到，但是冠以"艺术家"签名，就能卖十几万英镑："这玩意也值一百多万？"

赵杰翻出数据："有人愿意买，它就值，它卖了几百幅了。"

赵致远再一翻，另一幅画作是各种脏乱差的颜色，凌乱呈放射状。艺术家自述创作过程：身穿防护衣，头戴护目镜，把颜料掷向快速旋转的画布，颜料像摊煎饼一样，被沾到画盘上，价值上百万的作品就又诞生了。

赵致远斥为恬不知耻，赵杰不服气："他的旋转画视觉效果华丽，我很喜欢，在艺术市场上也抢手，人们喜欢拿去装点家庭。艺术家的名气，以及创意本身都值钱。"

赵致远嗤笑："你们也只会拿创意说事。"

普通人为什么对拍卖不感兴趣，很多时候是被当代艺术败坏了胃口。一幅哗众取宠的丑陋画作，卖上几百万几千万，那和老百姓的生活有什么关系？

赵杰反击："爸，你喜欢的齐白石，他画的牛屁股值几百万。"

《柳牛图》里的牛，只有个屁股对着众人，赵杰同样理解不了，但他不会去鄙薄父亲热爱的领域。每一代有每一代的审美，今时没那么坏，古时也没那么好。

父子俩谁也说服不了谁，赵致远哼道："当代艺术不过是资本操纵的游戏，封闭小圈子的自娱自乐。"

一切新鲜事物，父亲都带有偏见，赵杰心都凉了："爸，你是这么看待当代艺术的？"

赵致远说："他们挣名气，你挣点佣金，没别的。"

赵杰很失望："叶总他们搞的天空艺术空间，你上次还给了高度评价。"

赵致远一哂："我只是比较敬仰他和合伙人烧钱的魄力。"

义人养艺人，古来有之，可惜三千门客里绝大多数是庸才，剩下的要么是鸡鸣狗盗之辈，要么是沽名钓誉之辈。极个别是天才，但天才不世出，叶之南那帮人要找到什么时候？

赵杰一语不发，起身出门。赵致远笑了，慢慢喝完茶，回到自己书房，品玩他新得的一件八大山人。

儿子小时候说："爸爸好怪，喜欢翻着白眼的鸟和鱼。"

小孩子懂什么，这叫传神，它们都是活的。当代艺术流行的那绚丽但缺乏层次的色彩，除了夺人眼球，毫无魅力可言。它们大行其道，广受追捧，是审美的败坏。赵致远抚过画作上的款识，终有一天，儿子会懂他的。

赵杰游荡在街头，父亲的脑袋被古代书画挤占完了，才会以偏概全，把当代艺术都斥为垃圾。但凡他稍微重视一点当代艺术，就会为儿子保住公司当代艺术主力拍卖师的位置，可他根本不作为，放任那个关系户任性胡来。偏偏叶之南辞职了，否则他不会坐视不理。

郑好又在加班，自从她决定留学，再不彷徨，每天都很充实。在天空艺术空间学习以来，她目睹叶之南和张茂林等人工作，能感觉到自己在做一件有意义的事，没有君子，不养艺人，她也想为当代艺术尽一份绵薄之力。

以前在杂志社，同事们都懒散，因为改变不了大环境，拯救不了夕阳产业，郑好也得过且过。她时常认为乐有薇对工作太刻苦，以至于有点用力过猛。离开杂志社，她才发现，无论是在贝斯特拍卖公司，还是在天空艺术空间，像乐有薇这样的人很多。

天空艺术空间是展览和访谈会友的场所，但任何时候都有人加班。郑好看到，每个项目的负责人都严谨认真，几乎全年无休。社会现实，普通人想成为精英，必须付出更多精力。

赵杰一身酒气地晃进来，往对面一坐，郑好见他双眼通红，不是又失恋了，就是跟他父亲吵架了，她去拿橙汁："醒醒酒。"

赵杰没喝橙汁，直愣愣地盯着郑好在看的《中国当代城市雕塑的艺术特点》。郑好没问他，他自己主动说出了原委。

郑好听完说："其实赵总说的很多话我也赞同。不过，能让他看到和接触到的古代书画，都是精品。是精品才会流传到今天，他拿精品和当代艺术的大路货相比，我觉得不太客观。"

赵致远是顶头上司，郑好说话字斟句酌，赵杰听进去了："我怎么没想到这么去反驳他？我爸还说当代艺术泥沙俱下，虚假繁荣，我都快被他气死。"

郑好喝着橙汁："泥沙会沉下去，清水浮上来，去芜存菁，都有这个过程。"

上次赵杰和郑好长谈，让她坚定了留学深造的决心，她自认有义务开导他："很多受欢迎的当代艺术品我也看不惯，但我想吧，做出让大众喜欢看、愿意买的作品是基础。先把艺术氛围培养起来，让人真心关注到艺术，市场繁荣了，好作品才会接二连三地凸显出来。"

赵杰说："我爸看不惯的事多着呢，地铁上有人看小说，他都称为垃圾小说，太故步自封了，老了的表现。"

郑好笑道："爷爷辈有很多人一没时间，二没阅读习惯，有些人还不大识字，现在肯去阅读的人比那时多多了，以后会有更多。我爸说时代有不足，但很多事都在进步。"

赵杰很有共鸣："对！总要多些耐心吧，我们看不到一千年后，但今天被我爸抨击的当代艺术品，里面肯定有能留到一千年后的好东西。"

郑好说："留下来与否都不重要，他们创作，我们欣赏也挺好的。外国有个哲学家，我忘记名字了，他说过，一切历史都是当代史，我想艺术也一样。"

赵杰马上说："意大利的克罗齐。"

郑好和他相视一笑，眼见赵杰的心情好起来，郑好却感到沉重，叶之南把贝斯特的股份都交出，以后只当个特聘拍卖师，他本不必这样，是预见乐有薇和吴晓芸必有一争吗？

乐有薇说："想象力真丰富，我猜师兄是想把精力都放在天空艺术空间，不谋其政，也不食人之禄，这样清爽些。"

乐有薇没跟郑好说遇袭之事，唐烨辰是天空艺术空间的股东，他本人是真心喜爱艺术，不会轻易动它，所以他要下手的对象只会是贝斯特。

如今，叶之南连贝斯特都放弃了，今后唐家人要对付的是他本人了。乐有薇想不出破解之道，只能让自己尽快强大起来，将来才有能力策应他。

第九章
五星级酒店100%股权

等到秦杉能够下地走动，外公外婆告别回家。外公早些年的学生和朋友也有人在美国，他们成立了固定的科研组，项目进入到关键阶段。外婆的翻译工作也丢不开，两人把秦杉托付给乐有薇和护工，回了休斯敦。

乐有薇和秦杉暂时仍住在医院，既方便换药，也方便就近和律师怀特交流。夏至来了一趟，他前阵子在江家住了半个月，跟江爷爷切磋愉快，还学到一点鉴定知识，他回国见了几个客户，这两天又来美国了。

在江爷爷处，夏至听说乐有薇和秦杉遭到袭击，赶来探望。他送的礼物是一对白玉闲章，主体为斧形，其上端为立雕白泽，风格古雅。

白泽是昆仑山上的瑞兽，浑身雪白，通万物之情，是使人逢凶化吉的吉祥之物。乐有薇把两枚闲章都摁进印泥，信手提起一枚，印在纸上看，秦杉飞快地用另一枚在她手背上盖了个戳。

乐有薇手背上是三个字：平生欢。乐有薇那枚是"雨声漫"，夏至当然知道她喜欢下雨天。他自己藏了一对青玉麒麟，一枚是"杏花消息"，一枚是"昔时乐"。

江爷爷藏有几幅文徵明的字，听到夏至说乐有薇最喜欢文徵明，准许他拍照带来。夏至和乐有薇叽叽咕咕地欣赏着，秦杉去倒茶，还想去洗水果，但他手背上有留置针头，胳膊上还缠着绷带，乐有薇嘲笑他："你只有一只手，放着，我来。"

乐有薇去洗樱桃李和车厘子，夏至对秦杉笑："我有一只手，一样可以抱着姑姑。"

他说的是杨过和小龙女，等他离开后，秦杉对乐有薇说起，乐有薇分外开怀："他喜欢你呢。"

夏至面冷心热，秦杉感受得到："那个刘总得罪他了吗？他对常伟亮都比对刘总友善。"

慈善拍卖晚会现场，秦杉第一次见到刘亚成，就觉得此人是个疏朗豪迈的男儿，很是亲切，但夏至不予理睬，这让秦杉困惑。

乐有薇笑起来，亲情带来的吸引力真有趣，秦杉对秦望能躲多远就躲多远，但刘亚成和秦望实则是同一类男人，只是刘亚成年轻些，也更放浪些。

去年春天在绿岛上，刘亚成喊了一堆女人，每晚宴席上搂的都不一样。童燕悄悄跟乐有薇抱怨刘亚成不注意个人形象，刘亚成却跟人说，岛上每天酒池肉林，不锻炼不行："我还是很注重形象问题的。"

叶之南笑他："还得注意身体问题。"

刘亚成十几岁出来跑江湖，匪气重，总有人嘲笑他是暴发户，刘亚成不在意："有的人摸爬滚打了一辈子，也摸不着钱的边，我一摸就准了，我挺能。"

他也不在意被各路人马看到女人腻在他怀里的情形，有什么好避的，男人好热闹、好女色，这不是本能吗。

挥金如土，倚红偎翠，在乐有薇看来，刘亚成是性情中人，很有点意思。但夏至不这样认为，众人谈论《蒙马特女郎》和艺术品时，他就在场，等到闲谈生意经了，他立刻就走了，一分钟都不多待。

除非在拍卖场上，否则夏至表情很少，他并未表现出对刘亚成的排斥感，但乐有薇懂得他，刘亚成左拥右抱的作风，让夏至待得不自在。刘亚成有时想起夏至了，会问一嘴："咦，那个谁呢，怎么又不见了？"

刘亚成在天空艺术空间入了股，还在楼下买了几间办公室，全部打通，做成会客室，请了咖啡师、茶艺师和点心师。但凡和老友及客户谈事，他都约在那里，他说艺术就得靠人气养着。

天空艺术空间的股东们都是叶之南的至交，他把唐烨辰也拉来，自然是把唐烨辰看得非常重要，但友情却走到分崩离析，乐有薇知道他俩心里一定都不好受。

睡前，乐有薇和秦杉把玩着各自的闲章，乐有薇的书法、秦杉的私人画稿，都能盖个戳。"雨声漫"谐音"余生慢"，乐有薇计划把赵杰送她的田黄石刻上"余生慢"，刚好和秦杉的"平生欢"相互应和。

如果被指控的罪名成立，主谋唐莎将面临十年以上的监禁，以及每项罪名二十五万美元的惩罚。

乐有薇作为原告，诉求是唐莎在大牢里待满服刑期，不得假释。唐家律师则认为唐莎只想毁去乐有薇的容貌，没有杀人的倾向，他们力争五年以下，并且缴纳足够的保释金就能出来。

然而，以那瓶硫酸的浓度和剂量来评估，足以让乐有薇全身遭受重创，不仅是皮肤，消化器官和呼吸器官都逃不过，就算侥幸活命也生不如死，这说明唐莎主观上有极大的恶意，乐有薇绝不退让。

人在异国，乐有薇把宝都押在律师怀特身上。秦杉惦记着工作，右胳膊还不太能抬起来，画图不便，就找些资料学习。

江知行艺术馆的项目经理正在国内申报配套商业设施建设资金，秦杉想趁这段时间对镇上的垃圾处理场、供水工程、消防通道等，都做些研究。将来整体建设完整，不仅能促进经济发展，对生态环境也会有很大提升。

在母亲的建议下，赵杰决定去留学。据说赵致远几天没和儿子说一句话，直到赵母宣称要去陪读。

赵杰辞职在即，公司司法拍卖主力拍卖师的位置仍空缺一个，乐有薇和众同事又回到竞争席上，她能坐起来后就继续学习金融知识。

自己都多大了，留学还要带个妈，赵杰脸都没处搁，但赵致远很赞同："好，好，你妈早就说想去进修了，你去照看她。"

母亲只比儿子大二十岁，大学没毕业就退学结了婚，想到要和儿子一起去读书，她雀跃得像少女。赵杰对郑好说："看到我妈高兴成那样，我突然觉得出去读书不是坏事。"

公司最近又有好几场拍卖，既有司法拍卖，也有常规小拍，乐有薇的同门师姐乔蓝主槌的那场很有代表性，她重点学习。

当事人姓傅，靠制造电子秤和万用表起家，对古玩以投资为主。傅老板的公司酝酿上市有几年了，投资公司也合作过几家，按照原计划，年初就该在中小板挂牌，但证监会没批。

上市中途夭折，企业前期的巨额投资打了水漂，投资公司也做出跳船自救的打算。不能上市，就不能圈股民的钱融到资金，傅老板资金链绷得很紧，必须启动新一轮融资，找一笔钱渡过难关。在此期间，他不得不抛售收藏品，能回笼一些资金是一些。

傅老板买艺术品纯粹是当理财用，包罗万象，颇有些好东西。乔蓝发挥得很好，成交率达到了85%。"吉光照"佛器用品拍卖会交给她，乐有薇很放心。

黎翘楚听从了乐有薇的建议，着手让女儿和外孙女搬去云州，姚佳宁帮她们在秀隐寺几站地外租了一楼带小院的房子。等黎翘楚请了保姆，安顿下来，就能去秀隐寺修缮青铜法器，补贴家用了。

乐有薇打算回国后，带黎翘楚去见特殊教育学校的老师，等聋哑儿再稍微大一点，就送去学习语言。

一件件事情都整理清爽，但月底省博举办的明清家具研讨会去不成，乐有薇很惋惜，所幸研讨会有好几场，从九月持续到明年。

莉拉寄来两管新的祛疤药，乐有薇为秦杉涂抹。秦杉胸前和胳膊上的伤口凹凸不平，像新生儿皱巴巴的皮肤，乐有薇指尖停滞一下，心里很难过。秦杉说："江天说，男人的伤疤是勋章，吹牛好用。"

乐有薇嘟起嘴，对着伤口吹了吹气，秦杉就又招架不了。乐有薇被他亲得身体发烫，在他耳畔悄悄说："遵医嘱哦，三个月不能行房。"

三个月以后就可以了吗，秦杉神志尽失，吻得粗暴，到最后又忍不住咬乐有薇的肩膀。乐有薇指腹摩挲他的鬓角，点拨道："那时候怎么就知道我那儿很敏感？"

秦杉喘息着，又咬她一下。她就是很像雪媚娘，粉白软糯，总让他想吃掉她。乐有薇俯身亲亲他的枪伤，秦杉自语说："我是真想纹蝴蝶。"

乐有薇说："我不会留疤，你也不会。"

秦杉的伤口不能沾水，乐有薇帮他洗头发，顺便刮刮胡须，她挺喜欢秦杉用胡茬儿蹭她的脸，扎扎的、痒痒的。不过这个幼稚鬼居然对外公外婆说某人像妹妹，还偷偷叫她小可爱，他可能没摆正他的位置，她问："什么时候叫我小可爱的？"

秦杉说："就是我喊你小薇那天。"

雨后的清晨，乐有薇挥着镰刀砍向泡桐树那天。乐有薇又问："怎么就小可爱了？"

秦杉拿着大毛巾擦头发，说："拖着树枝走啊走，像个神气的小大人，我就把手机里你的名字改了。"

乐有薇笑得好甜蜜，秦杉的唇又紧紧贴上来。他对乐有薇怎么看都看不够，怎么亲都亲不够，一放下工作就亲来蹭去。以前没有女朋友都是怎么过的，他简直想不起来。

入夜，乐有薇侧过头去看秦杉，他一脸开花的表情，是梦见她了吗？情浓气盛，三个月真漫长。

月底的听证会，唐莎做了无罪抗辩，江天去了现场。律师怀特阐述时，唐莎气得时不时大笑，她的律师拦都拦不住。怀特对乐有薇遗憾地表示："这人太疯狂了，她的表现不利于她自己。"

江天捏把汗："我看他们挺自信，再高的保释金她家也拿得出来。"

听证会结束，唐莎被关押在内达华州的一所监狱，两个月后进行受审。乐有薇算着时间，那时是11月底，贝斯特本年度的秋拍开始了。

乐有薇的玉器杂项拍卖会是12月5号，除了黎翘楚的烛台们，从西周、战国到民国的好物也有20余件。她抛开杂念，专心熟悉拍品。唐莎在里边等着被审判期间，唐家人不敢有太猛的报复，此时是安全的，安全一天，就过好一天。

在国内，叶之南的波士顿美术博物馆馆藏品拍卖会圆满结束，乐有薇依然订了花篮。随后，江爷爷个人作品展第一场如期举行。

歧园是云州十景之一，有人来游园，有人来看展，人潮汹涌，策展组和宣传组全员都松口气，连日来的辛苦有了成果。

姚佳宁买来一箱饮料，品牌在做店庆活动，几乎每瓶都有奖，只有郑好连末等奖都没中，赵杰把自己的瓶盖给她，尽管他也只中了"再来一瓶"。

其实郑好不在乎中不中奖，她经常想，认识乐有薇和叶之南，是她把所有不中奖的运气都攒到了一起。但赵杰这人不错，她很开心自己有个可以说说话的新朋友，明年的留学生涯不孤单，她不用那么害怕了。

方瑶把郑好和赵杰的一举一动都看在眼里，但破天荒毫无反应，不嘲不讽，郑好奇了："她那个高考状元男朋友有这魔力？"

若不是被方瑶抢去赵杰在当代艺术领域的主力位置，赵杰怎会辞职去留学？乐有薇很不平："她爱情事业双丰收，哪有空挤对你。我倒要看看秋拍她能弄成什么样。"

比较出真知，有了方瑶，凌云就不讨厌；有了唐莎，方瑶也不很讨厌了，但《南枝春早图》流拍一事，乐有薇还牢牢记着仇。

"吉光照"佛教用品拍卖会大获成功，拍卖师乔蓝发挥神勇，为黎翘楚筹得上百万。黎翘楚向乐有薇道谢："等你回云州了，我也收拾好了，烧汤给你们喝！"

秦杉终于能出院了，他想带乐有薇回趟家，然后再回国。乐有薇给外公外婆都买了礼物，给妙妙买了小鱼干。

秦杉家院子很大，华盖成荫，花冠如云，最出色的是高低错落，讲究留白，各个角度皆成景观，乐有薇惊艳无比。庭院最高大的是两棵玉兰树，它是故乡的市花，乐有薇从小就认识，由此她知道，梦中的庭院在这里。

玉兰树下，有个蝴蝶石雕花架，爬满了藤蔓植物，开着巴掌大的蓝紫色花朵，秦杉说是铁线莲，品种名叫天幕垂落。

童年时，秦杉画下那只飞走的小蝴蝶，母亲请人做了这个石雕，让它永久停留。

建筑是凝固的艺术，秦杉指给乐有薇看，小时候，他在石雕蝴蝶翅膀上按了一个小手印，他说那是在拽小蝴蝶的裙子，留它再玩一会儿。

外婆迎出来，乐有薇夸着花园美，进屋一看，室内设计也很出色："也是你做的？"

外婆说："是小杉刚读大学时设计的，算他第一个作品。"

秦母去世后，外公外婆卖了国内的房产移居而来，没住多久后，邻居家卖房，他们买下来，打通了两个院子。

秦杉读大学后，翻新了两幢房子，等他去江家林工作，外公外婆把不常住的那幢做成民宿，接待游客。人老了会寂寞，他们想听一听世界各地人们带来的故事。

民宿住了客人，外婆围着围裙烤面包，她工作换脑子的时候，就给住客提供下午茶点。

住宿费不便宜，但住客很多，肯为美丽花园和房子一掷千金，也筛除了一部分外来的危险。外婆笑道："花开得好，小杉把房子也弄得漂亮，我就拿出来显摆，让大家都来夸夸他。"

往常秦杉一回，妙妙就扑进怀里，这次却不见踪影，秦杉喊着"妙妙妙妙"，到处寻找。

乐有薇帮外婆送下午茶，和住客们聊了起来。秦杉在杂物间找到妙妙，它弓着背，拼命挠猫抓板，秦杉耐心地哄："小鱼干也不吃？我工作忙，不是故意不回家。"

乐有薇进来，妙妙冲她大声咆哮，扭身跑了，她笑弯了腰："妙妙在吃醋呢。"

秦杉说："啊？"

196

乐有薇说："对它来说，你不再是它一个人的，哦，一个猫的。它气昏了。"

秦杉笑起来："真的？那怎么办？"

乐有薇摸摸他的头："哄女孩子是学问，你自己多多摸索吧。"

秦杉傻乐，去看外公的时候还在笑。外公刚和同仁开完会，想留他们吃晚饭，但他们听说老阮的外孙带女朋友回来了，纷纷告辞。

厨房里，外婆很高兴，不爱说话的孩子终于有女朋友了，女朋友还很疼他，她很感喟："我们都担心小杉会一直孤独，遇见你，真是太好了。"

外公说："小杉没谈过恋爱，什么都不懂，要是惹你不高兴，把你气着了，受委屈了，你就直接告诉他，他会改。"

乐有薇笑道："才没有，他很会谈恋爱。"

妙妙看来是真生气了，百般不应声，秦杉快快走来，正听见乐有薇说："他是我唯一一捡到的漏。"她似乎有些不好意思，改用英语说，"I saw a highway of diamonds with nobody on it."

秦杉记起这是乐有薇喜欢的那首《大雨将至》的歌词："我见过一条铺满钻石但无人撷取的公路。"在乐有薇心中，自己竟是这样奇妙的所在，他心里甜得冒泡泡，想起来，乐有薇连"喜欢你"都没说过，有时候她很魅惑，但有时候她竟很害羞。

晚饭后，外婆拿出红包，乐有薇连忙推却，外婆佯怒："拿着！哪有第一次到男朋友家里不拿见面礼的，上次在病房就想给了。"

外公笑眯眯地看着乐有薇收下红包，然后送出一个礼盒。乐有薇打开一看，是项链，吊坠是蓝宝石雕刻成的宇宙飞船。

秦杉不知道外公外婆准备了这个，喜滋滋："你可以跟圣徒都德戴在一起，在宇宙里也不会迷路了。"

乐有薇想到白玉双鱼佩，暗自愧疚，外婆说："他妈妈把她手上的东西都卖了，我们后来没什么好东西，小杉说，你喜欢大船。"

在江天办公室，秦杉和乐有薇互加对方，还留了电话号码，那天，他对外公外婆说："我和她有一样的理想，她想纵横四海，我想遨游天际。"

此刻欣赏着宇宙飞船项链，秦杉惊讶道："那时你们就准备了吗，那万一——"

外公说："倒没想过你们会在一起，但是出现这个女孩，已经不容易了，我们想谢谢薇薇。"

外公外婆选定蓝宝石，找了江爷爷Dobel总部的工匠，雕成宇宙飞船。两人本想让秦杉当成生日礼物送给乐有薇，但他俩成为恋人，它就是天作之合的定情礼物，有她也有他。

乐有薇戴上项链，外婆看出她有心理负担："别再想着白玉双鱼佩了。物尽其用，意思是怎样使用都行，不然当年他妈妈也不会卖掉它。你们因为它结缘，它就完成了最大的使命。"

乐有薇点头称是，心里仍想着要弄回来。初相识秦杉就很信任她，她从不想辜负这份信任。

乐有薇和秦杉的卧室门对门，睡觉前，乐有薇把他拽进来："红包里有一万零一块，是美金！我存起来，当成约会经费。"

秦杉不解："为什么有零头？"

乐有薇抱着他亲："习俗啊，万里挑一的意思。我今天给外公外婆敬了茶，也喊外公外婆，不喊姓氏了，沾我们家小杉的光，我也变成书香门第的人啦。"

秦杉傻乐，半夜，妙妙溜到床上，钻进他怀里睡，但天亮了还是凶他，还愤怒地挠了他两下。乐有薇对秦杉咬耳朵："可能需要你打我一顿，它才解气。"

秦杉笑了好一会儿才忍住，把乐有薇推到门上去。按照计划，他应该做扇巴掌状，乐有薇配合地摆头喊疼，但他一时没忍住，又亲了上来，最后只好让乐有薇面壁，反剪着她的手。妙妙露面了，在楼道口冷冷地看着。

乐有薇后颈那一块细白柔嫩，秦杉亲了亲，咬着，吮着，乐有薇体内涌起情热，不知道妙妙能不能满意，反正她挺满意。

乐有薇"抹着泪"呜呜呜逃走了，肩膀一抽一抽的，肯定是在哭，妙妙观察了一阵，走回来。秦杉准备了很多吃的，跟它谈心："妙妙，你永远是最可爱的猫，这一点不会变。"

小鱼干很香，但妙妙只吃罐头。秦杉柔声哄："小薇是最可爱的女孩，这一点，你也得承认吧？"

妙妙头也不抬地吃罐头，秦杉把小鱼干推到它眼皮下："妙妙，你快5岁了，是女孩的话，小薇比你小很多，你稍微让让她，行不行？"

妙妙没说行，也没说不行。下午，乐有薇和秦杉种了猫草，还买了玩具，妙妙也没松口，但是吃上乐有薇买的小鱼干了。

外婆年轻时学俄语和德语，后来迷上推理小说，学了英语和日语。退休来美国后，外婆翻译了几本悬疑探案故事，手头上进行的一本是密室杀人题材。乐有薇想找本她翻译的犯罪小说看，看到书柜里有几本相册，抽出来翻看，都是秦杉和母亲来美国照的。

秦母生得小巧秀丽，照片贴得很整齐，下方还有秦杉写的字，歪歪扭扭的汉字和拼音，乐有薇觉得可爱极了，拿手机翻拍："我见过这个小朋友。"

梦里的小男孩在玩割草机，停下来看蝴蝶，乐有薇把自己梦见的苹果绿色花朵画下来："我不会画画，但它长得很简单。"

"它叫花烟草。"秦杉带她去院子里，指着一丛山桃草说，"我是种过花烟草，就种在它旁边。"

一个人要怎样走入梦境呢，就像这样。乐有薇陪秦杉去公墓看望他母亲，墓碑上的照片里，女人笑得婉然，她只活了35岁。

乐有薇攥紧秦杉的手，痛断肝肠的事发生在幼年竟算幸运，6岁的她还不算懂事，但秦杉失去母亲时已有10岁，是小少年，而且是亲眼看到母亲惨死在眼前。

正值周日，秦杉带乐有薇去教堂，外公外婆今天也去了，他们不信教，但喜欢听莉拉和众人唱诗。

也许是要见到莉拉，乐有薇觉得秦杉的心情分外好，他讲述十几岁的时候，每天骑着单车从这里经过，去莉拉工作室接受治疗，乐有薇静静听着。

说着话，教堂到了，它是哥特式风格，有几处被围起来进行翻修。乐有薇想起那年春天失过火的巴黎圣母院，它让世界震惊，秦杉也很惋惜："主体结构还在，没伤人就好，没有什么是恒长永久的。"

乐有薇摇头："那么美。"

凡有形之物，终难逃消亡之命运，秦杉叹气："山体会滑坡，河流会干涸，该修就修，修不了重建。"

乐有薇发现，许是自幼丧母，秦杉比她以为的更能接受无常。伟大的建筑除了形体，还有不朽的艺术为它加持，人类尽力去留住它，但天灾人祸和战乱是避免不了的，留不住就继续建造，事情是做不完的，做一件是一件。乐有薇挽着他的手踏进教堂，谁也无法奢求天长地久，陪一程是一程。

教堂内部宁静又恢宏，连绵的玻璃花窗在阳光投射下，形成巨大的十字架，覆盖在头顶，莉拉向两人走来，看到她的第一眼，乐有薇就知道，她是莉拉。

莉拉一头金发，面孔秀美，像雷诺阿油画里的女子，圣洁安宁。乐有薇看不出她的年龄，欧美女人一旦成年，长相大多偏成熟，说她30出头也像，40来岁也有可能。

莉拉很友好："小薇，很高兴认识你。"

乐有薇绽开笑容："我也一样。"

前几天，路晚霞联系莉拉了。莉拉想去趟奥兰多，和路晚霞见面。乐有薇兴奋起来，细致问过才放了心。

莉拉和秦杉谈起别的，乐有薇听出她有男朋友，安心了。莉拉很注意乐有薇的感受，说话时会把话题递给乐有薇，还总是笑看她，乐有薇却又想起秦杉说"从今天起，我送你回家"，胸口有点闷。

温柔美丽的姐姐，给予秦杉抚慰和力量，让他产生依赖感，继而爱恋，再平常不过，喜欢姐姐类型的男人挺多的。

交谈了一阵，秦杉扭头看乐有薇："我们得回家了，莉拉，下次见。"

秦杉厚此薄彼，自己是"此"，乐有薇扬起下巴，心里舒坦了些。莉拉回眸一笑："路晚霞的情况，我随时向你们反馈。"

走出教堂，乐有薇走得飞快，秦杉问："你情绪不太好，是不是走路太累了？我们打车回去吧。"

对面有个冰激凌店，乐有薇大步过街，自从体重恢复如常，她就开始控制体型，有日子没吃了，这会儿烦，对售货员说："一个巧克力的。"

秦杉愣了，她只要了一个！乐有薇付款，他急忙说："两个两个。"

售货员问："什么口味？"

秦杉说："跟她一样。"

乐有薇这才开口，指指里面："那么多口味，你不试试别的吗？"

秦杉笑了："就吃巧克力的。"

店里满座，乐有薇找售货员要了塑料袋和纸巾，专心吃冰激凌，又不说话了。秦杉看看她，再看看不远处的教堂，福至心灵："小薇，你吃醋了。"

因为妙妙，他都学会举一反三了，乐有薇绷着脸："真没喜欢过莉拉？看了一堆心理医生，偏偏是她让你说话。"

秦杉看着她说："只喜欢你。"

乐有薇没否认，所以真是吃醋了，秦杉高兴坏了，想亲她，被她躲开了。

乐有薇装得粗声恶气："你喜欢过别人，我也有两任男朋友，扯平。"

秦杉举起一只手："没别人，只有你，莉拉是朋友，小薇是女朋友。"

乐有薇没打算真生气，一边吃冰激凌一边哼着歌，像是回到了十六七岁，青春正年少。她三两下就吃光一半冰激凌，搓开塑料袋，将剩下半个扔进去，不多吃。

秦杉只顾看她，手中的冰激凌化得极快，边沿四下淌落，乐有薇啊呜凑上去，舔掉。秦杉凑近，突然咬住她的舌尖，冰激凌的甜蜜和凉意，通过味蕾传遍他全身。

乐有薇摸索着秦杉的手，把他的冰激凌丢进手中的塑料袋。两人吻了许久，秦杉捧着她的脸，问："你把我的手指头都涂红了，那时候是不是就在吃醋？"

乐有薇气息不匀，微微张着嘴："真的只喜欢我？"

秦杉点头，转念一想："你还没对我说过喜欢。"

乐有薇斜他一眼："你先说。"

秦杉说："只喜欢你，喜欢得想把你吃掉。"

乐有薇说："我也是。"

不等秦杉回答，乐有薇吻住他，秦杉热烈地亲着，他家小薇是真的很害羞。

两人吻得忘情，没发现叶之南。他来休斯敦，是想通知他们，小粟野柏的古乐器能够回国了，由省管弦乐团收购，并将举行跨年音乐会以庆祝。

乐器的生命在于使用，当然，出于惜物的考虑，省管弦乐团只在最重大的节日才启用它们。正如曾侯乙编钟，它作为至尊国宝，也几次在盛大的庆典上奏起千古乐章。

叶之南带去的专家团和小粟野柏谈得投机，还达成协议，将以《敦煌乐谱》为底本，共同寻求五弦琵琶的破译之道，尽快重现千年前的大唐之音。

乐有薇是这批稀世之宝的直接发现者，贝斯特拍卖公司打了请示报告，由乐有薇担任音乐会主持人，从形象谈吐各方面她都适合。省领导看过豪车拍卖会视频后，并无异议，再说届时主角是乐器、演奏家和舞蹈家们，主持人相当于报幕员，出不了岔子。

这样的好消息，叶之南想亲口告诉乐有薇。她和秦杉历经生关死劫，是被他连累，尤其是秦杉，遭受了无妄之灾，他想借这个机会当面道歉。

叶之南找去阮家，民宿的住客说主人全家做礼拜去了，他来到教堂，却看见心上人在热恋。他俩吃同一个冰激凌，贴耳交谈，快活又甜蜜，凝视对方的眼神更是扎到他心里去。可看到他们亲吻，他反倒平静了。

人生太苦了，乐有薇给自己找了一颗糖，这样……也好。看到她跟人这样相濡以沫着，他觉得很好。当不了她的伴侣，他也永远是她的朋友和兄长。

秦杉和乐有薇拥吻，嬉闹，那笑声叶之南走了好远都听得见，他发出信息告知喜讯，然后飞去拉斯维加斯。那里的豪客摩天轮，可以俯瞰整座不夜城。

芸芸众生，总有一个人你想一生相伴，明明于他珠玉在前，从此却只能是他的沧海。

乐有薇看到叶之南发来的信息，搂着秦杉跳起来。两人打车去超市扫荡，今晚得大宴天下，民宿住客都沾光。

有个华裔男子和太太推着婴儿车迎面而来，笑逐颜开："交女朋友啦？"

秦杉喊对方为陈叔叔和桂阿姨，乐有薇也跟着喊。孩子才2岁多，是男人和太太的第三个孩子，乐有薇逗得孩子手舞足蹈的。寒暄片刻，他们离开，乐有薇见秦杉和他们很亲厚，问："是外公外婆的学生吗？"

秦杉回答："是母亲以前的男朋友，来美国认识的。"

阮冬青去世后，陈先生和外公外婆依然走动，至今来往频繁。九年前，陈先生结了婚，太太也是华人。每年节假日，他们会带着孩子们来探望外公外婆。陈先生说过，若和阮冬青顺利走下去，二老就是岳父岳母，他有义务照应一些。

陈太太的工作是外公帮忙敲定的，双方相处得像一家人。乐有薇回头看陈先生，遭遇过惨痛的失去，仍得重新笑面人生，她说："陈叔叔和莉拉都是我心中的勇士，你觉得呢？"

秦杉说："我也觉得。"

乐有薇话里有话："小杉也得做到。一生很短，要活得快乐，发生任何事，都要向前看，把自己的人生过好。"

从路晚霞的城堡到现在，乐有薇不止一次灌输过这个观点，秦杉不解："小薇，我已经康复了，早就接受母亲不在了，你为什么还在担心？"

乐有薇说："不只是你妈妈。死亡和分离，是我们一定要学会面对的。我们都是肉体凡胎，百年归世，终有一别，后走的那个，要过好余生。"她说着，抱住秦杉，"小杉，我也想6岁的时候就认识你。"

那样，就能多些时间陪伴他，真是，对不起他。

入睡前，秦杉蹿进乐有薇卧室，脸埋在她肩窝，轻轻哀求："小薇，好想跟你一起睡。"

贴身交摩的身体越来越热，房间里灯光朦胧，乐有薇闭上眼睛，钻进毯子里。她像是困极了，又像是默许，秦杉从身后抱住她，把她的细发捋到耳后，慢慢亲到脖子。每次这么亲她，她都会颤会喘，他知道她喜欢，想让她更喜欢。

乐有薇被亲得一团酥软，身上的味道挠得秦杉心痒，挠得他犯了浑，手往衣服里摸，从她的腰肢摸上去，摸到肋骨的伤，心一疼。

断断续续疯到后半夜，两人换到秦杉的卧室睡觉。清晨，秦杉先醒，转头亲亲乐有薇，回味着昨夜的欢愉，她的身边就是他的极乐世界。

乐有薇醒了，懒洋洋的不愿起身，秦杉抽出被她压麻的胳膊活动了一下，重新垫回去，乐有薇问："什么时候开始喜欢我的？"

秦杉马上想起很多喜欢她的时刻，但从何时起，他得再想想。乐有薇娇嗔："笨蛋，就不能说是一见钟情吗？"

秦杉想，确实是那样，那天是4月23号，他仿佛还能闻见午后白木香的气味。阳光下，乐有薇走向他，说的第一句话是："秦先生，幸会。"

时至今日嚼味起来仍然齿舌留香。乐小姐，你好。你从梦里来到生活里。秦杉说："第一次见到你，就舍不得你走，所以我对你就是一见钟情。你呢？"

乐有薇便也从最初相识想起，那天在江天办公室重逢，秦杉身穿的白衬衫扣子很亮，应该是贝壳磨制而成，她连这样的小细节都还记得。但从哪天喜欢他，她却说不上来，很多时候，她都被他打动，都想对他好一些，再好一些。她轻声说："不知所起。"

一往而深。

秦杉顿时口干舌燥，乐有薇说："我没带衬衫，给我拿件你的衬衫。"

秦杉的衬衫是固定品牌，乐有薇看看扣子，的确是贝壳。她在海边淘金，捡到一只贝壳，别人说撬不开，是闷葫芦，有天它向她开启，内心柔软，还包裹着一颗洁白的珍珠。

外公外婆买菜去了，餐桌上留了字条。秦杉把床单都丢进洗衣机，乐有薇在花园里闲逛，男款白衬衫很宽松，她把衬衫下摆打个结，配牛仔裤穿。

秦杉晾好床单，走近乐有薇，亲完嘴唇想亲耳垂，但乐有薇戴了耳环，他去亲脖子，看到昨夜留下的吻痕，一处二处三处很多处，难怪她要穿衬衫。

少年时，秦杉见到江天脖子上的红印，还问过他怎么了，饱受江天嘲笑。他扯着卫衣领口："小薇，我也要。"

乐有薇笑话他："生怕别人不知道你有女朋友？"

秦杉点头："想让所有人都知道，我女朋友全世界最好。"

乐有薇在他脖颈上重重吮吸，留下一块深深的痕迹。秦杉对着镜子照了又照，心满意足。江天说得有道理，这是男人人生里的第一枚勋章。

洪经理找上乐有薇："哪天回国？"

乐有薇领到重大任务，拍卖幸程控股集团董事长汪震华的收藏品。从价值来看，它总体估价不是最高的，但它的影响力是贝斯特拍卖公司本年度之最。

上周五，新闻爆出汪震华性侵女孩，致其绝望自杀。女孩留有一份遗书，控诉母亲助纣为虐，她不堪再忍受。

随着警方出具官方通告，幸程控股集团旗下几家上市公司两天就蒸发了两百亿市值。汪震华和女孩之母都被警方逮捕，汪震华的长子汪瀚冰出任董事长，并召开新闻发布会，向公众致歉。

涉案的五星级酒店是汪震华的个人财产，他拥有100%股权。汪瀚冰把它和汪震华的收藏品都拿出来拍卖，为集团筹款。

乐有薇在司法拍卖网络平台上看到，五星级酒店的评估价是16亿元，起拍价13.29亿元，网页上一直有人在刷新竞拍价格。

有路人特地去看过那家五星级酒店，它是商务型酒店，地处北京CBD核心商圈，交通位置便利，连续几年被评为年度优秀会议酒店，目前仍在正常营业。

幸程控股集团总部在北京，但汪震华是云州人，三家上市公司有两家都在云州，云州算是他的大本营。

过去几年里，唐烨辰的飞晨资本投资了幸程控股，成为其重要股东，获得丰厚回报。去年幸程控股上市前夕，飞晨资本追加了投资，如今汪震华突然被捕，唐烨辰恐怕如坐针毡。

乐有薇想到一个问题：汪震华的收藏品为什么点名找她拍卖？她问洪经理，洪经理说："吴总亲自点的名，她说你擅长大场面，几次都完成得好。"

乐有薇的不安感更强烈，吴晓芸是秦杉的继母，会不会已经跟唐烨辰联起手来？但一场拍卖会，他们能挖什么坑？她将不出头绪。

这次任务不算好差事，藏品变现是为了救幸程控股集团，从情感上说，通通流拍才能让汪震华更被动。然而身为拍卖师，通通流拍是业务能力不足的表现，汪震华儒商名头在外，他的收藏品可观，在商界是出了名的。

秦杉在书房工作，乐有薇趴在客厅沙发上查阅幸程控股集团的新闻。汪震华其人，她见过几次，中分头发，西装革履，从外表看不出竟是那样变态失德。

幸程控股上市后，唐烨辰搞过一个答谢会，叶之南作为好友应邀出席。当时团队出差刚回云州，司机先把叶之南送去酒店，再把乐有薇、童燕和夏至等人送回家。

在酒店门口，乐有薇见着汪震华，除了助理和保镖，他还带了几名摄影师和文秘。这几人的职责是跟拍汪震华在重要场合的伟岸身影，记录他的讲话，图文并茂地上传到公司网站。

汪震华性侵案爆出后，当天幸程股价重挫，在国内发酵了两个休息日，已是人人关注。今天周一，幸程股份是停牌状态，但这只是权宜之计，关键是复牌后的股价走势。

乐有薇找柳成章请教，老头也在关注这个案子，以他炒股多年的经验评析，新任董事长汪瀚冰一定正在和其他大股东联络，只要大户和庄家不减持，局面就还能收拾，同时他们还得准备现金应付散户的抛盘，所以急于拍卖五星级酒店，以缓解现金流。

柳老头说："复牌第一天是关键，把局势稳住了，后面就好说了。但是现在人人都盯着案情进展，会有很多质疑，还得继续准备钱，不然他们不会把藏品也都拿出来拍卖。"

就算五星级酒店股权顺利拍出，还得走流程和手续，资金没那么快到位，但藏品和拍卖公司能进行协商，自主设置付款条约，资金回笼得快。乐有薇将信将疑："这么大的企业，居然是个空架子，还要靠抛售藏品筹钱？"

柳老头笑呵呵："越是大企业，资金链就越紧，公司赚的钱都拿去扩大再生产，日常运转都靠银行贷款撑着，大老板说不定还没我账上钱多呐。你想，董事长爆出惊天丑闻，银行不抽银根就谢天谢地了，哪里还贷得出钱来？"

乐有薇和柳老头聊了半天，结论是幸程控股方面会不惜代价护盘，保住集团。唐烨辰跟他们是一损俱损，也会千方百计地稳住局面。但幸程控股倒不倒，关键还在银行，只要银行肯发放贷款，他们就还能撑下去，柳老头说："我估计，汪家这几天在拜访市里的领导。"

银行催贷，垫资的厂商上门讨债，企业员工和家庭的生计也成问题，如果少主汪瀚冰能得到政府支持，就能说服银行续贷，让企业维持运转下去。

汪震华的收藏品拍卖会定于本周五举行，乐有薇买了次日回国的机票。秦杉和她一起走，他看了新闻，问："反过来讲，幸程控股活着，这人的财富就还在，他为人这么恶劣，也还是有钱人？"

乐有薇叹气，女孩受辱死去，肇事者却不会偿命，也不会把牢底坐穿，辩护余地很大。

上周三，女孩跳楼身亡，新闻则是上周五爆出并传播的。事情已经过去了好几天，但幸程控股的高层和股东们都忙着筹钱，除了一则道歉声明，并没有做出有效的表态。

郑好很气愤："五星级酒店股权拍出去，他们拿到钱，捐给未成年儿童保护基金，才能挽回一点名誉，这才是正确的危机公关，没人告诉他们吗？"

乐有薇说："他们知道，但认为没必要。"

资本的每个毛孔都流着肮脏的血，他们弄钱，只为继续存活，继续吸血，企业不倒是第一位。

外婆叹道："所以说，企业家必须有社会责任感，一个人道德败坏，多少人跟着倒霉。"

外公沉默了，外婆也没再多说，乐有薇和秦杉相视一眼，猜测他们都想起了那位前女婿。秦望52岁，算是汪震华的同龄人，他的私生活也很混乱。

秦望从二楼下来，吴晓芸吃着早餐刷网页，再过两个小时，汪震华100%控股的五星级酒店就要被拍出了。

秦望不在家吃早餐，正换鞋出门，吴晓芸开口了："上个月，秦杉在美国遭到枪袭，重伤，捡回一条命。"

餐厅陷入短暂的沉默，秦望往回走，坐到沙发上，面无表情地把玩着茶杯："继续说。"

吴晓芸瞟着他："他女朋友乐有薇是我的员工，惹到不该惹的人了。有薇是之南的女人，两人没断过，之南的未婚妻唐莎容不了，她报复有薇，秦杉被连累了。哦，唐莎是飞晨资本唐烨辰的妹妹。"

秦望点头，淡淡地说："唐振生的女儿。"

吴晓芸说："有薇在和唐莎打官司，无论判多久，她跟唐家的梁子已经结上了，唐家不会轻饶她。之南如今跟唐家没关系了，他担心唐家报复，交出了他在贝斯特的股权，昨天刚完成变更手续，所以我才知道来龙去脉。"

秦望站起来，临出门才回头道："谢谢。"

吴晓芸不动声色："不用谢。"

窗外汽车驶出，吴晓芸继续吃燕窝。上周六，汪震华丑闻爆出的第二天，唐烨辰通过她助理联系了她，两人单独见了一面。

唐烨辰的开场白是关于汪震华的藏品，他受幸程控股新任董事长汪瀚冰之请，找贝斯特合作拍卖。

唐烨辰是贝斯特的大客户，虽和叶之南交恶，但他和赵致远也相熟，找赵致远即可，吴晓芸笑笑："您知道，这单是烫手山芋，我公司没必要挣这笔佣金。"

汪震华的藏品被拍卖，摆明了是要拿去救公司，可如今幸程控股正处在风口浪尖上，贝斯特还帮他们拍卖筹钱，若被同行集体发难，会被打上助纣为虐的标签。

唐烨辰倒杯茶，慢慢喝："汪震华的藏品都是好东西，好几件都是从叶之

206

南手上拍走的。"

吴晓芸一直等着唐烨辰找她，但若是聊这些，她没兴趣，她说："唐总有话直说。"

唐烨辰闻声话锋一转："八月份我在考察一家地产公司，全国十强之一，想挖灵海的阿戴替我管理，谈过几轮了。"

戴旭松是灵海集团的副总裁之一，秦望班子的骨干成员，在灵海深耕多年，他不是没有去别家当家做主的机会，但价码开得不够，他没理由出走。吴晓芸听这意思，戴旭松是动心了。全国十强企业CEO的位置，对哪个男人都有诱惑力。

唐烨辰说："阿戴一走，很多人会跟着走。吴总是商业好手，一定比我更明白，资本能成就一个人，也能毁掉一个公司。"

吴晓芸放下茶杯，冷冷地说："我没你以为的那么想看老秦倒霉。"

唐烨辰一怔，吴晓芸说："或多或少，他的财产，都有我儿子的一份。"

吴晓芸和秦望是怨偶，稍加调查即知，连两人的儿子秦峥不受父亲喜爱都不难获悉。唐烨辰问："但你希望前妻的儿子得到大部分吗？"

吴晓芸玩味地看唐烨辰，他当了二十几年私生子，身世比秦峥更糟。在那二十多年里，唐烨辰恨他父亲、恨大房，以为别人也和他一样，但吴晓芸对秦望已经无爱无恨。

秦望公司被蚕食，吴晓芸隔岸观火，没多少乐趣可言。唐烨辰意识到了："您名下有个连锁快捷酒店？"

吴晓芸的连锁快捷酒店在省内开了几十家分店，生意尚可。唐烨辰推过来一份投资意向书，吴晓芸直接翻到最关键的条款，唐烨辰给予的堪称优惠，她不置可否："我考虑考虑再议。你想要我做什么？"

唐烨辰笑了一下："阻截乐有薇嫁入秦家，我想您也不希望看到这局面。"

唐莎得不到想要的，乐有薇也别想得到她想要的。唐烨辰喝着茶，吴晓芸眉眼松动，乐有薇介入秦家，关乎利益分配，他们的目标是一致的。

良久，吴晓芸说："汪震华的拍卖会，我交给乐有薇主槌，舆论战是你的事了。"

唐烨辰马上明白她的意思，为汪震华打官司的律师被多方抨击为怅鬼，只要舆论稍加引导，脏水就能泼到拍卖师身上了——给不法资本家卖力地卖货，挣点佣金提成，是在吃人血馒头，女孩死不瞑目。

要斗垮一个人，先搞臭她。吴晓芸笑了笑："这样的事多来几次，她的职业生涯就废了，我来安排。"

乐有薇不在乎被人讥讽卖色求荣，但她一心想出人头地，打压她的事业，是可行手段。若她不想认命，就只剩嫁进秦家一条路了。但她越急迫，暴露得就越多，就越不会被秦望信赖。

吴晓芸对幸程控股一案很好奇，唐烨辰直言是父子反目造成的。汪震华有个私生子养在国外，自小聪颖，且被精心栽培，是十足的才俊，眼看他学成归国，必有一争，在幸程控股任商务总监的大儿子急了。

汪震华有两个忠仆专门为他物色母女，这种事是有产业链的，大儿子知道父亲的特殊嗜好，但做得隐秘，抓不到把父亲置于死地的把柄。这次女孩死亡，是偶然也是必然，大儿子借助媒体推波助澜，获得了主动权，终于成为新任董事长。

汪震华被舆论公开处刑，社会性死亡，幸程控股大伤元气，但只要它不死，江山就是大儿子的。吴晓芸讥讽道："死地后生，有意思。"

唐烨辰急着去解决幸程危机，道别离开。吴晓芸把投资意向书扔到桌上，和唐家牵涉太深并不明智，她得和儿子的父亲谈谈。

让乐有薇帮秦杉争到灵海集团少主的位置，吴晓芸不愿意，但被唐烨辰当成杀人的刀，她也不愿意。

秦望的车消失在视野里，吴晓芸心情极好，吃了一个牛角包，还抹了杏子酱，她上次吃甜食，还是怀秦峥那会儿。

秦杉差点被枪杀，他父亲会怎么看待他女朋友？他们在热恋，若被逼着分手，儿子会恨父亲吧？他为女人险些丢了命，女人比多年不来往的渣爹可重要多了。

秦望为了保护儿子，会和唐烨辰斗起来吗？大家族出身的人，各有各的冷血，斗起来能有点好戏看。

从道义来说，大厦将倾是人心所盼，但资本逐利，不会放过趁火打劫的机会。北京时间上午十点，五星级酒店全部股权顺利拍出，成交价超过17亿元，买受人是北京一家财务顾问公司。幸程控股秉承现金为王的策略，要求现金交易，一次性付款。

乐有薇刷新网页，新闻记者致电该公司，工作人员表示公司高层在开会。网民们立刻把那家财务顾问公司骂了个底朝天，乐有薇很明白自己作为拍卖师将会面临什么。

按某些财经专家的说法，幸程控股是云州的大企业，养活了上万人，如果破产倒闭了，员工、商铺购买者和股民，都要跟着遭殃，政府不会让幸程控股垮塌。乐有薇相信政府会出手相助，但"资本家养活员工"这种说法很无稽，何尝不是员工被资本家吸血，养得他们富甲一方，还为富不仁？

汪震华出让的藏品有上百件，数量不算多，但件件精品，不乏国宝级别。时间太赶，乐有薇争分夺秒地熟悉拍品，其中十几件是从叶之南和夏至的拍卖会上拍走的，他们都发来了相关资料。

外婆把她的书房腾给乐有薇，乐有薇研究到夜深才睡觉，摘下耳环，装进首饰包里。秦杉喜欢吻她耳垂，以后她要少戴耳饰。

秦杉忙完，蹿进乐有薇卧室，送出一只首饰盒。母亲有只一模一样的，变卖白玉双鱼佩时一起卖了，他学会做木工活后就做了这个："小薇拿去装点别的。我需要的是你，不是那块玉佩，不用再惦记它。"

乐有薇揽住秦杉，时间过得很慢，秦杉耳边绽开一个甜蜜的吻。

次日清晨，两人启程去机场，外公外婆把他们送出院外。妙妙来了，踩过乐有薇的脚背，咧嘴跑远了，秦杉很开心："它在跟你说再见。"

出租车上，乐有薇向后望，比起路晚霞的城堡，她更喜欢这里，这里是她梦想的家。卧室里有她留下的睡衣，院子里有她种下的加百列大天使和花烟草，秦杉说："我们过年再回来。"

候机室，乐有薇刷出了新闻，柳成章判断准确，政府指派了一家实力雄厚的国企为幸程控股注资兜底。这一消息在幸程股票复盘前对外公布，但复盘后不到几分钟，幸程控股的估价就开始跳水。乐有薇不炒股，努力学看盘，论坛里散户们都在哀号，政府在救市，但局势不如人意，抛不抛？

乐有薇问柳老头："他们在欲扬先抑，还是人心所向？"

柳老头说："趋利避害才是人心所向。骂汪震华的人，这会儿如果被幸程聘用，年薪五百万，你看还有几个人再骂？没准还会夸前老板老当益壮。"

柳老头一如既往的愤世嫉俗，他猜测幸程控股绝不会凄惨死去，他们只要挺住未来一周，稳住股价，就会被正义人士淡忘，社会永远有新鲜热闻可供追捧。

秦杉翻到公告下面的舆论，问："如果你拒绝主槌，公司会冷藏你吗？"

乐有薇手指划过平板电脑上汪震华的藏品，每一件都是珍品，在市面上流通合理合法。法律才能惩罚这个人，而不是阻止因之而起的商业行为。她说："不至于把我打入冷宫，但我为什么要拒绝？"

飞机穿云而去，乐有薇害怕的是另一件事："唐家人在盯着我，你会被我牵连，但是防不胜防，现在要回国了，怎么办？"

秦杉说："我不怕他们。你怕吗？"

秦杉不怕，乐有薇就不怕。她舒舒服服地跷起脚，告诉秦杉，现在是她最好的时光，除了穷点，她对生活没有任何不满。

秦杉以前不太喜欢听乐有薇说自己名利熏心，她明明很踏实地工作。但有天他忽然就理解钱的重要性了，那是在远山寺，乐有薇那么喜欢那对宫灯，当时他想，若能捐给寺院一大笔钱，乐有薇可能就能得到它们，连黎翘楚所有的烛台都是她的，能堆满一整间屋子。

乐有薇说："一根蜡烛就能点亮一整间屋子啊，再说你能给我做很多盏啊。"

两人眼神一对，又吻起来。乐有薇悄悄说："等到元月就三个多月了哦，是不是很期待发生的那一天？"

秦杉血在发热："嗯。"

夜阑人静，秦杉睡着，乐有薇专心熟悉资料。汪震华珍藏拍卖会上，唐家可能会有行动，但两个月后唐莎才受审，他们投鼠忌器，动作不会太大，只会是个警告，但肯定已在布局。

世间不平事多如海沙，很多时候，妥协并不会得到期待的局面，反而更憋屈。舷窗外，浓云厚沉，乐有薇记挂着幸程的股价，沉沉睡去。

一段时间有一段时间的坎，来一个，跨过一个。人生不能长乐未央，但愿痛快一场。

图书在版编目（CIP）数据

华灯之上．完结篇：全2册 / 扣子著 . -- 南京：
江苏凤凰文艺出版社 , 2022.2
ISBN 978-7-5594-6257-2

Ⅰ . ①华… Ⅱ . ①扣… Ⅲ . ①长篇小说 - 中国 - 当代
Ⅳ . ① I247.5

中国版本图书馆 CIP 数据核字 (2021) 第 176344 号

华灯之上．完结篇：全2册

扣子 著

选题策划	北京记忆坊文化
特约策划	暖 暖
特约编辑	张才日　徐艺丹
责任编辑	白 涵
营销统筹	杨 迎
封面设计	80 零・小贾
版式设计	段文婷
封面绘图	二 乖
出版发行	江苏凤凰文艺出版社
	南京市中央路 165 号，邮编：210009
网　　址	http://www.jswenyi.com
印　　刷	环球东方（北京）印务有限公司
开　　本	670 毫米 ×970 毫米 1/16
印　　张	29.5
字　　数	530 千字
版　　次	2022 年 2 月第 1 版
印　　次	2022 年 2 月第 1 次印刷
书　　号	ISBN 978-7-5594-6257-2
定　　价	78.00 元（全二册）

江苏凤凰文艺版图书凡印刷、装订错误，可向出版社调换，联系电话 025-83280257

MEMORY
HOUSE

MEMORY HOUSE

记忆坊文化

华灯之上

扣子 著

下

（全二册）

完结篇

江苏凤凰文艺出版社
JIANGSU PHOENIX LITERATURE AND
ART PUBLISHING

目录

——

第二卷　摘星去

第十章

武则天时代《金刚经》写本

乐有薇和秦杉抵达云州。走出机舱，两人开了机，秦杉刷着新闻，乐有薇联系柳成章。

昨天下午开盘后，幸程控股的股价继续下挫，逼近跌停板，很多散户都进行恐慌式抛盘，但柳老头稳住了。果然，下午两点，拉抬股价的资金进场了。

在操盘手的执行下，不到半小时，幸程控股就完成了收复失地的工作，到全天收盘时，股价只下跌了一个百分点。今天一整天起起落落，跌幅微乎其微，交易量也明显放大，说明不仅是大额资金的作用，散户们也纷纷反弹。

乐有薇问："这里边有什么道道吗？"

柳老头一晒，先抑后扬，打心理战罢了。先把股价打下去，同时对外放出消息，幸程控股的基本面很好，但被汪震华的个人问题误伤，才使得股价被错杀。中午以后，再组织大资金进去拉股价，到时股民会认为，利空出尽是利好，也跟着抢，所以今天的局势已然明朗化了。

柳老头分析，五星级酒店虽被拍出，但走账需要时间，政府找来托底的那家国企要走的流程更复杂，资金没那么快到位，现在救市的多半是唐烨辰的飞晨资本在垫资。

幸程控股内部必然在拆东墙补西墙，汪震华藏品里重器多，乐有薇的拍卖会筹到的钱，估计能帮他们填点窟窿。

秦杉给乐有薇看新闻，从昨天晚上到今天，众媒体和股评家都在表态，幸程控股遭遇创始人被捕的重大利空，股价还能顽强反转，足以说明企业前景相当好，股民们切不可因个人私德就上升到整个集团。乐有薇摇摇头，柳老头的观点果然被验证了。

江天备下接风宴，吃饭中途，乐有薇接到工作电话，走去门外商谈。江天对秦杉说："爸爸，我本来担心她太强势，你会夫纲不振，看来我想多了，她很喜欢你。"

秦杉笑，这还用说吗，乐有薇不知道多惯着他。江天难得含蓄了一下："那你欺负她了吗，让她又哭又叫那种？"

秦杉震惊："我为什么要欺负她？"

江天狂笑，看来还没有："可怜的，加把劲。"

秦杉瞪大了眼睛，乐有薇回到座位上，秦杉看了她几百遍，她笑也好看，不笑也好看，他疯了才会把她欺负得直哭，不可能。

吃完饭闲聊，方瑶来了。她受那条伯爵夫人琉璃项链的启发，在欧美搜罗了大批古典珠宝，想做场拍卖会，团队撰写说明信息时碰到疑难点了，她找江天咨询。

出乎乐有薇意料，方瑶对她很平和。江天答应帮忙，方瑶告辞，只多看了乐有薇几眼。乐有薇奇道："她那位高考状元出身的男朋友有点本事啊，竟然能把她改造成这样。"

江天点开他在乐有薇病床前拍的那张丑照："我给她看了，她哈哈笑，一个脸肿成猪头的人，倒霉成那样了，说明恶人自有天收，她懒得再跟你计较了。"

乐有薇抢手机："删了！"

江天做讨饶状："删删删，这就删。"

乐有薇伤势最重那几天，秦杉在昏迷中，看到照片，他眼眶一红："小薇，我永远都不欺负你。"

江天笑抽了，乐有薇被他笑得莫名其妙，盯着他把照片彻底删除才罢休。

秦杉送乐有薇回家，乐有薇本来仍不想对郑好说出在美国遇险的经历，但唐烨辰既然扬言报复，她的亲人们可能有危险，郑好他们得有个思想准备。

郑好担惊受怕："一旦她判下来了，唐家会往死里整你吧？"

乐有薇说："那是两个月后的事。你和老爸老妈平时得当心。"

律师怀特通知乐有薇，秦望飞去了美国，以受害人父亲的名义表了态，往死里整唐莎，钱不是问题。

没哪个父亲听说儿子九死一生后还坐得住。秦望出面，乐有薇和秦杉安全多了，郑好很高兴："你这次叫因祸得夫吧？"

明年过完元旦，郑好和公司几个同事就要赴美国培训，乐有薇问："赵杰好像也是元月走？"

郑好答道："我建议的，同期的同事里我就跟他比较熟。"

乐有薇八卦起来："哦哟？"

郑好承认自己和赵杰关系好，但她不可能对叶之南之外的男人有感觉，不过最近的确有个男人好像在追她。

男人是刘亚成的客户，郑好去楼下的会客室送资料时认识的。他41岁，离异两年多，长相不难看，但身材发了福。郑好用两个字概括他：无趣。她和他来往，只为练习跟客户打交道的能力。

两人自然会聊到叶之南，在天空艺术空间做布展时，叶之南经常跟众人说："不急，把活儿做细。"郑好放不下他，但在学习从容地去面对他，最起码，不想再让他对她的情意感到心烦。

汪震华的藏品已经移交到贝斯特的库房，乐有薇天一亮就去观看。藏品以瓷器和古代书画为主，还有少量的杂项，同门的夏至、邹嘉让和乔蓝等人轮流为乐有薇讲解。明天上午就是拍卖会了，一天时间远远不够，众人只能捡最重点的讲。

汪震华已是人人喊打，他的妻儿被揭底，无数网民都报以口诛笔伐。姚佳宁找拍卖场地方面谈过，这场得加强安保力量，免得有人受唐家人指使，冲拍卖师砸鸡蛋西红柿，还对外宣称是"正义群众"。乐有薇再狼狈，大多数路人也不会同情她。

晚饭后，乐有薇去找秦杉，他把酒店房间当办公室，也忙了一天。他重伤初愈，还不到放纵的时候，同床共枕太煎熬，乐有薇让他订的是套房，两人各睡一间。

乐有薇定了闹钟，大清早起床去拍卖场彩排，把最重头的拍品多温习几遍，每一战她都当成谢幕来做，不能弄砸了。

汪震华喜欢富丽堂皇的东西，书画多为工笔花鸟，瓷器大半是乾隆朝出品，坊间评论是"农家乐审美"。乐有薇个人也更喜欢素净些的，但宫廷审美自有维度。

拍卖会上午十点开始，九点半，陆续有人入场，乐有薇去了后台。幸程股价跌涨幅度都很小，整体情况比汪震华丑闻爆出之前略好，被股评专家称为"逆势上扬"。秦杉一直在入口处观察可疑人员，毫无收获，到后台一看，乐有薇换上了制服，正在化妆。

郑好进来了："我看到唐烨辰的助理了，他们会捣乱吗？"

幸程控股日常运转很需要钱，唐烨辰把所有能调动的资金都大举押上，不会自乱阵脚。乐有薇让她淡定："不会。就算闹事，保安会立刻架走他们。"

秦杉照例坐在员工席，左边是夏至，右边是郑好。十点整，拍卖会准时开场，秦望和吴晓芸先后来了，捡了不同方向的角落坐了，都看向同一个人。

吴晓芸整场都在看秦杉，她对拍卖没兴趣，对古玩更没兴趣，当初创立拍卖公司，不过是入主秦家后，她清点阮冬青的旧物，以及阮家人归还的藏品，发现了商机。

在那之前，吴晓芸从不知道，一只口径区区6.5厘米的雍正年制胭脂红釉小杯，就能拍出几十万之巨。

阮宏朗好茶，秦望买了不少古玩送给老丈人。后来，阮冬青带着秦杉走了，阮宏朗去银行租了保险柜，把所有物件都放进去，通知秦望去取，拒绝再见面。秦望挨到第二年才去，因为老丈人不再支付租金，紧急联系人填的是他。

那时吴晓芸对秦望还抱有幻想，揽下此事，经他同意，挑了几件不大喜欢的送到拍卖场。数年后，那只胭脂红釉小杯在香港苏富比拍卖场拍出了四百万港币。

吴晓芸瞧着秦杉，他长相偏他母亲多些，但依然和秦峥有点像。秦峥的名字是秦望取的，吴晓芸认为是个屈辱的字，终生都在提醒她，想争个靠山，还未挣到。

秦峥从小到大，秦望总说忙，连家长会都没去过一次。吴晓芸冷笑，天道好轮回，另一个儿子对老秦冷若冰霜，父子目光相对时，秦杉立即把脸转向一边，他眼里只有乐有薇。

吴晓芸便去看乐有薇，那神态，那镇定，那大局在握，傍上秦家大公子后，她腰杆也挺直了。

吴晓芸再看叶之南，临开场，叶之南和刘亚成来了，看起来也很镇定。但叶之南不肯去说服乐有薇放过唐莎，连走个过场都不肯，必然寒了唐烨辰的心，吴晓芸怀疑唐烨辰连他也恨上了。

乾隆洋彩黄地婴戏图龙耳瓶掀起全场第一个高潮，瓷器爱好者们竞争激烈，电话委托席由姚佳宁坐镇，也忙碌异常。乐有薇从容控场，秦望仔细看她，吴晓芸说她和叶之南不清不白，在其他男人面前也没少卖弄风骚，他认为那都是真的，因为别的人也对他说过。

女人和男人睡睡，是能走点捷径，但能成事还得自己有点本事。这时代漂亮女人太多了，竞争也激烈，秦望是个中得益者，他明白。几场拍卖会看下来，他倒放心了些，乐有薇身上有着少见的野性生命力，儿子身边就得有这样强悍的女人，他才可托付江山。

秦望和吴晓芸这对貌不合神也离的夫妇都来了，凌云着意观察秦望的神色，他似乎在考察乐有薇。

凌越海比秦望年长，在建筑业树大根深，但秦望后来居上。不过商界多以利益结盟，少有你死我活的关系，两家集团有过几次合作，秦望和凌越海因此成为朋友。

凌越海出事后，秦望为他奔走过，否则凌越海会判得更重。凌云的母亲对凌越海的犯罪行为是知情的，且多次转移财产到海外，若非秦望相帮，凌母不可能免于刑罚。

凌越海入狱，财产被没收，集团自此衰落。但是凌母被保住，凌云在英国的学业也没受到影响，秦望对凌家有恩，只是树倒猢狲散，凌越海集团被清算后，秦望以低价吞了。

凌云大学毕业前，秦望的助理联系她母亲，如果她愿意，回国不如进入灵海集团总部工作。凌云对秦望感觉微妙，自然不愿意，给贝斯特投了简历，那时她并不知道贝斯特的总经理是吴晓芸。

洪经理把这场拍卖会交给乐有薇，公司有人对此叫好，它有争议，乐有薇是不二人选，她不畏惧骂名，心理素质一流。凌云没吭声，如果洪经理找她，她同样会接下来。

当年，母亲特意带凌云看自家藏品拍卖会，败了家的感觉如此清晰，凌云想大喊那是我家的东西，都别动，但所有血液都像被抽干了。一场场司法拍卖看下来，她让自己的心一点一点硬起来，但是恋人的离去，才使她彻底接受事实。

汪家人比她幸运，一个还拥有近百亿市值集团的人家，即使所有藏品都沽清，哭得声嘶力竭，也博不来同情。

乾隆朝洋彩青地金花鱼游春水瓶价格再创新高，被电话委托席的买家拍得。接着是一件青花双福如意耳抱月瓶，拍出了五千万。汪震华是著名藏家，他的东西好，圈子里都认。

乐有薇这场拍卖做得很顺，以一件明代仕女图收官，共计创下16.9亿的成交额，超出天颜大厦的拍卖价，刷新了她的从业业绩。

全场结束，没出现捣蛋的人，秦杉开心地跑上前："小薇真厉害。"

乐有薇张开嘴，秦杉喂她一颗润喉糖。有客户来找乐有薇，秦杉退到一旁看她，心里别提有多骄傲。台上的乐有薇灼灼光华，让他看到生命力的高度凝聚和绽放，能和她在一起，他此生何幸。

叶之南独自走来："秦先生。"

秦杉绽开笑脸："叶先生，我很喜欢那只獬豸镇纸，谢谢您。"

叶之南说："是我连累你们了，我很抱歉。"

叶之南来找秦杉，就是想说这句话，然而说出来了，他并不能感到轻松。相交多年，他深知唐烨辰性格里狠戾偏激的那一面。

乐有薇说过，唐烨辰极可能迁怒叶之南，秦杉说："小薇说，见招拆招。您也要当心。"

叶之南道谢，欠身告辞，消失在退场的人群里。

凌云盯着秦杉和乐有薇，他们一定是在一起了，眉梢眼角的情意藏不住。其实她很想问乐有薇，在秀隐寺举办的那场"吉光照"佛教用品拍卖会，当初为什么会推荐我主槌？可她没法问出口，她已经丧失了和乐有薇交谈的勇气。

秦望吸取教训，没走近秦杉。儿子刚死里逃生，他暂时不想引起儿子不快，再说现在有乐有薇了，等他们感情再深些，他会找乐有薇谈谈，让她从中斡旋。乐有薇是聪明人，知道该怎么做。

客户们都退场，乐有薇回到后台，秦杉通报情况：根据事先制定的规则，要求二十四小时内付款，大部分竞买人一散场就支付了。乐有薇搂着他的脖子，啄他一下："你女朋友厉害吧？"

两人热吻，郑好进来，啧啧道："佳宁在二楼订了包厢。你俩有特别想吃的菜吗？"

秦杉问："我也去吗？"

乐有薇说："你是家属，以后每场都去。"

乐有薇每场拍卖会，凌云都到场，郑好撇嘴："今天又来了，看到她就烦。"

乐有薇眼里有几分笑意："我不讨厌她。"

秦杉心想，乐有薇何止不讨厌凌云，相反，凌云有很多让乐有薇欣赏的地方。他渐渐知道乐有薇和凌云的外在表现大不同，其实性格有相似之处，心思都很重，都对拍卖事业有追求，只是乐有薇用各种办法克服了性情上的敏感，但凌云保留了这些。

郑好说："可是凌云总在跟万琴说你坏话！"

三人向外走去，乐有薇强调自己不讨厌凌云，万琴也只是嘴贱，对她有点小刁难，但无足挂齿。比起那些完全不认识她，仅凭几句道听途说，就能用恶毒言语刻薄她的人，万琴等人对她的攻击好歹算事出有因，只是小人罢了。

郑好点头，她感觉再讨厌的女人，多半只是坏在嘴巴上，行动上最多小坏，但男人坏起来就没边了，是大奸大恶。比如汪震华，衣冠楚楚，吃人不吐骨头，嘴巴一抹，在江湖上继续当大哥。

出口处似有嘈杂声，乐有薇望过去。杨诚本来一结束就回岗工作了，看到不对劲，赶紧跑回来："有薇，你回后台躲一躲！"

最早退场的都是有头有脸的人，那伙人猫在暗处，等他们都走了，才从卫生间里冲出来。

保安们竭力阻截，奈何他们披麻戴孝，哭丧的阵仗太惹人注目。路人们听说为首的是那女孩的生父，都心生怜悯，让出一条通道，再加上背后指使者安排的人手，他们硬是突破了保安们的围防，冲进会场。

披麻戴孝的亲友团大喊谁是拍卖师，一冲而入，身后跟着无数看热闹的路人。保安李俊急切地说："乐小姐，我们报了警，你们快躲一躲！"

没什么好后退的，乐有薇站定，看着那伙人跑向她。这场拍卖会本就有记者在场，听到动静都没走，此等场景岂可错过。

女孩的生父飞速跑来，一耳光甩来："帮凶！"

乐有薇敏捷地扼住他的小臂，秦杉一拳轰向男人的下巴，男人被干脆利落地掀翻在地，在地上滚来滚去，哭号不止，被保安们架走。

记者们亢奋地摄录，乐有薇、秦杉和郑好被拍了个正着。郑好很紧张，但乐有薇压根不理会旁人，忙着给秦杉擦拭手背上的血。

秦杉出拳狠，砸得少女的生父鼻孔流血，乐有薇用湿巾给他好好擦了几遍。渣滓一样的男人，不配弄脏秦杉的手。

秦望看笑了，他本来担心老丈人把儿子养得太斯文，没想到秦杉居然还有这样一面，好样的。

东西卖掉了，筹到钱了，也给乐有薇泼上脏水了，目的达到。一伙人赶在警察赶来之前，骂骂咧咧地收工走人。

秦杉问："那个人真是女孩的生身父亲吗？"

乐有薇哼笑："错不了。"

名人的人气很多时候都是人为操纵的虚高，一个普通拍卖师哪会有几个人关心。但有人存心搞事，自然越真实越好，女孩的生父身份不会作伪，亲友团成员可就难说了，极可能跟股评专家一样，都是拿钱办事的。

包厢里，众人都在议论方才的事，除了团队成员，同门的邹嘉让和乔蓝也在。秦杉见夏至没来，问："他不也为你讲解了吗？"

乔蓝说："下了拍卖台，他只喜欢自己待着。"

饭吃到一半，新闻就出来了。乐有薇瞧了瞧，照片和视频里她的表情很好，不慌不忙，秦杉也很上镜，郑好看着惊慌失措的自己，懊恼道："看我这副蠢相！"

程鹏飞点开一条热评："夸你有羞耻心，比一对无耻之徒强。"

秦杉痛揍女孩的生父，这一行为饱受网民漫骂，他不理会，只看关于乐有薇的。乐有薇被骂得很难听，有人说拍卖师何止是为虎作伥，是为虎做娼，他气黑了脸，乐有薇问他："他们也骂了你，你介意吗？"

秦杉毫不介意，他喜欢的朋友们不会因此对他有看法，外公外婆若知道了，也不可能责备他，那就随他们去吧。乐有薇说："我也一样。"

骂秦杉的更多些，因为他在行凶。网民都说，这说明他和汪震华是一丘之貉，有着弃德伙伴之间的契通，不少人都建议警察调查他是否有相同的癖好。秦杉无言以对，把手机丢开了，不看了。

渐渐地，有些自称是拍卖师的人士转发了新闻，都替乐有薇这位同行汗颜："你明明可以拒绝。有所为有所不为，才是职场中人应该遵循的操守。"

网民问："提成很高吗？"

有拍卖师评论："普通数字。就算是天价酬金，也不能失了原则。"

此人是业内小有名气的拍卖师，获赞无数。程鹏飞按捺不住，回复道："幸程控股的员工都得吃饭，不希望公司倒闭。"但马上被人反驳："公司那么多，何必要为那家公司卖命？"

一位著名财经作家写了一篇文章教育乐有薇，大意是，社会如此发达，随便找个正当工作都能养家糊口，有些人何苦挣这种昧良心的钱，夜里能睡安稳觉吗？

在座除了秦杉之外的人都笑了，几年前，该财经作家傍上一个富婆，被太太大闹酒店的趣闻，至今还有不少人替他记着。这种人，在公开场合义正词严，私底下扑通一声就跪倒，正义感极具弹性，令人称奇。

财经作家一呼百应，但也有部分网民反对，说能捧到一碗饭吃就不容易了，正当工作有多少人在竞争，不是"随便"就能找到的，养家更不是那么容易。郑好迅速点了赞，但是没用，瞬间就被"正义之师"淹没。

警方出具了声明，女孩的生父酗酒滥赌，欠了一屁股债，孩子的遗体放置在殡仪馆，他一次也没去过。拍卖师已提前捐出劳务费，将用来支付公墓费用，以便在结案后让女孩安息。

姚佳宁昨天奉命跑了一天，替乐有薇落实了这件事，果然，网民们看到声明附的捐款凭证后，开始倒向乐有薇。生父既然不是好东西，他闹场显然是被人利用的。

财经作家等人坐不住，坚持说："拍卖师在惺惺作态！这笔钱我也愿意掏！可她为汪震华筹到的是大钱！汪震华不破产，将来出狱还会伤害更多女孩！"

正义大军一想也对，又附和起来。在评论里，郑好发现了凌云。凌云用的是她在公司论坛上的网名："我也是拍卖师，如果这任务交给我，我同样会接下来。它只是市场经济行为，对拍卖师来说，只是一次普通工作，工作没那么多挑三拣四。你们在工作上、生活中，真有你们标榜的这么正义凛然吗，对待你们不喜欢的上司，也能硬气吗？"

乐有薇隐隐明白凌云为何会为她说话，这个别扭的人虽然拒绝主槌"吉光照"佛教用品拍卖会，但知道是乐有薇主动推荐了她。

凌云的言论得到一部分人的认可，她追加一条："让好东西离开脏东西的家，有问题吗？"

乐有薇忍不住点个赞，然后和秦杉去歧园看江爷爷的个展。第一场还没结束，看的人很多，张茂林安排了几个讲解员轮班。天空艺术空间近年来在各大名胜做了大量展出，一直保持培养国人展的习惯。

秦杉第二天一早就要回江家林，看完展览，两人回到酒店。秦杉仍想再看看评论，被乐有薇阻止了，当今社会很现实，只尊重成功，不至于名声差就混不下去，最终决定她前途的是业务能力。

秦杉忍了一下午，终究说起吴晓芸。她一来，郑好就悄声告诉他："你后妈。"

散场后，乐有薇和客户寒暄，秦杉刻意去看他父亲和吴晓芸，两人互不理睬，是十足的怨偶。秦杉很不解："他为了那女人和我母亲分开，但他们好像并不恩爱。"

乐有薇说："不是为了她吧，当时新鲜而已。"

秦杉更不解："但他们没离婚。"

乐有薇一直觉得，但凡能长久走在一起的夫妻，都存在很多共同点，婚姻存续也总有这样那样的原因，旁人不能评判当事人什么。她说："都认为没必要吧，也可能是看在儿子的分上。"

吴晓芸的儿子名叫秦峥，高三在读，秦杉听了马上问："他是怎样的？"

乐有薇摇头："没见过，不过等明年他考上大学，肯定会办酒宴，我可能就能见到他了，你想见他吗？"

秦杉飞快地说："不想。"

乐有薇笑着换了话题，秦杉小时候很想要个弟弟妹妹呢，有机会她得瞧瞧那个少年去。

唐烨辰对特助斌伯很不满，他想看到舆论对乐有薇的打压，绝不是这种低劣的把戏。斌伯表面上认错，心里不以为然，贵公子喜好艺术品，是个讲究人，但是越下三烂的手段，才越有传播性。他假意道歉："层层加码吧，下次我让人换别的招。"

唐烨辰约见吴晓芸，吴晓芸把之前那份投资意向书还给他："我召开了股东会，他们有各种顾虑，我只能算了。不过，我表妹有处生意正在融资，唐总要不要看看？"

所谓表妹只是吴晓芸的大客户，吴晓芸在大客户公司入了一点股，她帮大客户的忙，大客户会在另外的地方回报她，她只求有稳定的分红，并不想跟唐家牵涉太多。

唐烨辰一目十行地扫过吴晓芸"表妹"公司的官网。以他的投资习惯，这公司是鸡肋，他做过的最小项目是前年投资的那个年利润5.3亿的光电子公司，为了帮一位藏家朋友儿子的忙。

吴晓芸看出唐烨辰不情愿，卖给他一条情报——秦望物色了团队协助律师怀特，他不可能轻饶对他儿子行凶的人。

唐烨辰说："你知道，秦杉是被他女朋友连累了，我妹妹没想过对付他。"

吴晓芸说："我跟老秦说这话，他会听吗？"

唐烨辰问："你对乐有薇还有办法吗？"

吴晓芸开个玩笑："您不如游说她跟您，弄到手上再慢慢收拾。"

唐烨辰冷哼一声，吴晓芸给他倒杯茶。今天在拍卖场，别人还没碰到乐有薇，那小子就出手了，他全身心都被乐有薇俘获，随时会娶她，若真娶了，老秦还能不认？没准以后就是一家人了，她可不想卖力帮唐烨辰。

唐烨辰不满特助斌伯的手段，让吴晓芸支着。吴晓芸并无良策，敷衍道："您那边今天已经给她心理震慑了，等她口碑走下坡路，再遭受几次这样的事，就上不了拍卖场了。"

唐烨辰不大信："你确定？"

吴晓芸点头："别的我不敢说，拍卖行我开了十几年。"

唐烨辰离去："明天下午三点到四点，让你表妹来我公司，我和她商量细则。"

吴晓芸回家时，秦望居然在客厅摆弄着棋子，他不下棋，每逢这个举动，就是有话说了。

吴晓芸坐过去，但这次她会错意了，秦望是在思索问题。她猜测也许秦望拿捏不了对乐有薇的态度，存心说："公司弄回一批唐宋时期的乐器，省乐团为了迎接它们，会搞个跨年音乐会，之南让有薇主持。"

秦望哦了一声，吴晓芸继续说："它们价值很高，所以音乐会级别在国内是数一数二的，交给一个拍卖师主持，电视台的主持人都有意见，闲话都传到我这里了。"

秦望起身上楼，一场音乐会，乐有薇有什么配不起的。那天，飞往美国见律师怀特的航班上，他看了慈善拍卖晚会的视频，儿子眼光不赖。

今天在拍卖场，那伙人一拥而上，乐有薇不惊不惧，如同侠女，大笑着挽个剑花，踏浪西去，有大将之风，并且很维护她的男人。女孩的生父想暗算秦杉，她发觉了，目露凶光，逼视对方，那一刻，当父亲的终于明白，儿子当然会喜欢她。

入夜，灯红酒绿。叶之南如今很少喝酒，阿豹独自喝闷酒，上午，他在拍卖场见着秦杉了，看着养尊处优，居然血气横生。

乐有薇被人攻击时，秦杉的身手很老练，一看就是专业练家子。阿豹胸闷，乐有薇不需要叶之南了，连自己也不用再护着她了。

叶之南明白阿豹替他不甘，但乐有薇得此良配，他安心多了。海上生明月，那一吻，已是彼此今生的结局。

凌云发出那条评论后，网民咬上她了，她烦得去酒吧散心。"硬硬朗朗清清白白挣钱"，谁不想这样？可事实通常是，硬朗者会被现实教训，忍辱者同样挣不到什么钱。

有人搭讪，凌云随口回应几句，秦杉跟乐有薇平时都聊些什么？乐有薇看起来是真心喜欢秦杉，甚至是怜爱，女人对男人有这种情愫，那就是动真情了。但她想进秦家大门，且有一番缠斗，吴晓芸不是好惹的。

凌云照例在清晨回家，对方央她再留一会儿，她冷冷地走人。母亲使她精神逼仄，她不愿意跟任何人建立长久关系。

母亲仍在沙发上睡着，凌云洗完澡出来，母亲醒了，蓬着头，一脸愠怒："都快30岁的人了，还只晓得在外头野！"

凌云坐下了："快30岁的人应该做什么，结婚生子吗？妈，今天我们敞开说话，人生本就各一生，我选择过怎样的生活，我自己担着。有天我遇见相爱的人，可能会结婚，在那之前，我就这样活着。"

母亲气白了脸："70岁你还能鬼混吗？到时候混都没人要你！"

凌云说："没人要很重要吗？我的人生是我的，我想怎么活就怎么活。妈，爸都没办法让你一生衣食无忧，你怎么就相信我的运气一定能比你好？不管怎样，爸不会希望我卖自己。"

凌云声色俱厉，母亲被震住了，悲哀地说："你费了这么大劲，到现在还只是个普通拍卖师。你看王阿姨家的沫沫，嫁得好，都生第三个了，每天就是到处旅行，到处吃喝。"

凌云笑笑："我对孩子没感觉，她那种生活我过不来，我不羡慕她。"

母亲说："你想上班也行，像菡菡那样，她老公家里安排她进银行做行政，每天下午四点就下班。你比她俩都漂亮，就是不会为自己打算，人家结婚生孩子什么都没耽误，工作稳定，收入也高，你在贝斯特几年，你有什么，你只有自己孤零零一个人。"

母亲哭了。凌云将脸扭向一旁，语气仍很硬："妈，如果你不是总这样要求我，我就有你，就不是孤零零一个人。你觉得我孤单，我不觉得。即使孤单，我也享受到了自由，自由是有代价的，我接受这代价。"

母亲听出女儿哭了。凌越海入狱后，凌云再也没在母亲面前哭过，母亲知道她境况不如意，可她不听劝。当妈的眼睁睁地看着女儿一条道走到黑，心痛如绞，可她一点忙都帮不上。

清晨，秦杉蹑手蹑脚地走进乐有薇的房间。昨晚两人腻了很久，他想到从明天开始，又有时日不能见面了，难受得很："真想扔掉所有工作，跟你去这里那里。"

他不会这么做，但听起来好开心，乐有薇说："我们公司司法拍卖业务多，说不定很快就又轮到我了。"

秦杉说："不想面对面跟你道别，明天不等你醒我就走。"

此时，乐有薇在睡梦里，几缕发丝弥漫在脸上。秦杉想亲她，但怕把她吵醒，悄然看看她，出去了，隔片刻再进来，在地毯上坐了一阵，才再度出去。

乐有薇听到门被带上，睁开眼睛。秦杉一进来她就醒了，但她也舍不得面对面和他道别，只能装作没醒。她抬起手，那家伙在她胳膊上偷偷写了三个字：小可爱。乐有薇笑半天，写"喜欢你"会死吗？

周末，乐有薇拎上礼物去看黎翘楚。黎家三代在云州安顿下来了，还请了一名护工，黎翘楚去秀隐寺修缮法器时，护工就来替手。

黎翘楚的女儿潘蓓瘫痪在床，乐有薇坐在她床边，跟她闲聊到中午。黎翘楚带午饭回家，是寺院提供的斋饭，还顺路买了几块五香豆干，喂潘蓓吃饭。乐有薇和聋哑儿分享了杨诚做的小蛋糕，孩子喜欢她，请她喝牛奶。

黎翘楚请了假，抱着孩子去见特殊教育学校的校长。乐有薇的大客户肖姐帮忙说明了孩子的情况，校长逗着孩子："她还太小了，这两年得辛苦你们自己带，等5岁多再送来。既然是肖姐的朋友，学杂费减半吧。"

黎翘楚想请校长吃饭，校长婉拒了："您也不容易。"

黎翘楚坚持道："那也不差这顿饭。"

校长说："您先欠着，等孩子入学再吃吧。"

天色还早，乐有薇给黎翘楚叫了回家的车，回公司重看汪震华藏品拍卖会视频。她仓促上马，现场有不少技术性失误，得自查自纠，下次改进。

贝斯特周末总有人加班，乐有薇的风评向来不行，且被别有用心之人打成汪震华的伥鬼，同事们看她的眼神遮遮掩掩。乐有薇本不在意，但有几个规模较大的收藏网转发了相关新闻，探讨"拍卖师的职业操守"，不少同行都表示耻于和她为伍，其中还包括她很欣赏的拍卖师，她有点烦心。

许多天没来办公室了，乐有薇打扫着卫生，门被敲响了。夏至带来喜讯，江爷爷对第一场个展很满意，再加上古乐器回国一事，他对贝斯特大有好感，提出把他珍藏的古籍善本都通过贝斯特交给公馆。

乐有薇惊喜："之前他说藏品一件不出，你是怎么办到的？"

江爷爷对古籍没什么研究，但只要价钱不离谱，都会买下来，只有一卷武则天时代的手抄经文很昂贵，算是邪价，它仅残存九纸，是江爷爷从纽约苏富比上拍得的。

夏至拍了照片给乐有薇看，这九纸是《金刚经》，它是大乘佛教里重要的宗教经书，大约在南北朝传入中国，人们竞相复制与印制，因此得以广泛流传。

江爷爷建立个人艺术馆，目的是把藏品开放给大众，展之玩之，但他和夏至深入切磋后，决定把古籍都赠给公共图书馆。因为古籍是知识的承载物，不适合纯展览，更该拿去供专业人士研究，为社会公众服务，比如之前那部《高氏裁衣录》就为常伟亮和他那部历史剧提供了帮助，这是民族文化的正事。

随着公藏图书馆的兴起，在这一百多年间，古籍善本当中很大一部分都进了公藏。乐有薇问："无偿捐赠？"

夏至笑道："无偿。秦杉也添了一把力。"

昨天，秦杉在歧园逛展，拍摄了视频，今天发给江爷爷看了。在这之前，叶之南也给江爷爷远程看过，但秦杉和江爷爷的关系毕竟更近些。

夏至认为，可能秦杉还说了别的，总之，江爷爷让他再去趟美国，协助他的鉴定团队把藏书都整理出来。

乐有薇乐不可支："相信我，秦杉说不出别的。"

江爷爷捐赠古籍善本，乐有薇认为这是所有人共同努力的成果。其实，无论在哪个年代，都有大富豪在义务保护和传承社会文物，它们在国家收藏层面不一定都能被网罗到，富人的财产对于社会的贡献，其中一个方面就体现在这里。

"江爷爷说，这是我们的根。"夏至订了明天一早的机票去纽约，他来找乐有薇，是想用好消息让她开心一下，"别计较他们说的那些，是工作，我们就要做好。"

回家后，乐有薇和郑好铺开宣纸，照着《金刚经》残经照片练字。乐有薇一两个月没练字了，多练了几张，保留了最满意的一幅，等下次见面送秦杉。前所未有的好东西很多，但秦杉是她的孤品，独一份。

追求郑好的男人约她见面，她想带乐有薇去，乐有薇找借口推了。郑好独自赴约，但没片刻就气呼呼地打来电话，说她和那男人不会再有来往。

那家餐厅人均消费极高，男人先到，正和别人通话，郑好就没走上前，却听到他跟人说："不花钱哪行啊，听说她没谈过恋爱，我就图个干净。"

男人是刘亚成的客户，郑好觉得刘亚成人很好，忍住没发作，任由男人喊她，也绝不回头。

乐有薇在光阴冢杂货店里买了一个画框，把秦杉送的蔷薇花影手绘图嵌进去。郑好在电话那边骂人，她把手机拿开些："被别人气着了就回击，他报复你，你就再报复回去，别怕，有我。"

郑好回到贝斯特，乐有薇叫了她最喜欢的那家下午茶，哄好了她。合则聚，不合则散，反正郑好明年元月就要去美国留学了，跟那男人本来就不会有下文。

第十一章
机场广告牌经营权

　　周一上班，乐有薇找万琴销假，先前她忙着准备汪震华藏品的拍卖会，没顾上。万琴存心把笔记本电脑转给她看，一个收藏网论坛上，抨击乐有薇是汪震华走狗的文章多达十几篇，随着今天股市开盘，幸程股价一路攀升，文章又被顶了上去。

　　乐有薇看了几眼，不少网民都认为她为幸程控股争取到了喘息之机，比起她假模假样地捐出拍卖劳务费，让汪震华继续当有钱人，她罪无可恕。

　　自己的名字和汪震华捆绑，还冠以前缀"无良拍卖师"，乐有薇心头烦恶。万琴却仗着叶之南在贝斯特已去职，教诲她不能成为名利的奴隶，还让她好好想想，到底是为了什么目的而来到世间一游。

　　万琴成天不干活，看着当然干净。乐有薇懒得回嘴，万琴得寸进尺，左一句急功近利，又一句好高骛远，还说知道她幼年吃过苦，但什么烂钱都赚，太轻贱自己。

　　唾沫星子都喷到脸上了，还要递纸巾帮她擦嘴吗？乐有薇冷冷地说："万总，如果我不接这场，你又得说我不顾大局，不以工作为重吧？"

　　乐有薇竟敢顶撞公司副总，万琴拍着桌子骂道："我管人事，说你两句你就听不得了？"

狗一样的东西，也配叫作镇关西。乐有薇心里莫名浮现这句话，居高临下地看着她："你也一样在轻贱我，凭什么呢？"

万琴被噎住，乐有薇转身出门。情商这个东西，只取决于看谁的脸色吃饭，她的工资奖金可不是从万琴腰包里掏的。小人难缠，但小人不能把她真的怎么样，唐家那种恶人，才是她要全力应战的。

再过一个多月，本年度的秋拍就到了，乐有薇去找洪经理签单。刚走到门口，就看到凌云愤怒地冲出业务部，她的珠宝玉器拍卖会被方瑶抢了。

洪经理很无奈："方瑶征集到一批西洋古典珠宝，价值比凌云的高不少，我也没办法。"

乐有薇问："万总不帮凌云吗？"

洪经理说："有日子没见她们一起走了。"

赵杰辞职后，当代艺术那场拍卖会被方瑶拿到了，她竟然还不知足，把凌云也挤下去了。这种讨厌鬼，得一次次挫她的锐气才行，乐有薇头疼，但想不出办法。回到办公室，她打开网页看了看，有很多拍卖师在为她说话，其他行业的人也跳出来帮腔了。

有设计师说，甲方不清楚自己要什么，一会儿这样，一会儿那样，别人是朝夕夕改，甲方是朝令朝改。设计师每天做到凌晨三四点，被挫败感和睡眠不足轮番折磨，改出几十版，最后项目黄了，从公司到她个人都只拿到极少的订金。

这条评论引起广泛共鸣，众网民纷纷说："没日没夜地干活，随时都想把文件呼上司和甲方一脸，可也忍下来了，拍卖师就非得拍桌子说老子不接任务吗？"

郑好呼唤乐有薇："好烦，姓王的来办公室找我。"

乐有薇下楼，男人把郑好堵在茶水间。他情商低，这是朋友公认的，可他没恶意。郑好是文人，有精神洁癖，他下次不乱说话了，这点小事，她还上纲上线，情商也不高嘛。

乐有薇进门，男人下意识地转头，眼睛顿时一亮。郑好说："介绍一下，这位是我领导乐有薇，这位是王总。"

男人按手机："乐小姐，加个好友？以后找你咨询古玩知识方便些。"

上次，郑好想拉乐有薇一起去和男人吃饭，乐有薇拒绝了，就是不希望让这种情况发生，但郑好很安然。从小到大，她都很习惯当乐有薇的陪衬，只要有乐有薇在场，男人们就不会理她了，哪怕跟她攀谈，也只是把她当桥梁。

乐有薇淡淡地问："你图我朋友干净，我图你秃头大肚子吗？想咨询古玩知识，请找刘总切磋，失陪了。"

男人脸上一僵，乐有薇拉着郑好走了。她的玉器杂项秋拍初步定于12月初，截至本周五，全部拍品就会到位，有得忙了。

姚佳宁主持会议，工作都分配下去，乐有薇刚喘口气，洪经理就又找上她了。新任务是云州国际机场六块广告牌的经营权，原本7月份就由喻晓主槌拍出。汪震华涉案后，机场方面决定终止其集团的经营权。

拍卖时间定于一周后，乐有薇以筹备秋拍为由，推给凌云，洪经理很惊讶："你们之间不是不大对付吗？"

乐有薇说："也没有，我们是互相激励，互相促进。"

洪经理笑："较着劲也好，但是综合来看，这场我只能交给你。"

下班后，洪经理在车库看到凌云，忍不住说起这件事。凌云很意外："她被人骂成那样，这次就该是她的，得让他们知道，每次拍卖会都是正常工作，公司安排，拍卖师执行。"

机场官网对入围企业进行了公示，对企业的美誉度、知名度和后续发展都重点核查，入围企业绝大多数是上次拍卖会的落选者。上一任拍卖师喻晓把自己的案头工作转发给乐有薇。新增的五家竞买企业，团队众人也帮乐有薇做了收集和梳理。

拍卖师一要熟悉拍品的优势特点，二要洞察潜在买家心理，而且是不同买家的心理，乐有薇很忙。王姓男人找刘亚成要到她的电话，以请教玉器的理由约她。郑好称奇："你那天不是当面给他难堪了吗？"

乐有薇哈哈一乐："我就说吧，别怕得罪人，也别怕被报复，自己吓唬自己干吗？"

乐有薇拒绝约会，男人说："我对你一见钟情，想和你多接触接触，我减肥还不行吗？"

乐有薇说："我有男朋友，就快结婚了。"

男人仗着自己身价不俗，不依不饶："相见恨晚，给我一个机会，我自信不比他差。"

乐有薇邀请他届时出席拍卖会，等他见着秦杉，就该知道人还是有点自知之明比较好。

秦杉提前一天来云州，他请大东师傅帮忙用紫檀残件做了托架，用来置放夏至送的汉代瓦当，乐有薇原本用沙漏支撑它，不稳当。

乐有薇送出给秦杉的礼物，是清代翻刻的《浙南民居》，品相非常漂亮。

它是上个月公司常规拍卖会的流拍品，乐有薇身为内部员工，有优先认购权。

分别以来，秦杉忙完工作，除了学习古玩和拍卖知识，有时抽出半小时给乐有薇画一种植物，在画面左下方盖上夏至送他的那枚白玉闲章：平生欢。

秦杉绘画全凭直觉，画得憨傻愉快，乐有薇一张张地看得高兴，翻到后面，还有两张她的速写肖像，热闹的、沉静的，都是她。她极喜欢，但秦杉不满意，在他心中，女朋友就像溪水里的光，动静皆如诗，神韵难描难绘。

以前送的那幅蔷薇花影被挂上乐有薇办公室墙壁，秦杉很开心，乐有薇说："照你的速度，我很快就能挂满一面墙哦。"

第二天，拍卖会如期举行，但这次秦望没来。拍卖过半，有四家企业退出战斗，另外七家仍咬得很紧，其中三家上次惜败于幸程控股，这次铆足劲要拿下，其余四家本就有广告投放的计划，只是把明年的安排提前到本年度而已。

竞价不断攀升，乐有薇集中注意力，不错过竞买人的细微表情。突然，前排骚动起来，十几名西装男人面带不满，齐齐退场，还不断发牢骚："举了半天牌子，硬是看不见吗？拍卖师水平太差了。该不会是被人收买了吧？"

退场的人慢慢多了起来，一排一排，集体拂袖而去。乐有薇脸白了，伽马刀治疗后，她的噩梦深处，就有眼前的景象。她站在台上，听不到那些人的言语，但这黑压压的退场场面太过壮观，记者和听众都举起了摄像机和手机，她完全能够想到他们会如何编排。

所有人都在窃窃私语，乐有薇掐着手指，极尽平静，把众人的视线拉回来。随后的竞拍过程被她处理得圆满，最终以超出上次六百万的价格落槌。

乐有薇一宣布结束，秦杉、杨诚和郑好就冲过来。秦杉握住女朋友的手，冰凉凉的。

场内有男人高声大骂拍卖师弄虚作假，还有人七嘴八舌地指责拍卖师报价一塌糊涂，杨诚想去骂人，被乐有薇拉住了："没用的。"

汪震华是热点人物，这场拍卖会涌进很多来看热闹的普通人，不乏第一次参加拍卖会的人，很容易就信以为真，投来鄙夷眼神，还感叹道："这么重要的拍卖会，怎么弄个花瓶上来？"

王姓男人挤过来安慰："太紧张了吧？没事，我眼睛都看不过来，你还得边看边报价，出点错，难免的。"

乐有薇咬牙："我没出任何错。小杉，介绍一下，这位是郑好的客户王总。"

男人伸过手，秦杉不理，他一个外行，凭什么人云亦云说乐有薇出了错，比他还不会说话。

男人呵呵笑着，跟郑好聊了几句，转而去找刘亚成。叶之南走过来："我去找唐烨辰谈谈。"

乐有薇接触过的所有有钱人都不喜被忤逆，唐烨辰也不会例外。去年在香港佳士得会场初见，她就领教过贵公子冷淡阴骛的气场，在美国谈判时，唐烨辰那股冷面寡情的气势更甚，乐有薇语气强硬："师兄，不用找他。我们不妥协，和他斗到底。"

这场拍卖会的竞买人得缴纳大额保证金，但退场的人连号牌都没拿，纯属恶意诋毁。团队成员尝试跟路人解释，但无济于事，跟风骂拍卖师不专业的路人越来越多。

几个很熟的客户都来安慰乐有薇，叶之南告别，乐有薇强调："师兄别去找他，想让我们低头，他们不配。"

唐烨辰守诺，答应投资吴晓芸"表妹"的公司，于是吴晓芸建议他的助理斌伯动用了此招。唐烨辰约出吴晓芸："慈善晚会，她被人公开发难都很淡定，这次的力度可不如那次。"

吴晓芸说："台前人物的专业能力被质疑，比抨击私德致命。这行我比你熟，吃开口饭的人，一怕门可罗雀，二怕冷场，这种集体退场连搞几次，她就废了。"

唐烨辰明白吴晓芸的用意了，攻人攻心，打击一个人的自信心，让她怯场，她以后就上不了拍卖场了，前途尽毁。不过他有点费解："但是这样一来，她可就只剩嫁入秦家一条路了，对你有什么好处？"

吴晓芸笑道："她嫁秦杉，我拦不住，我就是觉得唐总人不错，值得打交道。您投资我表妹的公司，我也得表示表示吧？"

有些话，吴晓芸不足为外人道：磨了乐有薇的傲气，等于剪了她的羽翼，老秦给她多少，就得重新考量了。一个失志之人，不堪重用。今天她看出来了，这种手段对乐有薇很有效，斌伯一定会多来几次，力度也会加码。

秦杉又带了一箱巧克力香槟，庆功宴上，乐有薇投入吃喝，团队成员同声共气地讲笑话，把她逗得前俯后仰。

饭后，程鹏飞无言地拍拍秦杉的肩，示意他重担在肩，秦杉有数："小薇，我们回酒店吧。"

众人窃笑着跑得飞快，乐有薇也会错意："啊？"

秦杉闹个大红脸："不是，我有事和你商量。"

回到酒店房间，秦杉打开笔记本电脑。他承诺过，今年乐有薇秋拍预展的陈列台交给他，工作闲下来换脑子的时候，他用软件摆弄，完成得七七八八了："小薇，这里是不是要改进？换成这样呢？还有这样……"

秦杉自谦是外行，但一个建筑师操刀设计展览陈列，是杀鸡用牛刀，他展示一版又一版的模拟图，乐有薇眼睛很热。她被那些言辞所伤，秦杉捧出一颗心哄着她。她拿起桌上的笔，当成佩剑似的点着他的肩："小老虎才貌双全，加冕你。想要什么奖励？"

秦杉指着自己的面颊，乐有薇吻他，真希望时光瞬间飞逝，现在就是手术三个月后。

秦杉又是大清早就得回江家林，两人谈天说地，相拥而眠。乐有薇坦白是有点受打击，这种事再重演几次，她在行业里的口碑堪忧，多数人本能地相信口口相传，而不是去了解拍卖师到底表现如何。

秦杉困惑："普通人看不懂拍卖很正常，但同行不能根据你的表现，判断出你被人陷害吗？"

乐有薇说："可能有，但是少数。"

都市中人，一个比一个压力大，各有各的情绪问题，能有多少人对陌生的普通人抱有温柔之心，去核实她是不是受了委屈？乐有薇咬牙："他们越是阴险，我就越要挺下去，他们总不可能一辈子都把精力用来报复我吧？"

清晨，乐有薇送走秦杉，去光阴冢杂货店买画框，拎回公司。刚出电梯，她就看到了凌云。凌云背靠着墙，一只脚跷起，脚底踩着墙面，微微佝着背，抽着烟，像一个要带着情人远走天涯的少年。

凌云的办公室不在这一层，乐有薇疑心凌云是在等自己，放缓了脚步。但凌云没有喊住她，她往前走了几步，猛一回头，发现凌云正在看她。

凌云目光躲不及，乐有薇一笑："别理他们了，我会忽略。"

继汪震华藏品拍卖会后，凌云这次又在网上为乐有薇舌战群儒，乐有薇发现了，但那是白费劲。很多网民不在意真相，只想找个由头骂人而已，骂谁都行。

凌云呆了呆，问："为什么想把机场广告牌这场让给我？"

乐有薇从一开始就喜欢她，至今仍想原谅她，人和人的关系就是这样玄妙。她说："不是让。方瑶欺负你，我想让你心里好受一点。"

凌云又是一呆，终究无言，低头跑向安全通道。到拐角处，乐有薇听见她说："我也是。"

楼梯传来凌云跑下楼的脚步声，乐有薇停了停，回办公室，把自己扔在沙发上瘫着。幕后黑手打蛇打七寸，说明对她、对行业都有了解，他们绝不会放过秋拍，到时候可能会故技重施，暗箭难防，也防不住。

不想坐以待毙，更厌恶被动挨打，乐有薇的烦躁感挥之不去，骂她别的，她都能当耳旁风，但质疑她的业务能力，她不能忍，却百口莫辩。乌合之众热衷于起哄，不会为了无关紧要的人较真，骂就完事了，骂人总比劝架有乐趣。

手机响了，是齐染："哪天见个面？"

乐有薇和齐染几个月没见面了，她把齐染约来办公室喝茶。光阴冢杂货店的店主查蜜帮她弄到两小罐老枞水仙，一罐送秦杉了，她还有小半罐没喝完。

齐染带来"花在燃"系列第二幅《茶花请上茶》，春风绿为她制作了50幅限量版画，她装裱了这件原作送给乐有薇。

乐有薇把画挂好，暗觉惋惜。上一幅《牡丹很孤单》漫溢着心火燎热之渴，如天外一剑，带给人石破天惊的惊艳，《茶花请上茶》也很出色，比别人好，但不比齐染自己的前作更好。可能是齐染恋情稳定，也可能是她画了几年《秋意浓》风格的作品，习惯了市场套路。

叶之南不再让何云团送小蔷薇，乐有薇自己订了一束。齐染嗅着花香，赞叹道："怎么想到用陶罐当花器的？"

乐有薇笑着说："它毫无存在感。"

齐染夸乐有薇艺术感很好，越艳丽的花朵，越适合搭配拙器，下次季节合适，她买束牡丹来。乐有薇顺势谈起《牡丹很孤单》和《茶花请上茶》："中间隔了几年，你是不是在创作上有了新的体会？"

齐染坐下喝茶，她知道自己被娴熟的商品路线影响了，对《茶花请上茶》并不满意，继续画下去便是。

真正有天赋的人都对自己有要求，乐有薇放了心，即使只维持《茶花请上茶》的水准，齐染仍超越一大批当红年轻画家，她不能对齐染太苛责。

"花在燃"系列第一幅《牡丹很孤单》原作被一家昂贵的度假酒店收藏，限量版画也很受欢迎。前阵子，春风绿文化公司把《茶花请上茶》和齐染另外数件作品送去国际金博会参展，被现场订购出多件，齐染开始走入顺境。

从前吃尽闭门羹，受挫太多，灵气和心气被消磨，齐染心有余悸："有几年我失去了创作欲，整个人都废了，花了很久才调整过来。"

乐有薇抬头看《茶花请上茶》，都是浓笔重笔，没有闲笔淡笔，表达得太满，或许是因为压抑得太久，满腹心思急需出口。但是不要紧。还能画就好，下一幅会更好。

齐染说："心态调过来，就想明白了，就算没一个人搭理，我想画的时候都在画，跟外界的评价不相干。你这行跟我不同，是面向大众，很需要看客，但我总想，心态不能倒。"

乐有薇明白齐染为何会来找她了，齐染在担心她。她给齐染倒茶："茶花请上茶，是什么意思？"

创作者只管呈现作品，不负责额外解释，看客看到什么就是什么，如何理解作品，是看客的自由。但乐有薇发问，齐染便回答了："它开花，但不产茶，你逼它，它也拿不出来。一解释，是不是就很无聊？"

乐有薇拊掌："很有意思。"茶花以美貌待客，但有人偏要她奉茶，那场景挺好玩，她说，"眼福他们视而不见，口福才是他们要的实惠。"

齐染点头："她们随随便便喝掉几十块钱的奶茶，但认为艺术场馆应该免费。"

齐染保留了艺术家的傲慢，但"庸俗大众"成为"庸俗大众"是有原因的，不是每个人都受到过良好的教育，也不是每个人在为生活奔波之余还有闲情。乐有薇谈起天空艺术空间，艺术氛围是能一点点去培养的，但这是漫长渗透的过程，不能太着急。

齐染笑道："我和叶老师见过了。"

前段时间，齐染旅游归来，跟叶之南见了一面。叶之南和乐有薇一样，都非常喜欢《牡丹很孤单》，他找齐染预订了一件限量版画，整个"花在燃"系列，他会持续关注。

不仅如此，齐染拿出从未对外公布的几件草稿，叶之南也都看得懂她的表达，夸她的作品很有生命力，给予的条件很理想：包装、推广、展出和售卖，都不收取任何佣金，只让齐染安心主攻创作，不用去迎合市场，以保持作品的独立精神。

在一再受到冷遇的那些年，齐染得到最多的评价是作品风格不入时，小众冷门，欣赏起来门槛高。众代理机构都建议她尝试通俗路线，但叶之南觉得，如果每个创作者都迎合现有市场，文艺创新就不存在了，然而行业想要长足发展，必然得求新求变，拓宽空间。

齐染说："大家都画差不多的东西，只会造成内斗，你吃我，我吃你。有人画不一样的，把触角伸出去，才能抓到更多受众，多占点地盘。但是你们真能不在乎我的东西卖不出去吗？"

叶之南问："假如不考虑销售，你的艺术目标是什么？"

齐染回答："我希望我的作品能够留下来，传下去。"

艺术工作者迎合市场去创作，可能会获得安全稳定的经济收益，但总有些人的个人追求不一样。叶之南很看好齐染，在艺术领域，大江大湖万类霜天，各有各的受众，天空艺术空间要做的，是把她推到她的受众面前去，让他们看到，而不是让她去做无谓的迎合。

齐染和春风绿文化公司签了十年独家代理合约，如今刚过五年，叶之南问清赔偿条款，愿为齐染支付这笔费用。齐染惊诧："我只管创作，其余费用全免，还掏这么多钱给我赎身，你们有什么好处？"

叶之南告诉她，金钱资助艺术，艺术燃烧金钱，古来有之，免费并不特别。这一点，齐染其实也有数，文艺复兴时代的艺术家也是被宫廷和教会供养，为权力和金钱服务，她问："所以你们是想体会豢养门人食客的乐趣？"

人类进入现代社会之前，大多艺术品都是"订件"，或满足庆典祭祀等公共职能，或为权贵装点生活，齐染故意问得尖刻，叶之南答得清淡："文艺工作者保有创造力，很珍贵。让所谓小众创作者得到关注，赚到钱，活下去，我们从业者和广大艺术爱好者才能看到更多更新的东西。"

齐染说："但你明知道，这是很难的。"

有些事，只能坦然以对，这不是一个人能改变的，但在能力范围内，想多尽尽人事，叶之南说："事情总要有人做，很多人都在做。"

叶之南是知音，齐染很想跟他合作，但她最缺钱的时候，是被春风绿文化公司发掘的，她得遵守契约和道义，到期后再投奔天空艺术空间。叶之南没有强求："等你和他们的合同到期之前，我们再谈。"

当天，齐染和叶之南谈了一下午。晚饭后，叶之南送她出门，叮嘱她在履行春风绿文化公司要求的纯商业路子之外，务必坚持自己的风格，尽可能多出作品。

齐染下笔极度谨慎，偶尔画完，不满意就随手丢弃，成品很少。叶之南认为她很珍视自己的才华，这不是坏事，但才华是要拿出来使用的。现阶段，完成比完美重要，他建议齐染在摸索中前进，齐染谨记于心。

齐染向来狷介，但很明显极欣赏叶之南，乐有薇笑问："相见恨晚？"

叶之南能让那么多人倾心于他，原来不只是样貌出众，齐染给出盛赞："他一定经历过很多事，依然很高洁，皎皎如月。"

有人好似白月光，乐有薇微笑："当然。"

以前，偶尔有人找齐染谈合作，貌似客气，但再无下文。就算有后续，不过是空手套白狼，一分钱不花，就想签下她终生，分成是二八开，她拿二成。

天空艺术空间各方面礼遇有加，叶之南的艺术素养也让齐染折服，却只能婉拒，她内心伤怀，在乐有薇跟前才真情流露："叶老师说，有些人以艺术家自居，但作品是大路货，他能看到我的野心，还说作品里有没有投入情感，是看得出来的。有薇，我要是能早点让他看到我的作品就好了。"

乐有薇说："叶总以前太忙了，我们新来的谢总分担了他的工作，他才有空主理天空艺术空间。你在那边还剩五年，就当积累沉淀吧。"

人在被折辱时，会仇恨这世界，齐染的生活日渐顺利，在朋友面前放下怒与怨，不再笑得讥诮。乐有薇送她出门，她回头看那幅"每临大事有静气"："艺术是骗术，你相信吗？"

乐有薇点头："信啊，它在生活之外构建了一个世界，让人陶醉沉浸，牵肠挂肚，相信那个世界的存在，这么理解是没错。"

到了电梯口，齐染按下按键："有薇，我经常觉得你吃了长相的亏。"

乐有薇一怔："什么？"

齐染走进电梯，摆手一笑："长得花枝招展，看着很虚情假意，其实是个理想主义者。"

电梯门合上。乐有薇愣了一下，跟文艺工作者打交道往往如此，他们会说些神叨叨的话，而且解释欠奉，但她很明确，齐染很喜欢她。她也很喜欢齐染，那幅《牡丹很孤单》替她描绘了对叶之南难言的欲念，仿佛是她曾经反反复复的梦境。

回到办公室，乐有薇又看了看《茶花请上茶》，齐染也看到那些负面评价了，所以才送来这件新作品，想用自己的切肤之痛警醒她，志气不可堕。

乐有薇懂得这道理，但画家拿起笔就自成世界，不受外界侵扰，拍卖师操持的是交易，是交易，就要和他人互动。她忍住不再看网页，但齐染身为局外人都知道，事情闹大了。

下次再主槌拍卖会，他们还会继续闹。砸破颅骨和踩碎人心都太容易，一定不能让他们如愿。乐有薇从拎包里翻出秦杉送的紫檀托架，把夏至送的汉代瓦当摆好，然后带着秦杉设计的展陈图去找宣传部的同事商量预展，投入秋拍工作。

玉器杂项预展开展当天很热闹，拍照的人也多，黎翘楚的那批烛台更是让人惊叹，它们不算贵，但非常美观。乐有薇把现场实况发给秦杉，下周就是她的生日，不用等到拍卖会，就能见面了。

秦杉提前几天来云州给乐有薇庆生，送的生日礼物是一件青金石太平有象摆件，他在苏富比官方网站上寻得，托外公帮他去现场拍到。

摆件以青金石琢制，大象四肢直立，回首俯视，卷鼻，鼻尖做祥云状，象身驮一宝瓶，瓶身系有飘带，内装五谷，寓意为太平盛世之年，吉祥富足。

乐有薇尤其喜欢青金石的色彩，主调是夜空般的深蓝色，又间杂着一闪一闪的金色星点，如同繁星丽天的景象。她收好礼物，带秦杉去飞行俱乐部玩双人动力滑翔伞。

傍晚，游玩的人很多，像一群大鸟在高空飞翔。滑翔伞掠过城市上空，乐有薇和秦杉相拥看日落，风声呼啸。

深秋夜晚黑得快，茫茫夜色像浩瀚海洋，危险又迷人。接近地面时，风声小了些，秦杉搂着乐有薇，大声说："下次来玩夜间飞行！"

全程由专业飞行员教练带飞，落地时，乐有薇才发觉自己双腿发软，踉跄了两下，飞行员想扶她一把，秦杉立刻把她打横抱起。走出老远，乐有薇笑闹着下来："我们去吃海鲜！"

第二天是周末，乐有薇捎上郑好，一同回郑家。秦杉很紧张："你父母都喜欢什么，我要说什么？"

郑好半开玩笑半鼓励："你就负责笑。猫猫狗狗喵喵汪汪叫两声就很可爱了，不用说话。"

秦杉如今和项目团队的人都能说些话了，跟郭立川等人的一般交流也没大问题了，乐有薇问："会打麻将吗？"

秦杉摇头，乐有薇说："那就行了。"

秦杉问："什么意思？"

乐有薇笑嘻嘻："有你垫底，老妈就高兴了。"

郑好在后座拆台："新手手气好，你没听过？"

秦杉说："摸到好牌，我都不知道怎么才算赢。"

乐有薇哈哈笑，郑好说："能跟乐乐谈恋爱，你赢大发了。"

乐有薇和秦杉同声共气："对。"

秦杉的上门礼是乐有薇帮着参谋的，两件品牌羽绒服，郑家父母各一件，另外还给郑爸爸买了皮带，给陶妈妈买了一套护肤品，都是实在的东西。

准女婿上门，郑家父母头一天就把家里打扫得彻底，一大早就去买菜。三人到家时，郑爸爸和陶妈妈一起迎出来："快坐快坐，吃水果啊！"

锅里炖着鱼汤，陶妈妈跑去看火候，郑爸爸也撤了："小秦别太拘束啊！"

阳台上的花开得正好，秦杉一眼认出："加百列大天使。"

陶妈妈厨艺好，秦杉吃得眉开眼笑，陶妈妈越发喜欢，吃饭香的男孩子心思单纯，好啊。至于个中有没有逻辑，她是不管的。

乐有薇的男朋友，陶妈妈都见过，以这个最佳。刚才在厨房，她和丈夫讨论了半天，乐有薇对男人的审美很固定，秦杉乍一眼看去很像卫峰，但交谈下来就看出区别了。卫峰是天之骄子，中学时拿遍全国数理化竞赛大奖，少年锋芒很盛，秦杉钝些，也平和些，老知识分子把他教育得好，招人疼。

郑好订了蛋糕，一家人把它当主食吃，乐有薇许完愿，郑好捏捏她的脸，再捏捏她的腰："岁岁朝朝，都有如此美貌如此腰。"

郑爸爸的祝语很简单："快快乐乐。"

陶妈妈的祝语也简单："健健康康，平平安安。"

秦杉说："金山银山，一直好看，并且永远和我有关。"

秦杉一说完，众人都拍掌笑，郑好夸他："很有文采啊。"

秦杉怪不好意思地摸头："从知道她生日那天就想起。"

饭后，郑好去切水果，秦杉帮陶妈妈收拾碗筷，陶妈妈连忙说："我来，我来，哪能让客人干活？"

秦杉答道："您休息。网上说了，到女朋友家里做客，眼里要有活儿。"

家人集体笑倒，秦杉对乐有薇说："现在才不怎么紧张了。"

乐有薇打发他去厨房洗碗，自己靠着门框和他聊天。陶妈妈泡着茶，小声埋怨："你还真不跟他客气啊？"

乐有薇笑道："他从小就帮长辈打下手，习惯了。"

秦杉把活儿都干完，灶台也擦得干干净净："陶阿姨，您来收个尾吧。"

饭碗、汤碗和菜盘子都分门别类地摆好，陶妈妈拉开橱柜，把它们一一归位，秦杉看在眼里，下次他就知道放在哪里了。

乐有薇拉着秦杉出来喝茶，然后带他去逛密园，闭馆后两人一起去旧居。这里7月初就开始装修了，郑爸爸督工，如今已在收尾，秦杉回忆着乐有薇发给他的视频："这里以前有个五斗柜。你的杉木床在这里？"

乐有薇指了指："再靠右一点。"

秦杉抱住她，小房子比他想象的还破旧简陋，但就是从这里飞出了他的小蝴蝶。

离开旧居，走在巷子里，秦杉一五一十地算，他在大学里参加过比赛，还参与过导师的项目，攒了一点钱。江爷爷个人艺术馆的预付他也拿到了，但想在贝斯特拍卖公司附近买房子，还得再攒攒，云州房价太高了。

乐有薇给他看自己买的那套小公寓沙盘，它是小户型，而且离交房时间还早："等你做完艺术馆，估计就盖好了。小是小了点，我俩住够了。"

秦杉摇头："你喜欢花，我们买个一楼带小院的房子吧，顶楼带露台也行。云州挺多这样的，还有大平层，我看了很多。"

乐有薇问："什么时候看的？"

秦杉说："就是告诉你我想去云州工作那天，就看了。"

乐有薇笑他："那时候就有自信和我在一起？"

秦杉回答："没有自信，但是一直想。"他慢慢算，"我们买有三间房的，一间卧室、一间书房，你练字我画图，还有一间做你的衣帽间，我来设计。"

乐有薇笑起来："三间不够。"

秦杉脸红了："儿童房吗？我以为那是下一步的事，那我得再多攒点。"

乐有薇揪揪他的耳朵："笨蛋，外公外婆住哪儿？你在云州安家，把他们扔在美国吗？"

秦杉说："他们说年轻人大多不愿意跟老人长住，他们也有些积蓄，买同一个小区就行。"

乐有薇说："愿意。"不过这人都规划得这么具体了，并且还没她什么事，这不对，她拍拍胸口，"你女朋友我，也是能赚钱的。"

秦杉笑了又笑，小薇很愿意和他有个家。乐有薇摸着头也笑了，她应该还能再活一些年，拥有一个大家庭，热热闹闹地住在一起。

晚饭后，陶妈妈支开麻将桌，秦杉坐了乐有薇的位置，乐有薇吃着橘子当看客，不时喂他一瓣。陶妈妈警告："乐乐不准教他记牌！"

打到第二圈，秦杉吃透规则，赚了一把大的，尾巴翘到天上去了。陶妈妈说："狗屎运！"

郑好说："我就说吧，新人手气好。"

新人这个词好听，秦杉幻想着结婚那天，要给郑爸爸和陶妈妈敬茶，这是他在网上看到的，他想得兀自乐出了声，陶妈妈很警惕："听牌了要通报！"

秦杉越想越深入，很快把刚才赢的都输出去了，此后有输有赢。郑爸爸宣布最后一圈时，他恋恋不舍："这就不打了？"

陶妈妈算钱，秦杉小赢50块，想推辞，乐有薇不让："明天的早餐归你请。"

秦杉收下几张钱，郑爸爸递来红包："也拿着。"

秦杉推让，乐有薇说："拿着吧，就跟外公外婆给我的一个性质。"

秦杉接了。郑爸爸眼见气氛大好，开起了家庭会议，乐有薇半个月内遭人两番暗算，他和陶妈妈都很担心，自家人最清楚乐有薇有多在意事业。

唐家人的目的必然是摧垮乐有薇的意志力，让她惧于再上场，只能改做幕后工作，但成为优秀拍卖师是乐有薇的职业理想，从19岁时就定下了。陶妈妈问："乐乐怎么想的？"

乐有薇很苦恼，决定权不在她手上，若被人反复捉弄，将不会有多少人坚信她的业务能力。人们会因为道听途说，误以为那就是结论，质疑声往往没有骂声更响亮，她以后还怎么在行业内立足？

秦杉这些天也在思索此事："你这行精英多，他们有自己的眼光，能识人。"

陶妈妈很赞同："对，路人看不出好坏，但好点的拍卖师都能看出来。"

秦杉说："小薇，你以前说过，人们参与竞买，不是冲着拍卖师，而是想要有所收获。"

乐有薇听得心念一闪，她的确是把自我看得太重了些，被再多人诋毁又如何，只要还有一个伯乐肯启用她，让她站到拍卖台上，那些拍品就能再次成就她，为她正名。

郑爸爸说："拍卖师是稀缺人才，只要你精神不垮，就有人愿意用你。"

郑好说："对！哪怕所有人都不帮你，叶师兄是一定会帮你的，他在这行人脉广，给你一个机会，你就又站起来了。"

乐有薇咬咬牙："我不想到那一步，我要一直站着，不被他们击垮。"

郑爸爸颔首，给她讲了几个历史故事，乐有薇笑倒在秦杉怀里。她决定不再为未发生的事忧心，从业之路走到今天，是她一点点拼来的，只要保持状态，精进能力，有心人自会明白，你不是他们歪曲的那样，不会亏待你。

秦杉拿着赢来的钱请一家人吃早餐，路过银行，乐有薇让他把红包拿出来。昨晚两人就看了，红包里头是银行卡，还别了一张便笺纸，写着密码是乐乐生日。

他们没放现金，金额必定不菲。自动柜员机屏幕上，秦杉数了数："这么多钱！"

乐有薇心里不好受，秦杉的外公外婆送她一万零一块美金，父母不想怠慢秦杉，免得她在秦杉家人面前气短。但是从买回旧居到装修，父母手头很紧，这66666元钱，他们肯定还找亲戚借了。

秦杉问："怎么办？"

乐有薇用头蹭蹭他的脸："我们好好工作，好好赚钱。"

秦杉心事重重，郑家从装修到家具都很清贫，这笔钱本可以把地板和橱柜都换一换。他想不出个所以然，用编辑器快速涂了几张效果图。

乐有薇发表意见，秦杉了解着她的偏好，从整体到细节都记在心里："我们多攒些钱买别墅吧，外公外婆住一楼，郑好他们住二楼，我们在三楼。"

乐有薇本想把老家旧居的房贷一口气还清，但秦杉想买别墅，房贷就先不还了，一起凑个首付。两人计划已定，说说笑笑地去乐有薇就读过的中学校园闲逛。

走在校园的林荫道上，秦杉新奇不已，这是少女乐有薇每天走过的地方，如果那时相识就好了。

11月24号是乐有薇父母的忌日，秦杉说过每年都会陪乐有薇过。郑好回云州上班，他和乐有薇在家多住了几天。乐有薇带他去扫墓，路上买了一艘帆船模型，在父母坟前烧掉了。肉身只是渡船，只要有人还记得亡者，他们就灵魂不灭。

第十二章
眉纹金星歙砚

秦杉回江家林那天，夏至出差回了云州。乐有薇约他见面，捧出一方眉纹金星歙砚："秦喵送你的。"

歙砚是中国四大名砚之一，与广东端砚、甘肃洮砚和黄河澄泥砚齐名。歙石是制作歙砚的原材料，石质润密，发墨如油，但是近年来原料锐减，价格涨得很猛。有的商人听说山里的老房子地基多是用老坑石料，甚至会冒着山体塌方的危险上山找石头。

秦杉为善思堂做修复，有些材料短缺，小五带着他跑遍周边县市。在大别山腹地的废弃老房子里，秦杉看到了几块歙石，石身呈云雾状，布满金星金晕，像夜空的银河，中间还掺杂了缕缕眉丝，轻叩有金声。

雨季，歙石经过雨水的冲刷露出地表，被秦杉所得。小五得知是歙石，恭喜秦杉发了财，他被人要求留意歙石，知道很值钱。

砚石和玉石都属于不可再生资源，早在2008年，老坑砚就禁止开采，秦杉用它们补齐了善思堂后厅的一处石雕，多出一些边角料。从美国回江家林后，他设计出砚台款式，请江爷爷认识的砚雕艺术家制作，作为那对"平生欢"和"雨声漫"白玉闲章的回礼。

夏至喜爱水墨画，有时会画上几幅，送他歙砚很合适。他捧砚离去，江爷爷的藏书都弄回国了，12月初有个捐赠仪式，千头万绪都等着他去忙。

　　乐有薇坐在沙发上烧茶，目光扫过墙上大大小小的书画作品，还有两方砚台也在制作了，她和郑好一人一件。对于这人世，她有这么多喜爱之物，还有这么多喜爱之人，命运待她不薄。她拿起平板电脑，反复熟悉秋拍拍品资料，蓦地想到凌云。

　　凌云和她的团队成员是平常的上下级关系，不深交，万琴也不像是能跟谁同声共气之人，凌云在公司没什么朋友。她的珠宝玉器拍卖会主槌资格被方瑶抢走，一定非常憋屈，歌剧迷协会里，有她可以说说话的朋友吗？

　　本年度秋拍与凌云无关了，她每天按时回家，被母亲瞧出破绽。以往任何一次拍卖会，凌云都忙得脚不沾地，母亲打电话到贝斯特，得知女儿的拍卖会被关系户抢去了。方瑶可恨，凌云在家说过几次。

　　凌云无所事事地耗到下班时间，到家后，母亲捧出翡翠项链锦盒："把它加上，能比那女人的拍品价值高吗？"

　　方瑶的西洋珠宝多是18K金首饰，还有几条天然红珊瑚饰品，论价值颇为不菲，但国人对红珊瑚的接受度不高。这条翡翠项链往业务部一递，就能扳回局面，凌云推回去："妈，不用了。"

　　母亲说："是你爸送你的成年礼，支配权在你手上。你以前也说过，拿去充充门面，不让人拍走就行了。"

　　凌云说："万一呢？妈，真的不用。"

　　母亲泪巴巴，凌云烦闷："你自己也舍不得，何苦拿出来？"

　　母亲沉默了，那次她拦着不让凌云把它拿出去，是不想凌云后悔，她很清楚，靠凌云自己，将不会有机会赎回它。

　　换了平时，母亲就直通通地说了，这些时日她反省过，女儿性子偏激，但有些话没说错。她在外讨生活，会受多少冷眼，听多少闲话，抱有多少希望又再落空，都是能想得到的。

　　身为母亲，为什么要像个外人一样，让女儿怄气？母亲终于认了错："算命的说，怪就怪你爸的名字没取好，视野开阔声势浩大的名字，命格不强就镇不住，害得你也受苦了。"

　　凌云斥为无稽之谈："方瑶不见得能一直横着走，这次拍卖会的成交率如果不足六成，下次她还想抢，业务部就有理由拒绝她了。"

　　母亲没作声，关系户哪里是那么好拦的？早些年凌越海风光的时候，女儿满街横着走，几时想过会被人欺负成这样？

11月27日，贝斯特本年度秋拍打响第一战，是特聘拍卖师叶之南主槌的陶瓷拍卖会。乐有薇依然送了花篮，携郑好在员工席落座。散场后，两人前去道贺，叶之南说："阿豹在盯着唐烨辰。"

乐有薇笑了，唐烨辰对她打心理战，阿豹也能照搬。随时随地有双利眼盯着你，随时随地跟你玩命，唐烨辰没好日子过了。如果他告阿豹非法跟踪，阿豹两手一摊，他可什么都没干过，耍无赖总是不会吃亏的。

方瑶的珠宝玉器拍卖会定在第三天上午，业务部做好她弄砸锅的准备，安排的是小场地，把影响力控制到最低，乐有薇和凌云各自来看热闹。

方父请来名导演捧场，拍品里有一件品牌手镯是20世纪40年代的物件，导演亲自举牌得到它。他筹拍的院线电影是民国背景，片中的女主角在手镯里藏有毒针，猎杀了日本间谍。导演对众人说踏破铁鞋，几经波折，才发现这么一件绝美的道具，不计成本也要拿下。

记者们的摄像机闪个不停，导演夸赞拍卖师成全了他，他有信心让那一场美艳杀戮看点十足。凌云瞧着台上笑若春花的方瑶，怒而离席。

拍卖场外连空气都宜人些，凌云摸出打火机和烟。叶之南停车，无意间一看，顿时有些疑惑，走过来问："这场怎么不是你主槌？"

凌云赌气，脱口而出："为什么就得是我？"

叶之南说："珠宝类拍卖你是公司最好的一个。"

凌云心头一涩，叶之南冲她微微颔首告别，她犹豫了一下："叶总，我一直有个问题想问您。"

叶之南回头："你说。"

凌云说："我在您手下实习的时候，您为什么没录用我，我差在哪里？"

叶之南看着凌云，她很委屈，流露出很罕见的小儿女情态，他便温和地回答她："我那时候很忙，没有太多精力带新人，只打算选两个人。夏至我当然会放在身边，有薇和你水平相当，但我有私心。"

叶之南坦陈对乐有薇有私心，仅此而已，凌云心中一宽，低声说："可我当时很想听您的教导。"

其实当初凌云在实习生里不突出，但是这样说，她会好受些，叶之南笑问："现在不需要了吧？"

凌云说："需要。"

叶之南说："我经常在天空艺术空间，随时找我。"

名导演拍下祖母绿手镯就退场，方瑶接下来仍疏误不断。全场结束时，乐有薇算了算，流拍比例很大，凌云下次有望夺回江山。

叶之南来找乐有薇："我和吴晓芸谈过了，你那场拍卖实行实名制，增派安保人手。"

郑好说："恶人再闹事就报警，实名制，一抓一个准。"

自从回了一趟家，能量又回到乐有薇身上。但她很担心她的师兄，他不肯遂了唐莎的心愿，唐莎放出了心里的魔鬼，唐烨辰为了妹妹，不惜和多年好友交恶，必然是恼羞成怒，她说："师兄多当心，他们恨我，也恨你。"

次日，判决下来，唐莎一审被判处十二年监禁，且不得保释。她当庭要求上诉，并期望在二审中争取无罪判决。与此同时，检方认为法庭对唐莎等人的判罚过轻，也提出上诉。

唐莎还不到21岁，十二年后仍是盛年，还能为害一方。律师怀特第一时间知会乐有薇："我和秦总的人都对这个结果不满，相信唐家同样失望。无论如何，你和秦杉要多加小心。"

乐有薇的玉器杂项拍卖会，秦杉依然提前一天到来。制砚大师慢工细琢，乐有薇那方眉纹金星歙砚还没完工，这次见面没有礼物送她，秦杉很惭愧。

乐有薇带秦杉去喝菌菇汤，她6岁时，爸爸妈妈出远门，爸爸问她想要什么礼物，她说想要海螺。后来她才明白，礼物不重要，只要爸爸妈妈都还在身边，她别无所求。她说："又能看到我家小杉了，还要什么礼物。"

秦杉终于听到女朋友主动说情话了，捧着她的脸亲下去："可我还是想送你好东西，送你喜欢的东西。"

乐有薇说："下次送我竹蜻蜓，上面用梅花小篆刻我的名字，我想要这个。"

秦杉茅塞顿开："竹蜻蜓也送，风筝也送。"

夜里，乐有薇梦见自己一败涂地，所有拍品都流拍，无一人举牌，全场一冷到底，她站在台上，难堪得无以复加。惊醒后，她恨恨不已，说是风过无痕，但潜意识里仍被唐家人龌龊的小动作影响了。

已是凌晨，如果不马上调整过来，白天的拍卖会堪忧。乐有薇试图在脑中再过一遍重点拍品，却一团乱麻，梦中那一双双空洞洞的眼睛直视她，他们都拿着号牌，却只拿它当成扇子扇着风，无声地羞辱着拍卖师。

现在必须镇定。乐有薇闭目养神，把所有串词都从大脑里提溜出来，来来回回，默念不休。

天亮后，乐有薇依然心神不宁，带秦杉去云豪酒店吃早餐。拍卖会前她不吃东西，但她喜欢闻麦香味。

跟杨诚相识后，乐有薇有空就来这里坐一坐，隔着玻璃窗看杨诚和她的同事们劳作，她总觉得甜品制作过程像在施法，做的人和吃的人都能体会到幸福感。

杨诚送来刚出炉的芬兰肉桂卷，问："昨晚没睡好？"

乐有薇两眼挂着黑眼圈，秦杉说："她做噩梦了。"

杨诚给乐有薇端了一杯热牛奶，听完噩梦内容，她嗤一声："这个好办，等下我和秦杉拿着号牌坐到竞拍区，你信得过的熟人都号召起来。"

乐有薇眼睛一亮，杨诚给出了大而化之的办法，只要亲朋在台下，梦境就不会变成现实。

秦杉看着乐有薇，她的烦恼一扫而空，大口喝着牛奶，哇啦啦扯些有的没的，杨诚跟她你一句我一句有来有往，相对笑得敞亮，他不禁说："我还得在江家林待上几年，小薇在云州总算有个无话不谈的朋友，我特别高兴。"

人在社会上闯荡个几年，就会知道，纵使遍地熟人，但交到可以彼此交心的朋友，非常难。在杨诚心里，乐有薇也是她这样的朋友，但秦杉用了"总算"，杨诚是吃惊的："郑好不是吗？"

乐有薇把郑好视为恩人和自己的责任，但对郑好这个人本身其实算不上多喜欢。秦杉看出来了，乐有薇不否认，直率地说："从来不是。"

乐有薇广结善缘，有很多友好的工作伙伴，但她跟人建立私交是有标准的，要么本能就喜欢，不需要什么理由，要么是她欣赏的人，郑好两者都不是。

很小的时候，只知道一起玩，到了初中，乐有薇才发现自己和郑好是两类人。有时她跟郑好说点什么，郑好总是不懂，跟她交流很累。久而久之，乐有薇不再对郑好说心里话，没必要说。

小学和中学时，乐有薇交过好几个朋友。但那时大家年纪小，都不成熟，每个女生都要求是乐有薇最好的朋友，不喜欢她和郑好走得近，乐有薇做不到。她承蒙郑家恩泽多年，无法疏远郑好。

少女友情经常是有排他性的，很爱吃醋，而乐有薇谈得来的男生都给她写过情书，那些年，她没能交到知交好友。

大学时，乐有薇结交到两个很谈得来的朋友。其中一人大学毕业后出国工作，乐有薇至今和她有联系，但相隔万里，圈子不同了，关系渐渐淡了许多。

另一人毕业就结婚生子，当了全职太太，生活重心是家庭，乐有薇和她的日常状态大不相同，共同话题少了，也淡下来了。

只有郑好一直在乐有薇身边。不少熟人都说羡慕两人从幼儿园走到现在的感情，但乐有薇心里明白，自己喜欢的是郑家父母。她承认郑好对她好，于是一直回报这份好，可是很多话她都不想跟郑好说，有没有叶之南这个因素都一样。

郑好只喜欢待在让自己感觉舒适的世界里，对世界之外的人和事都没兴趣，完全没想过规划未来。在叶之南出现之前，乐有薇就经常被她弄得很烦躁，但郑好受委屈时，她又看不过眼。

有时乐有薇会反省，一个对自己这么好的人，自己对她的感情出于我"应该"喜欢她，但不是油然生出的本能，似乎太残忍了。这几乎是她内心的隐秘，她不大能面对这一点。

杨诚听得很难过，乐有薇父母去世得早，亲戚待她很疏离，她只有郑家，所以她竟不明白，哪怕是相处得很亲厚的亲人，这样也不足为奇。她拿自家表妹举例，只因丈夫说我养你，表妹就当家庭主妇，浑不顾丈夫只是工薪阶层。丈夫也浑不顾妻子在家带孩子看顾老人付出的劳动，动辄辱骂被他养着，她还不知足。

刚开始，杨诚劝过表妹出来工作，但表妹永远有一万个借口。于是杨诚看明白了，是表妹自己不愿到社会上参与竞争，且把男人看得比女人高一等，很认同丈夫的观点，连自己都不认为做家务活同样是为家庭做出贡献，整日气短心虚。

每次见面，表妹都怨言不断，但杨诚帮着骂上两句，她又会为丈夫开脱，认为丈夫养家辛苦。杨诚很讨厌表妹夫，对表妹也心生鄙夷，很难喜欢她，但还是希望这个糊涂人能过得好，所以乐有薇对亲人郑好的心态是人之常情。

乐有薇说："可是郑好对我有大恩。"

杨诚笑道："那就回报恩情，不用加上喜爱之情。"

都说喜欢一个人往往是无缘无故的，但细究起来，并非如此。对方身上一定有着吸引你的点。郑好的点是对乐有薇好，然而交朋结友，更看重的往往是相处合拍，或者志趣相投。

杨诚说："亲情和友情不是一回事。亲人只是亲人，你对她有责任感，但很难把她当成朋友，就跟我和我爸妈一样。我们都想把对方好，但他们太顽固，拒绝改变，总让我感觉'还说什么呢，说了你们也不懂，不说了'，跟朋友待在一起舒服得多。"

乐有薇醍醐灌顶："明白了。亲人就是亲人，我尽心尽责就好。"

秦杉握住乐有薇的手，他一向认为，乐有薇把郑好对家庭的责任通通扛在肩上，既因为报恩，也因为指望不上郑好，原来还掺杂了这么复杂的因素，乐有薇一直在强迫自己要去喜欢郑好。

乐有薇在江爷爷家曾经扇过方瑶巴掌，只为给郑好出气，有天她见到方瑶，私下对秦杉说，方瑶害得《南枝春早图》流拍，该打，但她和郑好是口角之争，其实不必那么狠。

当时秦杉听了还有点疑惑，如今才明白，多年来，乐有薇一直不自觉地刻意对郑好好，过于用力了。

今日这番交谈，乐有薇必能放下自我束缚，不再被良心禁锢，不用活得那么累。秦杉衷心地说："杨姐，晚上一起喝酒吧。"

乐有薇和杨诚一起比个OK的手势，秦杉看着杨诚笑了。乐有薇有次跟他说过，做慈善晚会带给她个人两大收获，一是跟齐染走近了，从画廊打工时期，齐染就是她喜欢的艺术家，二是结识杨诚，的确是肺腑之言。

因为杨诚，乐有薇和她男朋友罗向晖也成了朋友，每次他来云州和杨诚小聚，杨诚都会喊上乐有薇一起吃饭。罗向晖目前在北京工作，计划调来云州和杨诚团聚，云州几家三甲医院都在邀请他。

玉器杂项拍卖会准点举行，乐有薇把杂念都甩开，手持叶之南赠送的小木槌登台。台下，她的亲朋好友都没坐员工席，纷纷拿着号牌，助她驱散心魔。

除了黎翘楚的烛台，业务部的同事征集到若干稀奇古怪的玩意儿，紫檀惊堂木、白玉雕福寿葫芦形笔洗、玻璃种翡翠雕"一路连科"扁瓶等，都是预展上就广受关注的拍品。此外还有一件清中期的宫制冬吉服冠，掀起全场第一个高潮。

皇帝吉服主要用于重大吉庆节日，以及仪式典礼。乐有薇向众人展示这件冬吉服冠，它以石青色素缎为面，冠顶镶金錾花点翠金座，并嵌蓝、红宝石，上衔大珍珠颗粒圆整，光泽透明，有宝光，为百里挑一之佳品。

秦望到场时，乐有薇正在介绍："此件吉服冠为皇帝御用，且熏貂皮檐，应该是立冬后，十一月初一日前和下年元月十五日上元节以后的冬天所用。"

上次机场广告牌经营权拍卖会，秦望抽不开身，让特助老高去看秦杉，老高报告了场内的异动。秦望找人要到全场视频，看完找吴晓芸："我不管你用什么办法，下次和以后，不能再发生这种事件。"

吴晓芸说："汪震华藏品那次，外界给有薇施了压，她压力太大了，有点怯场，竞买人难免对她有意见。"

秦望盯着吴晓芸，吴晓芸回避他的眼神："有薇在年轻一辈里能力还行，但心理素质不过关，抗压能力不行。"

秦望冷淡地说："我倒觉得，她压住场子了。"

吴晓芸自顾自吃花胶，隔了片刻，说："儿子想要一款限量鞋。"

秦望看她一眼，那意思是"你自己不能买吗"，吴晓芸看着他："爸爸买的，小峥会很高兴。"

秦望不理睬，上楼了。秦峥上高中之前挺正常，这两年进入青春叛逆期，就没个笑模样，看他跟看仇人一样。秦杉也不理父亲，但秦杉眼里透亮，没有恨意。

吴晓芸怨毒地盯住秦望的背影，语气却很淡漠："两个儿子都不认你，可能这就是你的命吧。"

不等秦望反应，吴晓芸走进书房。秦峥戴着耳机玩电脑游戏，零食胡乱堆在桌上。

电竞如今是一项赛事，秦峥若以此为业，也不是不可以，但他双眼空洞，机械地玩，多跟他说句话，他就暴躁地踢墙砸电脑。吴晓芸悄悄请来心理医生观察他，医生们都建议尽快就医。

秦峥百般抗拒，吴晓芸思虑几天，放弃押他去看医生。儿子一旦被确诊，秦望就更不看重他了。

秦峥从小到大，秦望从未配合吴晓芸参加过亲子活动，每年秦峥生日和过年时，他都会打一笔为数可观的钱给吴晓芸，让她准备礼物，自己半分不操心。

毫无疑问，秦望只把秦峥当成他的污点证人。吴晓芸怀疑他和外面的女人已有孩子，他俩来往有两年多了，别的女人没跟他这么久过。但她找人查过，没抓到任何把柄。

医生为秦峥开了抗躁郁的药，吴晓芸把药片碾碎，加进汤食里，但秦峥没有好转。他一日日坐在电脑前，像一座黢黑的山，动不动就暴跳如雷，如山崩地裂，大小石块砰砰掉。

吴晓芸呆坐在沙发上，儿子这种状态已有两年，老师说他在学校也是神游万里，一点就着，可她对乐有薇的打压，没能动摇秦望对乐有薇的判断。

秦望势必会倚重秦杉和准儿媳了，吴晓芸看着眼前的儿子，心灰意冷。唐烨辰联系她，她没好气："二审之前，不能消停一下吗？老秦狠起来六亲不认。"

竞买人对冬吉服冠展开围剿，最终被云州市博物馆得手。常伟亮兑现了承诺，把黎翘楚的16件烛台悉数收入囊中，还趁机宣传了他担任美术指导的宋代历史剧，笑呵呵地对在座的人说："真东西往那儿一摆就不一样，一看就不一样。"

拍卖会接近尾声，吴晓芸来了，郑好立刻发觉了。整场她都捏着一把汗，生怕上一场集体退场的情形重演，但迄今为止没有异动，她以为是吴晓芸的功劳，叶之南亲自去找吴晓芸，吴晓芸使出浑身解数做好安防。

吴晓芸生得妩媚，发型和穿衣风格一贯很女性化，但她生意做得好，十几二十年下来，身上添了上位者的倨傲劲，看着像一把带着脂粉香气的刀。但秦望对乐有薇爱屋及乌,一目了然。

郑好暗暗想,只要秦望喜欢乐有薇,吴晓芸就奈何不了乐有薇。不过看秦杉的意思,他好像不想回到秦家。

郑家父母都觉得秦杉不回秦家更好,商界看着风光,但伴随着巨大风险,而建筑师越老越吃香,靠秦杉和乐有薇的收入,过上好日子不难。日子太太平平地过,比什么都强。

散场后,常伟亮等客户围住乐有薇,乐有薇含笑聊着,秦杉拿着润喉糖走过去,被秦望堵住了。

郑好走开几步,不去听父子间的谈话。她暗自打量秦望,一双朗目,长身阔步,是个很有气势的大男人,再看吴晓芸,叶之南正在和她说话,是在道谢吗?

这次把幕后黑手的人马拦在外头了,下次会不会再生波澜?唐莎一审被判了十二年,唐家人不可能不对乐有薇心怀怨恨,叶之南不配合他们,同样逃不过。

乐有薇抽空看了看秦杉和秦望那边,常伟亮顺着她的视线一望,没多说什么:"妹妹,我剧组有事,改天找你吃饭!"

乐有薇答谢了一圈,回后台喝水。今天的拍品种类多又杂,她嗓子有点疼。秦杉跑进来,飞快地把她一抱,头埋在她肩窝,不说话。

他父亲又惹他不高兴了,乐有薇顺着他的后背。秦杉闷闷地说:"小薇,你再说一遍那句话。"

乐有薇问:"哪句?"

秦杉说:"你说,我将来会是个很好的父亲。"

乐有薇回忆着当时的语气,悠悠地说:"将来……你将来肯定是个好爸爸。"

秦杉把她抱得更紧,秦望跟他说了很多话:"判了十二年,唐家意见很大,你和你女朋友都要当心,尤其是你,窝在乡下防不胜防。我公司有几个项目,都交给你。"

秦杉不理,往旁边走,秦望说:"那里太穷困了,我知道你想攒经验,但我看不下去。"

秦杉在心里说,那是你的事,我很喜欢江家林。秦望见他仍不吭声,叹口气:"要不是你妈妈非要走,你哪会过得这么辛苦?"

乐有薇很生气:"你妈妈为什么要走,他自己不知道吗?"

秦杉很难过:"十几年了,他没反省过。"

外公外婆教导过秦杉,人生没有苦难,只有经历,浮浮沉沉都是经历。

秦杉从未觉得自己吃过苦，但父亲竟然说出这种话，这让地下长眠的母亲情何以堪。

庆功宴上，乐有薇特地点了一碟雪媚娘，推给她家小老虎："吃点甜的。"

这场拍卖会风平浪静，团队全员都感叹躲过一劫，但担心唐家人还会攻其不备，乐有薇倒是淡定了。唐莎判得不轻，今天唐家人却没来报复，想必是不敢在二审之前激怒她。激怒她就是激怒秦望，双方都不计金钱，这番较量谁赢谁输还不好说，唐家暂时可能不会再在公开场合搞小名堂了。

黄婷给乐有薇倒杯巧克力香槟："又可以快活大半个月啦，我明天就休假去，跨年音乐会再见。"

也许是父亲再度出现，秦杉梦见了童年，忍不住带乐有薇去童年住过的旧宅。那处旧宅坐落在半山腰，对着一整面大海，院子很大，露台上种了几种藤蔓植物，枝条垂落。乐有薇仰头望，若是春天，这里会很美。

院子里，园丁在劳作，秦杉透过栅栏张望，门廊悬挂着铁器风铃，是一只小兔子，蜻蜓趴在它的长耳朵上，风一吹，丁零零地响。

客厅的木茶几左边的腿上，被秦杉用水果刀刻了两只小飞机。父亲没说什么，但客人们都很心疼："小杉真淘气。"

那时不知道茶几是明代紫檀，很珍贵。秦杉发着呆，乐有薇没去过吴晓芸家，但知道不在这一带，问："还跟以前一样？"

秦杉说："还跟以前一样。"

乐有薇不难推测，秦望和吴晓芸结婚之前，就搬离了此处，但是雇了人打理，是盼着有朝一日前妻和儿子重回旧地吗？

院内的园丁听到动静，往外走，秦杉拽着乐有薇走开。走到海边，他停下脚步，又发起呆来，目光注视着海面，却像落在极幽茫的所在。

乐有薇担心旧宅勾起秦杉不愉快的回忆，让他又回复到失语状态，她竖起一根手指，在他眼前晃了几下。秦杉回过神，乐有薇眼里水汪汪，里面全是话。

牵着手沿海岸线散步，秦杉终于说起童年。母亲提出离婚，父亲不肯，他没想过和她之外的人结婚，母亲说："可我不想要你了。"

之后是拉锯战，父亲拒绝在离婚协议上签字，母亲想带走儿子，父亲却先她一步，把儿子藏在她找不到的地方。

那年深冬，总下着淅淅沥沥的雨，秦杉被父亲关在一栋小楼里，日复一日地坐在落地窗前，听着连绵的雨声。书包里的《西游记》是拼音版，他在小楼里看了一遍又一遍。

父亲很忙，很少来看秦杉，秦杉吵着要见妈妈，看护他的人被他吵得头疼，通知秦望："秦总，我们真没办法了。"

父亲来了，把儿子扛起来，塞进书房。秦杉哭着从二楼露台往下跳，他要离开这个鬼地方。

父亲没拦住，所幸楼下的植物挡了一下。秦杉摔伤了腿，父亲更有理由把他留在小楼了，还请了医生护士上门。

小楼是父亲大学时跟同学聚会的场所，书房里有很多建筑类书籍，秦杉学着画房子，起先很不像，每天画，每天画，渐渐有一点点像了。

窗外落了雪，天晴了，植物发芽了，长出新叶了，开花了，春天到了。有一天，父亲终于又来了，秦杉还是说："我要妈妈。"

看顾的人和护士都说："小孩子别发傻，你爸赚的是大钱，你妈能赚几个钱？"

秦杉从父亲的钱包里偷了几张钱，折成小飞机，趁看护的人在午睡，哈出一口气，小飞机一只只飞出后院。

童话里的漂流瓶，会是真的吗？

儿子被父亲囚禁起来了，妈妈是不是被锁在另一个地方？秦杉在钱币上写了母亲的名字和手机号："妈妈，我要去救你。"

有几个学生捡到钱，报了警。警察和妈妈来了，妈妈找了儿子几个月，快被逼疯了。

丈夫不能再用儿子要挟妻子了，他以为这样就能强留住妻儿。那样的父亲，秦杉还是记得的，但是不想和父亲说话了。母亲死后，秦杉更是一句话也不想跟他说。

乐有薇抱住秦杉，她终于明白，初去江家林那个晚上，他为何说："我也希望将来是个好父亲。"

他的父亲不是好父亲。

郑爸爸以身立德，言传身教，对孩子很宽容，还能点拨一二，秦杉很喜欢他，想到自己的父亲，心中无比黯然："我们以后一定要和郑爸爸他们一起住。"

乐有薇说："好，一起住。"

乐有薇和余芳一直有联系，关系维系得不错，余芳代表卢玮邀请她出席家庭派对，乐有薇问："是有什么喜事吗？我好准备礼物。"

余芳说："辛然主演的网剧剪出几集了，卢小姐组织看片会，想请圈内圈外的人都来提提意见。"

乐有薇订了北极星，跟卢玮搞好关系没坏处，没准哪天她肯出让白玉双鱼佩。第二天，她把秦杉扔在酒店工作，扛着一束白玫瑰去赴约。

一见面，辛然就卖好："乐小姐，今生珠宝的广告片帮我大忙了！"

辛然出演年轻时的爷爷，民国装扮有清贵气，戎装英姿勃发，某制片方在投拍一部民国背景的悬疑剧，看了广告片，力邀他担任男主角，昨天刚签约。乐有薇连声说恭喜，心里想的却是辛然攀上的大姐颇有能耐。

常伟亮对乐有薇讲过卢玮工作室的情况，辛然等新人的经纪约都在卢玮手上，分成比例很高，卢玮拿走七成。有些个人条件不如辛然的新人，到手可能就一成半，但违约金高达两亿人民币，想通过片酬和广告代言费换回自由身非常难。

不过，美貌的年轻人不愁没人喜爱，辛然新近跟的大姐比他母亲年长六岁，但社会能力很强，能把他主演的电视剧卖出去，这才是制片方选用他担任男主角的真实原因。

卢玮把一间房间打造成影音视听室，乐有薇捧花而来，卢玮笑容满面："来，坐我旁边。"

屏幕上是辛然扮演摄政王的网剧，卢玮方面说是收集意见，以便改进，但谁辛苦一场想听刺耳的言论？都只想听好话，变着法子吹捧就是了。

乐有薇投入地看了几场重头戏，男二号辛然是世家公子，肥马轻裘少年郎，有状元之才，因样貌俊俏，被点了探花。父辈卷入政斗，探花郎身世一夕翻覆，流亡途中，他结识了废太子，两人谋于暗处，终问鼎天下。

不料太子登基当天死于冷箭，探花郎扶持太子之子继位。主少国疑，探花郎摄政，为幼帝荡平一拨接一拨的叛党。他以铁腕治国，有阴狠之名，唯一的真情尽献于太子妃，然而太子竟只是诈死……

看着看着，乐有薇转头看辛然。他本人阳光开朗，但几场撕心裂肺的戏都演得让人共情，难得。卢玮笑问："怎么样？"

乐有薇大夸特夸："好看。任是无情也动人。"

卢玮拍手："你再帮我看看这段。"

余芳和辛然等一干人自觉地出去了，卢玮待人群散尽，才对乐有薇说出此番邀约她的真正意图。

绯云湖畔有处烂尾工程即将被处理，它距离沈志杰公司在建的休闲会馆区域很近。沈志杰本就嫌地块太小，施展不开，想把烂尾工程也拿下，兴建成度假式酒店，但竞标者还包括灵海集团这种以建筑施工起家的老牌企业。

沈志杰的公司刚转型，合作的那家建筑公司各方面资质都不如灵海集团，卢玮请求乐有薇帮忙说服秦望退出，她愿归还白玉双鱼佩："这只是你男朋友找他爸说句话的事，对吗？"

秦望数次去过拍卖会，和秦杉有过交谈，父子关系不难推测。乐有薇矛盾又心动，秦杉和外公外婆都让她不必挂怀，但白玉双鱼佩是秦母的旧物，如果弄回来，秦杉一定很高兴。

然而，秦杉对父亲满怀抵触，乐有薇没把握："您可能知道，秦杉的父亲离婚再娶，父子俩多年没走动，不怎么亲厚。"

"父子哪有说不开的话？"卢玮问起绣庄和希望学校的进度，余芳进来通知晚饭烧好了，乐有薇坐上了桌。

卢玮工作室雇的阿姨烧菜好吃，但整张桌只有乐有薇和余芳在吃，其余众人连筷子都没沾湿。卢玮强拉着乐有薇喝了几杯红酒："一会儿我让人送你回去。"

乐有薇婉拒："我喊代驾，很方便。"

卢玮说："不让你男朋友来接你吗？正好互相认识认识。"

乐有薇说："他忙着画图呢。"

饭后，辛然开车送乐有薇回酒店，理由很牵强："我和乐小姐很投缘，要不是你男朋友太强大了，我就跟他抢了。"

乐有薇配合地笑，她大学时代被表演系的同学追求过，晨昏定省，但言谈异常枯燥，唯一的话题是交流护肤心得。后来有次她跟常伟亮闲聊，常伟亮说演员私下乏味点挺好，空瓶子才能装进不同虚构角色的喜怒哀乐，演绎出悲欢离合。

常伟亮此言不虚，网剧里的摄政王，就比生活里的辛然生动得多。回酒店的路上，他不停地没话找话，但是说真的，他不说话时才能保住美感。

秦杉等在酒店门口，辛然和他打个招呼，转眼就来了一辆车，把他接走了。秦杉问："为什么不让我去接？我吃醋了。"

乐有薇用手指刮刮他的脸："他很帅吗？"

辛然和陈妍丽在善思堂合拍今生珠宝广告片那几天，村人都跑去看，孩子们都说辛然是他们见过的最帅的人。秦杉闷闷不乐："摘下口罩那一下，好帅。"

饭桌上，卢玮让乐有薇尝尝她藏的好酒，就存了让辛然送她的心思，意思再明显不过，她旗下的艺人皆是商品和礼品，悉听尊便。乐有薇可不打算跟秦杉说这些："常伟亮有次说，卢玮旗下的几个男孩子啊，不学无术徒有其表。"

秦杉沉着脸说："被你说出来有点像赞美。"

乐有薇一咂摸，笑了："好像是哎。"

秦杉眼巴巴地看着她，他都说他吃醋了，她就不能说句好听的吗？但是乐有薇从大堂走进电梯，再到走廊，夸晚餐好吃，夸那部网剧播出时只要多花点宣传费，辛然在圈内就有名字了，偏偏不肯哄哄自家男朋友。秦杉生气得很，一进门，就把乐有薇推到墙上，对着她的嘴唇咬下去。

夜里两人拉着手睡觉，秦杉听到有人小声说："我觉得，小老虎在善思堂屋顶，从天而降那一下最帅。"

秦杉凑过脸要亲她，乐有薇扯过被子盖住脸，嗡嗡地说："把我从雇佣兵手上抢走，也很帅。帅的时候很多，数不过来。"

第二天，秦杉出门回江家林，在乐有薇胳膊上写了三个字：害羞鬼。

乐有薇和团队成员跑了几天，给秋拍上捧场的大客户们送去答谢礼。然后去省卫视商议跨年音乐会服饰，迎接小粟野柏珍藏的古乐器归国。

音乐会定于12月31日举行，省卫视全程摄录直播，场地定在云州音乐厅，舞美灯光都动用最高规格。

几大汉服社团和中国风服饰品牌都发出声明，愿赞助主持人服饰，但省卫视方面征求多方意见，认为乐有薇开场和闭幕的服饰以时装为宜。

专家们说："唐宋时期的乐器包罗万象，还有各国来华使节，用汉服不足以表达我们兼容并蓄的胸怀。"

省卫视为主持人选择时装，蕴含着崇古尚今、继往开来的寓意，中间几次出场，则穿戴和舞蹈家相呼应的古典服饰。但主持人没用当红的那几位，却启用一个名声不佳的拍卖师，此事引起热议。很多网民都说，此人绝对是一路睡上去的。

这场说是音乐会，还包括几场舞蹈表演。乐有薇身为主持人，不仅是开场报幕，还有串词，她带上录音笔，去民族歌舞团现场观摩，聆听舞蹈家讲解。

串词是黄婷和程鹏飞合力磨出来的，舞蹈家修改了专业细节，再去请专家们润色，来回打磨，乐有薇拿到手的是第九稿。

前期工作都忙完，乐有薇去找万琴请假，她去江家林度假，一走十天半月，得向人事部门报备。

上次反击了万琴，乐有薇做好被万琴挖苦的心理准备，但万琴提笔就签字，甚至还对乐有薇笑了笑，乐有薇深感诡异。她一出门，万琴笑容一敛，交际花就是交际花，心机深，手段也高，攀上秦家大公子，公司谁还不敬她三分？

贝斯特的财务大权归吴晓芸独掌，机场广告牌经营权拍卖会结束那天，赶上财务部审核日，她来了公司。万琴特地去财务部闲逛，让吴晓芸知道，网上在铺天盖地质疑乐有薇业务能力。

吴晓芸约万琴喝下午茶，万琴提议炒掉乐有薇。汪震华藏品拍卖会已经让人对贝斯特颇有微词了，这次竞买人集体退场，影响太恶劣，让乐有薇走人，才能平息舆论风波。

同样一件东西，换个拍卖师上台不见得能拍出那个价，乐有薇这等资质人才，在别家公司，人事部早就加薪哄着她了，吴晓芸觉得万琴有病，自己对付乐有薇情有可原，万琴凭什么？

餐厅的栗子小蛋糕很美味，吴晓芸叉起一只，放进万琴的碟子里："你知道她男朋友是谁吗？"

万琴说："那个珠宝商？"

吴晓芸摇头，万琴迟疑："她和叶之南在一起了？"

吴晓芸慢悠悠地说："说起来，以后搞不好她还得喊我一声妈呢。"

万琴大惊："她勾引你家小峥了？"

吴晓芸说："是老秦的大儿子。怎么，公司没人传？"

连何云团都不知道，乐有薇保密工作做得真好，可见她对这个男朋友看得紧。万琴想找凌云探探口风，凌云却说在约见客户，没来见她。万琴回想了半天，自认对乐有薇是略有苛责，但都是对事不对人，她问心无愧。

乐有薇回家，一边打点去江家林度假的行装，一边和秦杉电话闲聊。秦杉很发愁，本县缺乏支柱产业，税收低，项目经理跟政府谈了几次，但县里实在拿不出在艺术馆周边建酒店的资金。

好一点的景点吃住玩是一体的，江知行艺术馆周围没个像样的酒店，很影响客流量。项目经理体谅当地政府的难处，正在积极引进连锁酒店，但如今百废待兴，谈品牌连锁店很棘手。

那天，乐有薇跟卢玮见完面，回来并没向秦杉透露卢玮的想法。秦杉连话都不想跟父亲说，这个忙，她帮不上。此刻，她在房间里踱来踱去，然后让姚佳宁调出天颜大厦拍卖会资料。

秦望的特别助理老高是竞买人之一，乐有薇照着他的手机号发去短信："高总您好，我是秦杉的女朋友乐有薇，有生意上的事，想找秦总面谈。"

老高打来电话："明天下午两点，来我们集团总部？秦总在他办公室等你。"

乐有薇推迟去江家林，带上简单的礼物去见秦望，落座后向秦望道谢。唐莎一审被判处十二年，有秦望派去的那票人的功劳。秦望面无表情："我不满意，看下次吧。"

"我来找您，是有件很困扰我的事。"乐有薇从卢玮约她参加家宴，请她从中说合讲起，再谈到江知行斥巨资修葺江家林，兴建艺术馆，"小杉说，他待在江家林，您很心疼，但他和江爷爷师徒感情很深。"

在秦望看来，江知行艺术馆项目只是为了实现个人心愿，没有前景。但放弃绯云湖那处烂尾工程，改而投资江知行个人艺术馆周边的酒店，必有很多机会和秦杉相处，修复父子关系，他懂乐有薇的意思。

秦望没表态，手机不时在响，乐有薇告辞。江爷爷对故土有情结，才会投入重金，但位于非旅游胜地的个人艺术馆能有多少游客，周边的酒店会不会入不敷出，都得打问号，秦望未必肯投资江家林。

乐有薇知道自作主张见秦望，可能会惹秦杉生气，不过，父子之间很有必要开诚布公地谈一谈。最起码，秦望应该为从前的事亲口道歉，他禁锢年幼的儿子长达数月，威逼妻子不许离开，错得离谱。

乐有薇聘请田姐送她去江家林，秦杉等在江集村口，一见面就扑上来抱她，双臂钻进她的大衣里，圈住她的腰身，双臂箍得紧紧的，像从未抱过任何人。

田姐从后备厢拿出捎给孩子们的零食和水果，秦杉和乐有薇挨家挨户去送吃的，然后拎着礼物去看望严老太和袁婶。

顾绣订单多，袁婶的女儿兰欣回来了。兰欣帮母亲照料爷爷奶奶，袁婶腾出手专心完成订单，兰欣和她的几个同学都在当学徒。

袁婶见两人牵着手，很高兴："我就知道你俩能走到一起！"

到了善思堂门口，乐有薇抬头看，檐角拴着七八只风筝，各式各样的蝴蝶，都在欢迎她。

秦杉收拾了一间厢房，地面擦得干干净净的，正中间摆着一张杉木大床，散发着香气，大东师傅上个月就做好了。

秦杉摸着床垫说："我订了一个多月，前几天刚到。"

床垫一看就很贵，乐有薇揪他的脸："你可是要攒钱买别墅的人。"

秦杉抱了她一会儿："得让你睡好。"

乐有薇整理行李，秦杉拿出生活用品。从脸盆到挂衣架，他都买齐了，棉拖鞋和珊瑚绒睡衣都是情侣款，毛嘟嘟的卡通形象，棕色的麋鹿竖着长耳朵，粉色的米奇翘着小尾巴。

乐有薇去看卫生间和浴室，秦杉很过意不去："太简陋了，你住不惯就去住酒店吧。"

乐有薇说："你又不是没见过我小时候住哪里。"她拿起一只兔耳朵水杯，带刻度和吸管那种，取笑道，"知不知道这是婴幼儿专用？"

秦杉点头，他在超市给女朋友挑水杯，促销员问："宝宝几岁了？男孩女孩？"

秦杉说："小女孩。"

促销员说："那买粉色的吧。"

白白的、软软的、乖乖的小兔子水杯，最适合乐有薇。秦杉拿了一只粉色的，但蓝色的也好看，他抉择不下，就都买了，给乐有薇换着用。

乐有薇很喜欢小兔子水杯，它有个背带，她把背带绑在包上，叮叮哐哐地去佛堂看紫檀残件。这次来，正好和大东师傅多商量一些样式，把它们都利用起来，明年春拍就上场。

饭后，乐有薇坦白去见过秦望，秦杉的反应比她想的激烈，脸都黑了："小薇，我不想跟他说话。"

乐有薇说："白玉双鱼佩是我失信于你，我想弄回来。"

秦杉很不快："弄回来也是给你的，但我能送你别的。"

脑瘤复发率很高，隐患从未消除，乐有薇只是从精神上压制了它，不经常去想，但她注定会走在秦杉前头，她不想带着遗憾走："小杉，这件事我是真的很想做成。"

秦杉回避这个话题："村后有个白潭湖，是我的自留地，我们去玩。"

初冬下午的阳光轻暖，乐有薇见到许多树干笔直的杉树，秦杉指向水中的落羽杉："好看吗？叶子很像羽毛。"

乐有薇问："是水杉吗？"

秦杉回答："落羽杉，羽毛的羽。"

乐有薇走到湖边细看，感叹落羽杉比常见的水杉更修长秀美。秦杉很惋惜，季节不对，深秋时它转为明灿灿的金黄色，像火开在水中，但当时两人身在美国。

那一年，渤海上的一场大火，致使大船在离海岸只有1.5海里的地方沉没。乐有薇静默片刻，说："明年秋天我们再来看。"

秦杉带她去看他种下的蔷薇，他用细竹子搭了蝴蝶形状的花架："明年春天就开好了，小薇，我刚才说错话了吧，别生我气。"

乐有薇没生气，只是有点感喟罢了，她拉着秦杉的手说："是我做错事了，我不该先斩后奏，我向你道歉。"

落羽杉是秦杉从县里移栽过来的，工人闲谈时说那里在修建水库，生长了近百年的植物遭到威胁。秦杉去看，回来问严老太怎么办，严老太让梅子和小五带他去找县林业局，最后在植物专家的帮助下，把落羽杉搬到白潭湖。

秦杉很庆幸他在大学时给导师帮忙，挣了一些钱，才能让落羽杉安家。钱能解决很多问题，他跟乐有薇说："你去找我父亲，是想拿回白玉双鱼佩，也想让我的作品再完美一点，我都明白。"

乐有薇接触过太多滥情的男女，对秦望没有更恶劣的看法，但他不忠于婚姻，秦杉是直接受害人，还被关起来，秦杉有理由不原谅父亲。乐有薇亲他一下："可以不怪我吗？"

秦杉说："没怪你，但他会让你失望。这里的投资环境不大好，可我父亲只习惯拿好地块。"

秦杉知道父亲习惯拿好地块，是暗中关注过父亲吧。乐有薇承认秦杉说得对，秦望是商人，让他放弃绯云湖，跑到陌生的江家林投资，可能性微乎其微。

秦杉不怪乐有薇，乐有薇内心松快了一大截，但亲情是不可磨灭的，秦杉为什么不想跟父亲说话？因为每说一次，他对父亲的失望就加深一层。

对人有所期待，才会这样。乐有薇盼望秦望到来，若他不来，那郑爸爸就是秦杉的老爸，他胜过很多人的父亲。

在袁婶家吃完晚饭回来，天黑了，厢房里的灯光透出来，乐有薇推门，看到床头柜上摆着一左一右两盏宫灯，跟纽约远山寺那对很像。

灯光透过蔷薇花影，轻倩地照在身上。秦杉抱住乐有薇："以后给你做很多盏。"

洗完澡出来，秦杉赖在乐有薇床上不走，乐有薇再次诚恳地认了错："你小时候住过的地方被你爸精心保留下来，跟以前一模一样，我当时有点心软，想让你给他一个机会。其实可能是我想多了，他有的是钱，搞点形式主义很简单。"

秦杉说："当时我也心软了一下，可转头我就知道了，他认为我母亲不该出国，他没后悔过。"

也许有过后悔，但秦望的生活仍然那样过下去了。两人不再谈论他，探讨着紫檀残件，迷迷糊糊地睡去。

凌晨下起了小雨，秦杉把头靠向乐有薇，她睡得甜甜的，身上暖乎乎的。父亲爱来不来，小薇才是他的亲人，她点亮了他的生活。

第十三章
烂尾工程拍卖

　　江家林的修缮工作已完成，秦杉忙于江知行个人艺术馆设计，乐有薇学着做木工活，累了就在阶前看云或听雨，一遍遍熟悉跨年音乐会的各个流程和资料。

　　周末，天气很暖和，秦杉和孩子们在稻场上玩小飞机，乐有薇在旁边晒太阳，玩着秦杉做的竹蜻蜓。他做了好几只，分别用梅花篆字刻着"小蝴蝶""小可爱""宝宝"和"小薇"之类，每个都是女朋友的名字。

　　乐有薇玩累了，坐在阴凉处拿着刻刀雕木哨，练习木工的基本技能。她小时候觉得体育老师胸前挂个哨子很威风，等木哨练会了，她就进军难一点的。

　　车只能开到稻场下方，秦望下车，抬眼看到一树灿烂的小红果。如果没记错的话，他上次亲眼看到火棘，还是大学四年级圣诞节前夕，跟同学去山里砍小松树，还摘了很多火棘枝条做成花环。

　　大学毕业后，每天不是在车上，就是在飞机上，不是在自己办公室，就是在别人的会议室，大半生忙碌与浪荡，哪有闲情去看路边花。

　　孩童们的欢笑声传来，老高停了车，笑道："小杉是孩子王。"

　　秦望眯起眼，儿子玩得真高兴，还像当年那个小鬼头。儿子小时候很喜欢他，可能是不常见到他，每次他在家，儿子就不肯自己走路，挂在他身上："爸爸爸爸，我们去看航模展吧！"

父亲总是没空，一次次把儿子放下来。儿子学会跟自己玩，电动发条青蛙跳一下，他也跳一下，趴在花园里看蚂蚁掏洞都能看一整天，有时还拎着保姆的菜篮子出门打猎，捡回奇形怪状的石头、贝壳和他觉得好看的树叶。

秦望寻找着乐有薇的身影，他一出现，儿子就又不给他笑脸了，得通过他女朋友缓和缓和。

走上稻场，秦望还没看到乐有薇。秦杉和他目光相对，马上收回小飞机，对孩子们说："明天再玩吧。"

孩子们责备队长耍赖，但一看见秦望，就作鸟兽散了。江丽珍和江晓宁交头接耳："这个人肯定比校长的官还大，我们快跑。"

孩子们喊着哥哥姐姐再见，溜之大吉。乐有薇靠在草垛的阴凉处，探出头，放下手中的活计。

秦杉坐在草垛上，眼睛直盯着正前方，对父亲的到来冷淡以对。乐有薇在他嘴上亲了亲："你回善思堂，他们是我招惹来的，我先跟他们谈。"

果然还是亲完听话，秦杉一骨碌跳下草垛，跑开了。乐有薇陪同秦望和老高进村，一边走一边介绍。

秦杉手插在大衣兜里，不紧不慢地跟着，乐有薇很擅长处理外事，他想多学点。

秦望和老高似乎是来游山玩水的，问得细致，乐有薇就讲得细致。这些天，每天吃完饭，她和秦杉就在村里散步，角角落落都看过，讲起来得心应手。

秦杉偷瞄父亲，童年时，院子里沙田柚开花了，香极了，父亲把母亲抱起来闻花香，亲她的脸，被儿子看到了。儿子羞羞脸，父亲说："你知道为什么要种柚子树吗？"

儿子问："为什么？"

父亲蹲下来，让儿子骑在他肩膀上，摘下一片被虫子噬咬的叶子，回答说："柚子，谐音是佑子，保佑我妻子我儿子。"

很喜欢一个女人，才会跟她结婚吧，秦杉最早的记忆里，父母感情很好，为什么后来闹成那样？人为什么会变心呢？

到了善思堂，秦杉忙起工作，乐有薇带秦望和老高参观。进了佛堂，秦望看到木工工具和图纸，还有粗线白手套，旁边放着小兔子水杯，问："你在干木工活？"

乐有薇说："才刚开始学习。"

老高抄起一只小板凳："你做的？"

乐有薇答道："我和小杉一起做的。"

小板凳有一对，用丙烯颜料手绘了小老虎和蝴蝶，去白潭湖喝下午茶的时候，乐有薇和秦杉一人抓一个。

逛完善思堂，秦望和老高在后厅喝茶，乐有薇把项目组成员都喊来，秦望想了解整体进度。

项目经理不在场，带着助理谈入驻酒店去了，有两家连锁酒店有意向，但他们的胃口太大，找政府要的地能建十几个足球场，摆明了只建一栋酒店意思意思，剩下的都开发成住宅小区。

只要能拉动经济，此举未尝不可，但一个有企图心的文化景点，弄得不伦不类，会影响格局。四方慕名而来的客人，想看的绝不是小区的附庸休闲场所。

众人散去后，秦望去看秦杉。秦杉在和人商量希望学校的供暖通风问题，秦望沉默地看着他，没找他说话。

江家林的条件太艰苦了，儿子睡在一张木板床上，垫子薄得可怜。上厕所得走几百米，淋浴室只能站一个人，家里的园丁日子过得都比他舒服。

秦望眼眶湿润，转身时，身后的乐有薇移开目光，秦望说："我找你有点事。"

后厅左侧是烟熅厅，江家祖辈打牌和享乐之地，秦望落座："小杉如今静得下来，更适合做学术，我想安排他去大学任教，你帮我跟他说说。"

乐有薇摇头："小杉的方向是公共建筑，他不喜欢在象牙塔里待着，建筑就该在地上开花结果。"

秦望问；"他和你聊过这些？"

乐有薇又摇头："但我知道他对事业有自己的规划。"

秦望说："一分钱掰成八瓣花，任何环节被卡住，就只能停摆，这叫有规划？不能自己做主，都不能算事业，只叫工作。"

秦杉靠着门框，没走近，父亲是存心说给他听的，但工作和事业，在他这里没分别，都是他想做的事。

乐有薇说："不积跬步无以至千里，开始都是艰辛的，但不会一直这样。"

秦望对秦杉说："这里的温饱问题才刚解决，交通也不行，艺术馆落成只会是个摆设。你做完就跟我回家，不想教书就不教，明年从歌剧院练手。"

乐有薇扭头看见秦杉，起身跟他站在一起。秦望缓了语气："我很支持艺术走向大众，让人类最杰出的作品给更多的人来欣赏。但你得懂得，皮之不存，毛将焉附。花费人力物力财力建成艺术馆，再雇人看护，一直往里面投入，但长期没有收益，所有跟它有关的人都会懈怠，到最后，艺术馆冷冷清清，你的心血都荒废了。"

秦杉只和乐有薇说话："它在那里，就在那里。"他想一想，补充说，"从开始到施工，所有人都能赚到钱。"

工人们都能赚到钱，艺术馆落成后，为它服务的人生计也都有保障，因为江爷爷成立了基金会，每年都会拨出专款，维持艺术馆的运转。这些话，秦杉懒得对父亲多言，他和父亲不熟，不爱听批评。

乐有薇发觉，秦杉此言一出，秦望的态度明显有所改变，他笑了笑："我得回云州了。"

乐有薇把秦望送出厅外，老高在和大东师傅谈天，碾了烟说："乐小姐，留步吧。"

乐有薇说："我把你们送去村外。"

秦望说："我记路能力不错，你去跟小杉聊聊吧。"

乐有薇惦记着秦杉，跑回来，秦杉问："这里真有那么差吗？"

秦望的很多话都是实情，此地的老百姓可能就是在艺术馆落成之初，拖家带口去瞧个稀奇，而远道而来的游客能有几个？江家不图盈利，但从商业角度看，整件事是无用功。

然而人生在世，总得做点有意义的事。江知行肯花钱，秦杉能从中得到提升，还能解决不少人的饭碗问题，善莫大焉。乐有薇话说得委婉："艺术馆在大城市是更有生命力，但人对艺术的需求，不能以地域划分。"

秦杉谈及江爷爷建立个人艺术馆的初衷，只要景区在运营，一代一代，总会带来不同的改观。随着社会文明程度的提高，人们进博物馆的次数会增多，都会有这个阶段。他郁闷地说："江爷爷看重艺术长存，但是在我父亲眼里，可能不可理喻。"

一个不景气的景区，说出去没什么人知道，在崇尚名气的时代，它在建筑师秦杉的履历上是不太有分量的一笔。乐有薇叹气："你爸是商人，考虑问题当然首先想到利润。而且身为父亲，他肯定不希望儿子千辛万苦做成的景区，落个凄凉后续。"

秦杉说："不辛苦，看着设想一点点成型，很有成就感，就是辛苦你。"

父亲和江天都嫌弃江家林，乐有薇却一句怨言都没有，秦杉把她的手揣进大衣口袋，去袁婶家吃饭。如果他待在好一点的地方，乐有薇就能少受点罪，至少不会为了少起夜，吃完晚饭连水都不喝。淋浴的时候，他得在外面站岗，晾内衣还得遮遮掩掩，跑到白潭湖拉起晾绳。

过了一周，郭立川书记陪同县里的人来到江家林。秦望决定投资兴建一家商务酒店，主打会议旅游和度假。但艺术馆、绣庄和希望学校得重新选址，建在本地最富有开发价值的自然景观里，形成整体度假村。

郭立川和秦杉混熟了，当胸就是一拳："好家伙，不早说！"

秦杉一头雾水："小薇，我父亲那天说什么了吗？"

秦望不看好江家林，究竟是什么让他改变了主意？乐有薇旁听会议，才了解得七七八八。

秦杉把村落修葺得当，但尚有十几幢房子主体结构损毁严重，很多构件都腐烂了，完全不能使用，只好忍痛放弃。乐有薇向秦望介绍时说过，刚来江家林那阵子，大多数房屋都沾满污渍和灰尘，是秦杉带着人一件件清洗出来的。

秦望和老高那天摸完底，次日就向政府申请，对这十几幢房屋进行拆解和重新拼装，移建到风景区，并配套建造花园、楼台亭阁等，打造成以旅游观光为主的特色民居酒店园区，再在边上建一座商务会议型酒店，规格和设备都做上去，以团体活动和度假玩乐为主，把人气带动起来。

秦杉和江知行也有过建立整体景区的构想，但双方都太拘泥于以江家林为核心，选址在江集和江家林中间的半山腰。

秦望经过实地观测，大山深处路况差，这是旅游业最大的弊端，与其花费巨资修路，不如寻一处交通便利的场地，重新勾画蓝图。

把老宅整体搬迁，在建筑业不是罕事。很多年前，美国波士顿的小镇竣工了一座徽派民居，它始建于1800年，购买者将它拆分为几千块木块、近万块砖，外加几百件石雕，用了19个大货柜，运往美国重建。

乐有薇说："我记得现在好像有明令禁止迁建传统民居？"

郭立川说："省里规定徽州古名居一律不准流出古徽州地区，但秦总的目标地块就在江集往东17公里处，不违反规定。"

县国土局的办事员说："我们当然更欢迎企业家出资，就地修缮保护，但那14幢民居我们都看过，再不想办法，估计要塌了。要是进行拼装组合，把它们保留下来，是天大的好事。"

秦杉问："他选址在哪里？"

郭立川在地图上画了圈："这一块，依山傍湖，风水也好。"

送走郭立川等人，乐有薇往靠背椅上一瘫："可怜的喵，设计图纸白画了。"

建筑得跟着环境走，因地制宜是分内事，秦杉也靠了一会儿，从父亲的构想来看，投资巨大，父亲就不担心亏钱吗？

儿子的第一个正式项目，父亲希望它尽善尽美，乐有薇说："不管怎么说，你爸是在锦上添花。"

秦杉闷了片刻："我还没原谅他，就拿他好处了。"

乐有薇笑话他不懂国情："你以为你爸在为你做慈善？他肯定经过综合考量了。"

这么大的项目，将是本地政府招商引资的重大成果，优惠条件必不可少。而且投资越大，越能建成标杆。既然是走会议旅游度假路线，且在省道边上，四通八达，只要设施跟上，将来多安排一些国际会议、文化节和文旅线路之类，客源有保证。

秦杉知道国内建筑业不好做，房子卖那么贵，建筑业的利润却很低，除了头部公司，多数公司都是低价中标，拿地超过十年的旧改项目才有赚头。既然乐有薇说父亲不至于亏本，那就是父亲历次投资中的一次而已，他不心虚了。

投资规模越高，越能给周围居民提供就业机会，秦杉跟江爷爷聊得开心："旧宅拆解再复原，需要对徽式建筑构造很在行的老艺人，小五他们会召回在外地打工的亲戚朋友。"

若能就近挣到钱，很多人就不用再背井离乡了。乐有薇发出信息："高总，请代我和小杉转告秦总，谢谢。"

老高冲秦望比画一个OK手势，回复道："我会派工作组和小杉的项目团队对接，以小杉为主导。"

秦杉一直拒绝跟父亲沟通，秦望担心他被外公外婆养得太清高，只热衷于做学问，但那天一试探就发现，儿子没想过执教，他愿意走向商业，更妙的是，他有金钱观。

当天摸完底，秦望对江家林依然没兴趣，但秦杉说从开始到施工，所有人都能赚到钱，这句话让他改变了主意。

老高打击秦望："他有劫富济贫的金钱观。"

乐有薇是拍卖师，但她对村里的建筑物了如指掌，细到外墙里侧加添了一层木质墙板的功能都很在行，可见她很在乎秦杉的事业，两人交流得多。秦望胸有成竹："他女朋友很能影响到他。他走不偏。"

秦杉懂建筑，乐有薇务实，是商务型人才，这两人里应外合，不仅能守业，还能发扬光大，秦望的心情很愉快。

建筑业不是空中楼阁，不可能脱离金钱环境。绣庄和艺术馆偏重艺术，但民居酒店园区和商务酒店是整体景区里的重中之重，它们很商业化，能让秦杉好好锻炼，学习跟钱相处，跟方方面面的人相处。

秦望的公司退出绯云湖烂尾工程的竞标，包括沈志杰在内的众公司实力相差无几，贝斯特把这次招标式拍卖任务交给乐有薇，乐有薇提前回云州筹备。

然而，司法拍卖的主力拍卖师确定了，是喻晓，乐有薇、邹嘉让、乔蓝和凌云等数名拍卖师轮值。洪经理很惋惜："要不是上次一帮莫名其妙的人退场，影响你的得票率……"

乐有薇客气几句："喻晓比我经验丰富，综合能力也占优，是最佳人选。"

领完烂尾工程资料，乐有薇回到办公室，心里有点失望，但没关系，先做好当下的每一场。

烂尾工程原本归属沣庆房地产集团所有，七年前，沣庆通过挂牌程序，以6.5亿元拿下绯云湖畔一宗23亩的商业用地，并将之命名为东方水岸城。根据当年的规划设计图，东方水岸城项目计划打造成一处商业综合体。

乐有薇到实地了解情况，最基础的基坑作业完成后，该项目便被爆出停工。基坑灌满雨水，周围杂草丛生，售楼部也人去楼空，门上公布的建设工程规划许可证停留在五年前，毫无复工迹象。

程鹏飞拿到的补充资料显示，沣庆从集团到下属公司牵涉多起纠纷，债主之一即为方瑶家的华达资产。方瑶申请主槌本场拍卖会，但事关自家利益，她父母拦住了。

沣庆集团涉诉案件多达135起，关联公司涉及众多金融借款纠纷。会议上，姚佳宁安排下去："从董事长到高层都去联系起来，他们一定没少兜售值钱家当。"

团队的吸血鬼们齐出，乐有薇盘腿坐在沙发上，观看沣庆集团相关的财经报道，越看越惊心。

一个错误决策，就可能断送企业蓬勃发展的前景，乐有薇不禁有些担心度假村项目会拖累灵海集团的现金流，不过秦望联合了两家公司一起开发，问题应该不大。她更担心秦望通过这个项目对秦杉进行招安，为他继承家业铺路。如此一来，吴晓芸肯定坐不住，吴晓芸斗不过秦望，没准会对秦杉使些恶心手段。

秦杉仍然提前一天来云州，乐有薇把沣庆集团的资料塞给他："看完谈感想。"

资料披露了沣庆集团董事长一天的开销，这个数字还不及中产家庭孩子一天的花费。他天天应酬，天天拼命赚钱，承受了极大的精神压力，却没能得到好结果，集团以破产告终，秦杉看得直叹气。

乐有薇感叹："我以前想，那么有钱了，躺在钱上能过一辈子，为什么不去享受生活，还一直忙忙碌碌？后来才知道，那么大一个企业在飞速运转，自己是掌舵人，停不下来。"

停下来享受生活，往往需要一个很大的契机。那位向乐有薇求婚，移居墨尔本的商人，是在一场重病后，才对人生有了新认识。

秦杉挠头，他不知道有天不做建筑了，和乐有薇浪迹四海看世界，会不会感到空虚。乐有薇敲敲材料："想过你爸那样的生活吗？"

秦杉说："不想，就想做建筑，小富即安。"

分别这些天，秦杉和工作组驻扎在新址边上的村里，那14幢破旧的老宅修修补补能拼成一多半，但中间的衔接和整体的布局，都是大工程。秦望调派的工作组包含岩土工程师和景观设计师等人，秦杉听他们讨论工作，受益匪浅。

项目被定名为度假村项目，分为两大块：旧宅改建的民居将打造成特色酒店园区，商务酒店则主打团体活动，提供不同类型的会议厅和宴会厅，适配多样化商务活动。

秦杉和外公外婆谈起父亲参与投资，他们并不反对，但想知道秦杉的想法，秦杉说："小薇说他是因为我才投资这里的，但没有我，他的钱也会有个去处。"

度假村项目体量大，秦杉很有压力，但同时觉得自己非常幸福，与有才华的人们合作，一点点探索，一点点向前，像在创造世界。至于那点小我，只是其中的一个环节，不那么重要。

绯云湖烂尾工程拍卖会前夕，郑好担心唐家人会出其不意地跳出来，乐有薇让她安心，唐烨辰现阶段不敢真动她，毕竟事关二审。郑好说："等她判下来，他们就肆无忌惮了，如果找职业杀手怎么办？"

乐有薇笑骂她想多了，唐家人虽然和她有深仇大恨，但犯不着出此下策。这年头少有死士，为钱办事的人一个也不可靠，唐烨辰是金牌投资人，最讲究风险可控性，不会轻易涉险。

乐有薇从容主槌绯云湖烂尾工程，唐烨辰的确没有再派人搞破坏，也许是发现此举对乐有薇不再构成威胁。

最大的对手退出，沈志杰全场频频举牌，如愿得到地块。竞争对手都来祝贺他，他乐呵呵地表示，度假酒店落成后，各位对手都是座上宾，终生享受五折优惠。

客户围上乐有薇，杨诚在座位上看得很高兴。乐有薇的事业眼见着向上走了。一场场拍卖会做下来，主动和她打招呼的人越来越多，每张笑脸都那么灿烂。

乐有薇回后台，余芳发来信息："卢小姐说，11月17日是您的生日，届时这个房间终生为您保留。"

乐有薇含着润喉糖，整理着东西，让秦杉帮她回信息："酒店开业那天，我一定去捧场。"

余芳又说："卢小姐说，白玉双鱼佩择日归还。"

白玉双鱼佩回归在望，乐有薇很开心，继续口述，让秦杉打字："谢谢，届时我们双方签订委托拍卖协议，我让江天从拍卖会上买下。"

余芳回复："是无偿赠予你，等我们的消息。"

秦杉瞄一眼内容，替乐有薇回复了："沈总出价有竞争力，才拿到那块地，我们不能直接收他的东西。"

乐有薇喜欢秦杉用"我们"，白玉双鱼佩一拿，就成好处费了，没必要。两人一起去吃庆功宴，次日一早，秦杉出发回江家林，郑好很惊讶："后天是平安夜，他不留下来陪你过节？"

乐有薇不在意："他的图纸得根据新地址进行调整，还有各项测绘数据，很复杂，他得尽快理顺。"

圣诞节当天，方瑶主槌公司年度秋拍之当代艺术拍卖会，以流拍居多。赵杰当初辞职时，对父亲进言，必须更改公司拍卖师规则，否则就不去留学，留在国内当纨绔。

业务部对方瑶积怨已久，立刻响应赵致远，制定了新规定，并安排资深拍卖师培训方瑶等新人。等他们考到拍卖师资格证，再以小型专拍亮相，成交率达到七成以上，方可进行下一次主槌。

方瑶的珠宝拍卖会和当代艺术拍卖会接连折戟，按新规定，她不能再上拍卖场抢别人的机会了。

方家的华达资产和贝斯特签了三年协议，方瑶技不如人，她父亲也没法向贝斯特发难。公司年轻一代拍卖师一同请赵杰吃饭，答谢他拔走了众人的眼中钉。

夏至在中国古代书画拍卖会上斩获了白手套，贝斯特年度秋拍圆满收官。拍卖师们纷纷去度假，乐有薇为跨年音乐会做最后的冲刺准备，充满干劲。

　　12月30号，秦杉赶来云州，送出眉纹金星歙砚。乐有薇推着他："走喽，去给我们家小老虎买漂亮衣服喽。"

　　行头是乐有薇早就看好的款式，秦杉换上西服出来，乐有薇喝彩："好帅！"

　　秦杉第一次穿得如此正式，有点不习惯，转来转去照镜子："我帅还是衣服帅，话要说清楚。"

　　"你穿上最帅。"乐有薇连连拍照，发到家庭群里，陶醉不已，"我眼光真好。"

　　想听女朋友说点甜言蜜语不容易，只能自己开口要求，秦杉说："是衣服好，还是我好，话要说清楚。"

　　乐有薇揪他的脸："你你你，可以了吧？"

　　秦杉从镜子里看乐有薇，他觉得这套衣服是帅，人好像也不错，出门就能拉上女朋友去教堂结婚。

　　两人计划明天白天补过圣诞节，去看场电影，逛逛街，用最放松的心情去享受晚上的跨年音乐会。音乐会不比拍卖会，古乐器是主角，乐有薇的台词很少，早已倒背如流。

　　第二天早上起来，乐有薇在卫生间里弄头发，秦杉对着视频研究打领带，不得要领，乐有薇出来顺手打上了："简单吧？我再打一遍，看好了啊。"

　　乐有薇打领带很熟练，秦杉学了两次，会了，猛然堵心："你给别人打过吗？"

　　乐有薇说："给丁文海打过，他参加研讨会、甲方筹备会什么的，都是我帮他打的。"

　　秦杉对丁文海不在意，那毕竟是乐有薇的前未婚夫，他问："那……你给你师兄打过吗？"

　　"小气鬼。"乐有薇拽着领带，把秦杉拉到面前亲吻，然后被他压在沙发上亲。她给叶之南打过领带也没关系，自己拥有她的以后，很漫长很漫长的以后。

　　出门前，乐有薇理了理被压乱的头发，转头看秦杉："等等。"

　　秦杉被乐有薇按在沙发上坐好，她拿出刀片，骑在他腿上，帮他把眉毛修一修："没人帮你修过眉毛吧？"

　　修完眉，乐有薇左看右看，体会到某人身体的变化，问："嗯？"

乐有薇的语气慵懒又危险，秦杉翻身压上她，一手扶住她的腰，静止的空气里呼吸起伏，有一只小老虎闻着白香瓜，咬了下去，汁水四溅。

甜丝丝的感觉充满口腔，秦杉细细地吃干抹净。喘息和心跳交织，他寻找着她，她引导着他，一片厚厚的白雪地里，两人跌倒，翻滚，拥抱着下沉。

"你欺负她了吗，让她又哭又叫那种？"在昏乱的意识里，秦杉回想起江天说的话，忽然之间，他什么都懂了。他凶狠地欺负着他的小薇，想让她哭，让她叫，让她连哭带叫。

乐有薇抓着沙发布，聚拢着支离破碎的思绪。她让他燃烧，这片雪地变成了火海，反复地升腾，起落，荡开，渐渐白雪消融，水意弥漫，溅落一地。

小老虎吃饱，变成一只犯困的小猫，双手穿越蝴蝶汗淋淋的羽翼，吻密密地落了她一身。原来欺负她是这么好的事，他喜欢得想哭。

蝴蝶眼神迷离，咬一下小老虎的喉结，窗外顷刻间似有电闪雷鸣，豆大的雨滴倾落，化作星星点点的火光，再次灼烧了茫茫雪原。

音乐会开场前，叶之南到化妆间去看乐有薇。她穿了一条样式极简的红裙子，宽肩带，收腰，两侧是隐形插袋，其余几件出场衣裳挂在一旁。

沙发上，乐有薇枕着秦杉的肩膀，闭着双眼，默念开幕词，秦杉在她手背上画圈圈，叶之南在门边站了站，出去了。这一对璧人缱绻浓情，但愿人长久。

晚上八点整，古乐器奏响第一段旋律，征服了全场所有人。叶之南和夏至陪同文化使者小粟野柏一行安然而坐，发掘连城璧，琢成传世玺，他的弟子们各有各的出色。

旋律淡去，乐有薇登台亮相，她第一次觉得，站在台上最大的享受，不是为了扬名立万的目标，而是台下亲朋们为她鼓掌时眼里的光彩。

领导致辞，乐有薇微笑倾听，双眼微湿。千年前的乐器，今天仍能在音乐家指间焕发生机，自己送到公馆的东西，千年后仍会有人观看，她享受她的职业本身。

开场舞是民族舞剧《丝路花雨》，舞蹈家手持五弦琵琶弹拨起舞。然而，五弦琵琶的定弦之法仍未破译，背景乐曲声只能用当今的四弦琵琶演奏。

秦杉和郑家三口坐在一起，乐有薇站在后台，悄然凝望他。小时候，妈妈说过，灯是我们放在屋子里的星星，后来，她遇到一个眼睛里有星星的人。

凌云心绪万端，起点一样，但乐有薇能主持这场万众瞩目的跨年音乐会，自己被她抛下太远了。好在一切还不晚，她愿意回归到最初，在叶之南麾下，像个实习生，从头来过。

这场音乐会做得庄严又感性，秦望赶到看了下半场。台上的乐有薇仪态万方，音色优美，如黄莺出谷，一双眼睛里映着人海。

《踏歌》的舞者们双腕相并，十指似荷花，舞姿蹁跹，似乘风归去，秦望想起遥远往事里的阮冬青。儿子遇见了最契合的伴侣，理应获得他们错失的幸福。

音乐会的谢幕曲是曹操的《观沧海》。秦杉将目光转向乐有薇，相视而笑。音乐雄浑，奏起庆祝曲，男孩在这天成为男人。

掌声经久不息，乐有薇退场时，右手屈起，保持着小鹿手势，慢慢走到幕后，丁文海看得泪湿眼眶。9月底，他在省卫视的官方网站上看到跨年音乐会的招商方案，争取到机会，率队完成这场音乐会的灯光设计。

几个月来，丁文海和布光团队泡在音乐厅，设计出一种剧场式的灯光方案，提高聆听体验。他不知道乐有薇是怎么猜出是他的，但乐有薇明白他是在向她道歉，她用手势告诉他："原谅你了。"

在那个向她求婚的七夕节，丁文海负责的项目是广场七彩音乐喷泉，深夜无人的街上，在缤纷变幻的光影里，乐有薇做个小鹿手势，指尖在他脸上啄一下："答应你了。"

拥有过她，是此生最大的幸事，却败给了内心的软弱。那时很努力，已经很努力了，可是得不到稍微像样点的机会，生活一直没有起色。薇薇，想过得好一点太难了。很努力很努力，依然前途茫茫。对不起，薇薇。

音乐会一散场，秦望就走了。贵宾们都去二楼参加晚宴，自家人冲进后台，乐有薇和他们一一拥抱。陶妈妈问："累吧？"

乐有薇说："高兴着呢。"

郑好把秦杉在内的男人都赶出去，让乐有薇赶紧换下礼服，跟要员们打个招呼就撤。乐有薇今天只吃了一点点早餐，扛到现在。

音乐厅往南走几分钟，有家海鲜餐厅口碑很好，郑好考察过了，正叽叽呱呱，乐有薇却把她也赶了出去。郑好莫名其妙："脱礼服多麻烦啊，你不用我帮忙吗？"

秦杉知道为什么，但不能多想，一想就浑身冒火。乐有薇锁骨纤巧，圣徒都德和宇宙飞船项链晃荡在锁骨处，再往下一点，只有他能看的地方，有数处红色的痕迹，他心里涌上无限爱意，只想立刻飞回酒店。

乐有薇穿上大衣出来，秦杉拉着她的手直奔二楼，去晚宴上抓点水果垫一垫。乐有薇本想着公司的领导都来了，她不去应酬也没什么，这下奇了："你不是最怵社交场吗？"

秦杉神采飞扬："你今天表现完美，想让所有人都夸你祝贺你。"

唐烨辰往楼下走，一副衣冠楚楚功成名就的斯文相，秦杉迎面一望，两人目光相对，唐烨辰双眉敛起，似笑非笑，走了。

秦杉说："他笑得真瘆人。"

乐有薇倒觉得这次见着的唐烨辰心情不错，可能因为高不可及的倨傲姿态敛去了一些。她和秦杉手牵着手，招招摇摇地走："说不定在憋坏水呢，随便他。"

晚宴上名流众多，乐有薇端着香槟，向小粟野柏等人道谢。秦杉和杨诚闲谈，不远处有人议论，乐有薇傍到老板的继子了，听说那位公子风流成性，乐有薇过五关斩六将，在他众多追求者里成功突围。

秦杉很想去辩驳几句，他们都说乐有薇好命，有几个人知道他的狂喜？50号公路上，乐有薇说："我也想和你在一起。"那一刻，他像一跤跌进了白云里。

万琴和几个亲信吃着蛋糕，暗暗看乐有薇，这女人簪花卖俏，浪得滴溜转，运气却是惊人的好。秦家大公子看着居然很温顺，好摆布，她这次怕是要成功了，天道酬勤，没白来名利场打滚。

李冬明也来了，目光一撞，秦杉皱起眉。乐有薇吃了几片水果过来，牵起秦杉的手，平静地说："李市长您好，最近身体好吗？"

李冬明像第一次见到秦杉一样，打量着他："男朋友啊？一表人才。"

秦杉想笑一下，没成功，但乐有薇没多说："李市长，您慢聊，我们先走了。"

秦杉一边走一边看乐有薇，他在她的社交圈正式亮相了，但他没跟人说话，会不会失礼？乐有薇却只说："走，回家。"

秦杉情绪复杂，乐有薇一凑近他，他就又乱了，净在想那些，他彻底完了。

在贝斯特众员工的目送中，乐有薇和秦杉牵着手走了。一场一场战罢，她已不再是吴下阿蒙，向着那苍天赤地纵横万里，再多非议，都散落在扬尘里。

秦杉开车回酒店，郑好叫了海鲜粥，两人到了酒店就能吃上，但是谁也顾不上吃，一关上门，两人就搂抱着去浴室。

白天他为她疯狂，但还没丧失全部理智，知道女朋友晚上要登台。这会儿脱了外套，扯开领带，秦杉明白，现在怎样都可以。

深夜，乐有薇雪白雪白地睡着了。秦杉撑着胳膊看她，她脸上有薄薄的汗，身上落下数不清的红痕。他初来乍到，没个轻重，明天要注意。

外厅很宽敞，秦杉轻手轻脚地出去，一番劳作，回来躺在乐有薇身旁。等乐有薇睡醒，他惺忪地问："饿不饿？"

乐有薇的声音软软的："再睡会儿。"

秦杉亲过去。于是整整一个白天，两人都没能再起床。暮色四合，乐有薇去洗漱，走得很慢很慢，秦杉坐起来："怎么了？"

乐有薇嘴唇肿着，回头笑："你说呢？"

乐有薇的嗓音是哑的，秦杉品了一品，懂了。乐有薇洗完脸，到外厅烧茶，一抬眼，看到落地窗上贴了一对鲜红的"囍"字。

秦杉嘻嘻笑："你的指甲油没了。"

这人大半夜剪了两个"囍"字，翻出女朋友的指甲油，涂红了。乐有薇扑上去掐他，然后亲了他。"囍"字张牙舞爪，某人对外昭告此间洞房花烛，真做作，真肉麻，真喜欢。

秦杉把乐有薇抱到沙发上坐看夕阳，头毛轻轻贴着她的脖颈，雪媚娘腿软，掐人的力气倒挺大。

过完元旦节，乐有薇为郑好和赵杰践行，欢送他们踏上求学之旅，然后去参加明清家具联展的第三次研讨会。

第一次研讨会时，乐有薇在美国，缺席了；第二次她去了，但左馆长在出差，她没见着。这次会议结束，乐有薇去向她致谢，身为拍卖师，能够得到这样的学习机会，殊为不易。

在刘亚成的绿岛上，乐有薇和左馆长有过一面之缘。跨年音乐会的古乐器是乐有薇发掘的，左馆长有所耳闻，对她印象不错，客气了两句。乐有薇顺着话透露，省博前段时间送去兄弟博物馆联展的一批紫檀藏品里，有件紫檀错银变体龙纹香盘，是从故乡市博借的，她也算做了一点微不足道的贡献。

左馆长诧异："你家捐赠的？"

乐有薇摇头，从魁星屏风案件说起，紫檀错银变体龙纹香盘正出自那座明代墓穴，当时她担惊受怕，但一切都值得。

左馆长是实干派，上任以来，一直致力于学术研究和展陈设计。乐有薇在画廊历练过几年，而且前未婚夫是灯光工程师，左馆长最感兴趣的布光布展，乐有薇都能说出一点真东西，左馆长待她越发友善，她趁机推荐了黎翘楚。

乔治伦的《蒙马特女郎》刚进贝斯特库房时，省博馆长是杨汉元，他说文物修复人才很稀缺，省博有将近三成的藏品有待修缮。左馆长得知黎翘楚是铜鎏金代表性传承人，年轻时在文物管理所从事修复工作后，很是惊喜："她对青铜器有研究吗？"

乐有薇连忙说："有，她现在正在秀隐寺修补法器。"

省博有几十件青铜器待修复，左馆长安排助理汤雯登门拜访，乐有薇自告奋勇："我带路吧。"

金和水银混合成"金汞剂"，涂抹在铜或银器表面，再加热使水银蒸发，使金附着在器面不脱，谓之鎏金。在黎翘楚家中，乐有薇才知道这种制作过程散发出的汞蒸汽对身体有害，黎翘楚曾经多次汞中毒，子女看在眼里，都不肯学，学徒们也少有人能坚持下去。

铜鎏金手艺几近失传，青铜器修复人才更为稀缺，省博和黎翘楚签订了特聘合同，酬金不菲，乐有薇很为潘蓓和孩子高兴。孩子不能说话，潘蓓示意她对乐有薇说谢谢，孩子抱住乐有薇，在她脸上响亮地亲了一口。

送走汤雯，黎翘楚想给乐有薇封个大红包，她的货品大半都被贝斯特销售出去了，手头宽松了，再加上省博聘用她，以后收入不愁，这都是乐有薇帮的忙。

自从黎翘楚一家在云州安顿下来，乐有薇每场拍卖会，黎翘楚都送了花篮。乐有薇坚决不收她的好处费："是您自己有技艺傍身，不然我想推荐也不成。每年春秋拍，送个花篮就好啦。"

萍水相逢，尽是他乡之客，能有些互相关心的熟人，这对乐有薇就足够了。

江家林的工作年前就完工了，元月中旬，工人们拿到尾款，回家过个肥年。秦杉带了一堆问题来云州，他做艺术馆，有很多陈列和保存方面的细节都得研究。

乐有薇通过汤雯约出省博的相关人员，周一闭馆，他们为秦杉讲了一天。秦杉对省博玉器厅和陶瓷厅的展陈尤其着迷，展柜通透，没有玻璃反光，没有阴暗点，也没有死角，看得清楚直观，乐有薇陪他连逛几天。

陈列当季最佳藏品的展厅更让秦杉流连，它引入室外自然光，让观众了解藏品最真实的色泽和状态，既便于欣赏，也利于研究，专业而贴心。

布光布展是大技术，省博如今的展陈水准在全球都是名列前茅的，乐有薇列出美国同等级别以上的博物馆，等到去美国陪外公外婆过完年，她就和秦杉挨个看去。

小年夜，乐有薇和秦杉带着郑家父母飞到美国看望郑好。去年回家那次，秦杉拿了那六万多块钱的见面礼，背上了沉甸甸的心事，有天他想出办法了：
"郑好去留学，我请她父母美国游！"

乐有薇催着父母办护照，父母舍不得来回花销，不想办，反正郑好留学一年就回来了。乐有薇找了借口："老爸老妈不跟秦喵外公外婆见个面吗？"

陶妈妈喜上眉梢："办办办，商量结婚当然得双方家长碰头。"

乐有薇一笑了之，她就是想请父母出门玩一趟。他们一辈子没出过远门，更没出过国。结婚事宜还早，等伽马刀治疗满一年，她的复查结果出来，一切都无恙再议。

在郑好学校附近，一家人吃了团圆饭，去纽约大都会博物馆参观。郑爸爸不时和秦杉探讨："我们市博的玻璃反光得眼睛都要瞎了，它这是特殊材质？"

秦杉说："大概率采用了低反射夹层玻璃，再加上布光。"

郑爸爸问："成本很高吗？"

秦杉和郑爸爸谈得投机，乐有薇很高兴，眼角余光忽然感觉到有人在盯着她，她转头，什么都没看到。

乐有薇刻意走走停停，四周仿佛时刻都有几双眼睛，她心里非常憎恨，但他们不至于在唐莎的二审判决之前就动手，现在的盯梢只是在恐吓她，并为接下来的报复做准备。

郑爸爸赞叹一件青铜酒樽，乐有薇俯身去看，蓦然想到黎翘楚。日子再难，技艺是自己的，谁也拿不走，为暗处的宵小烦心很不划算，她不能中计。

除夕前夜，乐有薇和秦杉飞去休斯敦，跟外公外婆一起守岁。外婆说："小杉说你最喜欢巧克力，明天我做巧克力桃子派吧。"

乐有薇笑着说："其实我最喜欢他送我甘蔗。"

郑好当时笑话秦杉像个乡下来的亲戚，但她不知道，乐有薇眷念的正是这份温情，从此不再把秦杉视为寻常人等，想给予回护和善待。她对外婆说："是在那一天，我开始把他当自己人，想要认了这个亲人。后来，认了这门亲。"

外婆很感动："你们两个是从很好的朋友开始的，以后要互相照顾，互相陪伴。"

乐有薇不会烧菜，外婆把她推出厨房。客厅一角，妙妙在玩毛球，乐有薇给它倒了水，双方互视，并不交谈。

乐有薇踱去前院，发现秦杉借着浇花之名，和外公合力做了一只秋千。秋千搭在两棵玉兰树之间，他招手："小薇快来。"

在路晚霞的城堡里，乐有薇说过，小时候，爸爸在阳台上给她搭了简易秋千，坐板是用搓衣板做成的，一端有孔眼，在另一端也打上，拴上麻绳荡悠悠，妈妈还开玩笑说，薇薇是城堡里的长发公主。

乐有薇坐上秋千，秦杉推着她，等她荡回他的怀抱，他收紧胳膊，把她圈进怀里搂紧，亲着她的头发，连呼吸里都带着笑意："春天我们种棵白木香吧？"

年夜饭，妙妙趴在秦杉腿上吃罐头，吃得很欢。乐有薇想和它玩，它没躲，但不和她亲近。

秦杉拿着小鱼干哄妙妙："今天过年，能不能让小薇高兴一下？"

等到妙妙发出快乐的呼噜呼噜声，秦杉悄咪咪地把它塞进乐有薇怀里。乐有薇顺着妙妙的毛，妙妙吃着小鱼干，过了一阵才意识到不对劲，使劲打秦杉，秦杉无耻地说："你打我，我也不听话了，你说怎么办吧。"

妙妙抓着乐有薇的手咬了一口，然后从她裙子上捡起小鱼干继续吃。乐有薇抬起手背笑，谁养的猫像谁，爱咬人，下嘴还狠。

夜里，乐有薇卧室里动静不断，妙妙挠了一晚上的门。但新年新气象，它决定改改性格。

大年初一，乐有薇领到外公外婆给的压岁钱，妙妙伸爪，抚了抚红包。乐有薇说："放心，有你一份。我等下就去买猫草种上。"

妙妙冲乐有薇笑了，再没离开她的怀抱。郑家三口来拜年，秦杉说："他们是小薇的老爸老妈和姐姐，快拜个年。"

妙妙咧咧嘴，郑家三口落座，它在他们脚背上三连跳，打完招呼，跑去乐有薇卧室床上呼呼大睡。

乐有薇和秦杉在家里待到大年初四，出发去奥兰多城堡给王春萍拜年。去酒店的路上，两人商量带王春萍逛迪士尼乐园，结果一进酒店就没出房间。毕竟在外公外婆家多有不便，妙妙也爱捣乱。

第三天天气极好，两人下楼去餐厅。乐有薇特意观察，唐家的人马又跟来了，但若隐若现，锁定不了目标。秦杉觉察出她的不安，攥紧她的手："小薇，如果遇到事了，不能光自己扛，要依赖我。"

乐有薇小声说："别回头。"

秦杉恨心大起："鬼鬼祟祟，他们就不担心刑期加重吗？"

乐有薇说："唐莎在里边已成定局，不过是多几年少几年的事。"

对方只要不出手，两人就奈何不得，报警也没多大用。乐有薇不想连累王春萍，没去城堡，把她约到迪士尼乐园，一起玩了两天。

去年底，路晚霞随同莉拉去了中东，一边治疗一边做些力所能及的事。王春萍说："我在电视上看到那里的环境特别艰苦，可我拦不住她。她说那里有很多可怜的孩子，我想跟着一起去，她不让。"

秦杉说："肯出门是好事。"

路晚霞去中东前，给王春萍放了长假，让她回国待一段时间。王春萍思前想后，留在奥兰多看家。回国她能干吗呢，只会被父母家人催婚，让她赶紧完成人生大事。28岁的她待在美国，是不起眼且不会被人拿年龄说事的寻常女人，回老家会被人嘲笑是老姑娘，她才不想受这气。

路晚霞不在家，王春萍就不精心做饭了，每天都吃得很朴素，跟着视频学英语口语，学得很慢，但在进步。至于婚育，她对乐有薇说看缘分，不能为了结婚而结婚，跟个没感情的男人过日子，一定很无聊。

在城堡待着，王春萍不无聊，每天花上大量时间打理城堡内外，她说如果回国，城堡荒芜，路晚霞将来回来一定不好受。乐有薇给她点了甜品，这女人英语都说不了几句，说来美国就来了，陪一个抑郁的人生活几年，却把家里收拾得清清爽爽，并乐在其中，其实很不容易。

跨年音乐会结束后，乐有薇找电视台的人要了一份高清录像，存进王春萍的平板电脑："回去看。"

王春萍等不及，边吃东西边看，在节目最后的鸣谢名单里，她看到路晚霞和自己的名字，哭了。

赵杰和司机带着郑家三口玩了好几个城市，来到奥兰多和乐有薇会合。周末有一场主题为"清宫遗珍"的拍卖会，郑家父母打算看完就从奥兰多飞回中国。

回国在即，众人大肆采购礼物。在一家古玩店，秦杉买到了几件紫檀残件，从各方面都能匹配善思堂那张八仙桌，他高兴得连店主老大爷也抱了一下。

有家商户是华人，乐有薇和秦杉挑挑选选，听到老板和老板娘在商议儿子的婚礼细节，诸如请柬要写多少份、喜糖买哪几种规格等，跟着欢喜起来。

老板写着请柬，对自己的字很不满意："写喜联的人你还没找到？得找个有学问的老先生！"

秦杉马上献宝，把乐有薇推到老板面前："我女朋友的毛笔字写得好，特别好。"

老板娘铺开红纸，跟丈夫你一句我一句说起了人生经历，乐有薇挥毫，以夫妇俩的口吻写出喜联："廿岁娇儿出世，五旬乖媳进门。"

老板夫妇乐得合不拢嘴，郑好问："还得有个横批吧？"

郑爸爸笑道："人生得意，怎么样？"

这么快乐的一家人，人生当然得意。秦杉瞧着乐有薇的字，喜欢极了，如果今年能和小薇结婚，等他50来岁说不定也能有儿媳妇了。

乐有薇手指上沾了一点墨，抬手给秦杉抹上了："胡子。"

两人打打闹闹去店铺后院洗手，乐有薇给秦杉擦干净，问："我不生孩子可以吗？"

秦杉愣了，他想都没想过："你很喜欢孩子，还很喜欢小动物啊。"

乐有薇说："那不代表我自己想生。"

秦杉说："那我们领养一个？两个吧？"

乐有薇问："你也很喜欢孩子，领养不会遗憾吗？"

秦杉摇头，他母亲生他时发生了羊水栓塞，抢救了九个小时，他成年后才知道。小时候他不懂事，总嚷着让妈妈再生个弟弟妹妹，却不知道母亲在死神门口转了一圈。

科技发展到今天，女人生孩子依然可能会没命，秦杉说："你不想生就不生。"

再过小半年，伽马刀治疗就满一年了，医生说过，届时剩余的肿瘤如果稳定无异样，就能怀孕生孩子。乐有薇笑："骗你的，这两年不想生而已。"

乐有薇和父母挑礼物，秦杉一个人在旁边乐去了，其实，他也想和女朋友多过几年两人世界。

第十四章
明代黄花梨木圈椅

奥兰多每年春节前后都接待大量中国游客，"六御——中国清宫遗珍"拍卖会定在大年初十举办，乐有薇一家人去看预展，赵杰陪同。

预展上有一对明末清初的黄花梨木圈椅很受关注，围满了人。圈椅被古今中外的家具设计师公认为最舒适的椅具，它由几十个部件构成，造型舒展雅致，人坐在上面能得到全方位的放松，秦杉恨不得一整天都蹲在它跟前研究。

六御是指御用、御题、御制、御玩、御鉴和御览，乐有薇放眼望去，大开门不少。逛下来更是惊叹，既有前朝旧藏、番邦纳贡，也有外国进献、造办处制作、地方呈送和大臣谀敬的，摆出来就是一个辉煌盛世。郑爸爸感叹不已："都是从我们国家流出来的好东西。"

一家人是纯看客，坐的座位靠后，赵杰看上一件艾叶绿浮雕灵芝如意，拿了号牌，在嘉宾区就座，他想拍下来送给母亲。

赵杰右手边是个气质很好的亚裔老太太，一头银发，化了妆，她一入场，乐有薇就在看她。老太太穿着很考究的羊绒大衣，戴着珍珠项链，手拎一只大象灰色的包，款款走来，端正落座。

那一瞬间，乐有薇错觉时光倒流，自己身处民国时期的清华园，邂逅了一位优雅大方的闺秀。

黄花梨木圈椅竞拍时，乐有薇发觉老太太格外关注，当它们被人拍走，她低下头，看上去黯然神伤。

赵杰如愿拍到艾叶绿浮雕灵芝如意，结束时，乐有薇拉上秦杉去道贺，却见老太太眼中噙着泪水。

起先乐有薇没多想，有的老人上了年纪会不知不觉地流泪，这是一种泪道疾病，外婆生前患过泪囊炎，跟老太太很像。但她转眼就发现，老太太是在为黄花梨木圈椅伤心，她拿了一本拍卖图录，翻开的那一页，正是那对黄花梨木圈椅。

退场的人太多，乐有薇在老太太旁边坐下，等人少一点再走。老太太侧过脸，收拾了情绪，乐有薇心知她不愿意被人看到流泪的一幕，因而什么都没说。

秦杉和江爷爷在网上交流，然后对乐有薇兴奋地说起江爷爷藏有类似的圈椅，很清楚它的制法。虽然暂时弄不到黄花梨木，但以大东师傅的手艺，用别的木材仿制一模一样的不难。

老太太沉默地听完，到最后才指着图册说："这里要调整，是全出透榫。"

秦杉拿过拍卖图录细看："谢谢您，我记住了。"

乐有薇试着问："黄花梨木圈椅是不是和您家有关？"

老太太说："家里以前的东西。"

老太太没有多说，乐有薇也没有再问，和秦杉道别而去，心里暗自猜测着老太太的身份，以她的做派和气质，不是寻常家庭出身。

郑家三口坐赵杰的车先走了，秦杉从地下停车场取车开出，乐有薇看到老太太在路边等出租车，让秦杉开到她面前："奶奶，我们捎您一程？"

老太太一笑："不顺路吧？"

乐有薇说："没关系，我们今天很闲。"

老太太上了车，乐有薇让秦杉把车窗关上，老人家吹风容易头疼。老太太说了地址，坐在后排出神，秦杉把手机声音开得小些，外婆最新翻译的探案小说同步推出了有声版本，他和乐有薇每天追着听。

乐有薇急着知道下文，抓心挠肝："你求求外婆啊，凶手到底是谁？"

秦杉说："外婆说探案小说最大的乐趣就在于猜凶手，如果我们提前知道了，剩下一大半就没那么有意思了。"

乐有薇哑摸出门道了："还剩一大半，那我猜的凶手可能不对，他没那么快就露馅。"

老太太住在郊外的一处公寓楼里，乐有薇为她开门，她下车离去："谢谢你们。"

乐有薇和秦杉目送老太太走进单元楼，她不要求被人搀扶，但他们得看着一点。

老太太按了大门前的应答装置，保安开启门锁，她拉开门，回头一望，那对小年轻还没走，她迟疑了一下，对两人招招手。

秦杉和乐有薇跑上前："奶奶住几楼？我们送您上去。"

老太太说："我也想听书，能帮我安在电脑上吗？"

老太太住在一楼，房间不大，几十平方米的样子，堆满了书籍和杂物，乐有薇似乎明白她为何会为黄花梨木圈椅流泪了。一户人家败落了，最早出来的多半是柜椅桌床之类的大家什，房子越搬越小，没法再容纳它们了。

秦杉帮老太太安装软件，老太太想去泡咖啡，乐有薇没让："奶奶，别客气，我们不渴。"

老太太家的墙上挂了很多相框，乐有薇看过去，目光落在一幢花园洋楼上。那房子有年头了，但很漂亮，她让秦杉也看看，老太太说："老了，干不动杂活了，就搬来这里了。"

秦杉说："公寓好，有专人管理，我外公外婆也说过，等他们年纪再大些，也换到公寓住。奶奶，您喜欢哪类小说？我给您存下来。"

秦杉安装的几个软件都是中文的，老太太笑道："我来美国好几十年了，英文也行，你外婆写的小说我也想听。"

秦杉摇头："她是翻译家，不是她写的。"

老太太看起来像是独居，除了小说软件，秦杉给她安上外公外婆使用得顺手的生活软件。乐有薇心念一动："奶奶，我有个朋友是音乐家的保姆，音乐家出远门了，她一个人在家待得无聊，但英语说不了几句，连门都不敢出，您愿意教她英语吗？"

老太太问："她会开车吗？"

乐有薇说："会。她住得离您不远。"

王春萍赶来跟胡老太见面，高兴极了。奥兰多的华人少，王春萍最大的社交是参加华人协会的联谊活动，但经常插不上话，不像胡老太，看着不易接近，但稍微聊几句就发觉，她见多识广，你想听什么，她都能说给你听。

乐有薇和秦杉回到酒店后，住隔壁间的郑爸爸过来敲门，他有个不妙的发现，一家人被人跟踪了。

初来美国，在纽约参观博物馆的时候，郑爸爸偶然看到几个游客，没在意。但是去休斯敦拜年，下飞机取行李时，他又看到那几个人了，确切地说，是其中一人。

那男人很魁伟，左边眉毛是断眉，郑爸爸觉得他的腰包很方便，还问郑好是什么牌子，但一转头，那人不见了。

从纽约到休斯敦，看到同一个人的概率不高，但郑爸爸开始没太警觉。乐有薇给他们订了接机服务，郑好和陶妈妈去卫生间，郑爸爸在外面等了好一阵，出来一起坐上出租车，他从后视镜中看到断眉男人随即也上了一辆车。

郑爸爸判断是被跟踪了，担心吓到妻女，没声张。半路经过一个大型超市，他向警察求助，警车把一家人送到秦家街区附近。这一路上，再没人跟踪。

前几天，赵杰陪同郑家三口自驾游，郑爸爸再未发现那伙人，但是今天在拍卖会场外，他感觉仍有人在跟踪，这次没看到断眉男人，但阴影挥之不去。

陶妈妈和郑好都很害怕，催着郑爸爸提醒乐有薇。乐有薇和秦杉相视一眼，攥紧了拳。

这几天，唐莎的辩护律师连续提出几项动议，要求推迟二审开庭时间，但被法官驳回。2月6号，即下周四，就会进行宣判。

美国司法程序以二审终审为常态，乐有薇猜测唐家人目前的盯梢作用很简单，随时随地让她不好过，消耗她的心灵力量，使她的精神状况恶化。

唐莎生活在囚笼里，唐家人想把乐有薇赶进一座心的囚笼，一步步逼得她惶惶不可终日。乐有薇竭力不上当，但这件事牵连到家人了，她愤怒至极。

再被唐家人坑害下去，郑家三口极度危险，尤其是郑好，她在美国求学，危险加倍，必须阻止唐家再作恶。秦杉说："小薇，我想不出办法，我得向我父亲求助了。"

秦望对乐有薇说过，他的人去找过唐莎的父兄。乐有薇在备忘录里打出几行字，先给秦杉看："能发过去吗？"

秦杉点头，乐有薇发给老高："高总，唐家买凶，我和父母家人及小杉在美国一路被人跟踪。我很担心终审宣判后，他们会展开报复，我们需要帮助。"

秦杉拿过乐有薇的手机，补充道："我是秦杉，高叔叔，请您转告我父亲，度假村项目我会做好，谢谢。"

儿子懂得求助，关系破冰有望。秦望立刻让老高订机票，他得亲自去趟香港，人和人不好说话，但钱和钱一定能说得上话。

众人改签机票，提前回国，郑好则和赵杰直接飞回纽约。飞机上，陶妈妈问："他俩有没有可能在一起？"

乐有薇私下问过郑好，郑好说："我不可能喜欢别的男人。"

郑好和赵杰关系好，一方面在国内就是好同事，另一方面纽约华人交际圈子就那么大，多半时候只能和熟人玩。但恋人多半是从朋友做起的，他俩能走到哪一步，乐有薇说不准。

陶妈妈说："又不是男朋友，还每天陪我们东逛西逛，你问过好好没有，她怎么想的？"

乐有薇说："她什么都没想。"

赵杰是带着母亲来留学的，他母亲生性活泼，一来美国就投入搞社交，赵杰不放心母亲，每场派对都跟去，功课笔记都归郑好包了。春节期间，赵致远来探望妻儿，赵杰以前去过夏威夷，没陪父母去度假，为郑家人当上几天向导，只当是还人情。

陶妈妈这才安心："他俩都没这个意思就最好。总盼着你俩碰到好男人，但男人家境太好，压力大。秦杉家就让我们发愁，再来个有钱人，我和你老爸更吃不消了。"

乐有薇哈哈笑："有钱还不好吗，你俩就不用操心我俩啃老了。"

郑爸爸说："什么啃老不啃老的，我们做父母的，所有东西就该是孩子的。"

乐有薇问："他俩要是真在一起了呢？"

郑爸爸和陶妈妈异口同声："好好喜欢就行。"

飞机落地，郑家父母开机给郑好报平安。乐有薇本来想叫车陪父母回家，但害怕高速公路上被人暗算，一家人坐地铁去高铁站，下了高铁再坐地铁，曲曲折折地回了家。

2月6号下午，案件做出终审判决，唐莎被判处十四年监禁，且不得保释，墨西哥人和黑人被判处终审监禁，帮凶邢佳清的刑期为八年。

在一审基础上，唐莎被多判了两年。正式宣判结束后，唐母当庭哭了。唐莎露出阴森的笑容，冲律师怀特咆哮："你让他们等着！"

乐有薇和秦杉提心吊胆，之后的情人节都没过好，但礼物双方都早有准备。乐有薇送秦杉的是个小怪兽香炉，是某家居品牌和艺术家合作的作品，线香在小怪兽肚中点燃，从它的两只角里冒出青烟，她觉得圆乎乎的充满童趣，很适合她男朋友。

秦杉喜欢得很，他送乐有薇的是一束骨瓷蔷薇台灯，由骨瓷艺术家手作烧制而成，点亮后一如他女朋友本人，是发着光的花朵。

乐有薇和秦杉捧着彼此的礼物，回了江家林。已是二月中旬，梅花正在怒放，乐有薇最喜欢傍晚，摆上碗筷时，总有花瓣被风吹进屋子里，花香沁人，她的心情总算好了些许。

严老太惋惜今年是小年，梅花不如去年开得好。乐有薇每天做完木工活就去看花，唐家人的报复还没来，欢喜一日是一日。

老高联系乐有薇："你们和你们的亲人不要害怕，秦总会尽全力不让你们受到伤害。"

度假村项目各方意见多，开始了前期筹备工作。秦杉每天忙得废寝忘食也在所不惜，父亲答应帮他大忙，他得竭力回报，尽可能做到完美。

梅花开得昼夜难歇，齐染如约来赏梅，送给乐有薇一幅新的作品《苹果躺平了》，秦杉直夸名字有意思。

为了谋生，齐染干过七杂八的活儿，她说甲方希望苹果有西瓜的个头、荔枝的口感和牛油果的营养，苹果改来改去，任人蹂躏，精疲力竭。众人听得大笑，乐有薇送出回礼，她让秦杉找骨瓷艺术家预订了郁金香台灯，等齐染回春风绿文化公司，对方再寄出。

《苹果躺平了》比上一幅《茶花请上茶》精进了一些，接近《牡丹很孤单》的水准了，乐有薇把它摆进卧室："出作品很快，质量也高，你状态很好。"

"花在燃"系列前两幅作品很受欢迎，不少室内设计公司通过春风绿文化公司采购齐染的限量版画，用来装点空间，她说："叶老师的建议是对的，目前阶段，完成比完美重要。"

江爷爷年前染了风寒，大病一场，放弃回江家林过年的计划，等天气暖和一点再来。齐染暂住在秦杉为江爷爷准备的房间，每个午后都去梅花林作画。

齐染男朋友倪阳搞金融，周末来看她，乐有薇拿着喻晓最近主槌的一场股权拍卖会请教他。秦杉则找齐染请教油画技法，他想等到三四月梨花开放时，画给乐有薇。比起梅花，乐有薇更喜爱梨花，雨落梨花不开门，清艳又孤寂。

齐染状态大好，新作几天就完工了，定名为《梅花没办法》。画面上，有零星几朵委屈巴巴的梅花，有一种扭曲着的抗争感，乐有薇没见过这么脏的梅花，但第一眼看到，她就被这幅画强烈吸引，挪不开目光。

齐染每一幅画都在进步，乐有薇问："寓意是什么？"

齐染说："别的花都在冬眠，而它在开花，被人赞美不畏凌寒，你知道为什么吗？很简单，它美得不明显，在别的季节，人们注意不到它，它只能靠着凌寒，杀出一条血路。"

齐染在右下方签名，送给乐有薇，笑了一下："你以为我想当个卖不掉作品的画手吗？可我就是喜欢这件事，只能熬着。"

乐有薇嗔道："下次不准送我原作，限量版画就行。"

山中落着细雨，齐染离开江家林。还剩不到五年时间，她和春风绿文化公司的合约就到期了，乐有薇很期待她把这个系列拿去天空艺术空间展出，叶之南和张茂林都在等她。

过了几天，杨诚和罗向晖也来做客。自慈善拍卖晚会开始，杨诚每个月都会来趟江家林，给孩子们送来面包蛋糕之类的甜品。春节前那次，罗向晖休假跟来了，还安排了一次新的义诊。

第二天下了大雪，两对情侣没去袁婶家吃饭，在善思堂吃铜锅涮肉，一起举杯碰一个。秦杉没忍住，喝多了，瞅着杨诚和罗向晖吃吃地笑。这两人是他和乐有薇共同的朋友，他特别喜欢他俩。

梅花开得最盛时，秦望来了。他和唐莎的父亲唐振生已经谈妥，唐家不会再找乐有薇和秦杉的麻烦了。

早在去年11月，乐有薇和秦杉遇袭后，秦望就在布局了。当时他得知自己集团的副总裁戴旭松要被挖去一家地产公司，和戴旭松一夕长谈，戴旭松明面上被卸职，实则去了香港，负责攻克唐家大房长子。

唐莎涉案，大房长子以此为说辞，在父亲和族老面前打压唐烨辰。唐烨辰的飞晨资本是汪震华集团的股东之一，汪震华一案对唐烨辰同样是有力的一击。

秦家在内地也是名门望族，唐烨辰惹到秦望，不会有好果子吃，甚至殃及池鱼。大房二房博弈之下，唐振生做出了决断。

唐振生收回唐烨辰一力创立的飞晨资本，交给职业经理人打理。唐烨辰喜欢艺术品，唐振生让他做完飞晨资本几个项目的收尾工作，就去替家族打理艺术品投资，给他三年考察期，以观后效。

二房女儿入狱，儿子被削权，大房把二房杀得一败涂地。长子近水楼台，继承家业几乎没有悬念了，唐烨辰翻身很难。

秦望说来寥寥数言，但背后费了多大力气，不难猜到。秦杉对他说了谢谢，回工作台干活。乐有薇给秦望倒茶："谢谢您。"

秦杉仍不对父亲多说话，秦望只能继续让乐有薇从中斡旋："他这么喜欢这里，我也想住几天。"

乐有薇带秦望去江爷爷那间房："您不习惯就去县里住酒店吧。"

秦望说："儿子都住得惯，我有什么不习惯的。"

乐有薇没劝秦杉，父亲帮了他，他在心里记着，会做好度假村项目，不负所望，但让他敞开心扉地扑进父亲怀抱，他还做不到。

秦杉忙于艺术馆的照度分度图，秦望在边上喝茶。整整一个上午，秦杉没和他交流过一句，但是上厕所回来，他在父亲手边放了一瓶乌龙茶，那是齐染来做客时乐有薇买的。

秦望拧开瓶盖，没喝，但忍不住告诉儿子，阮冬青只喝白水，他以前也是，后来有天他爱上了威士忌，经常要靠它才能有一场好点儿的睡眠。然而说来奇怪，在善思堂这一晚，他酣然入梦。

秦杉一声不吭，手上一点都不乱。午饭后，秦望独自去逛祠堂，秦杉陪乐有薇做木头虎鲸。

九桅宝船太难了，乐有薇先从简单的练起，秦杉给她画过几种鲸鱼的纸样，都能在海里游，还都是大个儿。

秦望说了很多关于阮冬青的事，虽然是秦杉想听的，但他话里话外的意思很明确："你妈妈要是不走，就不会死。"

秦杉很气愤："小薇，他真的不知道我母亲为什么要走吗？她的厄运不是美国带给她的，我父亲不知道吗？"

乐有薇说："我和郑好每年过年回家，老妈都会抱怨，大城市生活成本高，压力也大，在老家找个单位，随便做点什么不行吗？但说归说，她也没拦着我们回云州，那些话只是在心疼我们。"

秦杉懂得乐有薇的意思，他父亲舍不得他母亲离开，更心疼她的死亡，但忏悔的话，他不会说出口。当年闹得最凶的时候，父亲断了实验室的扶持资金，藏起儿子，但没对妻子说过一句"我错了，我不会再那样"。

因为他做不到，只能寄望于别人不计较。秦杉明白，乐有薇也明白。她拿着平口刀和锤子打坯，专心做虎鲸，唐家不会再对付她和秦杉了，但叶之南呢，唐烨辰仍在内地，会针对他吗？她心里很不安。贵公子心高气傲，断然接受不了失去事业、被父亲放逐的局面，他会忍耐，但不可能忍耐太久，笼中困兽，急需通过嗜血回魂。

秦望找上乐有薇："我知道小杉失语过，他跟你也不怎么说话吗？"

乐有薇想把手艺练好点，送两只给夏至，夏至也喜欢鲸鱼。她边聊边干活："说很多话，有意义的，没意义的，都说，也一起说别人的坏话。"

秦望喝着乌龙茶，很愁苦，乐有薇暗觉好笑，这人每天能赚那么多钱，巴巴地跑来睡木板床，受冷眼，她劝道："慢慢来。但您可以跟他多聊聊家事，聊聊这些年来您身上发生的事。"

秦望听是听了，但转眼就把秦杉气到了。秦杉一阵风冲进佛堂，乐有薇刚想给虎鲸上色，他劈手就夺走了，抄起一把斜口刀，锉锉锉锉锉，鲸鱼变成鲨鱼，龇出两排白森森的牙。

乐有薇胡乱画着童年时爸爸做给她的小木枪，安静地等待秦杉诉苦。秦杉好一会儿才开得了口，从父亲这里，他得知同父异母的弟弟秦峥沉迷于网络游戏，很自闭，很叛逆。

乐有薇一愣："自闭？"

秦杉很难过："我父亲买了秦峥喜欢的限量鞋，秦峥看都不看就扔下楼，门一关，不和他说话。父亲说秦峥的母亲把他养废了，他怎么能说自己的儿子废了？！"

秦望对秦杉说吴晓芸把儿子养废了，这句话很严重，难道这是吴晓芸这两年见老的缘故？乐有薇说："听说他和吴晓芸各玩各的，感情很不好。"

秦杉不语，他只在乐有薇的拍卖会上见过吴晓芸，视为陌生人，但她和秦峥还有父亲如果是温馨的一家人，他胸口会更闷吗？不知道。乐有薇拉起他的手："不管他了，我们去白潭湖玩吧。"

路过工作台，小五说秦望拎上旅行箱走了。乐有薇转身去拿啤酒："你也气到他啦，开心一下？"

两人拎着啤酒边走边喝，还没到白潭湖，乐有薇就被抱回房间。小老虎本来就很凶，随时扑上来又嗅又咬，喝点酒就更凶，红着眼睛青筋暴起，流着汗邪笑，凶悍得不得了。

父亲评价秦峥很自闭、很叛逆，所以那少年到底是怎样的？秦杉有些好奇。他小时候很想要个弟弟妹妹，可弟弟的母亲是另一个女人。他把乐有薇揽在臂弯中，渐渐睡着了。

秦望拎着旅行箱回家，吴晓芸若无其事地吃沙拉，看他那副模样，只怕仍没讨到大儿子的好。

大儿子在美国被人跟了一路，秦望震怒，赶赴香港。吴晓芸心虚，找过唐烨辰，唐烨辰傲然道："一个根本就没帮到我的女人，我有什么出卖的必要？"

唐烨辰很自负，自负的人更经不起惨败。如今他被发配做艺术投资，等于是被打入冷宫，而究其根本，吴晓芸认为是叶之南不驯服，才引发了一连串祸事。如果他和唐莎成婚，后面的事都不会发生，唐烨辰一定很恨他。

秦望逼得唐振生丢开二房子女，秦杉和乐有薇的危机解除，叶之南的处境却不会太妙。吴晓芸摇摇头，男人太漂亮了，是祸水。也怪他自己太浪荡，不懂留条后路，曾有官家小姐钟情于他，模样性格都不错，他若是娶了，这等祸事算什么。

吃完东西，吴晓芸上楼喊秦峥吃饭。儿子就快高考了，她没空想别的，想也没用，叶之南面临的危机不比当年，她爱莫能助。

二月底，绣庄和长青希望学校举行奠基仪式，卢玮到场了。她在电视剧《千秋纪》里饰演的林皇后是她最受欢迎的角色，村妇们绣了一幅剧照赠给她，作为她在慈善晚会上慷慨解囊的回礼。

奠基仪式上，卢玮剪彩发言："初中时，我在课本上学到鲁迅的文章，他说希望后代能够拥有新的生活，为我们所未经生活过的，我记到了今天。但愿从这所希望学校走出去的孩子们，拥有比我们这一代更光辉灿烂的前程。"

奠基仪式之前，卢玮提出赠送白玉双鱼佩，被乐有薇谢绝。于是卢玮在记者发布会上宣布婚讯，她已怀有身孕，将于下个月举行婚礼，爱的结晶是最好的信物，因此她决定把定情信物送回拍卖场："上一任主人说过，幸福是击鼓传花，我得到了幸福，所以希望下一个拥有者也能如愿以偿。"

卢玮和乐有薇现场签订了委托拍卖协议，白玉双鱼佩将登上今年贝斯特春拍拍卖场。作为被委托方，乐有薇表态："哀妇人，嘉孺子，都是大德，江家林绣庄和长青希望学校是卢玮小姐的美德体现，我代表贝斯特拍卖公司谢谢卢玮小姐，希望白玉双鱼佩的下一任拥有者能像她一样美满幸福。"

江天身在美国，呼叫秦杉："放心，下次一定是你的。"

秦杉笑，江天拍下送他，他就送给乐有薇。但爱情其实不用任何信物为证，你爱着，你清楚，她也清楚。

热闹散去，乐有薇和秦杉走回善思堂。山间入夜总有漫天繁星，走在山岗上，乐有薇伸出手，说要捉住一颗星星，但手掌落在秦杉头上。人类发现了一种星辰，石破天惊，而她发现了他。

三月初，江天接爷爷回国。今生珠宝如今没怎么亏钱了，江爷爷打算在云州多待一些时日，做出新的部署，再回江家林长居。

江爷爷第二场个人作品展正在歧园进行，他每天都去歧园散散步，还去天空艺术空间找叶之南谈天，一同赏析年轻艺术家的作品。

秦杉动用家里的力量，把景区往最好里做，江爷爷很感激，因此他不仅会让江天在春拍上拍回白玉双鱼佩，还有新任务交给乐有薇，以表谢意。

上个月，Dobel的缅甸矿区开采出一块翡翠原石，体积巨大，重达上百吨，能雕成大量项链、手链、手镯、挂件和摆件，江爷爷打算分给今生珠宝一部分，以后把最好的几件饰品交给乐有薇拍卖。

上百吨的巨型原石很罕见，乐有薇静了几秒钟，弯眉笑开了："能不能送来中国，拍卖雕琢权？"

中国是翡翠消费大国，江爷爷略一思忖："好主意！"

巨无霸往外一抬，不着一词，就能让人震撼，对于新品牌今生珠宝来说，要的就是这种影响力。江天叫好，化整为零不如化繁为简，要做，就做最直观也最震撼的。国人喜欢讲排场，盛世、盛事、盛大。

翡翠是不可再生资源，已濒临枯竭，江天坐拥百吨原石，游说国内几大珠宝品牌合作毫无难度。利字当头，同行未必相欺，互相借势才是硬道理。

秦杉送乐有薇回云州，乐有薇和江天商量把这场拍卖会定在本月中旬，她在团队群里安排工作，姚佳宁带着团队成员着手准备起来。

山西保存了非常多的古建筑，江爷爷想去看看，秦杉趁度假村项目目前还在前期阶段，响应他的邀请，一起去趟山西。江天安排了一男一女两名助理同行，照顾爷爷的起居。

巨型翡翠在办理运输入境手续，乐有薇先全力筹备春拍。除了业务部同事征到的拍品，她还有几十件清宫遗珍，都是胡老太提供的。

王春萍做事麻利，小公寓的角角落落都被她打扫得很干净。胡老太想吃的食物，她都学着做。得知胡老太睡眠浅，两三个小时就醒一次，她从城堡拿来乐有薇送的香炉和线香："您试试，管用！"

王春萍生日，胡老太送出一只沉香镶金手镯："拿着玩吧，这个是迦南香。"

手镯一看就贵，王春萍不收，胡老太给她看藏品，她有一箱好东西，年纪再大些，她就都拿去卖了，成立胰腺癌基金。

胰腺癌是一种恶化程度很高的消化系统肿瘤，大多数患者在确诊一年内死亡，五年生存率不足5%，因此被称为癌症之王。胡老太的独子死于这种癌症，那年她76岁，儿子51岁。

儿子死后，胡老太卖掉别墅，搬来公寓。王春萍不好问她更多私事，胡老太倒认为事无不可对人言，家族没落后，父母带着她来美国，她在大学校园认识了一个美国大男孩，走进婚姻。

男人是橄榄球运动员，女人是汽车轴承研发工程师，都很骄傲、很自我，互相改造对方，失败了，离婚时两人都是一腔遗憾。

胡老太后来交往过几任恋人，但没有再婚。前夫60岁时心梗猝死，胡老太出席了他的葬礼。她那时早已明白，当年很相爱，但彼此的控制欲和偏执毁掉了婚姻。

胡老太少女时代出国，很少再回故土。20世纪后期，有一大批紫檀、黄花梨明式家具漂洋过海，运抵美国，胡老太在国内的亲戚告诉她，其中包括自家祖上的家私。

胡老太找了它们很多年，但藏家少有出手。从别墅搬出第三年，她才从拍卖图录上发现了那对明式黄花梨木圈椅。

极年幼的时候，胡老太住在中国的深宅大院里，她总踩着圈椅看窗外的世界，有花有鸟，明媚的春天。可惜孙女是探险家，以征服雪山沙漠为乐，对中国明清家具不感兴趣，胡老太买回来也无法传承下去，只能一次次到拍卖场看望它们。

王春萍推荐了乐有薇，胡老太同意把藏品委托给贝斯特拍卖，入藏公馆也好，被私人藏家拍走也行。乐有薇带上鉴定专家飞去奥兰多，和胡老太签订协议。

胡老太祖上经商，那箱藏品以首饰为主，还有一些出自清宫的金属胎珐琅器，都是罕物。乐有薇回国找了左馆长的助理汤雯，在省博专家的建议下，胡老太的藏品全部由省博收藏，并设立陈列专柜。乐有薇将在春拍上，将这批藏品定向拍给省博入藏。

胡老太藏品里有一件乾隆朝的珊瑚红地画珐琅"九秋同庆"宫碗，隽秀娇巧，更难得的是布局繁密有致，不减清疏之气。乐有薇很喜欢，把照片发给叶之南，请他有空来欣赏。

信息发出石沉大海，到了第二天都没回复。乐有薇有点惊讶，询问叶之南的生活助理童燕："叶总在飞机上吗？"

童燕说："我从昨天到今天也没联系到他。"

乐有薇心里一沉，联系夏至，夏至和她一起赶到汀兰会所，发现阿豹竟也不在。从阿豹的朋友钱振纲处，两人才知道汀兰会出了事，叶之南和阿豹正在接受警方调查。

警方接到线报，汀兰会所聚众吸毒。他们连夜突袭，在某间包厢隐秘处发现了毒品，重达50克，情节严重。阿豹当天就被带走，但警方一查就发现，会所的法人是叶之南。

叶之南为贝斯特拍卖公司物色新任副总谢东风那会儿，阿豹对股权进行重新分配，找借口让叶之南签了字。以阿豹和叶之南的交情，叶之南看也没看就签了，压根没想到自己就此变成会所最大的股东兼法人。

　　阿豹向警方说明，自己走了特殊门道办妥法人变更手续，叶之南不知情，请求警方重审。他此举没别的意思，就是看不得自家兄弟把贝斯特的股权都交出，想送他一份礼物，这里本来就是叶之南送给他的，物归其主而已。

　　阿豹好心办坏事，气得砸墙，叶之南让警察制止他："仇家是冲我来的。"

　　汀兰会所为了让消费者安心，并无监控，这是唐烨辰掌握的事实。但叶之南在美国曾被唐莎在酒中下药，从那时起就留了一手，让阿豹以消防排查的方式在楼道安装了层层监控。

　　阿豹启用的是最得力的一帮兄弟，没走漏半分风声。警察调取关键证据，逮捕了藏毒者。此人的嘴很严实，替唐烨辰的助理斌伯扛了。他本来就是刚从里面出来的，不在乎再进去待几年，换得富足的后半生，值。

　　失去飞晨资本后，唐烨辰找过叶之南，叶之南避而不见。从公安局出来后，叶之南去了唐烨辰的住所。

　　花园里，唐烨辰一身颓靡地喝着烈酒，目中空无一物。叶之南说："你想报复我就报复我，为什么要对别人下手？！"

　　唐烨辰抓着酒瓶站起来，一双眼睛醉得猩红，映着水光："我不知道法人换成了你。"

　　叶之南看着唐烨辰，想起当年在英伦雪夜初相见时，那个阴郁桀骜的21岁的他。

　　唐烨辰对艺术有非常好的感悟力，叶之南和他相熟后，常常并肩走很长的路，相谈尽兴，如何想到彼此会走到今时今日。

　　叶之南终究什么都没说，转身离开。唐烨辰想喊住他，一声阿南到了嘴边，却喊不出口。

　　以警方的能耐，阿豹脱罪不难，而且唐烨辰早就安排了人伺机把证据丢出来。他只想拿阿豹打击叶之南，阿豹进去了，叶之南必然为之多方奔走，到那时，他或许就能理解，有个人为了妹妹，央求好友帮忙，是情非得已。然而，然而……

　　阿豹带着一伙弟兄直冲而来，叶之南停住脚步。阿豹揪住唐烨辰的衣领，提拳就打："我可告诉你，我犯过命案。"

唐烨辰的眼镜被打落在地，阿豹连揍几拳，大为光火："你给我记住了，这里是内地，你唐家不能一手遮天。想把我坑进去是吧？行啊，想一起死就再来！"

唐烨辰抬手，狠狠揩掉嘴边的血。叶之南目光沉郁："我管不住他，你好自为之。"

唐烨辰是天空艺术空间的股东，当天下午，叶之南派出律师谈解约，被他回绝："你转告他，我也有真心喜爱的东西。"

惊心动魄的大事，说来不过几句话。乐有薇到安保公司雇了几个保镖。拍卖场里两次被打压、在美国被人跟踪了一路，这些仇，她一直记着，想趁这次去敲打敲打唐烨辰，新仇旧恨一起算个总账。

在飞晨资本官方网站和论坛蹲点了几天，乐有薇分析出唐烨辰可能的行程。飞晨资本投资的一家科技公司到了上市路演阶段，她带上保镖去了。唐家人手段阴损，她只喜欢正面施压。

路演结束后，唐烨辰和助理斌伯从电梯下到地下停车场，出电梯之际，有几名男女保安走进电梯。擦肩而过时，唐烨辰胳膊瞬间一麻，他回头，看到身穿保安制服的乐有薇摘下墨镜，一挑眉，一抿嘴，对他邪恶一笑。

乐有薇指间夹着一根针："放心，就是普通的缝衣针，没携带什么剧毒病毒之类。"

这次是没有，下次可就不好说了。唐烨辰盯着乐有薇的眼睛，乐有薇笔直地回视，目光像尖刀，直戳戳的。助理斌伯要报警，乐有薇把缝衣针收进制服口袋："我拿来钉扣子的。"

她的威胁明目张胆，唐烨辰敛起眉："你想做什么？"

乐有薇身上装了摄影设备，且带了人证，唐烨辰断然不敢行凶。她笑得很轻视："你再敢报复叶之南，我就要你的命。"

唐烨辰微微抬眼，薄唇轻启："你搞定了秦杉，马上就爬进高门了。你惜命，不会为阿南玩命。"

乐有薇料到唐烨辰会说什么，压住这份得意："你可能低估了我对叶之南的感情。你死也就死了，我死不死就不一定了。"

她一副张狂相，助理斌伯的鸡皮疙瘩都起来了，果然是一条能把人撕碎的小母狼。从今天起，唐二公子身边得多点人手。

唐烨辰不说话了，乐有薇在笑，眼里有千军万马杀向他。他的确不清楚她对叶之南的感情究竟有多深，但被她弄死，她是未必会被判以极刑，何况她还有秦杉，秦杉对她什么感情，他倒是很清楚。

再有钱有地位，也怕不要命的，他们不想死。唐烨辰只比乐有薇大一岁多点，乐有薇欣赏着他的表情："我们算是同龄人，不如赌个命，看谁先死。"

不等唐烨辰回答，乐有薇摆摆手走了："我这人报复心很重，这两天刚报了射击课，春拍忙完再来找你哦。好好考虑，到时候怎么答复我。"

唐烨辰被气笑了，乐有薇威胁他，像在说一件稀松平常之事。

还没进秦家门，就又跟叶之南纠缠不清，乐有薇在玩火。她当真能为叶之南不顾前程，也不要命吗？唐烨辰冷冷一笑，他很有兴趣看个清楚。

秦杉和江爷爷一行从山西归来，等江爷爷和江天会合后，他叫车回乐有薇的出租屋。

乐有薇不会做饭，秦杉快回来了，她点了小区旁边的广东菜，秦杉很爱吃这家的煲仔饭。

拍卖图录部分定稿编辑制作完成，乐有薇细致审阅，门外传来动静，她跑去开门，被秦杉抱个正着。

煲仔饭热乎乎的才好吃，乐有薇让秦杉歇着，她去热饭菜。等她出来，秦杉已经冲完澡，边吻边把她抱进卧室。

乐有薇哼哼唧唧："还没吃饭呢，你不是说饿了吗？"

乐有薇的风衣里裹着秦杉最喜欢看的细吊带裙，他闻着她头发的香味，附耳说："是很饿。"

卧室很香，新换的床单等着某人，秦杉的呼吸又重了几分。跨年音乐会以来，两人探索着彼此，熟悉着彼此，也懂得了彼此，我只有你，你只有我，在现世一意孤行。

风起云涌，乐有薇容光焕发，秦杉给她拿了一瓶水，把薄被拉过来，盖住她的小腹，跟她并排躺着谈天。云冈石窟和悬空寺都太美了，以后要一起去。

两人每天手机不离手，事无巨细地分享见闻，此刻秦杉还要赖着问："想我吗？不准说你先说，不准说我也是，不准说嗯。"

乐有薇说："想。"

秦杉问："有多想？都怎么想了？"

乐有薇板起脸："你烦死了，吃饭去。"

秦杉心里好笑，乐有薇又害臊了，刚才亲他枪伤的人是谁，他身上哪一处哪一寸她不熟悉？他摸着乐有薇的脸，她张口咬住他的手指，用漂亮的眼睛勾引他："就这么想的。"

乐有薇头发长得快，揪个球支在脑后，后脖颈碎发绒绒的，秦杉亲下去，两人的呼吸很快又缠作一处。

夜幕降临，细雨潇潇。乐有薇躺着不想动，秦杉热了外卖，先吃了，摆弄着从山西带回的礼物。这趟去山西，名胜古迹都逛遍了，江爷爷喜欢名石，他也买了一些。

乐有薇起来吃东西，她在超市没找到老虎图案的水杯，买了一只画着狮子的，秦杉喝着水，让她挑石头。

乐有薇挑出最喜欢的两块，一块摆在书房，一块想拿去办公室。秦杉说："剩下的都送给朋友。"

乐有薇的朋友里，秦杉最喜欢夏至，推过一块石头："给夏至的，你觉得呢？"

秦杉买的是河曲黄河石，它产自山西省河曲县黄河滩头，石身天然成画，精巧耐把玩。这块石头是极淡的青绿色，中间有一处飘浮般的层峦，像青山之间的一缕白云。乐有薇称赞有加："岭上白云，很适合他。"

秦杉一块块地计划着，他的朋友熟人、乐有薇的朋友家人、她团队的人，他都想到了，乐有薇的心软得要命，然后跟他仔细说了她和唐烨辰见面的事。

当天秦杉和江爷爷在山西应县参观木塔，它建于辽代，是世界上最高、最古老的木结构佛塔，乐有薇只简略说了去找过唐烨辰，吓唬了他一顿。

唐烨辰有三年考察期，只能遵从父命，不会再对付秦杉和乐有薇，但他报复叶之南，唐家人不会有意见。乐有薇说："他操纵舆论，打压我的业务能力，无非是诛心，我不在乎，他就没辙了。但他在会所藏毒就太恶毒了，我必须警告他，以后不准再害我师兄和豹哥。"

乐有薇豁出去吓人，至少能唬住唐烨辰一阵，秦杉赞成她去出口恶气，过了片刻，他回过味了，什么叫唐烨辰低估了她对叶之南的感情？

乐有薇眼见秦杉眉头一紧，别开眼睛就跑："我去做面膜。"秦杉捞过她的腰，把人扯回来，扔进卧室。

第十五章
巨型翡翠雕琢权

　　夏至在为春拍做准备，库房有几件画作，他想请江爷爷品鉴。江爷爷本计划后天启程回江家林，往后推了几天。

　　这次中国古代书画拍品质量很高，其中倪瓒和石涛的作品各有三件，江爷爷很欣赏这两人。早餐后，秦杉陪同江爷爷去库房找夏至，乐有薇去准备巨型翡翠雕琢权拍卖会的前期工作。

　　绝作太多，江爷爷和夏至乐不思蜀。秦杉回乐有薇出租屋的书房工作，中午出门吃饭，然后去夏至指定的餐厅买吃的送去。

　　等餐队伍排得很长，但秦杉等得心情愉悦。昨晚后来，他问："你喜欢我吗，正面回答。"

　　乐有薇双眼包着眼泪，呜哝道："喜欢。"

　　秦杉喜欢听，嫌不够，停下来，换了一个问法："喜欢谁?"

　　乐有薇不回答，使劲掐他，他不动。两人眼神对峙，交融，乐有薇脸红了，眼睛看着窗外，呜呜说："喜欢你。"

　　秦杉心跳加快，扳过她的脸，眼里是火，要把她熔化："没听清。"

　　他还不肯动，乐有薇急不可耐，抓他的腰，呜呜呜说喜欢小杉，好喜欢小杉，特别喜欢小杉。

秦杉拎着食盒，路过甜品站，买了一支冰激凌吃，今晚回去要听乐有薇主动说，他想听很多遍。

乐有薇和团队成员吃完晚饭，拿起手机联系秦杉，手机屏幕显示一条信息，是秦杉一刻钟前发的语音："小薇，别来酒店，等我消息。"

秦杉的语气异常急促，乐有薇心一慌，打他电话，无人接听。她找夏至，夏至说晚餐是在江爷爷住的酒店餐厅吃的，他刚回到家。

乐有薇拨打酒店前台的电话，前台的声音听着有点急："有一台电梯失控，客人被困在里边，我们正在抢修。"

乐有薇跳上出租车赶到酒店，门口围满了人。救护车停在门外，医生和护士推着担架往外跑。她拨开人群，秦杉跟在担架后面，脸色煞白，脚步迟缓。

乐有薇扑过去，紧紧抱住他，像一只无家可归的小猫小狗，又慌又乱，秦杉抱着她："没事，小薇，我没事。"

乐有薇着急去看江爷爷，松开秦杉，忽然后背冒出一层冷汗。她重新抱住秦杉，手指在他腰上刮着，蹭着，挠着，连声喊道："小杉，小杉。"

秦杉没见过乐有薇怕成这样，哽咽着说："小薇，别怕，别怕。我爱你。"

乐有薇心脏抽痛，眼泪糊了一脸，双手巴着秦杉不放，秦杉试着松开她："小薇，我们去看看江爷爷。"

乐有薇牙都要咬碎了，脸绷着，哭出了声音："我走不动。"

乐有薇说过，有次郑好差点出车祸，她吓得腿软，跌倒在地。秦杉打横抱起她，向门外跑去。

医护人员把江爷爷抬上救护车，乐有薇窝在秦杉怀里，紧张地问："江爷爷怎么样了？"

秦杉看向医生护士，他们没有回答，他因此无法回答乐有薇，眼泪落下来。

江爷爷的房间在24楼，电梯升到17楼时，突然急剧摇晃起来，随后直坠而下。那一瞬间，江爷爷的头磕到墙上，秦杉拼命去稳住他的轮椅，然后整个后背顶上按键，把所有的数字都按亮。

电梯飞速坠落，停在5楼，门却打不开了。江爷爷歪着头，人事不省，秦杉观测他的情况，蹲下来为他做急救，随即按了轿厢报警器，通知了酒店方。

电梯事件可能并非偶然，唐烨辰没有放弃报复。秦杉匆匆向乐有薇示警，继续为江爷爷做急救，顾不得再接听电话。尽管他心如刀绞地明白，江爷爷已经停止了呼吸。

因为母亲，秦杉中学时的急救课程学得很认真，课后还向医生请教过，但危难来得急，没给他力挽狂澜的机会。他和乐有薇跟去医院，医生摘下口罩，悲伤地告知："脑出血，我们尽力了。"

电梯里，秦杉确定急救无望就火速报了警，电梯事故不是突发的，而是蓄意谋杀，犯罪嫌疑人可能是唐烨辰，飞晨资本的前总裁。

警方第一时间联系唐烨辰，唐烨辰在北京出差，手机那端，他喊冤："我更改行程，明天一早飞回云州，主动投案接受调查。"

挂了电话，唐烨辰联系吴晓芸，声音冷厉："你对付秦杉，他们以为是我！"

吴晓芸听完事情经过，汗毛都竖起来了："不是我，也不是你，还能有谁？"

半小时后，赵致远约吴晓芸见面。吴晓芸投资了一个茶楼，两人谈正事总在最东端的包厢里。

今年春拍好物多，中国古代书画件件精品。拍卖图录还未制作完成，但最好的那几件图片已在大客户圈里广为流传，倪瓒的《隔江烟雨图》尤受追捧。

中午在库房里，江知行拿着便携式显微镜鉴赏《隔江烟雨图》，起先屏息静气，如获至宝，许久后，他一言不发，看得更精细。再后来，他靠在轮椅里，轻声叹息："我想认识画这幅画的人。"

倪瓒是元末明初的画家，夏至一惊，库管员走近来听，大收藏家竟然说这是仿作，只能乱真，不能成真。

拍卖图录封二这种级别的画作，会被公司整个书画鉴定团队鉴定，一致通过后，再拿去给赵致远拍板。有的作品连赵致远都吃不准，就得到外面搬来大师，给出定心丸。江知行竟然说它是假的，夏至说："我让赵老师他们过来。"

赵致远当即喊上公司书画鉴定团队赶去库房，他去过江府，知道江知行对宋元明代的画作有研究，江知行本人和他养的鉴定团队都是资深大家，质疑很有力度。

江知行对众人历数这件《隔江烟雨图》的作伪之处，分析它极可能出自圈内造假大鬼马广才的徒子徒孙之手，句句直指要害，戳中赵致远的心窝子。赵致远强笑："马仿我略有耳闻，据传是神乎其技，但早已失传，其实并没有？"

马广才这一脉被称为马仿，江知行能甄别它纯属机缘巧合。这段渊源要从东晋画家顾恺之说起，他是六朝四大家之一，水墨画鼻祖级的人物，对中国画的发展有深远影响。

顾恺之一生画迹甚多，但真迹被公认没能流传下来，其作品《洛神赋图》只有几件摹本传世，分藏于国内外。不过原作者到底是不是顾恺之，在文史界和艺术界存在争议。

江知行初去美国谋生时，在一家家居品牌工作，结识了同事马虞山。两人兴趣相投，江知行创立Dobel品牌，马虞山是最早的投资者之一。

马虞山年长江知行十来岁，本是天津人氏，祖上世代在京津地区做古玩生意，他喜好工笔画，成年后在北京琉璃厂开了一家古玩店，名号不留斋。

马虞山年轻时，从东北重金借来一件《洛神赋图》宋摹本，把玩月余后归还。后来，古玩行或关张，或合并，他选择出国，他的两个弟弟被街道办安排进了工厂，当了会计和文书之类。

中国收藏市场回温后，马虞山的两个弟弟再战江湖。两人自小浸染家族营生，经验丰富，眼力准，成了元老级的鉴赏家，有着行业泰斗的美誉。但少有人知，马家表面是以书画为主的古玩商，但真正发家致富的门路是临仿。

换言之，从马虞山的高祖开始，这一脉就是顶尖的书画造假高手。马广才是马虞山的曾祖父，在行当里是出了名的大鬼，门徒众多。

马虞山得到曾祖父的真传，当年，借得那件《洛神赋图》宋摹本后，他亲自做活，造了四件仿作。出国后，他通过掮客把仿作卖给了外国人，四人都是大藏家，直到其中一人的后人把它送上拍卖场，才引爆了炸弹，但其时马虞山已然去世。

一般人玩收藏，不太碰古代书画，因为中国历史悠久，高深莫测，连专家都会被打眼。江知行是画家，专攻这一块，他不光腿脚勤快，还好学不倦，并且有马虞山这种精深专家掌眼把关，因此大胆地买进卖出，赚取令人惊愕的利润，总不忘给马虞山分成。

犯大烟瘾时，从如何做旧绢帛，到绘画技法，再到题跋和印章的仿造技巧，马虞山都对江知行讲过。不过，盗亦有道，老一辈人做事保留了传统：弄点当世有钱人的钱无妨，但不能欺骗后世，所以造假归造假，得留点活扣子。

马虞山仿制的《洛神赋图》各有故露马脚之处，江知行细细讲来，夏至白着脸："照这么说，去年秋拍八大山人那件《槐蝠图》也有问题。"

赵致远一行走出库房时，夏至跟江知行说："《槐蝠图》被姬长远拍走，我约他的时间，尽快去他府上看看。"

姬长远是巨商，且是有名的经济学家，家庭背景十分深厚，若他和江知行联手，后果不堪设想，马仿传人赵致远乱了方寸。

门徒本想纵火，被赵致远否了，库房离消防中队不远，不能确保得手，而且里头绝作多。

江知行身边一直有人，找不到更好的机会，赵致远的人被迫打上电梯的主意。住客见有轮椅，都很讲风度，让秦杉和江爷爷先走，不然伤亡更多。

门徒想把夏至一并除掉，被赵致远阻止了。夏至只是出色的拍卖师，不是江知行那种大家，他发话会被鉴定界打成小儿胡言，暂时不用动他，一动他，作案动机就一目了然。

酒店涉案人员都已藏匿起来，并且给足了封口费，就算被抓获，也查不到赵致远这一层面，但昨晚餐桌上有秦杉。

电梯事故是人为导致的，无法控制得足够精确，留下了秦杉这个活口。江知行和夏至对他说过多少，他和夏至会不会报案，都是重大隐患。

吴晓芸很愤怒，但眼下不是向赵致远追责的时候。马仿精妙，少有人能直指破绽，江知行被除掉，危险是少了几分。

秦杉和乐有薇被唐家追着打，第一反应可能是咬出唐烨辰，但警方稍加调查，就能排除唐烨辰的嫌疑。江知行身亡，秦杉不可能不和夏至通气，只要他们把掌握的信息拼凑起来，事态就不可控了。

赵致远说："现阶段能推到唐烨辰身上，他落到这个田地，跟秦望有关。他报复秦杉，误伤到江知行。我们得利用这个时间差，封住他们的口。"

夏至和乐有薇都是叶之南的爱徒，只要叶之南出面，就能把这两人都稳住。乐有薇自然能让秦杉不乱说话，冰山一角就止于冰山一角，不会被深究下去。赵致远盯住吴晓芸："眼下只有之南能按住他们，你去找他。"

吴晓芸抓着茶杯，越想越愤怒。江知行是巨贾，江家人绝对会声讨到底，赵致远闯出弥天大祸了。

赵致远紧逼一步："当年，之南没和陈襄走，是你拦住的吧？你有本事让他留下来，就有本事让他搞定他徒弟。他是贝斯特的元老，不会希望公司倒下。"

高明的伪作耗费心力，且有风险，赵致远团伙很谨慎，每年上拍卖会只有几件古代书画和一两件近当代书画。即使不被江知行拆穿，赵致远也打算明年就罢手，妻儿都弄出国了，他也该走了。

吴晓芸以要事为由约见叶之南，叶之南让她去汀兰会所，她放下手机："之南稍晚就和我见面，但你得做好自己扛事的打算。"

赵致远怒道："你！"

吴晓芸靠上椅背，她被赵致远以巨额财富诱惑，拖上了贼船，如今大难临头，她得跳船逃生。她冷冷地问："你有证据证明，你老婆儿子对你做的事完全不知情吗？"

　　父亲了解儿子，知道怎样能逼走儿子。赵杰对司法拍卖没兴趣，赵致远仍逼迫他去做，还让他把当代艺术拍卖槌移交给方瑶，一步步激怒他，一步步把他推出漩涡中心。赵杰对父亲失望，愤而出国，但愿他永远不用明白父亲的苦心。

　　吴晓芸既已把话挑明，赵致远明白她有办法把赵杰坑进来，他抱着双臂："整件事都是我赵致远干的，但有几个人有绝对的证据说它们是假的？"

　　吴晓芸起身："你有两条路，要么等我和之南的消息，要么连夜去美国。"

　　一逃，就坐实了一切。但不用走出这个包厢，赵致远就能得知，他在美国的妻儿都在监视之下，吴晓芸安排做海外市场的人马是她的嫡系，是绝对的服从者。

　　吴晓芸能拿赵杰的性命胁迫赵致远，赵致远却不能同样回击，因为她儿子是秦望的儿子。秦望对唐振生以和为贵，对付他赵致远可就容易了。

　　吴晓芸紧盯赵致远，赵致远只得说："你跟之南说，我业务能力不够，看走了眼，没能鉴别出来。"

　　其他行业都有例牌声明"本公司享有独家解释权"，拍卖行业也一样，它们会在事前对拍品进行自查，邀请鉴定专家和学术顾问对拍品掌眼断代，但买受人参与竞投，得自动默认条款："拍卖公司对拍卖标的的真伪、品质不承担瑕疵担保责任。"

　　吴晓芸走了。赵致远给自己倒杯茶，如果叶之南摆不平乐有薇和夏至，他被藏家追究，只要咬死是鉴定能力不足，诚恳地奉还全部款项，这事也能收场。马仿传人都藏得很深，各有社会身份，经得起查，警方查到他的可能性极小。

　　电梯事故发生后，酒店有几个人潜逃，警方发出了通缉令。乐有薇和秦杉相对痛苦无言。

　　乐有薇回顾几次会面，江爷爷对她无比善待。他赠以腰刀，与其说是让乐有薇帮艺术馆的忙，不如说是想让他的关门弟子和她多点接触机会，增进感情。乐有薇何尝不明白江爷爷的撮合之意，她想到他对未来有那么多计划，痛彻心扉。

秦杉和乐有薇一夜未眠。一大早，江天从缅甸飞回来，恶狠狠地揪住秦杉的衣领。秦杉任他发落，是他没用，没保护好江爷爷。

秦杉也是受害者，江天推开他，抱住头，大哭起来。乐有薇蹲到他脚边，忍住泪水。她第一次感到强烈的后悔，若那时在美国，唐烨辰找来时她妥协了，让警方查到邢佳清为止，唐莎就只会对她展开报复，不会牵连到秦杉，更不会让江爷爷这样横死。

上午，唐烨辰飞回云州，在机场被警方带走。夏至和江知行约在下午去拜访姬长远的艺术顾问，他发出信息："江爷爷，中午我们在这家吃饭。"

夏至没等到回答，把餐厅地址发给秦杉："中午吃这家吧，你喊上有薇。"

乐有薇颤着手，回了几个字："江爷爷走了。"

夏至赶来，跟乐有薇和秦杉一起复盘昨天发生的全部事情，乐有薇隐隐有了思路："如果不是唐烨辰，那就跟那件《隔江烟雨图》有关。"

夏至说："江爷爷指出是伪作，所以被造假者杀人灭口？假如是这样，我为什么至今没事？"

通过刚才的推演，昨天在库房的那几个人都很有嫌疑。乐有薇立即报案，必须争分夺秒，让警察把他们都控制起来，以防他们出逃。而且只有报警，才能保住秦杉、夏至和无辜者的命。

中国古代书画动辄千万起步，这是大案，三人赶去公安局做笔录。路上，乐有薇和夏至找叶之南报备，叶之南只说了一句话："我去找赵致远。"

公安局门口，乐有薇一行和唐烨辰迎面遇上。警方初步排除了唐烨辰的嫌疑，他整了整西装，对乐有薇微微欠身，从容离去。

中午，赵致远和鉴定团队被警方带走，贝斯特拍卖公司的高管也一一接受警方调查。赵致远宣称他和贝斯特清白无辜，辩称自己学识不足，导致鉴定可能出了差错，愿对藏家做出赔偿，并公开道歉。

夏至接任叶之南主槌公司的中国古代书画已有几年，推断涉案画作多达十几件。等到叶之南从公安局走出，夏至把江知行生前讲过的马仿细节和盘托出，可惜昨天江知行只来得及针对《隔江烟雨图》提出质疑，其余被拍出的画作作伪之处未及考证。

叶之南和夏至一同去找姬长远的艺术顾问，借回去年拍出的《槐蝠图》，交给省博左馆长相熟的鉴定专家鉴定，但马氏家族从宋代就从事临仿业，鉴别难度很大。

《隔江烟雨图》和《槐蝠图》目前最多是争议作品，定不了性，也定不了案，警方正在向文博权威机构求援。叶之南和夏至马不停蹄地拜访藏家，借回画作交给警方指定的鉴定团队重新鉴定。

乐有薇本年度的春拍拍卖图录由黄婷和程鹏飞主要负责，两人对封面拍品有分歧。程鹏飞想用慈禧三阳开泰玺，庄重富贵，黄婷认为乾隆朝的碧玉"海晏清安"烛台更有华彩，胡老太提供的是一对，殊为难得。

烛台用整块碧玉制作，底座呈圆盘状，盘心雕刻一龟伏于波涛之上，龟背上立有一只展翅海燕。海燕谐音"海晏"，取其"海晏河清"之意，祈祷大海无浪，黄河水清，天下太平。

清代黄河水患不断，皇帝对海工河务很重视，以海晏河清为主体的纹饰在宫廷艺术品和日用品上很常见，这对烛台应为皇帝书房所用。乐有薇回公司，选定它们作为封面拍品。黄婷和宋琳开心地击掌，乐有薇怔怔地看着，实在难受，离开团队办公室。

还有不到两个月，春拍就要开始了。同事们都在热情工作，但警方在突审，也许很快就有惨重的消息传来。大多数同事都是很敬业的人，可接下来会发生的一切都太残酷。

乐有薇在走廊里缓慢地走着，她不知道公司将走向何方，但巨型翡翠雕琢权拍卖会将于本周日举行，她必须确保万无一失，以告慰江爷爷亡灵。

江家人都赶回中国，秦杉的外公外婆也回来了，多年老友如今没剩几个。遗体告别会上，乐有薇注视着江爷爷的遗照，泪眼模糊。江爷爷，你一生扬善行大义，这样的你，最配过河边看花、花前入梦、梦里安然的生活，你是这世界上最不该死在恶人手里的人。

秦杉鞠躬致哀，江爷爷在云冈石窟欢喜赞叹的音容笑貌仿佛还在昨日，却再也不能亲眼看到故乡来年的梅花。

"应识前身是明月，此生修得到梅花。"挽联是夏至选的句子，乐有薇亲笔书写。秦杉打算将来把挽联放在江知行个人艺术馆里，他拼了命想做好它。乐有薇去探他的手，冷透了，再看身旁的夏至，同样是一张惨淡的脸。

外公外婆参加完遗体告别会就回美国了，他们不想再给两人增添负担。等航班起飞，乐有薇和秦杉回家，在小区楼下，秦杉停车，乐有薇在人前忍了又忍的眼泪落下来。

秦杉搂着她，轻轻顺着她的背，乐有薇哭着说："小杉，我喜欢你，很喜欢。"

江爷爷的死和贝斯特有关，乐有薇很压抑，她每天机械地工作，机械地吃饭，靠秦杉强迫才能多吃点东西，秦杉心疼地拭去她的泪："我知道。"

然后他拉着乐有薇的手，贴到自己心口："小薇，我们会永远在一起。"

那台电梯里有秦杉，死亡曾经离他那么近。乐有薇伸出双臂，把秦杉扣在怀里，无声痛哭。恶魔在吞噬贝斯特拍卖公司，吞噬她所在乎的事业，吞噬无辜的人们为之耗费的心血，她却只能眼睁睁地看着，无能为力。

巨型翡翠雕琢权拍卖会如期举行，江天强撑着不让自己倒下，前两排都是他请来的珠宝商。今生珠宝没亏那么多，爷爷就对他夸了又夸，他立誓把它做大做强，做得像爷爷一手创立的主牌Dobel那样成功。

下午两点整，拍卖师乐有薇执槌登场。循常规介绍规则后，她向众人展示今生珠宝设立的赌石彩头。

翡翠开采出来，有一层风化皮，其内是宝玉还是败絮，肉眼看不出来，唯有切割剖开才能见到庐山真面目，因此"赌石"这个伪概念应运而生。

为答谢众嘉宾捧场，江天特意另外准备了三块原石，抽出三位嘉宾现场切割，即赌石。不过，行业内部其实不存在赌石的说法，矿主矿工过一轮，专业人士用专业设备过一轮，原材料收购商过一轮，这么一轮一轮过下来，外行没什么捡漏机会。

这就跟海产品一样，出水后在渔船和批发商手里挑选过好几遍，再按等级定价，普通人想要最大最好最新鲜的，永远是一分钱一分货。

市面上的"开石"大多是迎合赌徒的表演，让你花钱碰碰运气的"原石"都是道具，看着朴拙，基本都用钻头钻过，再用黏土封上，惟妙惟肖，就为挣你过手瘾的钱，里头就算有玉，也不如你赌石花的钱值钱。

偶尔有业内高手小赌怡情，赌一块玉石的纹路颜色，但赌石头里面有多少玉石很无稽。当然，"赌石"作为一个现场噱头效果很好，能充分娱乐外行，满足他们看热闹的心态。

在专家的指导下，第一块原石被请上场的嘉宾切开，里头色好水足，博得满堂彩，全场的气氛瞬间热烈起来。

场子热了，乐有薇开始正式的拍卖。这件巨型翡翠产自缅甸名坑，Dobel总部邀请专家现场切割成数块，根据不同等级进行拍卖。它们将被制成项链、手镯、戒面等礼品，四散四方，传情达意，成为许多人的幸福象征。

翡翠资源匮乏，好料难求，台下和电话委托拍卖的珠宝商们趋之若鹜。乐有薇一件件拍卖，脑中忽然尖锐一颤，她撑着拍卖台的边沿，忍住剧烈的头疼，微笑着宣布："恭喜57号，编号62号是您的了！"

门口传来异动，几名警察不期而至，很快，保安走到叶之南面前，弯腰耳语。

叶之南悄然离去，乐有薇头疼得快站不住了，用脚尖抵住拍卖台，双手撑着台沿，指骨撑到泛白。她努力介绍一件翡翠，耳鸣声陡然锐叫起来，她在说话，但已经完全听不清自己在说什么。

叶之南走到门口，警察严肃地问话，乐有薇看过去。警察给叶之南戴上手铐，她眼前天旋地转，陡然一黑，紧接着便倒向地面。

拍卖师当众晕倒在台上，满座哗然。秦杉冲上台，乐有薇苍白着脸，嘴唇殊无血色，整个人都是冷的，秦杉抱起她，冲向门外。

这幢大厦西侧对面就有个社区医院，乐有薇最近吃不好睡不着，今天还没吃午饭，得补充一些葡萄糖。

员工席里，凌云站起来，边走边说："我是贝斯特拍卖师凌云，接下来由我主槌，一点小插曲，请大家不要介意，下面我们进入第二次赌石环节。"

现场一片骚动，秦杉不管不顾，抱着乐有薇冲到会场外。叶之南和警察们在等电梯，回头一望，脸色变了。

秦杉看到手铐，脸色也变了，再看看怀中双眼紧闭的乐有薇，他像是被什么东西猛地撞到了胸口，闷气堵住了血脉。

电梯门关上，向下，乐有薇睁开眼睛。场内传来凌云的说话声，现场气氛恢复如常，她放下心来，在珠宝领域，凌云优胜于她。

秦杉低头看乐有薇，心情很复杂："小薇，你怎么了？"

乐有薇抓着他的外套，手指慢慢用力，然后慢慢闭上眼，脸色越来越白，秦杉又慌了："小薇，小薇！"

乐有薇说："很累，我想回家。"

秦杉柔声说："先去医院。"

乐有薇闭着眼，任由泪水从眼角滑落："不去，我没事。"

秦杉抱着她，靠住墙面，勉强站定。他知道乐有薇心理素质好，这只是一场寻常的拍卖会，因为拍品单一，乐有薇说它很简单，可她倒下去了。在叶之南被带走之时，她崩溃了，一溃千里，就那么直挺挺地晕倒了。

"你可能低估了我对叶之南的感情。"乐有薇对唐烨辰说过。秦杉理解她，她从一开始就对他坦言想和叶之南在一起，叶之南比他出现得早，永远在她心里有一席之地，他理解，也接受，可是当她为叶之南晕倒在台上时，他的心碎了。

秦杉的眼泪落在乐有薇脸上，一滴，又一滴。乐有薇睁眼，像新生的荷叶经不起雨滴的袭击，秦杉泪滴砸下，叶片被砸出了大洞，寒风灌进去，她承受不住，从他怀中挣下来，一手撑墙，站稳了。

泪眼相对，秦杉说："你这么爱他。"

乐有薇翕动着嘴唇，想说什么，但没说出口。她知道秦杉在伤心，可她说不出抚慰他的话，秦杉在等她说话，她说不出来，看着地面，小声说："我、我们……"

舍不得说出分手两个字，乐有薇的心在坍塌，扶着墙走向电梯。秦杉观察着她，她走得慢，但很稳。他没有追上去，抬起手背，擦去眼泪。他只听她说过"我喜欢你"，可她爱他啊，爱得所有人都看见了。

场子里还在赌石，凌云对观众说："稍后进行的下半场，我想邀请今生珠宝品牌的总经理江天和我配合完成。"

凌云是临时救场，好在有江天协助，这场必能顺利做完。杨诚悄悄出来，门口却只有秦杉，她惊问："有薇呢？"

秦杉垂下眼睛："她说很累，还没走远，你帮她把包拿出来吧。"

包里有门钥匙，小薇需要睡一觉。江爷爷过世后，她太想把巨型翡翠雕琢权拍卖会做好了，可她在全场观众的眼皮下晕倒了，她一定很难过。叶之南被上了手铐，警察一定是查到他涉案的实证了，这对小薇打击太重，她应该好好睡觉。

趁着赌石还没结束，姚佳宁和江天也出来了，江天问："乐怎么了？"

杨诚和姚佳宁结伴去追乐有薇，送她回家，秦杉等她们走了才说："叶先生涉案，她伤到心了。"

江天恨恨地说："我早说过，道貌岸然一只狼。"

秦杉双眼通红，江天心里大致有数："冷静一下，明天跟我回江家林，等我爷爷入土为安，那帮浑蛋一个也逃不了！"

夜很静。乐有薇躺在床上，纹丝不动。唐烨辰的人马打压她业务能力差，她咬牙不认，可今天她出恶名了。拍卖师怯场晕倒，她可能是业内第一人。

她知道她是怎么了。那天，听到电话那边的酒店前台说电梯失控，客人被困时，她脑中一炸，疼痛难忍，张口就吐了出来，那一刹那，她就明白了。

当她扑向秦杉时，秦杉说他没事，她的心缓缓归位，可是半边身体忽然动不了了。秦杉以为她怕他死掉，她是害怕，但同时她还害怕自己死在他面前，在听到秦杉说"我爱你"后，她肝肠寸断，说出此生最痛苦的一句话："我走不动。"

脑膜瘤可能复发了。最可怕的是给予希望，再拿走它，乐有薇第一次怯懦得不敢去看医生，卑微地寄希望于那只是错觉，是压力过甚，是自己吓自己。

今天在拍卖场，开场没多久，乐有薇就在忍痛，即将昏迷前，她唯一的念头是，我不该逞能，这场我本不能上场。

那副手铐像幕布，把全世界的光都遮住了。乐有薇拽着床单，测试自己的知觉，叶之南绝不可能涉案，这里面一定有误会，她得把力气找回来。

手机响了又响，但都不是秦杉。卧室里还残留着他的气息，乐有薇叫了外卖，大口吃着，若就此分手，也好，也好。

他应该遇见一个健康明朗的女人，像舒意那样的，精神奕奕，能够和他相伴很久很久。乐有薇的眼泪滑下来，来得很凶很快，她扯过纸巾，揩了揩，强忍恶心呕吐感，继续吃饭。

郑好打来电话，按警方的要求，乐有薇不能透露案件信息，但叶之南被带走，乐有薇晕倒在拍卖场，郑好在公司官网论坛上都看到了。

乐有薇应付不了郑好一万个问题，郑好坚持要回国，乐有薇精疲力竭，烦透了，吼道："我求你再等等！"

赵杰之母联系不上赵致远，慌了神。郑好看看赵母那娇滴滴的模样，再看看赵杰那呆若木鸡的模样，被迫接受了乐有薇的建议。

高中时代，乐有薇有次陪卫峰看足球赛直播，解说员说到队医给某个球员打了封闭，她问是什么意思，卫峰说是一种治疗手段，把激素类消炎药和局部麻醉药直接注射在病灶部位，以便继续比赛。

时隔多年，乐有薇还记得卫峰说："作用是阻断病变部位神经痛觉过敏的恶性循环，把神经对疼痛的传导敏感性，降低到较低的水平。"

太学术了，乐有薇转换成大白话："就是集中火力，把疼痛感封闭住了。"

如今的乐有薇动用这招，吞下两颗安神药，给自己的情绪打了封闭针，睡个饱觉。天亮后，她去医院挂号，预约拍片检查，然后赶去公安局了解案情进展。

乐有薇是伪画案报案人，警察对她态度亲切，告知电梯事故犯罪嫌疑人已被刑拘。此外，昨天中午，唐烨辰提供了新情况。

去年春拍，唐烨辰在贝斯特拍卖会上拍得一件八大山人禽鸟图，被证实是伪作，他是受害者之一。从大学起，唐烨辰就有艺术品收藏和投资习惯，据他揭发，数年前，叶之南和他相熟后，找他谈过合作。

叶之南循循善诱，他的大客户身家惊人，对唐家在金融业的渠道很有兴趣。唐烨辰拒绝了，唐家不需要赚这种钱。

前几天，贝斯特高层被调查，出来后个个讳莫如深，唐烨辰约出一人，再约出一人，判断贝斯特可能涉及大案。他利用自己在金融业的关系网，查了下去。

为了洗脱自己涉嫌杀害秦杉的冤屈，得到父兄信任，唐烨辰对贝斯特的洗钱渠道做了调查，查到他们合作的地下金融系统之一，交给警方。

唐烨辰咬死叶之南是为权贵非法洗钱的白手套，警察赶到翡翠拍卖会现场找叶之南问话。叶之南听说是唐烨辰指证他，认罪了，说："我会交代情况。"

警方因此亮出了手铐。叶之南归案，指认赵致远是作伪元凶，警察正在提审赵致远。乐有薇谢过警察，浑浑噩噩走出公安局。

拍卖行业被"洗钱"一说污名化，事实上，一年到头上亿的拍品数得过来，树大招风，依托艺术品洗钱太慢。犯罪分子更青睐地下金融机构，更快捷，也更隐秘。

艺术爱好者数量广袤，其实正规的拍卖都是靠佣金赚钱，并非是外界误以为拍卖等同于洗钱勾当。唐烨辰是在诬告，乐有薇恨得牙痒，可是口说无凭，警方不会听她的。她查看论坛，天空艺术空间今天有个青少年艺术基金结项汇报展，唐烨辰也在场，她打车过去。

去年，唐烨辰入股天空艺术空间，在跟叶之南交恶后，他仍然不肯退出。乐有薇守在会场门外，会议结束，唐烨辰出来了。助理斌伯增派了保镖，放眼望去，唐烨辰身边全是练家子，乐有薇和她的保镖别想再接近他。

他们走向电梯，乐有薇走到监控摄像头死角处，从包里摸出木哨子。在江家林，她做了很多个木哨子，此刻衔着使劲吹了几声，唐烨辰等人循声看来。

乐有薇比画一个手枪手势，对唐烨辰笑得妩媚，外人看了只当她在调情，跟情郎闹个淘气，唐烨辰蓦然感到胆寒。电梯厢门合拢的那一瞬间，两相对视，他看得出来，那是会杀人的眼神。

昨天下午，在贝斯特官网论坛，唐烨辰看到乐有薇晕倒在拍卖场的照片。这女人对叶之南的感情原来真的深入骨髓。

上次乐有薇亲口说："我报了射击班。"今天她就提胆来相见了，看来，如果他要了叶之南的命，她真能跟他玩命。

前两天，唐烨辰约叶之南见面。他拿到的调查报告里有详细的账户往来，贝斯特做伪画敛财的渠道他掌握了一个，主要负责人是薛明。

几年前，乔治伦作品《蒙马特女郎》事件中，分管副总薛明办事不力，引咎辞职，风波过后，他被派去开拓海外市场。

唐烨辰有理由认为，《蒙马特女郎》不只是在预展上用了伪作，事前邀请专家鉴定，恐怕也把专家们当成了验金石。他看着叶之南："你不说点什么吗？"

叶之南看完调查报告，双手撑桌，迎望着他："你就是想让我和唐莎一样，在大牢里待着，是吗？"

警方一旦掌握调查报告的账户，贝斯特拍卖公司售假证据确凿，罪无可逃。这份调查报告，唐烨辰可以交出去，也可以不交，只在叶之南一念之间。

叶之南和唐烨辰对视，亦是对峙，双方眼里都有太多信息。落地窗外，助理斌伯隐去了身影。他看得出来，这两人永远不能再如从前一样闲饮东窗，清谈半日。

唐烨辰为了唐莎，请求叶之南说服乐有薇，叶之南对他感到失望，但能理解。可是随后，唐烨辰雇凶恐吓乐有薇和她的家人，还对付阿豹，偏执至此，叶之南很痛心，他直接往外走，唐烨辰还像从前那样，温和地唤他："阿南，你知道我是哪年认识你的吗？"

叶之南没有回头，唐烨辰说："是我15岁那年。"

玩冲浪，远远望见母亲的游艇上，凭栏远眺的玉一样的人，那时正有霞光。唐烨辰兴冲冲地踏上甲板，却没找到那人。几个月后，他偶然窥见母亲执起时年21岁的叶之南的手，对他撒娇相谈。他没让叶之南和母亲看到他。

多年后，妹妹爱上叶之南，闹到最后，连家族都默许了，可是叶之南不从，宁可掀开隐晦。

唐莎不信，去问了母亲。唐烨辰沉声说："我母亲在看心理医生，你本不该对阿莎说那些。"

叶之南径直走了："令堂养出那样的女儿，为此落下心结，这是她要承担的责任。我会承担我要承担的那些。江湖事江湖了，我等着你。"

唐烨辰看着调查报告，眼神寂静如死亡。没有直接证据表明叶之南和海外账户有关联，他找人操作了一番，做得很巧妙，忍了两天，挨到乐有薇主槌巨型翡翠雕琢权拍卖会当天，才把证据交给警方。据警方透露，叶之南泰然处之，束手就擒。

车窗外风景变幻，唐烨辰想着乐有薇那双杀气腾腾的眼睛，拉上遮光帘。叶之南从不肯就范，连他的女人竟然也让他有了惧意。

那女人浑身竖着刺，跋扈又骄傲，她是叶之南一手带出来的，叶之南当然也骄傲，可他也有过跋扈的时候吗？唐烨辰不曾见过，即使是如今。

贝斯特伪画多达15件，但经济犯罪基本不会被处以极刑。那些伪证很严密，但以警方之能，迟早能查出真相，还叶之南清白。曾经共度多少暮春初夏的闲适午后，唐烨辰从来没想过，要将他毁去。

昨天，秦杉没看完巨型翡翠雕琢权拍卖会就走了，找了一间酒店住下。女朋友对他连一句喜欢都那么难说出口，但她深爱着另一个男人，他不知如何面对。

将手机按亮几百次，也没收到乐有薇的消息。秦杉想到夜深，去洗漱才发觉，自己的物品从衣物到工作电脑都在乐有薇住的出租屋。

于是他就那样想下去——小蝴蝶不会做饭，但她的男朋友为江爷爷难过，脑子一团乱，她学着烧汤热菜，给杨诚打电话："什么叫小火热油，多热叫热？"

再想到那家伙除了为巨型翡翠雕琢权拍卖会彩排，所有时间都和男朋友在一起，给他讲故事，说笑话，生怕他再失语。她知道母亲死在秦杉面前，他有多伤心。

江爷爷之死，秦杉的噩梦重演，夜里时时惊醒。乐有薇像个小母亲，拍着他的背，一下一下地哄着。

秦杉看着镜子里的自己，眼睛红得吓人，像电梯事故那天乐有薇的眼睛一样，他险些出事，她也吓坏了啊。

一个人喜不喜欢另一个人，要看行动。50号公路上，乐有薇被人打断肋骨，还拼死把他弄上车，为他争取抢救时间。秦杉想着，抹了抹眼睛。乐有薇选择和他恋爱，而不是和叶之南，她有她的理由，他有他的优点。

乐有薇不喜欢把情情爱爱挂在嘴边，但她就是很喜欢她男朋友。因为有她，相识至今，她的小老虎一直感到很快乐很幸福。秦杉想通了，睡着了，醒来却看到网上铺天盖地鞭挞贝斯特拍卖公司，做派跟骂汪震华的幸程控股集团时别无二致。

受害藏家正发起集体诉讼，向贝斯特索赔。买得起几千万上亿书画作品的人，个个都有能量，他们联合起来追责，贝斯特扛不住。

坍塌，也许只需要一件事。无数普通从业者的心力，甚至是全行业人员辛辛苦苦构建的形象，被一句句"这行不一直等于洗钱吗"所淹没。

正规的拍卖行都是在正规地赚取佣金，贝斯特那么多好好做事的人就这样被侮辱被损害了，却无从辩解。秦杉盘算着去找乐有薇，老高打来电话。

自那天在江家林把秦望气走，父子俩再没见过面，巨型翡翠雕琢权拍卖会，秦望没去。老高问："还在为江爷爷的事伤心吧？你爸让我告诉你，害你的人会把牢底坐穿。"

秦杉没应声，老高又说："你爷爷生病了，想看看你，可以吗？"

秦杉对爷爷的印象很模糊，记忆里，爷爷很威严，长年住在大伯家。大伯二伯和姑妈家都有好几个孩子，秦杉在爷爷那边不起眼。

秦杉坐上老高的车，问："贝斯特以后怎么办？"

涉案金额高达十几亿，性质恶劣，老高说："谁也保不了。"

秦杉说："涉案的好像只有假画。"

老高叹气："没用，事态本来能控制，但被人捅出来了，舆论还愈演愈烈。"

伪画一案，叶之南和夏至很积极地配合警方工作，收回了15件涉案伪作。等到案情水落石出后，犯罪分子伏法，赃款归还藏家和投资客，贝斯特还能运营下去，毕竟书画之外的领域都是合法经营。但不知是哪一方面，撺掇众受害藏家对贝斯特发起集体诉讼，并公之于众。

信用破产，抵制声又大，会伤及一家拍卖行的根本，秦杉沉默了，老高也闭口不言。秦望那位发小欧庆华，在事发当晚就放弃贝斯特了，对贝斯特的处罚越严厉，他越撇得清。

为这件事，欧庆华对秦望也不满，半开玩笑说："知道你俩各管各的，结果你还真不替我看着她一点？"

吴晓芸想背靠大树，但大树在被牵连时，做的第一件事就是把身上的藤蔓连根拔起。原本贝斯特因为违规违法操作，进行停顿整改即可，但以欧庆华的行事风格，贝斯特将会被吊销文物拍卖经营资质，以关张告终。

私立医院在郊外，快到了，老高才说了实话。秦杉的大伯调回北京有年头了，秦爷爷在北京疗养，是秦望生了病，想看看儿子。

秦杉问："什么病？"

老高说："高烧39.8℃，几天都不退，人都脱水了，昨晚才精神些。"

病房是里外间，秦望穿着病号服，除了面色有些发白，看着还好。秦杉坐下来，秦望说："小杉，告诉你一个好消息，我和吴晓芸在谈离婚。"

秦杉猛然起身，父亲为什么会认为这对他是好消息？秦望有点意外于他的反应："你一直耿耿于怀我背叛了你妈妈，不认我，我现在在修正。"

父亲不爱母亲了，有了外遇，母亲很伤心，但后来遇到了陈叔叔。秦杉懂得爱的流动性，他介意的是父亲打压母亲的事业，还藏起他，差点逼疯母亲。他默然向外走，走到通往外间的门口，秦望在他身后说："你女朋友失业不要紧，我这里有职位给她，不过，你还肯要她吗？"

秦杉一愕，停下脚步，父亲也知道小薇在拍卖会上晕倒了？秦望见说中了他的心事，叹道："放弃吧，好女孩很多，她另有所爱，你没必要再执着。"

漂亮女人难免有点阅历，无妨，但跟秦杉在一起还不收心，就是另一回事了。秦望说："你不要委曲求全。"

秦杉恍若未闻，乐有薇选的是他。秦望看透了他的心思："她为什么选你，因为叶之南她拿不起也放不下，对你，她拿得住。但关键时刻，她真情流露了，你越迁就，以后就会越伤心。"

秦杉仍不答，昨天在拍卖场外，乐有薇没说完的话，他听得懂，她想说我们分手吧，可他就是喜欢她，不想分开。

江爷爷故去，乐有薇特别想把巨型翡翠雕琢权拍卖会做好，承受了极大的精神压力，叶之南被带走，她在重压之下失控晕倒，她的男朋友理解不了吗？

假如被带走的是夏至，对乐有薇一样是沉重的冲击，秦杉理解她。她视为自己人的人不多，每一个都很重要。

也罢，儿子想喜欢谁就喜欢谁，对方喜不喜欢他，他得到就好，厌了再换。秦望不再劝了："告诉你女朋友，她做商务、做市场都有前途，我会安排专人带她。"

乐有薇对职业之路自有规划，秦杉不欲多说，走出外间，一抬头，看到吴晓芸带着秦峥来探病。

父亲说秦峥很自闭很叛逆，秦杉终于明白是什么意思了。吴晓芸对秦峥说话，秦峥很不耐烦，眼神发飘，踢着墙壁，像一只猛兽被梦魇到。在莉拉工作室，秦杉见过这样的患者，他疑心秦峥也是躁郁症。

秦峥生病了，父亲却说他被养废了，他不关心秦峥。对秦峥而言，他同样不是好父亲。秦杉陡然生出一种想法，父亲不是第一天想挽回他，但离婚的决定为何是在这当口。

父亲和吴晓芸各自为政，根本懒得离婚，但贝斯特覆灭在即，吴晓芸身为法人，得担起法律责任，父亲提出离婚，是在宣泄不满。一如当年，他背叛母亲，还逼母亲离开实验室。

秦杉走回里间，对父亲说："你对不起我母亲，也对不起秦峥的母亲，你在落井下石。"然后他走了。

在门口，秦杉和那陌生的少年打了个照面。少年在看到秦杉的一瞬间安静下来，眼里内容不明。

秦峥长手长脚，整体轮廓像父亲，很英气，五官长相像他母亲多些，是个非常好看的少年。秦杉瞧着他，不禁想，要是小薇在场，一定能告诉他，秦峥此刻可能在想什么。

秦杉感觉很奇妙。小时候他对妹妹的想象，不是乐有薇那样，对弟弟的想象，也不是秦峥这样，但在第一眼看到他们的时候，却认为就该如此。他和秦峥相认与否，都有着最直接的血缘关系。

"吴晓芸把他养废了。"父亲太冷酷了，秦杉能想到以父亲的性格，秦峥为什么会成为今天这个样子。

秦峥在生病，应该送去就医。秦杉摸出手机，想给乐有薇打电话，但很多话，他想面对面说清楚，于是开车赶往乐有薇的住所。

乐有薇拿到结果，伽马刀治疗过后的那块区域正常，但右侧中颅窝新生出一处手指甲盖大小的脑膜瘤，右侧还出现了一处大脑中动脉动脉瘤，双管齐下，导致她近期的头疼、迷糊和恶心。

总之，肿瘤们找到一个合适的宿主，呼朋引伴都来了，赖上她了。乐有薇拿着脑CT照片，眼前仿佛什么都看不清，也听不见，只知麻木地行走。

有个小女孩出了车祸，被撞飞了，当场就没了。急诊中心门口，妇人号啕大哭，大概是小女孩的妈妈。

孩子光着脚，她爸爸买来新鞋子给她穿上。按照老一辈人的说法，死人不能光着脚，那样在阴间跑不快，赶不上投胎托生。

孩子的父母可能是农民工，衣服陈旧，人很木讷。这一场人生并不好，可还是想活着，父母仍盼望着孩子再轮回到这世上。乐有薇躲进卫生间，咬着拳头，坐在马桶上哭了又哭。

新生的两处肿瘤都是良性，但肿瘤不分良性恶性，均能挤压推移正常脑组织，造成颅内压升高。医生们都说，好在部位正常，开颅手术风险不如之前那个高，乐有薇担心的是以后，她看过数起病例资料，有的患者术后恢复得挺好，但某天毫无预兆就脑出血了。

猝死都算好的，还有人虽然被抢救过来，但落下轻重不等的后遗症，语言行动受损，几近失明，说瘫痪就瘫痪了，剩下多少年活头也不确定，就熬着。

秦杉至今仍没有消息。就这样分了也好，不过是爱别离，比生离死别容易承受。就让他误会吧，情伤熬一熬，会过去的。

乐有薇盯着手机屏幕看了很久，换掉两人的合照。阳光如暴雨砸落，她哭得不能自已，然后擦干眼泪，戴上墨镜回家。

伽马刀治疗不到一年，脑袋里就又长出两个肿瘤，生命仍是一场冒险。这条命哪天说没就没了，不如为公司做点事。

一下午加一个晚上，足够让新闻发酵，网络上的信息太多了，只要强化"洗钱""假画""贪官"等几个字眼，就能煽动情绪，人们没耐心也无心去甄别真相。

警方一定能查出叶之南是被唐烨辰算计的，还他清白，但以正义之名，贝斯特必将走向分崩离析。

也许大部分努力都如刀断水，只是徒劳，但还是想尽点人事，无论如何，不能坐视公司倒下。乐有薇回到家，换上郑好没带走的套裙，再拿出赵杰以前送的田黄石，装进锦盒，她还没来得及为自己刻上"余生慢"三个字。

若李冬明出面，找他那位在重要部门工作的高徒说句话，让案件正常结案，贝斯特拍卖公司就还能经营下去，而不是被藏家的集体诉讼压垮，走向崩盘。

把一个行业做得有声有色，需要全体从业者付出漫长的心力，但摧毁它，却如此轻易。一夜之间，多少人的风光坦途，都不复存在。那些踏踏实实工作的同事，被害群之马连累得失业，出去找新工作，职务可能比现在的低。赵致远等人违法，但他们何辜？

乐有薇打着向李冬明请教书法的幌子，约他在云豪酒店一楼咖啡座见面："我和我朋友都想得到您的指点。"

李冬明答应了："给你一个小时的时间。"

乐有薇没带什么朋友，她只用跟杨诚说一声："我要见那个副市长，你下楼帮给我打个配合。"杨诚会响应她。总有些朋友，是懂得人情冷暖的，你愿意对她交心，因为你知道，她会明白你，不问缘由就站在你这边。

秦杉来找乐有薇，小面包车刚停下，他就发现有个黑衣大汉不对劲。大汉脚下一地烟头，不时抬头望向乐有薇住的三楼。秦杉警惕起来，打量着他，认出他是叶之南的朋友。在拍卖场，他见过阿豹和叶之南说话。

乐有薇从楼道走出，她穿的衣服沉闷保守，很不合身，秦杉正觉奇怪，再一看，阿豹隐去一旁。

乐有薇的车子开出，一辆白色汽车跟上，然后是第二辆，第三辆才是阿豹的车。秦杉更为诧异，也缓缓跟着。

几辆车不时变换位置，不让乐有薇发觉。既然阿豹是叶之南的朋友，就不会害乐有薇，但他们这样跟着她，却是何故？秦杉越跟越纳闷。

乐有薇落座，服务员送来咖啡，她把裙摆往下拉了拉，就这一回。杨诚做完一笼屉的牛角包，穿着厨师服小跑而来："我看到新闻了，色老头帮得上忙吗？"

色老头这个称呼一出，乐有薇一下子就警醒了。弱小者两手空空，才会以自身作为武器和筹码，去索取想要的，但她靠自己在专业上的硬本事已然有所得，早该丢掉弱者思维了。

向一个你瞧不起的人乞怜，你会瞧不起自己。乐有薇泄掉的那一口气，陡然提起来了。李冬明不配俯视她，她自己也得稳住。一个人有一个人的命，一个公司也有一个公司的气数，她此举不过是螳臂当车，罢了。

赵致远接受调查，一口咬定可能是鉴定失误，但叶之南归案后，揭露他是作伪者。警方没对乐有薇透露案件进展，但乐有薇不难推测出，赵致远是马仿传人，因而杀害江爷爷灭口。

这几年，赵致远一再拉拢李冬明，就是冲着李冬明那位高徒吧，他想有个保护伞，给自己留条后路。他该死，但赵杰大概没涉案，乐有薇把装有田黄石的牛皮纸袋推给杨诚："帮我给他吧，就说赵杰求他。你给了就走。"

李冬明一定不会帮赵致远，乐有薇此举不过是找个理由脱身，像赵致远那种大奸似忠的大恶人，她巴不得他被处以极刑。

出租车停在门口，李冬明夹着公文包下车。对街的小面包车里，秦杉的脸黑了。乐有薇一天一夜没理他，原来她要见的人是李冬明。

长条沙发一沉，阿豹坐下，手臂伸在乐有薇背后，像寻常的情侣那样，寻常地说："你男朋友在街对面。"

乐有薇下意识地望去，落地窗外，阳光白茫茫，她看到秦杉的车。阿豹对她说："上楼，你师兄有话带给你。"

李冬明走进旋转门，秦杉的一颗心沉入冰窖。"我再也不去见李老头了。"乐有薇食言了。她为了救那个人，赴汤蹈火，毫不爱惜自身。

江天打来电话："等下就回江家林了，你人呢？"

"我去收拾东西。"秦杉失望地想，叶之南的朋友会阻止她吧，一定会。

小面包车离去，杨诚说："你们走吧，这里交给我。"

乐有薇和阿豹从另一边离开。楼上的空中花园餐厅，两人对坐。上午，警察提审叶之南，叶之南请求他们转告阿豹："看着她，别让她做傻事。"

阿豹打电话时，乐有薇已经做出跟李冬明见面的决定，没接他的电话。阿豹守在她楼下，他以为乐有薇想对付唐烨辰，不料她约见的是李冬明，阿豹瞬间就明白她想干什么："他很配合警方，量刑不会太重。"

乐有薇心里很疼："我师兄绝不可能犯罪，是唐烨辰栽赃。"

阿豹问："你就这么肯定他无辜？要是他真的涉案了呢？"

四目相望，乐有薇说："我就这么肯定他无辜。"

阿豹目光闪动："那你找李冬明干吗？"

乐有薇说："我想要公司活着。"

阿豹说："公司救不活了，欧庆华会甩包袱。你找李冬明没用。"

阿豹的语气不容置疑，看来贝斯特大势已去。乐有薇看看时间："那我再去趟公安局吧。我把我和我师兄跟唐家结仇的经过都说出来，让他们明白，唐烨辰是在报私仇。"

阿豹叹口气："你师兄是真的卷进去了，幸亏他和夏至把15件假画都追回来了，你做好他被判个几年的心理准备吧。"

里面一定很受罪，乐有薇满腔恨意："我师兄不可能犯罪，一定是唐烨辰陷害他。他们以前关系那么好，他有办法害到我师兄。他给我等着！"

阿豹点头："交给我。"

等将来大限将至，就去弄残唐烨辰，乐有薇重重地放下茶杯："我师兄一直把唐烨辰当成很好的朋友，我在学射击，早晚要弄瞎唐烨辰那双眼睛，谁叫他不识好歹。"

乐有薇拿起拎包，被阿豹一掌按上："你不在乎你的家人，也不在乎你男朋友吗？"

阿豹是叶之南的兄弟，乐有薇不想让他操心，解释道："豹哥，你放心，不是现在，我先过我的日子，等我觉得时候快到了再行动。"

她在乎的人包括叶之南，至今依然。阿豹看着她，叶之南真的没有爱错人，他错就错在太过珍惜她，太以她的个人意愿为念，以至于束手束脚。如果当年叶之南不顾忌她是丁文海的女朋友，直接开抢，早撬到手了，现在孩子都能上幼儿园了。

乐有薇想走，阿豹说："废了唐烨辰，将来你师兄出来，你却失去了自由，你以为他愿意看到？"

叶之南情深似海，乐有薇无以为报，脑中闪现出最新的脑瘤报告单，把眼泪咽下去，黯然说："不就是一条命吗？"

她愿以命相付，阿豹怒了，一巴掌拍在她面前："唐烨辰让人在会所藏毒，我跟他也有仇。我已经谋划一段时间了，你可别打草惊蛇，坏了我的事。回去跟你男朋友好好过日子，让你师兄在里面安心，你也别多想，我会把里面打点好。"

乐有薇听不得"在里面"，眼泪夺眶而出，不想被阿豹看到，拎包就走。阿豹好说歹说，竟没拦住她，怒火直冒："站住，我把我知道的都告诉你。"

第十六章
李嵩《骷髅幻戏图》

　　故事要从慈善拍卖晚会上那件《白雪翠荷图》讲起。叶映雪死后，吴晓芸为叶家申了冤，那年她刚创立贝斯特不久。

　　乐有薇只知道叶之南大学时就是贝斯特的一员，但不知道他和吴晓芸的渊源如此之深，她心疼万分，把泪眼藏在墨镜下。19岁时，她遇见叶之南，被他善待，他自己呢，在叶家遭受惨变时，有没有人心疼那个19岁的少年，有没有人抱过他？他这一路行来，风霜扑面，熬过多少艰难时光。

　　江知行被害当晚，在汀兰会所包间里，吴晓芸向叶之南坦白她和赵致远暗中勾结，15件伪画通过贝斯特的拍卖会被大收藏家和机构收藏，真迹流向境外。

　　在纽约初见时，江知行就和叶之南商议要一起为当代艺术做点事。回国后，两人聊得很深入，叶之南深知他有一系列计划待完成。他站在窗前，想起相处时一幕幕的欢声笑语，心怀愤怒："把你知道的都告诉我。"

　　吴晓芸很警惕："你想检举我？"

　　江知行被害，是艺术界和鉴定界的损失，叶之南压下痛心感，尽可能平静地说："既然找我帮忙，就得亮出诚意。我想知道前因后果。"

赵致远在鉴定界声名显赫，叶之南经恩师顾德生鼎力推荐，几次拜访才把赵致远请来，领军贝斯特鉴定团队。加盟贝斯特一年多后，赵致远行动了。

乔治伦作品《蒙马特女郎》预展用伪作，是赵致远对公众的一次成功试探。第二天，他向吴晓芸递出橄榄枝，半是威胁，半是邀请。

配合他，将有源源不断的进账；揭发他，有什么必要呢。吴晓芸和她的儿子在秦家是边缘人物，秦望恼她，这辈子都不会给她与《蒙马特女郎》相当的钱财。

吴晓芸另外的生意都是小型企业，每个公司全年营收不过几百万上千万，但比起亏本关张的同行，她算是经营有方。然而，机关算尽嫁进秦家，人到中年还只落下这些，她不甘心。

依托贝斯特的拍卖平台，将拥有数千万，上亿，甚至几十亿。赵致远和叶之南相熟，但有野心也有软肋的女人，才是合作搭档。

《蒙马特女郎》事件后，吴晓芸把分管副总薛明发配去开拓海外市场，明贬实升。薛明是她的初恋情人，嫡系中的嫡系。

不久后，赵致远在海外的老关系猝死，急需得力干将，薛明上位，充当艺术品掮客，重建赵致远在海外的交易网络。

几年来，他们生意红火，12件中国古代书画和3件西洋油画，为他们带来丰厚利润。若非被江知行识破，还会有更多伪作流向市场。

如今克星已死，库管员不会乱说话，只要夏至、乐有薇和秦杉三个知情人管住嘴，就万事大吉。吴晓芸承诺："只要我有，他们想要什么，就给什么。你想要什么，也尽管说。"

叶之南知道他的徒弟会报警："你是公司法人，得做好心理准备。"

赵致远负责伪画产出，但警方不会相信他以一己之力就操纵所有事，一旦他扛不住，必然会供出同谋。薛明已经拿到美国国籍，警方想把他引渡回国较为麻烦，吴晓芸可就逃不脱了。但她有恃无恐："老赵鉴定水平不行，关我什么事？"

赵致远极可能死咬"鉴定失误"不放，拒不承认作伪，警方取证定罪很费劲，最大的突破口是吴晓芸。事不宜迟，得以最快的速度拿下她，不给他们销毁罪证的时间。

叶之南语带威胁："我劝你不要低估警方，也不要高估老赵。如果老赵撂了，下一个就是你。你儿子就快高考了吧？你娘家人都在指望你，他们帮不到他。"

吴晓芸被说中隐痛，一阵沉默。万一乐有薇和秦杉抓住她入狱一事大加发挥，可尽吞秦望的所有资产，一分一毫都不留给秦峥。秦峥还不到19岁，且有躁郁症，他将何去何从？

叶之南提出条件，如果吴晓芸做得到，他就替她担了这责任。她身为法人，难逃刑期，但能轻得多，且能让秦家人以为她并未犯罪，只是负连带责任。

吴晓芸听完，心里百味杂陈："就这条件？"

叶之南说："你做得到，我就做得到。"

吴晓芸盯住叶之南，相识十五年，几乎是他的半生。许久后，她说："你进去，我不认为是好办法。"

唯有如此，才能拿到确凿证据，拔出毒瘤，将所有伪作都收回，一件也别想再在市面上流通，赵致远也别想被轻判。叶之南说："你列出那些伪画，再告诉我海外关系网，以及往来账目。"

吴晓芸不语，叶之南不动声色："我得让警方相信我。"

吴晓芸犹疑："真的不能去说服那三个人吗？他们会听你的，你试了再说！"

叶之南问："你记得唐烨辰对有薇开了多少钱吗？"

吴晓芸颓然，叶之南进一步让她相信他顶罪是最好的收场：在唐家人看来，他不和唐莎在一起，不识抬举，挫了他家颜面；他不去说服乐有薇放过唐莎，更让他们恼怒，他们一定会趁贝斯特被查对他下手。

横竖都会被唐烨辰设计，不如把吴晓芸身上的火也引过来，从此彼此之间恩怨两清。

吴晓芸最后问一句："你完全能置身事外，帮我对你没有任何好处，为什么能对我做到这样？"

叶之南说："好处就是我们不用全军覆没，而且我能和唐家一了百了。"

所以叶之南不全然是帮忙，他同时是在自保，吴晓芸终于信服，带他去了她另一家公司，拿出账本。

年少轻狂时，叶之南不听吴晓芸的指示，拒绝学财务，高考志愿填的专业都跟艺术相关。但在大学期间，他意识到这行和资本关联密切，还是辅修了金融专业。

吴晓芸知道叶之南拿到了经济学学士学位，但以他对那些掩藏在合法生意下各种财报的判断，那是在金融机构起码十年以上审计师才有的水平。

那天晚间，叶之南对阿豹做出入狱后的交代。阿豹暴怒，吴晓芸是叶家恩人不假，但叶之南为她卖了十几年命，早还清了。当年叶之南若不听她的建议，操刀杀了轮奸叶映雪的人，未必会被判处死刑。为什么到头来，还是要走这条路？

为吴晓芸扛下祸事，方能看到所有的罪证。只有铁证如山，赵致远才无从狡辩，无可抵赖。叶之南笑了笑："所以说，命里注定有这一劫。"

15件伪作，除了叶之南主槌的几件，大部分都从夏至的拍卖会上被拍走。那几天，叶之南和夏至去拜访各路藏家，重新细看伪作，但马仿高明，伪作当前，他和夏至竟然仍觉得那是真迹。

几年里，伪作被藏家的亲朋欣赏，其中不乏鉴定大家，有几件还在大拍卖行走过几圈，几经递藏，蒙过了所有人的眼睛。若不是碰到克星江知行，赵致远还将继续瞒天过海。

那日，唐烨辰约见了叶之南，但之后风平浪静。叶之南对阿豹说："他怨气不散，借这次做个了断也好。"

警方到来，叶之南如释重负。阿豹想，若他知道这样做会导致乐有薇昏厥，他那天不会出门，但被他看到可能是好事，让他知道，那女人心里永远有他的位置。

叶之南悉数掌握了薛明和吴晓芸方面的罪证，对账务也了如指掌，都说成是自己所为，警方半信半疑，毕竟有个最大的疑点：早在去年，叶之南就交出了在贝斯特所持的全部股份，还在内部搞了股权认购会，大张旗鼓地脱离了贝斯特，仅作为特聘拍卖师存在。

警方问："吴晓芸是贝斯特拍卖公司的法人，但你是实际控制者，她对你和赵致远的罪行所知极少，你确定是这样？"

叶之南点头，警方说："你推断她可能是预感不妙，所以去年把你摘出去，请问她为什么要保你？"

叶之南和阿豹事先推敲过警察每一句可能的问话，回答道："她婚姻不幸福。我19岁就认识她。"

这两句话都是真的，但放在一起说，引导性很强。警察见多了民间的奇情畸恋，理解风尘之中常有真心人，采信了叶之南的说法。

阿豹对乐有薇说吴晓芸对叶家有恩，叶之南为她把事情做到这份上，心里住了七八百个观世音和一千个关二爷，他拦不住叶之南，只能拦住乐有薇。他说："他在报恩，也在跟唐烨辰清账，你别想着去捞他了。我会让里面的弟兄看着他一点。"

为了把赵致远钉死，不让他再为祸收藏界，叶之南不惜自坠深渊，如此惨烈，乐有薇心痛如绞。她确证了叶之南无罪，但越这样，越感到痛心。

阿豹揉灭烟头，心烦意乱："他说了，赵致远是他请来的，他连累了所有人，得对你们谢罪。"

叶之南的恩师顾德生沉疴染身，推荐赵致远为继任者。当赵致远签约，领衔贝斯特鉴定团队，叶之南欣慰不已，却不曾想到自己引狼入室。所有罪责一肩担，他反而好受些。

乐有薇努力平复情绪："我答应你们，不做傻事，但你得说实话。"

阿豹摊手："都是实话。"

乐有薇问："吴晓芸为什么同意我师兄顶罪？"

阿豹皱起眉："都跟你说了，他在报恩。"

乐有薇说："贝斯特最优质的业务和最精良的客户，大多跟我师兄有关，他为吴晓芸挣了钱，他报过了。豹哥，如果有人答应为我顶罪，我凭什么相信他不会转身就把我告了？把账本交给他，等于把刀递到他手上，所以我师兄对吴晓芸也提了要求，是不是？"

阿豹恼得又摸烟，这女人不好骗："她慌不择路，是稻草也抓了，有人帮她，她还疑神疑鬼干吗？"

阿豹在心虚，乐有薇说："我做事会权衡利弊，掂量轻重，吴晓芸出身不比我好，心眼比我多。豹哥，求你说实话，我保证不会再乱来，我听师兄的，好好生活，以后接他出来。"

要努力活到那时候，那以后。

阿豹说："就算秦家人一分钱都不给他们母子，她也不能迁怒于你和秦杉，不得对付你们、烦扰你们。"

阿豹怒冲冲地说完，怒冲冲地走了。他兄弟爱一个女人爱成这样，连情敌也爱屋及乌了，丢人。

乐有薇趴在桌上，脸埋在臂弯痛哭。爸爸妈妈去世后，她再也没有这么频繁地哭过。有人为她撑起天空，愿她幸福平安，笑容常在，她却连一句"喜欢你"，都没对他说过。

警方请来的鉴定团队由国家级鉴定权威带队，伪作逃不过他们的眼睛。但吴晓芸找到了替罪羊叶之南。妻儿都安全了，赵致远终于交代了全部情况。

当年，江知行那位故交马虞山借得《洛神赋图》宋摹本，以它为蓝本制作赝品。书画同源，画面题跋，马虞山都不在话下，但治印是另一个领域，马虞山不甚精通，是邀人居中传话，请闫祥生手工刻的。

闫祥生人称驼子闫，是行里造假章第一高手，马虞山得他相助，四件仿作惟妙惟肖，成功脱手。驼子闫从这印章里推测是用于《洛神赋图》的，但古老营生各守各的规矩，看破不说破，不会去搅黄对方的事。

驼子闫是赵致远的高祖，赵致远的母亲是独女，家族手艺传给了她。赵致远自小跟母亲学艺，听说过《洛神赋图》这段掌故。

比起治印，赵致远自小对丹青更有兴趣。大学期间，他刻意追求国画系的一位马姓姑娘，成为马家女婿后，他接触到马仿。

那位素未谋面的马虞山，是赵致远发妻的大伯父。后来妻子急症病故，所有人都以为赵致远会再娶，但他在马家一待就是十几年，为岳父送了终，并掌握了马仿精髓。

收藏界说大也不大，天网恢恢，总有一个人是来收他的。15件伪画，都出自赵致远之手，他供认不讳。

警方问："只有你一人？"

赵致远说："大多数专家学者都瞒得过，你们以为有几个人能做得到？"

书画、装裱、治印、鉴定，无一短板，当今世上能有多少人？赵致远很自傲，自从顾德生等老一辈先后仙逝，他这等全才是凤毛麟角。

这人曾经是桃李满天下的历史教授，后来是知名的鉴定大家，受人尊敬和爱戴，谁知竟另有一副面孔，他精于鉴定，只因擅于作假。警方叹气，他们不解的是，既然真迹有销售渠道，藏家也不介意明珠藏于暗室，为什么还要把伪作拿去拍卖场？虽然能多挣一道钱，但增加了风险，每流转一次，风险就增加一次。

赵致远自负造假不会被人识破："不在拍卖场吆喝，让藏家看到价格，他们怎么肯以那价钱收去？"

警察们大致明白了，假画每上一次拍卖场，就涨一次身价，真迹只会更昂贵也更珍贵。赵致远释疑："你们花大钱买到伪作，还爱不释手，广宴众人，我却独享真迹，日夜相对，这种魅力，对藏家有莫大的吸引力。"

艺术界疯子多，变态听起来也不少，警察们认为赵致远交代了大半，但他没有协助造假的团伙，他们不信。

警察提审叶之南："他真的没有帮手？"

叶之南回答："不确定。我和他各有分工，不清楚他那边的事。对他那种手艺人来说，这是绝密，就跟秘方一样，只掌握在自己手里。"

叶之南问过吴晓芸，但吴晓芸对艺术品没兴趣，她只管担任赵致远和薛明的中间人，收收钱，走走账，以及筛选藏家人选。伪作得流向那些以收藏为主的人士，而不是投资客，不然三天两头拿出来上拍卖场，流传越广，越容易露出破绽。

吴晓芸每次找叶之南了解藏家信息，都是打着维护大客户关系的名头进行的。这在任何公司都很正常，叶之南没怀疑过她。至于赵致远，他追悔莫及，他折服于赵致远的学识，但学问和做人其实没有必然关联。

赵致远痴迷和擅长古代书画，但伪画里有三件西洋油画，一件莫迪利亚尼，一件拉斐尔，一件提香，其中两件都经叶之南的手拍出。赵杰本想请缨，但赵致远口口声声说犬子难当大任，让叶之南主槌，毕竟是世界级作品。

赵致远必有造假团伙，但吴晓芸说不出个子丑寅卯，叶之南没法向警方多说。警方已通知赵杰回国接受调查，但愿他们有所收获。

叶之南靠着墙壁，揣想外面的世界。阿豹劝服小乐了吧。小乐一定会为她的师兄失去自由而惋惜，但他此举不过是在洗净满身污秽，把19岁时丢失的清白少年找回。

人生不能重来，但能再生。等到离开这里，她和秦杉早已结婚了吧，也许会有一两个粉团子一样的孩子。

杨诚转交了田黄石就回到岗位工作，乐有薇离开云豪酒店回了家。她按开手机看了许多遍，仍没收到秦杉的任何消息，一颗心疼得缩起来。她以为分手对秦杉是好事，不再连累他，可是想到就此分开，眼泪就不受控制地掉下来。

到家后，乐有薇发现秦杉离开了。他穿过的拖鞋被摆好，茶几上的水杯被摆好，书房里的电脑线被摆好，他带走了他的私人物品，但女朋友这些天买给他的东西他都留下了。

乐有薇陷坐在书桌前。书桌上，秦杉送她的礼物都好好摆着，紫檀笔架上，一支支毛笔垂立，像一支支伤心的箭，刺进心里。她曾经主动保证不去见李冬明，但还是去了，秦杉对她太失望了吧。

紧锁的抽屉里面是诊断报告，乐有薇泪流不止。她怎么忍心让秦杉跟她一起熬未来那些被病魔折磨得无休无止的日子？也许这样收尾，是这段感情最好的结局。

明天申时，江爷爷将归葬于祖坟山。乐有薇想着秦杉会有多难过，痛哭失声。江爷爷原本会活到很老很老，把毕生才学都授予人，在睡梦里辞世。他原本会兴趣十足地和秦杉讨论艺术馆的每一处细节，教秦杉设计园林景观，看着度假村项目一点点成型，看到孩子们排着队唱着歌去参观……

天色渐暗，黄昏时分，乐有薇吃了一颗止疼药，手机响起，她不理。秦杉不会找她，叶之南没法找她，除了夏至，她谁也不想见。

江爷爷遗体告别会后，乐有薇没再见过夏至。昨天她的巨型翡翠雕琢权拍卖会，夏至不曾出现，但往常只要夏至身在云州，就一定会到场。

那天报案后，夏至愧疚地在车上呆坐了很久。在江府观赏司清德作品《寒梅舞鹤图》那次，秦杉看出江爷爷不喜赵致远其人，夏至也意识到了，但他没尊重江爷爷的直觉。

遗体告别会上，夏至对江家人道过歉，若在江爷爷指出《隔江烟雨图》是伪作时，他不曾立刻向赵致远求证，江爷爷也许不会被害。

可是以往任何一次，当名家对拍品提出质疑，公司的鉴定团队有责任及时答疑。夏至不可能料到，他的一次循规行事，竟会让江爷爷蒙难。

所有同事都想不到，赵致远竟是谋财害命之徒。名士十年无赖贼，乐有薇想到师兄要和这种人一起承担罪责，又哭了。

手机铃声一次又一次响起，乐有薇探头看了一眼，要是夏至找她，她就告诉夏至，他的老师是代人受过。夏至不会怀疑叶之南，但她想亲口告诉夏至真相，她舍不得让夏至承受更多打击。

找乐有薇的人是齐染，似有急事。乐有薇按掉了，她没力气见夏至之外的人，但她马上收到齐染的信息："有薇，我想从你这里得到一些力量，帮我。"

齐染在谋生最艰难时，都没服过软，乐有薇猜她遇到极大难题，把她约到办公室见面。齐染送给她的画作都被挂上墙壁，她想让齐染看到能开心一点。

伪画案还在调查中，贝斯特官方网站出了公告，称公司进行结构调整，并暂停本年度春拍。

业务部和财务部忙着和各方解约，员工们仍在上班，但已成散沙，都在各谋出路，连方瑶都顾不上挖苦乐有薇了。

路过叶之南办公室时，乐有薇被何云团拦住了："方瑶想去别家，但哪家都不要她，她还是灰溜溜地回来上班等消息了。"

去年秋拍，方瑶抢了凌云和赵杰的拍卖会，有件提香的油画伪作通过她的手拍出，她和团队被一趟趟请去公安局。

整个公司被方瑶得罪的人很多，走到哪儿都有人看她笑话。关系户有关系才被奉承着，现在大家都是待业人士，再难听的话，都有人直通通地对方瑶说了。何云团几次见到方瑶跟人争吵，可方父的华达资产公司在和贝斯特解约，她得盯程序，不能不来公司。

乐有薇和郑好都骂过方瑶，方瑶认为纯属嫉妒，不往心里去，但一茬接一茬的同事都去踩她，她无法接受人们都瞧不起她的事实，据说有些抑郁。

千金大小姐收获一箩筐骂名，离开贝斯特依然是千金大小姐。乐有薇没兴致多听，何云团说："叶总只是在接受调查，肯定会被无罪释放，你别担心！"

齐染送来新作品，《梨花不分离》。墙上挂着她之前送的作品，《茶花请上茶》《苹果躺平了》和《梅花没办法》，就挂在秦杉的手绘图旁边，乐有薇的心又难受起来。之前，她给自己的情绪打了封闭，但药效过去了，她又想秦杉了。

茶喝到第三遍，乐有薇打破沉默："'花在燃'系列，我只差你第一幅《牡丹很孤单》了，上周找春风绿订了一件限量版画。"

齐染捧着茶杯，说起创作《牡丹很孤单》时，是她人生最苦闷的时光。她被众多画廊拒之门外，试着把作品发布到网上，可是会画画的人太多了，一个月也没几个点击，冷冷清清，她没办法让自己的作品被人看到。

文艺作品的生命在于传播，不被看到，齐染的创作之路走进绝境。她向杂志社投稿，想得到插画工作，却石沉大海，连她发出去的邮件都不曾被打开。不过是一点点被人看见、被人欣赏的念想，但那时的她就是求不得。

乐有薇苦笑，郑好尽量回复投稿者和读者来信，就被评为最受欢迎的编辑。但她的同事对待齐染这类自由投稿者都不予理会，因为忙，也因为回复就需要想措辞，增加工作量。你追着问下文，他们会抱怨你不懂事，令人反感："不回复就是默认被拒绝，还问什么问。"

这时代很自我，很多人万事以"我"的感受为先，待陌生人不温柔，因为他们自认为没有这个义务。世界对小人物就是如此轻蔑，小人物对彼此也是如此轻蔑，可这似乎是人生常态。

乐有薇没法告诉齐染，看客大多无情，因为他们的确不是你的谁，你奢望有人主动体恤你，经常只会失望。她给齐染续了茶，齐染说："第一次在天空艺术空间跟叶老师见面那天，我才知道其实你反复向张茂林推荐过我。"

当年乐有薇是画廊最普通的兼职人员，一有机会就对老板张茂林提及齐染，张茂林终于对齐染这个名字上了心，观察过一阵。

《牡丹很孤单》很惊艳，张茂林想多看看齐染的新作再约见，但很遗憾，齐染出作品很慢，产量极低。

若画家任性，一万年也出不了新作，画廊前期在她身上的投入就等于打了水漂，艺术爱好者也更倾向于持有后续发展良好的画家的作品。张茂林做画廊和天空艺术空间，签的都是走长线发展之人，保持稳定产出。

也有跟齐染同样境遇的人，依然保持了勤奋和专注，当然，这很难做到。但凡成功者，都对成功这件事有极其强烈的渴望，每个能出头的人都不是没原因的。

低谷期太漫长，齐染的心气散了。她看不到转机，不知道能不能有转机，怀疑这辈子会不会有所谓的转机。她接受现实，去做能产生经济效益的事，给摄影机构修图，为广告公司做设计，帮小公司画海报，竭力养活病母和自己，却养得捉襟见肘。

齐染被春风绿文化公司注意到，是因为《秋意浓》被张家兄妹送上拍卖场。春风绿文化公司和她签了十年长约，每年只需要她完成一件作品，其余时间自由支配。

齐染账户有钱了，母亲能接受稳定治疗了，母女俩不再为生计发愁。齐染的精神状况好多了，但她知道，成功不一定会来临，代价一定会兑现，她放下茶杯，歉疚地说："有薇，对不起，我没顶住。"

赵致远在儿子的拍卖会上注意到《秋意浓》，娴熟流畅，油画功底深，天赋也是他见过最高的。他指派春风绿文化公司，不费多少力气就把齐染签下了。

齐染的母亲病情恶化，不吃进口药就疼得锥心刺骨。齐染认为自己其实算得上是幸运，毕竟多数人根本就没有和命运明码交换的方式和途径，他们的呼号不被听见，只能在贫困里挣扎，到老，到死。

春风绿文化公司的总经理名叫樊季霖，是赵致远亡妻的侄女婿，但樊季霖和赵致远从不公开走动。赵致远的第二段婚姻是娶了女学生，人们津津乐道这段师生恋，那早逝的前妻被人遗忘。

十年很漫长，但不过一年一幅作品。齐染可以获得金钱，还可以对着巨匠真迹磨炼技巧，踏着大师的足迹前行，她的个人画作也会被春风绿包装，走向市场。

十年后，齐染将带走钱财和在艺术界站稳脚跟的声名，或许不会是盛名，但局面一定会打开。她说："有薇，我没怎么挣扎就签了。就算我妈没生病，我可能也会签。我那时候已经不相信靠自己的才华，就能被人注意到。"

樊季霖为齐染安排了一系列提升她艺术才能的学习机会，签约画家都很羡慕她，她入门最晚，但最被赏识。

明面上，春风绿是新锐艺术机构，但齐染和同门熟识以后，试探出他们竟无人深入的隐秘核心。

樊季霖一开始就对齐染谈过，每年一件"作品"，她明白那是什么意思，但直到半年后，她才被带到赵致远面前。

在郊外僻静的创作室里，赵致远埋头创作，樊季霖介绍说那是书画界高手，你和他谈谈艺术。赵致远停笔，齐染说："您继续画，我先看看您这里的作品。"

创作室里多是中国古代书画，齐染主攻西洋画，对它们不太熟，但以她的眼光看去，皆是杰作。中国古代书画浩瀚如海，齐染印象最深刻的恰好是赵致远正在临摹的《骷髅幻戏图》，它在传世作品里独树一帜。

《骷髅幻戏图》是南宋画家李嵩的作品，宋代流行傀儡戏，画面便是这一景象的体现：一只大骷髅披衣戴帽，席地而坐，用悬丝操纵一个小骷髅，引诱一个孩童。孩童的母亲神色恐惧，伸手阻拦，而大骷髅身后，另一名妇人在袒胸露乳地哺育婴儿，同时不安地注视着骷髅戏童。

画家将画一分为二，左右对称，生死俱在一起，耐人寻味，有人看到鬼，有人看到杀机与阴谋，有人看到生死。绘制过《富春山居图》的黄公望为这幅作品题词，他认为这是在表达民间艺人风餐露宿、食不果腹、饿成白骨的惨剧，与其说艺人在操纵手中的傀儡，不如说他是被生活所操纵。

赵致远下笔老练，技巧很突出，齐染观摩他作画，赵致远和她闲谈："怎么看这件作品？"

齐染大学时期曾经连续几天排长队，只为能多看看《骷髅幻戏图》。它运用写实的笔法和架空的场景，带给她疑真似幻的欣赏体验。她说："第一次在网上看到图片，还以为是今人作品。在我看来，它和贝克辛斯基《死后的世界》都属于超现实主义。"

樊季霖悉心栽培齐染，带她见遍书画界和收藏界的大师。每见一人，齐染都会想，对方会不会派发任务，当她看到《骷髅幻戏图》，立刻明白，那个人等在这里。

国际拍卖场上，西洋油画比中国古代书画拥有更广泛的受众，能卖出天价。赵致远物色油画帮手多年，考察过数人，只有齐染入了他的眼，他认为齐染是天才。

赵致远平平常常地对齐染说起，他自幼习画，被邻里师长夸赞，但在专业美院读到大学四年级时，仍籍籍无名。

北宋王希孟18岁绘出《千里江山图》，赵致远22岁还毫无建树，有极大可能籍籍无名下去，那些零碎的赞赏帮不了他。多少心口还有股气的人，看不到也等不着光亮，在黑暗的磋磨中认了命，齐染认了，赵致远也认了，又或者没有。

赵致远喝着茶，淡淡地说："你的作品不受关注，无非是进不了大众视野，那些画得平平的只是被人看到了。你被甲乙丙怠慢，但你套上一张名家的皮，他们就巴巴地找上门，趋之若鹜，一掷千金，有意思吧？"

赵致远年轻时陷在低潮里，他治好自己，不过是靠着一幅幅八大山人、倪瓒、郑板桥等人的作品。那些作品都出自他的手，但被傲慢的有钱人当成至宝请回家。

它们很好吗？当然好，但他能画得一样好，甚至更好。人们慕强逐利，追捧名气，失意者何不联手玩个痛快？这世人不对我好，我不妨戏耍他们。

齐染不完全认可赵致远的理论，但她需要钱。在后来的合作中，她承认，赵致远在书画方面极高明，她受惠良多。

齐染最缺钱的时候，是赵致远解决了她的难题。赵致远是老板，是老师，也是恩人，她说："有薇，过去五年多，我时常觉得自己心甘情愿。"

作伪一般有两种目的，获利和欺世，赵致远兼而具之。在加入贝斯特以前的许多年里，他一直在作伪。

伪作四散天涯，是赵致远在炫技，嘲弄这世界。他很挑剔，西洋油画只交给齐染。齐染为他完成的第一件作品，是《蒙马特女郎》。

做鬼有做鬼的规矩，齐染留了6处破绽，但赵致远拿去试探那些鉴定专家，都被当成真迹，珍而重之。

乐有薇惊问："顾德生顾老鉴定的，也是假的？"

齐染说："被他鉴定出来了，另外几个国宝级大师也鉴定出来了。赵老师请他们喝茶，让他们再鉴定一次。第二次他用的是真迹。"

除此之外，他们瞒过了世人。齐染之后出产的是莫迪利亚尼、拉斐尔和提香的作品，若不是江知行掀开迷局，今年春拍上，齐染将有一件高更的作品，赵致远的则是那件《隔江烟雨图》。

江知行拆穿《隔江烟雨图》，齐染立即接到春风绿文化公司总经理樊季霖的通知："你只是公司的签约画家。"

赵致远一力承担，樊季霖和齐染等人不露头，他们是安全的。乐有薇终于彻底明白，齐染在拍卖场上那讥诮的笑容因何而起了，她和赵致远在暗处把有钱人玩弄于股掌之中。

齐染满身的刺，是曾经扎在她身上的刀子。乐有薇问："赵致远获罪，你能借这次脱离春风绿吗？"

齐染一愣："你不怪我吗？叶老师也受到牵连了。有薇，我觉得他不是会参与这件事的人，你别太担心，警察一定能查出来。"

暮色降临，乐有薇拿起手机，问："想不想喝鱼汤？旁边有家馆子做得好，我懒得走路。"

　　乐有薇叫了外卖，齐染说到叶之南，让她没力气打开门去面对红尘万丈。齐染也不说话了，起身慢慢观看秦杉画给乐有薇的一系列植物图。

　　二月间在江家林，下雨的日子，等秦杉忙完，三人在檐下听雨看山，谈天说地。齐染想过，等江知行艺术馆建起来，她就在旁边的酒店租一间房子，对着湖水长住。可她的老师害得秦杉失去了老师，江知行见不到他的个人艺术馆了。

　　两人吃着饭菜，齐染感慨乐有薇看起来不好惹，其实心肠很软，永远看得到别人的好，对她和对江家林的村妇都是。赵致远被查，齐染很害怕，但有些事，再害怕也要去做。

　　赵致远分明不打算供出齐染，乐有薇停下筷子："你要去自首？"

　　齐染笑得苦涩："你好像没责备过我。"

　　春风绿文化公司总经理樊季霖的妻子是马家女儿，夫妻俩都是马仿传人。樊季霖带的那几个徒弟功底也很深厚，他必将带着团队投奔新的去处，和身在美国的薛明重新搭建网络。他们是奇才，不会被闲置。

　　要么继续被樊季霖利用，终生受制于人，承受精神崩盘的风险；要么用牢狱时光换取以后长久的身心自由，齐染选择后者。

　　乐有薇问："你在春风绿只剩五年，你打探过吗，刑期低于五年吗？"

　　本想捞点钱，但涉及江知行的死亡，还导致一家拍卖公司倒闭，齐染不敢再往漩涡里陷了："不用打探，总要有人站出来。有薇，我是团伙里的核心成员，但我跟他们打交道这几年，一点都没听他们提过叶老师，我会跟警察说明这个情况。叶老师不可能有问题，我相信他。"

　　乐有薇听得哽住了："你跟你妈妈还有倪阳都谈过吗？"

　　齐染说："都谈过。"

　　齐母懊恼自己拖累了女儿，当年应该去自杀。齐染对她直言，母亲的病情只是她自甘堕落的动机之一，在创作上，她有名利心。而且当时她很需要钱，她救不了母亲的病，但钱能做到，如今她不缺钱了，母亲还能活上一些年。母亲答应她，会熬到她出来。

　　倪阳说过会等齐染，但齐染不抱太多期待。爱情譬如朝露，经不起烈日的炙烤，她送出《梨花不分离》，既是自勉，更是祝福乐有薇和秦杉："你俩的婚礼我没法参加了，提前送个小礼物吧。"

　　乐有薇心中一恸，走到桌前，铺开宣纸，沉思一阵，蘸了墨："我很羡慕别人会写诗，轮到自己，挖空心思也只会写顺口溜，你别介意。"

齐染站过去，乐有薇用笔劲利，写下一幅字："问谁能作词？看那梨花白，写一阕春风坏，愿那对情人不分开。"然后她拿起夏至送的白玉闲章，在自己名字后面盖下去。三个红字：雨声漫。

等行书字迹干透，齐染卷起它："等我出来，'花在燃'系列说不定有几十幅作品了。"

乐有薇说："我陪你去。"

齐染笑了笑："我自己可以。"

赵致远把春风绿相关人等的罪责都扛了，留下了火种。火种扩散，行业会被更进一步渗透侵蚀，若行业也倒下去，艺术工作者的谋生之路会更艰苦。有的事可能不能被完全阻止，齐染觉得能挽救一点是一点，她执意不让乐有薇陪同，独自走进电梯。

电梯门合上之际，齐染对乐有薇摆摆手。一席长谈，她不担心乐有薇了。乐有薇倾慕敬爱的人被捕，她在拍卖会上晕倒，诚然颜面尽失，但只要行业还好好的，她也能好好的。

有薇，你信吗，艺术是骗术，齐染曾经说过。她一直在为作恶而不安，但是再恐惧，也终于去承担罪责了。乐有薇满心难过，回到办公室，把《梨花不分离》挂上墙壁。

江爷爷去世后，乐有薇很怕秦杉失语，但反而是秦杉强打起精神照顾她，一遍遍地告诉她，不是她的错。

可是，倘若当初不去争取白玉双鱼佩，此生可能不会认识秦杉，也不会认识江天和江爷爷，江爷爷更不会死于非命，乐有薇痛悔万分。有天，秦杉问："小薇，你舍得不认识我吗？"

舍不得。舍不得不认识他，也舍不得跟他分开。乐有薇抹去眼泪，抬头看秦杉画的一系列画作，每一幅都呈现出天然趣味，像他本人。他那么天真单纯，一心一意爱着他的女朋友，他的女朋友不能打着为他好的旗号，单方面分手。

好不好，取决于承受方的感受，秦杉认为好，才是好。跟他并肩同行以来，走过风雨和生死，一直无话不谈，脑瘤一事，不该瞒着他，他有知情权。

最理想的情感关系是肝胆相照，乐有薇一直这样觉得。她决定明天一早就动身去江家林，送江爷爷最后一程，有些话，她想当面跟秦杉说。也许秦杉是有承受能力的，就算没有，他也有选择权。

头又疼起来，乐有薇靠在沙发上缓一缓，顺便分析案情。叶之南掌握的是薛明在国外的销售网络和吴晓芸走账明细，如今齐染去自首，赵致远及其门徒逃不脱了，警方能一举摧毁整个网络。

唯一的漏网之鱼是吴晓芸，但如果不是叶之南以顶罪的方式诱出她交代线索，即使齐染招供和揭发赵致远面造假，赵致远依然能推说是"销售仿制品"，并隐瞒伪作数量。

目前市场上艺术品版权管理混乱，大量商家肆无忌惮地印制名家作品谋利，叶之南揭露售假通道，追回从贝斯特拍卖场流出的全部伪作，堵死了赵致远钻空子的可能。

叶之南牺牲自由是有价值的，但越是如此，乐有薇就越不好受。她拿起手机，给夏至发信息："见个面吧。"

当年护送《蒙马特女郎》真迹去刘亚成家代藏，夏至指出有6处刻意露出的破绽，刚才被齐染证实了。乐有薇等了一会儿，没收到夏至的回复，她拨出电话，无人接听，她想去夏家看看，但两处脑瘤齐齐发作了。

乐有薇头疼欲裂，吃下止疼药，再吃颗安定片，躺倒在沙发上昏睡。活着有千般好，死有一样好，能见到爸爸妈妈。秦杉不理她，她在盼，可秦杉回来了，她会心疼他往后会因她受苦，怕有朝一日他承担不起被她拖累，怕自己是他有苦难言的选择。

睡梦里，乐有薇落下眼泪。她梦见秦杉和父亲和解，牵着她的手回家，吴晓芸穿戴艳丽，笑得危险，像神话里的王母，拔下头上珠钗一划，把她和秦杉分隔在大海两端。她如履平地地睡进去，而后大海如大被，盖住她，吞噬她。

再后来，她作为孩童重生，一只大鬼操纵小鬼逗着她，她好奇地爬过去，夏至飞奔而来，想阻止她，可她看不清，也听不清。天空飞舞的一只蝴蝶风筝飘然落下，化作青面獠牙，覆在她脸上，她浑身血肉渐成骷髅。

乐有薇被一个个噩梦魇住，手机反复地、悠长地唤醒了她，快递员问她在不在公司，有份快递是到付，指定她本人亲自签收。

乐有薇这一觉睡足十几个小时，她签收快递，寄件人是夏至。撕开快递信封，信封内有一张银行卡，以及薄薄的一张亲笔信："有薇，密码是我们成为老师的学生那天……"

后面还有几行字，乐有薇预感极其糟糕，赶紧拨打夏至的电话，却传来关机的提示音。她打车去夏家，刘亚成已带着人破门而入，开锁匠正把门锁还原，阿豹和童燕随即也到了。

夏至烧炭自杀，平睡在床上，容颜如生。他父母在外考古，童燕已经通知他们了。

慈善拍卖晚会结束后，秦杉问了乐有薇一个怪问题："你会抱夏老师吗？"乐有薇怆然地看着夏至，追求者们无从接近他，都说他是仙境里的雾气，她很难想象拥抱夏至时他会是怎样的反应，但那天听他说征集到《古文今藏》，她应该抱抱他的。

乐有薇坐在地上，俯身抱住夏至，手臂搭在他的腰上。她的同袍，她最要好的朋友，就这样静静地走了，她永远地失去了他。

房间里，刘亚成的声音很惨淡，叮嘱阿豹和童燕："别跟他老师说。"

童燕轻声问："他知道叶总不可能犯罪吗？"

刘亚成断然道："他当然知道他老师人品贵重。"

那张亲笔信最后说："有薇，不能参加你和秦杉的婚礼了，权作贺礼。这笔钱是日本淘书所得，不是造孽钱，放心用。记住，不得捐赠出去。"

乐有薇脸贴着夏至的胳膊，不让人看到她的眼泪。那一幅幅伪作，大多从夏至手上拍出，他认为自己造了孽。可是，仙人的衣袍纵然长出了霉斑，也能变成灵芝，你为什么不懂呢。

夏至团队的人都赶来了，他们都是叶之南精挑细选配给夏至的，是全公司最宽容夏至性子的人。

乐有薇戴上墨镜，坐去露台。在绿岛上，刘亚成的朋友抱怨夏至目中无人，刘亚成为他开脱，说王子不都那样？他说有时他也气得想揍夏至，过一会儿又觉得你还能跟一个瓷瓶子生气不成？

乐有薇当时想，夏至哪里是瓷器，他是所有珍宝的总和。然而那为人师表的赵老师摇晃了案桌，在所有人都忙着收拾残局时，瓷器无声无息，悄然裂碎。

夏至不是目中无人，他是目下无尘。乐有薇泪流满面。童燕坐过来，夏至留给叶之南一对白釉暗刻杏花杯，她不忍去想叶之南看到它们后，会是怎样的摧肝断肠。

乐有薇走进书房，秦杉送的歙砚和河曲黄河石都安放在书桌上。然后她去看白釉暗刻杏花杯，它们白如堆雪，玲珑素淡，还配有杯托，可她对瓷器了解得有限，不知底部为何并无款识，但从胎釉和制作工艺看，是让外行都怦然心动的一眼货。

有款与没款，价格相差很多倍，但这对白釉暗刻杏花杯胎薄体轻，坚白细润，是叶之南最偏爱的雍正御瓷无疑。历史上的雍正皇帝严苛勤勉，审美品位也是惊人之好。刘亚成盯住它们："跟我说说吧。"

雍正朝距今几百多年，辗转递藏，小杯和原配杯托还能完好齐全，可遇不可求。乐有薇捧起一只小杯，它是杏花口造型，轻盈如帝王掌中起舞的美人，她打开小手电筒，仔仔细细地看，光透杯壁，隔杯见物，暗刻花纹精巧异常，标准的雍正官窑器。

刘亚成用乐有薇教的方法，捧着另一只，慢慢旋转一圈，光影明暗，杯壁暗刻的风卷花纹隐现，花瓣相间匀称，小杯如一朵盛开的杏花般皎洁隽美，他叹息："像他。"

乐有薇本身对瓷器不在行，且是在这种氛围下，她其实没心情为刘亚成讲解，但刘亚成此言一出，她懂得了刘亚成。噩耗太突然，让他难以接受，只想跟人待着，拼命去想些别的事，她便问："他送了刘总什么？"

刘亚成从裤兜里摸出一枚青玉麒麟闲章，乐有薇看清刻字是"昔时乐"。在50号公路遇袭后，夏至去看望她和秦杉，说过自己藏有一对青玉麒麟，一枚是"昔时乐"，一枚是"杏花消息"。

后来回国，刘亚成在夏至办公室看到了，强行要买，夏至说："你都拿去吧。"

叶之南说"杏花消息雨声中"是好句子，于是刘亚成只拿走"杏花消息"，谁要"昔时乐"，听着惨兮兮的，他就要及时行乐，活在当下。

今天清晨，刘亚成收到这枚"昔时乐"。他问："你的呢？"

夏至眼力好，懂古籍，在东京淘到不少好书，被高校和图书馆买去当作研究资料，他特意说这是清白的钱，乐有薇一说，刘亚成眼圈红了。

小楼外，密实的雨点骤然落下。那15件伪作，刘亚成也收了一件，赵致远瞒过了他请的鉴定团队。连他们都被蒙蔽了，夏至有什么可自责的？他是拍卖师，不是专业的鉴定师。

雨叩着窗，雨丝肆乱爬行，刘亚成很痛心："我那帮人视为屈辱就算了，他为什么怪到自己头上？"

《蒙马特女郎》重现江湖那次，乐有薇和夏至在绿岛的悬崖边散步，大海里有两只虎鲸跃出水面，追逐嬉戏，两人都看得屏住呼吸，疑心已不在凡尘。夏至说："真想在这里住一辈子。"

乐有薇笑出声："是个人都想好吗？"

夏至也笑，却说："不会。"

事实证明，他是对的。刘亚成买下岛屿，说是度假之用，但他没住过第二次，他总有更热闹的去处。

绿岛闲置了一年多，去年夏天，刘亚成把它改成度假场所。客人前去举办婚礼，拍婚纱照和度蜜月，第一天，他们都说"哇，好浪漫"，离开时却说，

"这里只适合小住，不能长居，会寂寞至死。"

夏至因《蒙马特女郎》踏上绿岛，那是两年前的春天了。刘亚成深深沉默，他只待过半个月的岛屿，有人觉得能待上一辈子。生命就是这样各行其是的。

申时一刻，江知行葬于祖坟山。秦杉和江家所有亲戚一同送葬，这是最后的离别，他在坟前烧掉了半副挽联。

回乐有薇出租屋拿行李时，秦杉把书桌上乐有薇写的所有挽联都带上了。每一副都写有"乐有薇、秦杉悼"，两人的名字相亲相爱地挨在一起。

乐有薇想为江爷爷拟一副挽联，可她没作过诗，也不懂韵律，想得脑袋都要炸了，才憋出一句"他年我亦辞花去"。

那不是复杂的句子，但乐有薇写了无数次，都写不下去，眼泪直掉，最后说："我们还是翻诗书找两句吧。"

翻到"看人渐上北邙山"，乐有薇哭了，翻到"忍看朋辈成新鬼"，她又哭了，翻到"他朝吾体也相同"，她哭得涕泪横流，抱着秦杉说"喜欢你"，说了很多很多遍。

小薇父母去得早，她惧怕死亡，受不了亲近的人离去，也害怕男朋友和江爷爷一起死在那电梯里。秦杉把眼泪忍回去，叶先生入狱，小薇怎么可能不伤心，他和死亡擦肩而过，小薇也很伤心啊。

半副挽联化为黑蝴蝶，随风逝去。昨晚回来，秦杉和江家人入住县城酒店，江天踢开他的门，拿着几瓶酒说要开导他，但张口就泼冷水，乐有薇若是单纯跟秦杉使使小性子，那还有救，可她一直惦着别人，滚远点吧。

秦杉喝着闷酒，他很喜欢乐有薇重情重义的性格，完全接纳她这一生都会很珍惜叶之南的事实，他认可那是个值得被珍惜的人，他尊重叶之南。他气恼的是乐有薇去找李冬明。

江天咕咚灌酒，叶之南是什么人，是赵致远的同伙！他们害得他爷爷枉死，他恨叶之南。家里人对警察和律师说了，恶徒当诛。

秦杉不吭声，乐有薇为叶之南奔走，是不相信他是赵致远的帮凶吧，他也不信。在纽约，他见过江爷爷和叶之南谈笑，以江爷爷的识人之能，叶先生就不可能是恶人。

江天说："乐没害过我爷爷，你不分手就不分手。可你想清楚了，前脚原谅她，后脚她每个月都去探监几次，你是不是每次都得找我喝酒？"

秦杉狠狠地咬开瓶盖子："是你找我的。"

江天把他踹翻："你永远追不赢他们那七年。"巨型翡翠雕琢权拍卖会他身在现场，看得真真切切，"你都快被害死了，她也没晕过去，对那个人……算了，就当不认识这女的，喝酒。"

过一阵，秦杉说："小薇很喜欢我，她一定会来找我。"

江天骂道："她找你你就要？做人能不能干脆点？"

秦杉干光一瓶酒："你和Eva也分分合合很多次。"

江天火了，抬脚把他踹到地上。少年时，秦杉也说过，做人要干脆点，江天讥笑没谈过恋爱的人就只会纸上谈兵，拉拉扯扯举棋不定才叫谈恋爱，进退维谷天人交战荡气回肠你懂吗？

秦杉说："不懂。"

如今谈了恋爱也不懂，越想越不懂。啤酒喝到第四瓶，秦杉倒了。

度假村项目已经正式展开，郭立川帮项目组找了一个小区，租了一栋楼作为驻地，距离度假村地块只有十分钟的车程。前段时间秦杉和江爷爷在山西时，项目经理和众人就已经搬过去了。

郭立川笑称金三银四，给秦杉留了一套三楼的四居室。小县城的房价不高，商品房盖得阔绰，秦杉问："一楼有院子吗？"

郭立川说："有，顶楼送露台，就是卖得不怎么样，入住率低。"

秦杉提出住一楼，郭立川反对："一楼潮气大，你住善思堂没发现吗？"

度假村是大项目，会待上几年，秦杉回答说："一楼能种花果树，我想给我女朋友搭个秋千。"

话一说出口，秦杉心里剧痛，默默回善思堂搬东西。他买给乐有薇的床垫等大型物件早就被小五他们搬去驻地了，他的私人物品只用两只大旅行箱就塞满了，其余都是他和乐有薇互相送的礼物。

善思堂佛堂里，摆放着秦杉做给乐有薇的木工台，台面上是乐有薇的小兔子水杯、已完工的木哨子和未完工的抹香鲸，还有一些稿纸，上面画着小木枪，秦杉把它们都装上。

金丝楠木自在观音像将来会入藏江知行个人艺术馆，秦杉捧着它，离开善思堂。其实昨晚酒后，他又梦见乐有薇了。去年这时节，她来到他身边，像偶然入梦的菩萨，转眼又已是春天。

第十七章
晚清和田黄玉葫芦

齐染自首，检举了樊季霖和他的妻子及子弟们，马仿传人悉数落网。郑好陪同赵家母子回国接受调查，下了飞机两人就被警察带走。

赵家母子什么都交代不出来。等两人做完笔录回酒店，郑好打车回家。见面后，她没向乐有薇问任何问题。

秦杉的恩师因为贝斯特的罪行死于非命，乐有薇和他彼此无法面对，郑好不忍再让她烦心。她深信叶之南无罪，但秦杉和江天怎会认同？

郑好在网上订了食材，炒菜烧汤，逼着自己和乐有薇吃下。乐有薇推迟去江家林的时间，她知道秦杉很煎熬，但夏至之死击垮了她，她整个人都溃如烂泥，得攒足心力熬到夏至葬礼那天。

乐有薇的车是公司配的，回贝斯特办理退还手续。有的同事本想再等等，又怕职位被人占了，纷纷向外投简历。然而赵致远等人的恶行影响到行业生态，重塑信誉需要全体从业者付出更多努力，贝斯特的员工被同行所憎恶，发出去的简历少有回复。

有同事接到面试通知，对方公司却只为探听贝斯特的情况，他们对被解约或转让的拍品更有兴趣。何云团说资深同事相对不愁，但普遍被杀价，薪水和职位都不如在贝斯特的时候："但只能签了，社保不能断，都等着还房贷车贷呢。"

同门师兄师姐都来找乐有薇，让她不用操心去处。入狱之前，叶之南把弟子们的去路都安排妥当了。

贝斯特涉案，叶之南深感对不住接任他的谢东风，送了谢东风天空艺术空间的股份。当然，谢东风在拍卖行业很抢手，几大拍卖行都在找他谈合作，叶之南的嫡系都会被谢东风收为己用。

好的拍卖师很稀缺，公司另外几个拍卖师也都有了去向。乐有薇得养身体，暂时无心工作，但想为团队的人谋个去处。

团队全员都参与了江知行个人作品展的筹备工作，工作能力被张茂林认可，乐有薇找他开了口。张茂林说叶之南跟他说过这件事，贝斯特当代书画方面的人才和宣传人员，都会加入天空艺术空间。

程鹏飞和黄婷是宣传骨干，外事能力也强，被天空艺术空间高薪录用。姚佳宁能力更全面些，更适合拍卖行，但单身母亲得顾及孩子，乐有薇帮她把条件谈妥，张茂林也给了优待。

章明宇仍想进拍卖公司，宋琳在和他恋爱，两人谢绝了天空艺术空间的邀请，携手去旅行，乐有薇团队另外两个新人都和天空艺术空间签了工作合同。

李冬明找到赵杰，归还了田黄石。赵杰母亲哀求他帮忙保住赵致远一命，李冬明谆谆劝诫，让她相信法律，相信律师。

培训为期一年，赵母认为美国安全些，于是郑好和他们返回美国继续学业。江爷爷赠送腰刀，让乐有薇镇一镇宵小，乐有薇不知多想拔刀杀了赵致远，但赵杰无辜，她还得提醒郑好看着赵家母子一点。

夏至葬礼当天，蒙蒙细雨越下越大，乐有薇捧来一束白玫瑰，然后蹲到夏至父母跟前说话。他们痛失独子，都快撑不住，夏至的葬礼由刘亚成和阿豹合力完成，童燕协助。

乐有薇交出夏至留给她的银行卡，但夏家父母让她拿着："尊重他的遗愿吧。"

短短几天，夏至父母就形如枯槁。夏至不知道父母会面临怎样的哀恸吗，他知道。乐有薇痛惜夏至，可这就是他的决定。

当年，赵致远办寿宴，乐有薇在他的书房看到他摹写徐渭的《题墨葡萄诗》，"笔底明珠无处卖，闲抛闲掷野藤中"，如今才明白他为何推崇徐渭。因为齐染的路，他也走过。

骄傲的人最脆弱，因为这世界经常不如人所愿。有人向世界宣战，有人走向了自毁。

公竟渡河。

凌云捧花来吊唁，从去年秋拍起，她常去天空艺术空间，找叶之南学到很多。她不信叶之南会犯罪，更担心他听到夏至的死讯。夏至是叶之南最心爱的弟子，所有人都知道。

夏至父母面如死灰，凌云悄然落泪，她觉得夏至之死，她有责任。慈善拍卖晚会结束后，夏至找到她，问她为什么要派人向乐有薇发难，羞辱她和叶之南。凌云恼羞成怒，口不择言："金钱游戏，本来就肮脏。你这样的人，能做这行，还做得很好，我已经觉得不可思议了，你竟然能把乐有薇当成朋友，我一直很想不通。你不认为，她能把慈善晚会做成，背后没少搞脏动作吗？"

夏至说："银货两讫，你为什么会认为肮脏？艺术和人、和资本是一体的。"

艺术和罪恶也经常分不开，赵致远他们把肮脏的一面掀开了。那些古代书画，大多经夏至主槌拍给了藏家和机构，他以死亡殉了道。

遥想23岁时的夏至，初登拍卖台，站在明亮的灯光下，那样出尘的风姿。当时的他如何能想到，会和这肮脏的勾当有什么关系？凌云听着一声声惋惜和一声声啜泣，心里恨透了赵致远。

雨空空替人垂泪，吊唁的人越发多了。乐有薇望着夏至父母，完全不能去想，秦杉经历她葬礼的模样。江爷爷之死，有她安慰秦杉，将来她死了，秦杉怎么办？

乐有薇不忍再看未亡人的眼睛，她本想明天去找秦杉，这一刻，她动摇了。她害怕秦杉步夏至父母的后尘，拥有这样一双因为失去而陡然苍老的眼睛。若是从此分开，秦杉还能拥有别样人生。

"你会抱夏老师吗？"秦杉那句话如雷贯耳，又响在耳畔，乐有薇躲进卫生间痛哭。

以前为什么不好好夸夸夏至，为什么没让夏至知道，作为拍卖师的他多么优秀，作为男人的他也真的很迷人。为什么没有好好夸他呢，为什么没让他知道，是恶人狡诈，不是他的错。

明明那么喜欢他、欣赏他，却没怎么对他说过。以为不用说，可他再也不会知道了。

乐有薇洗完手，擦干脸，架上墨镜走出卫生间。凌云哭着跑来。狭路相逢，各觉难堪。

巨型翡翠雕琢权拍卖会当晚，乐有薇给凌云发过信息："谢谢你帮我。"

凌云回复："不客气。"

乐有薇撇开视线，不去看凌云的泪眼，闷头往前走。凌云喊道："等一下。"

有一天，凌云和团队商讨春拍预展场地时，察觉窗外有人，她抬头，发现乐有薇在看她。

手下一句问话打断了凌云，等她再去看，乐有薇不见了。凌云以为是错觉，但现在想想，也许乐有薇那天就知道公司出大事了，也知道叶之南要出事了，以她当时的心理状态，应付不了巨型翡翠雕琢权拍卖会，想托付于人。

凌云问："上周五，你是不是找过我？"

乐有薇那天是想找她，但开不了口。她看着凌云，凌云左手戴着四个骷髅头银戒指，从实习期就如此。

自从知道赵致远拿那幅《骷髅幻戏图》请君入瓮，乐有薇的噩梦里，永远有一只只骷髅，牵引她走向一场场死亡幻境，比贝克辛斯基的画作更恐怖。她问："为什么要戴这么多骷髅头戒指？"

实习期最要好的时候，乐有薇就问过这个问题，凌云说是随便买的，这次，她说："想让人注意到我，即使我不说什么。"

人活一世，各有各的孤单，想被看到、被听到，想有应答、有抚慰，无非这些。乐有薇笑了一下："成功了，你很吸引我。"

若是以前，乐有薇不会说出来。可是喜欢一个人，就该告诉她。不要沉默以对，不要以为用不着说，不要让自己后悔。

乐有薇此言一出，凌云震动地看着她。慈善拍卖晚会那天，夏至对她说："我为什么不能把有薇当朋友？我和她是彼此最好的朋友。"

夏至用的是"最好"，凌云气极："她凭什么？！"

夏至说："同道相亲。凌云，有薇对你也是。"

有个小游戏里边有四个骷髅弓手，凌云经常玩。她曾经以为，不说什么，就有人愿意走近她，或许是有那样的人，但更多时候，人和人需要交流，在交流中增进了解，而不是一被冒犯就拒绝再沟通。

去年春拍，乐有薇缺少重器，压力大得摔倒在杜老头家的小区里，这次大事一件接一件，她更受罪。凌云说："你很憔悴，需要休息。"

贝斯特春拍不做了，但有几场是定向拍卖，被业务部转为捐赠仪式。文物征集和接受私人或家族捐赠，是国内博物馆藏品的重要来源，目前实行无偿捐赠与有偿捐赠并行的方式接受民间文物。胡老太那批珍宝是有偿，但所得只有国际行情的三分之一，其实算是半捐了，她只提了一个要求，让乐有薇主持捐赠仪式。

乐有薇晕倒在拍卖台上的照片，被人发上公司官网论坛，王春萍和胡老太都看到了。胡老太以为是乐有薇出了工作差错，但公司就快倒闭，乐有薇不能背着这个污点去找新工作，她想让博物馆给乐有薇机会重新证明自己。

胡老太是好意，但乐有薇没把握脑瘤不再捣乱，若在场上连摔两次，对她的职业形象很不利，胡老太的藏品以珠宝为主，凌云是最佳相托之人。

乐有薇的表情掩在墨镜下，凌云看不到，只听到乐有薇说："再帮我一次，胡老太那批清宫遗珍捐赠仪式，你上吧。"

郑爸爸说，人生有高低起伏，没必要时刻假装坚强，可是接纳自己的软弱，于乐有薇依然有点难，她抱拳，快步走开了："谢谢。"

有人追上来，大力一抱，乐有薇落进他怀中。一瞬间，所有声音都湮灭了，乐有薇的心跳顿然失序，秦杉从身后死死地抱住她，这是分开的第4天了，他快疯了。

乐有薇耳畔被秦杉的气息打得酥麻，她极力挣脱，秦杉左臂锁住她锁骨，右臂锁住她的腰，用了劲，不给她逃脱的机会。

凌云的朋友圈只发工作相关的内容，但昨晚她突然发了几个字："对不起。对不起，对不起。"

她像是崩溃了，贝斯特还在发生更可怕的事吗？秦杉问她："你怎么了？"

凌云说："夏至没了。"

师兄入狱，至交自杀，小薇怎么承受得了？秦杉赶来云州。只要一想相识以来的欢笑和欢喜，他就感到很幸运，他要陪乐有薇走过伤痛，绝不可能分开。他滚烫的呼吸灼烧着乐有薇的脸："你想和我分手，我不同意。"

乐有薇踢腾双腿，不管用，秦杉半点反应都没有，仍把她扣死在怀里。乐有薇抬起脚，击在他膝盖上。他腾出右手，从卫衣口袋里掏出一件东西，顶在乐有薇腰口："不准走，我不放你走。"

乐有薇愣了愣，伸手去探那件东西，是小木枪。秦杉对着她画过的纸样做出来的，来不及打磨，毛刺扎手。

童年时，爸爸送乐有薇的第一件木制玩具是小木枪，左轮样式。乐有薇最喜欢拨动转轮，但她不会画画，在江家林只画了最简单的，秦杉做的这个有弹巢，一定跟爸爸做的那件很像，她的眼泪流下来。

眼泪砸落，秦杉扼住乐有薇的手腕，迫使她转向他怀里，面朝着他。他拿掉乐有薇的墨镜，跟她泪眼相对，他的眼里全是执拗和恐惧："你也舍不得我，不想离开我，你快说是啊。"

乐有薇把头埋在他胸口，哭着说："我去找李冬明，想求他保住我们公司……对不起，我再也不说话不算话了。"

秦杉扳着她的脸，让她迎向他："那你说喜欢我，特别喜欢，算话吗？"

乐有薇说："……算话，不过……"

有这句话就够了，秦杉禁锢住女朋友的手，任她怎么反抗都不松手，他着力撬开她抿紧的嘴，把她的后话都吞没。

凌云站在远处，看着两人热吻。乐有薇把手指插进秦杉手里，紧紧握住，两人身体贴着身体，亲得蛮横而热烈。

刚才在卫生间门口，凌云想问，既然放不下叶之南，何必和秦杉恋爱，可是有什么好问的。浮世那么孤单，可能连秦杉本人都不会计较那么多。

贪生怕死，爱撂狠话，可还是喜欢他。乐有薇把秦杉的嘴唇都咬破了，秦杉松开她："我和夏至告过别了，我们再去看看他。"

雨雾迷蒙，秦杉开车回出租屋，乐有薇头靠着车窗，看了他一路。这一生还剩多少时间，可以和相亲相爱的人见面？虽然想到自己先走一步，秦杉会伤心，但就这么分开，他现在就伤心，看到他这么伤心，她就更伤心。

进屋后，乐有薇收好伞，被秦杉抱起往浴室里走，一脚踢上门。乐有薇勾住他的脖子："小杉，我有正事跟你说。"

"我先说。"秦杉的眼睛亮亮的，迫不及待地说，"小薇，我们结婚吧。"

乐有薇喉头哽住，秦杉把她搂紧："我每天都在想你，我也特别喜欢你，我们结婚吧。"

乐有薇说："婚姻不比恋爱，得慎重考虑。你都吃好几天醋了，应该多观察观察我对你的感情对吧？"

秦杉压上她："醋吃完了，现在要吃甜的，不准说别的。"

窗外摇曳着花树的影子，乐有薇哭着，亲着，秦杉在喘息中喊她宝宝，喊她乖，她接二连三地承受剧痛，他想给她带来快乐。他看过的研究文章都说，它能缓解痛苦。

入夜，吃了外卖，秦杉扔完垃圾，洗手回书房。乐有薇坐在书桌前，向他推过几封打印出来的电子邮件。

往来邮件是全英文的，秦杉坐下来看，乐有薇依偎着他，头靠在他肩上。秦杉越看越揪心，他从时间上发现，乐有薇骗了他。去年她谎称出海，失踪那几天，做的不是胆结石手术，而是去做伽马刀治疗。

再往前追溯，慈善拍卖晚会之后，乐有薇说回家和郑家父母待几天，其实是当成自己的后事操持，她做了最坏的打算。秦杉终于明白，乐有薇为何一而再地向他灌输，要正确理性地面对死亡。

新的诊断报告来自几天前，秦杉半天才发出声音："又长出两处了吗？"

这么好的他，却这么倒霉，爱上一个注定活不了多少年的人。乐有薇吻去他的泪："当初不招惹你就好了。"

秦杉流着泪问："叶先生知道吗？你家里人知道吗？"

乐有薇回答："只有你知道。"

秦杉问："你是因为这些，才想和我分开吗？"

乐有薇把眼泪忍回去："它们会让我们分开。"

以前瞒住秦杉，是想让他多过些无忧无虑的日子，但新生出的两个肿瘤，会把生活搅得七零八落，乐有薇瞒不住他，也不能再瞒下去。

秦杉无法再多看诊断报告："小薇，我失去了母亲，我明白死亡是怎么回事。我只恨那时候太贪玩，周末经常跑出去，因为我还不知道会失去。所以从现在开始，我们要珍惜每一天。"

乐有薇曾经想过，不对任何人揭底牌，但恋人是最亲密的关系，身心都得对彼此坦诚，她终于悉数摊牌。于是秦杉也向她坦白，他的确惧怕面对亲人爱人的死亡，但乐有薇不能因此推开他，不能想着为他好，就替他做选择、做决定。他说："我会学习，你得对我多点信心。"

夜雨绵绵，空气微凉，两人约定只争朝夕，多留些回忆，到了不得不分开的时候，活着的人继续好好活。

话都说清楚了，乐有薇放松了一点："我活着的时候，就让我耽误你吧，耽误就耽误了。"

秦杉立刻说："我看了好几种戒指了，我们结婚吧。"

这家伙为什么就是听不懂呢，乐有薇玩着小木枪："我们和好了，还不够吗？再说这个我开枪了。"

秦杉揽着她去洗漱："今天好好睡一觉，明天买了戒指就结婚，我把证件都带来了。"

乐有薇问："这几天为什么不找我？"

秦杉不敢看她："忙。搬家、开会、做木枪，事情很多。"

乐有薇佯嗔："忙得没时间发信息吗，一分钟都没空吗？"

秦杉别别扭扭地说："很害怕。"

夜里，两人躺在床上聊天，乐有薇枕着他的胳膊，问："怕什么？"

秦杉的声音有点颤："怕一联系你，你就说要等叶先生出来，和他结婚。"

乐有薇揪他的腰："可你还是来了。"

秦杉说："因为我也想和你结婚，我必须来。"

秦杉害怕听到那样的话，但抖抖索索也要来，来说他不同意。乐有薇想笑，却哭了："只谈恋爱，不结婚。我不能让你当鳏夫。"

"那也是……"秦杉说不下去。那也是乐有薇的丈夫啊。

两人掰扯到深夜，秦杉妥协了，他不可能说服乐有薇的。乐有薇也让了一步，手术有风险，她想和秦杉多待些时日，不想立刻死在手术台上，所以半年后再做手术。

度假村项目分两个阶段，旧宅民居是特色酒店区，为第一阶段，等秦杉忙完方案设计，就陪乐有薇做手术。无论发生任何事，都一起面对。

旧宅是拆了旧建筑移建，且配了齐整的设计师团队，最迟半年后，秦杉就不那么忙了。人干不过命，这半年，两人都活在一处，乐有薇蜷在秦杉身边，睡着了。

秦杉睁着眼看天花板，眼泪滚落。乐有薇那么努力地帮助严老太等人，是因为她们是她在身陷困厄时遇见的同路人吧。他以后要多做好事，攒运气，但愿运气能保佑乐有薇手术成功，保佑他多赚点钱，跟她过上好生活。将来手术成功了就结婚，无论如何都要跟她结婚。

雨下到早晨才停，秦杉陪乐有薇回贝斯特，把办公室里的私人物品都搬回家。电梯口，万琴拖着旅行箱出来。她是总部员工，贝斯特跟她再没关系了，尽管回北京，不会有哪家公司给她副总的职位。

万琴上任后，公司很少有人能拿到全勤奖了，她树敌比方瑶多得多。这些天，谁都踩她一脚，公司官网论坛上有人把她的照片处理成一条狗，配文说明：丧家之犬。

张帆、唐莎和赵致远都是心藏大恶之人，万琴不过是个尖酸小人，无足轻重，乐有薇没有任何感触，出了公司的门，她和万琴一生都不会再见面。可是打开办公室的门，看到陶罐，她心里疼得厉害，再看到汉代瓦当，看到那历经千年的"长乐未央"四个字，她崩溃了。

悲痛有滞后性，夏至死后，乐有薇在射击班疯狂训练，麻木了神经，忍到这时候，才痛彻心扉。我多想活着啊，你为什么要去死？

以赵致远为首的团伙摧毁了一个公司，也损毁了一颗心。夏至强撑着，和他的老师追回那15件伪作，做完这件事，他就去死了。

若叶之南还在外面，是不是就能帮助夏至走出来？乐有薇大哭，虽然她不能干涉叶之南的决定，但他如果知道夏至会死，他会后悔，他一定会。

秦杉握紧乐有薇的手，也哭了。夏至和江爷爷是忘年交，时常促膝相谈，从早到晚，黄泉路上，他俩重逢了吗？

刘亚成和夏至父母达成共识，把夏至的骨灰安葬在绿岛。夏至生前总在悬崖边看日落，看鲸鱼嬉闹，他对乐有薇说过，绿岛是他对庄子《逍遥游》里"北冥"的想象。秦杉说："你手术之前，我们先去看他。"

乐有薇洗把脸出来，秦杉正把《梨花不分离》从墙上取下。乐有薇抱住他，靠在他胸口说："小杉，我有我想在一起的人。"

秦杉一震，这话耳熟，在这间办公室，乐有薇曾经这样拒绝他。乐有薇停一停，把话说完："有生之年，都在一起。"

从此都是他。乐有薇抱了秦杉很久，从前她爱慕一个人，压抑着自己，连一句喜欢也很克制，不让它溜出口，后来她习惯了不说情话。她喜欢秦杉，很喜欢，但她常常羞于启齿。可是秦杉想听，她就说给他听，比喜欢更喜欢的话，她都说给他听。

乐有薇心里，她的小老虎特别重要，她说不说出来，秦杉其实都知道。分开的这几天，他想过，若非叶之南放手，自己没机会和乐有薇在一起，但是在一起后，乐有薇给了他真心。

确切地说，相识相知相守这所有的日子里，乐有薇都对他很好，他坚信自己是被乐有薇选定厮守终生的人，今天被她证实，没有比这更好的事了。

墙上的书画作品都被取下，办公室空空如也。秦杉环顾四周，这里是他第一次亲乐有薇的地方，是为汉代瓦当对夏至吃醋的地方，是想把自己那不像样子的手绘植物卡片挂满一片墙的地方，却就此倾覆，多么令人痛心。

沿路都有同事跟乐有薇打招呼，对秦杉也笑脸相迎，秦杉夸乐有薇人缘好，乐有薇笑了："他们知道你爸是谁。"

秦杉想听医生讲解病情，以便掌握看护知识，但乐有薇只挂到第二天的专家号。午饭后，两人回家收拾去度假村项目组长住的衣物，秦杉插不上手，坐在边上看着乐有薇挑选，这件好看，那件也好看。

除了在拍卖场和重要应酬，乐有薇平日不化妆，眼窝凹进去，眼周阴影很深，病态和疲惫尽显，秦杉突然联想到父亲那天的状态，父亲好像不是在发高烧。

老高说了实话："胃上的老毛病，前天切了大半个胃。"

秦杉心想父亲以威士忌助眠，这是很坏的习惯。老高见他没应声，试探道："秦总吃了药，刚睡着了，没几个小时醒不了，你能来看看他吗？"

秦杉有点后悔，那天父亲手术在即，他却骂父亲落井下石。老高有些着急："你错怪你爸了，是吴晓芸主动提的离婚。"

乐有薇和秦杉去探望秦望，路上，乐有薇揣测吴晓芸提离婚的用意。吴晓芸办了取保候审，但她是贝斯特的法人，得承担相应的法律责任。罪犯的儿子在社会上难以自处，她跟秦望离婚，对儿子做出切割，儿子归属秦家，能有个好前程。

秦望的睡容不算平静，乐有薇陪秦杉坐了一会儿，赶回市区了解叶之南的案情进展。律师时间宝贵，她好不容易才约到半个小时。

老高把秦杉叫到里间，是手术就存在风险，秦望手术前立了遗嘱，事关财产分配，需要秦杉补些手续。秦杉没兴趣："我和小薇刚才问过医生了，他手术很成功，身体没别的问题。"

老高说："你女朋友失业了，你不为她想想以后吗，就让她跟着你在江家林洗衣服做饭打游戏吗？"

遗嘱厚厚一沓，老高坚持伸到秦杉眼皮下，秦杉一眼扫去，傻了。看最醒目的这几行字，父亲似乎只有他一个儿子，他说："这不对，秦峥也是他儿子。"

老高诧异："秦总对小峥另有安排，你把证件拿给我。"

秦杉不配合："我父亲应该修改遗嘱，我女朋友的以后，我和她自有打算。"

老高碰了软钉子，秦杉回到外间，吴晓芸刚到，秦杉看看她，迟疑了一下："你好，我有事找你。"

吴晓芸抬头，秦杉对她点个头："换个地方说。"

私立医院右边有个咖啡馆，秦杉和吴晓芸一前一后地走在长廊上。吴晓芸冷脸不语，秦杉小时候她瞧过几次，很是机灵淘气，长大后变温和了，一张看着清可见底的脸，在乐有薇面前才活泛，他能跟她说什么？

咖啡馆的人不多，秦杉指指角落，示意吴晓芸坐过去，自己去买咖啡，然后说："秦峥看着像躁郁症，请你带他去看心理医生。"

吴晓芸一惊："谁告诉你的？"

秦杉说："我自己看出来的。我母亲去世后，我失语多年，我想秦峥也在生病。"

吴晓芸垂下眼睫，前妻的儿子很不按常理出牌，只怕是乐有薇教他的。

当年，秦杉被秦望藏起来，阮冬青遍寻不获，快急疯了，吴晓芸决定帮帮忙。知识分子家的独生女儿，清高得很，儿子现身，她兴许就离婚走人，腾出位置了。

吴晓芸费了很大的劲才打探到秦杉的下落，她找了几个孩子在院墙外做游戏，若楼上那孩子呼救就报警。那孩子也聪明，用百元大钞折了一只只小飞机，飞出窗外。

秦杉拆穿秦峥的病情，不就是想替亡母羞辱后来人吗？这还没回秦家呢，继承人的谱就摆上了。吴晓芸冷哼一声，他以为指出秦峥有躁郁症，就能让秦望更讨厌小儿子？虱子多了不痒，她早就不指望秦望对两个儿子能一视同仁了。

听说乐有薇为叶之南晕倒，秦望担心秦杉承受不住，把他喊来医院开导。嚄，大儿子失恋他都记挂在心，小儿子的家长会，从幼儿园到高中，他去过一次吗？吴晓芸冷笑：“你和老高说的话，我都听到了。你什么意思？”

秦杉走出病房就在打腹稿，慢慢说道：“我有工作，有信心过得好，我不用父亲再给我什么。等他醒来，我想跟他谈谈，多分配一些给你们。”

吴晓芸粉面含霜：“拿你爸的财产做人情，有薇教你的？倒是会做人。有必要对我客气吗？”

昨晚，乐有薇告诉秦杉，叶之南为了套到证据，不惜帮吴晓芸顶罪，但在秦杉看来，吴晓芸是赵致远的帮凶，江爷爷的死跟她有干系，她别想逍遥法外。

眼下既已获得呈堂证供，不能还让那雅正君子身陷泥淖中。秦杉直言不讳：“有必要。如果秦峥能够多得到一些，你愿意马上伏法吗？”

吴晓芸厉声道：“你有话直说！别兜圈子了！”

秦杉傻眼了，他已经在直说了。他端起咖啡，揣想女朋友会怎么往下说，仔细一想，乐有薇跟生张熟李说话都很真诚，他直视吴晓芸：“叶先生是无罪的，他是在替你承担，但这不符合法律。”

吴晓芸脸色发白：“谁跟你说的，你有证据吗？”

乐有薇是从阿豹那里得知事情真相的，但阿豹没对她讲过细节。秦杉皱起眉：“豹哥有。”

吴晓芸搅动着咖啡，她确定了，前妻的儿子在报复她。他既已知道原委，就不会错过这绝杀的好机会，从各个角度看，他都有办法把她整得很惨。

江家有钱，秦杉一撺掇，开庭等着吴晓芸的，就不会只是律师说的轻判了。想到秦杉想把她按在大牢里待个十年八年，再把秦峥收拾得爬不起来，吴晓芸手指冰凉。

那天，吴晓芸夜奔叶之南，长谈后，她接受了叶之南要求她不得对付乐有薇和秦杉的条件。她当然明白叶之南的用意，乐有薇挟天子以令诸侯，将来掌握灵海集团实权不难，叶之南保她，是为了他自己，以乐有薇对他的感情，必会反哺。

何况在里面躲个几年，好过唐烨辰的明枪暗箭，叶之南这一步棋，走得高明。

当晚，两人谈完，从包间出来，阿豹守在门口，渊渟岳峙，像身后挡着的是地狱入口。

吴晓芸不怀疑叶之南真心帮她，但阿豹不可控，大事上他不听叶之南的。当初再多给一点时间，叶之南能把纪飞弄废，但阿豹油门一踩，把纪飞撞翻，再倒回来，碾过去。

纪飞血肉模糊，阿豹转身就去自首。他对仇人狠，对自己也狠，吴晓芸那时就知道。

没几个秘密能窝藏一辈子，吴晓芸冷然一笑，阿豹告诉乐有薇，乐有薇告诉秦杉，秦杉告诉江家人，从此每一天，她都将不得安宁。

吴晓芸不表态，秦杉耐着性子，去要了一杯外带咖啡给老高。回到座位，吴晓芸说："那男人出来，对你没好处。你女人跟你在一起，心还是他的，还会再跟他厮混。"

无论别人怎么想、怎么说，秦杉只从自己感受到的一切出发，他笑得很平静："小薇很喜欢我。我们会结婚，一直在一起。"

吴晓芸放下咖啡勺。乐有薇想着别人也好，有很多毛病也罢，这傻小子就是爱她。可她跟秦杉不熟，动摇不了他，她双手紧扣，问："你能为你弟弟争取多少？"

秦杉拎起外带咖啡："我会告诉父亲，秦峥也是他儿子。"

病房里，秦望还在昏睡，老高把秦杉拽到里间，问他和吴晓芸都谈了什么。秦杉说："等我父亲醒来再说。"

老高看不出秦杉对吴晓芸有情绪，愕然问："你不讨厌她？"

秦杉没太多感受，毕竟不是吴晓芸也会是别人，毕竟母亲后来有新的情缘，毕竟已经过去那么多年。

秦望醒了，秦杉探身看他。秦望看看儿子，又看看吴晓芸，两人并排坐着，称不上母慈子孝，但绝对和睦共存，他把目光转向老高，老高给他一个

"我也纳闷"的表情。

秦望笑问："你怎么跑来了？"

秦杉心里组织着语言，没有回答。吴晓芸把病床摇起，老高端来水杯，秦望吃着药片，秦杉忽然想，买给乐有薇的那种小兔子水杯带有吸管，病人吃药很合适。但想想身高一米八五肩宽体阔的父亲拿个小兔子杯子喝水，他笑了。

很多年了，儿子没对父亲笑过，秦望很感喟："跟你女朋友不吵架了？"

秦杉摇头，他和乐有薇就没吵过架，一直无话不谈，分享所有没对第二个人说过的隐秘。他指指吴晓芸，对父亲缓慢地说："她担心秦峥无人照顾，不愿意承担本该承担的法律责任，我希望您能对财产重新做出分配。度假村项目您已经帮了我，我还因此得到别的好处，不需要新的了。我谋生能力还行，小薇也会赚钱，我和她能过得很好，但是秦峥还年少。"

秦望怔住了，吴晓芸居然有本事能让儿子跟他说这么多话，他问："你跟他都说了什么？"

吴晓芸按兵不动，示意让秦杉先说。秦杉说："江爷爷是我老师，是我朋友的爷爷，谋害他的人应该伏法。您多休息，不要再喝酒。"

他说完，起身就走，老高跟上："不跟你爸多说说话？"

吴晓芸趁秦杉还没走出房间，对秦望说："有薇想救叶之南，他来找我谈条件，让我把叶之南换出来。"

秦杉一愣，吴晓芸是这么理解他刚才说的话？不过，她这话也没错。他脚步不停，继续往外走，吴晓芸见他没拆穿，说明他的确有几分诚意，她笑一声："你大儿子是个情种，这点可不随你。"

秦望问："那你都犯了哪些罪？"

父亲也不傻。秦杉放心了，他们是夫妻，慢慢谈吧。老高跟出来："你们都是怎么谈的？"

秦杉说："就谈了几句。高叔叔，再见。"

秦杉拨打乐有薇的电话，老高只好告退："有事你找我啊！"

乐有薇刚离开律师事务所，律师让她安心，叶之南回收了全部15件伪作，有重大立功表现，且是从犯，量刑不会过重。

秦杉把自己和吴晓芸的对话原原本本说了一遍，乐有薇惊呆了："听这意思，你的威胁很有效果啊。"

"我威胁她？"秦杉匪夷所思，他觉得自己简直是哀求了，但对方是罪犯，他不能气短，"我装模作样，生怕她看出来。"

乐有薇本来心情沉重，硬是被他逗乐了："我们去吃好吃的，庆祝一下！"

秦杉完全不理解乐有薇高兴从何而来，他很没底，不知道父亲肯不肯多给秦峥一些，也不知道吴晓芸能不能知足，愿不愿意去自首，他问："庆祝什么？"

秦杉总让人刮目相看，跟吴晓芸正面交锋也不输阵。等到不得不分开那一天，也许能对他的未来放心一些，乐有薇走在大街上，忍不住笑："庆祝你把家事处理得很利落啊。"

秦杉说："这叫家事吗？她是继母，但我不会喊她。她是害江爷爷的帮凶。"

吴晓芸一直很自以为是，最爱以己度人，理解问题的角度向来特别，秦杉误打误撞唬住她了。乐有薇越想越乐："小杉把外事处理得漂亮，多能干啊，晚上想吃什么？我来订位。"

乐有薇坐进店里没片刻，秦杉到了。服务员报了乐有薇点的东西，秦杉见她高兴，加了几样烧烤，还要了酒，乐有薇说："哟哟哟。吃香喝辣，祝贺我男人把我老板教训得满地找牙。"

秦杉纠正她，他跟吴晓芸是和谈。乐有薇扳着指头算开了，秦杉跟郭立川打得火热，帮江天谈下伯爵夫人琉璃玫瑰项链，劝说路晚霞去看心理医生，她才有机会接触到古乐器，如今连吴晓芸都被他镇住了，再往后，不得了，了不得。

甜言蜜语一听，酒一喝，秦杉心里美美的，回到家，乐有薇收获一个美美的夜晚。

次日上午，秦杉陪乐有薇去医院复查，主任医师把很可能出现的症状一一说出，半年后即使手术顺利，乐有薇接下来还能度过的岁月，依然不容乐观。

乐有薇想去皖城长住，本计划下午动身回家和父母多待几天，但秦杉还没走出医生诊室就情绪低落，她便更改了行程，明天早上再出发。

衣物太多，乐有薇喊来快递，寄去秦杉项目组驻地。秦杉呆坐在书房里，想到乐有薇的病情，一颗心像被利器割裂，异常难受。

乐有薇送走快递员，笑着进来："箱子都腾空啦，我们轻装上阵。"

秦杉双眼通红，乐有薇过来抱他，过了一会儿，秦杉平息了些："我得比你坚强。"

乐有薇捏捏他的胳膊，小子挺有劲儿，很喜欢把她抱来抱去，她说："心情好，身体才会好，以后要靠你照顾我啦。"

乐有薇脸上犹自带笑，但那不是玩笑，未来她会有很多被症状控制的时刻，头晕眼花，随时摔倒。秦杉抱住她："我抱得动你，也背得动你。超市三楼有个健身房，以后我去练体力。"

"已经很够用啦。"乐有薇咬咬他的喉结，秦杉低哼一声，乐有薇问，"早上我好吗？"

秦杉说："要命。"

乐有薇往他耳朵里吹口气，问："比昨晚呢？"

秦杉又受不了了，呼吸紧促："还要命。"

乐有薇蜷在他怀里，声音软软的，很温柔："这就对了，未来会更好的，各方面。一句话，尽力而为，感谢相伴吧，好吗？"

秦杉不敢想象如果他不来云州，乐有薇会瞒他到哪天，如果她晕倒在大街上，该怎么办？他问："我不来，你会去找我吗？"

乐有薇亲亲他："当然会。"

秦杉振奋了些："为什么？"

乐有薇说："因为我自私自利，想赖着某人。"

秦杉深深地吻她，所有的爱意化作缠绵交缠。

晚上正在吃饭，老高通知秦杉，秦望和吴晓芸谈妥了，具体条件不详，等走完账，吴晓芸就去自首。

秦杉开着免提，乐有薇和他击掌，他问老高："我父亲说什么了？"

老高回答："我回避了，你爸没跟我说，就听到吴晓芸走的时候，你爸说小峥是他的儿子，不会没人照顾。"

秦杉打开外卖送的啤酒，小铁罐，刚好两杯，乐有薇和他碰一个："你连恐带吓，我老板又一向想象力丰富，所以这事成啦。"

秦杉很迷惑，天地良心，他没威胁吴晓芸，他自认为还挺体谅她。既然父亲不知道秦峥患了躁郁症，可见吴晓芸和秦峥都视其为隐私，所以他把吴晓芸叫去咖啡馆，避着老高和父亲。

乐有薇不免担心："吴晓芸会不会继续隐瞒秦峥的病情？要不要告诉高叔叔看着点？不然吴晓芸进去了，秦峥怎么办？"

老高做事有分寸，秦杉斟酌语言，发去信息，然后让乐有薇联系叶之南的律师。里外信息不通畅，如果吴晓芸自首，叶之南措手不及，在警方面前措辞不对，可能造成新麻烦。

律师明天上午就要去见叶之南，既要通过律师对叶之南略做提点，又不能对吴晓芸自首抱有太多期望，乐有薇犯了愁。

人类的一大错觉是，以为但凡是人，多多少少会有人性和良心，但有的人就是没有。赵致远被江爷爷拆穿，果断指使门徒杀人灭口，乐有薇信不过吴晓芸，万一她给秦峥挣到不错的利益，自己潜逃呢？

但是揭发吴晓芸才是真正的涉案者，乐有薇手上毫无凭证。秦杉说："我来跟律师说。"

乐有薇瞧着他打去几行字："葛律师，您好。我是乐有薇的男朋友秦杉，麻烦您给叶之南先生带几句话：我很尊敬江爷爷，也很尊敬叶先生，我很喜欢他送的獬豸镇纸。我已和峥母谈过，因为我不希望我女朋友每个月去探几次监。"

秦杉一直记得乐有薇讲解过，獬豸代表执法公正。乐有薇起先还夸他很有条理，最后一行字一出，她去抢手机，但秦杉飞快地发过去了。

乐有薇踢了秦杉一脚："谁说我会去探监啊，我不能和童燕她们一起去吗，我……"

秦杉亲她，亲完了丢开她，继续发信息："请您一定带到，谢谢您。"

乐有薇骂秦杉的想象力不比吴晓芸差，她最多想到开庭旁听，探监没敢想，想不到那里，大脑就开启了保护机制，把她弹回来了。秦杉逆来顺受地听着，他倒也没什么想象力，但谁叫江天提醒得中肯呢，谁叫他这人是有点爱吃醋呢。

乐有薇骂完人，解气了，打开记事簿做回家计划。明天吃完早餐就出发，算上堵车时间，中午之前绝对到家。

郑家父母请乐有薇和秦杉下馆子，下午两人去上班，乐有薇和秦杉走亲戚。郑好的祖辈都退休赋闲在家，第四代有个小女孩，刚到3岁，秋天才去上幼儿园。

小女孩牙牙学语，热情高，用她妈妈的说法是："丑是丑了点，不过能数到一百了。"

秦杉跟小女孩聊天，用尽了小女孩的词汇量。小女孩是郑爸爸这边的亲戚，喊乐有薇小姑姑，道别时哇哇哭，抱着秦杉不让他走，鼻涕糊得他领子上全都是，直到秦杉跟她拉钩："明天小姑父还来找你玩。"

回家路上，秦杉买了酒，乐有薇知道他乐什么。大人们都让小女孩喊秦叔叔，还对乐有薇挤眼："是未来的小姑父哦。"

小女孩就喊上小姑父了，秦杉乐颠颠，以小姑父自居了一下午，这可是女朋友家里第一个承认他正式地位的人。

做饭的人不洗碗，这是外公外婆制定的规矩，秦杉照搬到郑家。晚饭后，他让陶妈妈歇着，他一边洗碗，一边听乐有薇和父母闲聊。

明年郑好课程结业回国，天空艺术空间等着她，不愁没工作。乐有薇不同，她的职业目标是拍卖师，郑爸爸问："下一步有什么打算？"

乐有薇随时能追随谢东风去拍卖行，但半年后就得做手术了，她想趁此乱局养养身体，含糊道："今年想休息，跟小杉去江家林住一段时间。"

陶妈妈追的电视剧更新了两集，准时看上了："那里风景好，今年我年假去美国用完了，明年我去看梅花。"

郑爸爸检查乐有薇练字情况，又是让她写"尔曹身与名俱灭，不废江河万古流"，又是让她写"落花时节读华章，风物长宜放眼量"，生怕她被公司倒闭伤到神。乐有薇是有好几天没练字了，连写几幅。

书柜里有个相册是乐有薇从小到大的照片，秦杉一页页翻看。乐有薇6岁以前和父母拍过很多合照，每一张，一家三口都笑得眉眼弯弯，他看得恻然。

往后翻，是乐有薇的单人照片，有一张是她参加儿童节联欢会，穿着白裙子，头扎大红花，眉间一点红，是秦杉心目中妹妹的模样，他喜欢极了，立刻翻拍做成手机屏保，问："你是主持人吗？"

乐有薇说："是拉幕布的。"

秦杉气愤："明珠暗投！"

再往后翻，秦杉看到乐有薇和卫峰的合照。他以为是丁文海，仔细一看，好像不是，后面看到丁文海，他才确定是两个人，不由得感叹有些人的审美也许真的很稳定，乐有薇和他父亲都是。

秦杉和吴晓芸当面交谈时，发觉她不那么凶的时候，某些神态很像他母亲。他问："我是不是有点像他们？"

乐有薇蹭蹭他的脸："你是独一无二的。"

第二天逛完园林，秦杉去找小女孩玩。他母亲是独女，阮家亲戚少，秦家亲戚虽多，但秦杉小时候觉得从爷爷到大伯二伯就没不凶的，堂哥堂姐比他都大好几岁，嫌他幼稚，不像在郑家和陶家，老人小孩都喜欢他。

最新两集电视剧主角半天不出来，陶妈妈不爱看，秦杉洗了碗出来，手一拍："要不然，我们今天就召开家庭会议？"

乐有薇问："小姑父有什么重大指示吗？"

秦杉拿出平板电脑，他有好消息宣布。沈志杰公司在工程造价咨询方面资质不够，那块烂尾工程是他和朋友的公司联合投标拿下来的，竞标时他们提供了初步设计方案，但沈志杰认为不完美，在公司官网上征集酒店概念设计方案，秦杉以外公的名义报名参选。

元月中旬，秦杉收到中标通知，拿到奖金。本月初，他提交了图纸。审图公司表扬图纸质量高，沈志杰十分高兴，立刻把第一笔设计费打了过来。

秦杉计划再花上几个月空余时间，把后续设计做完，拿到全部酬金。他给大家算了账，江爷爷个人艺术馆设计他已全面完工，费用也结清了，他攒了不少钱，前段时间一空下来他就在网上看云州的别墅，有十来个目标。

秦杉本想忍到下个月他和乐有薇的相识纪念日时再给她惊喜，但房子是一大家子人住，他得征求所有人的意见："我看的都是三层楼，外公外婆想住一楼，离大医院近就行，没别的要求。郑叔叔陶阿姨呢？"

陶妈妈摆手："我们住这里就行！现在有几个年轻人爱跟长辈住啊。"

秦杉说："我和小薇都喜欢。"

陶妈妈说："既然房间多的是，乐乐多生几个！"

秦杉说："一个就行，她不生也行，都行。"

一家人都开心，乐有薇很配合："就生一个吧，多了操心不过来。"

陶妈妈转念一想，劝两人别太早生，毕竟她离退休还有好几年。乐有薇说："请保姆就行。"

陶妈妈拍她的手："外人哪能放心？你连饭都不会烧，不能把带孩子想得太简单了，很复杂，很麻烦。"

"哦，那还是不生了。"乐有薇眼看陶妈妈拉长了脸，笑得咯吱咯吱的。

等郑好起床了，秦杉让她也贡献一点注意事项，郑好就一条要求："别太郊外，我上班起不来。"

这一点秦杉考虑到了，他的目标地段都集中在天空艺术空间、几大拍卖行和建筑机构开车半小时以内，对郑好说："我把图片发给你，你看看。"

郑好说："不用看，你女朋友就是你品位的象征，我放心！上课去了，拜拜。"

郑家父母双双请了半天假，周五吃完午饭，两人跟秦杉和乐有薇一起去云州看房。刚下高速公路，秦杉接到老高电话，吴晓芸不在家，秦峥自残，所幸发现得及时。

中午，老高接到班主任电话，秦峥今天逃学了。班主任说秦峥前一天就尤为反常，老高喊上秦望回家，秦望踹开了秦峥书房的门。

秦峥以头撞墙，一身的伤，秦望拍着他的背喊儿子儿子，秦峥头破血流，说："看清楚，我是秦峥。"

多年前，秦杉往楼下跳时，也是满身血。秦望把血淋淋的秦峥扛上救护车，问："为什么不想活？你妈妈是自首，不会判得太重。"

秦峥闭上眼睛，不再说一句话。老高感激秦杉，多亏秦杉那天提醒，老高立刻找秦峥的班主任预留了联系方式，今天接到班主任电话，及时赶到。

老高请教秦杉："小峥现在不肯跟人沟通，下次还自残怎么办？"

秦杉说："他需要专业治疗，请让我父亲送他去看心理医生，心理疏导和药物双管齐下。"

秦望一直以为小儿子是青春叛逆期，且被吴晓芸宠坏了，脾气大，吴晓芸是这么说的，他就这么听了。老高转达秦杉的建议，秦望听从了："打听一下，哪个医生有口碑。"

乐有薇问："我们拐过去看看秦峥？"

秦杉犹豫一阵："不去。医生才能帮到他，我可能起反作用。"

乐有薇想想也对，律师随后告诉她，吴晓芸刚才投案自首了，警方正在问话。乐有薇不清楚吴晓芸会交代什么，能交代多少，但她自首这一步很关键。

周日中午，一家人看到最满意的一幢，是个独栋花园洋房，三层楼，距离夏至家的车程只有几分钟，乐有薇和秦杉都想以后能帮夏至照应二老。

两天来，看过的房子有老建筑，也有新楼盘，有灵海集团旗下子公司开发的，还有别家的，这幢是商住两用，不限购，比图片上更美。一家人被中介人员带来，就藏不住喜欢了，秦杉说："那就这里？"

陶妈妈总觉得，秦杉自己置业，不和父亲牵扯太深很明智。大生意有大风险，秦杉做设计，收入也很不错，平时还有空和乐有薇待着，平平安安就行，可这房子太贵了，她把秦杉拉到一旁："好是好，要是在你爸公司那些房子里选，是不是能拿点内部折扣？"

房子本身带装修，但以前一直租给别人当公司，有些地方需要调整，家具也得添置，以秦杉目前的存款，扣除装修预算，这房子只能首付三成。郑家父母担心还贷压力大，两人把日子过得紧巴巴，还担心秦杉拿不到沈志杰的酒店设计费尾款，钱在甲方口袋里，不能打包票。

乐有薇在云州已有一套小房子，若以她的名义买，首付更高，她说："生活没问题，小杉的钱买房子，日常衣食住行都归我。"

乐有薇的积蓄足够做手术和后期调养，夏至留给她一大笔钱，她打算当成生活开销。夏至特意叮嘱她不得捐出，是希望她过得不那么辛苦，她听夏至的。

秦杉给郑家父母看他投过的简历，都收到了录用通知，但因为度假村项目，他得继续待在乡下，不然今年下半年他就能入职省建筑设计规划研究总院。所以就算拿不到沈志杰那边的尾款，他也能赚别的钱。

郑爸爸点开设计院的官网细看,该院被评为当代中国建筑设计百家名院之一,做过教育和科研建筑、商贸建筑大楼、大型医院和体育建筑,以及国内多个国家发展战略投资开发区的总体规划,还和多家国际级的建筑事务所有业务合作,这意味着秦杉将来总有项目做,有钱赚,他放了心,拍拍秦杉胳膊:"你自己决定吧。"

秦杉和郑爸爸跟中介人员了解合同细则,乐有薇和陶妈妈转悠着,把各自认为要改进调整的地方都记下来。

陶妈妈特别喜欢露台,说是辟开一块当成晒台一级棒,乐有薇拔去花盆里的杂草,泪意涌上心头。秦杉一直在为两人的未来做规划,他想离她近些,再近些,他求婚也不是一时冲动,是很认真地想和她组建家庭。

郑爸爸和秦杉约定,有钱出钱,没钱出力,暑假之前,秦杉把装修方案拿出来,他趁暑假盯装修:"我代表乐乐做贡献。"

下楼时,乐有薇听到郑爸爸和秦杉讨论得热火朝天,楼梯灯要改,不能用集光型筒灯,它会让人的影子很明显,看不清楼梯的高低差,外公外婆和小孩尤其容易踏空摔倒,秦杉赞叹:"郑叔叔对装修真精通。"

"嘻,以前哪装过带楼梯的房子啊。"郑爸爸笑说是在美国参观博物馆时,对室内照明产生了兴趣,回来买书研究,班门弄斧了,"灯的事你和乐乐多商量,从卧室到卫生间到书房,你都给她弄好。"

陶妈妈加入讨论,乐有薇趴在二楼栏杆上看了一会儿,眼前这几个人,是命运赠予她的瑰宝。

一家人在房子里拍了很多照片,乐有薇拉着秦杉的手不住地笑。两人融入彼此的生活圈,共享彼此的亲朋,还拥有共同的朋友杨诚和罗向晖,而且在江家林,秦杉还建起了自己的圈子。乐有薇想到他孤独的少年时光,以后他能过得更快乐些,再以后,她会对他放心些。

买房手续办完已是傍晚,晚餐后,乐有薇和秦杉把郑家父母送上回家的高铁,然后忍不住又去看那房子。秦杉把下巴垫在乐有薇肩膀上,推着她走路,酒气喷在她耳畔:"小薇,我今天特别高兴,你呢?"

乐有薇说:"高兴。小杉,我好高兴啊。"

秦杉指指房子:"以后那里面住的,都是我的责任。万一有天你走在前头,虽然我可能很想追上去,但我不能,他们都会帮我。你现在能对我放心了吗?"

乐有薇对自己说好了不再哭,她转过身,抱紧秦杉,秦杉在她耳边说:"要陪我久一些,知道吗?"

秦杉想听的话，乐有薇都会说了："天长地久那么久。"

江天的习惯是约朋友吃早餐，于是乐有薇和秦杉去皖城之前，喊他去云豪酒店吃杨诚研发的新品。江天连声夸这是他在国内吃过的最好吃的面包，发酵好，有麦子的自然香味。

鉴于乐有薇和秦杉联手逼迫吴晓芸投案，江天表示又看乐有薇顺眼了。贝斯特出事后，卢玮和公司签订的白玉双鱼佩委托拍卖协议自动解除，江天决定直接购买，卢玮答应了。下个月24日是今生珠宝周年庆，卢玮将莅临现场，参加白玉双鱼佩转赠仪式。

乐有薇说："看来你的品牌是真做起来了，去年她还嫌牌子太小，连旗下新人都捂着不想跟你合作呢。"

江天说："是没怎么赔本了，但品牌还没叫响，她是想跟Dobel合作。"

巨型翡翠雕琢权拍卖会后，卢玮工作室的人以采购翡翠的名义跟江天谈过几次，话里话外寻求合作，江天这回很矜持："Dobel合作的都是国际级别的名人，换我摆谱了。哎，反正你现在闲着了，来帮我呗。"

乐有薇谢绝了："这几年太累了，我今年就想休养生息，营销活动等我空了就给你想，但你得倚仗专业人士。"

江天怀疑地问："房子都买了，你俩该不会要结婚了吧？那正好，白玉双鱼佩当贺礼。"

白玉双鱼佩终于快回来了，乐有薇和秦杉快快乐乐地挥别江天，踏上去皖城之旅。

前方就是出城的收费站了，乐有薇收到很长一段信息，心神不宁，秦杉问："怎么了？"

早晨，叶之南从里面走出，童燕安排了午宴。叶之南所有弟子都会到场，除了夏至和乐有薇。乐有薇要和男朋友回乡下，叶之南会理解，但是见不到夏至，他不可能不问，可是没人开得了口。

这消息瞒不了一生，但谁忍心告诉他？童燕找过阿豹，阿豹却是关机状态，张茂林在国外出差，刘亚成和夏家父母都身在绿岛，他们已经安葬夏至，但还未返程。叶之南另外几个老友不赶巧，今天都不在云州。童燕想来想去，只好找乐有薇。

秦杉掉头："也就是说，吴晓芸交代问题了，他自由了，走。"

乐有薇回复童燕："地点发来，我过去。"

回城路上，乐有薇思考着措辞。绿灯亮起，秦杉随意一瞥，突然意识到她把两人的合照换了，手机屏保变成一架蔷薇，他咳了一声："手机给我。"

乐有薇放软声音："只是跟我师兄说事，说完就走。"

秦杉按亮手机，确认乐有薇换了屏保，不知道她换了多久，可见某天她下定决心要和他分手，他脸色更黑，把车开到辅路停下。

乐有薇见势不妙，撒娇道："我说了事就走，不和他们一起吃饭，我们去那家早餐店吃东西好不好？"

秦杉板着脸，指指面颊，乐有薇乖顺地亲他，他拿起她手机，连拍了几张："把屏保换回去。"

乐有薇醒悟了："你在气这个？"

秦杉仍板着脸："为什么要换？"

乐有薇飞快地点开最新出炉的合照，亮给他看："好看吗？我没化妆，把照片修一下再换哦。"

秦杉不上当："为什么要换，正面回答。"

乐有薇用脑袋蹭蹭他的下巴："就……就一时糊涂，手也贱……给我一个改错的机会吧，小姑父你最好了。"

秦杉又痒又笑："给小姑父画猫耳朵。"

一喊他小姑父就不生气了，这只猫比妙妙乖。乐有薇赶紧说："画画画，胡子也给小姑父画上。"

天空艺术空间楼下有家私房菜，一天只招待几桌客人，乐有薇和同门闲聊，童燕陪同叶之南进来，叶之南扫了一眼，果然问："夏至呢？"

包厢里静如寒夜。乐有薇迎望叶之南，狱中数日，他消瘦了些，回家拾掇了才出来，英俊里带有几分颓唐。叶之南把酒放下，下意识地问了一句："他还好吗？"

包厢里间有个藏酒阁，乐有薇笑道："他们想喝红酒，叶总参谋一下？"

饶是叶之南平时能做到胸有惊雷而面如平湖，听闻夏至死讯，也终于红了眼圈。若不曾为吴晓芸顶罪，他应该就能发觉夏至的情绪问题，是不是就能救夏至？他本该想到夏至会郁结在心，本该想到。

叶之南扶着酒架，手指骨节抠到发白。乐有薇心头刺痛，知道他想独自待着，默然向外走。走到门口，她停住，趔身回来，抱了抱他："师兄，生日快乐。他让我们好好活。"

叶之南的生日是4月7日，就在下周。乐有薇松开他，忍泪离开："他葬在绿岛，明年我们一起去看他。"

出了包厢，乐有薇在大堂坐了许久，调整了情绪。走出大厦一望，藏酒阁内，叶之南坐在沙发上，默默地看一支烟燃尽。

在春雨中她幻想过他，她只是看着，但从来不说。面对他的伤痛，她依然只能看着，然后离去。

小面包车停在路边，乐有薇回到车上，靠着秦杉的肩，不言不语。隔着落地窗，叶之南凝望两人，巨型翡翠雕琢权拍卖会那天，小乐晕倒在拍卖场里，是精神压力太大了吧，多休整一段时间吧。她不会远离拍卖场的，他期待她的回归。

秦杉托律师带的话，都带到了，叶之南担忧他和乐有薇对抗不了吴晓芸，秦杉告诉他，你多虑了。秦杉比他料想的沉稳，能自保也能保护恋人，这样甚好。

秦杉望过来，叶之南一双眼睛里写满克制，这么多年世事浸染，他仍然光风霁月，齐染评价他皎如天上月，恰如其分。秦杉对他点头致意，发动了汽车。

一路沉默，车开到岐园附近那家早餐店，秦杉停车，拉着乐有薇的手进店，点了熟悉的小馄饨和甜汤，外加几个小菜。

乐有薇小声问："你看到我抱他了吗？"

她自觉理亏，一副小心翼翼的模样，秦杉沉声道："看到了。"

乐有薇卖乖："我喜欢小杉，特别特别喜欢，每天都抱小杉很多下。"

"那你都喜欢我什么？"秦杉想多装一下，但抿紧嘴也藏不住笑，笑都从眼睛里跳出来了，被乐有薇识破了，不回答他。

秦杉等了一会儿："我先说。我喜欢小薇什么都好，才貌双全，智勇双全，还有……"

秦杉还在算，乐有薇说："我喜欢你乐酒好肉，傻头傻脑。"

这话不像是赞美，但都是实情。到了皖城，进了新家大门，洗完澡就身体力行。

项目经理的助手很细心，带着人把家里布置了一番。乐有薇对工作间最满意，木工台和工具都搬来了，窗户上她的风筝们快活地栖息着。

律师通报了最新情况，吴晓芸交出了她和叶之南的谈话录音，她求他帮忙，但防着他。

吴晓芸一开始交给叶之南的账簿不是原始底本，被他识破了，她只能把每一件伪作都如实相告，但留了最后一手，没对叶之南说过她和薛明之间另有联络渠道。

春风绿文化公司众人被赵致远保住，会投奔另一家拍卖机构。等过了风头，吴晓芸和薛明走暗道，还能从中抽成。薛明入了美籍，警方追查起来限制多，但薛明的助手在亚洲和北美洲活动频繁，吴晓芸将协助警方斩去薛明的左膀右臂。

小五他们把秦杉想种的果树和花苗都备齐了，明天起个大早就种上。院子里有两把摇椅，乐有薇盘腿坐上，享受夜风。春天是黄山一带的好时节，杨诚和罗向晖结婚在即，两人会来旅行，到时候一起爬黄山。

秦杉从工地回来，陪乐有薇坐看星星："小薇，我们谈点正事。"

乐有薇洗耳恭听，秦杉告诉她，恋人或伴侣以情感维系关系，不等于签了卖身契，乐有薇和同性异性交流，他完全没意见。而且他是真心尊敬叶之南，不是客套话，今天那一抱他很理解，乐有薇不能总以为他在吃醋。

乐有薇哼道："那我出来你还一直不说话？"

秦杉认为，叶之南听闻夏至的死讯，就跟他从医生口中确定江爷爷回天乏术一样，也许叶之南会比他更难受。毕竟他有乐有薇安慰，而叶之南没有。他心疼叶之南，但说什么都不合适。他说："我明白他很难受，我也很难受，说不出话。"

秦杉不止一次说过喜欢夏至，乐有薇鼻子发酸。秦杉摇着摇椅，慢慢地说："叶先生是你师兄，是你心中很珍贵的人，这是既定事实，不会因为你跟我恋爱，这关系就不复存在，我接受这一点。小薇，你和我相处很开心，所以我们才会在一起，对吧？以后你也要很开心很放松，不用太小心。"

当初乐有薇最吸引秦杉的，是那衣袂飘然无所顾忌的样子，他不想拘着她，最盼望她肆意人生，每一天。

乐有薇遥看星河，悠悠地说："以后有时相处得不开心，也还会继续在一起啊。"

秦杉斩钉截铁："不可能相处不开心。"

秦望给乐有薇打来电话，秦峥住院后，依然很躁郁。住家保姆都说吴晓芸自首前，把家里的利器包括剪刀都藏起来了，秦峥把自己关起来，撞得遍体鳞伤，但他不肯去看心理医生。

秦望说："我怕他再自残，安排了几个人看着他，结果他更暴躁，让他们都滚，还把输液管扯了。"

秦杉童年时很少见到父亲，随着灵海集团的壮大，秦望一定更忙碌，秦峥必然长年被忽略。

好好一个建筑师，活成十足的商人了。商人重利轻别离，事到如今，秦望竟然还没意识到母亲入狱对一个高考在即的少年意味着什么。乐有薇选择直言："秦峥本来就在生病，他精神崩溃，需要的不是您安排的人，而是您自己。叔叔，您的儿子很伤心很无助，所以才会自残，您多看看他吧。"

秦杉托莉拉给秦峥寄去几支祛疤药，秦望每天按住秦峥给他涂药。一开始，秦峥乱踢乱蹬很抗拒，多按住几次，他配合多了。不过可能是老高支的着好使。

老高生的是女儿，对秦望说："现在的小年轻，不管是男孩女孩都爱漂亮，你试试夸他长得帅，不能破相。"

秦望就跟秦峥说："以后顶着满头疤，被员工取外号可别后悔。"

秦峥哼了一声，脸上的表情秦望一看就懂——这叫男人味。不过，秦望再给小子涂药时，他明显乖了，被秦望押去看心理医生时，终于没有使劲踢墙坚决不去了。

目前，秦峥看了三次心理医生，但拒绝和心理医生交流。心理医生让秦望别着急，人类大多数痛苦都源于无能狂怒，少年很骄傲，因此格外无法接受自己的脆弱，更不愿向别人示弱，想让他敞开心扉，必须先取信于他，这是个得花费时间和精力的过程。

郭立川给项目组介绍了两个烧饭阿姨，乐有薇一日三餐都去搭伙，杨诚和罗向晖来做客，乐有薇让阿姨们单独烧了几道菜端来。

秦杉没料到这两个他眼里神仙眷侣一般的人，也说感情生活里不只有甜蜜欢喜，有时缠绵一整天，有时也吵得不可开交。

夜里，秦杉枕着手思索半天，想不出自己和乐有薇将来会为什么事争吵。以前他会因为叶之南闹点小别扭，但眨眼就过去了，从没吵过架，他想自己和乐有薇一定能避免不愉快的那些。乐有薇则认为，每隔几天就吵一次架也不是不可以，只要身体健康，一切都好说。

大清早，乐有薇换上轻便装束，跟杨诚和罗向晖去爬黄山，上次她只去过光明顶，秦杉说："我请假吧。"

绣庄和希望学校正在兴建中，秦杉得视察建筑作业，评估工程进展，还得忙于设计，乐有薇拍拍他的头："工作第一。"

秦杉害怕乐有薇病发晕倒，随时都想跟她待着，说："现在小薇第一。"

杨诚对乐有薇鬼笑，罗向晖说："理解理解，热恋都这样。"

有些话很难跟亲人恋人张嘴，但对医生就能说了，何况还是好友，乐有薇说："我患了脑瘤，他不放心我。"

罗向晖刚从北京调到云州人民医院，担任眼科副主任，结束和杨诚的异地恋。云州人民医院是省内最好的医院，院长管立炜是神经外科大神级人物，他培养的学生在神外领域各有建树，但乐有薇挂不上他的号，每次都只能挂到管院长学生的号，当然，那也都是专家。

罗向晖宽慰乐有薇："等回云州我调出你的片子去找管院长看看，他和我导师是同学，手术我请他主刀。"

杨诚和乐有薇击掌："他老师跟管院长交情很深，从高中时就是同学。"

有知根知底的医生随行，秦杉安心去工作。乐有薇在黄山上住了两个晚上，第三天下山，秦杉准备了一桌巧克力香槟。他喝酒架势足，但没喝两瓶就往桌上趴，笑眯眯美滋滋，听杨诚和罗向晖说东说西，自己也跟着胡说八道。

杨诚和罗向晖不办婚礼，这趟算是蜜月旅行，接下来他们会去趟广西北海，传说那里的白沙滩泛着银光。两人临行前，乐有薇送出新婚贺礼，是一对晚清和田黄玉葫芦挂件。上次杨诚和罗向晖去江家林赏梅，乐有薇听说他们有结婚打算，就在准备礼物了。

和田黄玉是新疆和田玉的一种，乐有薇送出的这对是黄玉里的蜜蜡黄，浓艳润泽，价格不算贵，但品质好，寓意也丰富。葫芦谐音福禄，是中国玉器饰品里常见的样式，再加上罗向晖的医生身份，他一再感慨这是自己收到的最喜欢的礼物。

葫芦，古代称作"壶"，是道家的象征之一。《后汉书》记载，市中有老翁卖药，悬一壶于肆头，壶内盛满药丸，治好乡邻的病痛。壶翁身怀绝技，乐善好施，后人便将行医称为悬壶，沿用至今，悬壶济世是对医生的赞美。

罗向晖携杨诚离去，乐有薇和秦杉把他们送到路边，总有好男子好女子并肩，获得尘世的美满幸福。

乐有薇在项目组驻地过得宁静充实，每天工作六小时，江爷爷的亚洲藏品助理KR在纽约跟她对接。

江爷爷的藏品大致分为三类来源：藏家朋友处转让，古玩行购买，以及拍卖场购得。KR先把来源是拍卖行的藏品资料调出，乐有薇整理图片，查阅详细资料，撰写说明，等江知行艺术馆落成，每件藏品都将附有简介。

这是大工程，乐有薇做得很耐心。郑好是资深编辑，明年她学成归国，会仔细编撰成图书，给导游和讲解当参考。

大东师傅一周来两次，教导乐有薇学木工。紫檀残件贵重，乐有薇练手用寻常的木材。

郭立川一家住在同一个小区，乐有薇和郭太太邵颖秀混熟了，有时跟去邵颖秀的育种基地，观看一颗颗种子发芽。等到天气热起来，她就又能吃上惜夏6号小白瓜了。

同小区有个中年女人姓关，年轻时在工厂上班，被机器烫伤面部，拿到一点慰问金，回家照顾老人孩子的起居，乐有薇聘请她打扫卫生。

关继芬把乐有薇做的砧板和小板凳之类的物件拿去造福小区居民，乐有薇扬名小区，喜获各类山野菜和笋干。

周六是秦杉和乐有薇约定的休息日，两人回江家林，秦杉陪孩子们玩，乐有薇去看望严老太和袁婶她们。

刚搬来皖城的第一周，乐有薇就收到礼物，是一件以司清德作品《春雪松柏图》为蓝本的门帘。村妇们都说，订单任务重，人手又不太够，等将来不那么忙了，再绣大件给她。

阳光洒在身上，乐有薇把门帘当披风，在田间疯跑了一阵，微风吹过河面，涟漪散开。

白潭湖湖畔，秦杉种下的那枝蔷薇开花了，还不到盛花期，更多的是米粒大的小花苞，乐有薇凑上去嗅了嗅，很轻微的淡香："听说荷兰有一种野蔷薇，香气能传五公里，不晓得是不是真的。"

秦杉说："以后我们去看。"

4月中旬，凌云主持了胡老太那批藏品的捐赠仪式，藏品入藏省博物馆。乐有薇和老同事保持着紧密联系，姚佳宁和黄婷去了现场，拍摄了全程。

新家是四居室，有一间是乐有薇进行业务学习的书房兼影音室，她来回看了两遍视频，凌云在珠宝方面的确是贝斯特最好的。

秦杉忙完当天的设计，探头看一眼："就知道你还想回到拍卖台。"

乐有薇有点遗憾，若非担心脑瘤突然发作，这场她又能锻炼一把，她主槌过拍卖会，主持过音乐会，但捐赠仪式跟它们不一样。

秦杉很期待乐有薇以拍卖师的身份继续她热爱的事业，比起一间间个人居所，他更喜欢设计公共建筑，他很理解乐有薇喜欢站在台前："等手术做完，你休息半年，明年再去上班。"

对未来要保持乐观，乐有薇自吹自擂："如果我早生二十年，现在会是行业里最好的拍卖师之一，你信吗？"

秦杉比女朋友更乐观："也许，能去掉之一？"

早生二十年，就能赚钱了，父母就不用去坐便宜的货轮。乐有薇关闭捐赠仪式视频，换成商业电影，跟秦杉一起看。人生中总有些时间是用来虚度的，或者也不算白费，业内大拍卖师的视频录像、商业巨贾们的访谈录，都能供她分析拆解提炼话术，这些会作用于未来。

4月23日是相识一周年纪念日，秦杉和乐有薇回了云州。乐有薇头发长长了，戴上了玉蝴蝶发卡。她送秦杉的礼物是一只杉木制的小圆几，支撑圆面板的立柱是猫咪毛茸茸的小短腿和爪子，阳光晴好的午后，秦杉可以把它搬到任何角落看书吃零食。

这张趣怪的圆几出自一位新锐设计师之手，乐有薇提供了妙妙的图片，秦杉得知立柱是按妙妙的小爪子做的，非常开心："我们家多找设计师订些家具。"

次日两人应邀出席今生珠宝周年庆，江天从卢玮手上买回白玉双鱼佩，转手就给了乐有薇，还单膝下跪做求婚状，他做好被秦杉一踹三丈远的准备，但秦杉笑看两人打闹，一点儿也没生气。

江天意兴索然："你就不怕我抢你台词，说什么小薇嫁给我啊？万一她被美色诱惑，脑子一热就答应了呢？"

秦杉仍笑，他家小薇不可能答应江天。昨晚情正浓时，他又求婚了，乐有薇说等手术顺利再议，但很明确地表示不喜欢钻石，四舍五入就是答应他了。他失眠一晚上，有意义的求婚礼物他得再想想。

郑好嘲笑乐有薇："那么执着要拿回来，其实就是护食！"

乐有薇捧着锦盒感慨万千，初见白玉双鱼佩时，不可能想到和它竟有这样深的缘分。

方瑶到场祝贺江天，跟他还亲昵如情侣，江天一边跟她闲聊，一边给身旁的乐有薇发信息澄清："没复合，纯友情！"

方瑶那位高考状元出身的男朋友体健貌端，心思很活络。有个大小姐在社交网页上向读者展示各大五星级酒店的下午茶，每次出镜的豪车和服饰不重样，男朋友每天点赞，每天打赏两百块钱。

大小姐亲手撰文修图，再发布，很耗费时间精力，她开通打赏渠道，不图进账，就图知音，男朋友连续打赏了半个月，被她注意到了。

大小姐娘家做小家电用品，有钱，夫家做汽车配饰，有钱。强强联手本是佳话，但佳话常常变成假话。丈夫应酬多，大小姐很寂寞，就渴望男朋友这样的知心人，方瑶发现端倪，把男朋友踢走了。

大小姐逃脱旧藩篱，前天和这位前高考状元喜结连理，她的两个女儿当了花童。方瑶的朋友们打抱不平："宁可当便宜爹，也要和你分手，真是知人知面不知心，我们去砸场子吧！"

方瑶质问前男友："到底为什么？"

前男友说："都是蠢货，我当然找个有自知之明的，好哄。"

方瑶找江天一醉解千愁，再次怂恿他开拍卖行。前段时间，华达资产和新的拍卖公司签了合作协议，对方表示公司最缺的就是拍卖师，跟方瑶签了工作合同，但春拍场次出来后，没有方瑶的名字。

方瑶去找分管副总，副总先哭上了："我们年初就做了年度计划，宣传也发出去了，要不今年您受累当个评委？我们对拍卖师有末位淘汰制，最后一名三年不能再上拍卖场，您帮忙打个分吧。"

江天认识一个大拍卖行瓷杂部的负责人，打发让方瑶去见。乐有薇竖个大拇指，赞美他有情有义，江天胸脯一拍："下了我的床，把她扶上马，再送她一程。"

正说着，江天的现任来搂他肩膀了。现任活泼漂亮身材好，且不计较他和方瑶勾肩搭背。乐有薇啧啧有声，江天笑言把交情升华为友情是看家本领，等他结婚那天，前女友们都会打扮得漂漂亮亮地来喝香槟。

童燕知会乐有薇，阿豹对付了唐烨辰。叶之南出来当天早上，阿豹第一时间就知道了，扭头去堵唐烨辰，什么行动也没有，就是让唐烨辰看到他。

唐烨辰很快打听到叶之南被无罪释放，立刻飞回香港，阿豹跟去了。唐烨辰没回唐家大宅，住在他母亲早些年在中环购置的公寓里。那幢公寓很昂贵，物业很尽责，唐烨辰很少外出，偶尔约人谈工作都选在公寓底层商铺的咖啡座。

世路难行钱易行，唐烨辰某天归家，按开电子锁，屋子里，有人提着一支红酒，脸上挂着懒洋洋的笑容，用仅会的粤语打招呼："雷猴啊，唐生。"

唐烨辰扑向报警器，阿豹收了笑意，眼睛一眯，不费多少力气，就把人身上最疼的地方让唐烨辰感受了一遍，然后一刀捅去。

阿豹在大牢学了一身道上的本事，知道怎么让一个人受到重创又不伤及要害。就算唐烨辰报警，脾脏破裂也不是会被重判的行凶手段。他对唐烨辰说："你没要我兄弟的命，我也不要你的命。他和他护着的人，你不能再碰。想报复就冲我来，别找别人，不然下次我换个地方下刀。"

唐烨辰血流披面，扶着墙站起来："从今天起我谁也不报复，我跟所有人两清。"

这件事阿豹没跟人说，有天他朋友在汀兰会所接待一位有来头的人物，自带了几种酒水，阿豹喝了两杯，随口夸酒不错，朋友把酒瓶一拍："就这四瓶，十几万。"

那款赤霞珠干红出自美国加州纳帕谷产区，入口还行，但汀兰会所名酒多，阿豹不以为然，比起他在唐母家喝过的那支，更差点意思。

童燕常年帮叶之南订酒席招待客户，精通各种酒类，阿豹给她看照片，问这酒哪里有卖。照片上那支酒很眼熟，童燕发给叶之南。

该红酒产自法国勃艮第某个特级园，一支就价值十五万人民币以上，是唐烨辰从拍卖场上买的，当时叶之南和童燕都在场。

阿豹从酒架上随手一捞，就捞了一支不便宜的，他认栽。昨天叶之南从绿岛回来，他一五一十地招了。

叶之南了解唐烨辰，他既然肯说两清，从此就真的相忘于江湖了，但凡事都怕万一，他让童燕跟乐有薇说一声，万事小心。

唐烨辰会不会言出必行，乐有薇不那么在意，反正人生是跟着事走的，事没来，就跟着自己的意愿走。她关心的人们都比她以为的强大，她可以放松一些了。

工作组的阿姨做饭很好吃，练完字，乐有薇对着视频跳舞，把晚餐的热量消耗掉。前些日子，她终于重回理想体重，得控制住。她跟秦杉说好了谁吃晚饭谁就是小狗，最后两人一起学狗叫。

这样下去不是办法，乐有薇换上运动套装，喊上秦杉夜跑。在度假村旁边的树林里，两人看到了萤火虫。这是在城市看不到的景象，秦杉拉着乐有薇，跳个短暂又快乐的踢踏舞，在一起的每一天，都很开心。

秦杉顺利拿到沈志杰那边的尾款，乐有薇本来想好好庆祝一番，但被幸程控股发行公司债的新闻倒了胃口。

汪震华案至今仍未开庭，事发后不到三个月，幸程控股就被多家评级机构移除了观察名单，性侵事件的影响几乎消失殆尽。身家数百亿的巨富，在这个星球上具有通天的能量。

6月初夏，秦望前来旁听度假村项目工作会议，中途撤了，秦杉习惯了父亲来去匆匆，没理会。

天阴着，雨一直没下来，邵颖秀送来一筐莲蓬，乐有薇在摇椅里边吃边看今生珠宝广告片男主角辛然演的网剧。卢玮工作室对这部网剧寄予厚望，砸下很多宣传费用，播出效果很不错。

以前乐有薇没时间看电视剧，听到郑好说辛然的角色真的有关注度了，就点开看几集。剧情老套，摄政王一角也挺常见，心狠手辣睥睨天下，每次杀完人，转身就一脸深情地爱太后去了，但目标观众百吃不厌。

弹幕上飘过一句句："坏得干干脆脆，渣得明明白白，结局凄凄惨惨，我的菜，我的爱！"

乐有薇笑得哇啦哇啦，一抬眼，秦望走过来。乐有薇收起花痴嘴脸，烧着茶，寒暄几句。秦望话说得随和，但那意思乐有薇是明白的，三军可以夺帅，匹夫不可夺志，不能因为事业受挫，年纪轻轻就归隐山林。

乐有薇笑嘻嘻地听，她明明很眷恋红尘。秦望说："越有本事，就越要发挥作用。你不干，留给那些德不配位的人吗？"

乐有薇本不想辩驳，但秦杉的父亲夸她有本事，这话中听："几家拍卖行都找我谈过，待遇开得不错，不过我这人讲牌面，复出得阵仗大点，再歇一阵吧。"

秦望问："非得搞拍卖不可吗？我公司有你很适合的位置。"

以秦望之见，乐有薇从商更有前途，他希望从现在开始，乐有薇跟在他身边历练，将来辅佐秦杉。乐有薇说："我只想做拍卖。"

秦望说："你不是很喜欢小杉吗？"

乐有薇点头："我喜欢他，就给他我的感情，但我的理想属于我自己。"

秦望摇摇头："你是天生的商人，待在拍卖行太局限了。"

人生到此不足三十年，但看过那么多浮浮沉沉，乐有薇只想把时间放在喜欢的事和喜欢的人身上，对秦望掏心掏肺："我只对拍卖感兴趣，小杉只对建筑感兴趣，如果我辅佐他管理集团，我和他都会很吃力，很忙，也很累。人生苦短，我只想做我最喜欢的工作，其余时间都和小杉在一起。"

乐有薇出身低，一贯敢打敢拼豁得出去，不是把情爱看得重于事业之人，秦望认为这跟她和秦杉在热恋有关，等过了这个阶段，转为平淡期再议。但秦杉心里得有数，他父亲53岁了，身体走了下坡路，必须考虑接班人，秦杉和他未来的妻子都不能逃避责任。

乐有薇问起秦峥，秦望叹气，在心理医生那里治了这么久，秦峥依然死活不对心理医生交心。不过，即使精神出了状况，秦峥的高考成绩也还凑合，昨天考完他估了分，能上个二本。

秦峥每次模拟考的成绩连大专都考不上，秦望担心他在吹牛，其实只考了两百分，他试着跟秦峥谈心："你想读什么就填什么。"

秦峥一声不吭，秦望很想知道吴晓芸自首前对他说了什么，但秦峥既不和他多说话，也不向心理医生吐露。

吴晓芸自首前，建议秦望送秦峥出国读书，秦望不同意。秦峥在家玩游戏玩一辈子，他也养得起，还不用多操心，出国如果吸毒滥交，就彻底废了。

秦峥毕竟是秦杉的亲弟弟，为了让秦杉以后少费点心，乐有薇有必要多说几句，硬着头皮问："您没当着面说他被养废了吧？"

秦望不作声，他没对秦峥说过，吴晓芸却可能在恨铁不成钢时以此激励秦峥振作起来，适得其反就是了。

乐有薇说："他才十几岁，听了会伤心。"

秦杉开完会回来，看到秦望，站住了。秦望说："小杉，我们谈谈吧。"

秦杉不吭声，秦望又说："你以为我和小峥他妈妈谈得容易？你不想知道那天你走后，我和她都谈了些什么吗？"

秦杉其实不想知道，吴晓芸自首，叶之南重获自由，这件事在他这里翻篇了。乐有薇给他一个眼神，他过来坐下了。

乐有薇让秦家父子单独谈话："我去结算关大姐上个月的工钱。"

乐有薇回屋，但秦望并没跟秦杉谈起吴晓芸，父子俩对坐喝茶，俱是沉默。

秦望的病床前，秦杉指责他分给秦峥的太少，但秦杉不知道，秦峥一出生，秦望就设立了以秦峥名字命名的信托基金。将来父母无论是离婚，还是去世，秦峥18岁成年后，每个月都能领到很丰厚的"零花钱"，但不能一次性领取全部，免得挥霍一空。

那天，吴晓芸开出自首条件，老高听后悚然。吴晓芸却说只要她的暗路不断，进去待一小段时间就能出来，挣的不止这数目，秦望不接受也行，那就去大义灭亲，检举揭发她吧。

款项全部到账，吴晓芸自首了。老高很惋惜，秦望说再多的钱也不值得拿自由去交换，但老高不太认可，多的是为了几万几十万就肯杀人放火，或者是替人背黑锅的人，因为他们在外面一辈子也挣不到那些钱。

秦望宁可吴晓芸拿钱走人。从此秦峥不会再受他母亲和母亲家人影响了，彻彻底底是他的儿子。

秦望没跟秦杉说这些，秦杉也不问，端正地坐着，等待父亲说话。秦望无奈，那个在病房里一口气说了一大堆话，最后还劝他别喝酒的儿子又变成陌生人了，他只好自说自话，说他听了秦杉的，戒了酒，但睡眠很差，很影响工作，最近开始吃药了。

一天，秦望正为公事烦心，秦峥在楼上跟吴晓芸的助理闹起来，他又不肯去看心理医生了，还把药瓶子砸了一地，秦望火了："我带你去！"

心理医生看出秦望的失眠症状，给他开了药片。在那之前，秦望睡不着就硬挺着，医生告诉他，当代人生活压力大，精神和心理有点症状很常见，就跟感冒发烧一样，该吃药吃药。

秦峥下次再去见心理医生，态度比以前好多了，可能是把心理医生的话听进去了："精神上遇到一点问题的人比想象的多，但很多人以为是自己乱七八糟想东想西，责怪自己不够坚强，其实早就医，都是小问题，不难解决。"

秦杉默默地听，不发表意见。秦望无奈，说点秦杉感兴趣的吧，他把自己和乐有薇的谈话对秦杉聊了一遍："你们两个要有分工，你做建筑，有薇得去搞管理。你劝劝她，别老想着做拍卖。"

秦杉皱眉，秦望继续说："拍卖师做到顶峰了，一年收入也比不上你一个常规小项目，她应该配合你工作。你俩同心协力地把企业做好，每年拿出资金用在文物修缮项目上，给艺术机构也捐助一些，这样你们两个的事业就都兼顾到了。"

秦杉开口了："我的收入比小薇高，是因为行业优势得利，不是我个人能力有多强。"

秦杉出言反驳，秦望很高兴，这意味着儿子愿意沟通。但他从来没从这角度想过。

很多年前，一家母婴杂志做采访，夸阮冬青事业家庭两手都硬，是完美妈妈，问她是如何兼顾两者的。阮冬青却说自己总在顾此失彼，她尽量去平衡，家里保姆也尽责，但她仍然非常累，被占用了太多工作时间。

当时秦杉才2岁多，到现在秦望还记得妻子对记者说："你只问我，却没问我丈夫如何兼顾事业家庭。你看，在家庭中，女人付出更多，在职场上，女人也经常得不到跟男人相等的机会和回报，比如我，工作很努力，从事的还是高精尖行业，但收入跟我丈夫不在一个层面。"

秦望含笑不语，等记者们收工，他私下对阮冬青说，她的研究很花钱，出成果还慢，但他的公司在赚钱，何况两人的职位有差距，收入有差别是正常的。多年后，儿子一席话，他如梦初醒。

个人能力再强，也得依托于平台，有的人自身能力一般，但公司发展好，他也能管理团队，人们常常不愿意承认运气也是成功的一部分罢了。

秦望给秦杉倒杯茶："我以前对你妈妈说过一些很差劲的话，伤害了她，但我当时没意识到。"

秦杉呆呆地坐着，内心波动强烈，秦望看到儿子眼中泫然的泪光，明白儿子真的很在意母亲被他伤害。他叹口气，当初他不仅不懂得体谅妻子，还因为焦躁，控制不住情绪，害人也害己。若不是秦峥自残，他可能还发现不了这一点。

秦峥不肯说出为何自残，但那是明摆着的，母亲要去自首认罪，他阻止不了，也帮不上，还怪不到任何人头上，只能伤害自己，仿佛那也是一种努力。

当年，阮冬青提出离婚，秦望以为自己能阻止，但阮冬青去意坚决，他想掌控局面，于是越来越失控，终酿成大错。

明知阮冬青性子亮烈，如果当时能够平和一点，不迫使她以出国斩断和他的纠葛，悲剧也许不会发生。

秦杉听着听着，起身走了，不让父亲看到他的眼泪。秦望看着儿子的背影，说出这些年来的后悔："我对不起你和你妈妈，但那时候我还不明白。"

乐有薇站在窗前看两人，秦望对她点个头，走了。他每天的行程都排得很满，但无论如何，他每周都想来一趟。这世上是有人安贫乐道，却不是乐有薇，多花点时间，他能说服她。她是能帮他儿子掌局之人。

秦杉回到书房，独自闷了一阵。其实，因缘巧合，有意无意，在过往某些时候，他忽然开始明白父亲了。

乐有薇对唐烨辰说"你可能低估了我对叶之南的感情"，秦杉也曾凶恶地欺负她，想听她说我永远不离开你；在他目睹乐有薇去找李冬明，愤而离开那几天，他担心乐有薇要和叶之南结婚，脑中也闪过可怕的念头——他要去把乐有薇抢回来，关起来，让她哪里也去不了，只属于他，属于他一辈子。

父亲把母亲箍在沙发上，还囚禁儿子，所有的一切都是因为害怕失去。那时候父亲不明白，儿子也不明白。秦杉发誓看住自己，保持警惕，不能变成父亲那样充满控制欲的人。

遥远的都市，本年度一场场春拍正在举行。老同事们有空就跑拍卖场，找同行索要视频发给乐有薇。乐有薇坐在影音室地毯上专心观看，以前她忙于拍品征集，没有整块整块的时间静下心来学习业务，如今对照各个视频，她更能发现自身的不足。

秦杉走进来，乐有薇抱住他，一起看一场明清家具拍卖会。秦杉心情不好，乐有薇喂他吃莲蓬，一颗颗脆甜鲜嫩，秦杉吃着吃着难过起来："你以前教我，要学会跟人分享，要是我的命也能分一半给你就好了。"

乐有薇踢他一下："不要诅咒我，我还能活很久呢。"

这几个月，乐有薇很少再发作。管院长看过她的片子，安抚说是小手术，他做过一例和乐有薇动脉瘤位置类似的手术，没有开颅，用鼻内镜技术实施了动脉瘤夹闭手术，患者经过两周的观察就痊愈出院了，如今已过去三年。

所有病人都认为自己的疾病是最可怕的，管院长很风趣："我开过成百上千的脑瓜，可比你见多识广。"

乐有薇的手术时间初步排在9月份，心也踏实了。爷爷在睡梦中去世，是有福德的，若她也能那样就好了，若不能，就和自己喜欢的事、喜欢的人待得尽量久一些吧。秦望游说她去灵海集团工作，她是不会接受的。

江知行个人艺术馆奠基，江家人都来了。今生珠宝终于开始盈利，江天塞给秦杉一份股份赠予协议书："买断以后的礼金，以后你孩子满月周岁考大学到结婚，我都不管了啊。"

新品牌前几年必然在烧钱，不亏钱就是胜利，今生珠宝目前说是盈利，不如当成笑谈，上个月的毛利约等于郑爸爸这么一个普通人民教师的年薪，秦杉笑纳了股份赠予协议书。

乐有薇很投入地编撰江爷爷的藏品信息，憧憬艺术馆落成，到时候充当解说员："首席的，威风！"

郑爸爸报名："等我退休也来。"

被羁押中的齐染在等待开庭判决，律师给乐有薇捎来她的问候："我还在画呢。"

在不被人注意的角落，齐染依然在画画。乐有薇铺开宣纸练字，书写齐染信中与她共勉的那首禅诗："如今枕上无闲梦，大小梅花一样香。"

小区居民不多，家家户户都认识，乐有薇习惯敞开大门，开着防蚊纱门通风。门外响起脚步声，她以为是关继芬，大声道："你忙你的！"

来人是秦望，他在客厅落座，自己烧水泡茶。乐有薇在书房里用功，把每天收到的藏品资料翻译汇总，再用中英文绘声绘色地讲出来，基本功一天都不能落下。光荣会过去，低潮也会过去，但功夫得养着，将来再上场的时候，不负自己的颜面，也不负珍宝。

秦望默然听着，心里有些说不出的滋味。有人热爱珍宝本身，有人迷恋台前工作，有人因为这行能带来些许名利，但大多数人都在踏实地把工作做好，乐有薇在蛰伏中努力，为重新漂亮登台积蓄力量，若不是因为秦杉那性子，他并不想逼迫她转行。没关系，以后她可以当个特约拍卖师，每年上几次台，过过瘾。

乐有薇半天没听到搞卫生的声音，出来发现是秦望。秦望推过平板电脑，她点开一看，图库里从紫檀束腰方凳，到清代康熙御制官窑豇豆红器，再到乾隆朝鱼化龙寿山印，都是漂亮东西。

秦望给老丈人当学生的时候畏首畏尾，最多送点好茶叶，当女婿后才买了这些。离婚后，老丈人把它们都退回来了，只有极少数几件被吴晓芸拿出去试试水。

秦峥的躁郁症好一时坏一时，家里的东西没少被他砸，再砸下去可惜，不如拿给乐有薇拍卖。上次回去，秦望喊了一个秘书帮忙把藏品图片整理出来，他拍拍带来的威士忌："我还有些很不错的酒，不喝了，也送上拍卖场，指定你主槌。"

乐有薇失笑，这就跟影视圈带资进组一样，但她暂时还不能上拍卖台，手术之前她不想有闪失。她建议秦望把这批东西都放一放，升值空间还很大。

秦峥的高考志愿通通填了金融相关的专业，秦望知道一定是吴晓芸教的。他都能猜出吴晓芸是怎么说的：综合型集团的接班人，最重要的本事是帮公司进行现金流运作，也就是找到钱。大多数公司都不会让技术骨干当一把手，秦杉再会画设计图，再懂建筑施工，也只能打辅助。

吴晓芸在财务方面能力很强，当年还在子公司做销售时，就被秦望注意到了，当然，更大的因素是她貌美。秦望对秦峥说："读你真心想读的，我都支持。"

秦峥不吱声，但秦望从秦杉这里获得经验，秦峥不理他不要紧，只要在听就行。他继续说："建筑是你哥自己想读的，我没干涉他，我也干涉不了。他从11岁开始，就不和我说话了，去年他交女朋友了，性格才开朗些，被他女朋友教着，才跟我说了几句话。你妈妈犯了法，没人帮你，你得自己帮自己，路也得自己去选，过得开开心心就行。"

秦峥重新填了志愿，直眉愣眼地往秦望面前一塞，秦望脑袋一嗡，但话是他说的，不好反悔，还得撑个笑容夸小儿子有主见。

现在的年轻人都爱玩游戏，抱着电脑和手机就可以愉快地生存下去，但秦望找人研究发现，秦峥的战绩很一般，花了很多真金白银还是很一般。

以秦峥的电竞水平，读电子竞技运动与管理没前途，读数字媒体艺术也是瞎混。秦望无可奈何地对乐有薇说："只要不吸毒、不创业，都依他。"

所以他又跑来敲打大儿子了。乐有薇忍住笑，虽然秦望上次对秦杉认了错，但秦杉和他还是不熟，他说从小就和父亲不怎么熟。

不熟就不用说话了，秦杉能做到完全放空，你跟他说一万句话，他也不往耳朵里捡，自己的设计忙得飞快。

秦杉去开会，秦望坐在摇椅上愣神，一脸挫败。乐有薇看不过眼："小杉和结构设计、景观设计那几个人沟通还有点问题，您有空帮他看看？"

秦望跟着乐有薇进书房，观看秦杉绘制的一版版图纸。每版都不差，但秦杉对老高说过"请转告我父亲，度假村我会做好"，他想做得足够好。

书桌上摆着拍卖书籍和金融书籍，秦望翻开一本《金融分析方法》，里面画满了条条杠杠，他问："你的书？"

乐有薇点头，她没放弃做司法拍卖，秦望却以为她是在为进军灵海集团做准备，很是欣慰。秦杉开完会回家，发现父亲和乐有薇在聊某个公司的并购重组，有说有笑的，他有点惊讶，秦望说："聊聊吧。"

秦杉做好听父亲讲述和母亲往事的准备，但父亲只和他聊建筑。乐有薇在门口听了几句，去给植物浇水。秦望挺讲究方法，只谈自己从事建筑业的各种施工经验，并没有特意去指点度假村项目。

傍晚，秦望回云州。秦杉目送汽车开远，想起童年往事。那时候，每次只要父亲在家，他就挂在父亲胳膊上打秋千，还喜欢趴在父亲身后，闹着要父亲驮着走。

太多年了，记忆模糊了，但很清楚地知道，以前很爱父亲，可惜后来父亲太让人失望。不知还能不能回到以前，但父亲在努力，秦杉回过头，对乐有薇说："他讲得好，点拨了我。"

秦望带来两瓶日本产的威士忌，乐有薇拿起一瓶："我们让阿姨把饭菜端来，喝一小杯？"

乐有薇平时只喝点甜酒，秦杉明白了："我父亲带来的？"

这款威士忌非常贵，但再贵的酒也是用来喝的，乐有薇开心地说："他说戒酒了，这两瓶是绝版，送我了。"

秦杉看了几眼："他以前烟酒不沾。"

乐有薇说："问过了，你爸得知你妈去世的消息后睡不着，借酒才睡着，养成了酒精依赖。现在还在戒断中，医生开了药。"

父亲做完手术，只剩小半个胃，还得跟酒精依赖症做斗争，秦杉却在病床前逼迫他和吴晓芸签订城下之盟。他心有悔意，大口喝掉杯中酒，还想喝，被乐有薇抢走酒瓶："喂！这可是威士忌，这点不能随了你爸。"

秦杉的脸轻轻蹭着她的脸："只依赖你。"

杨诚曾经说过，感情里很难避免琐碎怨怼，秦杉提防着会有吵架那天，但他和乐有薇从相识起就没红过脸。别人都说装修会出问题，家里人各有各的想法，连窗帘花色都能吵个脸红脖子粗，但乐有薇全盘交给他，她说自己不跟专业人士一般见识，她的控制欲只在工作方面。

秦杉好奇得很："那我们到底会为什么吵架？要么还是吵一下吧，我就懂得把握程度了。"

乐有薇挠他痒痒："来吧，喵喵起个头，挑个衅。"

秦杉想半天，瞪着眼睛笑了。乐有薇贴着他的胳膊熟睡，人和人的感情充满不确定性，恋人朋友都是，但枕边人对她很够意思，就算哪天吵起来也不要紧，瞬间降白旗，看谁手更快。

读书行路，卿卿草木，工作之余，乐有薇迷上了罪案片。秦杉外婆退休后翻译的都是罪案题材，乐有薇问过原因，外婆说人类热衷于探索和争斗，生死规则冲不破，但法律规则是人制定的，人类以想象力进行着破坏，这很迷人。

秦望依然每周抽出一天时间，来找秦杉说话。以前吴晓芸在家时，会讲些有的没的，还会找他请教生意上的事，他像对待下属一样讲完了，各回各的卧室。如今家里只剩保姆和工人，很冷清，秦峥在放暑假，恨不得抱着电脑睡觉，根本懒得看父亲一眼。

好在还有秦杉，秦望说些灵海集团做过的项目，秦杉听得很认真，对成本控制尤其关注，当父亲的很满意。

灵海集团最早是做建筑工程施工总承包的，做了不少市政公用工程，然后才渗透到房地产项目，拿了不少地，但比起地产开发，秦望个人更喜欢建筑工程。

建筑业是有流水线的，稳定又直白，度假村项目足以让秦杉懂得现实社会的需求是什么。好的建筑师都是入世之人，在艺术创造、设计理念之外，还能熟谙材料价钱，知道工人怎么管理、利润怎么抠，秦望对大儿子信心倍增。

准儿媳也乖巧，推荐给她的经管书籍和案例，她都在看，还做了笔记。有天秦望讲了许久，乐有薇留他吃饭，秦望看看秦杉，秦杉并未反对，只顾忙自己的。

秦望平时由营养师配餐，但还是留下来吃饭。乐有薇喊上司机，四人一桌吃了晚饭。饭后，秦望带了一兜惜夏6号小白瓜回家。

每周六是雷打不动的休息时间，乐有薇去看望严老太她们，秦杉在朴树的树荫里和孩子们玩耍。

凌云被带路的老人指到池塘边，迎面一望，秦杉在和孩子们玩扑克牌。江丽珍看到她："哥哥，是来找你的吗？"

秦杉抬头："凌云？"

他已不再喊她凌凌。凌云淡淡地说："我来找乐有薇。"

秦杉说："我带你去。"

凌云问："不用。再往哪边走？我自己看看风景。"

秦杉指了路，凌云走了，江晓宁小声问："队长，是男的还是女的？"

江丽珍鄙视他："女的！"

江晓宁说："女的头发比我还短，你是怎么看出来的？"

江丽珍说："她包上挂了好几个毛毛球，你们男的都土，连头发都不梳，才不会打扮包呢。"

另一个小女孩说："她长得帅，要是男的，哥哥能让她一个人去找姐姐吗？"

秦杉笑坏了，他也没这么小气吧。孩子们没见过叶之南，就算叶之南来了，他也不会干涉乐有薇的社交。

凌云只在乐有薇拍的视频里见过江家林，实地来看，发现更穷困些。别人的生活都很远，再怎么想象，也很难真正体会，她确定不会来第二次，但是有些话，她想当面说。

在严老太家里，凌云见到乐有薇。严老太正在指导袁姉和梅子刺绣，乐有薇在边上观看。去年慈善拍卖晚会后，陆续有人来拜师，还有人是不远千里慕名过来的。绣娘们的队伍在扩大，梅子也带上徒弟了，等明年绣庄竣工，她们就能搬过去。

乐有薇转头，看见凌云。天气热，凌云走了许久的山路，T恤被汗浸透了，乐有薇递给她一瓶饮料，笑道："快看，我好喜欢这幅《雪树寒禽图》。"

乐有薇的态度让凌云心头一热，就好像这几年两人从未交恶。她问："谁画的？"

乐有薇回答是于非闇，他是近当代画家，工笔花鸟画尤绝。郑家装修房子那年，乐有薇在家具城看到抱枕上印有于非闇的画作《玉兰黄鹂》，但那时她还不知道画家的名字。

乐有薇一说，凌云也有印象，那幅画很符合大众审美，画面满地铺湖蓝色，点缀着洁白的玉兰和艳黄色的鸟儿，所有色彩都很明快，对比也鲜明，颇有大国宫廷画师之感。

乐有薇给她看手机里的图片："他的画我最喜欢这幅，刚才找梅子订了。"

凌云看了看，画面是白猫和红花，是好看，但这里她待不下去，急于说事情。4月份，凌云和宝麟拍卖公司签了约，主槌了两场春拍拍卖会，刚忙完。公司业务部攒了几年，攒足一批明清家具，将作为秋拍最重点的场次，但急缺镇得住场子的拍卖师，她举荐了乐有薇。

乐有薇已经休息了几个月，是时候整装再出征了。凌云点开平板电脑图库，一页页给她看。

黄花梨琴案，龙纹佛经柜，紫檀台座式小几，宝座式镜台，金丝楠木圆角柜……乐有薇看得心花怒放，还有一件花梨独板面大画案，更让她啧啧称赞，面板独材，又厚又大，是传世之物。

前两年，拍卖场上出现过一件明末清初的黄花梨独板大翘头案，宏伟典雅，长达3.2米，极为少见，被收藏家哄抢，终以三千多万成交。

藏家是一家特殊钢材集团的董事长，向来低调，得此宝物，破天荒地接受了若干采访，就是想让人都看到他的独板大案。

凌云说："卷土重来的阵仗要大点，这场够了吧？"

逆风归来干翻全场，是得有架势，光是这一件花梨独板面大画案，乐有薇就有兴趣。她把平板电脑还给凌云："谢谢，但我还没休息够。"

可乐有薇刚才那神色，分明是想接受兵符。是那次晕倒在台上，让她有惧意了吗？她连胡老太藏品的捐赠仪式也让出来了，但她根本不是轻易失去上战场勇气的人。凌云迟疑地问："你是不是生病了？"

乐有薇重新拿起平板电脑，有件黄花梨灯挂椅样子很美，不知道大东师傅能不能仿出来，她问道："这个估价多少钱？"

乐有薇在转移话题，可见是真的生病了，凌云说："一定很严重。我回看了巨型翡翠雕琢权那场的视频，叶总被带走之前，你就有些失控，你晕倒另有原因。"

宝麟是国内大拍卖行，这种规格的明清家具专场机会很少，因为稀少，也因为是藏家之外的普通人都知道的好货，还都用得着，平时不太往外出，乐有薇是真想接下来。她沉默了一下："以前得罪你的那一眼，只是单纯好奇。你一直让我好奇。"

乐有薇跟大多数人都来往热络，但不交心，这句澄清不容易，凌云沉默了。过往几年，她做了很多伤害乐有薇的事，因为嫉妒，也因为微妙的羞恼，似乎越把乐有薇看成是不值得喜欢的投机者，她就越能接受被乐有薇轻易疏远的事实。

凌云最初结交万琴，源于两人都爱好歌剧，对乐有薇的敌意使两人走近，但凌云很快就发现，万琴不光是对乐有薇有敌意，她异常热衷于攻击别人。

凌云很不理解为什么有的女人对别的女人能极尽刻薄之词，每当此时她就不吭声，但是万琴编排乐有薇时，她是附和过的，还在慈善拍卖晚会上给过乐有薇和叶之南难堪，如今想来多么可耻。

凌云想道歉，但几句对不起远远不够，她想用行动来弥补，所以推荐乐有薇主槌这场拍卖会。

新公司的两场春拍，凌云做得很出色，分管副总很欣赏她，她建议外聘乐有薇主槌明清家具。可是先说出歉意的是乐有薇，她鼻子酸得紧。

小时候，凌云是少年宫合唱团的领唱，还是大提琴手，经常跟团出国演出，舞台让她觉得风光无限，她有瘾。后来她迷上拍卖台，她想，被人看到、被人喝彩，大概就跟拥堵的车流中，张开翅膀盘旋着飞越人潮一样。

父亲入狱后，凌云不能再飞翔了。在乐有薇展示翅膀的时候，她把自己的翅膀对乐有薇藏起来了。事到如今，她终于说："以前，是我错了。"

乐有薇对她笑了笑："后来我才明白，其实我们是一样的。小时候坐冷板凳，呼天不应，成年后，有钱人都是我的座上宾，在拍卖场里都得听我的，这种感觉很好。"

父亲出事，求告于人，呼天不应，凌云想被人看见、被人听见。她很难过，都怪当年仇视世界，心太窄了，否则怎会没发现，乐有薇是值得相交的朋友，她本该知道，乐有薇和别人不一样。

两人和秦杉会合，慢慢走出深山。到了江集路口，凌云停下脚步，她和乐有薇几年没怎么说过话了，更别提说点亲近的话语，她很不自在，飞快地说："有薇，对不起。那时候，我是真把你当朋友，所以格外敏感。"

乐有薇捏一捏秦杉的手，用了他在奥兰多城堡请求被拥抱时用的句式："现在也可以当朋友啊。你早就不和万琴玩了。"

乐有薇介意的竟然只是这个。凌云踌躇一阵，本不想再问，但乐有薇一直在回避，那就是很严重的病了，她问："到底是什么病？我客户里有三甲医院主任，还有分院院长。"

凌云有双乌灵灵的眼睛，一直记得有人想做明清家具。乐有薇指指脑袋："脑瘤，9月份做手术。"

凌云张口结舌，秦杉说："良性的，做完手术我们就结婚。"

乐有薇踢他小腿，好了，现在有吵架的理由了。

凌云拉开车门，上车："先把身体养好，我等你重回拍卖场。"

乐有薇看着凌云离开，跟秦杉打打闹闹："我同意了吗？"

秦杉抱着她："总有一天你会同意。我以为你会留她吃饭。"

乐有薇说："刚和好，还有点别扭。就跟你和你爸一样，多熟几次再说。"

凌云的车开远，乐有薇吁口气，她不会真的离开拍卖场，必如惊雷般再来。

等待绿灯转红的时候，凌云查了脑瘤，这个病终生不愈，即使手术顺利，有好转也很容易复发，她哭了。

好容易有个棋逢对手的朋友，再想想夏至，凌云更是悲怆。太通透聪慧的人，往往会经历更多磨难，实习期她多羡慕夏至和乐有薇，能够成为叶之南的学生。

秦望知道乐有薇的病情吗？凌云伏在方向盘上痛哭，决定对所有人守口如瓶。但愿秦望永远不知道，否则他会反对乐有薇和秦杉的婚事。秦杉说起结婚，他和乐有薇都那么高兴，眼睛里都是笑。

秦峥的高考分数下来了，他还真没吹牛，估分惊人的准，只比实际分数低3分，能被第一志愿录取了。科技学院，二本，离家近，开车20分钟就能到。

秦望对秦杉说："小峥每次模拟考试总分在班里都是倒数，在地上爬那种，高考比哪次都好，是不是有人给他打小抄？"

秦杉在看图纸，东摸摸西摸摸，墙身要画，地库要核审防火分区，秦望继续自言自语："小峥初中考高中时是全省第7名，那时候他还很正常，不躁郁，也不沉迷于游戏，更喜欢打篮球。高一没读完就不行了，成绩一落千丈，他妈妈请了很多家教，都被他吼跑了。这次邪门，数学只扣了6分，理综也不错，就是英语太差了，拖了后腿，只考了36分。语文也没及格，作文干脆就空着，不会写，不知道瞎写吗？"

秦杉说："他故意的。"

秦望一愣，儿子居然接他的话了。秦杉剥着莲蓬，把莲子一个个抠出来，放进盘子里。邵颖秀送了太多，他和乐有薇每天拿它当饭吃："英语差，你就不敢轻易把他扔去国外了。"

秦望说："我没想让他出国。"

秦杉问："他知道吗？"

乐有薇靠在门边，偷听父子俩谈天。秦杉说："他肯定知道你说他是废人，他索性废到底，每天玩游戏。但他母亲进去后，你表现比较好，他给你一个机会。"

秦望帮着消灭莲子："你是说，小峥想让我看到，他不是废人？"

秦杉看他一眼："这你都不懂，你是怎么管那么大集团的？"

秦望哈哈笑："所以要你帮我啊。"

很多事没有然后，这对父子之间有。秦杉也笑了，秦望说："他妈妈进去，他觉得没指望了，才奋发自强，我认为他是在给自己机会。"

秦杉摇头："就说你不懂。"

乐有薇扑哧笑，秦杉抬起头，乐有薇探进脑袋："晚上我们吃大餐，为秦峥庆祝庆祝。"

傍晚雨停，司机和秦望走了。雨后的山脚下，空气里弥漫着水汽，夕阳把山岚的轮廓勾勒出金边，院子里牵牛花和茑萝蔓延而生，蔷薇零星地开着。秦杉和乐有薇散着步，聊起往事。

秦杉童年时，秦望很忙，有时半夜回家，天亮又走了，秦杉经常一个月都见不到父亲。他分析秦峥也是一样，并且目睹父母长年失和，秦峥的成长一定很艰难，但母亲入狱后，他拿出了真正的实力。

乐有薇听着，偶尔轻轻嗯一声。秦杉转头，看见她的眼泪，抱紧她："小薇，早知道你这么希望我和我爸和解，我会早点认他。"

乐有薇说："有些事水到渠成才好，早些时候，你在抵触。"

秦杉说："我有点想见秦峥。"

乐有薇温柔地回答："我们找机会去见。"

7月中旬，秦峥的录取通知下来，秦望又来一次。他打算安排谢师宴，但秦杉和乐有薇都觉得秦峥连秦望都还有些排斥，现在还没到秦杉跟秦峥正式会面的时机，就没去出席酒宴。

转眼到了沈志杰的度假式酒店举行奠基仪式，秦杉和乐有薇回了云州。奠基仪式上，卢玮现身剪彩，自从公布怀孕，她再未在公开场合露过面，这次请来的记者里三层外三层，阵仗很大。

乐有薇和余芳闲聊，沈志杰专程来找秦杉，责怪他居然不用自己的名义参加设计方案征集赛。秦杉很坦白："用我外公的名字，是想看看自己在国内同行里的水平。"

卢玮没等仪式结束就走了，乐有薇和秦杉去找郑爸爸吃饭。新家正在装修，郑爸爸督工，忙到8月底开学，再让他大哥继续盯着。郑好的大伯刚退休，有的是时间。

第二天，乐有薇去天空艺术空间和老同事叙旧，秦杉问起下午的安排，乐有薇让他自己玩："聚完会我想去烫个小卷，做头发很麻烦，又剪又洗又卷，你会嫌烦的。"

秦杉说："不嫌，我在旁边玩。"

乐有薇拧他："我嫌你行了吧，能不能让我单独行动一下？"

秦杉说："不能。云州不是乡下小区，车多，你晕倒了很危险。"

乐有薇拿他没办法："我让佳宁接送我，这总可以了吧？"

"可以了。"秦杉想，乐有薇一定是想去见叶之南，所以不让他跟着，免生难堪。但叶之南出狱那天，他就看明白了，他不会难堪，叶之南也不会，是乐有薇自己担心两人见面难堪，她想多了。

姚佳宁来接乐有薇，秦杉嘱咐："我随叫随到。"

姚佳宁看看乐有薇的小腹："你该不是怀孕了吧，他看得这么紧。"

秦杉听得美，溜去心理医生工作室看秦峥。秦峥每次来看医生，都由吴晓芸的一位助理陪同。这位助理跟了吴晓芸很多年，秦峥不排斥她。

等候室的人非常多，确如心理医生说，心理疾病是常见疾病，大可不必讳疾忌医。在一干精神恹恹的病人里，有个孩子很明显是多动症，家长再三阻止，孩子仍不消停，嘴里突突有声，扭来扭去，跑来跑去。

病人们应该像在莉拉工作室那样进行分区，但也许让他们置身在大环境，看到周围都是同类，更有助于给内心以力量吧。秦杉正这么想，孩子脚下一滑，眼看要摔倒，长手长脚的英俊少年两脚一夹，把孩子稳住了。

孩子被撑住，没摔跤。秦峥戴着耳塞，自始至终眼睛没离开手机游戏。家长搂住孩子道谢，秦峥皱皱鼻子，闷头玩自己的，秦杉悄悄走了。

深夜，乐有薇被姚佳宁送回来，头发卷成小浪花，歇在肩膀上。她洗漱出来，秦杉亲她的耳朵，小贝壳一样，但乐有薇说她很累："头发药水气味不难闻吗？明天才能洗头呢。"

乐有薇柔声细气的，看样子是有些累，但两人哪次不是一拍即合，不知疲倦，秦杉说："那我们吵架吧。"

乐有薇嗔道："你先说。"

被拒是头一回，性质很严重。秦杉组织语言，精心提炼了十几句话，还想了针对乐有薇的回击，正准备开吵，乐有薇睡着了。

这是真累了。秦杉蒙了，按开手机搜索"烫头累"。首页出来几条"我发誓再也不烫头了，从中午两点坐到现在，还好效果很满意"，"陪媳妇做头发是最无聊的事，又饿又累，鬼地方还不让抽烟，问你你还不敢说不好看。"

还真会累啊。秦杉亲亲乐有薇的嘴角，睡觉。下次她再去弄头发，他必须现场观摩，到底怎么个累法。

清晨，乐有薇醒来洗脸刷牙。昨晚的架没吵起来，秦杉抹把脸就忘记了，她自然也不会挑事，她是有事瞒着秦杉，但愿他永远不必知道。

昨天，乐有薇听老同事说起，唐烨辰再未出现在内地，他的飞晨资本由新任CEO全面接管，天空艺术空间的股东会则由唐烨辰的助理斌伯代为出席，看来阿豹那一刀真把他降服了。

早在5月底，叶之南作为特聘拍卖师，主槌过一家大拍卖行的陶瓷拍卖会，乐有薇送了花篮。姚佳宁说他正式拜了国宝级大师学习古书画鉴定，以后有合适的中国古代书画他仍会主槌。

乐有薇试探了两句，凌云并没有向任何人透露她的病情，她放心了。如果凌云未经允许就散播出去，她就没那么想跟凌云重修旧好了。

秦望有套公寓位于CBD，就在灵海集团边上，他偶尔去午休，秦杉和乐有薇应邀赴约。

秦杉送出礼物，他给秦峥买了一双篮球鞋，给父亲的是在光阴冢古董杂货店买的一套茶具，其中一只白瓷杯底部用金粉写着望字，他昨天在店里玩了半天。

公寓是平层结构，装修得像个纯享乐的空间，最醒目的是嵌入式酒柜里的名酒，以及各种漂亮的水晶杯。

露台视野开阔，和乐有薇拍卖出去的天颜大厦隔海相望。秦杉晃了一圈，问："这里有个墙被敲掉了？"

秦望点头："对，想要个宽敞点的客厅。你们自己参观。"

公寓餐厅、卧室、卫生间和储藏室都很宽大，厨房门紧闭，阿姨在烧菜，秦杉和乐有薇走进储藏室，异口同声："面条柜！"

储藏室有两只面条柜用来储物，它是明代最经典的家具款式之一，上窄下宽，呈A字形，设计也很科学，利用了物理的重心偏离原理，柜门在没有任何动力的情况下，会很缓慢地自动关上。

秦望忙完手上的事进来，看到秦杉问乐有薇："江爷爷说过，面条柜的设计理念与众不同，西方人很追捧，但是特别罕见，明代以后很难再看到，为什么？"

乐有薇拉着秦杉站远点："想象一下，这两个柜子摆到一起，会是什么效果？"

面条柜底下宽些，上头窄些，秦杉说："靠在一起会形成一个大的倒三角，视觉上不美观。"

乐有薇说："所以啊，要放这种柜子，家里的房子就得大。明代还好，到了清代，乾隆朝的人口比明末翻了两番，人多了，人均居住面积下降了，普通人的房子没那么大，家具摆放就得紧凑，自然就去追求方方正正的柜子了。"

家具样式会和社会因素联系在一起，乐有薇在省博明清家具联展上学了不少知识，都卖给秦杉听。秦望见两人喜欢，笑着说："这柜子不好搬来搬去，等小杉做完度假村项目，房子我腾出来给你俩。"

秦杉很得意："我和小薇在云州有房子。我沾了你的光，你退出烂尾工程，沈志杰拿下来做酒店，我设计的。"

秦望看罢秦杉买的那幢房子图片，摇摇头："远了点，这里我很少来，给你了。"

阿姨做好饭菜，乐有薇摆上碗筷，秦杉说："我和小薇看到好东西就顺口赞美，没别的想法。"

秦望说："以后要帮我管公司，不能住太远。"

秦杉和乐有薇互视一眼，不再继续这个话题，吃饭时只谈些轻松的。十几年前，秦望在朋友家做客，看上这对黄花梨面条柜，想买，但柜子是对方家传之物，康熙年间祖上花重金购得，再花重金从北京运去山西，说什么也不卖。

秦望磨了好几次，对方为了打消他的念头，开了一个高不可攀的价钱，他咬咬牙买了。乐有薇一听，那价钱搁到今天也是巨款，但秦望认为是传家之物，值。

吃完饭喝茶，秦杉认真地拒绝了父亲："我看过你一天的行程，非常满，每天都很满，但我除了工作，只想和家里人待着。"

秦望说："我的身体不比以前了，公司迟早要交给你。小峥太小了，还生着病，我们都得指望你。"

秦杉说："找职业经理人吧，我不愿意过成你这样。"

秦望从长计议，先不驳斥他："那你至少要学点金融，不能别人说什么就是什么。"

秦杉反问："你有多少年没做过设计了？你都做不到兼顾，我也做不到。"

秦望说："你把学拍卖和古玩的时间腾出来。"

秦杉断然道："不行，我想和小薇有很多话说。等我忙完度假村项目，就去设计院上班。"

秦望被拒绝得彻底，其实某次他去找秦杉时，秦杉放下手中的拍卖书籍，他发觉那不是乐有薇的书后，心里就有数了。但他好容易才让儿子认他，不能太逼迫儿子。

乐有薇在房子里转悠着看细节，卧室的床头柜是一件方香几，她想让大东师傅做个仿品。

在卫生间，乐有薇看到女性用的护肤品，餐厅的茶几上有一沓资料，是个很受关注的跨国并购项目，她查查网上的资讯，不动声色。

告辞时，秦望说心理医生至今没搞清楚秦峥患上躁郁症的起因，秦峥虽然愿意和她说上几句话了，但每次都是反客为主："我也不知道为什么会得病，就是心里烦。你这几天过得怎么样，有什么好玩的事吗？"

乐有薇犹豫着说出来："可能跟您女朋友有关？"

贝斯特传过吴晓芸的绯闻，说她丈夫在外面的女人是知名审计师，并且女人神似秦望的前妻，吴晓芸的地位恐怕不保。乐有薇对桃色事件不予置评，但从时间推算，秦峥发病的时间似乎正是那时，她建议秦望让心理医生从这方面探探路。

秦望的女朋友没断过，但这一位连贝斯特的员工都知道，可见引起了吴晓芸的重视，被她身边的助理传出来。

吴晓芸不可能对儿子说她和秦望是开放式婚姻，也不可能说自己也没闲着，但她担心这位审计师上位，为此伤神，一定被秦峥发觉了。

在秦峥的成长过程中，父亲几乎缺席，母亲陪伴他更多，他对母亲更亲昵。母亲是父亲的妻子，却一次次忍受父亲和别的女人在一起，乐有薇感觉秦峥一定认为自己有理由仇视父亲。

秦望回忆起来，秦峥不理他，的确是从那时起。他再一想，秦峥被吴晓芸要求退出校队，专心学习，大概也是病因。

那是秦峥高一下学期的事，秦望出差回来，住家保姆把一大堆篮球队服塞进垃圾袋。秦望多看了两眼，住家保姆说："太太让他好好学习。"

从此每次秦望看到秦峥，他都在打游戏。起先，秦峥听到脚步声，还一键退回到桌面装装样子，后来不装了，戴上耳机打个痛快，谁的话也不听。再然后，他开始对吴晓芸和住家保姆及工人大吼大叫，动不动就踢墙。

当时，吴晓芸私下对秦望说："半大小子哪有不叛逆的，过两年就好了。"

走出大楼，乐有薇查到审计师的照片，她是会计师事务所的合伙人，37岁，白皙纤弱的长相，通身的良家气派，秦杉觉得神态有点像他母亲，但客观地说，吴晓芸才是美人。

父亲一直没变过，依然一副风流客的派头，秦杉叹气："他可能哪个女人也不爱，就爱自己。"

爱一个女人，怎么会就这样不明不白地来往，然后在空空去也的天命之年，艰辛地修复着父子关系？秦杉很郁闷："他想让我参与他公司事务，不可能。我跟他不能走太近，太近了就忍不住想教育他，但五十多年都没改，他改不了，教育也白教育。"

秦望和吴晓芸的婚姻名存实亡，他在外必然有些消遣。此外，纵然襄王无意，神女有心，主动靠近秦望的女人很多，以他的身份财势和家庭背景，他不会对谁情有独钟。乐有薇见过的所有名人显贵都如此，她说："你做你的事，保持目前的距离就行了。"

江知行第四场作品展正在展出，离开此地，两人一起去岐园，这是最后一场展出，看的人很多。

有的人作品好，是见仁见智的好，但江爷爷书画作品的好，是不挑人的好，像一座山，仰头看的好。乐有薇和秦杉看得眼睛湿润，出园时聊着晚上把郑爸爸约到常去的那家店吃小馄饨。天空猛然炸了个响雷，秦杉摸出背包里的雨伞，乐有薇抓着他跑向凉亭。

头疼毫无征兆地又开始了，如同海水漫过，乐有薇两耳嗡鸣，眼前模糊，强睁着也看不清，一头栽向秦杉肩膀。

雨点噼里啪啦地打在亭子顶上，风中植物很香。秦杉抱着乐有薇，望着雨幕，只觉得这处亭子像一座岛屿，岛上住着鲁滨逊和他的星期五。

乐有薇在极短时间内醒来，秦杉心里的石头略微落地，但乐有薇还是看不清。等雨势略小，秦杉带她去见罗向晖。

等了两个多小时，罗向晖结束一台手术。他推测是肿瘤压迫视神经，为乐有薇做了若干检查，点了不同的眼药水协助检测，秦杉请求提前手术，罗向晖给管院长打了电话。

管院长本来要参加一个研讨会，推掉了。乐有薇住进医院，手术被安排在三天后，郑爸爸和陶妈妈都赶来医院。

乐有薇不让郑好回国，郑好坚持回来了。她想到去年夏天，乐有薇独自游历美国，竟抱有为自己送葬之念，不禁号啕大哭。

伽马刀治疗已经过去一年，那处肿瘤很稳定。新生的两处肿瘤分别是脑膜瘤和动脉瘤，乐有薇做了新的检查，管院长率队制定了手术方案。为了确保安全，手术分两期，以免颅内压发生变化，造成严重后果。

郑好和秦杉轮流值夜，有天夜里，郑好陪床，跟乐有薇说些杂七杂八的故人旧事。

赵致远被依法逮捕后，赵杰很颓靡，终日和他母亲吃喝玩乐看画展，不怎么去上课。郑好每天上完课就去找赵家母子，看着他们一点。她永远都记得，被人绊倒摔断牙齿的时候，赵杰伸来的援手。

父亲出事，赵杰过不去，郑好很理解，她想帮助赵杰。但好像没什么用，几个月过去了，赵杰依然浑浑噩噩。他对父亲失望透顶，有那样一个爸，以后他没法再上拍卖场，他主槌不会有人再相信。

赵致远理财有方，且早有谋划，吐出伪作所得，赵杰和母亲在美国仍然能过成富贵闲人。乐有薇听到这里，怒从心头起。虽然知道整个案件与赵杰无关，不是他的错，但赵致远最关心的两个人过得很好，她不可能一点都不硌硬。

追赵杰的女人很多，只要是他一贯喜欢的类型，他来而不拒，眼见着往纨绔方向发展了。郑好很惋惜："说到底，他只是温室花朵，很无害，但经不起事。"

赵杰明明是个不错的拍卖师，也许他还需要一些时间去想清楚。乐有薇让郑好转告他，拍卖师是自立品牌，每一场都代表自己，好和坏，都由自己的表现担着，没多少人记得你父亲是谁，除了自己，真的没那么多人在乎。

郑好说："我看很难，有那么多钱，还奋斗什么，换了我也一样。"

乐有薇有些反感，呛声道："你没钱，你好像也不想奋斗。"

郑好一直得过且过，虽然口头上表示要上进，但很少付诸行动，就算行动，也是浅尝辄止。她决定去留学时，乐有薇以为她能有个崭新的精神面貌，谁知郑好对待留学就跟以前对待工作一样，勤勤恳恳地完成，但不下苦功，纯粹当成日常任务。然而，哪一行想做好，都得勤于钻研，励精图治。

乐有薇语气有点重，郑好沉默片刻，跟她谈心。去年夏天，乐有薇反复劝说郑好放下叶之南，把心力多花在工作上，当时郑好不知道她是当成遗嘱叮咛的，如今乐有薇又得做手术，郑好知道她对自己放心不下，希望她上进，但乐有薇似乎没考虑过，人和人是不同的。

从小到大，郑好因为长得不好看，又矮，还不聪明，听过很多挖苦，这是乐有薇很难体会到的。在美国时，郑好和赵杰走得近，有人开玩笑，但更多人都说："赵杰怎么可能看得上她？"

赵杰的确没看上郑好，不过郑好也没看上过赵杰，她心里永远只有19岁时一见钟情的那个人。她放不下叶之南，也不想放下，但她好歹懂得了一点，自己平庸蠢笨，黯淡无光，一腔情意对叶之南没用，也不特别，他看都不会看一眼，所以她不再给他送礼物，不再释放情意，默默地把他放在心里，只求不被他厌烦。

乐有薇问："不为他痛苦了吗？"

郑好说："不痛苦了。我接受他永远不可能和我在一起的事实，现在我喜欢他就跟别人喜欢明星一样，是消遣和寄托，舒舒服服地喜欢他，不打扰他。"

乐有薇无话可说。每个人都在经历不同人生，"感同身受"是谬论，谁能彻底理解谁，谁又不是磕磕绊绊过来的呢。

郑好叹气："你肯定觉得我这样不对，但什么又是对的呢，人一定要成长吗，一定得放下吗，不能和自己的心意相伴到老吗？非得去找个伴不可吗？可是这个世界上没有那么多可爱的人不是吗，也没什么男人会喜欢我不是吗？我为什么不能自己宠自己，按照自己的喜好活着？"

乐有薇被郑好一连串的反问弄得哑口无言。市面上有太多观点，教导人要把时间心力用在自己身上，切不可把所爱之人当成人生最大的意义，但是生而为人，确实没有什么是唯一的选择，找伴侣不是，婚育不是，力求上进也不是。她只好说："我真想打死你，但你不再痛苦就行。"

郑好听出乐有薇语气里的无力感，哭了："乐乐，我不想被你讨厌，可我真的就是普通人，各方面都是。你19岁认识叶师兄，认定的目标是成为他那样优秀的拍卖师，我认定的目标是一生喜欢他。没谁规定不能感情至上对吧，虽然很可笑，那又怎样呢？"

郑好如此执拗，拒不成长，但乐有薇无从反对。郑好的一生，是她自己的一生，她有权依照个人意愿使用这一生。只不过，这种人生，永远不是乐有薇会选择的，这也是乐有薇只能把她当亲人而非朋友的原因。所谓朋友，是志同道合之人。

郑好抽出纸巾擦眼泪："我也想上进，让你不把家里的担子都扛起来，别那么累，但我只有这个资质，也激发不出潜能，只能当工兵。乐乐，如果你能接受我是个没用的普通人，你就能对我少操点心吧？我希望你对我放心，因为普通人的生活真的很平淡，但也很安全。"

人生也就短短几十年，各种各样的事，乐有薇都想去经历、去体验。她知道自己和叶之南都信奉广阔天地大有作为，各自都有一整个博大的世界，但郑好只想顺应心意体验生命，她的世界只有叶之南。

乐有薇不能说郑好不对，这是个人自由，没有高尚低劣之分，她无权干涉，说："洗把脸睡吧。"

郑好坐在陪护床上没动，说起当年父亲做肺炎伴胸腔积液手术时，她很慌张，很害怕将来父母年老生重病，自己却拿不出救命钱，连续做噩梦。但是父母都安慰她，他们有医保，大多数疾病都在医保范围内，个人掏的不多，不足为惧。

郑好不信，去找医生咨询癌症类的大病费用，几个医生都跟她说，既然父母有医保，额外准备五十万就差不多了，花了五十万还治不好的病，基本就没救了，只能续命，但生存质量不高。

大病面前，丰俭由人。郑好算了账，父母每年都能存一点钱，自己再开源节流，这是个不大难筹到的数字。自此她不心慌了，父母也都说她过得快快乐乐健健康康就好，她忏悔道："乐乐，你看不惯我不拼命，但我拼命顶多能从60分拼到70分，改善不了际遇，也改变不了命运。老爸老妈说了，实在不行还能卖房子，所以你别再把家里的事都扛起来了，也别再拼命，把身体败掉了。"

乐有薇曾经想过，郑好缺少兴趣爱好和个人追求，才会把心思都放在一个人身上，她劝过郑好很多次，但事与愿违。

以一颗玩乐之心混日子的人大有人在，乐有薇见过很多做一天和尚撞一天钟的同事，他们不努力，只因看清楚努力没大用。比起他们，郑好是敬业的，做事很细心也负责，一度还试图学着跟客户打交道，尽管毫无成果。

那就这样吧，乐有薇笑了笑："好，听你的。人生没有公式，怎么活都行。只要你有让自己不孤独的出口，我就放心了。"

郑好说："叶师兄对我很好，也很栽培我，我以后会配合他的工作，尽职尽责地回报他，这就是我的出口。但我只能做到这些，乐乐，你是不是对我很失望？"

自从不再强迫自己喜欢郑好，乐有薇就放下了，只把郑好当个糊涂亲人看待，以帮衬为主。她摇头道："没有。亲人之间得包容和体谅，不能像个上司一样对你施压，我接受你就是这样一个人了。"

乐有薇说得很平和，郑好安心了，哭着去洗脸。乐有薇躺下来，人之患在于好为人师，她以前经常忘记人和人有边界感，以后她不会再要求郑好改进了，人的想法是一直在变化的，她接受郑好此刻想随心所欲生活的想法。至于家庭责任和对夏至父母的责任，有她，也有秦杉，她不跟秦杉见外。

夏至之死，让乐有薇心里永远缺失了一块。她常常想起夏至，也常常想，生活俗务是用来抵抗幻灭感的，所以不能让秦杉活得太出世，得多给他留些亲人和责任，将来不得不永别的时候，俗世里有足够多能够拖住秦杉的东西。

第一期手术前夜，秦杉陪护，他把两张床拼到一起，跟乐有薇说了半宿的话。他承认，在和乐有薇分开那几天，他想了很多主意，还想过寻衅滋事，把自己也弄进去，乐有薇就会去救他了。乐有薇掐他手心："有你爸，轮不到我。"

秦杉问："你会坐视不管吗？"

罗向晖一再宽乐有薇的心，对管院长而言，这两场是小手术，乐有薇依然紧张，把所有话都说给秦杉听："很久以前就捞过你，你敢进去，我还是会去捞你，跟你说我喜欢你，喜欢得要命。"

夜半无人，情话絮絮，后半夜，也终于得说些不得不说的。手术顺利最好，不顺利分情况，如果乐有薇死在手术台，就捐赠遗体。人死后还能对社会有所贡献，是非常好的事。若变成植物人，秦杉必然舍不得，乐有薇给他两年时间，两年后还不醒，秦杉必须放弃她。

乐有薇药效上来，睡着了。秦杉整夜难眠，在善思堂工作时，他每天都很想念乐有薇，每天都擦拭那尊自在观音像，仿佛是她。

菩萨观世人，听悲音，扶渡困厄，所以名为观世音。乐有薇也能听到村妇们无声的哀告，秦杉攥紧她的手。身边人心慈而貌美，能观看到他心里的声音，是他的自在观音。

管院长采用左侧翼点开颅动脉瘤夹闭术，为乐有薇拆除脑内炸弹，成功做完第一期手术。

麻药还没过去，护士等了片刻，唤醒乐有薇，把她推出手术室。秦杉和郑家三口提着心，吊着胆，终于齐齐松口气。

陶妈妈劝秦杉去睡片刻，秦杉不愿意，郑好瞪眼："保持精力，半个月后还有第二次手术。"

乐有薇身上接满了管子，输着液，精神还不错，郑好一步三回头地飞回美国。陶妈妈把乐有薇推到秦杉床边，秦杉通宵未睡，此时头发睡得乱七八糟，脸上还有枕头的印子，乐有薇的心被牵动，忍不住伸手去摸，手还没碰到，秦杉就醒了。

床畔蝴蝶停留，秦杉拉着她的手入睡。手术第二周，秦杉的生日到了，陶妈妈买了蛋糕来病房，乐有薇很内疚，若不是做手术，她就有时间完成她亲手做的礼物了，秦杉亲亲她："你健康平安就是礼物。"

秦望打来电话："人在哪里？"

秦杉支吾："跟小薇在旅行。"

如今的开颅手术不用剃光头发，术前，护士请发型师来病房设计发型，帮乐有薇编好辫子，露出手术部位，乐有薇术后洗头发不便，嫌丑，买了好几顶帽子，给秦杉也戴一顶："生日快乐。"

秦杉顶着一个太阳花图案的女式帽子，不伦不类还挺开心。有次他把乐有薇从小到大的纸质照片都扫描了存在手机里，记得她戴过这种帽子。

乐有薇去刷牙，过一会儿，她听到有人小声咕哝："真羡慕叶先生。"

乐有薇含着牙刷，看来这小子想吵架。秦杉说："羡慕他在你19岁时就认识你了，我没亲眼看过。"

乐有薇没有回答，秦杉龇起了牙，很难过："我要是在你19岁时就认识你，法定年龄一到我们就结婚，现在孩子都有几岁了。我许的生日愿望是你6岁就认识你，不行的话，17岁认识总可以吧，那就没有别人的事了，没有。"

乐有薇的第一段恋情是18岁时。她悄悄搜索仿妆教学视频，网购了一通。过了两天快递到了，她把自己关进卫生间。

秦杉睡醒，卫生间的门打开，出来一个崭新的女人，鹤发鸡皮，一笑一脸褶子。乐有薇苍老着声音："轮到他羡慕你了。"

不知道能不能被秦杉见到白发苍苍的样子，但是乐有薇真想陪他到那么老的时候。秦杉摸着她银白色的假发，小薇说要陪他老去，这是他收到的最好的生日礼物。

乐有薇第二期手术是右侧颞枕开颅脑膜瘤切除术，手术前两天，秦杉的电话被秦望打得快爆炸了："你找项目组请了二十多天假，很不对劲。"

秦杉说："我没影响工作，每天都在干活。"

秦望说："我不是这个意思，你有事瞒着我。"

乐有薇说："他是你爸，这么大的事，说实话吧。"

秦杉拿着手机出去跟秦望通话，乐有薇靠在病床上查看业内资讯。宝麟拍卖公司的明清家具拍卖会定在12月初，外聘叶之南担任拍卖师。

明清家具全是精品，又重，再小心，搬来搬去也可能会有磕磕碰碰，因此这场拍卖会将做成私人洽购会，预展和拍卖定在同一个场地。这些家具随便一件少说几百万，目标群体本来就不是大众。

宝麟拍卖公司制订拍卖计划时，凌云建议他们问问叶之南的时间。乐有薇明白她的用意，叶之南负责的拍卖会，能对她大行方便，她能清清静静地上手摸摸看看，尤其是那件她很喜欢的花梨独板面大画案，她能一整天一整天地跟它待着。

秦望赶来探病，乐有薇和他聊了聊病情，去找护士们聊天，把病房留给秦家父子。

秦望知道反对是徒劳，儿子刚过26岁生日，别的男人在这个年纪，感情更多是小甜蜜小平淡，但秦杉和乐有薇不同，他们一起经历过那么多破事，说生死相许也不为过。

可一想想那是脑瘤，手术成功不代表万事大吉，哪天乐有薇身体再生事，儿子得跟着受苦，秦望该说的话还得说："她每次有点风吹草动，你都得紧张着，一住院，你就得把时间耗进去，你想以后一直这么不自由吗？"

秦杉说："我不需要自由，只想跟小薇绑在一起。"

秦望急了："你还记得小禾姐姐吗，她爸也生过大病，她辞职陪护，有次她跟我说，就像吃了一根甘蔗那么长的苦瓜，就有那么苦。小杉，我不想你以后吃苦头。"

秦杉看着父亲："我和小薇在一起的每一天都很快乐，很甜蜜。"

秦望勉强把茶喝完，离开了。能走到一起的伴侣，多半是观念一致分工默契的，儿子吃苦受罪也甘之如饴，他再揪心揪肺，又能怎样？他自己也不是婚姻幸福的模板。

秦峥抱着篮球冲回来，门口感应灯亮起，餐厅里，父亲在发呆。父子对视，都很尴尬，秦峥换了鞋往楼上跑，秦望抬头看，小儿子很久没打球了，好像玩得还很高兴。他喝杯茶，接着替大儿子发愁。

下午的时候，秦望暗示蔷薇不是眼睛看到的那么纯洁娇美，秦杉说："古迹修缮有个原则是修旧如旧，我导师说是修旧如故，跟原先的样子融合度高就是完美的。"

换言之，他知道乐有薇的过去，但他不在意。沧桑在他眼里是一种美态，乐有薇就是她自己，一个很美丽的、他朝思暮想的、无论怎样都想和她相守的女人。

"你大儿子是个情种，这点可不随你。"吴晓芸的笑语响在耳边，秦望扭头看门边，秦峥穿的是他买的那双限量鞋。他曾经把鞋子扔到窗外，但有天穿上了。

高考查到分数当天，秦望夸了秦峥："要是没英语，这成绩能躺着上最好的大学。"

秦峥好像就是在那天穿上限量鞋的。秦望看向楼上，漆黑一片，他发出信息："爸爸心情不好，能下来和爸爸说说话吗？"

等了快一个小时，动静声响起，秦峥洗完澡，穿个松垮垮的T恤睡裤下楼，先去厨房摸了半个西瓜，叼着勺子坐上沙发，看渣爹一眼，不说话。

秦峥头发湿湿地贴在前额，比他的年纪显得小，又乖，像还在读初中。秦望搓着手，其实他不知道跟秦峥说什么。吴晓芸嘲笑过："你都没怎么正面跟你儿子接触过吧？"

良久，秦望干涩地说："你嫂子得了脑瘤，后天要做手术。但是这个病容易复发。"

秦峥挖着西瓜吃，手停下来。嫂子，奇怪的称呼，他反应了一下，咧开嘴，兴高采烈地说："那你惨了。"

秦望怔住了，秦峥吃着西瓜，等他说话，但秦望不知道再说什么，这辈子他没向谁诉过苦。仔细想想，他唯一的诉苦对象竟是乐有薇。

乐有薇年纪虽轻，但难得很有悲悯心，是个很好的谈话对象。现在想来，或许是重疾带给她的吧。怜我世人，忧患实多，能有这种境界，多半是遭遇过剧痛的过来人。

秦峥没等到秦望往下说，抱着西瓜走了，转身之际沉默下来，回书房查了查脑瘤的相关信息，然后玩起了游戏。

秦峥刚才为何会说那句话？秦望愣了半天神，理清了思路。吴晓芸一定对秦峥说过乐有薇，也许还说过秦杉不堪用："你爸指望他大儿媳妇，你可得比你哥强，把财务、金融和经济都学好，你爸就能看到你了。"

小儿子对父亲要么横眉冷对，要么视如空气，今晚却流露出别样情绪，像在开玩笑。秦望吃药睡觉，第二天去问心理医生："我儿子是不是好了？"

躁郁症治愈率高达80%，心理医生笑了："您也终于发现他有起色了？"

秦峥在心理医生这里看了几个月，起先什么都不说，渐渐会问她："你每天看到愁眉苦脸的人，不烦吗？"

有天秦峥说："你给我开的药有副作用，我胖了些，我得去打球。"

心理医生调整了几种药物："你大有好转，你父亲知道吗？"

秦峥说："你说我好了，不算，我说我好了，也不算，得我家老头说了算。"

秦老头高兴地走了，小家伙很顽皮，哪天他要问问小家伙，新鞋怎么不穿。当然，老头不会告诉秦峥，那是秦杉买的。

第二期手术前一天，乐有薇禁食，晚上她和秦杉谈天，若手术顺利，她就还能再活一些年，她希望能善终。但万一事与愿违复发了，将来放疗化疗啦、插管吸氧鼻饲，她都会熬过去，等到生存质量很低的地步，她会要求放弃，请秦杉尊重她，她爱漂亮，想死得不那么难看。

秦杉抚着乐有薇被剪得奇形怪状的头发，答应了。他是她的后盾，要比她更坚强。

乐有薇安静地睡着了，她找到了拔管之交，可托后事，安心了。

第二期手术创口非常小，经过一个多小时，乐有薇的瘤体被成功切除。郑爸爸和陶妈妈相拥而泣，秦杉靠着墙瘫坐了半天。

管院长来查过几次房，杨诚和罗向晖勤于探病，乐有薇每天都能吃到杨诚亲手做的甜品，心情极好。拆线当天，她趁秦杉工作，悄悄藏起遗书。

烫头发那天，乐有薇没跟老同事聚会，而是忙着跑各家银行，再去做遗嘱公证，把她那点遗产都指定给郑好，遗物归秦杉。立遗嘱这件事会让秦杉伤心，为了不让秦杉知道，忙完她火速去弄头发，累得够呛。

9月初，乐有薇出院回到项目组驻地。周末时，她和秦杉去江家林玩，她把在光阴冢杂货店买的沙漏砸碎了，埋在秦杉种的蔷薇根部："它死了，我没有。"

葬下一件自己的物什，打造一座光明冢。死这个字有意思，一个歹字，一个匕字，从此抄着一把匕首，为非作歹，死也痛快。

入秋后，秦望来过好几趟。秦峥已经去上大学了。二本大学的宿舍很普通，老高去看过，提议秦峥走读，秦峥闷不吭声，拖着箱子去住校。

几天后，心理医生通知秦望，秦峥脸上挂了彩，很可能跟同学打了架。秦望问秦峥，但秦峥什么都不说。秦望去问老师，老师说同学一致认为秦峥眼高于顶，不搭理人。

秦望在大学附近给秦峥弄了一套公寓，让他想住宿舍就住宿舍，不想住就住公寓。每到周末，秦峥就回家，但没精打采，秦望问他几句，他就烦躁，钻进书房，关门时摔得砰一声。

秦望去找心理医生："电竞专业是他自己想学的，怎么学了也不开心？他最近的情绪很不稳定，这病还会反复？"

心理医生说："反复也正常，欲速不达，我再和他谈谈。"

秦望跟秦杉说："我想换个医生给小峥看看，但这女人是公认的好口碑，而且好不容易让小峥肯跟她说话。"

秦杉找莉拉咨询，莉拉："让你父亲别急，平时多和秦峥交谈，陪伴他，爱他，给他时间。"

秦杉转达莉拉的话，秦望表示有数。过去二三十年，是他的事业极速上升期，几乎所有精力都用在工作上，对家庭漠不关心。胃溃疡手术那几天，他终于闲下来，躺在病床上想了很多事。

吴晓芸嘲讽过："两个儿子都不认你，可能这就是你的命吧。"这话很刺耳，但如同当头棒喝，秦望不想认命。出院后，他分了许多工作给副手们，才有空一趟趟来看秦杉。

秦峥才刚过19岁生日，且身边没个乐有薇这样的人，比秦杉难于沟通，秦望说："我也想和他多说说话，但是找话题有点难，他不睬我。"

乐有薇想了想："吴总入狱后，您去看过她吗？"

感情于秦望唾手可得，他没空为任何女人花费精力，他不和吴晓芸离婚，不过是跟谁结婚都麻烦，身边放一个对自己死了心的女人有个莫大的好处：她不要求你，也不干涉你，省事省心。

秦望完全没想过探监，但事关秦峥，他到底还是去了，他想搞清楚吴晓芸自首前都对秦峥说过什么。

自首前夕，吴晓芸跟秦峥谈心："你爸很爱你。"

秦峥嗤之以鼻，他是当事人，却感受不到这一点，这是老妈的一厢情愿。吴晓芸就和他说起年轻时的孟浪事，秦家和阮家是世交，秦望为了她，抛妻别子，从此被家族轻视："你没发现他很少和你爷爷那边来往吗？他为咱俩付出了代价。"

秦峥问："那你和他为什么搞到今天这地步？"

吴晓芸说："感情是有期限的。"

秦峥又问："那你们为什么不离婚？"

吴晓芸字斟句酌："你爸不愿意。一离婚，你就会被我带走，他舍不得你。我犯了罪，我会去承担，以后你要学会和你爸相处。大多数父子单独在一起，都没话说，别家也一样。记住，你爸很爱你，但他不知道怎么表达出来，你要多帮他。"

秦望把吴晓芸的话语转告给心理医生，心理医生旁敲侧击，秦峥吐露真心话，在自大狂老妈眼里，渣爹简直是白痴。心理医生告诉他："其实你母亲说得对。你可以去观察，很多男人想都没想过要为情感关系花心思。"

从心理医生处，秦望证实秦峥发病的确和那位审计师有关。吴晓芸经常气急败坏地敲打儿子，不能再玩篮球，免得影响学业，再不表现好一点，审计师给秦望生一个，到时候母子俩就会被赶出秦家。

真没那么多开放的婚姻关系，经常有一方是在妥协，心里意难平。吴晓芸耳提面命催秦峥上进，三天两头请家教给他开小灶，耳提面命催他上进，言行逼迫太甚，秦峥年纪太轻，无法消解重压，烦不胜烦，很压抑，久而久之爆发了，患上躁郁症。

病因找到，秦峥和审计师分了手。秦峥周末回来，秦望说："陪爸爸喝一杯吧。"

秦峥把餐桌上的小药瓶扔给他，意思是他是个被医生下了禁酒令的人，秦望伸手抓住："我被女人甩了，可以喝一小杯吧？"

秦峥哟呵一声，秦望拍拍沙发，示意他落座，秦峥没过来，拉开椅子在餐桌边坐下了。

吴晓芸对秦峥说过，阮冬青车祸身亡后，秦杉失语，至今话很少，不堪用，他女朋友乐有薇漂亮能干，但儿媳绝无可能当灵海集团的家，她让秦峥努力，还说："你爸亲口说你不会没人照顾，因为你是他的儿子。"

吴晓芸还算聪明，懂得不在两个儿子之间搞对立，于是秦望说："昨天去了一趟乡下，你哥在建筑上要学的东西太多了，这个大项目他做得很费劲，以后我丢几个小项目给他琢磨琢磨。"

秦望把"小项目"三个字说得漫不经心，秦峥挑了一下眉，起身回书房。老妈竟然没骗人，大的确实是废柴。

江家林那14幢濒危的旧宅，在原地按照一砖一瓦、一柱一板进行编号，拆解后运到度假村项目驻地，由专业古建施工队按照构件上的编号，比照着原貌拼装重建，保证其形制、材料和工艺等方面与原来配套。

施工队工作细致入微，有一幢屋顶塌了一小块，把木梁压断，他们都会想办法换上匹配的材质，最大程度地还原旧貌，传承徽州文化。大半年来，这批旧宅已有两幢竣工。

度假村项目除了绿化和道路建设外，还得进行整体环水系建设和消防安全系统建设，秦杉忙得早出晚归。乐有薇在工作间闷了数日，送出迟到的生日礼物，是一双很特别的小木鞋，上面绘着卡通模样的小老虎。

小学时，乐有薇和郑好在画报上看到荷兰木鞋，它色彩缤纷，造型像一艘小船。老师说木鞋是和风车、郁金香、奶酪齐名的荷兰四宝。在乐有薇幼年的想象里，荷兰是童话般的国度，她以为穿上那样的鞋子，就能视大海如平地，稳稳当当地走上一百个来回。

秦杉把乐有薇亲手做的虎头鞋摆上工作台，拍照片与外公外婆分享。夜晚缠绵时，他说："小薇，我爱你，很爱，我们结婚吧。"

乐有薇说："明年手术一周年，复查没问题再说。"

今日事今日毕，明天又是重新求婚的一天，秦杉不气馁。但他不再追求吵架的乐趣，这世上让人好奇的事情还有很多。

每到周末，秦杉就给乐有薇画上几幅野花野草，乐有薇和孩子们在田野里放风筝，玩累了就一起商量文玩用品的样式。乐有薇计划重回拍卖场后，能做一次紫檀文玩专场。

　　术后三个月，秦杉陪乐有薇回云州复查，结果良好。宝麟拍卖公司的明清家具拍卖会进入倒计时，乐有薇终于亲眼见到那件花梨独板面大画案。秦杉把大东师傅也喊上了，明式家具样式简约流畅，不难仿制，但它最珍贵的是材质。

　　现场远比图片更震撼，花梨独板面大画案重达六七百斤，长达三米七，案面是一整块独板，俗称"一块玉"，漂亮至极。乐有薇在博物馆都很难见到这么好的案子，问过叶之南才知道，它最早被安置在广东潮汕地区的一处村落。

　　潮汕人宗族观念重，祠堂是他们商议族内重要事务的场所，历来重视祠堂建设。明代中期，村里首富贡献出家中大画案，用来当茶桌，几百年都在那里。

　　几十年前，村里走出一位大学生，后来他留洋定居，生意做得很成功，衣锦还乡找村主任购买大画案，村主任不卖，但这位商人开出极高价，整个村里男女老少都领到一份钱，大画案被运到美国。

　　能人没有好后代，商人去世后，子孙创业失败，大画案辗转多年，回到中国。看上它的客户非常多，有人说买回去喝茶，还有人说喝茶可不舍得，几百岁的老祖宗，供起来才合适。

　　各大拍卖行的秋拍都陆陆续续开始了，乐有薇开着秦杉的小面包车，往返于皖城和云州，观看一场场秋拍。明清家具私人洽购会当天，她和秦杉准时去看。

　　叶之南斩获了白手套，但大画案被神秘的电话竞投者拍得，身份不明。退场时，秦杉和乐有薇闲聊："几千万的东西，都没空来现场买吗？"

　　乐有薇说有很多原因，后排的观众接话道："明摆着嘛，洗钱啊，露脸干吗？"

　　乐有薇没理会，只跟秦杉解释："打个比方，我是买家，圈定了一件或者几件宝贝，我为它们准备钱，有预算。当我坐到现场，等的过程很无聊，本来我没想要某件东西，但很多人在举牌，我就不由自主地关心，咦，这么好啊，好像是真的挺不错，那我也举一把。"

　　秦杉懂了："被现场气氛感染，可能就冲动消费了。"

　　乐有薇很为那位神秘买家庆幸，以今晚现场的氛围来看，他在现场的话很难冷静下来，她认识的好几个客户都不止买了一件。比如有一对紫檀多宝格，争夺异常激烈，没买到的人心想不能白来，纷纷盯上其他拍品。神秘买家只咬定大画案，根本不理会谁和他争，终以2800万得手。

乐有薇把凌云喊上吃夜宵，秦杉带了两支黑钻香槟，一支被乐有薇送给叶之南，一支和凌云共享。乐有薇喜爱那件花梨独板面大画案，凌云就点了一道甜品，是用洛神花蒸的雪梨，酸酸甜甜，刚好叫作花梨。

三人一人吃一份，凌云催促："木头说他爸戒酒了，他那些威士忌，够做个有影响力的专场吧？"

富裕阶层普遍热衷于收集稀有威士忌，秦望的藏品里不乏上百万的品种，乐有薇笑道："明年再出山，江爷爷的藏品说明书任务很重。"

一支香槟不够喝，乐有薇在一排清酒里挑了"小鼓路上有花"，她觉得酒名很美。吃完东西，酒还剩一点，她塞给凌云："这瓶是桃花哦。"

凌云拎在手里："走走吧。"

出了店门，凌云谈起新公司的趣闻，乐有薇很喜欢听，一边揽一个，勾肩搭背地朝前走。凌云抬头看月亮，很大很明亮，她心里有些轻松，又有些惆怅，像是回到在贝斯特实习那一年。

叶之南只选了乐有薇和夏至，凌云去了宣传部门。平安夜前夕，她和时尚杂志编辑对接工作，编辑透露杂志社要举办跨年慈善拍卖会，想找贝斯特的拍卖师当外援，凌云毛遂自荐了。

凌云只是宣传部门的员工，对方想找专业人士，凌云发出履历，伦敦皇家艺术学院珠宝设计专业毕业，还在英国皇室贵族拍卖公司实习过两年，英伦贵族的珍罕艺术品都经手过。

最顶端的大场面都见识过，主槌明星闲置奢侈品拍卖会，还能出差错？万琴帮了凌云一把："她的英文口语很流利，贝斯特有几个拍卖师赶得上她？"

凌云在英国做的是外联工作，那次是她第一次上拍卖场，弄砸了。她缓了两天，才敢点开拍卖会视频回看，多亏万琴要求她主槌时只能自我介绍，不能抬出贝斯特拍卖公司的名头，她这种表现，若是传出去……

凌云痛定思痛，豁出去了，大小品牌招聘现场主持人，她都报了名。在商场门前临时搭建的促销台上，她踩着满地花花绿绿的彩屑，顶着寒风，露着胸口露着腿，向围观群众推介内衣或理疗仪，冻得哆哆嗦嗦。

商家发放酬劳，心有不甘："我又是搭台又是租设备，赔钱赚吆喝，你们也就张张嘴，走次穴就能拿个几千块，我够意思了。"

每周一两次走穴，凌云积攒着实战经验，甚至还被请去给人主持葬礼。报酬还算像样，她去了。第三年，她通过了贝斯特内部的拍卖师选拔，这一次次现场经验帮了她。

秦杉给乐有薇看妙妙的视频，乐有薇笑得乱跳，脚下一绊，被凌云拽住了，乐有薇笑着挽住她的胳膊。

凌云把瓶中酒喝完，口中甘美清冽，她和乐有薇都不会再过那样天寒地冻的生活了。

年末，秦望带来好消息，经过大半年的治疗，秦峥变成正常人了。这一两个月，他经常兴冲冲地抱着篮球回来，还从家里拿酒出去请朋友们喝。秦杉纠正："他只是有点情绪问题，不能叫不正常。"

秦望说："好好好，他情绪稳定了。"

53岁开始，秦望学着当父亲，讨好小儿子的方式是买鞋，他买了很多双，秦峥却依然是旧鞋和那双限量版替换着穿。

圣诞节前夕，父子俩互相发火，秦望说："不能光穿那双吧，新的没看见吗？"

秦峥说："不能光买鞋子吧，你追女人也这么单调吗？"

秦望唯一追过的女人是阮冬青，但阮冬青对他也是一见钟情，认识没多久两人就在一起了。别的时候，都是女人处心积虑地接近秦望，引他注意，他都看得出来，但野心会让女人之美更加盎然，带劲。

不过，秦峥分外重视吴晓芸当初让秦望送的那双限量鞋，秦望给秦杉看照片："有多珍贵？"

秦杉平时会跟郭立川等人玩玩篮球，但也就是锻炼锻炼身体，十次有八次砸不进球筐，乐有薇把图片转给程鹏飞。程鹏飞发来一大段文字，秦望大体意思是懂了，总冠军，全球限量联名款。

之后的周末，秦峥回家，看到渣爹在看NBA球赛。秦峥食指顶着篮球团团转，神气地走过："今天挺闲啊。"

秦望唤道："儿子，过来坐。"

秦峥抱着球上楼："你来找我。"

书房里，秦峥听着吵死人的电子乐，秦望敲门，秦峥问："你心情又不好了？"

秦望笑道："你主动跟我说话，我心情挺好。"

秦峥说："你不是又找女人了吗，怎么一到周末就在家？"

秦望说："以前忙着赚钱，生场大病想开了，以后也不会太忙了，想跟你搞好关系。"

秦峥往沙发上一倒："知道了，我要睡觉。"

小子刚把人叫来就赶走，也不知道这怪脾气随了谁，秦望失笑，无奈地走了。等他一走，秦峥开心得在沙发上滚来滚去，两脚朝天乱蹬，他几次捉弄渣爹，渣爹也没生气，还笑眯眯地想谈心，看来终于开始把小儿子当回事了。

新的一年到了，卢玮和沈志杰喜获麟儿，在社交网站宣布母子平安。乐有薇带着严老太等全体绣娘的祝愿，回云州送出贺礼。

严老太她们给孩子准备的是一件棉质披风，图案是《婴戏图》，有百子千孙之意，乐有薇和秦杉联名的礼物则是一件金镶玉蟾把件。蟾蜍是中国传统文化里的吉祥之物，这件金镶玉蟾脚踩元宝，口衔丹桂，代指招财进宝，蟾宫折桂，意为新生儿会有个大好前程。

孩子像母亲，眉眼生得好，粉嘟嘟的，有奶香，乐有薇逗着他，心都要化了。卢玮在做形体恢复训练，公司帮她挑选了一个成熟女性题材的剧本，最迟三个月后她就会复出。她对乐有薇满心惋惜："你就这么放弃事业了，可惜。"

乐有薇惊讶："没放弃啊。"

卢玮说："叶之南他们都上拍卖台了，你还在乡下待着，我还以为你要收山归隐了。"她说着，突然想起一事，问，"你英语口语怎么样？"

乐有薇毫不含糊："很好。"

卢玮也不含糊，立刻让一旁的沈志杰给她介绍机会。自从沈志杰公司进军休闲娱乐场馆，就在物色游艇，将来泊在绯云湖畔，用于水上乐园经营。几个月前，沈志杰接洽了一艘退役军舰，它原先是荷兰的航母，被阿联酋某个富豪买下，花费大量金钱进行改装，变成私人游艇。

富豪总有新鲜的花样，游艇被抛售，明年正月，它将亮相新加坡的一个游艇展。经卢玮和沈志杰联名推荐，对方愿意接收乐有薇的资料，如果面试通过，她将成为游艇展的拍卖师。

乐有薇找了一间专业录音室，录下几段流利的口语，再找出豪车拍卖晚会和机场广告牌经营权拍卖会等录像视频一起发给游艇展会，它们能展现她驾驭大场面的能力。几天后，她接到面试通知，秦杉陪她飞去新加坡。

军迷常伟亮为乐有薇提供了细致的军舰资料，乐有薇抵达新加坡，窝在酒店熟悉包括那艘退役军舰在内的17艘游艇。秦杉忙着看地图，新加坡是他经常听说但从没来过的国家，等乐有薇通过面试，他想和她一起旅行。

乐有薇的木工水平有进步，今年她父母的祭日时，她烧的木船是自己做的，虽然目前她还只会做最简单的敞篷船。秦杉在地图上画记号，他家属迷恋郑和的宝船，连他都对马六甲海峡不陌生。

马六甲海峡是位于马来半岛与苏门答腊岛之间的漫长海峡，现由新加坡、马来西亚和印度尼西亚三国共管，是海上的主要停靠点之一，郑和七次下西洋，五次驻扎在马六甲。

到了今天，马六甲仍然有着海上生命线的美誉。秦杉计划逛完新加坡，就去马来西亚的郑和纪念馆看看。

新加坡是世界上最繁忙的港口之一，跨国企业子公司众多，中国富豪是他们很重视的群体。乐有薇顺利拿到拍卖资格，吃着美食喝着酒，吹上了："我是拍卖师里最懂船舶舰艇的，舍我其谁？"

秦杉向外公外婆报喜，还向秦望炫耀了一把。乐有薇说时来天地皆同力，但他知道，从来没有侥幸成功，这一刻来临，不过是平时无数次积累和自律驱使的水到渠成。

拍卖会定于一个月后，乐有薇和秦杉在新加坡逛了几个久负盛名的岛屿，坐船去马来西亚。

乐有薇把一整天时间都花在郑和文化馆，它由新加坡和马来西亚的华人华侨出资，在郑和官仓遗址兴建而成，里面收集的资料很丰富，展出郑和下西洋所带的瓷器、海产品和宝船模型，以及船员的生活场景，很耐看。

郑好结束为期一年的留学生涯，回国和父母待了几天，跑来找乐有薇。三人坐上游船，河边墙上的壁画很有趣味性，郑好举着手机拍给赵杰看。

赵致远入狱快一年了，赵杰依然醉生梦死。乐有薇问："他有没想过转到鉴赏方向？"

郑好说："我看他已经转行当玩咖了，女朋友换得很勤。他和他妈在社交圈很出名，不打算再回国了。"

乐有薇想到凌云，一叹。不是每个人都能像凌云那样死地后生。不过也许是赵杰不曾处在"死地"，因而失去了斗志。他为人善良，对乐有薇和郑好都很友好，乐有薇无法置喙他现在的生活，人各有各的活法。

日落时分，海鸟循时往返，清真寺像漂浮在海上的城堡，浪漫梦幻。晚上去鸡场街吃饭时，路过东南亚最古老的荷兰建筑物，郑好想起关于荷兰的约定："一生之中，总有一个春天要留给荷兰。"

秦杉立刻说："早就在做攻略了，我和小薇度蜜月就去。"

乐有薇掐他："和我商量过吗？"

乐有薇说的是结婚，秦杉假装听不懂："你还有更好的选择吗，在哪里，布拉格？"

饭后逛街，流动摊贩把木匣子抱在胸前，兜售小玩意儿，乐有薇买了几兜东西。在一个妇女的摊前，她拿起几块碎瓷片细看。

乐有薇小时候摔碎了碗，爸爸妈妈从不骂她，还说碗片能当刨子，刨些丝瓜黄瓜很好用。乐有薇跟妇女比画："有没有手电筒？"

乐有薇一贯随身携带小手电筒，但上飞机时电池被抠出来，忘记再买。秦杉贡献出他的宝贝放大镜，飞奔去买电池。

妇女掏出打火机，乐有薇对着碎瓷片细看，妇女说这些碎瓷片都是海捞瓷，2007年左右，老家的海边有人捕鱼打捞了一批瓷器，大多是宋代的碗具，可惜很多都碎了。

数年来，探险寻宝家来了一拨又一拨。2016年打捞出一艘清代嘉庆时期的沉船，里面有不少明清的金铜器物，还有部分瓷器，但它们在海底沉睡了几百年，被咸水和暗流腐蚀冲刷，致使釉面损坏严重，比起打捞费用，整体价值不高。

也有不死心的探险家宣称，在那片海域扩大勘探范围，会有更多收获。郑好搜索到妇女所说的那艘沉船新闻，在被发现的第二年，沉船的珍宝上了荷兰阿姆斯特丹的拍卖场。

乐有薇问清海域地点，把碎瓷片都买下了。离开那位妇女，秦杉和郑好都很紧张，凑近问："是什么？"

乐有薇举起一块瓷片，白釉，浅弧壁，口沿处印有一周回纹，内壁刻画重莲瓣纹，她推测是某种洗，江爷爷藏品里就有两件类似的器物。

笔洗是文房用具的一种，用来盛水洗笔，传世的笔洗中，最常见的是瓷笔洗。回到酒店，乐有薇研究另一块瓷器，口沿有釉，外壁釉垂流形成泪痕，她查资料到夜深。

第二天，趁着天光好，乐有薇拍摄碎瓷片发给叶之南："师兄，我在马来西亚有收获。"

三人当晚就回国，乐有薇赶到天空艺术空间，会议室有几位瓷器类鉴定专家在等着她。乐有薇把碎瓷片都交给他们，刘亚成和客户在楼下会客室谈完业务，晃上来，吃了一惊："好东西？"

宋代是陶瓷发展史上的繁荣时期，宋瓷官窑以汝窑、官窑、哥窑、钧窑、定窑五个窑门最为著名。瓷器易碎，宋瓷完好真品极少，每件都价值惊人。

乐有薇对瓷器了解不多，但那件瓷笔洗口沿有釉的碎片特征明显，跟江爷爷藏品中的一件器物极为相似，细节图也很明晰，足以让她推论出瓷片的价值，自然不敢怠慢。

一周后，专家们给出结论，北宋定窑瓷器无疑，并且和那艘清代嘉庆沉船无关。那批海捞瓷几乎都是明清青花瓷，以碗盘为主，器型直径也较大。刘亚成似懂非懂："那海里还有沉船？"

一位专家谨慎地回答："以这几件碎瓷片来看，要是有完整器，价值很高。"

叶之南补充："有这种规模的瓷器，是大船，还能有些别的好东西。"

考古人士针对这些碎瓷片，研究搜集中国古代的海图和航海资料去了，刘亚成找人仔细问了一通，登门去夏家。夏至父母根据沉船海域倒推，分头去专业机构翻找航海路线图。

乐有薇和秦杉回美国跟外公外婆过年，她终于和妙妙玩得比较好了，下次再回来，妙妙可能就允许她帮忙剪指甲了。

大年初六，乐有薇亮相新加坡游艇俱乐部。她重出江湖的第一战，叶之南、郑好、江天、杨诚和凌云等亲朋都到场支持，秦杉请了摄影师到场拍摄全程。

摄影师在善思堂拍过秦杉凝望乐有薇的"合照"，秦杉认为是自己和乐有薇最好的合照，仅次于未来的结婚照，以后乐有薇的每一场拍卖会，他都会请摄影师跟拍。

这家游艇俱乐部主营游艇，每年都举办专业的展会和晚会，几家著名拍卖行的预展场地也经常选在此地。上台前，乐有薇看着自己的拍卖槌感慨万分，她上一场拍卖会还是去年春天的巨型翡翠雕琢权拍卖，将近一年没露面了。

壮阔大海，烈酒狼烟，17艘超级游艇聚焦了众人的目光，新闻称之为亚太地区顶级富豪聚会，乐有薇以独立拍卖师的身份主槌了游艇拍卖会。沈志杰如愿拍得那艘退役军舰，卢玮现身为丈夫打气，顺便为复出造势。

现场中英文双语讲解很考验人，乐有薇从容完成，从拍卖台上下来，秦杉和她击掌。唐烨辰走来，秦杉立刻做好攻击的准备，唐烨辰对两人欠身致歉："以前的事很抱歉，等唐莎出狱，我会管好她，宁可打残，也不让她出来害人。"

唐烨辰说完疾走，消失在人群里。乐有薇含着润喉糖，对叶之南摊摊手。近一年不见，唐烨辰身上的阴郁感去了很多，但脸上那种若有似无的微笑和看似彬彬有礼的劲儿，真是他那个阶层常有的腔调，跟这游艇俱乐部的大多数富豪没区别。

乐有薇载誉归来，郑家父母烧了一桌菜迎接她。过完年，郑好在天空艺术空间入职，有天她跟乐有薇说起，股东们开完会，喝茶闲谈时，唐烨辰走进去，拉开椅子坐下，直视叶之南的眼睛："叶先生，你好。"

据刘亚成说，唐烨辰看叶之南的眼神很平静，好像他们才初初相见。叶之南没有回应，依然和众人闲谈。转天，唐烨辰送来他电话委托拍得的花梨独板面大画案，放在股东休息室喝茶用。

天空艺术空间无人理会唐烨辰，他日复一日地在休息室办公，处理属于他的那一摊公务。被豪门放逐的二公子，他愿意那么待着，就由他那么待着。

秦望来看秦杉，秦杉在书房里绘制施工图，好半天都没发现父亲。建筑师这行很枯燥，经常是画图画图再画图，一稿一稿再一稿。秦望看了大儿子一阵，他得承认，心无杂念是很了不起的能力，像彩虹节约它的光芒，只在特定时刻出现，但所有人都挪不开视线。

秦望去另一间书房看乐有薇，乐有薇正在编撰江知行藏品说明，她做惯了这行，用上艰深的术语还不自知，但用于普及的要浅显些。每天傍晚，她把资料翻译整理完毕，交给郑好修改润色，郑好会刻意压低笔力，针对普罗大众，得用他们能理解的方法说话。

秦望真正对秦杉和乐有薇死了心，这两人都是顽石，只对喜欢的东西付出热情。吃饭时，秦杉开玩笑："做完度假村项目，我就去设计院上班了，你公司的项目要优先用我。"

乐有薇效仿叶之南，也成为几大拍卖行的特聘拍卖师，每年挑些感兴趣的拍卖会主槌。历经生死劫，她已放下出人头地的想法，世界在她心里，不再只是个挣食的地方，更是自在玩耍的地方。

新学期开学，秦峥找班主任咨询换专业事宜。秦望接到班主任的电话，去学校了解情况，据秦峥的老师和同学说，这小子一上大学就跟室友组队，但没多久就沮丧地发觉，自己的竞技水平很不怎么样。

秦望纳闷："他看排行榜不就能看出来吗？"

高中时，秦峥的家境大家都知道，他听不到实话，再说他曾经躁郁，不怎么跟人交流。

大学正式上课第一天，班里学生自我介绍，秦峥说自己排名不太好，是因为不是电竞专业选手，所以报考本专业进行训练。结果在寝室，一组队他就被对手骂猪头，打了好几次架，再一看，打得好的也不是专业选手。他悟出了真相，这跟专业不专业没关系，他就是没天赋。

秦望问："他想换什么专业？"

班主任说："金融财会一类，他还说换不了专业就退学，再考一次。"

秦望回家找秦峥："儿子，你上次笑话我很惨，记得吧？我越来越惨了。"

秦峥支起耳朵："他俩分手了？"

秦望说："好着呢。你哥只喜欢盖房子，你嫂子只想搞拍卖。你再修个学位吧，财务之类的，将来帮我。"

秦峥不答反问："你能让我妈少判几年吗？"

秦望点头："我已经在想办法。"

秦峥蹭蹭蹭上楼："等我看到结果，再考虑帮不帮你。"

秦望对秦杉说："让他读真心想读的，他报了电竞，搞半天，他真心想读的可能还真是金融？"

被父亲冷落太久的孩子，捉弄父亲何尝不是因为爱父亲？秦杉笑起来："他就是在试探你说话算不算话。"

秦望让老高办妥手续，秦峥去财务管理专业报到，回来问："平庸是不是就不配给你当儿子？"

秦望笑问："英语闭着眼睛乱填，还能考上大学，谁平庸了？"

秦峥喊道："我是问另一个。过年时你都不喊他去北京跟大家族吃饭。"

秦望知道秦杉不认同他的情爱观，他识趣，不强求秦杉把秦家看得比乐有薇和阮家重要，回答说："等你谈恋爱，也巴不得我死远点。"

温柔乡，英雄冢，大的果然废，老妈说得对。秦峥穿上新鞋跑走了，老头没他不行。

秦望喝着新茶，平庸的人进不了全国都排得上号的建筑设计院，不过还是小的比较像他。

专家们在资料里发现了线索，刘亚成拍了板："我找个探险队玩玩。"

叶之南说："可能好几年也没收获。"

按照国际公约，公海打捞是合法行为，刘亚成说："就当探探路，学点门道，以后把我绿岛周围也摸一圈。"

光是中国海域的沉船可能就超过两千艘，20世纪中后期，无数海外盗宝者都对南海海域文物进行疯狂的盗捞、败卖，东南亚的海域也驻扎了大量探险家。既然已有前人的勘探所得，刘亚成不介意拿点钱出来玩玩，除了探险队，他还找了一家商业打捞公司，深入那片公海打捞沉船。

3月底，伪画案开庭，除去从贝斯特拍卖场流出的15件伪作，另有近百幅或在市场上流通，或悬挂在国外知名场馆，国际影响极其恶劣。主谋赵致远同时是买凶谋杀江知行的主犯，数罪并罚，被判处死刑。

春风绿文化公司总经理樊季霖被判处十一年，齐染和吴晓芸都是自首，且有重大立功表现，齐染被判处有期徒刑三年，吴晓芸被判处有期徒刑三年，缓刑三年。

乐有薇和众亲朋到场旁听，齐染远远地对乐有薇比个OK的手势。她的辩护律师给乐有薇带过话，齐染在狱中刚完成一幅新作《荷花能如何》，她想把原作送叶之南，她心中的君子。

赵致远当庭表示量刑过重，他要上诉。赵杰和母亲不敢面对现实，仍在美国。郑好收到赵杰的信息："江爷爷和秦杉都在那台电梯里，江家人和秦家人都想让我爸死，是不是？"

郑好不知该怎么回复，便没回复。乐有薇摇摇头，赵致远的罪行影响了行业生态，其妻儿却能在他的庇护之下比大多数人过得好，想起来就糟心。她不恨赵杰，但不想再认识他了。

江爷爷周年祭，江家人都回来了，绣庄和希望学校也都建成了，它们离艺术馆有一定距离，不会被施工影响。孩子们陆续搬到新学校，严老太她们也有了专业的工作地点。

乐有薇和秦杉去绿岛看望夏至。那年春天在绿岛，海边悬崖总能看到极美的晚霞，夏至说那是天之幕。拍卖场上不会再有夏至，乐有薇立志把人生的每一场拍卖会都做好。

春拍时，乐有薇主槌了两场，第一场是世家珍藏，其中有对黄花梨万历柜，被拍出天价。

那对柜子极其巨大，足有3.2米之高，不是住家之物，乐有薇请教专家才得知可能来自寺院，寺院经常会有巨型家具，包括超过3米的方桌。

柜子曾经归属一位企业家所有，他的集团是老牌实体企业，位列本省企业十强，柜子放在他的办公室顶天立地十几年。

大前年五一节，企业家在海南三亚度假，溺水身亡。各大媒体披露他家族关系复杂，妻儿亲眷大打遗产官司，公司高层不胜其扰，先后跳槽，好好一个集团就因为这些官司四分五裂，家产被送上拍卖场。

乐有薇主槌的另一场是玉器杂项，其中有大东师傅用紫檀残件做出的几件文房用具，都被拍出，秦杉挣了一笔小钱。

春拍忙完，乐有薇去探望齐染，齐染又完成一幅新作《芍药不需要》。据说赵致远提交了上诉材料，说儿子赵杰只对花里胡哨的当代艺术感兴趣，他多年寻觅，没碰到授以衣钵的传人，引以为憾。

书画需要天赋，作伪不合法，不提也罢，但装裱只需要技巧和恒心，赵致远认为自己空负技艺，却传不下去，是莫大的遗憾。他请求不判处极刑，愿培养传人，将功赎罪。

在天空艺术空间，郑好认真工作，她看到叶之南依然悸动，但已能尽量大方相处。所有同事都努力为当代艺术做事，凝聚星星之火，她很受感染。虽然她毕生都是感情至上，改不了，也不想改，但感情之外，总得好好做点事聊以度日。

秦杉生日，乐有薇送出一件清代银质龙凤镂空花瓶，他摆上书桌，插些从工地附近田野采回的花草。等乐有薇一拿到复查结果，他就求婚了："手术一周年了，你已经好了。"

乐有薇心里总有点不踏实，给他看工作计划，9月中旬有一场司法拍卖，秋拍有两场，做完就快过年了。她撒娇耍赖："我们现在跟结婚也没两样，对吧，小姑父？"

秦杉依了她："明年把外公外婆接回国过年，把欢欢也接来。"

小女孩大名叫梓溪，但小姑姑叫乐乐，她自封欢欢，经常在家族群里和小姑父视频。小姑父心里想，恋爱和结婚还是有区别的，不过让小姑姑再养养身体也好。

乐有薇对生活很满意，既有空继续事业，还能陪在秦杉身边，见证他把千亩荒地建设成文化胜地。除了为一场场拍卖会忙碌，她仍在为江爷爷的藏品做资料编撰工作，闲时练练字。天气好的下午，她会去绣庄看看，不远处的希望学校里，孩子们的读书声朗朗。

等到11月乐有薇过生日，秦杉送了一件宋代双凤缠枝花镜，主纹饰是两只展翅飞翔的鸾凤，边缘饰有花草纹，很是古雅。

将来搬去新家，这一瓶一镜会被放在书房。善思堂中堂的条案上摆有镜子、花瓶和座钟，秦杉曾经听到乐有薇向江天介绍："钟、瓶、镜，谐音是终生平静。"

夜里星繁，浪花涌起又落去，秦杉睡着，乐有薇望着他笑。陶妈妈和郑爸爸感情很好，但吵起架来地动山摇，互相都想把对方扔掉，但她和秦杉从没吵过架，彼此推心置腹。

又一年春天到了，叶之南向省博捐赠了半幅东晋《求援书》，另外半幅由省博珍藏了近半个世纪。

《求援书》从唐代以来代代有著录，清末后历经劫难，原书和题跋残离。20世纪70年代末，原书入藏省博，但释文和题跋不知去向。

四年前，释文和题跋在日本的一个展览上横空出世，夏至带上他父母的同事前去考证，确认正是省博原书失散的另一半，它仍然保留着清代皇宫的原裱。

全卷完整无缺地保存于人间，破镜可圆，是收藏界至幸之事。公馆和私人藏家都找过藏家，但藏家意志坚决，不肯出让。夏至每年都去拜访那位藏家，他辞世当年早春，还去过一次。

叶之南费尽心思，终于弄回释文和题跋，无偿捐给省博，让分离已久的国宝得以重聚。

叶之南的义举被收藏界褒扬，但他没参加捐赠仪式，独自去了绿岛，想亲口告诉夏至，他牵挂的珍宝合璧了。

14幢旧宅有不少损耗，预估能拼接整合成9幢，被命名为九重天，园中还有一座拱桥、一座廊桥都在兴建中。从绿岛扫墓归来，秦杉开始做商务酒店的方案设计，它临湖而建，拥有多个大型多功能现代化会议厅和宴会厅，还设有游泳池、健身机构、垂钓酒吧等多种配套设施，秦杉能从中学到很多。

周末时，乐有薇和秦杉去白潭湖赏花。4月花事繁盛，秦杉种下的蔷薇花开如海。他照常带了素描本，为乐有薇画上一幅蔷薇图。这个品种名为"白玉堂"，很像当年他初见的拍卖台上的乐有薇，洁白明亮，满室生辉。

乐有薇拍摄湖中的落羽杉，接到刘亚成的电话。海外捷报传来，探宝队不负众望，打捞出一艘沉睡千年的古船。船长30米，宽约10米，满载银锭、珍珠、瓷器、玻璃器皿和青铜货物。

银锭被送去鉴定，今天中午，刘亚成得到答案：古船是五代十国时期的南汉王朝所造。

南汉王朝是唐朝末年天下大乱产生的割据政权之一。它得从黄巢起义说起，当时刘谦邀击黄巢有功，晋升为封州刺史。封州即今天的广东地界，刘谦趁乱吞并了肇庆、广州等重镇，拥兵过万，战舰百余。

刘谦死后，儿子刘隐继承父职，逐步统一岭南。这期间，朱温篡唐，废黜唐哀帝，自行称帝，建立后梁政权。刘隐送上厚礼，讨来"南海王"封号。

刘隐去世后，其弟刘陟承袭王爵，凭借父兄在岭南的基业，在广东番禺称帝，史称南汉。

南汉王朝暴虐无道，民众不堪其苦，宋太祖的部下节节进逼，南汉当时的统治者刘鋹被迫投降。南汉灭亡，历经四帝，享有国祚五十四年。

广州是岭南地区重要的通商贸易港口，刘氏盘踞岭南，利用地理之便拓展海贸，拥有强大的航海能力。刘鋹被宋军杀得狼狈，还没忘把金银财宝装满十几艘海船，但他没跑成就被俘，那十几艘大船被宦官和卫兵盗取逃亡。

南汉王朝虽然短命，海军力量却不俗，不仅出洋作战，还定期奉命出海抢劫，为统治者增加收入。海军当中有一支特种兵部队名为媚川都，士兵全是沿海蛋人子弟，在当兵之前就从事海盗活动，被收编后，他们除了在海上劫掠，还有一项重要任务，为王室采集海里的珍珠。

刘鋹的海船落到媚川都兵士手上，他们流亡海外，又活动了数十年。这从沉船里发现众多海珠，以及上百件有明确纪年的北宋早期瓷器即可得知。

让刘亚成欣喜的是，这批宋瓷里，含有12件完好无损的定窑器物。其中一件白釉"官"字款双蝶纹洗，器底墨书"供养舍利太平兴国二年"等字样，太平兴国二年为公元977年，也就是宋太宗时期。

沉船里另一件白釉龙首莲纹大净瓶也是国宝级的文物，此外还有数量庞大的银锭，从模糊可辨的铭文来看，考古学家推论是南汉国库的支出款项，是负责贸易的官员前往南洋一带交易时留下的。

两宋的繁盛人所共知，沉船中的艺术品艺术价值和史学价值兼备，它们向世人展现了无可争辩的事实——五代十国时期，中国的海上贸易就已处于领先世界的水平。

定窑创烧于唐，极盛于北宋，刘亚成正在办理相关手续，不日就能迎回。乐有薇心潮澎湃，挂了电话，走回秦杉身旁。

秦杉以为乐有薇接到平常电话，没太在意，专心画蔷薇，乐有薇抱着他，无限温柔地说："小杉，有件事想告诉你。"

秦杉停住画笔："他们又征到好东西了？"

乐有薇说："我爱你。"

秦杉如饮佳酿，从心坎甜到全身："我也爱你，我们结婚吧。"

乐有薇吻住他，晚霞多好啊。有生之年与你相依为命，多好啊。

星垂平野阔，山青花欲燃。女人很白，白得像一碗清润的粥，男人汗水闪亮，从下颌线流到胸膛。

星空下，蝴蝶懒懒地停在树枝上，背对着人间，一心一意地拥抱她的春天，余生很短，此夜很长。

踏着星光回到家里，第二天清晨，乐有薇醒来，秦杉换上了她送的那套正装，衬衫，西裤，一丝不苟，西装外套挽在臂弯："吃完早餐就出发。"

乐有薇问："去哪里？"

秦杉亲亲她："领证。"

乐有薇的生日、圣诞节、除夕夜、情人节，秦杉都没吭声，乐有薇觉得自己求婚也行，但秦杉居然消停了，她很好奇他下次求婚会是几时，竭力沉住气。

这一天来了。秦杉说："太冷了，你穿婚纱会冻着，现在暖和了。"

夜深人静时互相说过脸红心跳的情话和脏话，乐有薇听到最爱听的一句："小薇，不要怕，我愿意托住你倒下，最后我来关灯。"然后他凑近她，示意再给他修修眉毛，他要帅。

乐有薇不喜欢钻戒，秦杉就订了今生珠宝出品的一款铂金对戒，余下的钱买了一只钧窑天青釉碗，它是窑变产物，蓝得像盛了一碗宇宙，口沿处有不到一厘米的残损，他以底价就拿下了。

郑好夸秦杉送的新婚礼物很有创意，秦杉说乐有薇说过，活字是三点水加个三寸不烂之舌，那是她的活法，所以送她一只碗，祝她永远有口好饭吃。

乐有薇喜欢极了，捧在手里不放："干了这碗宇宙。"

秦杉收到的礼物是一件辽代的玉迦楼罗摆件，它造型饱满，浑厚神秘，乐有薇想请人刻成印章，给他签署合同用，他以后会接许多建筑项目。

迦楼罗又称金翅鸟，印度神话里的大鹏，被佛教吸收为天龙八部之一。此鸟以龙为食，扶摇直上九万里，秦杉拿起它，乐有薇没躲过，脸上被戳了一下。

新婚夫妇不打算大操大办，乐有薇安排了家宴，宴请她这边最要好的亲朋，也就两桌客人。然后两人飞去美国休斯敦，在外公外婆和莉拉的见证下，在教堂交换戒指，再去荷兰度蜜月。

婚纱照是去绿岛拍的，两人在夏至墓前跟他说说话，遥寄一杯水酒。度完蜜月归来，秦家张罗了酒席，秦杉喊上江天和项目组同事列席。江天看不得两人合开小面包车，送了一辆越野车。

秦望送出一对紫檀透雕双龙玫瑰椅当贺礼，那是他大学时期偶然所得。紫檀玫瑰椅很罕见，成双成对更难得。

那12件定窑瓷器在内的沉船珍宝，被刘亚成无偿捐给省博。他在收藏界声名达到鼎盛，被众人称赞有侠举。乐有薇得到主持捐赠仪式的机会，如数家珍，圆满完成。

国家文明灿烂悠久，值得一代代传下去。捐赠仪式结束后，乐有薇回到后台，拍拍秦杉的脸："我的家珍。"

有天秦杉在画图，乐有薇坐在紫檀玫瑰椅上，吃着葡萄看秋拍资料，然后去趟卫生间。

洗把脸冷静片刻，乐有薇去厨房拿出一盒冰激凌，走进书房，放在秦杉面前："你将来肯定是个好爸爸。"

秦杉手上忙着："那当然了。"下一秒，他从图纸上抬起头，"小薇？"

乐有薇说："是的。"

番外
雪山岛主

刘亚成总跟人说叶之南团队是逍遥派，金庸著作《天龙八部》里那个。

逍遥派掌门无崖子生得俊逸，挑徒弟也都挑好看的，座下都是美人。叶之南选的弟子个顶个漂亮，刘亚成先后跟其中两人交往过，开始都和和美美，谈艺术品谈人生，但没多久就管东管西，想跟他定下来。

刘亚成只信奉盖棺定论。坦白说，像他这样一个身家能上排行榜且正当壮年的人，他觉得专情有违人性。他不认识身边没有狂蜂浪蝶围绕的有钱人。

女人都说，不想强人所难，可她们年纪不小了，想要个归宿。但在刘亚成看来，一个人只有变成骨灰盒里的那捧灰，才称得上归宿。

男人从不是女人的归宿，也没哪个男人会把女人当成归宿。这话是刘亚成的二姐说的，他很赞同。男欢女爱嘛，你情我愿，一拍即合，再一拍两散，多好。

女人要是想明白这点，就不会纠结煎熬了。刘亚成承认，对着那泪眼，他有点心软，但哭多了也嫌烦，他谈情说爱是为了开心，没耐心应对一次次逼婚，不论它们听起来有多巧妙和深情。

千年瓷器的鉴定手段时时更新，千年观念也该变一变了。刘亚成只喜欢招惹目标明确的女人，要钱给钱，要资源给资源。

女人图实惠，刘亚成好色，各取所需，皆大欢喜。只可惜刘亚成看上的女人几乎都是为艳遇而生，交往初期，她们会勾人，懂调情，但没过多久就现出程咬金本色，所谓的聪明有趣就那三把斧，很快不新鲜。

宁馨倒是总有话跟刘亚成说，结婚十几年，两人说到某次在餐厅吃到的一道菜，仍能说得眉飞色舞。宁馨常常一时兴起，披衣起床，一个步骤一个步骤复刻，最后一起就着好酒吃完。

宁馨是完美妻子，长得白皙秀丽，厨艺好，爱唱爱笑，待人接物很大方。刘亚成很依恋她，每个月都飞西雅图几次，跟她和两个女儿团聚。

两个女儿只相差三岁，很小就被送出国读书，宁馨待在美国陪读。夫妻俩识于微时，情分很深，但刘亚成管不住下半身，在国内交往了数不尽的美人，宁馨也许知道，但彼此心照不宣。

刘亚成圈子里的熟人都跟他一样，早早地让妻子带着孩子住到国外去，方便他们胡天胡地。妻子住豪宅开豪车，只要安分守己照顾孩子，就永远是正宫。

男人女人各有各的贪心。刘亚成一度很沉迷于声色，他有个做苗木生意的朋友给他取了个外号叫猕猴桃。猕猴桃树是分雌雄的，一株雄树可配数株雌树，假如只种雌树，则永不结果。

古董瓷器为刘亚成打开了一扇崭新的窗。他第一次留意它们，是去客户家，在入户花园，他看到一件唐代白釉梅瓶，插有一枝绿萼梅花，古朴秀致。

瓶身上书"清沽美酒"几个字，让刘亚成驻足。童年时，母亲去菜园摘菜时，总顺手捧回一把野花，插进酒坛子里，开得热热闹闹，他记忆犹新。

客户是资深藏家，解释说这种器皿最早是酒器，明代以后多用于摆设，因它瓶口小，仅能插入梅花枝，从而被称为梅瓶。刘亚成随口问价，悚然心惊，自此对古瓷好奇，他想知道拿出买辆跑车的钱，买件易碎品，此物除了器型优美，究竟好在哪里。

刘亚成去西雅图看望妻女时，受朋友之托，到拍卖场帮着举过几次牌，渐渐开始了解古玩，迷上瓷器后，他入了收藏道。

刘亚成挺喜欢听器物背后的历史，尽管很多人都说这是最无用的享乐，手一松，价值连城就变得一钱不值。但生活除了必需品，总得有个能让精神长久得到抚慰的爱好，女人办不到，承载了上下五千年历史的收藏品，提供了足够多的新奇感。

有时工作很不顺，刘亚成就去收藏室待着，饶有兴味地观赏许久。这种感觉，唯有童年时带上一本书去山上阅读可以比拟，读到会心处，体会到至乐，像孙悟空刚从石头里蹦出来，在天地之间连飞带跑，那样自由，那样喜不自胜。

刘亚成在一个小镇度过童年，他父亲是没有编制的邮递员。记不清是何时，可能是某次父亲酗酒，对妻儿拳打脚踢之后，刘亚成随手从父亲的邮袋里抽出几本杂志，愤恨地跑去家背后的山坡。

本想消磨到深夜，等父亲睡下再回家，就能躲避再挨打，但是一本又一本杂志，像漫山遍野的宝藏，带给刘亚成狂喜。他贪婪地阅读，忘记身上的伤。

童年和少年时有过很多痛苦时刻，但躲进书籍里，总能浑然忘我。有时是科学探索类杂志，有时是一卷掉了封皮的武侠小说，不具备多少金钱价值，但那种沉醉其间的喜悦，体会过阅读快感的人都懂。

成年后的刘亚成忙于赚钱，静不下心阅读，收藏使他重新体会到被慰藉的幸福。一件件至美之物，是他不动脑子就能享受到的快乐。

刘亚成初见叶之南，是在一场中国历代陶瓷拍卖会上，他的目标是一件北宋定窑白釉执壶。

那年叶之南24岁，很年轻，但盛名在外，行业新闻都形容他俊朗如玉。当天刘亚成有个重要会议，赶到会场，迎面一看，拍卖师高大漂亮，气度不凡，站在台上谈笑自若，仿佛江湖高手以武会友，他立刻想起少年时看过的武侠小说里，那些剑胆琴心的侠客。

当时刘亚成参加过好几次拍卖会，都在国外，但汉语讲解更有亲切感，而且叶之南谈吐很有魅力，一件件至宝经他讲来，时有江海奔流的壮美感，叫人听得胸口激荡。

不速之客刘亚成拍得三件定窑瓷。落槌后，叶之南被熟客围住，向刘亚成微笑致意，让助手上前道谢，刘亚成便在座位上等他一下。这么帅的读书人，多难得，这个朋友他交定了。

当晚两人吃饭喝酒，颇有点一见如故的意思。叶之南为刘亚成引荐了云州一众鉴定大家，刘亚成聘请几人组成自己的专属鉴定团队，以便更好地搞收藏。

刘亚成比叶之南年长一轮，他和叶之南深交，不仅是叶之南擅长说话，每每让他听得兴致勃发，更因为叶之南待人真诚温柔，虽然吃开口饭，但很懂得聆听，适时缄默。

刘亚成为种种事务烦心时，叶之南就陪他喝酒解忧，讲些有趣的历史人物，刘亚成爱听这些。叶之南不问"你怎么了"，刘亚成想说自然会说。

叶之南像黑白电影里的明星，风雅且风流。刘亚成有时会好奇，他曾经或者以后，会对怎样的女人付出一些真心。

相交两年后，刘亚成看到了乐有薇。少女时年19岁，浓眉黑眸，肤如凝脂，整个人都很光艳。

刘亚成对女人的审美是长得又白又清苦的类型，乐有薇有烈劲儿，没有苦相，但当天她拎来一箱民国时期的杂项请叶之南看货，用来筹集大学学费，说明是苦出身。

杂项多是灯具和木雕佛像，卖不出几个钱。叶之南收下了，让乐有薇等消息。刘亚成知道这箱东西只会放在叶之南那里，再给乐有薇一笔小钱，宣称已经脱手。

贫寒的美人惹人怜惜，用一句很俗的话说，刘亚成想照顾乐有薇的生活，但叶之南强调她有男朋友。刘亚成认定他想自留，不和他争，说："姑娘家境不好，上我公司做兼职吧。"

叶之南说："她学的是艺术，我想让她去张茂林那边。"

刘亚成问："干吗不让她来贝斯特？"

叶之南说贝斯特距离乐有薇的大学太远，现阶段得让她专注于学业，把基础打牢。刘亚成暗忖画廊很近是一方面，另一方面可能是叶之南不放心别人，张茂林和太太池雨伉俪情深，感情很专一，是个正派人。

然而，艺术之地，既有阳春白雪，却也藏污纳垢。张茂林是大忙人，哪有空照拂一个小姑娘，刘亚成说："我要是你，就放在身边了。"

叶之南坚信乐有薇不会轻易折堕。初相见时，她说她成绩特别好，一个自信的人，她有她的骄傲。刘亚成听乐了："我就喜欢骄傲的女人，带劲。"

年轻时的宁馨很骄傲。她是刘亚成赚到人生第一个一百万时认识的，当时她是刚上班一年多的银行柜员，刘亚成去申请抵押贷款，签完协议被人送出来，听到有人问："让我看看，今天又做了什么好吃的！"

刘亚成下意识地回头，宁馨掀开饭盒，是蛋炒饭，以及两只红烧鸡翅。蛋炒饭色泽鲜艳，香气扑鼻，同事们都说一看就好吃，宁馨笑答："那是！我炒的饭独步天下。"

童年时，母亲炒出一大盘花不棱登的饭，青豆玉米粒和葱花点缀，外加一勺麦酱，刘亚成很爱吃。走出银行大门，他又回了一下头。人群中圆脸爱笑的小女人有家常感，他想吃她做的饭。

至今每次团聚，刘亚成都能干掉一整盘蛋炒饭。只是，饮食口味没变，爱意却不再有了。

刘亚成和叶之南建立交情后，分享了很多资源。张茂林的太太池雨是服装设计师，有自己的品牌，刘亚成集团旗下的面料厂和她达成深度合作，有时聚会时，他想到乐有薇，会问上几句。

乐有薇一到画廊兼职就被客户们瞧见了，尽管她一再声明男朋友在国外留学，学成归来就结婚，但男人们都不当回事。追得最猛的那人做机电生意，起家较早，且酷爱购置房产和商铺，隔几个月就去画廊买点艺术品。

男人的妻子在早教机构工作，平时勤于学习，时刻提升自己的专业，但是男人说："我真是搞不懂，当全职太太哪里不好了，她跟我说，女人要有自我价值。嗨！挣得还没我司机多，还上班干吗？"

挣得再少，也是能自主支配的钱，还不用听这种诛心之论。乐有薇忍住骂人，问："那王总觉得她的价值应该是什么？"

男人说："女人相夫教子，把家里照顾好是天职。"

乐有薇看了男人数秒，确定他说的不是反话，问："就您这种完全不顾已婚身份，公然找女朋友的作风，她敢当全职太太，跟社会脱节吗？"

男人手一挥："我又没亏着她！等你跟了我就晓得了，她每年买多少奢侈品，我给你翻倍！"

乐有薇说："这么好？那我们结婚吧，你快去跟她离婚。"

男人吃惊："你也太着急了吧，我们好歹相处一下再说。"

乐有薇笑笑："王总是不是不忍心跟您太太说？我去说吧。"

男人赶紧解释妻子人很好，他不能辜负她，没想过离婚云云，乐有薇走人："我穷怕了，特别想结婚，做不到就别烦我。"

男人纠缠过乐有薇，被池雨看见了，含笑护着她："小姑娘性子烈，王总别让她闹出笑话。"

乐有薇问池雨："他想追别人，为什么还整天把太太挂在嘴边？"

池雨说："就是摆明了不想走心，叫你别多想。"

乐有薇骂声无耻，问男人的妻子是否知情，池雨点头，妻子很介意，但不敢较真，离婚不见得能争取到一双儿女，更保不住现在的生活。每次被气狠了，她就去品牌店扫货，出国游，有时来画廊买几件艺术品，使劲花男人的钱。

这样面目可憎的丈夫，这样憋屈的生活，女人何苦用自由交换，但离婚可能争不到孩子是实情，乐有薇直叹气。池雨告诉她："归根结底，人各有各的贪欲，你就当是观察人性吧，我们做服务行业，多见点世相人心没坏处。"

刘亚成比乐有薇大十九岁，有时像逗女儿似的问她："人性有意思吗？"

乐有薇没精打采："除了我们张总和池姐，你们有钱人一个比一个不受道德约束，婚姻就是空架子。"

刘亚成哈哈笑："要不然拼死拼活赚钱是为了什么？"

乐有薇用逼婚这招击退了很多追求者，但有人不信邪，当即就同意了，还开出支票以示诚恳。

支票金额几十万，乐有薇没收。隔天下班去赶公交车，她被男人的妻子堵上了。

女人气质很好，看起来受过高等教育，一张嘴就回到封建社会。乐有薇打断她，澄清对她男人无意，女人伸手想抓花她的脸，但乐有薇学过自由搏击，轻易就把女人放倒，扬长而去。

男人桃花无数，但乐有薇是最嚣张的一个，女人恨上她了，跑到画廊大闹。乐有薇赶来，女人要求她下跪道歉，自扇耳光，不然就去找校方领导，年纪轻轻就人品败坏，破坏别人家庭，必须勒令退学。

乐有薇冷着脸，说："我真的看不上你男人，你管我不如管他。退一万步，我退学就退学，重考还能考得更好。"

女人骂她不要脸，但乐有薇从不怕污名，顶多被人说价格没谈拢罢了，这种话伤不到她。

男人被画廊经理叫来，哄走女人，女人临走前骂乐有薇除了青春一无所有，乐有薇回击："是没有，但你还会有一顶顶绿帽子。"

女人号啕大哭，张茂林得知这件事，给乐有薇放了半个月假。女人面子里子都丢光，防着点好。

男人找到乐有薇学校去，表示已经正式向妻子提出离婚，乐有薇烦了："我不喜欢你，更不想变成第二个她。"

媳妇好糊弄就晾着，不好糊弄就换人，这男人是后者。他早就想离婚，但妻子宁死不离，外头的小妖精都等着补缺，绝不能便宜她们。乐有薇性子硬，男人觉得用她来打发妻子可行，恶人就得恶人磨。

有天晚上，乐有薇从自习室里出来，男人开车跟住她，她让男人别来找她，她永远不会跟他在一起。男人恼火，把她拽上车，对她用强，乐有薇踢他下体，拉开车门跑了。

那几下踢得又猛又重，男人扬言要办了乐有薇，阿豹带着弟兄们出手了，再纠缠，等着被骗吧。在一把被玩得出神入化的军刀面前，男人认了错。

乐有薇很懊恼："我怎么老惹到这种人？我没招惹过他们啊，最多是见面时喊句某总好，一句话也没多说。"

池雨说："记住，你是被伤害的一方，不用从自己身上找问题，把他们当成随机杀人就行了。那些被杀的人好好走在路上，就天降横祸，犯得着反省吗？"

出乎乐有薇意料，男人的妻子出身中产，上大学时就开几十万的车。男人穷追不舍，承诺一生一世一双人，女人欣然当了全职太太。

女人是家中独女，父亲把女婿当儿子栽培。男人生意越做越大，跃升到富豪阶层。女人生了三个孩子，亲力亲为照顾，男人全球置产，装修的事都丢给她。

女人被旺夫一词哄住了，沾沾自喜，以为一心一意辅助丈夫，照顾好孩子和家庭，丈夫就会对她一心一意，但惨痛真相一再逼到面前，连父母都劝她忍。

家庭主妇以为是分工合作，但男人不这么想。乐有薇为女人叫屈："她不如离婚分钱，又有钱，又不用再受气。"

池雨笑她天真，国内大多成功男人的思维出奇一致：钱是我赚的，媳妇是我养的，她听话就能大把花我的钱，但想分家产，有的是龌龊手段逼她死心，让她除了债务什么都拿不到。

做到富豪级别的男人，当然有能力保全财产。乐有薇只恨那天没多踢那男人几下："怪不得她打女人，不敢打她男人。"

带孩子和打理资产都付出了劳动，却得不到男人的真心，外面的人不费吹灰之力，就能被男人重视，换谁能心理平衡？但经济大权不在手上，家庭主妇只好姑息男人，痛打想抢饭碗的竞争对手。

20岁时的乐有薇尝试理解那女人，得出一个结论：狡兔三窟，兽犹如此，人更不能把身家性命系于别人身上，甜言蜜语是用来听的，不是用来信的。她有点惋惜："她就不能少买点奢侈品，多攒点钱吗？"

池雨说："如果一早就有居安思危未雨绸缪的想法，就不会当全职太太了。何况那些东西是精神安慰，不买只怕日子更难挨。"

乐有薇想到先前追她的那个男人，他妻子坚持工作，处境也很被动，两性博弈实在残酷。

此后仍有各路男人追求乐有薇，已婚的未婚的离异的丧偶的都有，她不再一味硬邦邦地拒绝，在周旋中练习跟人打交道的能力，修正性子里的莽撞成分。

刘亚成打趣："对人性有了新感悟吗？"

乐有薇始觉人性不过贪嗔痴三个字，或为名利，或为情仇。凶案动机多半也是如此，她想学会自保，不想一直活在叶之南和他朋友们的荫庇之下。

故宫博物院藏有一件清康熙青花双龙纹罐，刘亚成梦萦魂绕。他的鉴定团队几经探听，发现一件纹饰大致相同，但尺寸略小的三龙赶珠纹盖罐。

刘亚成飞赴加拿大维多利亚求取，藏家不愿出让。闲谈时，刘亚成得知，藏家有个朋友计划出售房产，是一处位于温哥华岛的英式别墅。

别墅是百年建筑，遍种绿树白花，对着一整片湖水，精美如诗。房主是国会议员，暗示可为购买者解决入籍问题。这一点很有吸引力，刘亚成把消息转给叶之南，建议做成拍卖会。

藏家代表议员朋友和叶之南签订了委托拍卖协议。家宴上，藏家的女儿陈襄款款而来，刘亚成暗自喝彩，有美一人，婉如清扬。

这一年叶之南28岁，是潇洒里有温柔意的浪子，不知惹得多少女人甘心为他零落成泥。美人对他一见钟情，溢于言表。刘亚成发觉，叶之南在看到陈襄时，面色有惊动。

陈襄容貌气质和才情无一不佳，刘亚成以为叶之南的良缘到了，但叶之南对陈襄极尽客套。

叶之南在美人面前游刃有余，刘亚成没见过他拘谨的时候，奇道："动真心了？"

叶之南说："我想介绍阿豹和她认识。"

刘亚成笑他保持距离是徒劳，阿豹虽有男人味，但长了一张狠鸷面孔，美人不可能舍他选阿豹。

陈襄追到国内，叶之南叫上刘亚成在内的若干朋友一同为她接风，不和她单独相处，很明显是婉拒，但陈襄信奉从朋友做起。

叶之南主槌拍卖会，陈襄到场支持，低调坐在一隅，次日带上礼物登门拜访，祝贺他斩获白手套。

毕竟是美人，且礼数周全，叶之南伸手不打笑脸人，跟她品茶谈天，末了向她求一幅《春江花月夜》。

陈襄自幼习字，写得一手漂亮楷书。叶之南邀请她出席阿豹生日宴，当她露面，举座皆惊。

阿豹倾心的叶映雪死于16岁，倘若她平安长大，究竟和眼前24岁的陈襄有几分相似，已不可知。正因为不可知，在所有人眼里，两人十分相似。

叶之南的用意，阿豹心知肚明，但是像她，却不是她，他拒绝再和陈襄见面。

阿豹生日宴后，他母亲向叶家人透露，陈襄神似叶映雪，周末时，叶映雪的父母来云州做客，恰逢陈襄来找叶之南。

陈襄待叶家亲人极友好，叶家亲人很喜欢她。之后有天，叶之南的父母见到陈襄，叶母拉着她的手，想认作干女儿，陈襄说："可我喜欢您的儿子。"

叶家父母和亲人都很欢喜，叶之南对陈襄说："我做不到为谁停留。"

陈襄说："如果我只想让你停留一段时间呢？"

叶之南说："她们也都这么说。"

陈襄很坚持："我只要开始。"

叶之南摇头："你太像小雪了。"

那段时间，叶之南频繁去国外出差，逃避陈襄的盛情。若是别的女人，他无可无不可，但是对着那张脸，他既无法成全她，也说不出强硬的话。

国际大牌创意总监欣赏池雨的设计风格，聘请她当助手，池雨和他签约，即将去意大利米兰工作十年，她的个人品牌到了瓶颈期，想停下来学习。张茂林请来一帮老友，为妻子践行。

席间，叶之南听说乐有薇从画廊辞了职，专心准备托福考试，以期去国外和男朋友团聚。刘亚成头一次看到他为一个女人心神不宁，挪揄道："早跟你说，放在身边。"

想到终有一天和乐有薇远隔万里，叶之南心里一空，终于明白对她不只是怜惜，在不经意间，对她有了别样情愫。他找了乐有薇很多次，可是乐有薇去意坚决。

刘亚成骂道："这就退而不争了？抢啊，留啊！不该讲绅士风度的时候别讲。"

叶之南说："我对自己没信心，怕她将来后悔。"

刘亚成不以为然："将来你们分手，你把她送出去读书不就行了？她没有损失，不会后悔。"

强留她，迫使她放弃初恋少年，有天被他狠狠伤害，何忍如此。叶之南叹气："忠诚和长久，我都不确定我给得了。"

刘亚成指着他说："你将来可别后悔。"

叶之南很煎熬，陈襄趁机攻势如潮，叶家父母和亲人都认定两人能成。叶之南想过遂了家人的愿，可是烛光晚餐味同嚼蜡，每每把陈襄送回酒店，他就去汀兰会所喝酒。

叶之南心烦，刘亚成等好友腾出时间陪他喝酒，但众人各有一大堆公务，叶之南时常飞去英国。刘亚成依稀知道，叶之南在那边有个还在读书的朋友唐烨辰，有空陪他看展出、参加拍卖会、饮酒和旅行。

叶之南用各种手段逼迫自己不跟乐有薇的男朋友争抢，但情难自控，终于跟刘亚成说："我就是舍不得她，该抢就得抢。"

刘亚成抚掌："抢到手再说，当君子哪有当暴君快活。"

第二天就是七夕节，叶之南订位，想对乐有薇表白："我想对她认真，想和她长久。"

刘亚成静候佳音，然而乐有薇牵着新男朋友丁文海的手赴约，她说她变了心，喜欢别人了，所以跟前男友分了手，不出国了。

刘亚成气得骂娘："管她那么多，再抢！"

旧爱新欢五官不太像，但是同一型，感觉上很像。叶之南黯然说："她喜欢的是别人，还抢什么。"

刘亚成说："抢过来她就喜欢你了。"

叶之南见过乐有薇的前任男朋友卫峰，不止一次。少年是天之骄子，意气风发，乐有薇舍他选丁文海，还为丁文海留在国内，感情不言而喻。叶之南低头喝酒："我希望她按自己的心意活着。"

刘亚成心说这漂亮男人不是草莽，有些事做不出来，安慰道："我也不喜欢对女人太粗暴，要不跟雪莉试试吧。玩归玩，也该找个好女人生儿育女了。"

任雪莉是刘亚成老友的女儿，在他公司做财务，明慧开朗，叶之南谢绝了："好女人做错了什么？"

叶之南频繁去英伦散心，吴晓芸误以为他决定收山，坐不住了。贝斯特没她可以，没叶之南不行，她去跟陈襄的母亲说了几桩关于叶之南的旧事。

清白世家，容不得女儿被这种男人诱骗，陈家父母勒令陈襄放弃叶之南。陈襄问："那些都是真的吗？"

叶之南回答："都是真的。"

陈襄哭着说："我心疼你。父母怎么想，我不管，我知道你很好。"

叶之南道谢，把话说到决绝："第一眼看到你，我想到的是妹妹，我们没法有别的关系。"

陈襄痛哭，叶之南束手无策。他看不得陈襄哭泣，她一哭，他就想起叶映雪。陈襄流着泪问："如果我不是长成这样，你会不会喜欢我？"

与其给予一丝丝虚无缥缈的希望，不如死地后生，叶之南说："不会，我另有所爱。"

陈襄的泪眼里有明确无误的怨意，问："她是怎样的人？"

多少人的妻子或女朋友，都找过乐有薇的麻烦，叶之南不答。他爱着乐有薇，不必再对任何人承认。

陈襄默然不语，这样的她让叶之南又想到叶映雪，他感到心碎，但再纠缠只会让她更伤心，在陈襄想要一个拥抱时，他走开了："以后永远不要再来找我。"

大雨中，穿白裙的女人离去。那是叶之南最后一次见到她。

陈襄回到加拿大，加入修会，镇日穿黑衣，数年后发了终身愿，追随基督，服侍世人。

乐有薇和丁文海恋爱后，叶之南寄情于事业，买下一幢摩天大楼的顶层，打造一个以艺术展出和推介为主的机构，命名为天空艺术空间。张茂林是策展人出身，叶之南把艺术交流活动交给他主理，自己做些商务类工作。

天空艺术空间做到第二年，叶之南的几位老友都进场了，分头负责艺术类策划设计咨询和艺术家经纪业务。刘亚成喜好的是瓷器，天空艺术空间侧重于书画和当代艺术，他兴趣寥寥，作壁上观。

乐有薇和叶之南各自都不缺追求者，但夜阑人静，叶之南宁可跟老友们待着，也不再去跟女人逢场作戏。

每逢叶之南主槌拍卖会，乐有薇和男朋友丁文海都会来捧场，刘亚成看着碍眼，但不认为两人能走到最后。以他的直觉，出身寒门且有点才学的男人通常不甘心守着同样出身寒门的女人过一辈子，即使他的女人如此美丽。

乐有薇必将是叶之南的，刘亚成深信不疑。他猜叶之南大概也这么想，因为他一如既往地爱护乐有薇，让乐有薇得以活得鲜亮清脆，对世界满怀好奇和热情。

大学四年级，乐有薇进入贝斯特实习。那年初夏爆发了《蒙马特女郎》自燃事件，春拍后，叶之南把真迹交给刘亚成代持，乐有薇和夏至陪同他前往刘家。

刘亚成见过的漂亮男女多，夏至仍使他眼前一亮，洁白清冽，有一股书香气。叶之南介绍说夏至是他今年收进的弟子，刘亚成不断地打量夏至，明明近在眼前，却悠远得像是烟云供养的仙童，生活在清冷雪山的那种。

一问起来，夏家父母都是考古学家，刘亚成叹服："难怪气质这么好，可惜是个男的，男的长这么漂亮干什么。"

想说的其实是，可惜是个男的，是女的我就拿下了。刘亚成对美人一贯

206

是这态度，没觉察到自己语气里的狎意。傍晚，他请师徒三人下楼吃饭，他新交的女朋友做菜有雅意，想请夏至品鉴品鉴，夏至说："我叫的车快到楼下了。"

叶之南起身告辞，众人一起下楼，餐厅里，刘亚成的女朋友正端出一道小菜。刘亚成唤道："来，见过你叶老师，还有这两位金童玉女，拍卖界未来的精英。"

女朋友说金童玉女把人形容俗了，一位是红桃皇后，一位是快乐王子，刘亚成惊呆了："他哪里快乐了？"

乐有薇笑着对刘亚成的女朋友晃晃大拇指，《王尔德童话》里高贵又孤寂的雕像，是像夏至。夏至无动于衷，乐有薇寒暄："怪不得刘总说您特别有才气。"

刚才在露台上，刘亚成说新女友大二在读，在网上开设美文专栏。乐有薇凑趣地看了看女孩的社交网页，除了美食图片，就是散文，比如"月光像一层白纱，温柔了城市的浮华"，比如"少年是清泉，大叔如烈酒"。

乐有薇赞叹文笔优美，刘亚成笑骂她虚伪，他虽然没读几年书，好歹世面见得多，小女孩装腔作势无甚才华，他还能看不出来？但他就喜欢这种看着清纯又会作的，没辙。

餐桌上摆了几道菜，乐有薇扫了几眼。这位女朋友对切丝切片器运用很是熟练，一盘白玫瑰，主材料是萝卜片，花蕊是枸杞，另一道菜是黄瓜切细丝，上面铺开七八颗饱满的芸豆，刘亚成兴致盎然："我说这个叫一排黄鹂鸣翠柳。"

乐有薇笑出声："刘总大才。"

师徒三人离开刘家，离开这顿摆盘别致的晚餐，叶之南说："老刘最近天天夜里摸起来，让阿姨给他下碗牛肉面吃。"

乐有薇笑了半天，谁知这位女朋友竟跑到贝斯特接夏至下班，还递上亲手写的情书。夏至不接，坐上出租车走了。

女朋友对夏至狂追不舍，乐有薇匪夷所思，开着刘亚成的车，花着刘亚成的钱，大张旗鼓追求别的男人，她脑子怎么想的？

有天女朋友又来了，夏至往左走，她跟到左，往右走，她跟到右，乐有薇看不过眼，几步上前，挽住夏至的胳膊："不好意思，借过。"

女朋友笑了："刘总说过，你有男朋友。"

乐有薇伸手去拿她手中的情书："你就不怕我把罪证交给刘总吗？"

女朋友耸耸肩："好啊。"

乐有薇一愣，女朋友拍拍手离开："要是我能攀上雪山，我们家刘总肯定会奖励我，信不信？"

再有刘亚成在场的场合，夏至就不肯去了，他理解不了这样的人。叶之南不勉强他，只带乐有薇和其他弟子出席。

几个月后，刘亚成换了女朋友。前女友很快投入新人怀抱，同样有钱，同样年长她很多。

乐有薇觑到一个刘亚成心情极好的时机，试探问了几句，刘亚成居然当真看过那位女朋友写给夏至的情书，当然，是无意间看到的。比起她的美文，情书着实写得好，热烈动情，叫他刮目相看。

乐有薇也收到过很多情书，一番探讨，她和刘亚成有个共识，写情书越是真挚动人的人，在感情里越是凉薄残忍。也许会写情书，就跟眼波撩人一样，是一项猎艳技能，又或者，他们仅仅是热爱抒情本身，对象是谁无关紧要。

《蒙马特女郎》在刘府藏了三年。三年间，夏至接任叶之南主槌中国古代书画，叶之南终于能专注于他最喜欢的陶瓷。

刘亚成的两个女儿都谈恋爱了，刘亚成不反对她们跟任何人交往，但提出一条，选定结婚对象最好先让他瞧瞧。他自己出身低，很清楚不少寒门子弟性格里自卑和自私的那部分，他希望女婿至少来自小康之家。他知道这是偏见，但为了女儿，他固执己见。

在宁馨之前，刘亚成谈过两任女朋友，宁馨没她们漂亮，长相只算清秀可人，但她有个好性格。

宁家父母都是工薪阶层，日子不算丰裕，但不贫寒，宁馨自小家庭关系简单和睦，从物质到精神都得到过足够的关爱，她亲手带大的两个女儿也都拥有健康的人格，宽容大度。

社会上，内心虚弱的人太多了。好性格往往需要几代人的正向积累，出身富足的男人里色厉内荏之辈多，出身低微却拥有好品格的男人也不多见，要么是天赋异禀，要么是后天修为，很可惜，丁文海不是。

为了留校，丁文海偷偷和副院长的女儿在一起，乐有薇丝毫不给他悔过的机会，她不信，也不要了。

乐有薇总算分手了，刘亚成怂恿叶之南："该是你的了，动手。"

看着纯良的青年才俊令人失望，另一个浪荡成性的人更难被信任，尤其是在乐有薇刚失恋的当口。叶之南说："她受了很大的打击，再给她一点时间。"

叶之南从来不舍得为难乐有薇，刘亚成认为这是他很大一个缺陷。飞往西班牙竞拍绿岛时，他刻意试探，乐有薇说："我还没缓过来，哪有心思找男人，等当上拍卖师再说。"

岛上有一幢城堡，游泳池建在悬崖边，畅游时能够一览地中海风光，众人登岛鉴赏乔治伦作品《蒙马特女郎》，刘亚成都约在此处。

叶之南带上乐有薇和夏至在内的多名弟子，一同接待各路来宾。刘亚成和莺莺燕燕在泳池里嬉闹，听到关键处，就过来听一听。

刘亚成健壮魁梧，只穿泳裤，湿答答地走来，肌肉遒劲，从肩膀到脊背的线条都流畅，乐有薇喜欢高挺劲瘦的男人，但她也愿意大大方方地看看刘亚成，养眼。夏至不这么想，一谈完正事就走了。

乔治伦是英国人，但他从青年时代就迁居西班牙巴塞罗那，这两个国度都有他庞大的拥趸者。来岛上的西班牙人多，夏至学过西语，且懂艺术，比刘亚成请的翻译跟来宾沟通得更好，刘亚成很倚重他，但他动辄不见人影。刘亚成让助理找过，每次都瞧见夏至坐在悬崖峭壁边上看海。

乐有薇很受来宾欢迎，刘亚成乐见她出落了。这女人有姿有色，反应敏捷，接得住话，会交际，还很能喝，以她25岁的年纪，有这个资质，阔佬们看上她很正常，但她总能四两拨千斤地化解。

有人找到刘亚成这里："喂，我条件不差吧，她还拿乔，背后是谁？"

刘亚成说："别想了，她马上是我兄弟的人。"

来人哦了一声："我就说嘛。你还别说，叶老师挑徒弟是一绝，男的女的都是绝色。"一回头，他看到夏至回泳池边拿落下的耳机，恐怕将两人的对话都听见了。

刘亚成喊道："小夏！夏老师！"

夏至充耳不闻，拿着耳机走开。来人对刘亚成嘻嘻哈哈，说了一些冒犯夏至的话。

夏至坐看日落，来人和他攀谈，夏至如同雪山，平视前方，不言不语，表情淡漠，仿佛世人皆尘埃。来人受了挫，去找乐有薇，乐有薇一听就明白，他和刘亚成谈论夏至时，必定非常轻浮。

在有些人眼里，女人和美男子只是被亵玩的物件，肆无忌惮地用言行践踏，想都没想过要平等看待。乐有薇可以不介意被他们轻视，但他不尊重夏至不行，她冷淡地说："华总愿意被人当成玩物吗，把人当人很难吗？"

纵欲之人很难听得进规劝，也不可能肯听一个他眼里玩物的规劝，但该说的话得说，侮辱夏至的人都该死。乐有薇说完亮了亮拳头，去陪夏至看日落，要不是怕给叶之南惹事，她就动手了。

海面波光粼粼，乐有薇看得眼睛发疼。以叶之南的姿容，一定有数不清的人想攀折他，他遭受的轻蔑不会比她和夏至少，今日被人心服口服地尊称叶老师，是以真才实学为基石。

活着不是为了被那帮人尊重，但仍想在被他们以轻佻口吻对待时，毫无顾忌地反击，让他们知道，他们很丢人。

残阳如血，乐有薇和夏至并肩看日落，立誓与他共赴锦绣前程。叶之南远远看着两个弟子，那位华总很不经揍，还说什么晚上敬酒赔罪，下次再敢出言不逊，他照揍不误。

省博左馆长携《蒙马特女郎》回国当夜，刘亚成睡了个好觉，醒时已近凌晨，万籁俱寂。

梦里，刘亚成又看见母亲了。母亲去世时，他17岁，距离发迹尚有好几年，没能让母亲过上一天好日子，甚至从数年前起，许久都梦不见一次。按照老一辈的说法，母亲轮回去了下一世，但今生她在哪户人家，已不可寻。

刘亚成上次梦见母亲，是前年初秋。梦里他六七岁，约莫是暑假，小电扇悠悠地转着，他趴在竹床上看武侠剧，母亲在一旁剥毛豆。人人都说母亲是疯子，疯得连儿子都不认识，但只要播到桃花岛的情节，母亲就会抬头看几眼。

童年时被忽略的一切，在梦境里反倒清晰起来。母亲爱花，看到桃花岛时，目光里有羡慕。那天醒来后，刘亚成让助理收集海岛出售信息，他从小就觉得岛主是最气派的头衔，庄主和大侠之类都比不了。

一册册图集送来，刘亚成没找到合眼缘的，直到去年底，地中海西部的这座无名岛映入眼帘，芳菲深处绿意葱茏，令他一见倾心。

到达岛屿是清晨，春绸草木深的好天气。随行的大师建议命名为囚花岛，大吉大利，财运亨通，但刘亚成选了一个绿字。他年轻时在工厂，每到黄昏跑去食堂扒饭时，广播里总响起《绿岛小夜曲》。听了太多遍，以至于回忆起那些时光，这首曲子永远挥之不去。

母亲去世二十七年了，音容笑貌早已模糊，连梦见都很难，刘亚成心口闷痛。他想回到方才的梦境，起床拿酒，但醉不过去，他恼得很，抓出一支苏格兰威士忌，92度。

窗边洒落月光，刘亚成拎着威士忌，走在春夜里。早年跑江湖，帮厂里讨债要债，他喝过不知多少酒，几次喝到胃出血进医院，扛下来，活过来，酒量也练出来了，想大醉得借助这种极烈的酒，一口下去，从喉咙灼伤到胃里。

悬崖边，夏至在月光下独坐，仿若礼佛。刘亚成问："也睡不着？"

夏至轻微地点头，没说话。刘亚成追问："心情不好？"

夏至摇头，仍没说话。刘亚成在旁边坐下，夏至拿起手边的望远镜，立刻站起来，刘亚成无奈："你发你的呆，我喝我的酒，保证不烦你。"

夏至走开几步，席地而坐。刘亚成瞧他两眼，他专心地盯着海面，刘亚成懒得问了，闷声喝酒。

这支酒不便宜，但过喉辛辣的感觉像父亲常喝的散装纯谷酒。打刘亚成记事起，父亲就是酒鬼，每天走村串户地送完报纸杂志，就坐在门槛上喝到半夜。

据父亲的同事说，他刚参加工作时，人很勤快，嘴也甜，想表现好点转个正。但他只读了技校，还聋了一只耳朵，若非远房亲戚使劲，连这份临时工都打不上。时间一长，父亲死心了，孩子一个接一个地生，酒一斤接一斤地喝。

为了要儿子，父亲浑不顾自己养不养得起。可是要了儿子，却不爱儿子，脾气一上来，打完妻子打女儿，打完女儿打儿子。

父亲的右耳是被刘亚成的爷爷打聋的，那年他9岁。成年后，家里给他说亲，只有一户人家点了头，他家幺女患过小儿麻痹症，右脚瘸了。

父亲不满意这门亲事，但他是残疾人，得认这门亲，认这个命。他认了一半，办完酒席后，他拍桌子断绝跟父母来往："我得养跛脚婆娘，还得养儿子，没钱管你们。"

父亲说到做到，他不给父母养老，父母也别想再掺和他的家事。于是妻儿被他殴打时，连个求告的地方都没有。

母亲跑回娘家，但父母兄弟都说："他六亲不认，连他爸妈都不管，我们说话他不听。"

如果为女儿出头，搞不好被女婿杀来砸了家，划不来。父兄袖手旁观，母亲悄悄给女儿塞钱，她能做到的只有这点。她甚至没法劝女儿逃跑，初中都没读完，腿脚还不好，还拖着两个女儿，能逃去哪里？

独自逃跑吧，没人护着两个女儿，女儿被打死怎么办？当母亲的劝道："生了儿子，他就不打你了。"

儿子从来不是护身符，但总有人信以为真。刘亚成出生后，母亲过了一年半载较为平静的日子，但一家人吃喝拉撒，样样花钱，父亲越发暴躁。

父亲有个酒友是鳏夫，儿子16岁时野泳溺亡，妻子受不住打击，两年后去世了。此人是混凝土搅拌厂的工人，家里还有个中风偏瘫的老父亲，没哪个女人肯找他，眼看年纪大了，他找酒友合计："你过继一个女儿给我，我和我爸有人养老，你负担也能轻点。"

父亲说："不行不行，大的小的都懂事了，你养不亲。"

鳏夫说："我总不能让你把儿子给我吧？"

父亲思忖一阵："再穷我也没苦过孩子，我把两个女儿拉扯大不容易，我舍不得。"

鳏夫听懂了："过继就按过继的规矩来，哪有管别人喊爸，爸不给红包的？你回去跟媳妇合计合计，开个价，别太离谱，我尽量凑。"

父亲为难："婆娘脾气犟，怕是不肯。"

鳏夫笑眯眯："你肯定有办法。"

不服就打服，这就是父亲的办法。他连打几次，打得妻子下不了地，他把二女儿拦腰一抱，送去鳏夫家。

那一年，刘亚成2岁，二姐刘亚虹5岁多，还在上幼儿园。她在新家哭闹不休，跑回来，又被送走。大姐恨父亲，想带着妹妹逃跑，但那时她只有9岁，哪儿都去不了。

母亲伤好后，去鳏夫家索要女儿，又被丈夫毒打，打得刘亚虹对母亲说："妈，我们算了。肖伯伯对我还可以，给我买了好几件裙子，还有新书包。"

刘亚虹被改名叫肖小虹，鳏夫说："收养是暂时的，等小虹大了，就两边走动，你到老也是她妈。"

母亲被打得太狠，精神恍恍惚惚。等刘亚成懂事时，母亲还认识他和大女儿刘亚宁，会摸着他俩的头笑，夸他俩乖，但等刘亚成上小学二年级时，母亲就彻底不认识人了。大姐说父亲把二女儿卖了，母亲反对，被他一打再打，就疯了。

母亲"疯"得很安静，对谁都微笑，然后慢条斯理择菜，扫地，洗衣服。最初的时候，刘亚成不觉得她疯，父亲打他和母亲及大姐，他极力护着母亲，母亲也极力护着他，尽管没两下就被父亲掀翻。

小镇订阅报刊的人多了起来，父亲工作很忙，大姐读到中学住校，家里清静下来。母亲大概是觉得很安全，时时自言自语。刘亚成初时以为母亲在跟他说话，但是多听几句，他感到骇然。

母亲一人分饰多角自言自语，拍得床沿啪啪响。七八岁的刘亚成哪懂这是精神分裂，以为满屋子鬼怪，母亲在和他们说话，但他睁眼闭眼，一个也看不见。

母亲看得见，儿子看不见，他只知道，无数双眼睛看着他。在母亲又一次被父亲殴打后，她"发病"了，时而怆然，时而愤然，声嘶力竭。惧意从头到脚笼罩了刘亚成，他从父亲邮袋里偷了几本杂志，逃出家门。

父亲对发疯的妻子无比厌恶，说她一个人就是个戏班子，每当被他打骂后，刘亚成就躲进书籍，看得废寝忘食。花香和书香，使他踏踏实实感觉在人间。

母亲渐渐疯得厉害，同学都笑刘亚成是疯女人的儿子。刘亚成知道名叫肖小虹的女孩是他二姐，读幼儿园时，肖小虹跑来给他零食吃，说："我是你二姐，被你爸爸送人了。"

幼儿园和小学相邻，刘亚成喜欢二姐，总跑去找她，有次被鳏夫看见了，鳏夫对他笑得阴恻恻。此后二姐见着刘亚成就赶他走，刘亚成凑近去，二姐说："那个人是我新爸爸，他不准我和旧家来往，你快走。"

刘亚成不走，二姐看着他脸上的伤，红着眼睛，慢慢撸起袖子，让他看她胳膊上的伤，小声说："我们努力不挨打，长大了再相认。"

刘亚成回家问大姐："那个老头打二姐，你知道吗？"

大姐恨声说："他是骗子！跟妈说一定对小虹好，结果也打她，还说女孩怕丑，所以只打别人看不见的地方。"

刘亚成读到小学三年级时，通过杂志了解到精神分裂症。母亲有那么多无法对人诉说的悲怆和无助，说了没用，于是自造出另一个世界，躲进去尽情释放，且不用担心挨打。刘亚成心疼她，不再躲避她，所有课余时间都待在母亲身边。

一个寒假，大姐决定辍学不读，横竖考不上，不如跟同学的表姐出去打工，多赚点钱，把母亲和弟弟妹妹都接走。

大姐走后再未归家，每年春节给父亲汇款，附言就一句话："看在钱的分上，别打我妈我弟。"

二姐始终没跟家里走动，有天刘亚成听说她找了一个男人，一起在外打工，又有天他听说二姐奉子成婚，摆了几桌酒。

刘亚成17岁时，母亲病逝。二姐抱着襁褓中的女儿奔丧，姐弟俩终于又能说上话了，但失散多年，业已生疏。

二姐和男人恋爱时提过条件，一是不准打她，二是她不想再见到养父，有事男人出面，三是想跟娘家走动。男人都答应了，但等她熬过孕吐期，男人对第三条反悔了，她家一穷二白，负担重，他家里和他自身能力有限，不想多个拖累。

二姐对男人失望，但身怀有孕，先忍着。女儿出生后，男人和父母都很不高兴，二姐对刘亚成说："生男生女又不是我一个人能决定的，他凭什么嫌弃？他不也是女人生下来的。"

医生说母亲死于乳腺癌，二姐说其实自己被父亲卖掉那一年，母亲就一点点死去了。

阔别多年的大姐也回了家，丧事费用是她出的，她很怕父亲随便刨个坑就把骨灰盒埋了。葬礼后，大姐给了刘亚成三百块钱，办完丧事，她只剩这点了。

大姐前脚刚走，刘亚成后脚就把父亲痛揍了一顿，他长到可以对付父亲的年龄了，且不用再担心父亲冲母亲撒气。

揍完父亲，刘亚成追去大姐所在的服装厂。既然大姐能攒出几万块钱，他也行。母亲死后，他一眼都不想再看到父亲，也不要这个家了，它已不是家。

跟母亲今生的缘分只有十七年，什么都没能来得及。月澄星明的悬崖边，刘亚成落下泪来。母亲握住他的手，他抬起母亲的双手，一张脸埋进去。从前被父亲殴打后，他为母亲涂完药，总把脸埋进母亲掌心，痛恨自己如此年幼，一点办法都没有。

温暖的手拭去刘亚成的眼泪，他睁开眼睛，天光大亮，眼前是夏至。夜里，他枕着夏至的腿睡过去了，身上披着夏至的风衣。

夏至低头看刘亚成，刘亚成茫然四顾。夜里想再喝几口就回去倒头一睡，结果就地醉倒，夏至可能花了一点力气，才把他拖离悬崖边。

夏至跟乐有薇是同龄人，比刘亚成小了快二十岁，刘亚成却在他面前哭得浑身发抖，被他攥紧了手。他脸上有些臊，坐起来，没话找话："现在几点了？"

夏至说："不知道，我手机没电。"

手机没电，无法通知刘亚成的助理赶来，但这里离城堡尚远，夏至担心刘亚成在醉梦里翻滚跌落，不敢走开，寸步不离地守了一夜。

夏至一开口，刘亚成就听出他被海风吹得受了凉，赶紧把风衣还给他："你救了我一命，大恩不言谢，有想要的东西吗？"

夏至站起来，披上风衣，把望远镜揣进口袋，说："不用。"

刘亚成跟上他："一晚上都没走，还冻感冒了，我得谢你。"

夏至说："任何人都不会走，再说你是老师的朋友。"

刘亚成说："你别跟我客气，我不谢你不是人。"

夏至回头看他，一双眼睛空灵宁静："刘总言重了，就当为了看日出。"

刘亚成回望身后一轮红日，揉了揉脑袋，寻思得找叶之南和乐有薇问问夏至有何心愿。

昨天，乐有薇顶撞老华，老华扭头去找刘亚成："她算什么东西，敢教训我。"

刘亚成有点惊讶，乐有薇在画廊惹祸后，说话就不冲了，但她为夏至破了例。不错，他就欣赏这种烈性子的女人，他二姐也是，粗鲁暴躁，不受气。

叶之南在边上跟人说话，闻言问清原委，出其不意就是一拳，老华的眼镜被打得掉到鼻尖上。

乐有薇保留了血性，神奇的是一向谦和有礼的叶之南也是。刘亚成更讶然，一想却是必然。夏至出身书香门第，很清高，有人想包养他，他肯定不爱听，叶之南是他的老师，老师为弟子出头天经地义。

老华怒而扑上，刘亚成使个眼色，几个朋友都来说和，老华给了刘亚成面子："叶老师，晚上我自罚三杯。"

雪山般的人，待人至诚，刘亚成很庆幸昨天向着他。夏至是自家兄弟的弟子，必须向着，老华一边凉快去。但现在刘亚成觉得，夏至就是夏至，以后就得向着，他对叶之南说："我必须谢他，不谢我心里过不去。"

叶之南和乐有薇都说夏至不需要什么，刘亚成不干："那我回头去他拍卖会拍几件吧，捧捧场。"

刘亚成对古代书画没感觉，叶之南主槌时，他有空才到场晃一圈，夏至接任叶之南后，他再没去过。叶之南劝他不必这么花钱，珍品被珍爱它的人拍得，才是物得其所。

乐有薇说："要不，您送花篮吧。"

一个花篮值几个钱，刘亚成转念一想，有数了："等你们从香港回去，我再找他。"

按原计划，叶之南团队今天傍晚飞香港，本周佳士得有场玉器拍卖会，好物众多。夏至感冒了，叶之南想推迟两天，但夏至睡到中午就起来了："我在飞机上补一觉。"

刘亚成送别一行人，下次再来，就由直升机迎来送往。船上，乐有薇和夏至临水而坐，絮絮相谈，他有一句没一句地旁听。

夏至随身携带望远镜，是为了观测一种鸟。他登岛第一天，倒时差睡不着，起床到海边散步，望见海里有一只鸟在走路，他疑心看花了眼。

水鸟倏忽飞走，夏至没能再看到它。叶之南的生活助理童燕是天文爱好者，带有一款便携望远镜，夏至找她借来，在那只鸟出现过的时间段等候。

今天凌晨，夏至等到它了，也看清了它的样子，它脚爪细长，能覆盖很大的面积，因而能支撑身体的力量，在水中行走。

月光无垠，那只鸟轻步走在某种海漂植物上，恰如达摩祖师一苇渡江。夏至睡醒查资料，得知它叫水雉，是季节性候鸟，依托于睡莲和荷花等浮叶植物行走，因其体态优雅，足下轻盈，人送雅号凌波仙子。

水雉生活在淡水湖沼，可能是偶然路过这片海。去年，夏至在图册上见过一件元代风景图，图中影影绰绰有一只鸟行于水云间，竟是实景，他对乐有薇感慨："所以还是见得不够多。"

中国古代画作里远山近水和今时大不同，人们通常以为是写意，但有时是写实。乐有薇有同感，歌词说春雨如酒柳如烟，她很难理解柳树何以如烟，直到某年早春，被家里人带去游园，才懂得其中真意。

刘亚成知道自己被夏至划到不想交谈的那一类，可他是真想和这个几乎能当他儿子的人成为朋友，跟他碰酒杯拜把子。他这一生高朋满座，但成年后，唯一哭泣的时刻，是在夏至面前，并且是埋首于夏至掌心泪流满面。

叶之南团队在香港看完玉器拍卖会，回云州后，刘亚成设宴为众人接风，主要是为了夏至。但他送出一块腕表，夏至不收："手机就能看时间。"

腕表是刘亚成精心挑的，他自己也喜欢，说："手机总有没电的时候。"

夏至推回来："大多数时候，我不需要随时知道精确时间。"

刘亚成求助地看向叶之南，叶之南说："听他的。"

刘亚成问过叶之南和乐有薇，夏至如何形成这样与世无争的性格，但两人都说不出所以然。夏至父母常年在外考古，他从小与古籍诗书为伴，过得很雅静，刘亚成听了更烦，他以前也爱看书，如今怎么就好热闹、好排面、好女色，跟无欲无求这几个字背道而驰？

礼物送不出，朋友交不上，刘亚成很难受。助理献计："您带几个朋友去捧他的场。"

夏至正在筹备春拍预展，刘亚成铆足劲宣传，几个藏家朋友都对数件拍品有意向，他亲自带人去预展品鉴。

夏至不喜社交，叶之南为他挑选的团队成员个个能言善道，乐有薇不忙时也来帮忙讲解，但夏至本人不热络，藏家朋友感觉被怠慢，对刘亚成抱怨夏至目中无人，冷若冰霜。

在绿岛上，就有人这么评价夏至，刘亚成为他开脱："他面冷心热，面冷心热。"

月底，叶之南备下盛宴，约刘亚成等一众藏家小聚，他那位曾在剑桥读书的朋友把公司搬来云州了，刚把事情都理顺，互相认识认识。

唐烨辰以西装、领带、金丝边眼镜和一丝不苟的背头亮相，看人带有审视感。见到他的第一面，刘亚成就想，夏至哪算冷若冰霜，他明明眼神平和，这位才是真正的又冷又傲，漂亮里颇有几分阴邪。

叶之南也是漂亮男人，但他是朱衣皓带、出拥华盖的士大夫那种很有架势的漂亮，像古雅的君子玉，华美堂皇，质地坚硬。

席间，刘亚成和唐烨辰那双极其幽黑的眼睛对上，笑了一笑，暗想他母亲一定是大美人。

唐烨辰是飞晨资本总裁，香港人，有人猜出他的来历："令尊可是唐振生唐总？"

刘亚成心道果然不错。唐母是名满香江的美人，早年是艺人，在武侠剧里饰演江湖载酒的女魔头，一把短刀染上千人血，红裙掠过尸山血海，张狂大笑而去，像一只浴血的火凤凰。

那女人是小配角，戏份少，但刘亚成看到了，记住了。唐振生也看到了，金屋藏娇。

女人息影，为男人洗手做羹汤。她自恃美貌，且自以为聪明，能借此攀升到另一个阶层，但把交易视为情感关系，并妄图变成夫妻关系，是她这类想走捷径的女人最爱犯的错。唐振生同一年就有了新人，然后是另一个。

唐振生虽然喜新厌旧，但钱财礼物给得很丰足。贪图舒适是人类的共性，那几个女人都安于现状，但有人不甘，长期女朋友等同仆从，随时会被更换，她得提升自己的价值，变成对这男人有用之人。

女人把钱财珠宝都用于读书深造，努力在唐振生的情感系统里占据重要位置，为他生下次子唐烨辰，继而跳到他的权力体系里诚诚恳恳地当助手，并生下幼女唐莎。直到前两年，大房夫人去世，她才不再是如夫人。

女人只演过几个小角色，当艺人不知名，站在唐振生身旁多年才铸就了名气。她养出来的儿子继承了她的容貌和狠劲，但比她冷冽，像冰凌。

冰凌很锋利，可为杀人于无形的利器。刘亚成对唐烨辰第一印象不佳，他原以为寒门子弟性格易阴郁尖锐，但豪门贵公子面容冷艳，神色郁郁，看着不松弛、不敞亮，可能因为当了多年私生子。

叶之南很重视唐烨辰，刘亚成姑且相处看看。唐烨辰也喜好收藏，专攻唐宋元明的书画，刘亚成想到他大概能和夏至谈得来，自己却被拒之心门外，烦得很，问他为何喜欢古代书画，唐烨辰说古书画里有故梦和旧时明月。

夏至主槌中国古代拍卖会前夕，刘亚成想起唐烨辰这句话，抄起桌上的拍卖图录翻看，不得要领。夏至不认为救了他的命，拒不接受礼物，随便拍几件吧，意义不大。他想不出该怎么回报夏至，他烦。

拍卖会开场前，刘亚成赶到会场。门口一排花篮，以玫瑰和向日葵居多，前者绝对是女人送的，后者似乎跟夏至的名字有关，象征热烈的夏天。

刘亚成送的花篮很抢眼，是绿化带很常见的洋地黄。乐有薇每次都送叶之南剑兰，刘亚成问过寓意，乐有薇说她订的这个品种名叫紫气祥云，花朵一节一节开上去，图个步步登高之意。

刘亚成本来也想订剑兰，回家时看到院子里的洋地黄，也是往上开，虽然花色俗气，但开得热闹。他依稀记起，二女儿小时候看的植物图册上提到过，这种植物的英文名叫狐狸的手套。传说坏妖精让狐狸把花朵套在脚上，以降低它猎食时的脚步声，一击而中。

这名字怪可爱，白手套也是手套，就它了。刘亚成走进会场，帮着抬了几次价，他介绍的几个藏家朋友各有斩获，唐烨辰则拍得两件明代山水画。

刘亚成有位交情甚笃的朋友藏有一件八大山人的作品，唐烨辰梦寐以求。叶之南请刘亚成帮忙，刘亚成抽空陪两人去拜访朋友，快到对方家门口了，叶之南把唐烨辰赶下车，让他待在街区门口的咖啡店等消息。

唐烨辰乖乖照办，刘亚成不解其意，叶之南卖个关子："等下你就知道了。"

唐烨辰的心理价位不低，藏家面若有憾地脱手了。叶之南捧画出来，唐烨辰透过咖啡店的玻璃窗看到，飞奔而出。

傲慢冰冷的人抱着画卷，喜形于色，忘乎所以，刘亚成很震惊。叶之南这才给出解释，某人一见到喜爱的作品就走不动路，两眼放光藏不住，最可恶的是会帮卖家做叶之南的思想工作，所以叶之南想帮他讲价一次都没成。这次如果不赶走，某人一定又站在卖家那边，连声说："好东西价格当然会高一点，我理解。"

车上，唐烨辰坐在副驾，展开画卷入迷地欣赏。刘亚成一边搞不懂两只恶形恶状的大虾打成一团有什么看头，一边觉得此人本质不冷，看似冰凌，但只需要有阳光照耀，就化为春水流淌一地，热烈四溅。

唐烨辰认为刘亚成帮了大忙，主动参与刘亚成集团的一个投资项目。他在专业领域很强悍，刘亚成时感受教，意外发现他不讨厌。

人无癖不可交，以其无深情也。在刘亚成看来，唐烨辰是有深情的，他不排斥唐烨辰了，而且越相处，刘亚成就越发现这人又老派又端丽，情调款款，做事为人十分雅致。

九月份，唐烨辰过生日，叶之南和刘亚成等人去他家庆生。叶之南送的礼物是一件名家书法，唐烨辰打开看。刘亚成素来对古代书画无感，随意看了一眼，惊叹不已，这一笔字好到不可思议，落笔奇伟，气势恢宏，似奔涌的巨浪，痛快淋漓。

刘亚成坐近看，叶之南说它是名家临摹黄庭坚书《寒山子庞居士诗帖》，唐烨辰喜欢其中数句，叶之南便向名家求来这幅字。

刘亚成盯住"我见黄河水，凡经几度清。水流如急箭，人世若浮萍"，想起那个醉酒后的海边夜晚，心中荡起一些岁月。他想，唐烨辰喜欢这几句，或许源于他也是被父亲冷落忽视的儿子吧。

唐振生和大房子女住在半山大宅，唐烨辰和妹妹一年到头见不到他几次。唐烨辰16岁赴英留学，24岁回来，不到两年后到内地发展，人世若浮萍，刘亚成懂，他也懂。

深秋时，刘亚成和唐烨辰结伴去云州商会副会长家做客。副会长的小儿子拿到一个市级趣味棋赛的奖项，兴师动众大摆家宴。

6岁大的小男孩是副会长第三任妻子生的，是他的第五个孩子。副会长对新妇幼子满眼宠爱，跟宾客说："我愚人千虑，必有一得，总算生了个出息的。"

来宾都是云州有头有脸的商人，有多人跟副会长的经历相仿：年轻时筚路蓝缕，砥砺前行，通常都早早结婚生子，完成成家大任后，大后方丢给妻子和母亲，一门心思拼事业。

妻子们或有工作，忙里忙外，得抽出时间陪伴孩子，疲于奔命；或是丈夫的创业伙伴，就更忙碌，把孩子丢给老人看管，要么送去寄宿学校。为了多陪孩子，有些妻子当了全职太太，望子成龙，望女成凤，孩子贪玩，滋生出逆反心，尤其是被娇惯或被催促上进的那些。

家对男人来说是有时回家睡觉的地方而已，等他赚到大钱，停下来喘口气，却发觉孩子跟他不亲了。

父亲缺席了孩子的成长岁月，孩子对他很疏离，同时对母亲也不怎么瞧得起。人性多慕强，即使母亲很疼爱子女，如果她没有自主创造收入，子女常常像父亲一样，认为她是被养着的，无视她为家庭做出的贡献。

男人有点钱就放纵，子女目睹父母因外室吵骂，不免对父母都心存怨怼。父亲很气恼，自己摸爬滚打辛苦劳碌，给孩子创造出好生活，孩子却把叛逆写在脸上，还不成器，终日挥金如土浑浑噩噩。

男人无法沟通，也无力改变，索性眼不见为净。有的人把孩子送去国外读书，有的人易妻从头来过，总之不想再为他眼里的废品多费心思。

刘亚成看着谈笑风生的副会长，像这样另起炉灶，重炼仙丹的人何其之多。他们对前几个子女不能说漠不关心，但只有付出时间精力共同生活，多相处，人和人才会在情感的精细微妙处相逢，建立起亲情。可是这种时机，往往是在功成名就后。

人到了一定的年龄，容易感到无聊。随着身体机能走了下坡路，酒色财气也带不来多少乐子，男人们不约而同第一次笨拙地学着当爸了，把幼子幼女捧在手心如珠如宝。

虽有慈父，不爱无益之子，何况他们只是幼子幼女的慈父，他们眼中的无益之子已然形同陌路。刘亚成懒得多听家庭洗牌理论，端起醒酒器，却望见唐烨辰面色悲哀，走到花墙下抽支烟，透口气。

唐烨辰虽是父亲后来的孩子，但不被疼爱，他和父亲之间的隔阂深不见底。刘亚成跟他很熟了，看得出他为何敏感孤清，平时他依然生人勿近，那股子紧绷感始终都在。

刘亚成离席，让助理帮他改签机票，他想女儿们了，明天就去西雅图，等不到周末。

刘亚成不是好丈夫，但认可自己是好父亲。他懂得童年时的孤独感可能伴随一生，大女儿出生时，是他的事业上升期，每周有三天准时下班回来陪女儿，那三天滴酒不沾，女儿不喜欢闻到酒气。

宁馨买的育儿书籍，刘亚成都学习和实践过，等二女儿出生时，他已然是个娴熟的父亲，连金牌月嫂都引以为奇。

转眼到了圣诞节，刘亚成带妻女去滑雪，大姐打来电话哭诉。刘亚成把手机丢开，接着为妻女拍照。大姐每次都是一车轱辘话，不外乎是大姐夫勾三搭四，但她死不离婚，痛苦的是她，不是男人，男人乐在其中，肯收心才怪。

回酒店后，刘亚成点开大姐发来的语音听了几条，大姐说这回真出大事了，男人外面的女人怀孕四个多月，是儿子。但家产必须是家里二子一女的，刘亚成务必马上回国，帮她解决麻烦。

一周后，刘亚成才回云州。他没缺席过二女儿从小到大每一场芭蕾舞演出，大姐家的破事不值得当成第一要务。

母亲去世后，刘亚成投奔大姐，见着面他才明白，大姐报喜不报忧的言辞里，隐藏了多少不堪言说。

守灵夜，大姐语焉不详地说那年离家后，她在服装厂流水线工作，厂里包吃包住，她攒下了一点钱。刘亚成默默算了账，从大姐每年春节前汇回的钱款，以及包办母亲丧事所有费用来分析，可知厂里效益不错，所以揍了父亲后，他义无反顾地跑到工厂，也想赚点钱。

工厂地处偏远，厂门简陋，刘亚成立刻怀疑大姐在说谎。他逼问出真相，大姐的工资仅够温饱，她为母亲办后事花的钱，是男人陆陆续续给的，她攒着没花。

男人是厂里的车间主任，已婚，跟妻子育有一女。大姐为他生了儿子，想再怀一个，就逼他离婚娶她。刘亚成让大姐离开男人，但大姐坚信母凭子贵，男人十天有八天在她这边，家里的女人无足轻重。

刘亚成怒吼："有儿子就能傍身吗，妈生了我又怎样？"

大姐说男人跟父亲不一样，他肯给钱，还不打她。刘亚成转身去揍男人，男人自称跟妻子谈过离婚，妻子不愿意，他想再存点钱，都给妻女，换得自由身就来当他的姐夫。

这男人说的是空话，但大姐死活不听劝，刘亚成忍了："你把我弄进工厂，亲自带我。"

刘亚成给男人当学徒，大姐生下女儿，但结婚之事仍被搪塞。五年后，厂子经营不善，面料开发经理想跳去大厂，闲聊中，刘亚成听出他和部门的人在申请专利，计划拿着专利产品去谈职位和年薪。刘亚成单独找经理的助手谈了谈，推论出专利产品极具竞争力。

刘亚成出生的小镇离云州很近，托城市扩大化的福，数年前，小镇被划归云州管辖，所在的县城被撤销，改为滨江区。滨江区历经十多年发展，面貌一新，家里所在片区被纳入城市森林公园，父亲得到了两套三居室的补偿。

刘亚成回家让父亲卖房，父亲骂他不孝，想拆他的棺材本，刘亚成二话不说，抄起钢条打断他两条腿。父亲破口大骂，刘亚成冷笑："以前你骂我妈跛脚疯婆娘，以后你就瘫着吧。"

刘亚成把父亲丢进医院，父亲被迫把房产交给他处理，他已不是对手，再激怒儿子就完了。

人才是最值得笼络和投资的，刘亚成以房子为酬，买下面料开发经理团队的专利，由他出面跟大厂接洽，一起去挣个前程。

在厂里五年多，刘亚成敢闯敢拼，经理佩服他年纪轻轻有胆有识，能讨债，会喝酒，还精于搞关系，必能成事，放心跟他干。

经理和部门这三十来号人是刘亚成的股肱之臣、集团元老，同心协力走过风风雨雨。宁馨也算是刘亚成的贵人，她是银行普通柜员，但她搭个线，刘亚成就有本事和分行行长混得称兄道弟。

技术尖子在手，贷款也不是大问题，25岁时，刘亚成和两大一线品牌建立合作，他的商业王国有了雏形。

大姐如愿和男人结了婚。婚前，刘亚成劝她："你现在是有钱人的姐，没必要再跟我师父绑在一起。"

大姐说："冲着我是有钱人的姐找我的，是来图钱的。你姐夫找我时，我一家人都穷，他图的是我这个人。"

刘亚成说男人图的是大姐好骗，肯没名没分地跟他生娃，但大姐说他不懂感情，气得要翻脸："他好歹是你师父，没他就没你的今天。他对我们一家都有恩，你不能忘了本！"

刘亚成深刻领会到人的心能有多偏，大姐会把男人给的钱抠抠索索地攒起来接济家里和弟弟，但弟弟不能说男人的不是，更不能干涉她的情感。

刘亚成找男人谈过，男人又不傻，说了很多大姐爱听的。婚后第二年，大姐又生了个儿子，至此心安理得。

刘亚成恨铁不成钢："多生儿子就能捆住他吗？那些在外面玩的，难道都只有女儿？"

大姐听不进劝，刘亚成试过很多次，死了心。在大姐身上，他看到一个人是如何执迷不悟，一步步深陷负面循环，他劝不住她，唯有三不五时地敲打大姐夫，自己可是个废掉生身父亲两条腿的人。

父亲住在养老院，刘亚成每年支付费用，一次也没去看过。他对大姐夫的态度类似，手指头漏些好处，保他和大姐日子过得滋润，住别墅，开好车，但大姐夫想脱离大姐，得好好掂量掂量。

最初时，大姐发觉大姐夫拈花惹草，逼着刘亚成想办法，刘亚成除了劝离，哪有办法。

男人婚内出轨找大姐生儿子，大姐竟会以为自己是他的最后一个。刘亚成不介意被男人漫天要价，给他便是，但小舅子发达了，男人不舍得离婚，觍着脸认了错，认完错照旧，最多是明面上收敛些，不轻易让女人再抓到把柄。

刘亚成想过让男人飞黄腾达，主动脱离妻儿，但男人是大姐生活里至高无上的主体，他走了，大姐会伤心欲绝。大姐吃了很多苦，刘亚成没法往死里逼她。

刘亚成尽心栽培大姐的子女，但大外甥和外甥女天分不高，如今一人做海产生意，一人在体制内，都结了婚。小外甥还算聪明机灵，硕士在读。比起父母，他们都更喜欢舅舅。

姐弟俩见上面，大姐说男人把外面的女人保护起来了，她不知对方藏在何处，要求刘亚成把她揪出来打。

刘亚成说："我问你，你是跟谁领的结婚证？"

大姐瞪眼："还能跟谁？"

刘亚成说："所以得为婚姻负责的是我姐夫。那个女的跟你又不熟，她有什么义务管你的死活，保你婚姻太平？你要算账，就找那个说话不算话的。"

大姐说："算了，孕妇打不得，不打就不打，送医院把孩子打了。你把你姐夫弄回来。"

有勇气逃离家庭的人，后来羡慕别人生了儿子得到丈夫奖励的名牌包。她说她也就是随口感叹几句，对那些东西并没感觉，她花园洋房住着，水果一箱箱吃着，旧识都羡慕她苦尽甘来。刘亚成无可奈何，只有蠢人才会羡慕大姐，聪明人谁羡慕在婚姻里草木皆兵的人？

刘亚成和大姐夫谈判，大姐夫喊冤，他是没管住自己，但没想过离婚，只怪外面的女人心眼多。刘亚成嗤笑，四个多月了，他早干吗去了？大姐夫这才说了实话，他年纪大了，心软了，想再当爸爸了。

去年，大姐夫做甲状腺结节切除手术，子女们去病房坐了坐就走，连个苹果都没人削给他吃，他心寒了，三个子女没一个爱爸爸的。

大姐夫的想法跟商会副会长没两样，知天命的年纪，有时间也有心境了，想亲手照看一个亲骨肉，春风化雨地灌溉他，看着自己的生命稳稳妥妥地延续下去。刘亚成不理解吗，理解，他只求大姐夫这次铁了心离婚，但大姐夫可离可不离，取决于小舅子的态度。

刘亚成的态度是花费重金让大姐夫滚，但这不是大姐的态度。大姐一闹，大姐夫张口就会把小舅子出卖。夫妻再怎么不和，是钻一个被窝的人，以大姐夫怕麻烦的性格，再多的钱也封不住他的口。

刘亚成不想被大姐当仇人。大姐的诉求是让男人回归家庭，女人滚蛋，孩子不准生，但大姐夫说女人好打发，孩子是一条人命，他办不到，如果刘亚成忍不了，要他的命，尽管来。

大姐夫和刘亚成有师徒情分，刘亚成下不去狠手，大姐夫有恃无恐。刘亚成去找大姐："孩子都快跟人生出来了，你还要他干吗？"

大姐不到20岁就跟男人有了事实婚姻，如今她50多了，还离婚折腾什么呢，她只要男人回家，搭个伴养老。刘亚成爱当鸿鹄当鸿鹄去，她一个燕雀，没那志向，也没那本事。

想让一个人转变思想太难了，刘亚成气极："50多岁离死还有几十年呢，你真该跟二姐学学！"

当年，女儿断奶后，二姐抱着女儿不告而别，离开那个催着她生儿子的男人，四处打零工养活自己和女儿。大姐长叹："她跟妈一样，都是命不好，没碰到好男人。"

大姐认为自家男人除了有点花花肠子，对她很好。刘亚成无话可说，换条路子劝她，大姐身体很健康，五十出头不老，应该壮士断腕，去过新生活，大姐反问："那你为什么要把宁馨按着？"

刘亚成哑口无言，大姐说："我就是咽不下这口气，给他生了这么多孩子，他还不知足！"

刘亚成问："生孩子是'给他'生吗，你自己不想要孩子？"

大姐被问住了。刘亚成不再多言，三个孩子何尝不知道母亲不够爱他们？她连自己都不算爱，哪有余裕爱他们。

刘亚成找到大姐夫的女人，孩子想生就生，但婚姻别想，他能搞得大姐夫一贫如洗。女人说："你大姐夫也说给我钱，你说个数，我可以不生。"

女人不在乎伤身，伤身是一时的，有钱就能养好，没钱可就要伤心一辈子了。她怀这个孩子时男人信誓旦旦，但她既已发现男人的真面目，不如手起刀落，对她对孩子都好。

女人言之有理，但她怀孕快五个月了，肚子不小了，刘亚成说："我能给你养大孩子的钱，你不用放弃他。"

女人不耐烦："我赌输了，还不准我改吗？"

大姐做了一桌菜，喜迎垂头丧气的男人回家。刘亚成一口都吃不下，这对夫妻彼此有怨，彼此都知道，但捆在一块过到老，好像没问题。

男人可恨，女人可悲，刘亚成心浮气躁地走出大姐家。身家再惊人又如何，无论他怎样努力，都救不了一个人。明明扔掉自己扛到背上的石头，就能轻装上阵，去过轻轻松松的好生活，但有的人甘愿跟怨偶共沉沦，放弃设想并尝试人生另外的可能。

冬夜严寒，刘亚成恨得想仰天长啸，我这过的是什么日子？！但是不过这日子，回到发迹前，他不愿意。唯一的好处是能见到母亲，可那些年他又穷苦又年少，护不了母亲。

刘亚成被无力感吞噬，想去找叶之南喝酒，但家务事无从说起，各人有各人的十字架要背。他回到空无一人的家中，跟收藏室中的满架瓷器共对，双手贴上去，冰凉，踏实。

童年时，刘亚成带着书本躲去山坡，常常瞧见山村有个驼背老头坐在家门前的柿子树下吹笛子。老头很老了，笛子吹不上去，声音断断续续很嘶哑，不好听。树也很老了，稀稀拉拉结着果子，老头任它挂着。刘亚成路过看几眼，老头招呼他："会爬树就自己摘，当心摔。"

树上的柿子一篮子就装满，不是好品种，涩味很重。刘亚成吃着柿子，老头吹着笛，两人聊了一会儿。老头是遗腹子，1岁多时母亲去世，他被叔父收养，叔父家贫，没钱为下一代说亲，老头打了一辈子光棍。

老头的堂哥堂姐堂弟死的死，散的散，有两个健在，但先后中风偏瘫和老年痴呆了。刘亚成唏嘘："太苦了。"

老头敲着笛子说苦习惯了，还好有这个东西，他这辈子就靠它散散心，它比很多人的子女和亲戚都可靠，招之即来。

坐拥庞大集团的富豪，和守着一棵苦涩柿子树的老光棍，有时能尝到同样的人生况味。刘亚成注视着四处搜寻到的藏品，它们是他散心时的笛子。父亲找到的办法是酒和暴力，母亲是在精神领域造出了新世界，但大姐没能找到散心的渠道，她舍不得输钱，连麻将都不打。

大外甥有个2岁多的儿子，但他嫌母亲愚昧，请了两个高学历的保姆照看孩子，大姐不被子女需要。天亮后，刘亚成约大姐吃饭，大姐才52岁，人生还有许多年要过，不如去培养爱好，有了新面貌，再努努力修复和子女们的关系，裂痕再深，总能一点点填补。

大姐能不能改变，刘亚成不做指望，这些话他早已说过很多次。下午，他飞往西雅图，跟宁馨商谈离婚事宜。他给的是火坑，却想让宁馨领情和知足，不厚道。他对不住她，他一早就知道，只因她是好妻子和好母亲，就把她困在身边。

见面后，刘亚成先说了大姐的事。这在宁馨意料之中，她劝刘亚成别怪大姐，大姐吃苦耐劳，生儿育女，勤俭持家，支撑她熬下来的是"女人的本分"：结婚生子人生才完整，女人得为男人安好家，浪子回头金不换。你跟她说她遵循了半辈子的生存信念是错的，得换个活法，她会听吗？

刘亚成怒道："二姐怎么就跟她截然相反？"

宁馨笑说这就是二姐让人佩服的地方，但大姐拒绝思考，也不知从何思考，她自小受的教化，外加成年后被周围人群影响和强化，这套落后于时代的道德价值体系根深蒂固，不好改了，别难为她了。

刘亚成提出离婚，放手让宁馨去过他希望大姐过的生活，宁馨问："是不是公司出了事，你得对我做出安排？"

宁馨的第一反应让刘亚成内疚，他说："公司还算顺手，是我不想再耽误你。"

宁馨沉默了一下，问他是否效仿大姐夫，找别人生儿子了，刘亚成惊了：

"我没想过。"

宁馨生二女儿时很凶险，刘亚成被吓着了，觉得两个孩子就够了。此时宁馨问起，他有些失望，他以为快二十年的夫妻，宁馨多少明白他，但他不怪宁馨多想，圈子里奉行多子多福的人太多了。

刘亚成澄清生命里除了妻女，最重要也最心疼的是母亲和两个姐姐，全是女人，他没有重男轻女的想法。宁馨就问了一个问题："所以你的继承人是两个女儿吗？"

刘亚成点头，女儿们都大了，想跟谁就跟谁，如果归宁馨，他希望每个月几次的家庭聚会保持不变。总之，无论女儿归谁，财产方面，他和宁馨一人一半。宁馨一愣："我要那么多干吗？"

刘亚成问："我要那么多干吗？哪天公司缺资金，就去融资，我私人的钱砍一半，这辈子也花不完。"

宁馨笑他："也是，谁叫故宫里的宝贝不卖。"

多年夫妻是自己人，有话都能摊开说。当年，医生说母亲的乳腺癌或因情绪长期压抑导致，刘亚成回想宁馨30岁上下时，身体小毛病不断，病因可能是发现他出轨，宁馨承认了，但那时她刚从银行辞职，带着两个女儿移居美国。

离婚，可能失去女儿；争取到女儿，可能养得很辛苦。女儿们成年后，可能会怪母亲自私，为什么不让她们在经济条件好的父亲那边成长。这种种可能，使宁馨夜不能寐，精神压力过大，小病小痛都缠上她了。

刘亚成一次次出轨，都是背后冷刀。宁馨花了几年时间自我化解，对刘亚成的事不闻不问。现下既已确定离婚不影响两个女儿的继承人身份，她同意离婚。

刘亚成很伤感，在还爱着他的时候，宁馨生了病，当她不爱了，信任也消失了。他疼爱女儿，宁馨看在眼里，但多少人要通过对巨额财富的处置，才能暴露出偏心于谁。她担心他和别人生儿子，对女儿悭吝，她不甘心，忍着不离婚。

名利若是好勘破，佛祖早比世人多。相处温馨，不过是因为回避了实质矛盾，现在坦诚相待，双方都松快了。

刘亚成感觉其实离不离都行了，他好几个朋友的妻子都在外面玩，假如宁馨也这样，他不反对。宁馨笑说总算相信刘亚成真爱女儿，她没有后顾之忧了，她不用分他那么多钱，但求就此解脱。

吃完夜宵，两人搂着说了半宿的话。大学四年级时，宁馨和睡上铺的女孩以前两名的成绩考进银行，上铺几年前就是精算师了，宁馨惭愧落后得太远，只怪结婚后贪图安逸。她半世蹉跎，离婚后想重拾书本再出发。

女儿上学后，宁馨就没那么操心了，但人一懒，就懒习惯了。刘亚成说："不离婚也可以不懒了。"

彼此还有眷恋和不舍，但做出决定就不更改了。打碎自己，重塑观念得发狠，宁馨说："离吧。你更适合当朋友，我也借这个机会逼自己上路。"

离婚大动干戈，刘亚成说最大的好处是能让宁馨碰到好男人。她在婚姻里，好男人不会找她，找她的人品得打问号。宁馨摇头，她离婚不是冲着再找好男人去的，是不想再装聋作哑自欺欺人。

办完手续后，刘亚成搞了一个单身派对，恰好池雨回国陪女儿录制一期青少年水彩画特辑，他就让厨子多做点清淡菜式，池雨不吃辣。

池雨跟国际大牌签工作长约那年，众朋友调侃她欲成大业抛夫别女，她说："我都要。"

个人自由和理想很重要，家庭成员也很重要。池雨往返于米兰和云州很勤，来去匆匆。她跟刘亚成说："我认识一个做财务的朋友，她也在西雅图，宁馨有任何问题都可以向她请教。"

既然是出席家宴，每个朋友都带了礼物。叶之南送的是一件清康熙斗彩大碗，纹饰是乘槎入天河的图案：满天星斗之间，张骞斜坐槎上，悠然自得，槎下波涛起伏。刘亚成以岛主自居，叶之南让岛主拿去吃牛肉面。

张骞泛槎的传说最早见于南北朝。相传，张骞奉汉武帝的旨意出使大夏国，寻找黄河的源头，他乘坐浮槎，经过月亮，来到一处城池，看见有女子在织布，河边有男子饮牛，他打听这是何处，男子让他回去问蜀地严君平。

严君平占卦声名远扬，张骞去拜访他。严君平说某年某月某日，有客星打扰了牵牛宿和织女宿，张骞计算时间，发现正是他乘槎浮海当日，他飘荡到了天上的银河，遇见的是织女和牛郎，自己就是那颗客星。

刘亚成很喜欢这个故事，碗壁图案很小，他问："有大尺寸的古画吗，我想看看。"

叶之南让夏至发来几件图片，但它们无一例外是馆藏品，刘亚成放大看："回头我瞧瞧去。"

春节前落了一场大雪，除夕夜，刘亚成照例带上酒菜去公墓看望母亲，跟她说说话。走出墓园时，雪落苍茫，不知名的鸟扑腾着翅膀飞过，生命中至痛至暗的感受破空而来。

回顾四十五年人生，少年丧母，中年走散发妻，侥幸缔造了一座商业王国，有一双聪颖女儿，有若干患难之交和知己，比寻常人幸运，但仍然会在觥筹交错的酒席上，在寂无人声的街边，被深远的痛苦侵袭。

究竟何以至此，或许得追溯到降临到人世的第一个清晨。啼哭声带给母亲短暂的喜悦，而后是向隅而泣的漫长静寂，带给二姐半生飘零，她站在灯火阑珊里，对辗转找到她的弟弟说："我想跟前尘旧事都不相干，以前的人不想再认识了，你走吧。"

细雪纷乱，从一千年前的古代落到了现在。刘亚成在雪中踽踽而行，脑中万念纷沓。

唐烨辰说古书画里有故梦和旧时明月，刘亚成倒觉得是旧山河。眼前的白雪枯枝像宋明山水，也像唐诗里吟唱过的景象，苍凉荒芜，意无穷远。

所有的心绪和情境，前人都体验过，记录过，描绘过，在最不经意间浮上心头，给予迎头痛击。刘亚成知道，他和古书画的缘分到了。

刘亚成去贝斯特拍卖公司找夏至，古往今来，有多少文人墨客替他写出内心感触和相似际遇，就有多少画家画过这样一个漫天飞雪的夜晚，他想收藏。

夏至给刘亚成看雪景图资料，或被公馆收藏，或在私人藏家和机构手里。五月中旬，贝斯特春拍拉开帷幕，叶之南通知刘亚成："来看看？"

在库房里，刘亚成见到宋人绘制的《冬雪饮冰图》，画境如梦境，简朴而隽永，带他重回除夕夜。

夏至反复揣摩传世雪景图，认为这件最符合刘亚成描述的感觉，带上团队去找藏家求取。他素不愿和刘亚成交谈，叶之南想为刘亚成讲解，但这次刘亚成说不用，他和这幅画是破镜重圆，它来找他了。

连天大雪满孤舟，江湖一夜尽白头。这画面从刘亚成心里来，一目了然，他顺利拍得《冬雪饮冰图》，逝去的典雅中国为他凝固了时间，他把它挂在收藏室最醒目处。这一室珍宝无言地凝视他，陪伴他，托住他内心的坠落时刻。

刘亚成的藏家朋友们各有偏好，唐烨辰也藏有很多瓷器，但偏爱古代书画，他说更耐把玩，也能印证自身。刘亚成和他深入切磋，千年书画在世间流传，史学家和学者从中理解历史，而普通人是被它理解。就像诗歌，你幼年读过，再未重温，但在某一刻不请自来。

慈善拍卖晚会当天，刘亚成推了两个饭局，赶来观战。之前的玉器杂项拍卖会是乐有薇在拍卖场的首秀，完成度很高，叶之南栽培她如酿酒，一开坛浓香四溢，但两人至今仍是师徒关系。刘亚成替兄弟着急，送过他一件清雍正粉青釉茶壶，好歹让他好受一点。

乐有薇站在拍卖台上，如同执剑而立，她自陈身世，竟是孤儿出身，刘亚成惊诧之余心生敬意。名利场是风尘之地，养得出有浪子般侠气的女人，这女人有抱负也有背负，他欣赏的女人又多了一个。

乐有薇在画廊兼职时，刘亚成集团副总裁的儿子追求过她。小子未婚，跟女朋友分手了小半年，长相端正，家教好，没有纨绔习气，对乐有薇规规矩矩，吃了闭门羹后，他央刘亚成帮帮忙，刘亚成就去问一嘴："你那个异国恋就那么好？想从一而终不成？"

乐有薇当时大概跟男朋友闹矛盾了，说走一步看一步，但她和少爷不是一路人。少爷说她赔尽笑脸伺候客户，一年挣的钱都买不起几身行头，不如辞工在家学学厨艺插插花，刘亚成说："这不挺好吗，他上一个谈了一年多，衣食住行要什么给什么，分手还送了姑娘一套公寓，比很多人都大方。"

乐有薇说："将军赶路，不追小兔。"

乐有薇是以玩笑口吻说的，此刻刘亚成发现是真心话。这女人有定力，且专注，假以时日，定会成为她师兄那样的金牌拍卖师。

6岁时父母双亡的女人，生活之艰不难想象，却能沉住气，不为沿途的诱惑所动，她有大骄傲。刘亚成喜欢美人，更欣赏强者，拍卖会结束后，他去道贺："这两天哪天有空，请你吃饭，喊上你那个朋友郑好。"

乐有薇说得回家小住，之后有工作，忙完再聚，刘亚成告辞。鉴定团队帮他弄到一件米芾山水画，在进云州的路上了，他迫不及待去迎接。

刘亚成跟乐有薇这顿饭，两个月后才吃上。这两个月里，刘亚成投资了天空艺术空间，成为股东之一，但叶之南情绪低落，他问了几句，猜出来了："阻力是郑好和她那家人吧？"

叶之南摇头："郑好只是她的责任。她想做事。"

刘亚成不明所以，拧起眉。办公室有一台天平，用来测量精巧小物，叶之南走过去，拿起最重的一块砝码放置在其中一边托盘上，托盘瞬间下沉，他说："太重了就会下沉，她要平衡。"

刘亚成蓦然想起池雨说过，我都要。乐有薇想要飞扬，不要沉落，太深重的情，她选择放弃。

刘亚成受副总裁儿子所托，去探听乐有薇真实态度那天，池雨和几个朋友也在咖啡店谈天。当时，池雨刚和国际大牌签约，有个朋友问："异地十年，你不怕和茂林会出问题吗？"

另一个朋友笑道："没准靠不住的是芳野。"

池雨哑然失笑，她想都没想过分居出轨这件事，不仅因为她和张茂林互相信任对方，真出问题了也不是大事。朋友们赞叹两口子豁达，池雨说："重要吗？"

刘亚成暗叹人和人的性格差异巨大，大姐把所有精力都用在琢磨大姐夫上，但对池雨来说，有的问题不必特意去考虑，它们在生活里占比很轻。

情深缘浅，无可奈何。刘亚成很惋惜，但这的确是乐有薇会做的决定，她想在做事的路上顺便谈个恋爱，主次分明，以达到想要的目的为重，这样的男人特别多，这样的女人也不少。

乐有薇有傲骨，有功名心，利益至上，为此权衡和决断。刘亚成叹息，叶之南何尝没有傲骨，他年轻时被摧折过，于是分外想保全乐有薇，即使是他自己去摧折也不行。

刘亚成鼓动几个藏家朋友在天空艺术空间设立了基金，兄弟情场失意，事业总得顺风顺水吧。

乐有薇从美国归来忙于天颜大厦拍卖会，随即为豪车拍卖会做准备，有天她联系刘亚成："夏至出差回来了，刘总不如喊他一起聚？"

刘亚成的女朋友楚楚动人，他很喜欢她耍点小心机、使点小性子，但他很久没见着乐有薇和夏至，推了约会。

刘亚成交朋结友很看重对方讲不讲义气，乐有薇和郑好都是义气之人，还年轻，他人到中年，越来越喜欢跟年轻人打交道，年轻人比较有活力，性格也灿烂。

见完客户，经过贝斯特，刘亚成心念一动，让司机折回去捎乐有薇和郑好。车开到大楼外，司机和刘亚成下车，靠着车身抽烟聊天。身后传来万琴的声音，她和下属谈及乐有薇，言语尖酸。

刘亚成转头说："万总啊，我认识几家拍卖行都想挖有薇，我有个老姐儿有次还拜托我说服有薇给她当市场总监。你跟我说说，她是怎么就入不了你的法眼？"

万琴脸上红一阵白一阵，刘亚成按了烟，一转身，发觉旁边是夏至的车，夏至坐在车里看着他，应该听到他为乐有薇说话了。

等跟乐有薇和郑好碰着面了，刘亚成说："她再挤对你，你找我。"

乐有薇视万琴为鼠辈，不把刻薄话放在心上，伸出拳头一晃："人的心就这么大，她用来装我，值得吗？把我叉出去，就能多装点开心事了。"

刘亚成笑叹："女人何苦为难女人。"

乐有薇说："为难就为难，她除了嘴上说几句，还能怎样？"

郑好嘀咕："真不晓得为什么，有的女的更讨厌女的。他们男的多团结，同仇敌忾的。"

乐有薇逗她："也不都是吧，太监制度可是男人发明的，男的对男的狠起来也要命。"

刘亚成大笑，集团董事里，有几人的儿子都等着接班，但父亲们自觉年富力强，丢上仨瓜俩枣给儿子了事，父子尚且如此，男人之间哪有那么团结。

车上，郑好说男权当道，女人必须放弃内斗，互帮互助，乐有薇说这是理想状态，不是"必须"。社会对女人的规训已经够多，搞这种高标准严要求，是在制造新规则，既妨碍权利扩大化，也不符合人性。

郑好说："那你说人性是什么？"

乐有薇笑道："想多吃多占，出人头地，嫉妒打压，两面三刀，这都是人性的一部分，不分男女，很多人都有。不如承认人就是有多面性和复杂性，多给点宽松空间。"

刘亚成听笑了，依他所见，男人可不轻易把道德往头上套。有些女人则相反，比如他大姐，是被贤良淑德、奉献、任劳任怨等条条框框束缚的典型。

郑好仍听不明白："可是很多女人就是容易指责同性、欺负同性啊。你看万琴和凌云，总在编排你、欺负你。"

乐有薇叹气："你不也在指责女人吗？追我的已婚男人，还有张帆和李老头，个个猥琐讨厌，你怎么就只记住女人了？有的女人小心眼，嘴巴脏，不善良，这是客观存在的，但对我好的女人也有很多，男人也是。所以我觉得，看待一个人用不着以群体或性别区分。"

刘亚成一言蔽之："我要是女的，巴不得女的都跟男的一样无耻。"

男人相互倾轧和算计很平常，女人既不是也不用是比男人更讲品德的生物。乐有薇笑起来："普通男人女人都不完美，也不坏，别独独盯着女人批评，大家都轻轻松松做人，再力所能及做点好事。"

晚餐场所位于近代史上一位要员住过的公馆，隐秘幽静，绿窗连绵不绝。刘亚成和三个年轻人吃菜喝汤，谈天说地，很愉快。确切地说，是和乐有薇及郑好说话，夏至不参与闲谈，默然聆听，但刘亚成看出来，夏至待得算是自在。

聊到专业，夏至才说了说前段时间在海外的见闻。刘亚成和乐有薇都听得兴趣盎然，郑好插不上嘴，也不关心，低头玩起了手机。

刘亚成以前没和郑好交流过，只知道乐有薇有这么一个朋友，慈善拍卖晚会时，他记住了郑好。一顿饭聊下来，他发现两个女人是亲人，但绝非知交。

郑好于乐有薇有恩，但人很钝，对人生没追求，或者说，所追求的是一个男人。刘亚成看懂了，郑好等同于他的大姐，在跟郑好的相处中，乐有薇必定时感孤独烦躁，这和他跟大姐何其相似。

叶之南说郑好只是乐有薇的责任，刘亚成此时才懂得他的意思，笑着让服务生斟酒。他知道乐有薇喜欢夏至，也喜欢童燕和池雨等人，还喜欢她对面这位刘总。毕竟交往中总有愉悦的对谈，能分享角度特别的观点、新鲜的经历、好书好物和新结识的妙人，但郑好既非良师也非益友，而是纯粹的责任。

刘亚成举杯："郑好是有薇的恩人，但认识有薇，也是郑好的福气。"

郑好不是乐有薇放弃叶之南的决定因素，但她是乐有薇追求平衡的砝码之一。假如没有郑好，乐有薇至少能和叶之南谈场恋爱，然而没有郑家，乐有薇能否顺利读完中学、顺利走到叶之南面前，难说。刘亚成为叶之南郁闷，从收藏室里抱出一件清雍正淡粉釉瓶，强行送出。

雍正年间金红釉瓷器的烧制水平高超，这件釉瓶触感光润，毫无瑕疵，器型也优美，丰肩往下收，犹如少女体态。最美妙是用黄金作为着色剂，色彩淡如早春桃花，亦像那年初见时鲜妍明媚的乐有薇。

割爱有点肉疼，但相识满天下，确定深一脚浅一脚扶持相伴往前走的，就这几号人。刘亚成担心被叶之南拒绝，直接摸上门。

书房里，夏至和叶之南促膝相谈，一同梳理秋拍拍品资料。刘亚成进门，夏至对他点个头，喊声刘总，拿着资料出去了。

以前每次都是刘亚成先和夏至打招呼，叶之南很意外。刘亚成得意地说起约出夏至吃饭了，虽然夏至是在给乐有薇面子。但刘亚成入股天空艺术空间一事，是夏至告诉乐有薇的，语气似有赞赏。

刘亚成和叶之南送对方很多东西，但这件清雍正淡粉釉瓶惊艳无匹，在官窑瓷器中也很罕见，叶之南知道是他的至爱之一，坚决不收。

刘亚成耍赖："我拿都拿来了。下次征到元四家明四家，先通知我，再跟唐烨辰说，怎么样？"

刘亚成来往最多的是商界中人，以利相交，吹牛为主，他们也有人搞收藏，多为投资。刘亚成自认是俗人，但那些人是大俗，他更喜欢跟真心惜物的人玩，他们心软，有情。

两人喝着茶，有几个客户登门拜访，刘亚成晃去庭院看夏至。夏至坐在花前，刘亚成以为他在熟悉资料，走近了才看清他正拿着毛笔在花枝上扫动。

刘亚成没明白夏至在做什么，嚯了一声，蹲下来看。原来是月季花苞处长了蚜虫，他说："喊园艺公司来喷点药。"

夏至说："有次在唐总家，听到园丁说蚜虫生命周期很短，不用老打药。"

刘亚成看着夏至用毛笔把蚜虫弹下来喂池中金鱼，想起小时候，母亲种的茉莉长了小青虫，她两指一夹，捉去喂鸡。

母亲很会养花，从田埂上剪几枝枝条就能插活生根，有时还扛着锄头去后山挖野生植物，种在破瓦盆里，长得郁葱葱。

只有芍药，母亲挖回来没种好，次年一朵花都不开。附近有个大爷说芍药和牡丹只适合秋天移栽，春天没发芽前，不伤根的情况下，移回来可能有点希望，但母亲挖的是带有花骨朵的苗子，没戏了。

刘亚成问："你知道有薇和你老师不能在一起吗？"

夏至没说话，刘亚成说："我母亲以前种不好芍药，有人跟她说，春天栽芍药，到死不开花。有些事吧，可能就是败于时机。他俩只要有一个人不是这种性格，这事就能成。但长成今天这样的人，都是注定的，没办法。"

夏至垂下眼睛。认识了三四年，刘亚成没见过他恋爱，叶之南说上苍赋予夏至足够的聪慧，但似乎没有情感需求，刘亚成不确定夏至是否明白情为何物，可他会让刘亚成联想到母亲，可能因为他们都有自成一派的精神领地，也可能是他们都很恬静。

刘亚成天性雄阔，时有豪兴，但年岁越长，总有沧桑事找他，他自己的、合作伙伴的、家人朋友的。有天开会，合作方的副总裁讲方案时很激昂，往后退了两步，腰磕到会议桌边，当场就疼得满头大汗，倒在地上动不了。

这人久坐加班，腰不好，磕了这一下，腰椎间盘突出直接导致脊椎膨出了，幸好紧急送医，否则有下半身瘫痪之险。

副总裁做了手术，刘亚成去探病，医生建议病人多躺着少工作，在场的老相识们俱是苦笑。大家都有顽疾，有人痛风，有人有胃炎，有人视网膜脱离刚做过手术。

母亲死于乳腺癌，刘亚成有健身习惯，仍患上了偏头疼，但在中年男人里算健康人。之后一天，他前脚走出某个大人物办公室，另一个大人物的秘书约他一聚。

刘亚成是在入收藏界第二年才知道，有些富人搞收藏，是在展示财力，建立起富有四海的声望，从而获得更多门道。富贵两个字连在一起，富人难免想跃升为贵人。

刘亚成在拍卖场上的豪奢作风，也使得无数普通人看不见的门向他敞开。然而，登天之门看似是人脉，但站错队就可能把身家性命都搭进去，不站队则不识抬举，未必能明哲保身。

长夜里，刘亚成辗转反侧，去收藏室待了半天。他在想，杜甫苏轼陆游和徐渭这些人，每一个都是震古烁今的大才，在世时却颠沛流离，贫病交加，有的还遭遇了战祸。自己生在盛世，富甲一方，委实该知足常乐，但人生在世，总有些遭遇逃不开，古今中外皆然。

跟藏品们待得久了，刘亚成就出来喝喝酒，搂一搂温热柔软的女人，想说话了，就约兄弟朋友聚个会。人情流转，被刘亚成当朋友的人日渐减少，他和叶之南要好，但都是大男人，且太熟了，有些幽微的话早就不说了。他离婚，叶之南被乐有薇放弃，都只说了几句话就带过。

能成为异姓兄弟，本质有相似之处。刘亚成和叶之南都喜欢被人依赖，不习惯依赖别人，这方面唐烨辰倒很自如，他经常对叶之南撒娇。

鉴于唐烨辰在商业上极强势冷血，刘亚成揣测那其实不是撒娇，可能只是粤语的语调自带缠绵氛围，似有欲说还休的隐衷。

唐烨辰讲普通话拗口，时不时切换成粤语，讲得又轻又快，刘亚成一句也听不懂。他在场时，叶之南会照顾他的感受，以普通话应答，唐烨辰可不会考虑外人，他直接用粤语竖起盾牌，把别人隔绝在他和叶之南之外的世界。

贵公子是投资人，有求于他的人很多，且背靠富可敌国的家族，难免清矜冷傲，旁若无人。刘亚成知道唐烨辰对他没有恶意，但如此一来，两人止步于熟人关系。

刘亚成对生活很满意，唯一不耐的是推杯换盏虚与委蛇的脏人太多。有一天他想到夏至，就去看看他。

夏至不排斥刘亚成了，但不热衷于闲谈。每次刘亚成都找他请教书画，借着话头，说一说童年时趴在后山翻杂志，抬头望见自家炊烟升起；说一说青年时为厂里追钱讨债，驱车途经西北小镇，偶见画中这样又清苦又壮美的杏花；也说一说创业时奔走上下游，看过倪瓒笔下枯瘦的小溪和黑黝黝冷峻的山；再说一说曾经动了别人奶酪，遭到威胁，仓皇奔逃似风雪山神庙之林冲。

都不是善类，缠斗过，反制过，将谁谁送进去过。经常是刘亚成在说，夏至听着，手上做着自己的事，有时候点头，有时候会指着画卷说，你看，你看这里这里如何如何。刘亚成和他相谈，总能获得奇异的平静。

在故乡的青山下，刘亚成和精神失常的母亲说着话，常常是各说各话，但只要母亲在身边，他就身心安宁。母亲去世二十八年后，刘亚成的安心感回来了，跟夏至交谈，是他的放松时刻，好的拍卖师，干净的人，就是有这样的本事。

初秋时，天空艺术空间召开季度大会。身为天空艺术空间股东，有重要决议时刘亚成会到场。贝斯特和天空艺术空间联结紧密，夏至偶尔会列席会议。

刘亚成中途才到，大多议题都一致通过，但股东许霁想搭建一个供漫画创作者上传和交流作品的网络平台，遭到几人反对，理由是拟重点推出的漫画作品很不好看。

天空艺术空间是艺术公益机构，股东们都肯花钱，但想花得满意。刘亚成点开资料库，翻看被他们评价"扭曲、脏兮兮"得像出自疯子和病人之手的作品。

连看数幅，刘亚成钦佩许霁会选人，"疯子和病人"是高手，画出了意兴和神采，还有着不管世人笑我痴的狂放，值得大力推介。但反对之人普遍钟情于色彩甜美明快的水彩画，欣赏不了撒旦式的狰狞妖异，也看不惯白娘子式水漫金山的冷意肃杀，他们嫌缺乏美感。

且不说人和人的审美差异深如天堑，艺术并不只追求美，更多的是在调动情绪和思维。赏心悦目是艺术，冒犯嘲讽也是艺术，唤醒思绪，引发叩问。

叶之南和张茂林等人都投了支持票，刘亚成说："有情有神，大开大合，无法无天，我很喜欢。"

反对的人里有两个是被刘亚成拉进来的，甲说："你不觉得有邪劲吗，还狠。"

唐烨辰说："逆天而为，能不狠吗？"

乙说："从他们的创作风格来看，有讲好故事的能力，就是画风阴森森，太小众了。许老师让他们改改，中和一下。"

许霁早年是广告公司的美术指导，她看上的正是所谓的"小众"，不讨好看客，真正静下心搞创作，还有创新意识，所以她才想推到大众面前。乙说："许老师的意思给点研发试错的空间？"

许霁点头，叶之南说："艺术品是特殊商品，有时你再怎么调研，看客也说不出所以然，你拿出东西了，看客才给得了反馈。"

甲说："叶老师确定是正向反馈吗？"

叶之南回答："不确定，但不迎合大众潮流，我们才能看到更多新东西。艺术品是公器，不同的看客有不同的体会，您看，在座的就有喜欢的。"

甲想争取许霁之外的几个女性股东："许老师是铁娘子，你们几个真的看得了这种打得血流成河的东西？"

有个女人说："李总这就是偏见了，艺术可不分性别。何况我不觉得它只是打打杀杀，它有柔情，有诗意，有浪漫，您看这几幅。"

刘亚成探头去看——老者抱着孤女杀出血路，策马狂奔，终至力竭跌倒在雪地，颓然望向一星残月，具备好故事的骨血和气力。

乙说："还不是没逃掉？杀得轰轰烈烈，死得凄凄惨惨。许老师还是让画家改一改吧，别老画悲情英雄，这年头，大家就想看杀伐决断扬眉吐气，爽啊。"

话题又绕回去了，刘亚成说："文学和艺术，本质是失败者之歌。潘总，咱们不以成败论英雄。"

这话很绝对，但关键时刻就得立场先行，用不容置疑的口吻压他们。许雯会意地补充："也是精神上的避难所。"

刘亚成的一票很关键，他投了支持："我们在生活里经常服从于别人，服从于命运，所以我喜欢看不服的故事、不服的人。各位，有热血，有抗争，这是人物的精魂，看客会被打动。"

夏至很认可这观点，不由得一笑。散会后，甲来拍刘亚成的肩，压低声说："冰山融化，你快得手了。"

甲玩得很开，把夏至当玩意儿的语气让刘亚成听得刺耳，他心里很不舒服，继而一凉，夏至对他退避三舍，竟是这原因？

甲之所以误会，可能是夏至生得美吧。夏至是美青年不假，但刘亚成对夏至的审美就好比看竞技体育，手球和棒球运动员的身体确实好看，舒展漂亮。他专程去找夏至："你别误会，我对你没有别的意思，只是有时想找你聊聊天。"

夏至说："我知道。"

刘亚成一怔："什么时候知道的？"

夏至没有回答。刘亚成思前想后，可能是在慈善拍卖晚会后。他请乐有薇吃饭，第一次出于欣赏她的专业素养，也佩服她这个人，而不是因为她是叶之南的弟子，也不再把她当小女孩看待。乐有薇明白这一点，所以喊上夏至赴约，夏至大约是那时接纳他的。

悬崖醉酒那次，刘亚成对叶之南诉过苦，他答谢夏至，明明很有诚意，但夏至拒人千里之外，领个情怎么就那么难？后来一次闲聊，叶之南说起舍不得乐有薇工作太辛苦，只想收为助手，跟在身边做些不大操心的事，但《蒙马特女郎》自燃，乐有薇捧着资料找他，他才知道她一直为拍卖师做准备，尽管她看到他有多累。

叶之南说："怜香惜玉惯了，思维也狭窄了，但她要的不是被怜惜。"

事到如今，刘亚成才发现叶之南是在提点他，对人要平等以待。叶之南是能直说，但刘亚成在看到女人和美人时，本能地就把他们看成"潜在的睡觉对象"，没以为人和人还能有情爱之外的关系，所以不如让他自己悟出乐有薇在绿岛上怒骂老华那句："把人当人看，很难吗？"

尊重别人是人之本分，像渴了要喝水，是常识，刘亚成却到现在才懂，忏悔道："你是我想当朋友的人。哎，我特别喜欢和你东扯西拉，在真朋友面前才这样。要是有别的意思，很多话我不说，丢人。"

当朋友有当朋友的样子，刘亚成再找夏至说话，就跟最初对拍卖师叶之南的态度一样，在清雅之地喝茶谈天，沉浸于历史中的大师们构筑的光彩殿堂里。

夏至以前排斥刘亚成，不是出于误会，而是看不上——这也是刘亚成自己悟到的。以夏至的性情，不屑和轻薄无行的人多说一句话。

然而，刘亚成和叶之南是莫逆之交，他忍不住问："你老师和我关系好，你怎么看？"

夏至说："我是不解。老师说，观沧海和笑红尘，各有各的活法。他还说，有的人游戏人生，心里也有痛哀。"

随后发生的一件事，令刘亚成痛哀感又起。唐烨辰的妹妹唐莎对叶之南因爱生恨，报复到乐有薇头上，乐有薇大难不死，告发了唐莎。

唐烨辰请求叶之南说服乐有薇高抬贵手，刘亚成听闻大怒："他妹妹差点害死人，他有脸找你帮忙？！"

叶之南坦言失望："他心疼他妹妹，我理解，他可以去找律师争取最低刑期，但他想让他妹妹逍遥法外。别人不是人吗？"

唐烨辰明知有第三人在场，且听不懂粤语，仍滔滔不绝，这种人眼里心里哪有别人？刘亚成骂道："他连你都不管了。他妹妹逍遥法外，饶得了你？白跟他当这么多年的朋友了。"

唐莎若逃脱制裁，唐烨辰会设法治她，刑罚可免，家法难逃，他们出生的宗族自有一套奖惩制度。叶之南不认为唐烨辰没考虑过他的安危，但事已至此，疏远已成定局，他闭口不言。

唐莎出身豪门世家，但她是彻头彻尾的阴毒恶人。刘亚成承认自己的出身论是偏见，也认可乐有薇昔日的观点，不以群体和性别区分人，无论男女，无论贫富，都有优劣。

乐有薇遇袭归来，刘亚成设宴为她压惊，乐有薇带上了男朋友秦杉。慈善拍卖晚会时，刘亚成见过这个傻小子。

乐有薇说，若非傻小子功夫好，她就客死他乡了。刘亚成赶紧敬酒："少侠哪天露两手让我开开眼。"

秦杉说乐有薇在给他戴高帽，乐有薇也救了他。刘亚成瞧着他，小子干净又亮堂，乐有薇眼光挺好。倘若她找个不像样的，别说叶之南了，他也有杀人之心。

阿豹老大不痛快，秦杉是简单单纯的白纸一张，乐有薇为他放弃挚爱，绝对是大昏招。刘亚成笑而无语，人各有志，有的人最看重的不是情，挑选伴侣自然就综合衡量，找个各方面对自己最有利之人，省心省事。持有这种行为逻辑的男人大有人在，乐有薇找个跟着她步调走的小娇夫，怎么就让阿豹转不过弯？

叶之南本人倒是看得很开，乐有薇选择秦杉，能实现个人利益最大化，她珍惜的人一个也不会弄丢。刘亚成嘲笑他父爱如山，叶之南照单全收，刘亚成想骂他昏庸都骂不了，毕竟这人交出贝斯特拍卖公司股权后，一心扑在扶持当代艺术上，工作很勤勉。

叶之南拦着不让刘亚成报复唐烨辰，阿豹揍过他，出过气了。后来刘亚成觉得顾念旧情才是大昏招，若去狠狠震慑唐烨辰，贝斯特或可被保全。

江知行被谋害的第二天晚上，叶之南约刘亚成喝酒，说了一些很晦涩的话。几天后，唐烨辰告发叶之南涉足伪画案，叶之南被警察带走，刘亚成才想明白，叶之南在交代他别使劲。

叶之南有非如此不可的理由，刘亚成极力按捺，但唐烨辰出手了，他联合拍得伪作的众藏家和机构集体控告贝斯特拍卖公司。

15件伪作从贝斯特拍卖场流出，刘亚成是苦主之一。唐烨辰没找他联手，但有藏家朋友找刘亚成打探消息，刘亚成暴怒。叶之南不再是贝斯特的股东，但他十多年的心血都在贝斯特上，唐烨辰毁掉贝斯特，是往叶之南心上捅刀子。

刘亚成带着人马冲去飞晨资本，总裁办公室大门紧闭。唐莎雇凶事件激怒了秦杉的父亲，唐父被迫签订城下之盟，放逐唐烨辰，免得他再生事端。唐烨辰名下大部分产业都被冻结，飞晨资本也被收走，交给职业经理人打理，跟他无关了。

刘亚成手一挥，直奔唐烨辰家。唐家院子极大，他穿过花香小径，望见唐烨辰独自坐在池塘边喂鱼。

唐烨辰被父亲打入冷宫，落单时喂喂鱼，仍一副精致考究的模样，衬衫领带长风衣，仿佛下一秒就要去金融论坛致辞。

刘亚成想单独跟这厮会一会，抬手让手下退后，大步走近，盘算揪住唐烨辰的领带，轰面一拳。唐烨辰猝然起身，一手扯开领带，一手掀掉眼镜扔了，险险躲过攻击，右掌倏地盖住刘亚成的脸，手指用了力，刘亚成的脸被扳到一边，一阵生疼，脖子咔咔作响。

如果唐烨辰偷袭的是刘亚成的脖颈，没准被拧断。刘亚成怒不可遏，伸手扼住唐烨辰的脖子。手下一哄而上，他喝令他们滚开，他人高马大，体格壮，怕他不成？

刘亚成发觉自己失算了，唐烨辰表面清傲端庄，打起架来又狠又毒。阿豹说他不堪一击，实则是唐烨辰没还手，估计是理亏，因为他害过的汀兰会所是阿豹开的，但他不觉得自己对不住刘亚成，小臂扼住刘亚成的喉管，眯起眼看他，散发出空前的危险气质。

唐烨辰长了一双跟他母亲极像的含情水感眼，但一旦带上狠劲，就显出了迷离破碎的神经质，像他母亲年轻时演过的那个角色，又疯又凄楚。刘亚成托住他的后脑一拧，砸向树干。

两人互不相让，打得呼呼喘气。刘亚成盯住唐烨辰额头的血，松开手，揩着鼻孔流出的血，恨恨地说："之南到最后都把你当兄弟，你就这么对他？！"

唐烨辰不语，水中鱼儿跃出，张着嘴嗷嗷待哺，他看了一眼，坐下来，拿起搁在一边的面包，一点点掰扯撕碎喂食，浑然不顾脸上的伤。

鱼儿跃起争食，岸边草木摇动，鸢尾花纷落，一朵朵砸向水面。唐烨辰静静地喂着鱼，指腹忽而掠过额角，鲜红的血珠从指尖滴下，在水中化开。

唐烨辰对生活极尽讲究，这一池鱼漂亮得惊人，摇头摆尾争抢面包屑，和血吞下。他淡淡地看着鱼张口喝血，刘亚成暗骂变态，扭身走了。再打没意思，唐烨辰已经一败涂地，连这栋大宅都只有使用权了。

穿行在花园里，刘亚成想起商会副会长举办家宴那天，唐烨辰走开的情景。作为被父亲边缘化的私生子，他遭到双重抛弃，一次是不被家族接纳时，一次是被父亲当弃子的今天，他确定他不是被父亲珍爱的孩子，从来不是。

唐烨辰因而怀有这般炽烈的恨意，加诸他身上的滋味，他想让叶之南尝到，不过是叶之南没帮他。刘亚成长吁一口气，真正把唐烨辰当亲人的人，被他走成了陌路人，如此混乱邪恶，他会后悔的。

司机默然开车，刘亚成透过后视镜看唐烨辰——他仍坐在夕阳下喂着鱼，厌世感浓烈。幼年时见过的柿子树下举目无亲的垂垂老翁霎时现身于刘亚成脑海，生命里许多当时不懂的悲哀向他涌来。

次日，刘亚成和助理对行程，管家送来一个快递。在看到青玉麒麟闲章的一刹那，刘亚成预感不妙，抓起手机就打夏至电话。以前总是只发信息，现在他顾不得了。

赶到夏家为时已晚，刘亚成心里剧痛。昨天有强烈的痛哀感突如其来，那竟是夏至大致的死亡时间。

昨天刘亚成原计划约夏至吃晚饭，但颧骨和嘴角都有伤，他想过两天再找夏至，却再也不能够。他和夏至自始至终都不算很熟，就算发出邀请，夏至也不见得会响应，他阻止不了夏至赴死。

很多人都有万念俱灰的时刻，有些人找到了为自己续命之法，有些人走上绝路。

刘亚成曾经问过，怎么不谈个恋爱，夏至不喜欢闲聊，皱眉说："不是所有人都对情爱有兴趣。"

他不感兴趣，但他仍是至情至性之人。刘亚成闭目忍住哀恸，人间竟没有留得住夏至的人，就连夏至那么尊敬的叶之南，他也只留了几个字：老师，对不起。

对不起，我无法坚持下去。刘亚成痛心疾首，幻灭感排山倒海，击碎了夏至的自尊和骄傲。倘若叶之南在外面，就能看出他的情绪问题，兴许就能救下他。该死的唐烨辰。

刘亚成想再去揍唐烨辰，却很枉然。唐烨辰有盔甲，有武器，有盾牌，充满攻击感，夏至统统没有。可是把自己武装得密不透风的人，也终究一无所有。

青玉麒麟闲章有一对，是夏至父亲的学生送的。去年秋天，刘亚成看到夏至办公桌上摆了新玩意，仔细一看，是玉麒麟，立刻就想掏钱买，夏至说："你都拿去吧。"

刘亚成只拿了其中刻有"杏花消息"的一枚。他喜爱的是玉麒麟，不是字，四大名著他独爱《水浒传》，玉麒麟卢俊义是何等英雄人物，却被宋江和吴用诓骗落草，他一生都唾弃这两人。

御酒里被放入水银，卢俊义饮后，乘船落水身亡。他饮尽杯中酒时，是不是就是夏至烧炭的心情？刘亚成攥紧另一枚闲章"昔时乐"，没忍住眼泪。

刘亚成反复对夏至提及过往事，树荫、蝉鸣和晴空，构成他对夏天永久的回忆，他最爱傍晚时，趴在清凉的竹床上翻书，等待母亲送来镇在井水里的西瓜和杨梅。若赶上小院里栀子花和茉莉盛开，整个世界都是香的。

小时候家贫，嘴还馋，山上植物的嫩芽都剥来吃过。母亲去世前为刘亚成做的最后一餐是热汤面，拿鱼骨熬的，汤底雪白，葱花翠绿，但刘亚成口味重，去厨房拿咸菜，出来望见母亲斜靠在椅子上，垂着头。

故乡盛产一种红辣椒，肉厚籽少，辣中带甜，母亲把它切成丝，跟黄豆米一同腌制，刘亚成从玻璃罐里夹出一碟，用麻油拌一拌，吃面特别好。

假如那时没去厨房，是不是就能和母亲多说一句话，多喊一声妈？17岁，暴雨从天而降，整个天空都黑透。那时多么伤心，却还不知心里有一处终生不会伤愈了。

刘亚成说起这些很平静，夏至为他倒杯茶，眼神清亮。刘亚成从没见过那样纯净的眼睛，在夏至死后多年也没有。

夏至临终前，寄出这枚昔时乐，是深知有人念念不忘旧时光。刘亚成悔恨交加，他一直向夏至汲取力量，却不曾给予，夏至对他一无所求。

宁可夏至有所求，有所图。生而为人，得有想头，有盼头，不然怎么活？窗外有雨声响起，刘亚成看过去，雨声中，野鸟纷飞而去。

阿豹和刘亚成合力操办夏至后事。葬礼当天，夏家父母形如枯槁，刘亚成回头看众人送的挽联，认出哪幅来自乐有薇。

慈善拍卖晚会上，刘亚成见识到乐有薇的书法，但只见过那一次。能一眼认出，只因这笔字棱角飞扬，气势之壮，如侠士提刀杀至。

"他年我亦辞花去，会向瑶台月下逢。"刘亚成盯住它看，乐有薇说江知行被害后，她作了半截诗，后面一句绞尽脑汁作不出，就放到一旁，谁料很快用上了。

后一句是李白诗，以乐有薇27岁的年龄，这幅挽联大不吉，但她给自己的咒语，是对夏至的许诺，刘亚成说："很好的集句。"

"与君世世为兄弟，更结来世未了因。"这句苏轼诗，刘亚成用上了。他和夏至没到兄弟情分，它不是事实，是心愿，只是今生已太迟。

在绿岛埋葬夏至后，刘亚成去看望母亲。扫完墓，他拐去山脚看看，它已是城市森林公园的一部分，山村不复存在，童年时认识的驼背老头也早已作古，但那棵柿子树仍在，春风骀荡，它开出零星的花。

老头说柿子树是叔父年轻时种的，不大结果了，也不甜，但你惦记着，就让你尝尝，尝了，就死心了，就不惦记了。他不知道，有人至今惦记它。笛声、月光、奔跑在山上的童年，都记着。

历遍风尘，岁月加身，如今不剩多少风云意气，爬树的兴头早没有了，但就是不想死心。刘亚成走在豪雨中，像走在千尺积雪里，他喜爱的苏轼谪贬途中行路难，经历的寒凉世事比他只多不少，依然吟啸且徐行，他得学着点。

风流云散，如何稳定心神，是余生必须直面的。回云州后，刘亚成处理完公务，摸去二姐家，二姐是他支撑自己活出人样的人之一。

二姐租住在老城区的破旧小区，见着面了，她说："正想周末去找你。"

二十九年前，母亲葬礼上，二姐当众宣布，跟刘家一刀两断。父亲把女儿卖了，逼疯了母亲，二姐恨父亲，也恨弟弟，若不是弟弟出生，她可能不会被卖掉，从今往后，她和刘家人老死不相往来。

刘亚成遭受当头一棒，他投奔大姐没多久后，二姐夫来厂里找人。二姐抱着女儿不告而别，男人怀疑藏在此处。

大姐打开大门，让男人看这一贫如洗的宿舍，她既没能力，也没道理管肖小虹的死活，妹妹6岁就是别人家的女儿了。

二姐夫纠缠，大姐让刘亚成去报警。多少被人以为是"离家出走"和"跟人跑了"的女人其实是被夫家杀了，肖小虹生不见人死不见尸，说不定是被催生儿子时，遭到杀害。

二姐夫狂怒而走。大姐安抚刘亚成别慌，二姐打定主意摆脱夫家，才存心在葬礼上那么说，她不想连累大姐和弟弟。刘亚成问："那她和女儿去了哪里？"

大姐苦笑，她和妹妹十几年不走动了，很不熟。守灵夜，妹妹跟姐姐说了今后打算，但没多说。大姐不好多问，她自顾不暇，没法收留她。

刘亚成找了二姐数年，二姐拾过废品，在医院急诊室长椅上过过夜，做过清洁工，打过杂，被找到时，她租住在不到十平方米的房间，跟女儿相依为命。

当时刘亚成刚开公司，有能力照顾二姐和外甥女了，但二姐拒绝了他。分离太多年，两人很疏远，刘亚成是陌生人，二姐做不到接受他给的任何好处，也不需要。眼下女儿读到小学了，她熬过最艰苦的时期了。

刘亚成央求她："姐，你小时候说过，我们长大了再相认。你要认我。"

二姐仍不肯，她谁也不想信，也不想指靠。当年，她被打怕了，想逃离养父家，于是碰到一个对她好的人，就早早同居了。

满以为有了归宿，不用再怕，后来二姐才看清，男人从不是女人的归宿，"对她好"更是虚的。男人什么都没有，不说点软话、做点小事，哪有女人理他？但那时二姐太年轻，也太感性，竟不知"对我好"是最起码的前提，是必选项，不能当优点。

二姐生女儿时不到法定年龄，她和男人摆了酒，没领证。她想分开，男人动了手，定情时的承诺一句也没作数。

二姐想带女儿走，她没文化，也没本事，前路茫茫，她很怕，更怕女儿跟着她风餐露宿，可是把女儿扔在家里，她怕女儿被送人。

刘亚成听来心疼，但二姐说来平静，她不觉得自己大不幸，幸亏决心下得早，孩子一个个生，就会像母亲那样被拖住了，看清不对劲就得跑；也幸亏时代不同了，她只读到初二就辍学，但总能找到事做，有地方住，有钱吃饭穿衣，供女儿读书。

女儿聪明刻苦，成绩好，还懂事，二姐坚持不接受刘亚成帮衬。刘亚成查到外甥女在厂矿子弟小学借读，卷土重来，劝说道："她那个学校，每年考上初中的都没多少人。姐，这不是长久之计，孩子得接受好教育，这年头，不读书不行。"

二姐沉思良久："算我借你。"

刘亚成为外甥女上了户口，送去云州最好的实验一小读书，一路读到重点大学，但母女俩都抗拒他更多的示好。

二姐一直做钟点工和月嫂之类的普通工作，外甥女勤工俭学，挤公交车，坐地铁，刘亚成提供的公寓和代步车全都不收。

宁馨和大姐都出面劝过，但二姐和外甥女无动于衷。这件事让刘亚成如鲠在喉，他多想保护在意的人，但二姐和外甥女不领情。

二姐不领情到拿出一张银行卡，对刘亚成说："芊芊花了你很多钱，我加上了利息，你拿去。"

母亲去世后，刘亚成最难过的就是这一刻。二姐打算周末找他，是着急还钱。芊芊拿到检察院的录取通知，正式参加工作了，二姐万事无忧了。

芊芊中学时就想当检察官，硕士期间报考过，功败垂成，读博士时精心准备才如愿以偿。二姐的还钱计划为此晚了几年，她挺遗憾。

刘亚成让二姐把银行卡收起来："你知道我公司的规模吧？"

二姐塞到他手上："那是你的事，这是我们的事。我要去上班了，你不走，我走。"

二姐和外甥女都很撇得清，刘亚成难受得偏头疼发作，在楼道里扶着墙，疼得汗流浃背。都说至亲至疏夫妻，他的亲人也如此。二姐对他不是见外，是真的走成了外人，他想对二姐和外甥女好，没有办法，没有办法。

某个闪念间，刘亚成想到乐有薇。她和芊芊都是苦孩子，但都很坚韧达观，他希望从这共性中找到修复之道，拨去电话。

秦杉在乡下做项目，乐有薇最近待在那边休整。刘亚成详细说了家事，乐有薇说："我也很怕受人恩惠，人情债欠得太多还不上，我就完了，宁愿自己咬牙撑。"

刘亚成说："亲人之间，哪有欠不欠的，不用还。"

乐有薇笑了："世态炎凉感受得多了，心上结了茧，只肯依赖自己了。别人给的好，总不能大大方方去享受，直到后来确定彼此是亲人。"

　　刘亚成一下子就听懂了。他之所见，很多人的父母都做不到大方享受子女给的好，给他们买这买那，他们本能认为是在乱花钱，没必要，一个失散多年、性格硬气的姐姐又怎会理直气壮地承接他的好意？所以他得先和二姐建立起亲情。

　　二姐和芊芊都不大和刘亚成交流，每次都把他往外推，更别说交心。乐有薇轻声说："人都有自己的痛和爱，她也有吧。刘总，我很佩服她和芊芊。"

　　为母亲守灵那一夜，天快亮时，刘亚成迷迷糊糊睡着了。当他醒来，大姐和二姐在门外说话。二姐宣布跟刘家一刀两断后，他追问两人的交谈内容，大姐说："就聊了聊小时候，聊了聊妈，没别的。"

　　二姐抱着女儿出走后，大姐才说二姐是提前向她告别。刘亚成追问过好几次，但大姐一口咬定就这些。

　　只有大姐才可能接近过二姐的内心，刘亚成登门找她。客厅里笑语喧哗，大姐在跟人打麻将，她到底是学会了。刘亚成看了看筹码，大姐不改节俭本色，打得极小，难怪牌友是老掉牙的老头老太。

　　刘亚成再次问起二姐和大姐说过什么，大姐抱怨他太爱管别人，她很多事都不用他管，他偏要管。他固然有钱，她的日子也不差，不爱听他讲破道理，二姐穷归穷，但硬硬朗朗地把女儿培养出来了，不稀罕要他的好处。拿人手短，得服管，二姐索性不要，很费解吗？

　　刘亚成举起一只手："好，我再不管你。你有麻烦事就找我，但我不主动管这管那了。"

　　大姐斜眼看他："不说我的家务事就是你的家事了？"

　　刘亚成说："我理解你了。"

　　大姐不信，刘亚成就说得让她相信。大姐没能如他所愿改进自己，既不修复和子女关系，她没那个能耐，干脆不闻不问，也不脱离丈夫，年轻时她觉得自己长得不好看，还没文化，找不到更好的男人，年纪大了她觉得自己人老珠黄，离婚了没人要，林林总总，刘亚成都表示理解，人各有局限性，他不强求了。

　　刘亚成是看不得大姐痛苦，才一而再管她，但跟痛苦共生多年，大姐麻木了，没那么痛苦了。作茧自缚，只用忍受在茧房里不透气之苦，挣扎出来得面对一整个世界之苦，未必受得住，刘亚成都依她："你看，我懂。"

大姐信了："你有你的大志向，我打我的小麻将。我们各过各的，以后我尽量不求你办事。"

刘亚成点个头："我也不来管你。我只求你把你知道的都告诉我。"

大姐很犹豫，刘亚成再三保证听过就算，大姐被逼得没办法："都过去大半辈子了，何必再提？"

刘亚成说："都过去大半辈子了，不能给个痛快话吗？"

大姐拗不过他，终是说了。大姐和二姐多年不见，没什么话说，二姐计划逃离夫家，得对娘家人有个交代，才跟大姐说了，大姐担心她的谋生问题，给了她一千块钱，另外三百留给刘亚成。

那天清晨，姐妹俩交换了秘密。大姐的秘密是未婚生子，二姐的秘密一言难尽，她认为母亲之死，她难辞其咎。

二姐屡次被养父打骂，忍无可忍，有天逃课跑回家。母亲发现女儿身上的痕迹，心如刀割，丈夫竟把女儿卖给了禽兽。

母亲让父亲把女儿要回来，父亲不干，鳏夫给的那点钱，他养家花光了，还不上。母亲想去派出所申冤，父亲推搡她："去告啊！你没告过我吗？"

母亲不能让女儿再回养父家，但女儿怕母亲再挨打，父亲送她回养父家，她顺从了。

父亲和养父大打出手，女儿听到父亲说："我警告你，你等她长大点再说！现在还这么小，万一出了事，你有钱给她治吗？"

二姐长到14岁，就不再读书，跑去工厂打零工。她年龄太小，偷偷摸摸做点事，总被克扣工钱，有个工友为她争过几次，后来两人就谈恋爱了。

躲了好几年，二姐才和男人回家，却听说母亲完全疯了。母亲暗暗攒钱，想带着子女逃跑，被父亲察觉，一打再打，她不堪承受，精神分裂了。

二姐对男人说："将来我要把我妈和我弟接到身边。"

男人同意了，可是半年后，母亲就与世长辞。二姐请求大姐对刘亚成守口如瓶，永不告知她的遭遇，刘亚成血气方刚，肯定会为二姐拼命，但他有他的前程。

刘亚成头疼欲裂，他以为母亲是"渐渐"不认识子女的，没想到真相竟是如此惨烈。大姐慌忙给他拿止疼药，他接过干嚼了："我不拼命，我把他送进去。"

时隔多年，证据丢失，绳之以法很难，但必须让禽兽伏法。刘亚成提拳上门，邻居说禽兽住院了。

医院里，二姐的养父右手被重创，五个手指被齐根斩断。二姐挥刀后，说："再敢乱摸乱戳，我就废你左手。我就住在医院边上的旅社，等着你来告我。"

养父对医生说为了戒断赌瘾，自己痛下决心。刘亚成说："告吧，我会给我姐请最好的律师。"

手指被丢进河里，无法接续。养父仰头闭眼："剁个手又判不了死刑，我告了她，等着她出来弄死我吗？"

刘亚成挥拳相向："去告啊！"

一个小时后，福利院里，刘亚成把父亲也揍得血流披面，再折返医院附近，去二姐所说的那家旅社，但二姐不在房间。

刘亚成在母亲的坟前找到二姐，她一张一张烧着纸钱。刘亚成蹲下来，拿起纸钱烧着，二姐开口了："你知道了。"

想到二姐平生遭遇，刘亚成愤慨："我还是想弄死他。"

二姐说："我自己就能剁死他，但是为他赔命，不值得。我跟他说，留他一只手，哪天心情不好就再去找他。"

酷烈地复仇，再让仇人如惊弓之鸟般苟活于世。刘亚成落泪："好，不剁，他不配。"

二姐无话，埋头烧纸钱，刘亚成问："姐，你是不是因为想报仇，才跟我保持距离，怕连累我？"

二姐平淡地说："是也不是。跟你确实不熟，没话题，也不想没话找话。"

刘亚成看着二姐，他明白自己为何执着地想跟夏至攀交情了，他就是喜欢跟二姐一样狷介孤僻的人。彼此走远了，淡了，那就从头相认，他说："不熟就混熟吧。你跟我没话说，我先跟你说说我吧。"

二姐不置可否，刘亚成自顾自地说曾有一位年轻人，纯净得像远远的白雪山，让他仰望，但年轻人瞧不上他这种道德混乱、做尽出格事的人。

有个深夜，在海边，刘亚成梦见母亲，醉倒昏睡，年轻人救了他。他使出浑身解数跟年轻人攀上些许交情，还想再熟些，年轻人却因理想破灭，自杀身故，刘亚成永远没机会和他成为好友了。

二姐低下头，沉默无语。刘亚成说："妈还清醒时，有天我们看到彩虹，她说你出生那天也有彩虹，所以给你取名叫亚虹。她说她很后悔，不该取这个名字，彩虹好看，很快就看不见了。但是，彩虹总会再出现，姐，我求你了，我们不要再走散了，生离比死别还受罪。"

二姐抬眼看母亲的墓碑，刘亚成顺着她的视线望去，心一动："姐，把名字改回来吧，我找人去办。"

二姐扭脸看刘亚成，刘亚成说："我一直找你，不光因为你是我姐，我们有血缘关系，主要是我服你这个人。有机会，我想带你去见我服气的人，有男有女，我敬重他们，也敬重你。你很了不起。"

二姐望着墓碑上母亲的名字，周秋英三个字以刀刻就，她说："以后我叫周亚虹吧。"

二姐憎恨那两个她叫过爸的男人，周，是母亲的姓氏，秋英是长在田埂溪岸不起眼的草花。刘亚成说："芊芊随你本姓，也一起改了吗？"

二姐说："是随你姓。"

二姐担心被找到，逃出家后，让女儿姓刘。刘亚成照拂外甥女多年，二姐和女儿记取这恩情。

刘亚成派出助理去帮二姐改名，然后不管二姐怎么想，他时常去找二姐说话，花上很多次，跟二姐好好地、平平等等地倾诉他的前半生。

奔过命，享受过泼天富贵，结交了志同道合的知己，也拥有患难与共的兄弟。刘亚成跟二姐说了年轻时潦倒的日子，也说了离婚，宁馨在攻读华盛顿大学的硕士学位。还说了没站队，虽有风险，但他对妻女做了安排，二姐也有芊芊托底，他无所畏惧。

好几年前，刘亚成就觉得钱赚够了。但那时他还不到40岁，退出江湖为时尚早，浪迹四海听起来洒脱，时间一长必定无聊。如今年近半百，他决定老病之前不退隐。

自己的集团和投资占股的大小公司是一根根绳索，把刘亚成捆在秩序里。绳子上一环一环都是人，倚着靠着，互相协作，互相牵连，保障每个人都有条不紊地向前行进。

每天一睁眼，就有无数计划待执行，无数事等着刘亚成拿主意，他偷不了懒，掉不了队，很累，但他很依赖这些疲累。做事是为了救自己，把生活填得满满当当，才不至于被虚无感吞掉。

日常搏命于风尘，艺术是刘亚成的大雄宝殿。失了魂的人，来此定定神，而后回到红尘里。

伴着古佛青灯终老，得有强大的精神力支撑，否则可能了无生趣，像夏至一般走向自毁。刘亚成看清今生的命数，他既要神游万里，也得脚踏实地，去做事，去享乐，去跟人世构建深度连接。

世俗的热闹自有拉扯的功效，每到周末，刘亚成就广开宴席，通宵达旦，犹如《韩熙载夜宴图》，吟风弄月，得尽风流，聊慰空虚。

唐烨辰家和叶之南家很近，散步可达的距离。九月中旬，叶之南载刘亚成回家看几件艺术品，路过唐家，一架月季从露台倾泻而下，花开壮观，两人就都看了几眼。

叶之南随即看向收藏室，刘亚成大致明白他在想什么。纵然决裂，叶之南并不希望唐烨辰弃世。唐烨辰有一室宝物，在他跌落谷底时，可否应声而起前来救他？但他似乎再未回家住过，早在春天时，叶之南重获自由，走出大牢后，唐烨辰就销声匿迹了。

再次见到唐烨辰，是第二年早春时节。天空艺术空间股东会后，众人闲坐饮茶，唐烨辰长驱直入，拉开椅子，在叶之南对面落座，对他说："叶先生，你好。"

他后悔了，回来认亲。叶之南没理会，唐烨辰微微欠身，起身出去了。叶之南如常谈笑，回首相看已成灰，彼此之间横亘了太多无法面对的事。

唐烨辰独行于街头，仿若这世间的孤臣孽子。刘亚成站在落地窗前摇摇头，人前派头十足，人后无尽冷寂，这一身乖戾锋芒，不知能被何人何事收拢。或许到了他以良善挚诚待人之时，才有坐下来和谈的可能。

三月底，贝斯特伪画案开庭前，洗钱论又被翻出来，刘亚成嗤之以鼻。寄世多苦熬，人心时有动荡，一点在崩塌，人们找到的情绪修复方式多种多样，有人旅行，有人皈依，有人追星，有人做手工，有人玩游戏，有人沉浸于酒色财气，那么，迷恋艺术，为什么就都得源自罪恶目的？

艺术是刘亚成生活的一部分，收藏室是他的疗养院，他感激能找到顶住内心幻灭的途径，或被公事牵制，或因这满目珍宝。有人不信肯花一栋房子的钱，买一件艺术品，当他的资产以亿万计，可能就相信为精神之享豪掷钱财，跟花上几块钱听一首歌的性质相同，都是消遣或自我疗愈，也可能是为子孙后代多攒家底。

去年下半年，刘亚成拍得一位当代艺术家的组画，加上佣金，花了将近两个亿。网上热议不断，有人红口白牙认定是洗钱，刘亚成一笑了之。艺术家是巨匠级别，并且组画风格突出，很有时代性，艺术价值和史料价值兼备，注定能进中国美术史。

这种传世之作，在家族递藏，捂个两三百年乃至更久，再拿出来，了不得。就好比明人藏有一件苏轼诗贴，时人艳羡，藏到今世，更是稀世之宝。有些人以为是洗钱，却不知另一些人追求的便是这种持有罕物的乐趣，还能造福后人，在财力允许的前提下，豪掷亿万又何妨。

二姐的改名流程终于走完，刘亚成陪她办完手续，请她去绿岛。他想让二姐去看看母亲会喜欢的岛屿，也想带二姐见见他珍惜且敬重的人们。

四月春天，绿岛烟雨茫茫，从直升机望下去，它孤独而遥远。刘亚成对二姐说起母亲，母亲生前也是一座孤岛，四面都是水，哪里都去不了，有一天永沉水底，无声无息。

母亲去世以来，每次想到她，世上总落着无休无止的雨，无休无止的雪。登岛这一夜，刘亚成梦见夏至问："你母亲后来种过芍药吗？"

母亲没有再种过，因为转年，她不认识所有人，也不记得大多数事了，但是她还记得做饭，记得给儿子擦脸，记得给女儿搓洗衣领。

绿岛被打造成度假胜地，旺季游客不绝。中西餐厅、房舍和游泳池，周亚虹一一逛过去，再去刘亚成的小友坟前坐一坐。调整了时差后，她来找刘亚成，说："我恨过世界，想跟它恩断义绝，所以所有人都不想再认识。"

雨后，大海尽头的白云似大团大团的雪，高远辽阔。周亚虹说："现在我也还是不怎么爱世界，这里很好，与世隔绝，我想住下来。我在大饭店做过事。"

刘亚成哽住了，一迭声说好，周亚虹粲然而笑："我看出来了，你这帮朋友是很不错。"

灯火通明夜，刘亚成喝多了，跟兄弟们搀扶而出，搂搂抱抱，厮打笑骂，如同以往无数次把酒言欢的夜晚。今晚尤其尽兴，他和血肉至亲真真正正团圆了。

周亚虹慢慢走在岛上，问乐有薇和任雪莉："这个刘总一喝酒就又哭又笑吗？"

任雪莉在刘亚成公司干了快十年，答道："我没见他醉过，更没见他哭过。"

乐有薇写就一幅字，等刘亚成酒醒后送给他，他几次说喜欢她的字。刘亚成展开宣纸，是半首诗："少年离别意非轻，老去相逢亦怆情。草草杯盘共笑语，昏昏灯火话平生。"

嘉祐五年，王安石出使辽国，临行前与妹妹话别。多年来，两人离多聚少，这次相逢之日是离别之日，王安石写下这首《示长安君》。

大道至简，诗句很直白，无须讲解，周亚虹看得红了眼圈。刘亚成对叶之南说："艺术需要普及，但它没有门槛。"

很多人都说，这是个不浪漫的时代，人们慕强逐利，把沉醉于文艺作品的行为视为矫情，既因为他们活得粗糙，也因为艺术欣赏有门槛。刘亚成不认为粗糙粗俗有何不妥，但艺术如美德，不会消逝，当你被触动，你就触碰到了艺术。

人之一世，逃不开社会刑狱，但人们总能从文艺作品里获取精神力量，度过困厄时光，与此同时，得尽力入世。

阳春白雪和人间烟火是凡人的金箍棒和紧箍咒，金箍棒供凡人在精神世界里上天入地，紧箍咒是凡人要履行的责任，心甘情愿戴上。这话是秦杉说的，刘亚成深以为然。他办了几个心理咨询机构，投资众多微小型企业，尽可能多提供就业岗位，他喜欢看到人们有梦做、有钱赚的景象。

行走在这莽荡人间，刘亚成和老友们各忙身前事，始终热火朝天，始终肝胆相照。每年三四月间，他就回绿岛扫墓，和周亚虹小叙闲话，再聊聊彼此在做的事。

游客经大船和直升机出入绿岛，周亚虹常年生活在岛上，当服务员的闲暇时光，她种了许多花。她的女儿是博士，她很遗憾自己读书太少，在岛上自学了五花八门的知识，摄影、汉语言文学、英语，还学会开直升机，踌躇满志地想考机械师，会开，还得会修。

刘亚成则一直在扶助当代艺术家自由创作，赞助博物馆修缮馆藏品，为考古队提供资金。他还想联合公馆和艺术机构搞美学课堂，让孩子们去参观，享受文明之美好，培养出受用终生的乐趣，大师作品的生命也得以延续。

夏至故去第十一年秋天，刘亚成和叶之南等人飞来绿岛，抵达时红日初升。当晚明月当空，刘亚成看到海面水雉掠过，他不知是不是夏至见过的那只，却陡然想起乐有薇写给夏至的挽联："他年我亦辞花去，会向瑶台月下逢。"

挽联是誓言和约定。命运浩大，每个人都只是沧海一粟，注定只能带着痛，带着胸口呼呼灌着风的缺口，走向生命后半程。

人生不能细想，细想尽是虚无。活着的人仍将继续活，并且试图找到一些称为乐趣或意义的所在，这可能很徒劳，但正如叶之南说，观沧海，笑红尘，各有各的活法。

刘亚成心知，有朝一日，他也会成为这岛上的一座坟茔。在那之前，他想为后世多留些前人如何活着的痕迹，称为筑起梦中的海市蜃楼也未尝不可。

就当为了看日出。

【全文完】

图书在版编目（CIP）数据

华灯之上．完结篇：全2册／扣子著．—— 南京：
江苏凤凰文艺出版社，2022.2
ISBN 978-7-5594-6257-2

Ⅰ．①华… Ⅱ．①扣… Ⅲ．①长篇小说 – 中国 – 当代
Ⅳ．① I247.5

中国版本图书馆 CIP 数据核字 (2021) 第 176344 号

华灯之上．完结篇：全 2 册

扣子 著

选题策划	北京记忆坊文化
特约策划	暖 暖
特约编辑	张才曰 徐艺丹
责任编辑	白 涵
营销统筹	杨 迎
封面设计	80 零·小贾
版式设计	段文婷
封面绘图	三 乖
出版发行	江苏凤凰文艺出版社
	南京市中央路 165 号，邮编：210009
网　　址	http://www.jswenyi.com
印　　刷	环球东方（北京）印务有限公司
开　　本	670 毫米 ×970 毫米 1/16
印　　张	29.5
字　　数	530 千字
版　　次	2022 年 2 月第 1 版
印　　次	2022 年 2 月第 1 次印刷
书　　号	ISBN 978-7-5594-6257-2
定　　价	78.00 元（全二册）

江苏凤凰文艺版图书凡印刷、装订错误，可向出版社调换，联系电话 025-83280257

MEMORY
HOUSE